COLECCIÓN ALLCA XX ARCHIVOS

10

ALLCA XX
EDICIONES UNESCO
BIBLIOTECAS POPULARES DE ARGENTINA
EDITORA DA UNIVERSIDADE DE SÃO PAULO
EDITORA DA UNIVERSIDADE FEDERAL DO RIO DE JANEIRO
CONSEJO NACIONAL PARA LA CULTURA Y LAS ARTES
FONDO DE CULTURA ECONÓMICA DE MÉXICO
UNIVERSIDAD NACIONAL AUTÓNOMA DE MÉXICO
INSTITUTO NACIONAL DE CULTURA DEL PERÚ

COLECCIÓN ARCHIVOS

ARGENTINA BRASIL ESPAÑA FRANCE ITALIA MÉXICO PERÚ PORTUGAL

ORGANISMOS SIGNATARIOS DEL ACUERDO MULTILATERAL DE INVESTIGACIONES Y COEDICIÓN ARCHIVOS (BUENOS AIRES, 28-9-1984)

Europa

- PLAN NACIONAL DE I+D DE ESPAÑA
- CENTRE NATIONAL DE LA RECHERCHE SCIENTIFIQUE DE FRANCE
- CONSIGLIO NAZIONALE DELLE RICERCHE D'ITALIA
- INSTITUTO CAMÕES DE PORTUGAL

América Latina

- MINISTERIO DE RELACIONES EXTERIORES Y CULTO DE ARGENTINA
- CONSELHO NACIONAL DE DESENVOLVIMENTO CIENTÍFICO E TECNOLÓGICO DO BRASIL
- CONSEJO NACIONAL PARA LA CULTURA Y LAS ARTES DE MÉXICO
- INSTITUTO NACIONAL DE CULTURA DEL PERÚ

- ASSOCIATION ARCHIVES DE LA LITTÉRATURE LATINO-AMÉRICAINE, DES CARAÏBES ET AFRICAINE DU XXe SIÈCLE - AMIS DE M.A. ASTURIAS (O.N.G. DE L'UNESCO)

COMITÉ CIENTÍFICO INTERNACIONAL

Manuel Alvar, José Balza, Rubén Bareiro Saguier, Rebeca Barriga Villanueva, Ana María Barrenechea, Giuseppe Bellini, António Braz de Oliveira, Florence Callu, Antonio Candido de Mello e Souza, Fernando del Paso, Claude Fell, Margo Glantz, Louis Hay, Antônio Houaiss, Giulia Lanciani, Élida Lois, Gerald Martin, Blas Matamoro, Charles Minguet, Carlos Monsiváis, Abelardo Oquendo, Julio Ortega, José Emilio Pacheco, Eduardo Portella, Telê Porto Ancona Lopez, Bernard Pottier, Carmen Ruiz Barrionuevo, Silviano Santiago, José Augusto Seabra, Amos Segala, Bernard Sesé, Giuseppe Tavani, Paul Verdevoye, Gregorio Weinberg, Leopoldo Zea, Sergio Zoppi

COORDINACIÓN CIENTÍFICA

U.R.A. 2007 - C.N.R.S. / Université de Poitiers (Francia)
Alain Sicard

EDICIÓN EN INGLÉS

Coedición: ALLCA XX / Ediciones UNESCO / University of Pittsburgh Press
Coordinación: Julio Ortega - Gerald Martin

EDICIÓN EN FRANCÉS

Coedición: ALLCA XX / Ediciones UNESCO / Editions Stock
Coordinación: Claude Fell

EDICIÓN EN CD-ROM HIPERMEDIA

Coedición: ALLCA XX / U.N.A.M. / C.N.C.A. / F.C.E. / Universidad de Colima
Coordinación: Difusión Cultural de la U.N.A.M. - Gonzalo Celorio

DIRECTOR

Amos Segala

ENRIQUE AMORIM
LA CARRETA

Enrique Amorim

LA CARRETA

Edición Crítica

Fernando Ainsa
Coordinador

ALLCA XX

Colección Archivos

Primera edición, 1988
Segunda edición, 1996

COEDITORES

EDICIONES UNESCO
1, rue Miollis
75732 París Cedex 15 (Francia) - Tel.: 45 68 87 34 - Fax: 42 73 30 07

COMISIÓN NACIONAL PROTECTORA DE BIBLIOTECAS POPULARES DE ARGENTINA (CONABIP)
Ayacucho 1578
1112 Buenos Aires (Argentina) - Tel./Fax: 803 65 45

EDITORA DA UNIVERSIDADE DE SÃO PAULO (EDUSP)
Av. Prof. Luciano Gualberto, travessa J, 374/6.° - Cidade Universitária
05508-900 São Paulo - SP (Brasil) - Tel.: 813 88 37 - Fax: 211 69 88

EDITORA DA UNIVERSIDADE FEDERAL DO RIO DE JANEIRO (ED. UFRJ)
Av. Pasteur, 250 - 1° (Praia Vermelha)
22295-900 Rio de Janeiro - RJ (Brasil) - Tel.: 295 13 97 - Fax: 295 23 46

FONDO DE CULTURA ECONÓMICA DE MÉXICO (FCE)
Carretera Picacho Ajusco, 227 - Col. Bosques del Pedregal, Tlalpan
14200 México DF (México) - Tel.: 227 46 25 - Fax: 227 46 29

DIRECCIÓN GENERAL DE PUBLICACIONES DEL CONSEJO NACIONAL PARA LA CULTURA Y LAS ARTES DE MÉXICO (CNCA)
Av. México-Coyoacán, 371 - Col. Xoco - Del. Benito Juárez, 6
03330 México DF (México) - Tel.: 605 40 80 - Fax: 605 87 31

UNIVERSIDAD NACIONAL AUTÓNOMA DE MÉXICO (UNAM)
Torre de Rectoría, 9° piso - Ciudad Universitaria - Coyoacán
04510 México DF (México) - Tel.: 665 14 51 - Fax: 665 39 18

INSTITUTO NACIONAL DE CULTURA DEL PERÚ (INC)
Av. Javier Prado Este 2465
Lima 41 (Perú) - Tel./Fax: 476 98 80

CUIDADO DE LA EDICIÓN
Fernando Colla, Sylvie Josserand, Ricardo Navarro

ILUSTRACIÓN DE CUBIERTA
Eugenio Darnet (Uruguay)

DISEÑO DE LA COLECCIÓN
Manuel Ruiz Ángeles

FOTOCOMPOSICIÓN
Ebcomp

FOTOMECÁNICA
Ibersaf Industrial, S. L.

IMPRESIÓN
Marco Gráfico, S. L.

ENCUADERNACIÓN
Balboa

Impreso en España

CEP de la Biblioteca Nacional (España)

Amorim, Enrique (1900-1960)

La carreta / Enrique Amorim; edición crítica, Fernando Ainsa, coordinador. 2ª ed. Madrid; Paris; México; Buenos Aires; São Paulo; Rio de Janeiro; Lima: ALLCA XX, 1996.
(Colección Archivos: 2ª ed.; 10)

D.L.: M-11.402-1996
I.S.B.N.: 84-89666-09-1

I. Ainsa, Fernando, coord. II. ALLCA XX. III. Título. IV. Serie: Colección Archivos (2ª ed.); 10.

HAN COLABORADO EN ESTE VOLUMEN

Fernando Ainsa (Uruguay)
Escritor y crítico

Kenrick E. A. Mose (Trinidad y Tobago)
Profesor de la Universidad de Guelph (Ontario, Canadá)

Wilfredo Penco (Uruguay)
Crítico y Asesor editorial

Huguette Pottier Navarro (Francia)
Profesora de la Universidad de París VII

Mercedes Ramírez de Rossiello (Uruguay)
Profesora

Walter Rela (Uruguay)
Profesor de la Michigan State University

Ana María Rodríguez Villamil (Uruguay)
Profesora

ÍNDICE GENERAL

I. INTRODUCCIÓN

II. EL TEXTO

III. HISTORIA DEL TEXTO

IV. LECTURAS DEL TEXTO

V. DOSSIER

VI. BIBLIOGRAFÍA

I. INTRODUCCIÓN

Liminar

Fernando Ainsa

Ahora es difícil creer que nunca han existido.

Era tan agradable representárselas sonrientes, asomadas coquetamente entre las lonas de las carretas recorriendo los caminos de tierra rojiza del norte del Uruguay, ofreciendo sus servicios a solitarios esquiladores y peones, que no podemos aceptar lo que sostienen en forma unánime sociólogos e historiadores: las «misioneras del amor», meretrices trashumantes de los campos desolados, en realidad no han existido nunca. Han sido, pura y simplemente, una invención de Enrique Amorim.

Quisiera que me quedara, después de todo, el temblor de la duda de que pudo ser cierto. Siento, al recorrer en la memoria los escenarios del norte del Uruguay, que la naturaleza se ha transformado en paisaje gracias al conjuro de la prosa de Amorim y que ellas —alegres y tristes, ingenuas y miserables— lo integran de pleno derecho, ese derecho sutil que otorga a la realidad el espesor por donde ha pasado la buena literatura. ¿Acaso no se las ha visto, «quitanderas» hijas de la fantasía, sentadas luego con sus anchas polleras en los cuadros de Pedro Figari, desafiando las dudas de la verosimilitud literaria?

Las quiero y las siento tan convincentes, tan instaladas en la certidumbre de la pícara ilusión de sus gestos entre amorosos y profesionales, que me digo que su fuerza —y por lo tanto su vida— está justamente en el poder evocador de sus páginas, más allá de la negación empírica de los sociólogos. Lo que importa es el símbolo, el arquetipo, el mito, conjurado y cristalizado alrededor de sus volátiles figuras femeninas. Y ahí está.

Éste —me digo— es un privilegio que quisiera para el conjunto de un país necesitado de la densidad cultural de textos recuperados por todos los medios, incluso la piedad comprensiva, y donde se signifiquen para siempre sus vastos espacios despoblados e inéditos.

Un Uruguay consagrado por las certidumbres que otorgan los recorridos de un libro, eso es lo que anhelo. Porque siento que cada escenario húerfano de literatura reclama, por lo menos, una página literaria para convertirse en el «paisaje del alma» que todo hombre y toda patria necesitan para perpetuarse en el tiempo, es decir, en la memoria de los otros. La realidad-real importa, en definitiva, muy poco.

Por ello acumulo avaramente las mejores prosas escritas sobre cada esquina ciudadana, cada recodo campesino, sombra de astilleros en ruina, circos destartalados, pueblos de ratas, tristes balnearios, patios floridos, antología personal en la que siempre ha sobresalido —no se exactamente por qué— esa imagen del nomadismo que da la carreta de las «quitanderas» de Amorim, proyectada en forma errabunda por las rutas barrosas del norte uruguayo. Un descubrimiento que fue antológico desde el día de marzo de 1960 en que encontré por azar esta novela de «quitanderas» y vagabundos en una librería de lance de la Cuesta del Botánico de Madrid.

La carga imaginaria que me ha acompañado durante todos estos años ha sido tan entrañable, que no puedo aceptar ahora que este paisaje uruguayo no hubiera estado recorrido alguna vez por esa fantasiosa carreta, uniendo y dando sentido a los puntos aislados de una geografía sin literatura. Tal era la densidad cultural reclamada para un país que no podía darse el lujo de prescindir de sus «pasteleras» fronterizas, después de haberlas inventado con tanta convicción. Tal era el «modelo del mundo» en el que creía y creo, aquel por donde transitan sin obstáculos las creaturas de la ficción, formando parte sin transiciones de una realidad donde la historia y la literatura se explican recíprocamente.

Porque en los hechos —y a través del prisma de Amorim— no veía otra cosa que un tríptico en el que cada hoja desmentía a la otra, necesitándose sin embargo mutuamente para sostener la apasionante contradicción del conjunto. Porque una hoja nos decía, recitando presuntuosa los ejemplos de la Mancha o de las tierras del Cid: «Los libros hacen los pueblos», mientras la otra repetía la paradoja del Cronopio: «Los libros deberán culminar en la realidad»;

para que la tercera nos recordara que: «La realidad nunca es tan real como nos creemos», o como decía el Maestro del Aleph: «Esta circunstancia de inventar una realidad que no es la realidad, y que le sobrevivirá en sus libros, es la condición esencial del escritor».

Todos éstos son los privilegios de un texto ambiguo y, por lo tanto, válido como forma artística en el que, por creer demasiado, nos complacemos hoy nuevamente. Gracias a esta edición crítica nos hemos visto obligados a volver a releer sus páginas, una y otra vez. Merced al empecinamiento de un trabajo gravoso, hemos terminado incorporando para siempre esas mujeres de «vida airada» a la realidad del Uruguay. Porque la historia del mito, así lo ha querido; felizmente.

INTRODUCCIÓN DEL COORDINADOR

Fernando Ainsa

El interés de una edición crítica como la concebida por la Colección Archivos de la Literatura Latinoamericana del Siglo XX, radica en la posibilidad de abordar aspectos inéditos de una obra, poner de relieve y relacionar entre sí otros, obligando a una nueva lectura del texto definitivo hasta ese momento conocido. Tal es el caso paradigmático de *La carreta* de Enrique Amorim.

En el marco conceptual y teórico de la Colección, donde el texto-base, el *corpus* y su significación genética, aparecen realzados metodológicamente, *La carreta* cobra una dimensión que había pasado hasta ahora completamente desapercibida, a pesar de las numerosas ediciones de la novela. Y ello pese a dos razones que podrían parecer prioritarias.

En primer lugar, el hecho de que en la vasta bibliografía del escritor uruguayo —compuesta por más de cuarenta títulos (cuentos, novelas, poesía lírica y política, teatro, ensayo), escritos y publicados entre 1920 y 1960, y completada por una intensa actividad como conferencista, periodista y realizador cinematográfico (guionista y productor)— *La carreta* aparece como una novela más entre un total de trece. En ese conjunto, por otra parte, figuran los «clásicos» de su obra *El paisano Aguilar* y *El caballo y su sombra,* las novelas directamente comprometidas con la realidad socio-política como *Corral abierto* o alegóricas como *La desembocadura,* novelas todas ellas que consagraron al escritor Amorim en el plano nacional, regional e internacional.

En segundo lugar, *La carreta,* no es precisamente una novela que haya tenido una gran acogida crítica. Si bien le acompañó, desde su primera edición, el éxito de público, los críticos nunca han dejado de señalarle defectos de estructura o de cuestionarle abiertamente la temática y un tratamiento literario que han calificado de «crudo», cuando no lindante en lo escatalógico.

Son otras razones, pues, las que realzan la importancia de esta novela en el marco de la Colección Archivos.

Por lo pronto el hecho de que, desde su mismo origen, *La carreta* fue la obra preferida de Amorim. Numerosas declaraciones del autor respaldan esa preferencia, traducida en el trabajo de revisiones y correcciones que acompañan las sucesivas ediciones a lo largo de buena parte de su vida creativa. Mientras otras novelas eran rápidamente olvidadas o reeditadas sin variantes, *La carreta* volvía una y otra vez, a la etapa de proyecto, a su carácter de obra «no terminada».

Esta condición es la que ha permitido una acumulación de materiales alrededor de *La carreta* sin paralelo con el resto de la obra de Amorim. Gracias a las posibilidades de un análisis pluridisciplinario y polisémico —como el que permite una edición crítica como la proyectada— pero sobre todo, a la de la impresión del texto definitivo con todas las variantes (más de mil quinientas en total), con los capítulos manuscritos y mecanografiados y a la de cuentos aislados que han precedido a la primera edición de la novela, podemos comprender el interés de una publicación de este tipo.

Constituye este *corpus* de textos y pre-textos, así como la documentación que lo acompaña, una indudable riqueza de materiales para el estudio crítico. Lo interesante es descubrir que esa riqueza y ese interés derivan justamente de las dificultades de creación del texto definitivo a la que debió hacer frente el autor, consciente en todo momento de los problemas de «estructura» que le planteaba la que fue —según confesara en diferentes oportunidades— su «novela predilecta».

Una serie de razones fundamentales —que analizamos en el estudio sobre la génesis del texto— abundan en el sentido de este presupuesto inicial: la edición crítica de una obra imperfecta, pero trabajosamente elaborada a lo largo de una vida a partir de una «semilla genética» juvenil, resulta más interesante que la de una obra teóricamente perfecta, pero concebida de «un sólo trazo». En todo caso, en el ejemplo de *La carreta* de Enrique Amorim, esta afirmación —que puede parecer aventurada como enunciado general— resulta cierta.

A lo largo del trabajo de coordinación de esta obra ha sido interesante descubrir, como una primera impresión basada en la lectura del texto definitivo de *La carreta,* podía irse modificando en función de las informaciones suplementarias —internas y externas a la obra— que se iban acumulando al constituir el *corpus* para la edición crítica.

Vale la pena retrazar esas etapas.

Documentación

Para plantearse esta reorientación del trabajo inicial, ha resultado fundamental disponer de un buen *corpus,* es decir de una ilustrativa variedad de manuscritos de la novela (versiones mecanografiadas y corregidas), de los cuentos impresos en diarios y revistas, recogidos en un volumen de relatos e incorporados finalmente como capítulos de la novela, cuyas sucesivas ediciones varían sustancialmente entre sí.

Disponer de este *corpus* ha sido —a su vez— posible gracias a la existencia de un Archivo Enrique Amorim en la Biblioteca Nacional de Montevideo, donde se encuentran buena parte de los manuscritos, algunas de las versiones corregidas, planes de sus obras, declaraciones periodísticas, correspondencia y papeles varios. De este Archivo —cuidadosamente ordenado por la viuda del autor, Doña Esther

Haedo de Amorim, antes de ser donado a la Biblioteca Nacional— pudo extraerse todo lo relativo a *La carreta*. Esta tarea deparó algunas sorpresas.

Al comparar el volumen de las partes correspondientes a *La carreta* con el resto del Archivo, resultó evidente que la documentación de y sobre *La carreta* era muchísimo más importante que el conjunto restante. Pero además, las fechas de esos documentos probaban que la obra había acompañado de un modo u otro, toda la vida creativa de Enrique Amorim. Al constituir el *corpus* independiente de *La carreta* se comprobó una relación de proporciones que ratifica la preocupación explícita del autor por esta novela.

Entre novelas de escenario europeo, cuentos referidos a una realidad política circunstancial, obras de teatro, guiones cinematográficos y artículos periodísticos, *La carreta* reaparecía en sucesivas ediciones en las que era visible el trabajo del autor recomponiendo, una y otra vez, una estructura novelesca que parecía resistirle. Una cronología comparada de *La carreta* en relación al resto de la obra de Amorim, lo prueba fehacientemente, tal como la presentamos en un cuadro sinóptico que complementa la información externa del texto (ver anexo III, pág. XLIII).

El enfoque de la edición crítica debía, en consecuencia, orientarse en la dirección de ilustrar lo mejor posible el proceso genético del texto definitivo con todos los pre-textos y variantes, presentando en la edición un *corpus* que fuera lo más completo posible.

La presentación de la obra en su texto definitivo, con sus variantes de la primera edición y la de las ediciones sucesivas, debía ser completada con una serie de estudios críticos donde pudiera retrazarse en la vida misma del autor, pero sobre todo en el texto de la novela, la significación de esas variantes, su sentido y aventurar una interpretación coherente con el resto de una creación literaria muchas veces desaliñada o signada por el trazo fácil o el compromiso político directo.

Por esta razón, la edición crítica de *La carreta,* no pone tanto en realce la calidad del texto —sobre el que la crítica aparece dividida, según tendremos oportunidad de analizar— sino sobre el proceso de génesis de la obra, significada por la variedad de materiales de que hemos dispuesto.

Creemos que el resultado es coherente y ofrece una aproximación al texto desde diferentes ángulos, pero teniendo en cuenta siempre la unicidad de la obra de Amorim. Esto ha sido posible gracias al trabajo realizado por los integrantes de un equipo compenetrado con el espíritu y el método de la *Colección Archivos,* al mismo tiempo que dispuesto a modificar algunas conclusiones individuales en función del trabajo colectivo.

Plan de la edición

Siguiendo el esquema rector de la Colección Archivos, hemos dividido esta edición crítica entre el análisis del texto propiamente dicho, la Historia del texto, su génesis y circunstancia y los destinos de la obra y las Lecturas de texto a través de su temática, las texturas, formas y lenguajes y su carácter intra-textual. La obra se acompaña de una documentación que incluye un léxico y una bibliografía sobre la obra, lo más completa posible.

En el Liminar hemos pretendido transmitir la intensidad de la visión del campo uruguayo que proporciona la literatura de Amorim y como la realidad ya no puede ser la misma después de leer sus novelas, especialmente *La carreta,* al modo de lo que sucede con las grandes obras de la literatura universal, creadoras de tópicos y arquetipos.

El texto

El texto de la obra aparece precedido de dos estudios complementarios. En una breve introducción sobre la génesis del texto —«Génesis del texto: de los cuentos a la novela»— proponemos la aplicación de la metodología genética a la obra de Amorim, es decir, las estrategias y unidades de composición, el descubrimiento del *nódulo* genético y *deconstrucción* de la obra. Del análisis comparativo de los pre-textos y de los textos-cuento surge el *crecimiento* novelesco de *La carreta.*

Esta introducción se complementa con el análisis propiamente dicho de la génesis de *La carreta* y una «Guía para la lectura de la presente edición», efectuado por Wilfredo Penco. Estas páginas son fundamentales para entender el espíritu de la edición proyectada: presentar las variantes del texto de Amorim, desde la primera hasta la última edición, un trabajo de colación meticulosamente llevado a cabo por el propio Penco.

Dadas las numerosas variantes existentes entre las diferentes ediciones de la novela y entre ésta y los cuentos que la preceden, hemos optado por retener el siguiente modelo.

El texto reeditado está establecido a partir del:

— Texto-base definitivo (6ª edición), justificado a la izquierda, con las variantes *1ª edición* en los segmentos textuales que le corresponden y justificadas a la derecha en la misma página.

— Variantes de la 5ª, inmediatamente anterior a la definitiva e importantes por las modificaciones estructurales y de sentido propuestas. Se presentan al pie de la página y con las llamadas gráficas correspondientes al texto-base, presentadas como un reflejo exacto del texto.

Al texto de la obra se añade un Apéndice y un conjunto documental de importancia. En el primero, se incluyen las versiones manuscritas y las versiones mecanografiadas con correcciones de los Capítulos I, II, III, IV, V, VI, VII, VIII, X, XI, XII, del cuento «Los explotadores de pantanos» (Capítulo XIV) y del cuento «Las quitanderas» (segundo episodio) (Capítulo XV), encontradas en el *Archivo Amorim* existente en la Biblioteca Nacional de Montevideo.

En el Dossier documental que figura al final de esta edición, se incluyen las versiones de cuentos previas a la primera edición de la novela «Las quitanderas» (Cap. IX); «El lado flaco» (Cap. XI), dos versiones de «El pájaro negro» (Cap. XI),

«La carreta solitaria» (Cap. XIII), «Los explotadores de pantanos» (Cap. XIV) y «Las quitanderas» (segundo episodio)-(Cap. XV).

A fin de no hacer una presentación excesivamente farragosa del texto-base, se han omitido las variantes entre la 1ª y la 3ª edición y algunas de las versiones mecanografiadas de capítulos de los que disponemos de original manuscrito. Tal es el caso de los capítulos II, III y XIV.

La publicación del texto y de sus variantes se completa —y en buena parte se explica— con notas de micro-análisis lingüístico que remiten a un léxico de uruguayismos y argentinismos situado en la cuarta parte de esta edición. Huguette Pottier Navarro, reconocida lingüista francesa, realiza un análisis semiótico, lingüístico y estilístico de la lengua —fonética, morfología y sintaxis— de Enrique Amorim en *La carreta.*

Sus conclusiones resultan interesantes, no sólo en función del establecimiento de rasgos semánticos específicos a la obra analizada, sino para otras obras de la misma área lingüística del Río de la Plata que publique la Colección Archivos.

Historia del texto

En la segunda parte del volumen, se incluyen dos estudios complementarios entre sí para explicar la historia del texto, su génesis y circunstancia. Por un lado, una presentación del autor y del conjunto de su obra en el marco de la historia personal y del momento histórico, político y literario en que vivió Enrique Amorim, realizada por Mercedes Ramírez de Rossiello. Y —por el otro— un estudio detallado sobre la novela *La carreta* de K. E. A. Mose. Ambos autores son profundos conocedores de la obra de Enrique Amorim y han publicado trabajos sobre su narrativa. Haber recurrido a su colaboración se explica en buena parte por ese conocimiento y por el hecho de que, pese a la gran difusión de las novelas y cuentos de Enrique Amorim en América Latina, especialmente gracias a la popularidad de la colección Contemporánea de Editorial Losada en la que han aparecido sus principales obras, no abundan los estudios de su obra.

En efecto, los libros sobre Amorim son escasos, tal como surge de la Bibliografía preparada por Walter Rela, especialmente actualizada por Wilfredo Penco para esta edición y que se publica al final. Los trabajos de Ramírez de Rossiello y de Mose son —en este sentido— fundacionales.

Para comprender bien los «Destinos» de *La carreta* se retrazan en un capítulo especial, su aceptación por parte del público, las acusaciones de Amorim contra un escritor francés al que acusó de plagio de uno de sus relatos y las reacciones de la crítica. La información externa que presentamos, a través de la reproducción de documentos significativos, se completa con algunos fragmentos de cartas y declaraciones del propio autor sobre los destinos de la obra.

Hemos considerado también de interés la inclusión de una cronología paralela entre el proceso genético de *La carreta* que va de 1923 a 1952 y el resto de la producción literaria de Amorim (cuento, novela, poesía y teatro), ya que en ese período se editan la mayoría de sus obras.

Lecturas del texto

En la tercera parte de la edición proponemos varias lecturas del texto: una lectura temática de *La carreta* a partir de los *conceptos-vínculo* que relacionan los diferentes capítulos de la obra, especialmente el símbolo de la carreta como hilo conductor de la narración a todo lo largo de la novela y presente en el resto de la obra narrativa de Amorim. En ese sentido, basta pensar en la colección de cuentos *El patio de las carretas*. K. E. A. Mose propone «una estructura temática» de *La carreta* y estudia la modificación de la función de algunos personajes a través del movimiento de la carreta en el espacio y en el tiempo.

Una lectura intra-textual de los contenidos ocultos de la obra es realizada en el trabajo de Ana María Rodríguez Villamil, a través de un rastreo de símbolos, creencias populares y mitos que traban entre sí las «unidades fragmentadas» de la obra alrededor de creencias (y hasta supersticiones) comunes. A través de este capítulo se descubren las variantes que Amorim propone al realismo tradicional del que es heredero y se anuncian las nuevas formas narrativas que hacen su eclosión en América Latina en la década de los sesenta que sigue a su muerte.

Del mismo modo, en nuestro trabajo sobre «La temática de la prostitución 'itinerante' en Amorim y su inserción en la ficción hispanoamericana», proponemos una perspectiva no sólo uruguaya o rioplatense, sino latinoamericana para una constante temática de la narrativa.

Finalmente, una lectura integral del texto de Amorim obliga a un estudio lingüístico de la composición, en su textura, forma y lenguaje, donde se tengan en cuenta las ocurrencias lexicales y las formas estilísticas. Éste es el trabajo que efectúa Huguette Pottier Navarro como complemento del léxico y el análisis semiótico que acompaña el texto. Esta parte se completa con la polémica lingüística sobre el vocablo «quitanderas» que dió título al cuento que está en el origen de la novela y que contribuyó a la notoriedad de la misma. Una polémica que reactualiza en este volumen desde una interesante perspectiva el escritor angoleño, Domingos Van-Dúnem.

* * *

Una Introducción como ésta no podría concluirse sin recordar que la edición crítica de *La carreta* ha sido un trabajo colectivo de más de cuatro años, a lo largo de los cuales hemos estado en contacto directo y permanente con los integrantes del equipo de colaboradores. Un espíritu que, a su vez, ha sido creado, transmitido y mantenido con la fe, el entusiasmo y, sobre todo, la generosidad de Amos Segala, presente en todo momento para un consejo o un estímulo.

Pero nada más agradable que recordar ahora a Doña Esther Haedo de Amorim.

Desde el momento que nos abrió las puertas del hogar donde preserva amorosamente el espíritu de Enrique Amorim, la tarea encomendada adquirió una amable perspectiva. En las tardes sucesivas en que fui recibido para examinar viejas cartas, fotografías o manuscritos, sentados en un salón donde los recuerdos de Enrique Amorim la acompañan en la asombrosa lucidez de sus años, mientras nos ofrecía un tradicional té con *scones,* pude descubrir su admirable devoción de fiel compañera, a través de la vida y de la memoria del autor de *La carreta.*

A ella debo agradecer los mejores momentos de este trabajo —que han sido muchos— emprendido con la alegría de una aventura y culminado con la satisfacción de un deber cumplido en relación a uno de los novelistas más visceralmente comprometidos con su misión de escritor, lo que no es poco decir en la historia de la literatura del Uruguay.

GÉNESIS DEL TEXTO: DE LOS CUENTOS A LA NOVELA

Fernando Ainsa

1. Significación genética del texto

A diferencia del resto de la obra de Enrique Amorim —incluso sus novelas más logradas como *El paisano Aguilar* (1934). *El caballo y su sombra* (1941) y *Corral abierto* (1956), compuestas en breve tiempo y no retocadas una vez editadas— *La carreta* acompaña los años centrales de su vida creativa entre 1923, fecha de la publicación del primer cuento, «Las quitanderas» que le dio origen, y 1952, cuando se publica la 6ª edición de la novela, considerada por el autor como la definitiva.

Esta relación sostenida y compleja con un texto que nunca «terminó» realmente, otorgan a *La carreta* una particular significación genética en el tiempo y en el espacio:

1.1. *En el tiempo*

La génesis del texto definitivo, utilizado como texto-base para esta edición se da a lo largo de veintinueve años de trabajo. Su dimensión en el tiempo, es decir el tiempo de la composición, espaciación cronológica de los manuscritos, sus trazas y variantes, tanto en el pre-texto como en las diferentes ediciones que preceden la definitiva, es mucho más dilatada que la de cualquiera de sus otras obras, cuya génesis ha sido siempre más breve.

1.2. *En el espacio*

La significación temporal se acompaña de una génesis estructural del propio espacio de la obra, evolucionando desde un género —el cuento— hacia otro —la novela— cambio sustancial que marca cada una de las etapas, tanto en los manuscritos como en las sucesivas ediciones, lo que permite establecer un claro distingo entre dos tipos de variantes:

A) por un lado, las meramente estilísticas, cuya enunciación sólo puede ser acumulativa y documental;

B) y por el otro, aquellas que van afectando la estructura del conjunto, cada vez más trabadas en función del proyecto global de la novela que Amorim va elaborando.

El interés crítico aparece, pues, particularmente significado por los componentes de «crecimiento» y «transformación» interna de la obra, tal como surge de esta doble dimensión temporal y espacial de su génesis.

2. Componentes

Disponemos para esta edición crítica de *La carreta* de una información interna, constituida por textos y pre-textos, tanto de los cuentos que precedieron a la novela como de ésta, lo que llamamos el *corpus,* así como de una interesante documentación con las informaciones externas que fueron jalonando su itinerario: éxito (tanto del cuento inicial como de la novela), discusiones etimológicas y filológicas, polémicas y acusaciones de plagio y otros aspectos de la «contextualidad» que llevaron al autor a mantener una relación particular con el texto.

2.1. *Documentación de la obra*

La ilustrativa variedad de manuscritos, versiones mecanografiadas y corregidas, cuentos impresos en diarios y revistas, recogidos en un vólumen de relatos e incorporados finalmente a los capítulos de la novela, cuyas sucesivas ediciones varían sustancialmente, son el *corpus* básico para esta edición y han contribuido fundamentalmente en la reorientación del trabajo inicial.

De su análisis genético surge con claridad un auténtico *work in progress,* cuyo progresivo mecanismo de estructuración y desestructuración vale la pena analizar en detalle a partir de la enumeración de los componentes que figuran como documentos de la obra. Al *corpus* se suma la información exterior donde figuran testimonios y documentos sobre la recepción del público, polémicas y crítica. El conjunto de ambas informaciones «interna» (*corpus*) y «externa», forman la documentación (Dossier) que hemos tenido en cuenta para esta edición crítica.

2.2. *Información interna*

Tal como se esquematiza en el diagrama ANEXO I, (p. XLI) el *corpus* que hemos utilizado para la edición crítica está compuesto por:

2.2.1. *Cuentos*

Los materiales de los cuentos de que se dispone —y que luego pasaron a ser capítulos de la novela— son fundamentalmente textos definitivos de los cuentos publicados. El *corpus* de los relatos se divide entre manuscritos (pre-textos) y versiones impresas de los cuentos (textos definitivos). Estas versiones impresas son, a su vez, de dos tipos: simples copias de los cuentos publicados y copias publicadas y corregidas de la mano del autor.

El detalle del *corpus* de los cuentos es el siguiente:

1) Pre-textos: Disponemos de dos manuscritos: «Los explotadores de pantanos» y «Las quitanderas» (segundo episodio).

2) Textos definitivos: A): Versiones impresas de los cuentos: «El lado flaco», primera versión de «El pájaro negro», «Los explotadores de pantanos» y «Las quitanderas» (segundo episodio) y la versión de «Carreta solitaria», es decir un cuento de 1941, posterior a las tres primeras ediciones de la novela *La carreta* (Las dos primeras de 1932 y la 3ª de 1933), y luego incorporado como capítulo de la novela en la 5ª edición de 1942.

B): Versiones corregidas: corresponden a los cuentos «Las quitanderas» y «El pájaro negro».

2.2.2. *Novela*

1) Pre-texto: A) El Archivo Amorim incluye un *corpus* bastante completo de manuscritos de la novela. Entre versiones «manuscritas» y versiones «mecanografiadas con correciones» el conjunto de pre-textos cubre la casi totalidad de la novela, con la excepción de los capítulos IX, XIII, XIV y XV. Los capítulos que faltan en el manuscrito de la novela provienen justamente, de las versiones corregidas de los cuentos ya editados (textos definitivos citados en el párrafo anterior) incluidos en función de la estructura novelesca proyectada.

El interés de algún capítulo —como el XI— es evidente. Disponemos de dos versiones como cuento (impresas con dos títulos diferentes, «El lado flaco» (1924) y «El pájaro negro» (1925) y de una versión impresa y corregida a mano. Pero además disponemos del pre-texto del capítulo XI de la novela. Un pre-texto que es «posterior» en el tiempo a los textos definitivos de los cuentos que lo preceden.

B) Planes de la obra: En el estudio detallado de la documentación sobre *La carreta* existente en el Archivo Amorim se han encontrado los tres planes sucesivos de la novela, no numerados y sin fecha, pero probablemente correspondientes al período 1927-1932, en los que los cuatro cuentos editados en *Amorim* y en *Tangarupa,* pasaban a ser el «eje central» del proyecto de la novela. Originalmente concebida con 14 capítulos, a partir de la 5ª edición de 1942, se añade un nuevo capítulo, el cuento «Carreta solitaria» publicado un año antes, en 1941.

2) Textos. El *corpus* de los textos de la novela está compuesto por las seis ediciones de *La carreta,* espaciadas entre 1932 y 1952. Las principales modificaciones estructurales se producen en la 5ª (1942) y 6ª edición (1952); la 3ª (1933) sólo presenta variantes de detalle con respecto de las dos primeras de 1932. La 6ª

edición fue considerada por el autor como la definitiva y es la que nos ha servido de texto-base para esta edición, a la que hemos añadido dos tipos de variantes:

— Las de la 1ª edición como colación y con los segmentos textuales que le conciernen, justificadas en el tercio de la página al lado derecho del texto-base.

— Las de la 5ª edición al pie de página.

3) Lo que faltaría. Del cotejo de los materiales de que se ha dispuesto en el Archivo, faltan versiones manuscritas y mecanografiadas de varios cuentos y algunos capítulos de la novela. Tampoco hay datos suficientes para reconstruir las etapas de la progresión de composición de la obra. Finalmente, nos faltaría la cronología de los tres planes de la novela elaborados en el período 1925-1932.

Sin embargo, es posible suponer que las preocupaciones del autor estuvieron hasta 1927 ocupadas por la edición de otros volúmenes de cuentos, por lo que el proyecto novelesco sólo empezó a ser elaborado a partir de 1927, cuando los cuentos pasaron a ser el «eje» central de la obra.

2.3. *Información externa:*

En el caso de *La carreta,* la información externa —que forma parte de la documentación (Dossier) utilizado para esta edición crítica— tiene importancia para explicar la génesis del texto novelesco a partir del relato inicial, «Las quitanderas», incluido en el libro *Amorim* (1923), y cuya temática y estilo se diferencia claramente del resto de los cuentos del volumen.

Esta información está integrada por:

2.3.1. *Documentación relativa a la recepción de la obra:*

A) Los resultados del éxito inmediato del cuento «Las quitanderas», se tradujeron en:

a) Una polémica filológica sobre el término «quitanderas» (1923).

b) Una reedición del relato en forma de folleto en Buenos Aires en 1924, donde se incluye la polémica y la respuesta de Enrique Amorim.

c) La publicación de un segundo cuento de tema similar, explícitamente referido en el título —«Las quitanderas» (segundo episodio)— en el volumen *Tangarupá* (1925), compuesto por una novela corta y tres relatos.

d) El éxito que, a su vez, tuvo este libro de temática rural, de donde todavía no surge la génesis novelesca ulterior de la novela, llevaron a Amorim a publicar rápidamente dos nuevos libros de cuentos: *Horizontes y bocacalles* (1926) y *Tráfico* (1927), ambos de temática urbana. En el primero con un distingo entre «horizontes» para el campo, «bocacalles» para la ciudad.

B) Sin embargo, estos libros fueron mal acogidos por la crítica. Por ello, Amorim decidió volver al «nódulo» central del éxito de sus obras anteriores. Ese es el momento en que, probablemente, empieza a pensar en una novela que incluyera los cuatro cuentos que habían tenido «éxito». De esas fechas suponemos son los diferentes planes (mencionados en el párrafo anterior) con los cuales se va estructurando entre 1927 y 1932 el proyecto de la novela *La carreta.*

En este contexto, es evidente la importancia de la información externa —centrada en el Dossier de la recepción de la obra— clave esencial para entender la «génesis» del texto, ya que el éxito marca una insistencia temática entre 1923 y 1925, y el fracaso de la temática urbana de 1926-1927, llevan a Amorim a un «retorno» a los cuentos de su primer y juvenil éxito, «nódulo genético» de *La carreta.*

2.3.2. *La acusación de plagio*

Al éxito inicial del relato «Las quitanderas», debe añadirse la documentación sobre la repercusión internacional que tuvo la acusación de plagio de Enrique Amorim contra Adolphe Falgairolle, escritor francés autor de una «nouvelle», *La quitandera* (1929), al parecer directamente inspirada en el cuento homónimo de Amorim de 1923. Esta acusación tuvo ecos en la prensa con artículos publicados en el mismo París, pero también en Nueva York, Chicago, Buenos Aires y en el Uruguay, de los cuales incluimos en la Parte II algunos ilustrativos fragmentos.

3. Génesis del texto

3.1. *Importancia de la documentación*

Si un estudio genético de las grandes unidades, estrategias y tácticas de composición puede tener un sentido subrayar en *La carreta,* es que gracias a los materiales de que disponemos y, sobre todo a los tres planes básicos de la obra recuperados para esta edición en el Archivo Enrique Amorim, se puede propiciar un análisis plural, conflictual y diversificado del texto definitivo.

La importancia de la documentación sobre la obra nos permite reconstruir la dinámica de un proceso en el que no hay una sola estructura en desarrollo, sino varias que confluyen desde diferentes direcciones hacia una sola, lo que permite proponer una génesis del texto y no únicamente una sucesión de variantes.

Lo que podría ser una simple acumulación de materiales eruditos y de variantes abrumadoras, aparece orientado por una lógica significada por el esfuerzo para desentrañar los diferentes fenómenos, gracias a los cuales el aparente caos se organiza en una nueva dimensión, en un conjunto inteligible y globalmente coherente. Con estas informaciones disponibles, se puede elaborar un análisis de lo que se «sabe» sobre la obra, evidentemente mucho más importante que lo que se «lee» en el texto definitivo. De ahí —es bueno subrayarlo nuevamente— el interés de una edición crítica como la proyectada en esta colección.

3.2. *Interés genético del* corpus

El hecho de que el *corpus* de *La carreta* esté integrado por materiales tan diversos como cuentos y diferentes versiones de la novela, fundamenta su interés genético, pero permite además desmentir algunas críticas sobre la obra de Amorim.

En efecto, es casi un lugar común decir que Enrique Amorim ha sido un escritor descuidado, que publicaba una obra detrás de otra sin mayores reescrituras, correcciones y sin dejarla en el necesario reposo que debería preceder su edición. Impaciencia, desaliño —se ha sostenido— conspiraban contra las formidables dotes de narrador de Amorim desde el interior mismo de su obra.

Sin embargo, si esta crítica puede resultar válida para algunos de sus libros de cuentos y varias de sus novelas, no lo es para el conjunto de las llamadas novelas mayores de su creación: *El paisano Aguilar, El caballo y su sombra, Corral abierto, Montaraces, La desembocadura* y menos aún para *La carreta,* tal como se desprenderá del análisis que proponemos a continuación.

3.3. *Criterio metodológico*

El hecho de que Amorim trabajara relatos éditos en la perspectiva de una novela, implica un método de análisis genético diferente al que se utiliza para una novela originalmente concebida como tal y donde todo pre-texto y toda variante están orientadas desde el origen hacia la forma definitiva.

En *La carreta,* la pretendida unidad de la estructura novelesca proviene de una multiplicidad de direcciones expresada en textos que se consideraron en su momento definitivos en función de su propia unicidad como relatos y cuya apertura y estallido hacia la forma más compleja y trabada de la novela, necesita de una metodología de análisis crítico diferente.

Así, los estados preliminares y las fases sucesivas del pre-texto de la novela adquieren un valor particular. Las variantes en este caso, tanto las estilísticas como las estructurales, en lugar de adelgazar o dispersar su sentido, lo enriquecen en una dirección nueva e insospechada hasta ahora por la crítica que se ha ocupado de la obra de Amorim.

Esta *multidireccionalidad* de los relatos presente en la génesis del texto novelesco, explica, al mismo tiempo, las dificultades a las que tuvo que hacer frente el autor al concebir la estructura novelesca, su insatisfacción a lo largo de los años, las permanentes correcciones y las variantes «estructurales» de los textos en las sucesivas ediciones (cambio de orden de capítulos, ajustes de cronología del relato, unificación de toponimia, etc...).

La pluralidad de textos potenciales, acumulada a las versiones diferentes de cada una de las ediciones de la novela, brinda riqueza al análisis, pero al mismo tiempo significa un desafío crítico en la dirección propuesta por la metodología crítica de esta colección.

3.3.1. «*Deconstrucción*» de la obra

El estudio de la génesis del texto de *La carreta* puede parecer, en una primera instancia, un acto de «desmantelamiento», desarticulación y destrucción del textonovela para recuperar los elementos de cuentos que la integran y que son de otra naturaleza. (Véase ANEXO II, p. XLII).

En el proceso de remontar «hacia atrás» la novela, a partir de la edición definitiva de 1952 se puede ir «desestructurando» la obra, hasta convertirse en el «cuento-germen» de 1923. El interés de este ejercicio de «deconstrucción» es evidente, porque tanto si se parte de un extremo como del otro —de 1923 hacia adelante o de 1952 hacia atrás— puede irse descomponiendo o armando la novela a partir de elementos estructurales en los cuales no siempre estamos frente a fragmentos, despojos o páginas aisladas, sino ante obras —en este caso, cuentos— cuya función de «objeto» terminado en sí mismo no se pone en duda.

En la edición progresiva de esos cuentos no podemos decir que estemos ante fragmentos incompletos, sino que, por el contrario, muchos de ellos, empezando por el original de «Las quitanderas» de 1923, son textos-definitivos en tanto que cuentos, pese a haber pasado a ser capítulos de la novela. Es importante destacar que el autor los convirtió en el «eje» de su plan y no simplemente en episodios accidentales o secundarios de una estructura concebida de otro modo. Los cuentos constituyen el «nódulo» novelesco central de *La carreta.*

Esta doble condición de un mismo texto, obliga a una lectura crítica diferenciada. El ejemplo del cuento «Carreta solitaria» publicado en 1941, es decir, cuando la novela ya tiene tres exitosas ediciones es bien ilustrativo de esta posible «doble» lectura diferenciada.

En efecto, en el análisis genético puede considerarse la hipótesis de que el cuento fue imaginado, escrito y publicado en función exclusiva de su estructura de cuento o, por el contrario, como un texto proyectado desde el proceso de su escritura como un capítulo para la 5ª edición de la novela en preparación y editada poco después, en 1942. Pero, aún en el primer caso, es igualmente interesante conocer el momento en que Amorim decide la incorporación del cuento como un nuevo capítulo de la novela teóricamente terminada diez años antes y cuales son las variantes del texto del cuento añadidas para estructurarlo en función de la novela.

3.3.2. *«Nódulo» genético*

En el ejercicio de «deconstrucción», valga el neologismo, en que estamos embarcados, el brote original de *La carreta,* es decir, el penúltimo cuento del libro *Amorim* que publicó el autor a sus 23 años de edad, «Las quitanderas», resulta ser el «nódulo» (*noyau*) genético de la novela, su pulsión inicial por lo que todos sus antecedentes (declaraciones del autor, cartas y polémicas desencadenadas a partir de su publicación) resultan fundamentales en un análisis crítico elaborado en esta perspectiva. De ahí que en la edición crítica proyectada le hayamos dado un lugar preferencial a su análisis y que todos sus «halos connotativos» hayan sido mencionados.

3.4. *Genética de la estructura novelesca*

3.4.1. *Planes de la obra*

Los planes de la novela son el primer signo explícito de la voluntad de elaboración de una novela a partir de los materiales narrativos de que disponía Amorim. Estos planes fueron proyectados en los años claves de composición de *La carreta,* a partir de la publicación del volúmen *Tangarupá* (1925), que incluye tres cuentos utilizados luego como capítulos centrales de la novela.

Pero aunque no fechados, suponemos que los planes son posteriores a 1925, porque el orden en que se incluyen los cuentos en el volúmen no anuncia una voluntad de estructuración novelesca. En 1925, y pese a llamar a uno de los capítulos de *Tangarupá* con el título de «Las quitanderas» (segundo episodio), Amorim no tiene todavía idea de las posibilidades novelescas de sus relatos. Como ya lo hemos adelantado, es probablemente el éxito crítico que acompañó la publicación de *Tangarupá* en 1925 el que, al ratificar el del cuento «Las quitanderas» de 1923 llevó a Amorim a insistir en una línea de argumento rural ante la cual dudaba estilística y temáticamente, como lo habían probado sus incursiones en la narrativa sicológica o de temática urbana y en las que no había tenido el mismo eco crítico.

El análisis genético de *La carreta* no termina, por otra parte, con la publicación de la novela en su 1ª edición de 1932, ya que Amorim se consideró insatisfecho de la estructuración novelesca y prosiguió trabajando en la obra hasta 1952, es decir durante veinte años. Por esta razón, modificaciones claramente orientadas a la voluntad «vertebradora» del conjunto surgen en la 4ª y 5ª edición.

3.4.2. *El cambio de naturaleza de la obra*

El proyecto inicial del cuento se va impregnando de la ambición totalizante de transformación en novela, al servicio del cual se pone la escritura en que se expresan los planes sucesivos del autor y las modificaciones que introduce en narraciones aisladas para estructurarla en una unidad. Reconvertidos y desviados, esos cuentos reescritos no sólo para pulirlos estilísticamente, sino también para condensarlos en función de un desarrollo novelesco que va variando en sucesivas ediciones de la obra, deben ser analizados como conjunto y separadamente.

El «crecimiento» novelesco:

En este sentido, debe estudiarse el «crecimiento» novelesco, es decir, cómo se urde en forma progresiva la estructura y el entramado entre cuentos de origen diferente para constituir el texto-base definitivo. Esta noción de «crecimiento» novelesco y de los componentes «narratológicos» de *La carreta* debe analizarse, incluso, a través de las propias carencias e insuficiencias del texto, es decir, distinguir entre los grupos de capítulos suficientemente estructurados entre sí y aquellos que no logran integrarse pese al «vertebramiento» novelesco que Amorim intenta a lo largo de las variantes de las sucesivas ediciones.

Carácter fragmentario y «no terminado»:

Las carencias —de las que era consciente el propio Enrique Amorim, según confesara en repetidas oportunidades— otorgan a nuestro juicio, la razón fundamental de la presencia de *La carreta* a lo largo de su vida. Esta verdadera obsesión del autor por su obra «imperfecta» puede ser comparada con la de Gustave Flaubert por *Bouvard et Pécuchet,* una construcción novelesca «hecha de retazos» que implica un trabajo y una acumulación de materiales y variantes mucho mayores que una obra concebida de un solo trazo.

Sin embargo, en el caso de Amorim, a la sensación de obra «no terminada», *inachevée,* lo acompaña el éxito paralelo con que se la consagra desde su primera edición y la facilidad y desenvoltura con que publica otros cuentos y novelas. Amorim no está «conforme» con una obra con la cual ha tenido éxito. Ésta es la gran diferencia.

En efecto, si imagináramos a Amorim satisfecho con el éxito de la primera edición de *La carreta* rápidamente agotada y reeditada en el mismo año de 1932 y con una 3ª edición publicada apenas un año después, difícilmente lo veríamos volviendo, una y otra vez, a cambiar el orden de capítulos, a incorporar otros con la finalidad de transformarlos en «eslabones» necesarios de una estructura que consideraba débil.

Si hubiera sido así, Amorim se hubiera limitado —como hizo con otras novelas exitosas como *El caballo y su sombra* o *El paisano Aguilar*— a reeditarlas sin mayores modificaciones.

La paradoja de *La carreta* es ésta. Su éxito, como el de los cuentos que la preceden e integran, no conforma al autor que podría repetirse con Walter Benjamin que: «Para los grandes escritores, las obras terminadas pesan menos que los fragmentos que trabajan a lo largo de toda su vida».

3.4.3. *Propuesta de una estructura temática*

Las carencias estructurales de *La carreta* adquieren para los críticos que le han sido favorables una dimensión dinámica que, si bien no las justifican cualitativamente, por lo menos las explican genéticamente.

Es interesante señalar cómo, ante la ausencia de una estructura novelesca «tradicional» en *La carreta,* la crítica propone otro tipo de estructuración. Por ejemplo, en función de la realidad reflejada: las derivadas del nomadismo inherente a un vehículo como la carreta, o las sociales del mundo rural de los peones uruguayos funcionalmente nómada a causa del cáracter zafral de las ocupaciones y de la existencia de latifundios que impiden toda forma posible de arraigo.

No es ajena a la concepción de esta estructura novelesca «desarticulada», su paralelismo con la propia del campo despoblado y sin puntos de referencia geográficos. Los polos del movimiento de la carreta y del desarraigo social explicarían intrínsecamente lo que otros han llamado la debilidad estructural de la novela. Es justamente esta «debilidad» novelesca —y no es paradójico decirlo y menos aún subrayarlo— la que ha permitido disponer de un excelente *corpus* de materiales para un estudio crítico genético del texto como el que disponemos en esta edición.

Es por esta razón que insistimos en que si la Colección Archivos hubiera optado por otra novela de Amorim para esta edición crítica, tal vez estaríamos frente al texto de una mejor novela editada, pero de un interés crítico menor en función del método y la concepción de la colección. Lo verdaderamente interesante es haber hecho posible, gracias a este proyecto, una acumulación de elementos de base sólo en apariencia farragosos en la medida en que pueden aparecer significados genéticamente merced a su presentación conjunta y articulada.

Los «conceptos-vínculo»:

De ahí también el interés de un análisis de cómo se van forjando en las sucesivas versiones de la obra los «conceptos-vínculo», especialmente el símbolo de la carreta como movimiento e hilo conductor de la narración a todo lo largo de la novela. La modificación de la función de algunos personajes en el conjunto de la obra puede ser rastreada en el mismo sentido.

3.5. *Genética estilística*

Sin embargo, un estudio de la génesis del texto no puede dejar de privilegiar en el análisis crítico, los fenómenos de «escritura» propiamente dicha, es decir, el análisis de las trazas y variantes que se han relevado entre los diferentes manuscritos y ediciones. Más de mil quinientas variantes existen entre la primera y la 6ª edición de la novela. Se trata aquí principalmente de corrección de palabras, frases añadidas, giros y supresiones que tienden hacia una forma más depurada de escritura en la medida en que la obra acompaña el proceso de madurez como escritor de Amorim, porque el autor —entre cada una de las versiones de *La carreta*— va publicando otras obras, cuentos y novelas.

El análisis de la genética estilística de *La carreta* debe ser acompañado —y así lo hemos proyectado— de un estudio lingüístico que la explique y ponga de relieve los regionalismos y particularismos utilizados por el autor.

4. Proceso de producción

Si prescindimos del análisis del texto definitivo de *La carreta,* a los efectos de esta presentación, podemos hablar de un proceso de producción abierto a virtualidades diferentes, jalonado de acontecimientos conocidos, es decir los sucesivos textos publicados, y no necesariamente mantenidos en la etapa del pre-texto.

La naturaleza del proceso de producción del texto-definitivo de *La carreta,* aunque se extienda a lo largo de veinte años (1932-1952), es muy diferente a la de un manuscrito que hubiera permanecido en la condición de pre-texto en la esfera íntima del autor durante ese mismo lapso de tiempo, como puede ser el caso en la obra de otros escritores, paciente y obsesivamente trabajada durante una vida.

Aquí estamos frente a un texto-base que se ha ido elaborando en «la plaza pública», merced a ediciones sucesivas de sus componentes y donde son el éxito, las críticas y comentarios exteriores, los que han incidido fundamentalmente en su re-elaboración ulterior.

4.1. *Identificación de las «unidades redaccionales»*

Por ello es importante la identificación de las «unidades redaccionales», ese intento de integrar «todos» los elementos de la documentación de que disponemos en un proceso genético comprehensible, del cual puedan desprenderse los datos «interpretables» del proceso de producción novelesco.

En esta identificación deben irse articulando los grandes ejes del devenir textual, tal como aparecen estructurados en la edición definitiva. Podemos así hablar de sucesivos:

4.1.1. *Estratos cronológicos*

Establecer los «estratos cronológicos» como una reconstrucción histórica del texto puede parecer, a su vez, una nueva narración que se añade a la novela. Escribir una novela de la novela. Contar lo que pasó durante esos 29 años en los que *La carreta* acompaña como una sombra la vida del autor, marcada por otros éxitos literarios, viajes y múltiples actividades.

5. Conclusión

Es evidente que más allá de las variantes meramente estilísticas, puede percibirse en el análisis genético de *La carreta* un esfuerzo global y coherente en la estructuración progresiva del texto, hasta su versión definitiva.

La descripción de los cambios, abrumadora y erudita, puede impedir transmitir la certidumbre heurística de que los documentos y fuentes manejados están orientados hacia ese propósito de estructuración novelesca. Éste es un problema al que todo genetista hace frente: cómo ayudar a que el lector perciba la dirección precisa en el texto, cuando tantos atisbos de otras direcciones posibles y titubeos marcan el camino frente a las encrucijadas.

Creemos, en este sentido, haber ayudado con esta presentación a la certidumbre de que en *La carreta,* más allá del número abrumador de variantes, se construye una estructura lógica suficientemente objetiva como para que sea percibida por el lector, estructura de la que, personalmente, estamos convencidos y ello pese a las carencias reconocidas del texto.

5.1. *Enriquecimiento del análisis textual*

Finalmente, creemos que una edición como la proyectada, es decir, con la publicación de todas sus etapas, versiones y variantes, más allá de brindar una lectura polisémica del texto «en todos sus estados» de elaboración, permitirá a su vez una nueva lectura crítica textual de la obra definitiva.

Si se explotan selectivamente los resultados suministrados por el análisis exhaustivo de los documentos y manuscritos vistos en esta perspectiva genética, pueden incorporarse sin dificultad a la crítica de la obra definitiva. Una lectura del texto-base de *La carreta* no podrá prescindir en el futuro, a partir de una edición como la proyectada, de los antecedentes de ese verdadero *work in progress.* Esta lectura será inevitablemente «diferente», aunque se limite al análisis textual del texto-definitivo. La mirada crítica ya no podrá ser la misma, una vez que se conozcan los antecedentes de la obra. Al ganarse en perspectiva y en una profundidad temporal, la distancia que media entre 1923 y 1952, se habrá llenado de etapas lo suficientemente importantes como para que, sin necesidad de referirse explícitamente a ellas, un crítico del texto definitivo no pueda dejar de tenerlas en cuenta en toda reflexión sobre la obra.

De ser así —como personalmente creemos— bastará para haber justificado el esfuerzo de una edición crítica como la realizada por la Colección Archivos.

Anexo 1

Corpus utilizado en la edición crítica de *La Carreta*

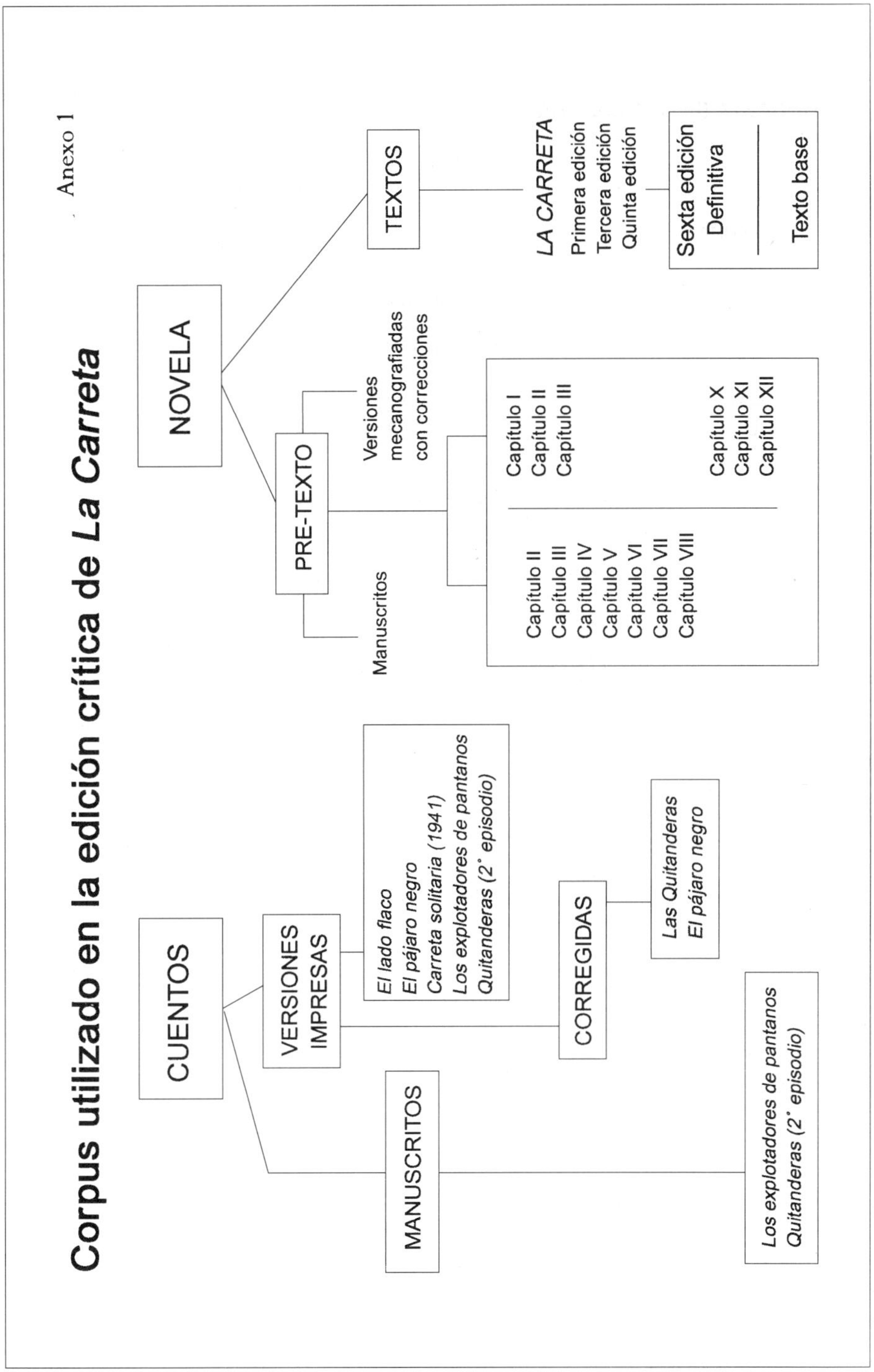
CUENTOS
VERSIONES IMPRESAS
El lado flaco
El pájaro negro
Carreta solitaria (1941)
Los explotadores de pantanos
Quitanderas (2° episodio)
CORREGIDAS
Las Quitanderas
El pájaro negro
MANUSCRITOS
Los explotadores de pantanos
Quitanderas (2° episodio)
NOVELA
PRE-TEXTO
Manuscritos
Versiones mecanografiadas con correcciones
Capítulo II
Capítulo III
Capítulo IV
Capítulo V
Capítulo VI
Capítulo VII
Capítulo VIII
Capítulo I
Capítulo II
Capítulo III
Capítulo X
Capítulo XI
Capítulo XII
TEXTOS
LA CARRETA
Primera edición
Tercera edición
Quinta edición
Sexta edición
Definitiva
Texto base

Anexo II

Génesis de *La Carreta*

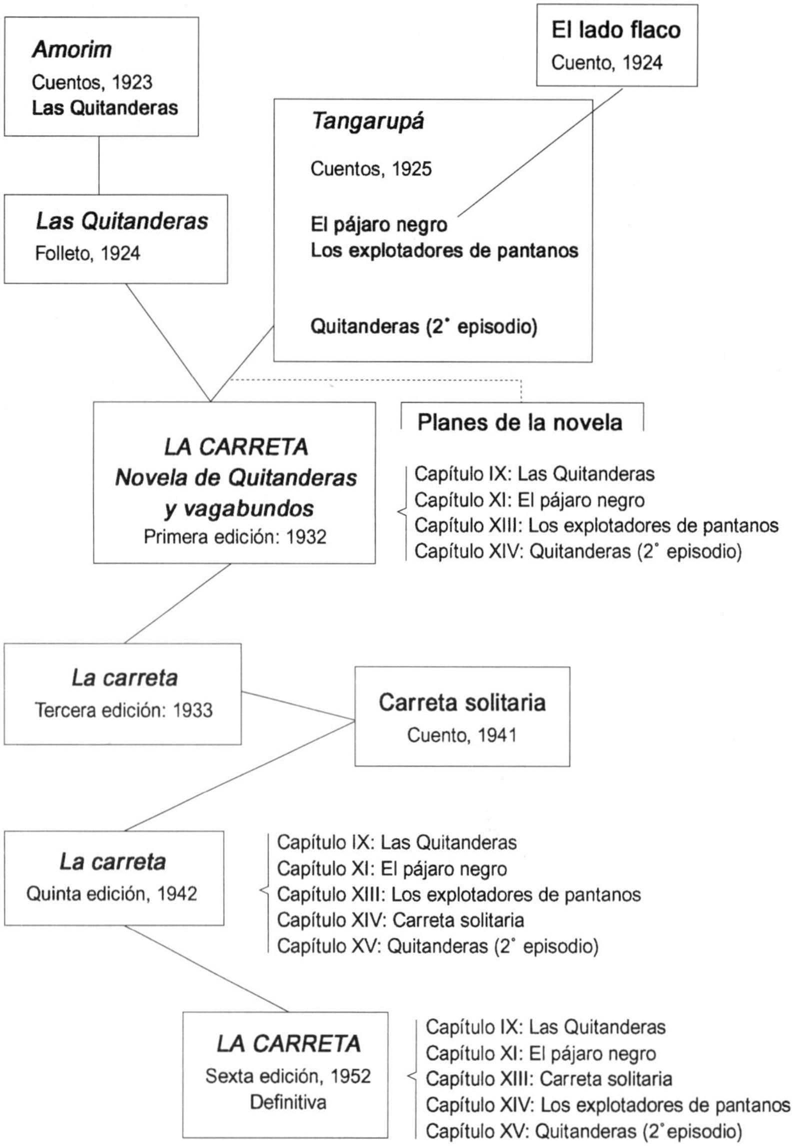
Amorim
Cuentos, 1923
Las Quitanderas
El lado flaco
Cuento, 1924
Tangarupá
Cuentos, 1925
El pájaro negro
Los explotadores de pantanos
Quitanderas (2° episodio)
Las Quitanderas
Folleto, 1924
LA CARRETA
Novela de Quitanderas y vagabundos
Primera edición: 1932
Planes de la novela
Capítulo IX: Las Quitanderas
Capítulo XI: El pájaro negro
Capítulo XIII: Los explotadores de pantanos
Capítulo XIV: Quitanderas (2° episodio)
La carreta
Tercera edición: 1933
Carreta solitaria
Cuento, 1941
La carreta
Quinta edición, 1942
Capítulo IX: Las Quitanderas
Capítulo XI: El pájaro negro
Capítulo XIII: Los explotadores de pantanos
Capítulo XIV: Carreta solitaria
Capítulo XV: Quitanderas (2° episodio)
LA CARRETA
Sexta edición, 1952
Definitiva
Capítulo IX: Las Quitanderas
Capítulo XI: El pájaro negro
Capítulo XIII: Carreta solitaria
Capítulo XIV: Los explotadores de pantanos
Capítulo XV: Quitanderas (2° episodio)

Anexo III

CRONOLOGÍA COMPARADA
ENTRE LA GÉNESIS DE *LA CARRETA*
Y EL RESTO DE LA OBRA
DE ENRIQUE AMORIM
(entre 1923 y 1925)

Génesis de LA CARRETA	* **Otras obras**
	Veinte años (1920) poemas
Amorim (1923) (incluye el cuento «germen» *Las quitanderas*)	
El lado flaco (1924) cuento reelaborado en 1925 como *El pájaro negro*	
Tangarupá (1925) (incluye los cuentos *El pájaro negro,* *Los explotadores de pantanos y* *Las quitanderas (segundo episodio)*	**Un sobre con versos (1924)**
	Horizontes y bocacalles (1926) cuentos
	Tráfico (1927) cuentos
	La trampa del pajonal (1928) Cuentos
	Visitas al cielo (1929) poesía
La carreta (1932) **1.ª edición**	**Del 1 al 6 (1932)** cuentos
La carreta (1932) **2.ª edición**	

La carreta (1933) **3.ª edición**	
	El paisano Aguilar (1934) novela
	Poemas uruguayos (1935) poesía
	Presentación de Buenos Aires (1936) cuentos
La carreta (1937) **4.ª edición**	**La plaza de las carretas (1937)** cuentos
	Historias de amor (1938) cuentos
	La edad despareja (1938) novela
	Cinco poemas uruguayos (1939)
	Dos poemas (1940) poesía
Carreta solitaria (1941) cuento	**El caballo y su sombra (1941)** novela
La carreta (1942) **5.ª edición**	**Cuaderno salteño (1942)** poesía
	La luna se hizo con agua (1944) novela
	El asesino desvelado (1945) novela
	Nueve lunas sobre Neuquén (1946) novela

La carreta (1952)
6.ª edición (definitiva)

1º de Mayo (1949)
poesía

La segunda sangre (1950)
teatro

Feria de farsantes (1952)
novela

GÉNESIS DE *LA CARRETA*

Wilfredo Penco

En el origen fue un cuento. Sin embargo, no es posible afirmar que cuando Enrique Amorim dio a conocer «Las quitanderas», relato incluido en su primer libro de narrativa [1], ya pensaba desarrollar ese episodio, o sumarle otros más y, de ese modo, elaborar lo que sería su primera novela, *La carreta* [2] tal vez la de más éxito entre las numerosas que, a partir de entonces, fue publicando a lo largo de casi treinta años de producción ininterrumpida. Pero lo cierto es que ya en 1924, «Las quitanderas» se separa de su libro original y aparece publicado solo, en una breve edición especial. [3] El 1º de febrero de 1924, Amorim autorizó esa publicación al Director de la editorial bonaerense, según consta en la misma, y seguramente no debe haber estado alejado del motivo de tal empresa editorial, el hecho de que a fines del año anterior, Martiniano Leguizamón hubiera dado a conocer un artículo, de naturaleza filológica, a propósito del término «quitanderas», recogido en el título de la narración y en la narración misma, y la carta aclaratoria, también publicada, que Amorim dirigió al estudioso argentino, ambas reproducidas en la edición especial.

Esa publicidad ocasional, que poco tiempo después habría de tener otras proyecciones, [4] tal vez impulsó a Enrique Amorim a insistir con el nombre de su comentado relato y también con el entorno allí establecido, y cuando da a conocer

---

1 *Amorim*, Montevideo, Editorial Pegaso, 1923.

2 *La carreta*, Buenos Aires, Editorial Claridad, 1932.

3 *Las quitanderas*, Buenos Aires, Editorial Latina, 1924.

4 El incidente que dio lugar a una cierta repercusión a propósito de «Las quitanderas», partió de la publicación de un libro en Francia con un título similar, por lo cual Amorim denunció al autor de haber plagiado su obra. El propio Amorim resume el incidente en tres párrafos de «A propósito de las quitanderas», nota recogida en la tercera y en la cuarta edición de *La carreta*. Los párrafos de referencia dicen: «El aspecto quizás más curioso de todo este embrollo de datos y de afirmaciones, más o menos fundadas, reside en la publicación de una novela de «quitanderas» obra del escritor francés Adolfo de Falgairolle, quien en la serie de «Les Oeuvres Libres», dio a estampa una historia con mis personajes, intitulándola «La quitandera». En la novela del escritor francés, la carreta arranca del extremo Sur de la calle Rivadavia, en un amanecer pintorescamente descripto por el autor. Y la partida se efectúa ante la presencia luminosa de un inmenso aviso de Ford, hundiéndose el vehículo en la pampa, con la seguridad de que es capaz una pesada carreta y un escritor europeo improvisando novela americana. // El lector se

su segundo libro de narraciones en 1925, [5] incluye, junto a la breve novela que da título al volumen, tres cuentos más, el primero de los cuales titula «Las quitanderas» (segundo episodio).

Estos dos relatos o episodios fueron, pues, los primeros núcleos a partir de los cuales Amorim dio comienzo a su labor narrativa con vistas a la configuración de su primera novela, publicada en 1932 [6]. Pero ya en la edición original de *Tangarupá* aparecen otros dos cuentos, «El pájaro negro» y «Los explotadores de pantanos» que, sometidos a varios ajustes y reescrituras, pasarán también a formar parte, como capítulos, de *La carreta.*

Tal conjunto de materiales constituye la base con que el autor contaba, en un principio, para establecer un mundo que podía transformarse en novelesco. Esa naturaleza novelesca ya aparecía esbozada en los relatos y sin desvirtuar totalmente la autonomía de cada creación individual, era posible ligarlos a través de un hilo conductor, aunque éste fuera por momentos leve.

Ya en «Las quitanderas» se da cuenta de personajes típicos que serán algunas constantes de la novela, aunque cambien los nombres y las situaciones: mujeres de vida licenciosa (para no llamarlas «impúdicas» como lo hace Martiniano Leguizamón), comandadas por una suerte de celestina, [7] y un vehículo primitivo que las transporta, de pueblo en pueblo, y define sus vidas ambulantes a la espera de los clientes que el destino les otorgue. En «Las quitanderas» (segundo episodio), es otra la celestina, y otras también las mujeres que la acompañan [8] pero el oficio que

---

preguntará, como conoció el citado novelista la obra, o la existencia de ese raro espécimen de mujeres. Y, fácil es responder a ello, si se tiene en cuenta que M. de Falgairolle, conoce profundamente nuestro idioma y, por lo visto nuestra literatura. // Un año después de aparecido mi libro, el gran pintor Don Pedro Figari, expuso en un salón de París una serie de cuadros de «quitanderas». Gauchos o quitanderas, para el escritor francés, le parecieron bienes comunes y entes fácilmente utilizables. Mientras aquí se discutía la veracidad del relato, en Francia aparecían las quitanderas como materia novelesca. Denunciado por mí, el infundio, como plagio inocente de M. de Falgairolle, en el diario «L'Intransigeant», se dio eco asímismo a mi reclamo, en «Les Nouvelles Littéraires», y «Candide» marginó el hecho.

[5] *Tangarupá,* Buenos Aires, Editorial Claridad, 1925.

[6] ob. cit.

[7] En «Las quitanderas» y en «Las quitanderas» (segundo episodio) a la dueña del carretón se la individualiza como «celestina», «la bruja» o «la vieja». Al transformarse en capítulos de la novela otro término es intercalado: «Mandamás», al que Amorim llega en la elaboración de los primeros capítulos, que es posterior a la de los relatos publicados individualmente.

[8] En «Las quitanderas» se dice que a la Mandamás la llamaban en su niñez Clorinda, y ahora misia Rita o la González. Clorinda es el nombre de una de las Hermanas Felipe, «amazonas» del espectáculo dirigido por don Pedro —en los primeros capítulos—, la que mantiene relaciones con el dueño del circo y protagoniza un encuentro con Chaves, a quien atiende como cliente cuando se convierte en fugaz quitandera. Amorim sustituyó este nombre al transformar el cuento en capítulo de *La carreta,* primero por el de Secundina —que también aparecía en los episodios iniciales y que sería la tercera mujer de Matacabayo— y optó finalmente por un sobrenombre: La Ñata.

Otro nombre es cambiado en el tránsito del cuento a la novela. Misia Rita —la vieja Mandamás que también es aludida en los primeros capítulos y que reaparece en «Las quitanderas» (segundo episodio) (último capítulo de *La carreta*)— se transforma en misia Pancha. La intención de Amorim al sustituir estos nombres parece ser la de distinguir a las quitanderas del capítulo IX de las que integran los capítulos iniciales y, asímismo, el final de la novela. Sólo el nombre de Petronila permanece y aunque no puede afirmarse que corresponda a la misma quitandera, en más de una instancia se la presenta como una «brasilerita».

ejercen es el mismo y similar el transporte que utilizan para ir de un lado a otro: la carreta. [9]

Por su parte, en «Los explotadores de pantanos» se presenta a un personaje que será uno de los centrales de la novela: Chiquiño, el hijo de Matacabayo. En el cuento se le muestra a su regreso al pueblo, después de su salida de la cárcel, donde había pagado con prisión un crimen cometido años antes. Ese crimen será desarrollado en otro capítulo de la novela, el X, y un nuevo engarce habrá de producirse entre estos dos episodios de *La carreta.*

Pero conviene detenerse ahora, para recurrir a los esquemas iniciales que Amorim esbozó cuando comenzó a tener en claro la estructura de *La carreta.* Antes aún de comentar estos esquemas conviene repasar los materiales que ya había publicado y que utilizaría en su trabajo narrativo: «Las quitanderas» (de *Amorim*) y «Las quitanderas» (segundo episodio), «El pájaro negro» y «Los explotadores de pantanos» (de *Tangarupá*): cuatro relatos, que van a ser cuatro capítulos en un total de catorce en la primera edición. Menos de una cuarta parte. Y, sin embargo, con excepción de «El pájaro negro», son no sólo instancias claves de la novela, sino algunos de los textos más extensos y desarrollados, a partir de los cuales (o al menos teniéndolos presentes) seguramente son elaborados casi todos los demás. Resulta importante subrayar estos datos, porque indican algunas líneas del proceso de elaboración y también características fundamentales que habrían de determinar la concepción global de la novela. Los apuntes con que Amorim da comienzo a la organización de *La carreta* son indudablemente ilustrativos. El primer esquema registra once capítulos, de este modo: «Matacabayos. Cap I // El circo, las pasteleras. Cap. II // Broma y huída. Cap III // El carretón comienza. // Carreras de gatos. // En otro lugar. Con // Chaves. Desaparece // Chiquiño. Cap. IV // Quitanderas. // Cap. V // Aguas arriba. Cap. VI // El pájaro negro // Cap. VII // Venta de Brandina. Cap. VIII // Los explotadores. Cap. VIII [sic] // Los chanchos. Cap. X // Quitandera. Cap. 11. [sic]»

El segundo esquema establece sólo siete, numerados de la siguiente manera: «Cap. I // Matacabayos // Cap. II // Las pasteleras. Orígenes. (*Razones para la fiesta*). Bromas del // comisario. Huída. // Cap. III // Carreras de gatos (desaparece Chiquiño). // Cap. IV // Quitanderas (Correntino). // Cap. V // Venta de Brandina. Cuenta a sus // amigos. // Cap. VI // Explo[tadores] de pantanos (Vuelve Chiquiño) // Cap. VII // Aguas arriba.»

El tercer conjunto de anotaciones es como sigue: «Matacaballos se enamora —3$^{er.}$ vez— // Secundado por su hijo, quien le ayuda // a conquistar a la mujer. El hijo // (Chaves de quitanderas) mata a un amante // de // Carreras de gatos //

[9] Como ya fue señalado en la nota anterior, al organizar la novela, Amorim parece querer distinguir por lo menos dos grupos de quitanderas. Incluso ya en los relatos individuales esa idea estaba presente como lo demuestra el primer título tentativo de «Las quitanderas» (segundo episodio): «Las últimas», que finalmente desecha. En realidad estas «últimas» serán las «primeras» ya que en los capítulos iniciales aparece casi el mismo elenco y en la frase final del V, se informa: «Las primeras quitanderas sufrían el primer fracaso». El segundo grupo será finalmente el que aparece en el Cap. IX (que es la nueva versión del cuento «Las quitanderas»).

Las pasteleras // Venta de la chica // Treta del comisario // Mandamás // leras. // Quitanderas // 2as. Quitanderas // chupar la vela [10].»

Del cotejo de los tres esquemas y de la organización final de la novela (en su primera edición) surgen coincidencias en el primer capítulo que consistirá en la presentación de Matacabayo [11] y su familia (Casilda, su segunda mujer y sus hijos Alcira y Chiquiño) aunque en ese mismo capítulo irrumpen también los carretones del circo en su pasaje por Tacuaras, se establece el modo como Matacabayo se relaciona con los forasteros [12] y en particular queda registrada su vinculación con Secundina (que en el circo hacía de capataza, quedando insinuado así su papel de Mandamás que cumplirá más adelante [13]). Por eso, en los apuntes finales Amorim señala: «Matacaballos se enamora —3er. vez— Secundado por su hijo, quien lo ayuda a conquistar a la mujer». El hijo es Chiquiño, quien atraviesa a nado el río en busca de yerbas medicinales para atender una dolencia de Secundina, y no Chaves, como se anota por error cuando se indica: «El hijo (Chaves de quitanderas) mata a un amante de»; esta referencia, con la corrección señalada, podría aludir al capítulo X, que provisionalmente se denomina «Los chanchos», en el primer proyecto.

El capítulo II, efectivamente, se integra con el circo en funcionamiento y allí, en ese entorno, quedan ubicadas las pasteleras («vendedoras de fritanga y confituras») que más adelante serán denominadas carperas hasta llegar al nombre definitivo: «Quitanderas» [14]. El negocio de estas mujeres, que impulsan Secundina y Mataca-

---

10 Se trata de dos folios manuscritos: En el primero al dorso, aparece el primer esquema y en el reverso, el tercero: el segundo proyecto de organización de la novela está manuscrito en el segundo folio. Como surge de las correspondientes lecturas, es el primero el que muestra un estado más avanzado de elaboración, por su desarrollo más completo, lo que lo hace el más cercano a la estructura definitiva de la primera edición, a pesar de las importantes variaciones que se operan. La guía que denominamos segunda, es más sintética, mientras que la tercera es sólo una serie de apuntes centrados en unos pocos capítulos.

11 La escritura del nombre de Matacabayo, sufre diversas modificaciones que registran las versiones originales. Primero es Matacaballos, en una segunda instancia Matacabayos, hasta que se decide, luego de vacilaciones verificables, por la denominación definitiva. El origen del nombre es explicado en el primer capítulo de *La carreta.*

12 En la breve historia de Matacabayo que se establece en los primeros párrafos del capítulo I, se dice: «fue explotador de aquel pantano, pero descubierta su treta, se resignó a usufructuarlo en sus consecuencias, más que en el propio accidente. // Cuando veía repechar una carreta, esperaba el paso de los carreros [conductores, 3era. edición y siguientes] para ofrecerse». Ese oficio será el mismo que desempeñará Chiquiño, su hijo, en el capítulo XIII (XIV de la sexta edición) que se integra con una nueva versión del cuento «Los explotadores de pantanos».

13 En el capítulo II, es Misia Rita, «una vieja de voz nasal, regañona y tramposa» quien «se encargaba de cobrar el precio de la quitanda». Cuando la «empresa» que Matacabayo y Secundina organizan, entra a funcionar, es misia Rita la Mandamás: «La vieja es la que manda más, la que capitanea a las carperas», dice el asistente del comisario (cap. III). Pero ya en el capítulo IV, Secundina habla de este modo: «—¡No, no! Ya saben que la Mandamás soy yo». Secundina desaparece junto a Matacabayo en el capítulo VI y no volverá a hablarse más de ella (ni cuando reaparezca su compañero de andanzas, en la quinta edición) salvo un recuerdo que dejan caer en un diálogo Piquirre y Luciano: «Yo conocí a la Mandamás más peluda, la finada Secundina, que era capaz de darte una cachetada si te pasabas con alguna de las chinas...» (cap. XII).

14 K. E. A. Mose, en su trabajo *Enrique Amorim: the passion of a uruguayan,* Madrid, Editorial Layor, Colección Plaza Mayor Scolar, 1983, observa con acierto que «the prostitutes are vendedoras de quitanda or carperas in the first few chapters. It is only after some time has passed and they have had their first night of bad business that we find the term quitanderas used, indicating that they had by then begun to be something of an institution.» (p. 60).

bayo, es el que da lugar a la conversación entre el comisario, don Nicomedes, y el dueño del circo, don Pedro, y abre al desarrollo del tercer capítulo, con título provisorio, en el primer esquema: «Broma y huída»; en el esquema segundo, en cambio, todo está referido en el capítulo II: «Las pasteleras. Orígenes. Razones para la fiesta. Broma del comisario, Huída.» En el tercero, por su parte, no hay referencia sobre el episodio.

Estos tres primeros capítulos presentan una continuidad indiscutible y fueron elaborados, sin duda, con una visión novelesca en su entramado, aunque también teniendo presentes, como ya se señaló, los textos previos, los dos que habían servido de embriones: «Las quitanderas» (primer y segundo episodios).

Asímismo, el capítulo IV se relaciona con los anteriores en la cronológica fluencia de la narración y, de algún modo, comienza a cerrarse lo que podríamos denominar la primera parte de *La carreta,* que se cerrará efectivamente dos capítulos más adelante.

En esta primera parte han quedado definidos el mundo de las quitanderas, su origen y su oficio, la carreta y su presencia conductora de las secuencias narrativas, en algunos casos más visible, en otros apenas lateral; dos personajes que volverán a aparecer en los tramos finales: Matacabayo y Chiquiño (también Leopoldina, en un papel secundario, más de apoyo de las instancias episódicas), y un misterioso Chaves que es casi una sombra que acompaña, intermitentemente, el tránsito de la narración.

Tres capítulos: el IV, el V y el VI, quedan formulados en uno solo, en el esquema inicial, a través de los apuntes que Amorim establece: «El carretón comienza. Carreras de gatos. En otro lugar. Con Chaves. Desaparece Chiquiño.» Las «carreras de gatos», del mismo modo que el episodio del indio Ita y su finada esposa, son los núcleos argumentales en torno de los cuales se organizan los capítulos V y VI. Pero aún así, el desarrollo que se desprende desde las primeras líneas de la novela no se interrumpe, pues mientras en el primero, Matacabayo, Secundina, Chiquiño, Leopoldina, la Mandamás (Misia Rita) y las otras mujeres no dejan de tener una presencia aún secundaria en el episodio (incluso Clorinda, una de las amazonas, decide volver a Tacuaras en busca de don Pedro, y Chiquiño y Leopoldina resuelven alejarse del grupo y desaparecer), en el segundo los mismos personajes, los principales, vuelven a entrar en escena.

A esta altura es cuando comienza a desarrollarse una serie episódica, ahora sí definidamente fragmentaria, y la continuidad argumental es deliberadamente débil y habrá que esperar al capítulo X para observar la reaparición de Chiquiño.

El Capítulo VII, en el que se narra las relaciones de Maneco y Tomasa, y en el que participa, también, a la distancia, el dueño del establecimiento rural, don Cipriano, no está mencionado en los esquemas y la carreta y las quitanderas cumplen una función de mera referencia circunstancial en la parte final.

El VIII, con distinta ubicación en el primer esquema, tiene como protagonista a una quitandera innominada. Ya las primeras han clausurado su ciclo y cuando el capítulo IX se inicie, otras serán las mujeres ambulantes (sólo un nombre se repite, el de Petronila) que la carreta traslada, y otra, también, la Mandamás: ahora se llama Misia Pancha, la Ñata o la González. Pero el núcleo narrativo se concentra, de nuevo, en los negocios de las quitanderas. Después del intervalo que constituyen, en cierta medida, el episodio en la estancia de don Cipriano y la historia de la quitandera a bordo de la barcaza, se coloca en foco una vez más el carretón y sus habitantes, para dar paso, en el cap. X, a la reaparición de Chiquiño, instalado en el pueblo junto a Leopoldina, en una de las instancias episódicas más efectistas de la novela: el asesinato de Pedro Alfaro. Sólo en el primer esquema se alude a este capítulo con el título «Los chanchos».

La técnica que Amorim pone en práctica ha dado sus primeros resultados: el carácter episódico de los capítulos, hilvanados con más o menos intensidad, admite la digresión anecdótica controlada y el curso de los diez primeros capítulos permite poner a prueba la inserción de uno más, a esta altura, con una relación muy circunstancial con las historias que se han venido engarzando.

Este Capítulo, el XI, es, de toda la novela, el que presenta el carácter más independiente. Había sido publicado por primera vez, como cuento, en *Caras y Caretas,* con el título «El lado flaco» [15]; sometido el texto a diversas correciones, pasó a integrar, también como narración autónoma, la primera edición de *Tangarupá,* modificado su título en «El pájaro negro». Fue reescrito nuevamente, pero sin modificaciones sustanciales respecto a las versiones anteriores, salvo las referencias a las quitanderas intercaladas estratégicamente, cuando se le incluyó en *La carreta.* Esta inclusión debe haber sido resuelta ya en la etapa final de elaboración, previa a la primera edición, por las razones apuntadas y porque sólo se le menciona en el primero de los esquemas que se han venido manejando (el más avanzado).

Distinto es el caso del capítulo XII. En el primer esquema y con el número VIII se lee: «Venta de Brandina». En el segundo esquema aparece (pero como capítulo V) la misma anotación, a la que se adjunta esta otra: «Cuenta a sus amigos». Por último, en la tercera serie de apuntes se indica: «Venta de la chica» y también, al final: «2$^{as.}$ quitanderas // chupar la vela». El capítulo XII está dividido en dos partes: en la primera se relata la venta de Florita (y no de Brandina) a don Caseros, venta en la cual interviene una Mandamás innominada; la segunda trata del diálogo y del incidente entre Piquirre y Luciano en la pulpería, en el primero de los cuales se hace mención a las primeras quitanderas y en particular a «La Mandamás más peluda, la finada Secundina» y a los métodos para medir la duración de los encuentros entre clientes y quitanderas, mientras los cabitos de vela permanecían encendidos. Como corolario del capítulo se produce el encuentro de Florita y Luciano.

Ya en los tramos finales de *La carreta,* reaparece Chiquiño en el capítulo XIII, que con anterioridad había sido un cuento de *Tangarupá:* «Los explotadores de pantanos». La trama de esta narración reconoce su antecedente inmediato en el capítulo X, en el que el hijo de Matacabayo mata a Pedro Alfaro. Ya Leopoldina está bajo tierra, y es ahora a Chiquiño a quien le llega la muerte. Reaparece fugazmente, asimismo, la primera Mandamás, la vieja Rita y, de ese modo, vuelve a quedar referenciada la historia inicial de *La carreta.* Este capítulo es, para el

15 *Caras y Caretas,* Buenos Aires, 5 de julio de 1924.

primer esquema, el IX y, para el segundo, el VI, con la aclaración: «Vuelve Chiquiño».

La novela termina en la primera edición en el Capítulo XIV, que integra una nueva versión de «Las quitanderas» (segundo episodio), en la que vuelven a cobrar vida misia Rita—La Mandamás—, Petronila, Rosita y Brandina, y aquel personaje escurridizo de los primeros capítulos, Marcelino Chaves. Aunque alejado en el tiempo narrativo y en el difuso ritmo cronológico de la novela, con relación a sus primeros tramos, este capítulo pone punto final a las diversas historias sucesivas y como tal, como instancia última de la novela, es concebido, según resulta de su propia trama y también de su ubicación en los dos primeros esquemas.

Este repaso de los proyectos iniciales de la novela que Amorim dejó establecidos en sus borradores, las variantes verificadas en el cotejo con la estructura de la primera edición, y las comparaciones con las líneas generales de los relatos publicados con anterioridad, permiten acceder a una primera idea global de la génesis de *La carreta* y su historia estructural.

Tal aproximación podría ser profundizada con el estudio de las diversas versiones que se conservan de sus borradores originales, en algunos casos manuscritos, en otros mecanografiados con correcciones o impresos (de los cuentos que pasaron a ser capítulos) también —algunos— con enmiendas manuscritas [16]. No será ésta la oportunidad para ese estudio que, por otra parte, ilustraría fundamentalmente sobre ajustes sintácticos y precisiones de lenguaje, además de algunas rectificaciones relacionadas a errores de diverso tipo que en los borradores más antiguos habían pasado inadvertidos. Por lo demás, para que un examen de esa índole fuera completo y exhaustivo, habría que contar con materiales que tal vez hayan desaparecido para siempre: en primer término, las versiones manuscritas de varios capítulos y las mecanografiadas de otros y, asimismo, las pruebas de galera y de página, ninguna de las cuales se conserva en los archivos de Montevideo, y que seguramente debieron correr una suerte errática en la editorial argentina, en los años 30. No obstante, el material de que se dispone es voluminoso e ilumina lo suficiente sobre el proceso creador como lo comprueban las consideraciones aproximativas que hemos venido anotando.

Además, el desarrollo de elaboración de *La carreta,* no culmina en la primera edición: continúa en las siguientes. En la edición de 1933 (la tercera) [17] se introduce

[16] Las diversas versiones que se conservan, ordenadas por capítulos, son las siguientes: Capítulo I: 14 folios mecanografiados con correcciones manuscritas. Capítulo II a) 17 folios manuscritos, b) 12 folios mecanografiados con correcciones. Capítulo III: a) 24 folios manuscritos, b) 25 folios, manuscritos y mecanografiados con correcciones. Capítulo IV: 18 folios manuscritos. Capítulo V: 19 folios manuscritos. Capítulo VI: 30 folios manuscritos. Capítulo VII: 13 folios manuscritos. Capítulo VIII: 29 folios manuscritos. Capítulo IX: impreso de «Las quitanderas» con correcciones manuscritas. Capítulo X: 6 folios mecanografiados con correcciones. Capítulo XI: a) impreso de «El lado flaco» b) 2 folios manuscritos e impreso con correcciones de «El pájaro negro», c) impreso de «El pájaro negro», d) 9 folios mecanografiados con correcciones. Capítulo XII: 12 folios mecanografiados con correciones. Capítulo XIII: (Capítulo XIV en la quinta edición): impreso de «Carreta solitaria». Capítulo XIV (Capítulo XIII, primera a quinta edición): a) 23 folios manuscritos de «Los explotadores de pantanos», b) impreso de «Los explotadores de pantanos», c) 19 folios mecanografiados con correcciones. Capítulo XV (capítulo XIV primera a quinta edición): a) 31 folios manuscritos y mecanografiados con correcciones de «Las quitanderas» (segundo episodio), b) impreso con correcciones de «Las quitanderas» (segundo episodio).

[17] *La carreta,* Buenos Aires, Edición Triángulo, 1933.

una serie de variantes y lo mismo sucede en la de 1942 (la quinta) [18]. En ésta, la modificación más importante es la inclusión de un nuevo capítulo que había sido publicado como cuento, con el título «Carreta solitaria» en 1941 [19]. La madurez narrativa, propia del oficio sistematizado en el transcurso de los años, domina este relato tenso que coloca a la novela en un plano no transitado antes. Una ubicación temporal más precisa —son tiempos de revueltas y caudillos alzados— incorpora el trasfondo histórico, reconocible, aún cuando elude referencias explícitas al correlato de la historia nacional. En este capítulo, además, vuelve a aparecer Matacabayo, pero sin quitanderas en su torno (hay algunas vagas alusiones a su vinculación con las mujeres) y con su muerte culmina la narración. Intercalado como capítulo XIV, el que llevaba ese número en las ediciones anteriores pasa a ser el XV en esta quinta, y sigue siendo el final de la novela.

En la edición siguiente, la última, diez años más tarde, [20] son introducidas nuevas modificaciones, decenas de párrafos son escritos una vez más y también su estructura es sometida a cambios: el capítulo XIII de la anterior (en el que muere Chiquiño) pasa a ser el XIV, y éste (que narra la muerte de Matacabayo) el XIII. Como anota Mose [21], al invertir ambos capítulos, la muerte del padre aparece antes que la del hijo, con lo cual se fortalece el paralelismo entre ambos al relacionarlas en el párrafo final del capítulo XIV (de la edición de 1952), y otorgando a su vez una mayor unidad a la novela.

Novela fragmentaria, *La carreta* es concebida de ese modo: a partir de historias diversas y dispersas que se van sumando y quedan interrelacionadas en su mayor parte por sutiles vínculos que a veces no van más allá de apuntes autoreferenciales que producen instantáneamente la conexión. Novela, también, que en la última edición, la definitiva, alcanza su versión más depurada, consecuencia de un largo proceso de casi treinta años desde que un cuento juvenil desbordó los límites de su estructura y puso en marcha a unas mujeres ambulantes y a un viejo carretón sobre el ancho camino de un mundo novelesco.

---

[18] *Id.*, Buenos Aires, Editorial Claridad, 1942.

[19] *La Prensa*, Buenos Aires, 21 de setiembre de 1941.

[20] *La carreta*, Buenos Aires, Editorial Losada, 1952. En 1953 y en 1967 la misma editorial publicó dos reimpresiones más sin ninguna nueva alteración textual. La de 1952 puede considerarse, por consiguiente, la última o definitiva edición.

[21] K. E. A. Mose, ob. cit.

GUÍA PARA LA LECTURA DE LA PRESENTE EDICIÓN

Wilfredo Penco

La carreta, de Enrique Amorim tuvo, en vida del autor, media docena de ediciones aunque, de modo estricto, fueron cuatro, ya que la segunda y cuarta son reimpresiones de la primera y la tercera, respectivamente. Esta aclaración, necesaria, no impide comenzar por establecer las características formales de las seis ediciones, que son las siguientes.

Primera edición: Buenos Aires, Editorial Claridad, 1932, 160 p., Colección Claridad «Cuentistas de hoy».

Segunda edición: Buenos Aires, Editorial Claridad, 1932, 160 p., Colección Claridad «Cuentistas de hoy».

Tercera edición: Buenos Aires, Ediciones Triángulo, 1933, 260 p.

Cuarta edición: Buenos Aires, Librerías Anaconda, 1937, 260 p.

Quinta edición: Buenos Aires, Editorial Claridad, 1942, 224 p., Colección Claridad, vol. 51.

Sexta edición: Buenos Aires, Editorial Losada, 1952, 136 p., Biblioteca contemporánea.

La primera y la segunda ediciones están acompañadas de un «Comentario bibliográfico» de Juan Carlos Welker: «La obra literaria de Enrique Amorim»; la tercera y la cuarta incluyen una nota del propio autor fechada en Buenos Aires, en julio de 1933, y una serie de «comentarios» de Martiniano Leguizamón, Daniel Granada, Roberto J. Payró y Fernán Silva Valdés, además de unas breves transcripciones de artículos aparecidos en *Chicago Daily Tribune, L'intransigeant, Les Nouvelles Littéraires* y *Candide;* la quinta es ilustrada por Carybé y lleva prólogo de Ricardo A. Latchman.

Desde su publicación inicial en 1932, y hasta la tercera edición, incluída, *La carreta* tuvo como subtítulo: «novela de quitanderas y vagabundos». Esta denominación adicional es acotada en la cuarta edición a sólo «novela», desapareciendo también la mención de género en las dos subsiguientes.

Entre la primera y la cuarta edición no se verifican cambios de orden estructural: la novela está dividida en catorce capítulos. En la quinta edición (1942) se incorpora un nuevo capítulo con el número XIV, y el que llevaba tal número en las ediciones anteriores pasa a ser el XV. La edición siguiente (1952) sufre una nueva modificación, esta vez en la ordenación de los capítulos: se invierten los capítulos XIII y XIV de la edición de 1942.

Para la presente edición se ha tomado como texto base la versión que Enrique Amorim consideró definitiva y que fue publicada en 1952. En el margen, y enfrentadas en cada caso, han sido establecidas todas las variantes de la primera edición, que superan las mil quinientas. Al pie de página, y con la indicación respectiva, han quedado registradas las modificaciones de la quinta edición, siempre tomando como referencia la versión definitiva.

Cinco capítulos fueron publicados inicialmente como cuentos, de los cuales cuatro forman parte de libros de relatos del autor.

Esta es su relación, siguiendo el orden de los capítulos de la última edición.

Capítulo IX: «Las quitanderas», en *Amorim,* Montevideo, Editorial Pegaso, 1923, pp. 138-152. [Otra edición especial, en la que aparece sólo *Las quitanderas,* junto a dos artículos («Las quitanderas según don Martiniano Leguizamón» y «Alrededor del vocablo quitanderas», de E. A.) Buenos Aires, Editorial Latina, 1924.]

Capítulo XI: «El lado flaco», en *Caras y Caretas,* Buenos Aires, 5 de julio de 1924. Este cuento, con modificaciones que incluyen el título, pasó a ser «El pájaro negro», en *Tangarupá,* Buenos Aires, Editorial Claridad, 1925, pp. 91-96.

Capítulo XIII: «Carreta solitaria», en *La Prensa,* Buenos Aires, 21 de setiembre de 1941.

Capítulo XIV: «Los explotadores de pantanos», en *Tangarupá,* ob, cit., pp. 97-110.

Capítulo XV: «Las quitanderas» (segundo episodio), en *Tangarupá,* ob, cit., pp. 75-90.

En el Apéndice y en el Dossier de la obra se organizan estos y otros materiales que pueden ser considerados preparatorios de la novela, y que se conservan en el Archivo Enrique Amorim, custodiado en el Departamento de Investigaciones de la Biblioteca Nacional, en Montevideo.

Las diversas versiones que se conservan, ordenadas por capítulos, son las siguientes: Capítulo I: 14 folios mecanografiados con correcciones manuscritas. Capítulo II: a) 17 folios manuscritos, b) 12 folios mecanografiados con correcciones manuscritas. Capítulo II: a) 17 folios manuscritos, b) 12 folios mecanografiados con correcciones. Capítulo III: a) 24 folios manuscritos, b) 25 folios, manuscritos y mecanografiados con correcciones. Capítulo IV: 18 folios manuscritos. Capítulo V: 19 folios manuscritos. Capítulo VI: 30 folios manuscritos. Capítulo VII: 13 folios manuscritos. Capítulo VIII: 29 folios manuscritos. Capítulo IX: impreso de «Las quitanderas» con correcciones manuscritas. Capítulo X: 6 folios mecanografiados con correcciones. Capítulo XI: a) impreso de «El lado flaco», b) 2 folios manuscritos e impreso con correcciones de «El pájaro negro», c) impreso de «El pájaro negro», d) 9 folios mecanografiados con correcciones. Capítulo XII: 12 folios mecanografiados con correcciones. Capítulo XIII (Capítulo XIV en la quinta edición): impreso de

«Carreta solitaria». Capítulo XIV (Capítulo XIII, primera a quinta edición): a) 23 folios manuscritos de «Los explotadores de pantanos», b) impreso de «Los explotadores de pantanos», c) 19 folios mecanografiados con correcciones. Capítulo XV (capítulo XIV primera a quinta edición): a) 31 folios manuscritos y mecanografiados con correcciones de «Las quitanderas» (segundo episodio), b) impreso con correcciones de «Las quitanderas» (segundo episodio).

El Apéndice incluye las versiones manuscritas de los capítulos II, III, IV, V, VI, VII, VIII y del cuento «Los explotadores de pantanos», que se convirtió en el capítulo XIV, así como las versiones mecanografiadas con correcciones, en algunas de las cuales están intercaladas páginas manuscritas, de los capítulos I, X, XI, XII, y del relato «Las quitanderas» (segundo episodio) que sería finalmente el capítulo XV. En el Dossier de la obra se establecen las versiones impresas de los cuentos que más tarde se transformarían en capítulos, algunas con correcciones: «Las quitanderas» (capítulo IX), «El lado flaco» (capítulo XI), «El pájaro negro» (1) (capítulo XI), «El pájaro negro» (2) (capítulo XI), «Carreta solitaria» (capítulo XIII), «Los explotadores de pantanos» (capítulo XIV) y «Las quitanderas» (segundo episodio) (capítulo XV).

Las transcripciones de estos «materiales preparatorios» fueron realizadas de acuerdo al siguiente código:

[ ]	incorporado por el investigador
[...]	ilegible
([ ])	testado
([...])	testado e ilegible
(___)	interlineado
([___])	testado e interlineado
([......])	interlineado e ilegible

Por último, corresponde consignar que este trabajo de revisión fue posible gracias a la ayuda de Esther Haedo de Amorim, viuda del escritor, a los funcionarios del Departamento de Investigaciones de la Biblioteca Nacional de Montevideo y a otras personas que colaboraron con excepcional eficacia y a quienes debo mi más profundo reconocimiento.

II. EL TEXTO

LA CARRETA

Enrique Amorim

Texto y apéndice establecidos por
Wilfredo Penco

I

Matacabayo había encarado los principales actos de su vida como quien enciende un cigarrillo de cara al viento: la primera vez, sin grandes precauciones; la segunda, con cierto cuidado, y la tercera —el fósforo no debía apagarse—, de espaldas a la ráfaga y protegido por ambas manos.

⟨ un cigarrillo cara al viento: ⟩

⟨ cierto cuidado y, la tercera, el fósforo no debía apagarse— de espaldas al viento ⟩

Llegaba la tercera oportunidad.

Viudo, con un casal «a la cola», se dejaba estar en el rancherío de Tacuaras.

⟨ en el pueblucho de Tacuaras. ⟩

En sus andanzas había aprendido de memoria los caminos, picadas y vericuetos por donde se puede llegar a Cuareim, Cabellos, Mataperros, Masoller, Tres Cruces, Belén o Saucedo. Y en todos lados —boliches, pulperías y estanzuelas— se hablaba demasiado de sus fuerzas. Demasiado porque, menguadas a raíz de una reciente enfermedad, Matacabayo no era el de antes.[1]

⟨ vericuetos, por ⟩

⟨ «no era el de antes» ⟩

El tifus, que lo había tenido panza arriba[2] un par de meses, le dejó como secuela una debilidad sospechosa. No era el mismo. Tenía un humor de suegra y ya no le daba por probar su fuerza con bárbaro golpe de puño en la cabeza[3] de los mancarrones.

⟨ El tifus que lo había tenido «panza arriba» ⟩

⟨ le trajo consigo una debilidad ⟩

⟨ fuerza, con bárbaros golpes de puño en las cabezas ⟩

El día que ganó su apodo ganó también un potro. Necesitaba lonja y recurrió a un estanciero, quien le ofreció el equino si lo mataba de un puñetazo. De la estancia se volvió con un cuero de potro y un mote. Este último le quedó para siempre. Y aquella vez se alejó ufano, como era, por

⟨ y un apodo. ⟩

---

1 «no era el de antes».

2 «panza arriba»

3 con bárbaros puñetazos en las cabezas

otra parte, su costumbre. Ufano de sus brazos musculosos, que aparecían invariablemente como ajustados por las mangas de sus ropas. Las pilchas le andaban chicas. Espaldas de hombros altos; greñosa la cabellera renegrida, rebelde bajo el sombrero que nunca estuvo proporcionado con su cuerpo; las manotas caídas, como si le pesasen en la punta de los brazos; el paso lento y firme, y su mirada oculta bajo el ala del chambergo, habían hecho de Matacabayo un personaje singular en varias leguas a la redonda de Tacuaras.

⟨ las manoplas caídas, ⟩

⟨ firme, de sus piernas arqueadas de tanto domar, y su mirada oculta bajo el ala, habían hecho ⟩

Hombre malicioso, estaba siempre decidido a la apuesta, para no permitir que alguien tuviese dudas de su fortaleza ni se pusiese en tela de juicio su capacidad. La pulseada era su débil, y no quedó gaucho sin [4] probar. Los mostradores de las pulperías habían crujido bajo el peso de su puño, al quebrar a los hombres capaces de medirse con él. Andaban por los almacenes un pedazo de hierro que había doblado Matacabayo y una moneda de a peso arqueada con los dientes.

⟨ fortaleza, ni se ⟩

⟨ su débil y no quedó gaucho grandote sin ⟩

⟨ ya habían crujido todos bajo el peso de su puño, doblando a los ⟩

⟨ almacenes, un ⟩

⟨ de a peso, arqueada ⟩

Pacífico y de positiva confianza, los patrones lo admiraban y teníanlo en cuenta para los trabajos de categoría [5]. Durante mucho tiempo los caminantes que pasaban por Tacuaras preguntaban por él en los boliches y seguían contentos después de ver el pedazo de hierro y la moneda, arqueados por «el mentao». [6]

⟨ le admiraban y teníanle en cuenta para los trabajos de importancia. ⟩

⟨ contentos, después de ver el pedazo de hierro, la moneda arqueada y trabar conocimiento con «el mentao». ⟩

Pero no le duró mucho la fama. [7] De todo su pasado sólo era realidad el sambenito. Una traidora enfermedad lo había hecho engordar y perder su célebre vigor. Ya no despachaba para el otro mundo ni potros ni [8] mancarrones, pero algo aprendió en la cama... Aprendió a querer a sus críos. Miraba con ojos que lamían a su hija Alcira. Y a

⟨ duró lo que era de desear la fama de vigoroso. ⟩

⟨ era realidad el mote. ⟩

⟨ le había hecho ⟩

⟨ ni potros, ni ⟩

⟨ sus crías. ⟩

---

4 gaucho grandote sin

5 trabajos de importancia.

6 moneda arqueados, y trabar conocimiento con el «mentao».

7 duró lo que era de desear la fama de vigoroso

8 ni potros, ni

Chiquito, [9] el «gurí», no le perdía pisada. Debía enderezarlo porque se alzaba en el retoño de sus quince años. [10]

El recuerdo de su primera mujer se le había borrado. [11] «Ni en pesadilla me visita la finada», solía decir. De ella le quedaban los dos hijos, como dos sobrantes del tiempo pasado. Su segunda mujer, Casilda, era una chinota desdentada y flaca. Presentábale diarias [12] batallas. En cambio, era suave y zalamera con los hijastros, de quienes reclamaba la alianza [13] necesaria para vencer a su marido. Casilda se había encariñado con las criaturas, pero comprendía cuán lejos estaban las posibilidades de descargar contra su enemigo el asco que le inspiraba. Lo había fomentado infructuosamente en los hijos. Ellos renegaban de su madrastra, sobre todo el «gurí», quien tenía una agobiadora admiración por las fuerzas de su padre.

Situado estratégicamente [14] a la entrada del pueblo, por la puerta de su rancho cruzaba el camino. Ya bajo la enramada haciendo lonjas, o sentado junto al tronco de un paraíso, se lo veía invariablemente trabajar en algún apero. A su alrededor iban y venían las gallinas y los perros. Unas y otros se apartaban cuando [15] pasaba la menuda Alcira con el mate. Las famélicas gallinas corrían allí donde Matacabayo arrojase el sobrante de yerba o el escupitajo verdoso. Y los perros, de tanto en tanto, venían a mirarlo de cerca, como intrigados por el trabajo. A veces, una maldición echada al viento como [16] consecuencia de la ruptura de una lezna, sorprendía a los perros, atentos

⟨ Chiquiño, ⟩

⟨ encaminarlo, cuando se alzaba en sus quince años bien plantados. ⟩

⟨ mujer no lo visitaba jamás. ⟩

⟨ desdentada, flaca, macilenta. Presentábale con razón o sin ella, diarias ⟩

⟨ de quienes esperaba la alianza ⟩

⟨ una admiración estúpida por las ⟩

⟨ Ubicado estratégicamente ⟩

⟨ se le veía ⟩

⟨ apartábanse cuando ⟩

⟨ a mirarle ⟩

⟨ al viento, como ⟩

⟨ atraía a los perros, atentos a su voz cavernosa.] [Trabajaba sin ⟩

---

9 Chiquiño,

10 encaminarlo, cuando se alzaba en sus quince años bien plantados.

11 mujer no lo asaltaba jamás.

12 desdentada, flaca, macilenta. Presentábale, con razón o sin ella, diarias

13 de quienes esperaba la alianza

14 Ubicado estratégicamente

15 apartábanse cuando

16 al viento, como

a su voz cavernosa. Las blasfemias hieren [17] a los animales.

Trabajaba sin cesar. Tan sólo hacía paréntesis para encender el apagado pucho, escupir y bajar de nuevo la cabeza.

⟨ el pucho apagado, ⟩

Siempre había arreos para componer. Estratégicamente instalado en una loma a la entrada del pueblo, [18] apenas llegaban los carreros le traían tiros rotos en el camino. Fácil era apreciar a la distancia el estado de los callejones. Manchones negros o parduscos salpicaban el verde de los campos. Los malos pasos se podían ver desde su rancho. Y en oportunidades hasta contemplar la lucha de los carreros empantanados.

⟨ Como estaba instalado a la entrada del pueblo, ⟩

⟨ de los campos empastados. ⟩

Matacabayo estaba convencido de que no había nadie como él para componer los tiros rotos y las cinchas y cuartas reventadas en el violento esfuerzo de los animales.

⟨ convencido que ⟩

Fué explotador de aquel pantano; pero, descubierta su treta, se resignó a usufructuarlo en sus consecuencias, más que en el propio accidente.

⟨ pantano, pero descubierta ⟩

Cuando veía repechar una carreta, esperaba el paso de los conductores para ofrecerse. Así hizo relación y conoció a los «pruebistas» de un circo que marchaban hacia el pueblo vecino. Los vió venir en dos carros tirados por mulas. Los vió caer en el mal paso, encajándose uno tras otro en el ojo del pantano. «Peludiaron» desde las nueve de la mañana hasta la entrada del sol. Fué aquello un reventar de animales, de cinchas, de cuartas, de sobeos.

⟨ de los carreros para ⟩

Como no se acercaban a pedir ayuda, no se molestó. [19] Por ello dedujo que se trataba de gente pobre y forastera. Se las querían arreglar solos, por lo visto.

⟨ no se molestó en ir a su encuentro. ⟩

⟨ solos por lo visto. ⟩

De las once en adelante se abrió el cielo y cayó vertical un sol abrasador. Los accidentados viajeros no tomaron descanso hasta pasadas las

[17] blasfemias también hieren

[18] Como estaba instalado a la entrada del pueblo,

[19] no se molestó en ir a su encuentro.

doce, cuando, puesto en salvo el carretón mayor, pudieron pensar en el almuerzo.

Entre pitada y pitada, Matacabayo siguió cuidadosamente las maniobras de los forasteros. No se le pasó por alto el ir y venir de dos o tres figuras de colores. Al parecer, venían mujeres en los carretones. Y su impaciencia se calmó al ver a los viandantes trepar la cuesta.

⟨ el andar de los forasteros. ⟩

Rechinantes ejes y fatigadas bestias, y las llantas [20] flojas que, al chocar con las piedras del camino, hacían un ruido infernal. Fácil era deducir lo desvencijados que venían los vehículos. [21]

⟨ Rechinantes ejes, fatigosas bestias, llantas ⟩

⟨ un ruido por el cual fácil era deducir lo desvencijados que venían los carretones. ⟩

Ladraron sus perros y Matacabayo levantó la cabeza de su trabajo. Clavó la lezna en un marlo de choclo y, como hombre preparado a recibir visitas —seguro del pedido de auxilio—, se puso en la oreja el apagado pucho de chala.

⟨ colocó tras de la oreja su apagado ⟩

Sus perros avanzaron desafiantes hasta el medio [22] del camino. Pasaba la caravana de forasteros, y cuando Matacabayo comprendió que seguían de largo, se adelantó y les hizo señas. Los carros detuvieron la marcha. Las mujeres que en ellos viajaban coquetearon con pañuelos de colores. A Matacabayo le pareció que le sonreían, y dió pasto a sus ojos mirando con interés a aquel racimo de hembras. Poco le costó convencer al mayoral de su destreza en componer tiros, arreos reventados, cualquier trabajo de «guasca». Cargó con los que pudo, prometiendo ir a buscar los restantes aún [23] sobre las bestias. Al arrancar los carros, Matacabayo se quedó apoyado en un poste del alambrado, acomodando sobre sus hombros los arreos que debía reparar.

⟨ Se abalanzaron sus perros, saliendo desafiantes al camino. ⟩

⟨ forasteros y, cuando ⟩

⟨ Detuvieron su paso los carros, envueltos en una nube de polvo. Las mujeres que en ellos viajaban se taparon la boca con ⟩

⟨ sonreían y ⟩

⟨ interés aquel racimo de mujeres. ⟩

⟨ los restantes en uso aún ⟩

⟨ Matacabayo quedó apoyado ⟩

⟨ los arreos a reparar. Vio alejarse la caravana de forasteros y le llamó la ⟩

Al alejarse la extraña caravana, le llamó la atención un hermoso caballo de blanco pelaje que seguía a los carros.

En la culata del último vehículo iban cuatro

⟨ En la culata de uno de los vehículos, con las piernas al aire, iban cuatro mujeres. Le saludaron ⟩

---

20 Rechinantes ejes, fatigosas bestias. Llantas

21 un ruido tal que fácil era deducir el desvencijado rodar de los vehículos.

22 desafiantes al medio

23 los restantes en uso aún

mujeres con las piernas al aire. Lo saludaron con los pañuelos, cuando estuvieron a cierta distancia. Parecían muy contentas. Aquella alegría inusitada le chocó a Matacabayo. Al girar los talones para regresar a su rancho, enmarcada en la ventana, vió que Casilda lo miraba fijamente. [24]

⟨ Parecían ir muy contentas. La alegría inusitada de las mujeres le chocó a Matacabayo quien al girar los talones para regresar a su rancho vió enmarcada en la ventana, con ojos condenatorios, a Casilda. Su mujer había visto la escena de despedida. ⟩

Un día el pulpero le dijo:

—Mata, te veo montar en mal caballo. Y vas sin estribos, [25] al parecer.

⟨ caballo. Sin estribos, ⟩

Matacabayo —solían llamarlo, más brevemente, Mata— comprendió la alusión. [26]

⟨ brevemente Mata — comprendió la alusión. Vivía acosado por los amigos: ⟩

—No descuidés tu trabajo, Mata, p'ayudar a esa gentuza... Son pior que gitanos de disagradecidos.

⟨ pa ayudar ⟩

El experto en «guascas» había abandonado su labor habitual, para inmiscuirse en los asuntos del circo. Amontonados en su cuartucho, estaban cabezadas, frenos y arreos de varias estancias vecinas. El nuevo negocio bien valía la pena de dejar a un lado el lento trabajo de hacer un lazo. Aquel circo de pruebas en la miseria con sus carretones destartalados, iba a clavar el pico [27] allí. No era posible que saliesen de aquel atolladero de deudas, envidias y rencores viejos. El caso era sacarle partido al derrumbe. De todas aquellas tablas podridas, de todas aquellas raídas lonas y hierros herrumbrados podría surgir una nueva empresa. Se diría que le iba tomando cariño a los restantes cuatro trastos.

⟨ el trabajo lento ⟩

⟨ «clavar el pico» ⟩

⟨ tablas viejas, ⟩

⟨ tomando simpatía a los ⟩

Como su actividad no menguaba, el hombre iba de un lado para otro, dentro del circo. Era la persona servicial, oportuna y solícita. [28] Entraba en el carretón y no dejaba de dar charla a las cuatro mujeres que formaban la población femenina. Dos rubias, las «Hermanas Felipe», amazo-

⟨ servicial, el hombre oportuno y solícito. ⟩

⟨ rubias, «Hermanas ⟩

---

[24] Matacabayo, quien al girar los talones para regresar a su rancho vió enmarcada en la ventana, con ojos condenatorios, a Casilda. Su mujer había visto la calurosa despedida.

[25] caballo. Sin estribos,

[26] alusión. Vivía acosado por los amigos.

[27] «clavar el pico»

[28] servicial, el aparcero oportuno y solícito.

nas; una italiana obesa y cierta criolla llamada Secundina, mujer cincuentona, rozagante y hábil, la cual terciaba aquí y allá, distribuyendo la tarea. Hacía en el circo el papel de «capataza» y, al parecer, no tenía compromiso alguno con los hombres de la comparsa.

⟨ criolla, llamada ⟩
⟨ de aquella comparsa. ⟩

Matacabayo puso sus hijos a servicio del circo. [29] El director, don Pedro, era un hombre indiferente y hosco. Comprendiendo el estado calamitoso de la empresa, apenas si ponía interés en que no le trampearan en la administración y el reparto de los beneficios. Se decía en el pueblo que era el amante de una de las amazonas. Pero nadie podía asegurarlo. [30]

⟨ a disposición del circo. ⟩
⟨ Don Pedro, era un hombre raro, indiferente y ⟩
⟨ en que no le engañasen ⟩
⟨ amazonas. Pero él se mostraba indiferente. ⟩

¿Que faltaba algo? Don Pedro encendía su pipa y prometía arreglar lo que no arreglaba nunca. Sin nacionalidad definida, dominaba dos o tres lenguas, maldiciendo en francés gutural y hablando en un italiano del Sur al flaco Sebastián, [31] el boletero, quien representaba la inquietud encerrado en la taquilla. Pasaba las horas vociferando, [32] echando maldiciones. Pero nadie le hacía caso, a excepción de la segunda amazona, hermana de la supuesta mujer de don Pedro.

⟨ del Sur, «al flaco Sebastián», ⟩
⟨ taquilla. Este se lo pasaba vociferando, ⟩
⟨ Don Pedro. ⟩

Kaliso, que así se llamaba el italiano «forzudo» del circo, vivía con los pies en un charco de barro. Sus enormes pies sufrían al aire seco. Traía a su mujer y un oso. Ella, una sumisa italiana, y él —el oso— una apacible bestia. Formaban una familia unida. Comían en los mismos platos. Deliberaban poco, y cuando lo hacían, el oso subrayaba las palabras con el hocico, rozando la madera de la jaula, en su balanceo de animal mecánico. [33]

⟨ Kalizo, ⟩
⟨ Formaban una familia. Comían juntos los mismos platos. Deliberaban poco y cuando lo hacían el oso subrayaba las palabras con su hocico, rozando la pared de madera de la jaula, con su balanceo idiota de animal mecánico. ⟩

Kaliso también se mostraba indiferente. Sólo se encolerizaba al recordar cierta suma de dinero prestada a los que habían quedado presos, «los

⟨ Kalizo ⟩
⟨ Cuando se encolerizaba era al recordar ⟩

---

29 a disposición del circo.

30 amazonas. Pero él se mostraba ajeno a ellas.

31 del Sur, «al flaco Sebastián»,

32 taquilla. Este se lo pasaba vociferando,

33 rozando la pared de madera de la jaula, en su balanceo idiota de animal mecánico.

tres del trapecio», unos borrachos empedernidos. A Kaliso poco [34] le interesaba la suerte del circo. Sabía que con su oso y la mujer, disfrazados de gitanos, podrían continuar echando la suerte por los caminos. Por otra parte ya habían juntado algunos pesos. [35] A Kaliso le tenían sin cuidado los preparativos de la primera función. Una vez levantadas las gradas, entraría con su oso a conquistar al auditorio. [36]

⟨ empedernidos. Al dueño del oso poco ⟩

⟨ mujer, haciendo de gitanos, podían ir «echando la suerte por los caminos». Además, dada su vida económica, rayana en la avaricia, habían juntado algunos pesos. A Kalizo ⟩

⟨ gradas entraría con su oso y asunto terminado. // Las amazonas «Hermanas Felipe» no podían llevarse de acuerdo. ⟩

Las amazonas, «Hermanas Felipe», no podían ponerse de acuerdo. En una la tranquilidad era efectiva. En la otra, la compañera del boletero, había preocupaciones y razones para [37] no saltar muy a gusto sobre las ancas de los caballos [38]...

⟨ y razonas serias para ⟩

⟨ caballos... El boletero sacaba muy poco partido de la función y se le debía dinero. ⟩

Las autoridades del pueblo les cobraban demasiado por el [39] alquiler de la plazuela, pretextando que allí pastoreaba la caballada de la comisaría y que, al ser ocupado el campo por el circo, debían apacentar en potreros ajenos. [40] Don Pedro dispuso que se cobrase un tanto a las chinas pasteleras que deseaban vender [41] sus mercaderías en los intervalos de la función. Se trataba de una suma insignificante. Pero, al saberlo, el comisario impidió que se cometiese ese atentado a la libertad de comerciar de la pobre gente.

⟨ cobraran una suma absurda por el ⟩

⟨ apacentar las bestias en prados ajenos. Don Pedro, el director, dispuso ⟩

⟨ que desearan vender ⟩

Aquello puso de mal talante al director. Estuvo a punto de protestar el contrato por cinco funciones. Contaba con la rentita que le podía producir el alquiler de los contornos del circo. Se sumaron a este contratiempo, seis u ocho más. Entre ellos, la repentina dolencia de Secundina, la chinota con quien se entendía Matacabayo para ordenar el trajín del circo.

⟨ talante a Don Pedro. Estuvo a punto de renunciar el contrato. ⟩

---

34 empedernidos. Al dueño del oso poco

35 caminos. Ademas, dada su vida económica, rayana en la avaricia, habían juntado algunos pesos.

36 oso, y asunto terminado.

37 y razones serias para

38 caballos... Al boletero, quien sacaba muy poco partido de la función, se le debía dinero.

39 cobraban una suma absurda por el

40 apacentar las bestias en potreros ajenos.

41 que desearan vender

Secundina, la criolla, tenía un carácter temerario. Desde su llegada marchó de acuerdo con Matacabayo. Por ella supo éste los pormenores de la compañía. Don Pedro, en realidad, comprendía el fracaso. Solamente se ponía de mal humor si la contrariaban y, sobre todo, cuando lidiaba con las autoridades.

⟨ supo el hombre los pormenores ⟩

⟨ cuando le contrariaban y, sobre todo, cuando se las tenía que ver con las autoridades.

Como oscuro personaje, sin nacionalidad definida, odiaba a todas las razas. Le repugnaban los criollos y hablaba mal de los «gringos». Preocupábanle los humores del italiano porque éste era la atracción más importante y atrayente del circo, desaparecidos los «hermanos del trapecio».

⟨ Como buen sujeto sin nacionalidad definida, ⟩

⟨ Preocupábanle las resoluciones del italiano. Este era la atracción más importante y atrayente en el circo, ⟩

Matacabayo lo supo todo por Secundina. Su instinto le dijo que la mujer lo admiraba con una pasividad de hembra aplastada. Y, para Matacabayo, el espectáculo de la salud física de Secundina era una fuerte sugestión. Cuando, después del almuerzo, ella se puso mala, Matacabayo hizo ir a la cabecera de su cama —cueros y mantas en el piso del carretón— a su hija Alcira. Allí la tuvo horas y horas alcanzando agua y cuidando en los más mínimos detalles el bienestar de la enferma. Mientras tanto, Matacabayo enviaba a su hijo al otro lado del río por unas hierbas medicinales.

⟨ Matacabayo por Secundina lo supo todo. Adivinó también que la mujer le admiraba ⟩

⟨ Así que, cuando después del almuerzo se puso mal, con unos cólicos terribles, Matacabayo ⟩

⟨ la tuvo horas y horas, alcanzando ⟩

Los días se habían acortado. Se avecinaba el invierno. A las siete de la tarde los campos ya tomaban ese color verde oscuro que hace más húmeda y profunda la noche.

⟨ acortado. Amenazador, se avecinaba ⟩
⟨ la tarde, los campos ⟩

Sentado en unas piedras de la ribera, Matacabayo veía desnudarse a su hijo. El muchacho, detrás de unas matas raleadas por la primera escarcha, íbase quitando resueltamente las prendas. Un gozo bárbaro, un picante temblor corría por las jóvenes carnes del muchacho. Se frotó los brazos, bajó a la ribera y entró en el agua. Con ella a las rodillas, mojó sus cabellos y, sin darse vuelta, resueltamente, tendió su vigoroso cuerpo en las ondas. A las primeras braceadas, dijo su padre, animándolo:

⟨ veía desnudar a ⟩

⟨ raleadas por las primeras heladas y la escarcha, ⟩

⟨ un temblor corría ⟩

⟨ animándole: ⟩

—¡Lindo, Chiquiño! —y encendió su apagado pucho.

⟨ encendió un pucho apagado. ⟩

Entre el ramaje se oyeron unos pasos. Matacabayo volvió la cabeza y vió la figura menuda de su hija, dando saltos y apartando ramas.

⟨ Volvió la cabeza Matacabayo ⟩

—¿Qué venís'hacer? —la interpeló con violencia.

⟨ venís hacer? ⟩

—La Secundina grita mucho, tata —dijo, deteniéndose repentinamente.

—¡Vaya p'ayá, le digo! —gritó, poniéndose de pie—. ¡No se mueva de la cabecera, canejo!

⟨ pa ya, le digo! — gritó el padre, poniéndose ⟩
⟨ cabecera canejo! ⟩

La chica dió media vuelta y salió corriendo. Cuando su padre la trataba de «usted» ya sabía ella que había que obedecer de inmediato, «sin palabrita».

Matacabayo aguzó el oído. Ya no se veía con claridad, pero fácil era percibir las brazadas de su hijo, como golpes de remo. Parecía contarlas con la cabeza gacha y la mirada fija en las piedras de la costa.

⟨ Matacabayo puso oído atento. ⟩
⟨ piedras de la ribera. ⟩

Un silencio salvaje salía del boscaje, se alzaba del río iba por los campos. La apacible superficie del río, trescientos metros de orilla a orilla, comenzaba a reflejar las primeras estrellas. Algunas luces de la otra costa cambiaban de sitio. Fijos los ojos en el agua, Mata aguardaba el regreso de su hijo.

⟨ Inmóvil el agua en la superficie, era signo de una seria correntada en lo profundo. // El río, de un ancho de trescientos metros ⟩
⟨ Fijos los ojos en ella, Mata aguardaba a su hijo. ⟩

Se fué corriendo el nudo de las sombras y la noche se hizo cerrada y fría. El silencio se apretó más aún. Matacabayo hubiese querido escuchar dos cosas a un mismo tiempo: la voz de Secundina, quejándose, y las brazadas de Chiquiño al lanzarse al agua. Pero la primera señal del regreso de su hijo fué una leve ola que sacudió los camalotes. La ondulación del agua y luego los golpes de remo de los brazos. Se oyó la respiración fatigosa del muchacho. Matacabayo gritó, para indicarle el puerto de arribo. Y aguardó.

⟨ al agua de regreso. Pero la primera señal de que regresaba su hijo ⟩

No era fácil oír con claridad los golpes en el agua. No se acercaban tan rápidamente como para diferenciarlos de los golpes del oleaje en las piedras de la orilla. Por momentos el viento parecía alejarlos. Mata temió que su hijo errase el puerto, y lanzó un largo grito. El eco barajó la voz y la llevó por los barrancos. Aguardó luego unos instantes. No podía demorar. Cuando vió entre las sombras inclinarse los camalotes como un bote que se tumba, dió un salto y cayó entre la maleza. Puso oído atento. Un chapaleo de barro venía de su derecha. Se inclinó y pudo distinguir a pocos metros el cuerpo de su hijo, tendido entre los camalotes. Corrió a socorrerlo.

⟨ puerto y lanzó ⟩

⟨ abarajó la voz y se la llevó ⟩

⟨ demorar tanto. ⟩

Rendido de cansancio, extenuado, Chiquiño apenas había podido [42] llegar a la fangosa ribera. En la nuca traía atada una bolsita con las hierbas medicinales.

⟨ Desmayado de cansancio, en completa extenuación, Chiquiño apenas había podido llegar a la costa. En la ⟩

Mata apretó contra su pecho el cuerpo exánime de su hijo. La reacción fué rápida. Frotándole las extremidades, azotándole la espalda, al cabo de unos instantes el «gurí» empezó a hablar. [43] Cuando su hijo pudo vestirse solo, Matacabayo se alejó para dar lumbre a su pucho de chala. El primer fósforo se le apagó al encenderlo. Corrió igual suerte el segundo, próximo a la boca. En la tercera tentativa, se colocó de espaldas al viento, protegiéndolo con ambas manos, hasta quemarse los dedos. Y el pucho se alumbró marcando las duras facciones de su rostro. [44]

⟨ Apretado contra su pecho, Matacabayo tuvo el cuerpo inánime de su hijo. La reacción fue rápida. Frotándole los brazos, golpeándole en la espalda, al cabo de unos instantes el «gurí» comenzaba a vestirse. Cuando su hijo pudo hacerlo solo, ⟩

⟨ boca. Pero se puso de espaldas al viento, protegiendo el fósforo con ambas manos, hasta quemarse los dedos, cuando la tercera tentativa. Y, el pucho de chala se encendió, iluminando su rostro viril. ⟩

Padre e hijo andaban silenciosos rumbo al caserío. [45] El primero, con el manojo de hierbas medicinales. Chiquiño, frotándose los brazos. Agiles, trepaban los barrancos, sin hablarse, bajo un cielo cuajado de estrellas. [46] Los animales los miraban pasar, e indiferentes seguían pastando. Los

⟨ silenciosos camino al poblado. El primero, con su lío de yerbas medicinales. Chiquiño, frotándose los brazos como si tuviese frío. Subían y bajaban los barrancos, alígeros sin hablarse, bajo un cielo cuajado de estrellas. Los animales les miraban ⟩

---

[42] Desmayado de cansancio, en completa extenuación, Chiquiño apenas había podido

[43] Frotándole los brazos, golpeándolo en la espalda, al cabo de unos instantes el «gurí» comenzaba a hablarle.

[44] boca. Pero, en la tercera tentativa, se puso de espaldas al viento, protegiendo el fósforo con ambas manos, hasta quemarse los dedos. Y el pucho de chala se encendió, iluminando las duras facciones de su rostro viril.

[45] silenciosos camino del caserío.

[46] brazos como si tuviese frío. Subían y bajaban los barrancos, alígeros, sin hablarse, bajo un cielo cuajado de estrellas.

pies descalzos del «gurí» silenciaban la marcha, mientras las espuelas de Matacabayo marcaban los pasos. El hijo atrás, a respetuosa distancia. [47] Vadearon un pequeño paso, salvaron un barranco, traspasaron un alambrado. Silenciosos como si fuesen a cumplir un rito. A retaguardia, el hijo se envalentonaba con su hazaña. Se sentía hombre, varón útil y capaz, y el agreste silencio [48] íbale dilatando la aventura. Aceleraron el paso cuando vieron las primeras luces. Y, ya el uno al lado del otro, se dirigieron hacia el carretón con el mismo aplomo en el andar, con idéntico impulso en la marcha. Al pasar frente a los primeros ranchos y bajo las miradas de algunos curiosos, Chiquiño sintió por primera vez que era tan hombre como su padre y capaz de jugarse por una mujer. Sacó el pecho al andar, respiró hondo y, a la par de Matacabayo, enfrentó la carreta [49].

〈 Los descalzos pies del «gurí», no se sentían al andar y eran las espuelas de Matacabayo que marcaban los pasos como avivando la marcha. Uno adelante, el otro atrás, rezagado, o a respetuosa distancia. 〉

〈 A retaguardia el hijo, se 〉

〈 hazaña. Era él quien había cruzado el ancho río a fin de traer la medicina para la mujer que su padre perseguía. Se sentía hombre, varón útil y capaz, y el silencio íbale dilatando su propia hazaña. Aceleraron 〉

〈 capaz de hacer algo por una 〉

〈 y pegado a Matacabayo, 〉

[47] Los descalzos pies del «gurí», no se sentían al andar, y eran las espuelas de Matacabayo las que marcaban los pasos avivando la marcha. Uno adelante, el hijo atrás, a respetuosa distancia.

[48] hazaña. Era él quien había cruzado el ancho río a fin de traer la medicina para la mujer que su padre perseguía. Se sentía hombre, varón útil y capaz, y el agreste silencio

[49] y, pegado a Matacabayo, enfrentó la carreta. // Así comenzaba.

II

Si bajo el amplio toldo agonizaba el circo, afuera, con virulencia de feria, ardía [1] el paisanaje. La pandereta de Kaliso hacía danzar al oso. El tambor de destemplado parche anunciaba la proeza de las «Hermanas Felipe». Repetidos saltos sobre el lomo del caballo y desdeñados ejercicios, [2] ponían fin a la función. En una atmósfera de indiferencia, el clima del fracaso provocaba bostezos estruendosos con intención derrotista. [3]

Triunfaba, en cambio, el espectáculo gratuito, sin pretensiones y con alcohol abundante. Las carpas atraían público y numerosa clientela. Chinas pasteleras, vendedoras de fritanga y confituras, armaban alboroto en los aledaños del circo. Las inmediaciones de la toldería eran recorridas por un gentío abigarrado de zafados chiquillos, de chinas alegres y fumadores dicharacheros. Abundaban: rapadura, ticholo, tabaco y «caninha» —frutos del contrabando de la vecina frontera del Brasil—, endulzando bocas femeninas, aromando el aire y templando las gargantas. Terminada la función, la música empezaba con brío en torno a los fogones, nerviosos de llama verde y risotadas de ebrios.

Bajo las carpas corría el amargo, cambiaban de sitio las mujeres y se acomodaban los hombres parsimoniosos, cigarrillo de chala en la boca, forrado cinto en la cintura.

El comisario don Nicomedes ignoraba el truco y

⟨ circo, fuera, ⟩

⟨ feria provechosa, ardía ⟩

⟨ Kalizo en el redondel, hacía danzar el oso. ⟩

⟨ Hermanas Felipe. ⟩

⟨ saltos y desdeñados ejercicios, ⟩

⟨ bostezos exagerados con intención derrotista... ⟩

⟨ armaban alboroto alrededor del circo. ⟩

⟨ era recorrida por un gentío abigarrado de chiquillos, ⟩

⟨ y caninha — frutos del contrabando de la frontera del Brasil— ⟩

⟨ con brío alrededor de algunos fogones nerviosos ⟩

⟨ corría el mate, ⟩

⟨ mujeres, se acomodaban ⟩

⟨ chala a la boca, forrado cinto a la cintura. ⟩

⟨ El comisario, Don Nicomedes, ⟩

---

1 feria provechosa, ardía

2 saltos y desdeñados ejercicios,

3 bostezos exagerados con intención derrotista.

el monte que se escondía bajo cierta carpa. [4] El comisario era un hombre obeso, gran comilón, de excelente carácter, pero enérgico. Cuando «se le volaban los pájaros» no había fuerza capaz de contenerlo. Su labio inferior caído esbozaba una mueca peligrosa. No era hombre de dejarse llevar por delante, pero sí de manga ancha y amigo de hacer la vista gorda. Le agradaba contemporizar con las gentes de toda calaña. Completamente rasurada su carota de mofletudas mejillas, aquella particularidad le daba aires de tranquilo comerciante. [5] En su arreglo, escrupulosamente cuidado de la cintura para arriba, se ponía en evidencia su carácter donjuanesco, nada antipático para ricos y pobres.

Bajo aquellas lonas que entraban en su jurisdicción, bullía un entusiasmo sano, todo él salpicado de blasfemias y [6] promesas, farsa divertida para el comisario. Don Nicomedes parecía sentirse honrado de tener bajo su vista un movimiento de entusiasmo tan singular. La modorra acostumbrada, para su carácter jocoso, era como una afrenta. De manera que el circo gozaba de particular simpatía. Veía con buenos ojos el alboroto de las pasteleras y se dejó llevar por el tratamiento zalamero de Clorinda, una de las «Hermanas Felipe». El talle fino y los movimientos ágiles de aquella amazona circense lo tenían trastornado. Le gustaba verla con sus cabellos rubios al aire, que le caían en la espalda en un torrente. Pocas veces en su vida había visto una belleza tan armónica. Aunque Clorinda distaba mucho de ser una beldad, el hecho de tener la cabellera rubia era un poderoso atractivo entre la gente de color broncíneo [7] y trenzas negras. En aquel sábado de juerga desacostumbrada en el caserío, reinaban las «Hermanas Felipe». Una alegría

⟨que bajo cierta carpa se escondía.⟩

⟨capaz de contenerle. De su labio inferior caído le colgaba una sonrisa peligrosa.⟩

⟨pero sí de tolerancia ponderada y amigo de hacer vista gorda.⟩

⟨le daba un aire de buen comerciante tranquilo.⟩

⟨se manifestaba su carácter donjuanesco, el cual le hacía simpático a los ojos de todo el mundo.⟩

⟨jurisdicción ardía un entusiasmo sano, todo él salpicado de dicharachos, blasfemias y promesas, farsa que divertía al comisario.⟩

⟨de su particular simpatía.⟩

⟨ojos la algarabía de las pasteleras y se dejó llevar por el trato zalamero⟩

⟨Hermanas Felipe.⟩

⟨le tenían cautivado. Le gustaba verla con sus bien cuidados cabellos rubios al aire, que le caían en la espalda. Pocas⟩

⟨la gente de color oscuro y crenchas aceitadas. En aquel sábado de excepción, desacostumbrado en el caserío, reinaban las Hermanas Felipe.⟩

---

4 que bajo cierta carpa se escondía.

5 le daba aires de buen y tranquilo comerciante

6 salpicado de dicharachos, blasfemias y

7 la gente de color oscuro

inusitada corría pareja con el apetito de los trasnochadores de ocasión.

Las chinas pasteleras, vendedoras de «quitanda», agotaron sus manjares. En cuclillas o tiradas por el suelo, reían a gusto en activos coloquios [8] con la peonada de las estancias vecinas. Troperos, mensuales y caminantes acamparon en el pueblo, después de penosas marchas [9] en días anteriores para llegar a tiempo o demorando partidas, ante la perspectiva de una noche de holgorio. Pocas veces se las presentaba la circunstancia de hacer campamento con tantas posibilidades.

La gente del circo terciaba con las carperas, entrando en relación con el gauchaje, dispuesto a gastar sus reales. Corrían buenos tiempos. Los sembrados rendían, [10] y cueros, grasa, lana, crin y astas tenían una buena cotización.

Las «Hermanas Felipe» recorrieron en un paseo el caserío y quedaron muy bien impresionadas por la excursión. La plaza en donde habían instalado el circo se veía rodeada de casas bajas, pintadas de un rosa pálido. [11] En las esquinas se asomaban rejas pintorescas. Una de ellas, la de la comisaría, llamaba la atención por las flores [12] que la adornaban. Malvones variados, en latas de aceite, alegraban otros frentes. Al crepúsculo, las dueñas sacaban sus sillones de hamaca a la vereda, donde se columpiaban señoras respetables e inquietas niñas llenas de curiosidad. Más de una sonrisa habían cosechado las «Hermanas Felipe», lo que les pareció un premio a su labor. [13]

Entre las chinas pasteleras se contaban algunas que no eran del lugar. Esta particularidad daba un aire picante a la reunión. Dos de las vendedoras de quitanda eran brasileras. Bien contorneadas, llama-

⟨ o por el suelo tiradas, reían a gusto en vivos coloquios con la peonada de seis o siete estancias vecinas. Troperos, reseros y caminantes acamparon en el pueblo, precipitando marchas en días anteriores para llegar a él o demorando partidas ⟩

⟨ gauchaje dispuesto a ⟩

⟨ habían rendido, y, cueros, grasa, lana, crin y cuernos tenían una cotización valiente. ⟩

⟨ Las Hermanas Felipe habían hecho un paseo por el caserío y estaban muy bien impresionadas ⟩

⟨ pintadas de rosado. En las esquinas, residencias importantes, se asomaban las flores rojas que ⟩

⟨ alegraban los frentes, y por las tardes los dueños sacaban sus ⟩

⟨ Hermanas Felipe, ⟩

⟨ a su labor de amazonas. ⟩

⟨ pasteleras había mujeres que ⟩

⟨ Esta circunstancia daba un aire ⟩

⟨ eran brasileñas. Apuestas y rozagantes, llamaban la ⟩

8 en vivos coloquios

9 después de precipitar marchas

10 Los escasos sembrados habían rendido,

11 casas bajas, color rosado

12 las flores rojas

13 a su labor de amazonas.

ban la atención con sus trenzas aceitadas, su arreglo de fiesta, su buen humor de forasteras. Una se llamaba Rosita, y Leopoldina la otra. Vestían telas de vivos colores.

⟨ Rosita y Leopoldina la otra. De baja estatura ambas, vestían telas de vivos colores. Una vieja de voz nasal, regañona y traposa, misia ⟩

Una vieja de voz nasal, regañona y tramposa, misia Rita, se encargaba de cobrar el precio de la quitanda, no perdonando un vintén y devolviendo los cambios de moneda casi siempre con beneficio para ella.

⟨ moneda, casi ⟩

En la boletería del circo, en cambio, se preparaba una trifulca. De la repartija de las ganancias nadie salía contento. Don Pedro perdió los estribos y se puso de mal humor. Kaliso amenazó con separarse de la compañía. Secundina, ya mejorada de su dolencia, participaba en las discusiones, afirmada en la fortaleza de Matacabayo, que se había hecho imprescindible para todos aquellos enjuagues.

⟨ En la repartija de la ganancia ⟩

⟨ Kalizo ⟩

⟨ para todas aquellas operaciones. ⟩

Descartadas las pretensiones de las «Hermanas Felipe» —Clorinda tenía catequizado al comisario; Leonina, [14] mateaba a solas con un tropero—, el asunto del circo sólo interesaba, por un lado, a don Pedro, a Sebastián, el boletero, y a Kaliso. Secundina y Matacabayo hacían sus cálculos por separado.

⟨ —Hermanas Felipe— ⟩

⟨ al comisario catequizado; la otra, Leonina, mateaba muy de acuerdo con un tropero—, el asunto del circo sólo interesaba por un lado a Don Pedro, a Sebastián el boletero, y a Kalizo. A Secundina y a Matacabayo, por el otro. ⟩

Duró mucho la discusión sobre el balance del circo.

«El flaco Sebastián», el boletero, era el acreedor intolerante. Desde que habían desertado los «hermanos del trapecio», él había financiado la gira, bajo la dirección de don Pedro. Este, impaciente ya por el desastre, se sentía agraviado ante la indiferencia de Clorinda. Aunque deseaba desprenderse de ella, le ponía de mal talante la elección de don Nicomedes, quien tenía en cierta parte la culpa del fracaso, pues si hubiese permitido cobrar un tanto a las carperas, las finanzas del circo habrían tenido un repunte. Sebastián, en los quince días de estada en Tacuaras, comprendió que su compañera se le escapaba de las manos... No podía saber a ciencia cierta con quién era que se acomodaba. A ratos la veía con uno, a ratos con otro. Todos ellos eran

⟨ la jira, ⟩

⟨ de Don Pedro. ⟩

⟨ repunte. Por su parte, Sebastián, en los quince días de estada en Tacuaras, comprendió la separación inevitable de Leonina. Le tenía cansado el carácter autoritario y el mal genio. No podía ⟩

---

[14] comisario; la otra, Leonina,

caminantes, troperos o viajantes, con el riñón [15] forrado.

Kaliso insistió en su idea de separarse de la compañía, y tanto don Pedro como Sebastián pusieron el grito en el cielo. Las cuentas no salían justas para [16] el criterio de Kaliso. Fastidiado, Sebastián dejó en manos de don Pedro el trabajo de aclararles las ideas y se fué a dormir. Secundina y Matacabayo cobraron y desaparecieron. Al cabo de una hora el dueño del oso entró en razón y se distrajeron observando los alrededores del circo.

En la carpa de las vendedoras de pasteles, pasada la medianoche, se suspendió la música para escuchar las historias de un [17] cuentero recién llegado. Aparte de este episodio, la carpa parecía esconder algún secreto. Más aún cuando se hizo un profundo silencio y el movimiento bajo la lona [18] se tornó sigiloso.

—¡Ayí hay gato encerrado! —aseguró don Pedro, mirando la carpa de las vendedoras de quitanda—. Me parece que esas intrusas han inventau la manera de pasarlo mejor...

Kaliso, que no podía estarse de pie, se tiró al suelo y comentó:

—¡Tantas mujeres juntas no pueden hacer nada bueno! ¡Menos mal que mi gringa duerme con el oso!

El fogón de las pasteleras pareció avivarse de pronto; pero, repentinamente, entró en un silencio por demás sospechoso. [19]

Don Pedro vió salir de la carpa a una de las «Hermanas Felipe», a Leonina, llamada a veces «la leona». Aguzó la mirada, interesado por aquel trajín sin sentido, buscando a Clorinda. Desde que el circo había entrado en decadencia, [20] la muchacha

⟨ o viajeros, al parecer con el «riñón» ⟩

⟨ con su idea de separarse de la compañía y tanto Don Pedro ⟩

⟨ no salían justas jamás para el criterio de Kalizo. ⟩

⟨ Don Pedro el trabajo de aclararle las ideas a Kalizo y se fue ⟩

⟨ observando lo que pasaba en los alrededores ⟩

⟨ medianoche la música calló, para dar lugar a relaciones de historias pintorescas, en boca de un cuentero recién llegado. ⟩

⟨ guardar o esconder algún ⟩

⟨ se hizo profundo silencio y el movimiento pausado bajo la lona ⟩

⟨ Don Pedro ⟩

⟨ de quitanda.—⟩

⟨ que esas forasteras han ⟩

⟨ Kalizo, que no podía estarse de pie, pues los tenía inflamados, se tiró ⟩

⟨ de pronto pero, repentinamente, entró en un silencio cada vez más sospechoso. ⟩

⟨ Hermanas Felipe ⟩

⟨ tragín ⟩

⟨ había entrado en franca decadencia, la muchacha se interesaba menos por su director, desatendiéndolo y, al parecer, apartada de su lado. Don Pedro, ⟩

---

15 al parecer con el «riñón»

16 no salían justas jamás para

17 las historias pintorescas de un

18 movimiento pausado bajo la lona

19 un silencio cada vez más sospechoso.

20 en franca decadencia,

se interesaba menos por su director. Don Pedro, a su vez, buscaba la coyuntura para zafarse. Quería deshacerse de ella y la dejaba libre por las noches, exigiéndole tan sólo el cumplimiento de su trabajo de amazona. A fin de que se fuese acomodando con alguno de los visitantes, ricos al parecer, el director tácitamente consentía su libertad. Y no perdía el tiempo la muchacha.

⟨ de que Clorinda se fuese ⟩

Una figura que desde hacía días preocupaba tanto a don Pedro como a Kaliso cruzó sigilosamente camino de la carpa. Era Matacabayo, acreedor de contemplaciones por los servicios de mediador e intermediario con el vecindario. [21]

⟨ Don Pedro como a Kalizo ⟩

⟨ intermediario que al circo había prestado desde la instalación. ⟩

Siguiéndole los pasos a Matacabayo, pasó Secundina, quien jamás le perdía la pisada al gigantón.

⟨ Matacabayo pasó Justina, quien ⟩

Kaliso y don Pedro se miraron un instante. No les quedó la más mínima duda de que una nueva organización, extraña al circo y a la compañía, era cosa ideada por aquel casal.

⟨ Kalizo y Don Pedro ⟩

⟨ No les cupo dudas de que una nueva organización extraña al circo y a la compañía era ⟩

Debían interesarse por lo que pasaba.

Llegados al grupo, para romper el hielo con que fueron recibidos, don Pedro le pidió fuego al comisario. Kaliso, más atento a las circunstancias, dominando el fogón, se agachó y, levantando una ramita encendida en una punta, mientras daba lumbre a su pucho, aseguró:

⟨ Llegados a la reunión, para ⟩

⟨ Don Pedro ⟩

⟨ Kalizo ⟩

⟨ dominando el ambiente allí formado, se agachó y, levantando un tizón encendido en una punta, mientras daba lumbre a su pucho apagado, ⟩

—¡Ansina da gusto de ver a la mozada divertirse!

La Secundina se limitó a llamar a la pastelera Rosita, que estaba en la carpa. De la oscuridad salió la muchacha con los cabellos en desorden, el corpiño entreabierto y en enaguas. Al ver a don Pedro, se volvió al interior y no demoró en salir arreglada, seguida de un tropero alto, de pañuelo negro.

⟨ que estaba bajo la lona. ⟩

⟨ Don Pedro se volvió ⟩

⟨ arreglada. Al momento salía, asimismo, de la carpa, un tropero ⟩

El comisario, después de proporcionarle fuego al director, trató de entablar conversación:

⟨ luego de proporcionarle ⟩

—¡La verdá que todo se lo debemo a ustedes!... Antes de venir a acampar por aquí, esto era un

⟨ —¡Pucha, todo esto se le debemo ⟩

---

[21] con la gente del pueblo.

cementerio. ¡Aura da gusto ser comesario en Tacuaras!...

—Venimo como las moscas al dulce —agregó un tropero medio tomado—. [22] ¡Con unas paicas ansina es lindo mojarse el traste!

⟨ «medio tomado»—. ⟩

—¡Si seguís así, te lo va a secar! [23] —sentenció una voz desde la oscuridad. Y la risotada fué general.

⟨ así te vas a secar!— ⟩

A pocos pasos de la lona, dos o tres parejas, de espaldas en el suelo, conversaban mirando las estrellas. Don Pedro se sentó al lado del comisario. Clorinda le cedió un banco de ceibo.

—¿A que no ves una centeya? —desafió a don Pedro la mujer.

⟨ Don Pedro ⟩

La rubia se apartó de don Nicomedes para mirar más cómodamente el cielo.

—Es más fácil ver una centeya que dar con una mujer fiel —murmuró don Pedro por lo bajo, para que sólo la muchacha lo oyese.

⟨ Don Pedro ⟩

Clorinda, como si el hombre no hubiese hablado, continuó:

⟨ Clorinda, como si no hubiese oído nada, ⟩

—Pescá una centeya y pedile que te dé alguna cosa. Esta noche te la promete, si tenés buena vista, y mañana la tenés...

⟨ la promete si ⟩

Cruzó el firmamento una estrella fugaz.

—¡La viste, la viste! —gritó Clorinda señalando el cielo—. ¿A que no le pediste nada?

—¡No me dió tiempo, la chúcara! —dijo don Pedro, mirando el magnífico cielo estrellado.

⟨ No me dio tiempo la chúcara— dijo Don Pedro, mirando también el magnífico cielo estrellado de Marzo. ⟩

—¡Yo le pedí una cosa! —aseguró la muchacha.

—¿Qué? —curioseó don Nicomedes.

⟨ don Nicomedes, el comisario. ⟩

—¡Plata, que es lo que hace falta!

—¡Ta que sos interesada, Clorinda! —le reprochó don Pedro.

⟨ Don Pedro. ⟩

Secundina y Matacabayo, separados del grupo, mateaban a gusto y en silencio. Cuando le tocó el turno a Kaliso, éste dió las gracias. No produjo buen efecto aquella negativa de seguir la rueda. Don

⟨ Kalizo ⟩

---

22 «medio tomado»—.

23 te lo vas a secar!—

Pedro, en cambio, aceptó, y con la bombilla en la boca, se dejó oir:

—Conque pedís plata a las estreyas, Clorinda... ¿no?...

La muchacha —conocía muy bien al director— comprendió que el reproche ocultaba algún plan desagradable.

⟨ La muchacha, que conocía muy bien al director, comprendió que encubría un reproche al propio tiempo que ocultaba un plan desagradable su manera de inquirir: ⟩

Se quedó pensativa y miró a su hermana inteligentemente.

Cacarearon los gallos de la comisaría. A pocos pasos pastaba un mancarrón y el resoplar de su hocico asustó a una de las pasteleras.

⟨ comisaría, llenando el silencio. A pocos ⟩

—¡Juera, bicho! —dijo, acompañando su palabra con un ademán.

⟨ —¡Fuera, bicho!— ⟩

Poco a poco iban desapareciendo los de la rueda. Las parejas distantes de la carpa seguían conversando. Tres troperos y algunos peones. El comisario aseguró que caía rocío y que el relente de la noche lo ponía ronco al día siguiente. Se levantó, mirando a Kaliso, dormido, con sus enormes pies al aire.

⟨ le ponía ⟩

⟨ Kalizo, que se había dormido, ⟩

—¡No le han de doler las tabas al dormir!... —aseguró Clorinda, poniéndose, asimismo, de pie.

⟨ las patas al dormir!...— ⟩

Don Pedro siguió al comisario, haciendo sonar las botas en el yuyal.

⟨ Don Pedro le dijo al comisario que tenía que hablarle y se marcharon haciendo sonar ⟩

A pocos pasos de la carpa habló don Nicomedes:

⟨ carpa, don Nicomedes le asaltó al director con una advertencia: ⟩

—¡Van a tener que pensar en marcharse, amigaso! —le dijo—. Esto no puede seguir así. Unos días está bien, pero...

—Yo creo lo mismo, comisario; esto no da para mucho tiempo...

—No, por mí podían quedarse pa siempre, pero [24] tengo miedo que alguno medio seriote me presente queja. Hay gente que no entra por esas cosas.

—Yo digo —se explicó don Pedro— porque no variamo el programa. [25] Pero, ¿de qué pueden quejarse? ¿No les pago el alquiler de la plaza? [26]

⟨ quedarse unos días más, pero tengo miedo de que alguno de los estancieros juertes de por aquí me presente queja. // — Yo digo — se explicó Don Pedro— porque la gente ya conoce todos los números... Pero, ¿de qué pueden quejarse? ¿No pago, acaso, el alquiler de la plaza? ⟩

---

24 quedarse unos días más, pero

25 porque ya conoce todos los números...

26 ¿No pago, acaso, el alquiler de la plaza?

—Sí, pero no p'hacer de esto lo que están haciendo —dijo el comisario, parándose de golpe.

〈 pa hacer 〉

—¿Que hacemos? El circo no puede ser mejor para un caserío como este...

〈 El espectáculo del circo no puede 〉

—No se enoje, mi amigaso, y no se haga el desentendido... Yo le hablo del cojinche ese que están armando... ¡Eso no puedo tolerarlo por mucho tiempo, canejo! —retrucó don Nicomedes con voz ronca.

〈 no puedo tolerar, canejo, por mucho tiempo! —dijo don Nicomedes alzando la voz. 〉

—¿Qué cojinche es ése?... Yo no sé nada... —aseguró don Pedro.

〈 no sé de nada... 〉
〈 Don Pedro 〉

—¡Avise, si me quiere hacer pasar gato por liebre! —lo encaró don Nicomedes, levantando su mano hasta la reja de la comisaría, como para sostener su pesado cuerpo. Y prosiguió enérgico—: Le hablo de ese negocio que han formau las carperas en combinación con su gente. Cuando se les acaban las fritangas y la rapadura empiezan a vender lo que no puede permitirse... Entre la vieja Secundina y el Matacabayo ése, han armau un negocio muy productivo... Las hermanas que jinetean, ya lo habrá visto usté, también se han enrolau... ¿Acaso usté no lo sabe? ¡Déjeme de cuentos, amigaso!... Yo se lo permito por unos días, porque me gusta la alegría, pero más de una semana, imposible. ¡La justicia no lo puede tolerar, amigaso!...

〈 le encaró estas palabras don 〉
〈 permitirse!... 〉
〈 ese han armau 〉
〈 se los permito 〉
〈 semana imposible. 〉

Don Pedro, rojo de indignación, juró ignorar el negocio. [27] Dijo que habría de vengarse de aquella gente, que echaba a perder el oficio.

〈 ignorarlo todo. Dijo 〉

Don Nicomedes terminó el diálogo con una orden:

—Hay que preparar la retirada. Mañana deben empezar a levantar el toldo, y con la música a otra parte. Yo sé que las chinas pasteleras, la Leopoldina, Rosita y la vieja esa que las ayuda, son las que han inventau la cosa. Usté no tiene la culpa. ¡La indiada anda alzada y puede ser peligroso si a algún borracho le da por hacer escándalo una noche de estas!...

〈 otra parte! 〉
〈 les ayuda, 〉
〈 peligroso, si algún 〉

A don Pedro se le ocurrió una idea. Y, hombre

〈 Don Pedro 〉

---

27 juró ignorarlo todo.

de empresa, se decidió a ejecutarla. Para ello sólo le
hacía falta el apoyo del comisario:
—¿Me deja una noche más, comisario? Mañana
es domingo y va a caer gente al circo. Sólo le pido
un favor. Obligue a que en la carpa de las vendedo- ⟨ Obligue que ⟩
ras de quitanda no se pueda hacer fuego, ni encender
luz, después de medianoche.
A don Nicomedes no le gustó mucho el pedido.
Rogó al director que le explicase sus planes. El
hombre no tuvo reparo en ello, desde que, sin la ⟨ en ello desde ⟩
colaboración del comisario, le sería imposible ven- ⟨ comisario, sería ⟩
garse. Lo enteró de un plan ingenioso para burlar a ⟨ Le enteró ⟩
las atrevidas. [28] ⟨ «las atrevidas». ⟩
—¡Sabe que es muy gracioso, amigaso, muy
gracioso!... ¡La pucha que había sido vivo usté!... ⟨ gracioso! ¡La pucha ⟩
Bueno, hágalo, pero ni mus de habérmelo contau...
Como me comprometa, lo meto preso... ¡Ja, ja, ja,
que había sido bicho! ¡Me gusta ese escarmiento!
Así no tendremos que proceder y recibirán una ⟨ tendrán una buena lección esas ⟩
buena lición esas locas... ¡Pucha que me voy a rair
con esa treta! ¡Acetau, amigaso! ⟨ treta! Acetau, amigaso! ⟩
Don Pedro triunfaba, y se mostró satisfecho.
El asistente de don Nicomedes, que los había ⟨ les había ⟩
seguido sigilosamente, sin ser visto por el director,
abrió la puerta de la comisaría. Rechinaron los
goznes y salió un perro de la casa, coleando y
haciéndole fiestas al comisario. Entraron los dos
hombres y, frotándose las manos, el director se
dirigió hacia la carreta donde tenía su cama tendida.
Antes de cerrar los ojos para buscar el sueño,
exclamó, fuera de sí:
—¡Malditas perras, me las van a pagar! ⟨ van a pagar! // Amanecía, ⟩
A lo lejos, se [29] arrodillaba una capillita tocada
de gris. Amanecía.

[28] «las atrevidas».

[29] lejos, cristianamente humilde, se

III

En la boletería del circo —un cuartucho de techo bajo de cinc y tablones desparejos, [1] Kaliso, «el flaco Sebastián» y don Pedro reían a carcajadas. Tan insólito era este final de función, tan diferente al de la noche pasada, que Matacabayo y Secundina estaban sobre ascuas. [2]

⟨ un cuartucho bajo, de techo de cinc y tablones desiguales—, ⟩
⟨ Don Pedro ⟩
⟨ ascuas y eran la desconfianza misma. ⟩

Antes de dar comienzo a la función, allá por las siete de la noche, había habido una violenta escena en el redondel. [3] Mientras Matacabayo vareaba al tordillo de las «Hermanas Felipe», apareció Casilda, en actitud beligerante. Era la primera vez que se atrevía a enfrentar a su marido en presencia de extraños. [4] Descargó sobre él una serie de improperios que fueron multiplicados ante la llegada de Secundina. Su presencia irritó a la mujer, repartiendo sus insultos por igual. [5] Desde lo alto de su cabalgadura el jinete dirigía aquel enconado debate de celos con boca florida. El caballo daba saltos, encabritándose ante el castigo de las espuelas y las voces agrias de las mujeres. Los gritos de las hembras pusieron frenético al animal. Se paró de manos y amenazó dar [6] con su jinete por el suelo. De uno y otro lado se cruzaban soeces insultos Casilda y Secundina.

⟨ en medio del redondel. ⟩
⟨ el tordillo de las Hermanas Felipe ⟩
⟨ marido delante de gente. ⟩
⟨ por igual a uno y a otro. ⟩
⟨ celos a flor de piel. ⟩
⟨ pusieron al animal furioso, el cual sacudía la cola, se paraba de manos, amenazaba dar ⟩
⟨ soez insulto ⟩

Matacabayo quería tranquilizarlas [7] y apaciguar

⟨ tranquilizar a las mujeres ⟩

---

1 un cuartucho bajo, de techo de cinc y tablones desiguales,

2 ascuas y eran la desconfianza misma.

3 en medio del redondel.

4 marido delante de gente.

5 por igual a uno y a otro.

6 pusieron al animal escarceador y cabortero, y sacudía la cola y se paraba de manos y amenazaba dar

7 tranquilizar a las mujeres

al tordillo encabritado. Su concubina halló a mano un pedazo de madera y se lo arrojó. [8] Casilda intentó manotear las bridas del corcel, pero al acercarse, sólo consiguió ponerlo más brioso.

El escándalo [9] atrajo al director, quien desde la puerta de entrada alcanzó a ver el epílogo de la trifulca. Dijo, sin darle importancia:

—¡Parecen [10] que ensayan un número para esta noche!

Dos perros, que habían permanecido en actitud contemplativa como don Pedro, comenzaron a ladrar furiosamente.

—¡Chúmbale!... ¡Toca!... —Don Pedro los azuzó por lo bajo.

Los perros entraron en la arena, como mastines amaestrados, [11] y uno de ellos se encargó de las faldas de Casilda. El otro intentaba morder las patas del caballo.

—¡Fuera, porquerías!... —gritó Casilda, exasperada.

Pero el can —un cuzco decidido— no soltó las faldas de la mujer. Salió, [12] por fin, Matacabayo de la arena, haciendo mutis por el [13] fondo. Los perros continuaron sus ladridos hasta que las mujeres abandonaron la carpa, dando fin a la reyerta.

Cuando Casilda quiso presentar sus quejas al director, el hombre encendió la pipa parsimonioso y, sin quitársela de la boca, le dijo cuatro frescas. Ella salió [14] masticando palabrotas. En la puerta del circo la esperaba su Alcira, flaca, con las [15] piernas magras llenas de picaduras y dos trencitas escasas que le golpeaban las espaldas.

Aquella escena tuvo comentadores entusiasma-

⟨ Enardecida su concubina, halló a mano un pedazo de madera y arrojólo a su contrincante, quien lo recogió, dando en el blanco a Matacabayo. Casilda ⟩
⟨ ponerle más brioso. // Al jinete le era materialmente imposible contener al tordillo y apearse. // El escándalo atrajo al director quien desde la puerta alcanzó a ver el epílogo de la escena. // —¡Parece que ensayan un número para esta noche! —dijo, y dejó que el asunto tomase su fin sin interrupciones. // Dos perros ⟩
⟨ Don Pedro ⟩
⟨ azuzóles Don Pedro ⟩
⟨ entraron francamente en la arena, como los mastines amaestrados de los circos, y uno ⟩
⟨ gritó ronca Casilda, fuera de sí. ⟩
⟨ mujer tironeando con insistencia y tenacidad. La escena era realmente de circo. Salió, ⟩
⟨ haciendo un mutis saltarín por el ⟩
⟨ mujeres salieron de la carpa, ⟩
⟨ presentarle quejas ⟩
⟨ parsimonioso, y, sin ⟩
⟨ boca, la echó a rodar. La Casilda le endilgó epítetos y salió ⟩
⟨ A la puerta del circo la esperaba su hija Alcira, flaca, raquítica, con las ⟩
⟨ escena tenía comentadores entusiasmados cuando el comienzo de la función y al ver a los tres hombres ⟩

[8] y arrojólo a su contrincante.

[9] brioso. // Al jinete le era materialmente imposible contener al tordillo y apearse. // El escándalo

[10] —¡Parece

[11] como los mastines amaestrados de los circos,

[12] mujer. La escena era realmente de circo. Salió,

[13] haciendo un mutis saltarín por el

[14] boca, la echó a rodar. Ella se acordó de su madre... y salió

[15] flaca, raquítica, con las

dos al comienzo de la función, cuando al ver a los tres hombres reír en la taquilla, Secundina y Matacabayo creían que se mofaban de ellos.

⟨ que era de ellos que se mofaban. ⟩

Pero en otra cosa mucho más interesante estaban empeñados los tres extraños sujetos. Don Pedro frotaba entre sus manos, al parecer, billetes de banco. Los contaba y se los iba entregando a Kaliso, quien, después de manosearlos, se los pasaba a Sebastián.

⟨ luego de manosearlos, se los pasaba al «flaco Sebastián» ⟩

¿Qué dinero se repartían aquellos tres hombres? El director dijo socarronamente:

—Clorinda le pidió plata a una estreya.

—La va a tener... —aseguró Sebastián.

—¡Y de la buena, caray!... —terminó Kaliso, acariciando los billetes.

⟨ reflexionó Sebastián. ⟩

⟨ Kalizo, riendo y dando una caricia a uno de los billetes. ⟩

—Este está muy grueso. Hay que mejorarlo.

⟨ mejorarlo rebajándolo un poco. // —Deja ⟩

—Dejá nomás, que yo lo arreglo —contestó el boletero, recogiendo el billete.

⟨ cojiendo el billete. ⟩

—¡Qué buenos falsificadores somos!... —dijo Kaliso, sentándose, pues sus pies ya no podían sostener aquel abdomen, embolsado [16] en la cintura del pantalón.

⟨ Kalizo, ⟩

⟨ abdomen suyo tan caído, que parecía embolsado ⟩

Los tres sujetos parecían niños empeñados en un juego diabólico. Se habían tomado un trabajo singular. Luego de comprar una hoja de papel secante oscuro, con gran cuidado fueron cortándola en pedazos del tamaño de un billete de papel moneda. Después de darles la forma y la suavidad de billetes de banco, los frotaban entre sí, y se los iban pasando sin mirarlos para comprobar si era fácil confundirlos con el modelo.

⟨ juego divertido y diabólico. ⟩

⟨ Comprado habían una gran hoja de papel secante obscuro, y con gran ⟩

⟨ billete de un peso. Luego de darle la forma y la suavidad de un billete de banco, lo ⟩

⟨ y, comparándolos con una pieza legítima, se los iban pasando de mano en mano sin mirarlos, para ver si era fácil confundirlos con el modelo. ⟩

—¡A ver, vamos a experimentar! —observó picarescamente «el flaco Sebastián»—. Yo voy a sacar del bolsillo el peso verdadero.

⟨ Yo, sin mirarlos, debo sacar ⟩

Hizo la experiencia y sacó uno de los fabricados. El éxito estaba asegurado. Sin mirarlos, fácil era confundir los billetes. Radiantes de alegría, los pasaban de mano en mano, ya estirados, reunidos en un rollito misterioso.

⟨ El éxito era rotundo. ⟩

⟨ alegría los pasaron ⟩

⟨ ya hechos un rollito ⟩

—Esto va a colar muy bien —aseguró don

⟨ Don Pedro ⟩

16 abdomen suyo tan caído, embolsado

Pedro, en el colmo de la dicha—. Tendremos una venganza de primer orden.

Fabricada la moneda para pagar los servicios de aquellas prostitutas debutantes, que merecían castigo por desertoras, [17] sólo les restaba convencer a los troperos y peones de las estancias vecinas, de que participasen en la treta.

⟨ debutantes que ⟩
⟨ por desertoras e infieles, ⟩
⟨ para que participasen ⟩

Eligieron para el caso cinco de los más arteros, capaces [18] de engañar a las vendedoras de quitanda. Y no les fué difícil alcanzar la complicidad de aquella gente, dispuesta siempre al embrollo y la picardía. Aparecieron en seguida voluntarios. Tres peones, dos de ellos asiduos visitantes en las pasadas noches, quienes frecuentaban a las pasteleras y miraban con codicia y ardor a las «Hermanas Felipe».

⟨ cinco de los troperos más capaces ⟩
⟨ Hermanas Felipe ⟩

La venganza debía comenzar por vejar a las amazonas, y no era difícil treta, ya que ellas eran las más decididas en hacer dinero a ojos cerrados...

⟨ debía de comenzar ⟩
⟨ amazonas y no ⟩
⟨ dinero en aquella forma. ⟩

Se repartió la moneda, pedazos [19] de papel secante, entre la mozada más decidida. Tan sólo era de esperar que la orden del comisario no fuese violada.

⟨ moneda falsa, aquellos pedazos ⟩

Don Nicomedes repitió una vez más, al terminar la función, por si hacía falta, que debían abstenerse de encender candiles, so pena de pasar al calabozo a los desobedientes.

⟨ pasarlos al ⟩

—¡M'hijitas, si quieren andar bien con la justicia, no me comprometan y cumplan al pie de la letra lo ordenado! —dijo el comisario, muy serio. Y explicó en seguida—: Ya tengo quejas del vecindario. Me dicen que se pasan la noche despiertas y que desde las casas se ven las luces, andar de un lau p'al otro, como ánimas en pena. Esta noche, si quieren aprovecharla bien, cuiden de no dejar encender fósforos a los paisanos. ¿Entendido?

⟨ —¡Mijitas,— ⟩
⟨ comisario muy serio. ⟩
⟨ pal ⟩
⟨ paisanos. ¡No hay mate ni cigarro!... ⟩

Las pasteleras, las vendedoras de quitanda y otras chinas que, conocedoras del éxito de aquellas

---

17 por desertoras e infieles,

18 cinco de los troperos más capaces

19 moneda falsa, pedazos

reuniones, habíanse incorporado a la empresa, estaban satisfechas con la determinación. Sin luz, en plena oscuridad, salían favorecidas. Creyeron que en esa forma podrían desvalijar tranquilamente al paisanaje.

〈 enrolado en la empresa, 〉

〈 en aquella forma podrían devolver cambios provechosos para ellas y hasta desvalijar 〉

Secundina y Mata cayeron en la trampa. Pensando bien del bonachón de don Nicomedes, esperaron una noche provechosa.

〈 Mata, organizadoras de aquella nueva empresa, cayeron 〉

〈 noche óptima. 〉

Los peones y los troperos —formaban un total de quince clientes— alardearon de ricos. Había en sus palabras esa seguridad que da el cinto repleto, el estómago lleno y el deseo libre para hacerse el gusto. Se hablaba en las ruedas de diez y veinte pesos con un coraje que infundía envidia. Un mulato retacón, hombre capaz de pasarse toda una noche mirando fijamente a una mujer que le gustase, ofreció a la Clorinda cinco pesos «por un rato». A la «leona», uno de los troperos le hizo promesas por demás atrayentes. Las vendedoras de quitanda veían una noche redonda de ganancias, y nadie se preocupó de los pasteles y las tortas. La rapadura, el ticholo y las cuerdas de tabaco en rama eran despreciados y en líos andaban por el suelo. Servían para que, sobre ellos, se dejase el sombrero aludo, el cinto con revólver, la vaina con su cuchillo de puño de plata, el par de botas con espuela o alguna prenda interior...

〈 infundía miedo y envidia. 〉

〈 «la leona», 〉

〈 ganancias y 〉

〈 rama, eran 〉

El chinerío, aumentado considerablemente por tratarse de la última noche, [20] trabajaba sigiloso en las sombras, y ya era una que se marchaba abrazada de un paisano, ya era otra que discretamente se metía en las carpas. En la confusión provocada por la oscuridad, saltaban las risas nerviosas de las mujeres y rebotaban las palabrotas de los hombres. Los ayes de las mujeres se apagaban bajo las pesadas lonas. Alguna salía y entraba indecisa; otra se defendía de los requiebros. Cedían todas, al fin. De vez en cuando un chistido como de lechuza, imponiendo silencio. Era unas veces misia Rita, la que administraba a las vendedoras de pasteles. Era

〈 considerablemente esa noche por ser la última, 〉

〈 sombras y ya 〉

〈 todas al fin. 〉

〈 lechuza, aparecía en el interior de las carpas, imponiendo 〉

[20] considerablemente por ser la última noche,

en otras ocasiones la celosa Secundina, quien indignada por el barullo, por el cosquilleo que los hombres exigían [21] a las muchachas, se asomaba a la puerta e imponía silencio con una gruesa palabrota. Temían el escándalo, porque al comenzar la reunión no se pudo contener [22] a las pasteleras excitadas, quienes se sentían como niñas jugando a las escondidas. Era picante aquella oscuridad para las hembras. Y, sin duda, motivo de regocijo la comedia representada por los hombres, cuyos protagonistas esperaban echar una cana al aire, [23] pagarla en papel secante y desaparecer de la toldería. [24]

La crueldad tiene formas inesperadas de alegría. La trampa, el embrollo, el engaño, matizaban los amoríos y la escena de la farsa los avivaba, poniéndolos charlatanes y nerviosos. Estafarían con todas las de la ley. Alevosía y nocturnidad difíciles de despreciar para aquellos que recorren los rancheríos, dispuestos [25] siempre a la aventura, contentos de poder contar en otros fogones picarescos, los [26] más arriesgados trances. Don Pedro, el boletero Sebastián y Kaliso, pícaros del tinglado tradicional, farsantes y cómplices de tretas y engañifas, estaban siempre prontos a vengar agravios, a ir en pos de la aventura, a explotar a las hembras y engañar a los hombres.

—¡Hasta el linyera va a mojar!... —aseguró el boletero, finalizando el comentario—. Le conté la cosa y abrió unos ojos más grandes que dos de oro.

Un pobre linyera hacía días que rondaba el circo en busca de trabajo. Rubio, de ojos claros, llamaba la atención porque de todo y a todos sonreía. Una sonrisa infantil ponía al descubierto una dentadura de incisivos pequeños y parejos, que lo mostraban más inofensivo aún. Al reír se le veían

⟨ hombres imponían a las ⟩

⟨ silencio con un chistido seguido de alguna palabra condenatoria. Temían al escándalo, pero al comenzar la reunión, no se podía contener ⟩

⟨ duda, era más aun motivo de regocijo la comedia a representar por ⟩

⟨ «echar una cana al aire», ⟩

⟨ engaño, hacían la noche de juerga más llena de matices y los amoríos y la escena de la farsa les avivaba, poniéndoles ⟩

⟨ difícil de ⟩

⟨ quienes recorren los pueblos dispuestos ⟩

⟨ contar después trances arriesgados. Premeditación de aquellos trashumantes sujetos —Don Pedro, el boletero Sebastián y Kalizo—, pícaros ⟩

⟨ engañifas, siempre prontos a vengar agravios, estafar, recorrer la tierra en pos de la aventura, explotar ⟩

⟨ el amplio comentario—. ⟩

⟨ dos de oros! ⟩

⟨ le hacía enseñar una dentadura ⟩

⟨ le mostraban más inofensivo. Se le veían ⟩

---

21 los hombres imponían

22 no se podía contener

23 «echar una cana al aire»,

24 toldería...

25 rancheríos dispuestos

26 picarescos los

las encías rosadas. No tendría más de treinta años, pero las patas de gallo, las arrugas en la frente y su natural agobiado le aumentaban la edad.

⟨ agobiado, le ⟩

Había que hacerle dos o tres veces una pregunta para que respondiese. De primera intención no iba más allá de una sonrisa. Mugriento, raído, con un insignificante lío de hierbas al hombro, cayó a Tacuaras.

⟨ Tacuaras. // Y no varió un ápice, ni su indumentaria, ni sus modales. // Hizo amistad con un paisano conversador, quien improvisaba ⟩

Hizo amistad con un paisano cuentero de ley, quien «improvisaba» a cada instante y con cualquier motivo. Con él andaba el linyera. Lo seguía como un perro.

Desde luego que el paisano, con su labia, lo tenía cautivado. Era un tipo ladino y receloso, que hacía pocas amistades donde iba. Lo llamaban «El Guitarra», y, aunque le hacían gracia las improvisaciones del paisano, no era personaje simpático.

⟨ paisano conversador, con su labia, le tenía ⟩

⟨ Le llamaban El Guitarra, ⟩

⟨ le hacían gracia la charla y las improvisaciones del ⟩

—¡Parece que tiene malas costumbres! —le dijeron al linyera.

El rubio sonrió.

—Tenga cuidau, muchacho, no le afloje la rienda —aconsejóle el mismo—. Yo sé de alguna historia feasa...

Dos troperos que rodeaban al linyera, insinuaron al enterado que contase el cuento.

—¡Pucha!... ¿Cuento le yamá a eso? ¡Si se escaparon los gurises por milagro'e Dios! En yegó a las casas y apenitas vió dos lindos paisanitos rubios como este linyera... de entradita nomá si hizo el distráido y largó su matungo sotreta en un potrero que tenía un bajo, de ande no se véia las casas... Preguntó si podía largarlo ayí... El estaba enterau que era una invernada y se hizo el sorprendido: ¡Canejo!, gritó, chicotiando un palenque; no lo había pensau... Y entonce le pidió a uno de los gurises... que, como les digo, eran lindazos —como una muchacha de lindo—; le pidió que le ayudase a tráir el matungo. ¡Pa qué habrá dicho que sí el gurí! ¡Cuando estuvo en el bajo le yevó la carga! ¡Había de ver la disparada del gurí! Aura le conocen las mañas al «Guitarra». Cuando cai por los pagos

⟨ milagro e ⟩

⟨ eran lindazos, como una muchacha de lindo y le ⟩

⟨ Había de ver ⟩

⟨ Guitarra. ⟩

donde lo tiene marcau, las mujeres sienten asco y los gurises le arisquean.

—¡Tené cuidau, linyera! —díjole uno de los oyentes, golpeándolo en la espalda. ⟨ golpeándole ⟩

El linyera sonrió una vez más.

—¡A lo mejor al mozo le gusta! —bromeó el paisano de la historia.

—¡Buena porquería!

—¡Eso no es pa los cristianos!

Y, en ese instante, se oyó la voz de «El Guitarra» [27], quien improvisaba payadas en un círculo donde abundaban las parejas. ⟨ El Guitarra, quien improvisaba en un ⟩

—¡Pará la oreja que'l «Guitarra» rasca la tripa! ⟨ Guitarra ⟩

Acompañado por un rasgueo de guitarra, escucharon esta improvisación:

Esta noche la junción
va a ser a candil dormido, ⟨ va ser ⟩
¡nunca cosa igual se vido, ⟨ nunca ⟩
parece en rivolución! ⟨ rivolución. ⟩

Cuando el jefe nos mandaba
volcarle el agua al fogón
y naide hacía custión
ni nenguno se mamaba. ⟨ mamaba! ⟩

Aurita va a ser ansina
tuitos de pico cerrau,
algún manotón de ahogau
en la teta de una china, ⟨ china ⟩

que si es gauchasa y ladina
va saberlo aprovechar. ⟨ aprovechar! ⟩
¡Está lindo pa gatear ⟨ Está ⟩
de la sala a la cocina!

¡Que nenguno se entreviere
ni sufra una reculada!
¡Ya toda la paisanada ⟨ Ya ⟩
puede tantiar lo que quiere!

Los autores materiales de la farsa descansaban en la carreta, fumaban y reían, distantes

27 «El guitarra»,

unos doscientos metros de las carpas de las vendedoras de pasteles. Vigilaban el escenario, esperando el resultado de la estratagema, listos ya para levantar campamento al día siguiente, con todo lo que de valor tenían en el circo. Los caballos, las lonas, instrumentos de música y las «Hermanas Felipe». 〈 Hermanas Felipe 〉 Con ellas habría que arrear también.

Don Nicomedes esperaba, asimismo, el resultado de lo que él consideraba una lección para terminar con la extraña especie de mujeres, tan nueva por aquellos pagos. Apostado a pocos pasos de la carreta, conversaba con un vecino, un almacenero 〈 carreta conversaba 〉 del lugar. Este estaba al tanto de la tramoya y ponderaba la picardía de don Pedro, seguro de que 〈 Don Pedro 〉 aquello serviría de escarmiento.

El asistente del comisario, un sargento más serio que un mojón, había sido comisionado para vigilar las tolderías. Pasadas las doce de la noche, se acercó a su superior y le enseñó los papeles que le había entregado misia Rita.

—Mire lo que me dió la bruja esa, comesario —dijo, alargándole dos papeles de los preparados por don Pedro—. ¡Pa comprarme un par de botas, 〈 Don Pedro 〉 dijo la Mandamás!...

Don Nicomedes cogió los papeles y curioseó:

—¿Y qué hace la vieja esa en la función?... 〈 Y, ¿qué 〉

—¡Y... es la capataza, mi superior, la que guarda la plata! Sentadita en el suelo, la muy disgraciada, no pierde el paso a la Leopoldina, la Rosita y l'autra 〈 láutra 〉 paisanita de la quitanda... La vieja es la que manda más, la que capitanea a las carperas.

—Pero son diablas estas paicas —comentó el almacenero—. Venirse al pueblo nada menos que a 〈 menos a hacer 〉 hacer esas porquerías. ¡Cochinas! ¿Se da cuenta?...

—¡Pero se las ha fumau lindo el gringo del circo, amigaso! Me gusta el hombre ése, pa lidiar con mujeres. Al ñudo no más, es el que los capitanea a todos ésos...

El asistente reía disimuladamente, pasándose la mano por los caídos mostachos.

—Me voy, pa no dar lugar a desconfianza —dijo

el comisario. Y, al tenderle la mano al almacenero, aseguró—: ¡Mañana no queda ni rastros de toda esa gentuza, y a vivir tranquilos en el poblau!... ¡Pero hacía falta una lición ansina, para estas emputecidas del otro lau!...

⟨ al darle ⟩

⟨ leción ⟩

En la toldería, el entusiasmo continuaba. Secundina y la bruja Rita hacían rollitos con la plata. Después iban los supuestos billetes bajo la media o el corpiño.

⟨ toldería el ⟩

Entraban y salían los paisanos. [28] Algunos alejados de las carpas, [29] fuera de la vista de la Mandamás, en el pasto, cumplían con el deseo. [30] Había también pasteleras desinteresadas que tenían sus simpatías y preferencias para [31] tirarse entre los yuyos.

⟨ paisanos de las carpas. ⟩

⟨ de las lonas, fuera del control de la Mandamás en el pasto mojado por el sereno, cumplían con el deseo, los ojos atentos a la carpa de la vieja bruja. Había también pasteleras desinteresadas, que tenían sus simpatías para ⟩

Clorinda y Leonina pasaron hasta la madrugada conformando bocas sedientas y manos [32] ásperas, sin decir palabra, sin explicar los hechos, sin contener las ansias. A Clorinda le tocó en suerte un hombre extraño, que formaba parte del núcleo de los troperos. Era un sujeto alto, de cara despejada y facciones nobles. Vestía de luto y tenía esa mirada tan característica de los hombres que sufren en silencio. Al ver el entusiasmo de sus compañeros en la treta de estafar a las mujeres, no titubeó un momento en ser partícipe de la canallada. Entre los hombres de campo hay una solidaridad mucho mayor que entre la gente de la ciudad. No podía aquel extraño sujeto traicionar a su grupo. Tendría unos treinta años, y se llamaba Chaves. Treinta años de soles y vientos ásperos, [33] que bien pueden sumar cuarenta de vida. Se dejaba llevar por la alocada algarabía de sus compañeros y había aceptado ser de la partida ideada por don Pedro. En su bolsillo tenía unos diez o quince pedazos de papel

⟨ Leonina, pasaron ⟩

⟨ conformando aquellos labios húmedos, aquellas manos ásperas, aquellos tórax fornidos, sin decir palabra, sin explicar las cosas, ⟩

⟨ ciudad. Así como es obligada la hospitalidad, es, asimismo, tácito el convenio de hacer frente único de faz a la hembra. No podía ⟩

⟨ vientos cálidos, que bien pueden sumarse ⟩

⟨ Don Pedro ⟩

---

[28] paisanos de las carpas.

[29] de las lonas,

[30] deseo, los ojos atentos a la carpa de la vieja bruja.

[31] desinteresadas, que tenían sus simpatías para

[32] sedientas, manos

[33] y vientos cálidos,

secante. Convenció a Clorinda y con ella se fué a la carpa.

No procedió como los otros, que se lanzaban sobre la presa. Se sentó en un cajón de kerosene, y acariciándose la caña de las botas, provocó la curiosidad de Clorinda. La [34] muchacha, tirada en el suelo sobre unas mantas, le aguardaba.

⟨ No fue como los otros, que se lanzaban frenéticos sobre ⟩
⟨ querosén y ⟩
⟨ el caño de ⟩
⟨ Clorinda, como si quisiese investigar en ellas. La ⟩

—¿De ánde sos? —le preguntó muy por lo bajo Chaves.

Aquella apremiante pregunta bordeada de oscuridad, sorprendió a Clorinda.

⟨ Aquella investigación, aquella pregunta hecha en la oscuridad, sorprendió ⟩

—¿Qué importa de dónde? —le contestó bostezando.

⟨ —¿Qué más da de dónde sea!... — ⟩

—¿Venís del sur?...

—Sí.

—¿Cuánto tiempo hace que estás con esa gente?

—¡Parecés comisario! Te da por preguntarme ahora... Durante el día te quedás cayadito como con miedo y ahora querés conversar. ¿Sos casado?

⟨ comisario, hombre!... ⟩
⟨ calladito ⟩

—No, soy viudo —contestó con voz velada—. Hace poco tiempo perdí a mi mujer.

⟨ —dijo con voz velada el hombre—. ⟩
⟨ perdí mi ⟩

—Me lo imaginaba, por el luto... ¿Sos de por aquí?

—De muy lejos, m'hijita... ¡Y m'enredau en tanto camino, que cada día me parece que está más lejos mi casa!...

⟨ mijita... ¡Y me he enredau ⟩
⟨ cada día que pasa me parece que es más ⟩

—Vení, acostate, y me contás de dónde sos... Yo también he andado mucho. [35] Pero no con el circo. Con un [36] corredor de ferretería, por todo el norte...

⟨ he corrido mucho. Pero no con el circo. Anduve con un ⟩
⟨ Norte... ⟩

—¿Dónde aprendiste a jinetear?...

—De chica, en una estancia. Mi padre era puestero y yo caí en la bobada de acostarme con el capataz. Mi padre lo mató de una puñalada...

⟨ era capataz ⟩
⟨ con el patrón. Mi padre mató al patrón de ⟩

—¿Está preso?

—Sí, y tumbado por una tuberculosis a los huesos. No puede moverse. ¡Ya va para tres años que no lo veo!

⟨ y atacado de tuberculosis ⟩

---

34 botas, en plena oscuridad, provocó las palabras de Clorinda, como si quisiese investigar en ellas. La

35 he corrido mucho.

36 Anduve con un

—¡La cárcel es cosa brava y sucia!. [37]

⟨ La cárcel debe de ser cosa brava. ⟩

—¿Nunca estuviste preso?

—Sí; despaché a un bolichero p'al otro mundo y me tuvieron dos años a la sombra. Lo maté peliando.

⟨ un bolichero para el ⟩

—¡A mí me gusta el hombre capaz de pelear! Una vez conocí a uno que tenía el costurón de una feroz puñalada como una víbora que arrancaba del pescuezo y caía hasta la vejiga! ¡Parecía imposible que hubiese estado así, abierto como una res!...

⟨ conocí uno que tenía un tajo de puñal como una víbora, que le arrancaba del pescuezo ⟩

⟨ estado abierto ⟩

—Tocá este tajo que tengo en la espalda —dijo Chaves, acercándose y guiando la mano de la mujer bajo la camisa.

—¿Una puñalada de a traición?

⟨ de atrás? ⟩

—¡Eso mismo, pero el que me la dió es el que está bajo tierra!

⟨ el que me la hizo, está ⟩

La mano de Clorinda quedó junto al cuerpo del tropero. Era una mano fría y pequeña, sobre la piel sudorosa de Chaves.

—¡Acostate, querido!... —le insinuó la mujer.

⟨ —¡Acostate, hombre!— ⟩

Volcó su cuerpo el hombre. Cayó como un saco pesado. No se movió hasta que Clorinda quitó su mano de la cicatriz. Las ropas, traspasadas de sudor, olían fuertemente. Ella lo besó en el pescuezo y comenzó a respirar hondo, cerca de su oído.

⟨ hombre, quien cayó ⟩

⟨ Clorinda sacó su mano de bajo la camisa. ⟩

—¿No te cansás de esta vida? —volvió a interrogar Chaves.

—¡Claro que me canso!... ¡Si por lo menos sacásemos algunos pesos!... Pero el negocio del circo es un desastre. Se nos escaparon dos pruebistas con toda la plata que hicimos en la ciudad. Es lo que cuenta don Pedro [38] ...

⟨ ¡Al menos es lo que dice Don ⟩

—Me gusta verte saltar sobre ese tordillo. No falté a una sola de las funciones. Aura me gusta tocarte las piernas y pienso que no son las mismas que saltan sobre el pingo...

—¿Qué creés? ¿Que tengo piernas de respuesto? —rió nerviosa.

⟨ ¿Que me las cambio o tengo piernas de repuesto? ⟩

—No, pero me parece que no sos la misma.

⟨ pero no me parece que sos ⟩

---

37 —la cárcel debe'e ser cosa brava.

38 ¡Es lo que cuenta don Pedro!...

Le acariciaba los muslos con suavidad. La muchacha reía de aquella ocurrencia. Al pasar las manos por los músculos de las pantorrillas se detenía, y los apretaba un tanto. Al llegar a las ligas sostenes de las medias, hacía picar los elásticos sobre la carne.

—¡Che, que me duele!... —protestaba Clorinda.

Se quedaron un rato silenciosos. La oscuridad que los envolvía parecía pesar sobre los cuerpos, juntándolos.

—Me gustaría verte a la luz, las piernas desnudas... ¡Lástima que no se pueda ni encender un fósforo!...

—¡Viejito caprichoso!...

—Tenés la misma voz que la finada... Así me decía ella siempre: ¡Viejito caprichoso!...

—¡Dejate de hablar de muertos, caray!... Cerrá los ojos y dame un beso...

—Si abro los ojos no te veo lo mismo...

Se quedaron silenciosos, respirando juntos. La mano de Clorinda iba y venía por la cicatriz de la espalda de Chaves, como si con ello se distrajese. Chaves seguía acariciándola sin articular palabra. Pasaron varios minutos sin ninguna variante. Clorinda pensaba en cosas lejanas. El cuerpo de Chaves le daba calor y se dejaba estar sin pedir más. El tropero, con la boca posada en el pescuezo de Clorinda, permanecía silencioso. Trataba en vano de reconstruir las escenas de acrobacia. [39] Concentraba toda su imaginación, a fin de revivir los momentos cautivantes del circo. Quería tener en aquel instante el mismo deseo de [40] posesión, de cuando veía a Clorinda sobre el caballo. Inútilmente esforzaba su imaginación. [41] No podía. No sentía su cuerpo adueñado por el sortilegio de la acróbata. Pensó que pasándole las manos por los cabellos, tan seductores al verlos caídos sobre las

⟨ acariciaba las piernas ⟩

⟨ se detenía y ⟩

⟨ juntándolos al mismo tiempo. ⟩

⟨ luz las ⟩

⟨ acariciándole las piernas, ⟩

⟨ la boca en el pescuezo ⟩

⟨ acrobacia que había visto hacer a la mujer. ⟩

⟨ deseo violento de ⟩

⟨ caballo. Tenía que volver la misma sensación pasada, dueño de la cual estuvo abstraído contemplándola. Inutilmente se esforzaba en verla con la imaginación. No podía. No se sentía ⟩

⟨ tan admirados al verles caídos sobre su espalda, ⟩

---

39 acrobacia que le había visto hacer.

40 deseo violento de

41 se esforzaba en verla con la imaginación.

espaldas, [42] podría representarse la ansiada visión. Pero era imposible. Se le aparecían cosas vagas y lejanas, pensamientos absurdos, sin ninguna relación con lo anhelado. [43] Aguardó unos minutos más, y en un momento creyó ver a la muchacha saltando sobre las ancas del tordillo, con sus piernas bien contorneadas, con la cabellera rubia al aire, con sus faldas de colores vivos. Encendido de deseo, volvió a reconstruir la escena y a acariciar a Clorinda; pero se esfumó de pronto la visión feliz y vió [44] a un amigo suyo domando un potro del mismo pelo que el de la acróbata. Abrió los ojos y por la abertura de la carpa descubrió las estrellas. Fastidiado, sin advertirlo, repentinamente se incorporó:

〈 con lo buscado. 〉
〈 más y 〉
〈 sobre el tordillo, 〉
〈 Clorinda, pero se esfumó la visión y vio a un amigo suyo, domando 〉
〈 y, por la abertura de la carpa, vio 〉

—Bueno —dijo, como si saliese de una pesadilla—. ¡Dejame ir! Tomá esos pesos.

Clorinda, desde el suelo, bostezó ruidosamente y tendió la mano. [45]

〈 suelo, no le dijo nada. Bostezó una vez más y tendióle la mano con indiferencia. 〉

Cuando Chaves palpó los billetes falsos, se detuvo sorprendido. Había olvidado por completo la farsa. Arrojó al suelo los pedazos de papel secante y, buscando en el cinto unos pesos:

〈 Cuando Chaves sintió entre las suyas el falso dinero, se sorprendió. 〉
〈 Apartó los pedazos 〉
〈 pesos que tenía, dijo: 〉

—¡Tomá, pa comprarte algo!... ¡Me voy!... —dijo con rabia.

〈 ¡Me voy!... // Apenas 〉

Apenas había dado unos pasos, cuando la mujer le chistó.

—¿Qué te pasa? —le preguntó—. ¿Qué tenés?... Estás [46] enfermo? ¡Hablá!

〈 —¿Qué te pasa, hombre? —le dijo— 〉

Chaves iba a encender un fósforo para dar fuego a un «charuto», cuando se acordó de la orden.

〈 un pitillo, 〉

—¿Qué te pasa?... ¿No podés decirme? ¿Tenés algo o no te gusto?...

---

[42] sobre su espalda,

[43] con lo buscado.

[44] visión y vio

[45] bostezó una vez más y tendió la mano con indiferencia.

[46] ¿Estás

El tropero enlutado, [47] bajó la mirada buscando el bulto de la mujer.

⟨ tropero alto, enlutado, desde arriba, bajó la mirada, buscando el bulto de la mujer. // —¡El finau ⟩

Ante su inexplicable silencio, insistió Clorinda:

—¿No te gusto, hablá?

Y el respondió, fuera de sí:

—¡El finau no me deja!... ¡Maldito sea!... ¡Desde hace tiempo no puedo hacer!... ¡No me deja, canejo, no me deja hacer!... ¡Maldito sea!...

⟨ no me deja! ⟩

Y salió al campo, haciendo sonar con rabia las espuelas en el yuyal, pisoteado por los que lo habían precedido.

⟨ espuelas en la tierra dura, pisoteada ⟩
⟨ precedido // x x x // Afuera ⟩

Afuera continuaban formados los grupos y las conversaciones en baja voz. Alguien dirigió la palabra al tropero, [48] pero él continuó como si nada hubiese oído. Se fué como una sombra, sin decir palabra. Secundina llamó a Clorinda. No demoró esta en salir y una pareja aprovechó el lugar que ella dejaba, con la premura de quienes desean aprovechar bien el tiempo.

⟨ en baja voz seguían. ⟩
⟨ tropero enlutado, pero ⟩
⟨ quienes quieren ⟩

Eran varias las carpas. Las vendedoras de quitanda, charlatanas de oficio, animaban a la concurrencia.

⟨ quitanda andaban listas y animaban ⟩

Entraban, salían... Se dejaban llevar por la cintura o simplemente esperaban atentas boca arriba al hombre que les tocaba en suerte.

Saciaron sus apetitos, calcularon sus ganancias, entre un desorden de cojinillos, arpilleras, sacos y paquetes de tabaco y rapadura. El aire fuertemente impregnado de olor a tabaco las había transtornado. Los silencios que por momentos se hacían afuera, les infundieron miedo. Era la soledad agigantándose.

⟨ paquetes de fritangas y rapadura. ⟩
⟨ les había trastornado ⟩
⟨ hacían fuera, les infundió ⟩

Por la tiniebla de la carpa pasaba el de los cabellos largos y lacios; el de fuerte musculatura y el de magras carnes; el de violento olor a cueros; el de boca carnosa y bigotuda; el desdentado; el de barba y el lampiño, el de largo facón o el de pesado revólver, todos diferenciados, ya sea por la indumentaria o por algún atributo natural sobre-

---

47 tropero alto, enlutado,

48 al tropero enlutado,

saliente, pero idénticos en el fondo: bestias sedientas de placer. Así fué pasando el pesado desfile de varones, cruel [49] y sensual. Jauría que don Pedro había preparado para lanzarse sobre ellas.

⟨ varones sin piedad, cruel ⟩

⟨ Don Pedro había preparado sobre ellas y a la cual acabaron por tomar un asco primitivo las dos mujeres del circo. ⟩

Pasó por la oscuridad aquel paisanaje mentiroso; pasó frenético, sediento y áspero, dejando en las manos de las hembras o bajo los jergones de las camas improvisadas, papeles inútiles. [50] Pasó caliente y pesado por los brazos sumisos de las mujeres; bajo [51] la parda joroba de las carpas.

⟨ papeles miserables e inútiles. ⟩

⟨ mujeres; pasó bajo ⟩

---

49 varones sin piedad, cruel

50 papeles miserables e inútiles.

51 mujeres; pasó bajo

IV

A uno y otro lado del camino, las tierras laboradas ofrecían un armonioso conjunto. [1] Hondonadas y cuestas, abiertas en surcos la tierra negra, infundían en el ánimo un estado noble de amor al trabajo. La entraña partida por el arado exhalaba un olor penetrante. Paralelos los surcos, determinaban un orden perfecto en las ideas de los que los contemplaban. A lo lejos, un rancho daba la sensación de la propiedad, lo que llaman el progreso lento y seguro. Un labriego, de pie en el medio de la tierra arada aparecía [2] como surgiendo del surco. Alta y fornida estaca de carne y hueso, que traía a la mente una idea sana y alentadora. Imágenes de salud y de vida surgían al contemplar la labor realizada tal vez por aquel ejemplar humano, de pie sobre la tierra. Aquel hombre, vegetal, resuelta bestia de labranza. Era cuanto contemplaba. [3]

Clorinda, cabizbaja, dejando [4] ir sus ojos por la tierra arada. A lo lejos se perdían las últimas casas del pueblo, cada vez más pequeñas, a cada paso más insignificantes.

La carreta avanzaba. Clorinda iba silenciosa. [5] Leopoldina y Rosa, dos chinitas vendedoras de quitanda, parecían viajar muy contentas y alegres. Entre las dos iba una brasilerita robusta y sana, una muchacha de escasos quince años, de pechos opulentos, carota rosada y trenzas a la espalda. Se

⟨ ofrecían un paisaje hermoso. ⟩
⟨ abierta en surcos ⟩
⟨ entraña abierta ⟩
⟨ los que le ⟩
⟨ arada, aparecía ⟩
⟨ hombre era un poco árbol y otro poco bestia de labranza. Era una presencia sugerente. ⟩
⟨ cabizbaja, dejaba ⟩
⟨ avanzaba por el camino. Clorinda era la única que iba silenciosa. Leopoldina y Rosita, las chinas vendedoras ⟩

---

1 un armonioso paisaje.

2 arada, aparecían

3 hombre era un poco árbol y otro poco bestia de labranza. Era una presencia sugerente.

4 cabizbaja, dejaba

5 avanzaba por el camino. Clorinda era la única que iba silenciosa.

llamaba Petronila. Tenía unos ojos picarescos y una dentadura pareja, fuerte y blanca, que al reír le aclaraba las facciones.

Adelante iban Secundina y Chiquiño. El muchacho arreaba los animales, conduciendo el carro.

Del circo había salido esta aventura hacia el norte. Matacabayo, dueño de la situación, catequizó, juntamente con Secundina, a la rubia Clorinda. ⟨ conjuntamente con ⟩ Leonina no quiso correr la suerte de su hermana y, apresuradas por el comisario, tuvieron que decidirse sin pensarlo mucho.

La reconciliación de Clorinda con don Pedro no ⟨ Don Pedro ⟩ pudo realizarse. Las «Hermanas Felipe» supieron ⟨ Hermanas Felipe ⟩ quién era el canalla que había armado la trampa de la última noche. Todas las culpas cayeron sobre el ⟨ la noche pasada. ⟩ director. Sebastián y «la leona» casi no tuvieron resentimiento. El tordillo acróbata, por ser el bole- ⟨ El tordillo de la acrobacia, ⟩ tero quien más dinero tenía invertido, quedó en manos de Leonina. Esa misma tarde cruzarían el río para seguir hacia el norte, con Kaliso, su mujer ⟨ Norte, con Kalizo, su mujer y el oso. ⟩ y su oso. [6] Don Pedro se insolentó con el comisario y fué pasado al calabozo. Se guardó los pesos de las últimas funciones y entregó uno de los carretones a Matacabayo, quien lo adquirió por una bicoca. Pagadas las deudas en un santiamén, huyeron todos y quedó don Pedro a la sombra, con el dinero, ⟨ Don Pedro ⟩ tranquilo, resignado, pipa en boca y negra y misteriosa mirada.

Clorinda divisó las últimas casas. Una congoja [7] ⟨ casas y sintió que una congoja ⟩ le apretaba la garganta. La tierra partida con honradez, el apacible paisaje y aquella visión de ⟨ la tranquilidad del paisaje y aquella visión de seguridad ⟩ paz que le infundía el rancho clavado en medio del labradío, terminaron por entristecerla del todo. ⟨ terminó por ⟩

Oía la conversación animada de las muchachas. No eran más jovenes que ella las dos carperas, pero tenían un carácter más libre de acechanzas. Nada les importaba dejar el caserío, si tenían promesas de Secundina de acampar en la proximidad de una ⟨ de un almacén, donde se correrían carreras ⟩ pulpería, donde se realizarían carreras al día si-

---

[6] y el oso.

[7] casas y sintió que una congoja

guiente. Clorinda pensó si no sería mejor entregarse como aquellas tres mujeres y confiar en el porvenir. Pensó, para su tranquilidad, que hallaría otra vez a los mismos troperos. Tal vez el de negro, Chaves, volvería a preocuparla.

⟨ Pensó, para tranquilizarse, que en el almacén hallaría otra vez a los troperos ⟩
⟨ a preocuparle. ⟩

La Secundina se lo había dicho:

—Te tengo reservado un estanciero que me pidió te llevase a las carreras. Si [8] te acomodás con él, te vas a ráir de todas las mujeres de la tierra. [9]

⟨ ¡Si ⟩
⟨ tierra! ⟩

Un vecino del lugar le había insinuado a Matacabayo su deseo de entrar en relaciones con la rubia. [10]

⟨ rubia. No quería, lo advirtió, saber nada de ir al campamento. // En ⟩

En aquella promesa fincaba el viaje de Clorinda.

El sol se ocultó tras las casas del pueblo, y la tierra arada, más negra en el crepúsculo, fué quedando atrás. Una nube de polvo velaba el horizonte. Las ruedas sonaban [11] en las piedras del camino. Los cuatro caballos que lo arrastraban eran fustigados por Secundina. Las bridas, en manos de Chiquiño, convertido en un hombre responsable.

⟨ Las ruedas del carromato chocaban en ⟩
⟨ le arrastraban ⟩

Matacabayo había ido adelante, para conseguir lugar donde ubicar el vehículo.

Se hizo la noche y las mujeres se cansaron de reír y comentar las escenas de la jornada anterior. Se habló de misia Rita, quien prometió venir con pasteles y fritangas a las carreras. Se pasó [12] revista a uno por uno de los troperos.

⟨ carreras; se pasó ⟩
⟨ troperos; de don Nicomedes se habló con encono, y hasta de Casilda, abandonada como un trasto, con Alcira su pequeña hijastra. //Secundina no quiso terciar en la conversación. Llegaban a un paso difícil en el camino. // Entrada la noche, acamparon. Las ⟩

Secundina no quiso terciar en la conversación. [13]

Ya entrada la noche, resolvieron acampar. Las tres horas de rodar por malos caminos habían hecho enmudecer a las vendedoras de quitanda. Pero cuando vieron las luces de un nuevo caserío se animaron. Era el rancherío de Cadenas.

---

8 ¡Si

9 tierra!

10 rubia. No quería, lo advirtió, saber nada de ir al campamento.

11 las ruedas del carromato sonaban

12 carreras; se pasó

13 conversación. Llegaban a un paso difícil en el camino.

—¿Vamo hasta las casas? —propuso Rosa.

Secundina paró la oreja ,[14] y cuando Leopoldina, la otra chinita entusiasta, incitaba al resto a dar un paseo por el boliche, la mujer se interpuso:

—¡No, no! Ya saben que la Mandamás soy yo —dijo [15] con tono enérgico—. Tenemos que dir primero con la Clorinda. Después van ustedes.

Clorinda no respondió. Se dejaba llevar, embargada por una pena inesperada. Pensaba en don Pedro, entre rejas, solo, abandonado, y le vinieron ganas [16] de llorar.

Chiquiño largó los caballos al callejón. No bien terminó la tarea, se hizo presente Matacabayo. Montaba pingo escarceador. [17]

Pocas palabras para entenderse con Secundina. [18]

—¡Nos están esperando! ¡Vamos!

Clorinda no se opuso y marchó al caserío animada por la curiosidad.

A caballo el hombre. Las dos mujeres al paso, por el ancho camino.

Petronila y Rosa, preparadas las camas, se echaron a dormir. Bajo el carromato, Chiquiño y Leopoldina tomaban mate.

No se cruzaron una sola palabra, no se miraron una sola vez. Los ojos de ambos estaban fijos en la llama de la pequeña lumbre. Al pasarse el mate, o arreglaban un tizón evitando mirarse o se [19] acomodaban alguna de las pilchas de su vestimenta. Chiquiño lo saboreaba hasta hacer ruido con la bombilla. Revolvía la yerba, hurgaba sin necesidad y volvía a llenarlo para pasárselo a la muchacha. Cada vez que ella se inclinaba para alcanzar el mate, dejábase ver sus senos firmes [20] dentro del

⟨ casas! —invitó Leopoldina a las otras mujeres. // Puso oído atento a la invitación Secundina y, cuando Rosita incitaba al resto a dar un ⟩

⟨ soy yo, por ahora —dijo ⟩

⟨ Tengo que dir primero yo, con la ⟩

⟨ Don Pedro ⟩

⟨ y le entraron ganas ⟩

⟨ Venía en pingo escarceador, puro ruido de coscoja y chocar de rebenque en la carona.// Con pocas palabras se entendieron con Secundina. ⟩

⟨ Petronilla y Rosita ⟩

⟨ Chiquito ⟩

⟨ pequeña hoguera encendida. ⟩

⟨ tizón, evitando mirarse, o se ⟩

⟨ sus vestimentas. ⟩

⟨ Daba vueltas en la yerba, ⟩

⟨ su seno firme, ⟩

---

14 «paró la oreja»,

15 soy yo, por ahora —dijo

16 le entraron ganas

17 Venía en pingo escarceador, puro ruido de coscoja y chocar de rebenque en la carona.

18 Con pocas palabras se entendieron con Secundina.

19 tizón, evitando mirarse, o se

20 su seno firme,

corpiño abundante. El muchacho parecía rehuirle, esquivar la mirada, empeñado [21] en mantener el fuego del fogón agonizante.

⟨ mirada, seguir empeñado en mantener el fuego. // Leopoldina ⟩

Leopoldina era pequeña, baja de estatura, invariablemente pálida y ojerosa. Empolvada con exceso, tenía polvo hasta en las cejas y las pestañas. En las manos lucía tres sortijas. Un cinturón le ajustaba la cintura partiendo su cuerpo en dos. Arriba los senos túrgidos. [22] Abajo, las piernas gruesas, muslos [23] de gran curva hacia adelante. Dos o tres veces se puso de pie, para verificar [24] si Rosa y Petronila se habían dormido. Al volver a sentarse, cuando cruzaba las piernas, le saltaban las rodillas de bajo las faldas, como dos caras de recién nacidos.

⟨ los senos firmes. Abajo, las piernas gruesas, de muslos ⟩

⟨ para comprobar si Rosita y Petronilla dormían. ⟩

⟨ las faldas cortas. // No se dijeron ni una palabra; ⟩

No se dijeron una sola palabra; no se miraron cara a cara ni una sola vez. El uno no buscaba los ojos del otro. Antes bien, evitaban el encuentro, como si mutuamente temiesen reprocharse algo.

⟨ evitaban de mirarse, ⟩

Poco a poco se fué apagando la luz de la lumbre. Quedaron dos tizones ardiendo y un humo azulado de leña verde subía hasta las dos caras, irritándoles los ojos. El agua estaba fría; no obstante, seguían mateando. Sin decir palabra, sin cambiar una mirada, inmóviles el uno frente al otro, tizones por medio, el humo entre ambos. Chiquiño, con la mirada baja, los ojos adormecidos, sobre la frente el sombrero, defendía su ánimo cobarde. La mujer, aparentamente fría, dibujaba círculos en la ceniza con la punta de una ramita.

⟨ un humo enérgico ⟩

⟨ mirada, fijos en su sitio, el uno frente ⟩

⟨ entrambos. La mirada baja, los ojos adormecidos, sobre la frente el sombrero, Chiquiño, hosco, defendía ⟩

⟨ la ceniza extendida alrededor del fogón con la ⟩

Se quedaron sin lumbre. Apenas se distinguían las caras. En la penumbra, aprovechando aquella semioscuridad que ensombrecía los rostros, de pronto se miraron. Se miraron fijo, como si se hubiesen arrepentido al unísono; Chiquiño forzó una estúpida sonrisa. Se le aclararon las facciones a la muchacha y picarescamente aguzó la mirada. Fijos los ojos, mantuvieron la mirada, transformándose, cambian-

⟨ que enrojecía las caras, se miraron de pronto. ⟩

⟨ unísono. Chiquiño forzó una estúpida sonrisa nerviosa. ⟩

⟨ aclararon los ojos a la ⟩

⟨ ojos, estuvieron mirándose, transformando poco a poco las miradas, cambiando ⟩

---

[21] mirada, seguir empeñado

[22] los senos firmes.

[23] gruesas, de muslos

[24] para comprobar

do [25] los rasgos fisonómicos. Al «gurí» le pareció demasiado penoso el mirar. Breve en cambio, a Leopoldina, cuyo coraje se afilaba, en [26] un amago de sonrisa.

⟨ Demasiado largo le pareció el mirar a Chiquiño. Breve a Leopoldina, cuyo coraje se afilaba, audaz y en punta, en ⟩

Titubearon sin saber por qué, en un indeciso malestar, sin fuerzas para salir del oscuro trance.

⟨ del trance embarazoso. ⟩

Movidos por [27] idéntico pensamiento, como si temiesen ser descubiertos, a un mismo tiempo tornaron ambos la cabeza, escudriñando la noche que se interponía entre el carro y las luces del boliche. El oído atento no recogió un solo eco. Buscaban el ruido anunciador, la pisada delatadora de algunos pasos. La noche reducía el camino el tamaño de una senda. La soledad les dió un valor inesperado que se hizo deseo en Leopoldina; impulso en el muchacho.

⟨ Movidas por ⟩

⟨ escudriñando la densa oscuridad que se interponía entre el carro y el pueblucho. El oído atento, no ⟩

⟨ La noche silenciosa que reducía el camino al tamaño de una senda ajustada, les dió un valor inesperado que se hizo firmeza y deseo en Leopoldina; seguridad e impulso en el muchacho. ⟩

—¡Vení, vení!... —alcanzó a articular la boca de la mujer. Y no había terminado su invitación cuando Chiquiño la hacía rodar sobre el pasto. Como dos sombras unidas, proyectadas por una luz que cambia de lugar, se apretujaron contra una de las ruedas del carro. Luego la vibración del cuerpo de Chiquiño y el largo suspiro de Leopoldina, sin palabras ya, dominando el deseo tartamudeante del muchacho.

⟨ una vibración ⟩

⟨ apresando el deseo ⟩

El campo exhalaba un olor fuerte, a yuyo quebrado y húmedo.

⟨ a pasto quebrado ⟩

La lumbre [28] tenía dos puntas de fuego en los tizones. Y una nubecilla de polvo cruzó por el humo, dorando la pálida claridad.

⟨ Solapada y encubridora, la lumbre ⟩

⟨ la escasa claridad. ⟩

---

[25] ojos, estuvieron mirándose, transformando poco a poco las miradas, cambiando

[26] se afilaba, en punta, en

[27] Movidas por

[28] Solapada y encubridora, la lumbre

V

Era domingo en las enaguas almidonadas de las chinas; era domingo en el pañuelo blanco, rojo o celeste que engalanaba a los hombres; era domingo en el caballo enjaezado con primor... Domingo en la lustrada bota, en la espuela reluciente, en la crin recién tusada de los pingos. Era domingo en el camino trillado y en el vaso de caña servido hasta los topes. Era domingo, en los palenques, cruzados de cabestros. Domingo en la veleidosa taba dando tumbos en el aire y en la cantada apuesta corajuda. Domingo ruidoso en los cintos gordos de patacones. Domingo ruidoso [1] en el moño primoroso, oscilante en las trenzas, secreto en los [2] corpiños. Domingo tendido sobre los mostradores, bañados de vino. [3] Domingo en el chaschás de las bolas de billar y en la confusión gárrula de los tacos. Domingo en la carcajada y en las palabras sin control. Y domingo en la seriedad responsable del comisario, en la preocupación avarienta del bolichero y en las artimañas celestinescas de la Mandamás.

⟨ domingo, en las ⟩
⟨ domingo, en el ⟩
⟨ domingo, en los ⟩
⟨ Era domingo en la taba por el aire y en la apuesta sin medida y corajuda. ⟩
⟨ ruidoso, en los ⟩
⟨ Domingo alegre en el moño ⟩
⟨ prendido en los corpiños. ⟩
⟨ tintos en vino. ⟩
⟨ la artimaña celestinesca ⟩

«La Lechuza» —veinte casas a lo largo del camino— era un caserío para los domingos. Tres o cuatro boliches en cuyos palenques alardeaban filas [4] de cabalgaduras de todos los pelajes, de todas las marcas. Las colas inquietas, alzaban nubes de moscas, y el piso, verde de bosta fresca, ponía una nota de color en la tierra pardusca y árida.

⟨ «La lechuza» ⟩
⟨ boliches tenían caballos apostados en las puertas, filas ⟩

---

[1] Domingo alegre

[2] prendido en los

[3] tintos de vino.

[4] boliches tenían caballos apostados en las puertas, filas

Volantas, sulkies y jardineras, próximos a una enramada, de techo raído [5] por los vientos.

⟨ sulkis y jardineras, próximas a una enramada baja, de techo pajizo raído ⟩

El boliche más frecuentado era una casa baja, la fachada de un [6] rosa desteñido. A la derecha, maizales. A la izquierda, la cancha de carreras. Quinientos metros aplanados, donde se abría un trillo polvoriento: el andarivel.

⟨ baja, de frente de un ⟩
⟨ izquierda la ⟩
⟨ polvoriento. // Los ⟩

Los ponchillos de verano aleteaban en la puerta del boliche y bajo de ellos se movía la mano que registra el cinto, sube la bombacha caída o palpa la culata del revólver o el mango del cuchillo. A los borrachos [7] se los desarma. A los ricos se les respeta el derecho de permanecer armados.

⟨ y de bajo de ellos ⟩
⟨ A los pobres borrachos se les ⟩
⟨ de seguir armados. ⟩

A pocos pasos de la pulpería, próximo a un rancho de totora, manipuleaba un par de gatos barcinos un personaje llamativo. Vestía camisa roja, bombacha azul y alegraba su cabeza de negro motudo un chambergo de paja, cuya ala estaba unida a la copa por un broche dorado. Se llamaba Paujuán. [8]

⟨ dorado descomunal. Se llamaba Paujuán —acoplamiento de los nombres Pablo y Juan. // Una forzada carcajada ⟩

Con una carcajada de loco atraía a los habitantes de los ranchos que no concurrían al boliche. Como era oriundo del Brasil, explicaba [9] en una jerga pintoresca la utilidad de los gatos.

⟨ boliche. // Brasileño el sujeto, explicaba ⟩

La concurrencia, mujeres y niños en su mayoría, se mostraba incrédula. Paujuán presentábales las carreras de gatos y hacía un formal desafío a los felinos de «La Lechuza».

⟨ «La lechuza» ⟩

Las carcajadas del negro atrajeron público. Mientras preparaba la cancha, lanzaba pullas, zahería a alguien, bromeaba con los «gurises».

⟨ gurises. ⟩

Se había formado una rueda de curiosos. Demoraba ex profeso para atraer a la gente.

⟨ rueda inquieta alrededor suyo. Demoraba ⟩

Desembolsó por fin la pareja de gatos enardeci-

---

[5] enramada baja, de techo pajizo raído

[6] baja, de frente de un

[7] A los pobres borrachos

[8] dorado descomunal. Se llamaba Paujuán —acoplamiento de los nombres Pablo y Juan.

[9] boliche. // Brasilero el sujeto, explicaba

dos, con la que [10] tres o cuatro veces había amenazado a los circunstantes. [11]

⟨ gatos, que tres o cuatro veces había amenazado con dar libertad. // En la pareja había un gato rabón, ⟩

De la pareja, uno era rabón, con las orejas cortadas. De no entrar el maullido [12] en su cuerpo, como entraba, largo y lamentable, la gente hubiese dudado de que se trataba de un gato. [13]

⟨ Si su maullido no entrase en su cuerpo, como ⟩

⟨ de que era un gato. ⟩

Paujuán sacó del bolsillo un reseco marlo de choclo y, dejándolo caer, cogió por la cola al otro gato. Lo levantó en el aire y fué acercándolo poco a poco al marlo. Furioso el animalejo, estiraba las patas, armadas las uñas, buscando algo de qué prenderse. Con un manotón, alcanzó el marlo y el enfurecido animal llevóselo a la boca, hundiendo en él sus colmillos. La escena duró unos instantes, hasta que el negro sonrió satisfecho, sentenciando:

⟨ sus patas, ⟩

—Istá furioso.

Soltó el gato dentro de la bolsa, donde maullaba el compañero rabón. Ante la expectativa de muchos —ya aumentada considerablemente la concurrencia— comenzó a desenvolver un ovillo de gruesa cuerda. [14] Arregló cuatro estacas y, clavándolas a cierta distancia, preguntó si en el boliche había gatos. Unos chicos comedidos trajeron al momento dos ejemplares negros que [15] maullaban amenazados por los perros.

⟨ Largó el gato ⟩

⟨ gruesa piola. ⟩

⟨ estacas de estanquear cueros y clavándolas ⟩

⟨ negros, que maullaban rodeados por los ⟩

Al verlos, el negro opinó que estaban muy gordos y pesados para correr.

⟨ Al verles, ⟩

Los paisanos lo observaban. Matacabayo y Secundina se acercaron a curiosear.

⟨ le observaban. ⟩

⟨ se acercaron a ver. ⟩

Colocadas las estacas una frente a otra, a una distancia de diez pasos largos, unió las dos primeras con la piola. Luego hizo la misma operación con las restantes.

⟨ restantes estacas. ⟩

La expectativa se fué haciendo cada [16] vez

⟨ se hizo cada ⟩

---

[10] gatos con la que

[11] circunstantes con ponerla en libertad

[12] su maullido

[13] de que era un gato.

[14] gruesa piola.

[15] negros, que

[16] se hizo cada

mayor. Aparecieron dos chicos más, con sendos felinos. A uno y otro lado del negro maullaban gatos de varios pelajes. Miserables sarnosos. [17]

⟨ Miserables animales sarnosos que hacían sonreir a Paujuán. ⟩

Terminada la tarea de extender las líneas, exclamó:

—Bueno... Isto e pra meus bichinhos... A segunda volta eu desafío a todos os gatos de «La Lechuza».

⟨ «La lechuza». ⟩

Se apretó más aún la rueda. En el centro, el negro se sentía admirado. Resaltaban espectaculares, su [18] camisa roja y su bombacha azul.

⟨ admirado y motivo de atención. Se destacaba espectacular, con su camisa azul y su bombacha roja. ⟩

El negro se encaminó con el gato rabón hacia una de las estacas. Un collar de trapo se ajustaba alrededor del pescuezo del animal. En el mismo, una argolla, en la cual ensartó la piola, que volvió a atar fuertemente a la estaca. Así amarrado, el rabón se quedó quietecito maullando.

⟨ En el collar, una argolla ⟩

Con el otro felino hizo igual operación. Como a los gallos antes de entrar en el reñidero, trató de enfurecerlos con el marlo.

⟨ enfurecer con el marlo a los gatos. ⟩

Cada gato en la estaca correspondiente y en medio el negro, con el saco de arpillera en la mano. [19]

⟨ arpillera que los contenía. ⟩

—¡Bueno, hay que apostar! —gritó. Y, encarándose con Matacabayo, lo interrogó—: ¿A queim aposta, o [20] sinhor?

⟨ le interrogó: //—¿A queim aposta o ⟩

—Hacélo [21] correr, nomás... Dispués apostamos.

⟨ —Hacelos ⟩

—¡Ah no, sinhor! ¡Dinheiro, dinheiro! [22]

⟨ sinhor! ¡Teim que fogar! // Dos ⟩

Dos paisanos quisieron apostar entre sí.

—Voy al rabón.

—¡Yo voy al barcino coludo, cinco pesos!

Y uno del grupo que permanecía atento bromeó con el que ofrecía cinco pesos contra el rabón:

---

17 Miserables animales sarnosos, que hacían sonreir a Paujuán.

18 admirado y motivo de atención. Se destacaba espectacular, con su

19 arpillera que los contenía.

20 aposta o

21 —Hacelos

22 sinhor! ¡Teim que fogar!

—¡Qué vas a apostar vos, si tenés [23] la bolsa como buche de pavo rastrojero!

⟨ que tenés la bolsa como pavo ⟩

Un pavo que se alimenta en los rastrojos tiene el buche lleno de pajas inútiles. El herido con aquel dicho abarajó la broma y se adelantó:

—¡A vos mismo te los juego!

—¡Pero si no corren ni nada que se le parezca!— terció otro.

Ante la incredulidad de la gente, Paujuán, gran conocedor de su público, creyó conveniente hacerlos correr para demostrar la forma como se desempeñaban los felinos.

⟨ su público novato, ⟩

—¡Eu vo facer una experiencia!

Y, dispuesto a la demostración, de pie entre los dos animales, pidió cancha para sus pupilos.

Levantó el saco en [24] alto, en ademán de dar la orden de partida y, [25] lanzando un ronco ¡Aura!, bajó el brazo, golpeando en el suelo. [26] Y la pareja de gatos rompió, asustada, en feroz carrera, ante la amenaza de un castigo. Huyeron bajo la tendida cuerda sin apartarse de ella, hasta dar con sus cuerpos en la otra estaca. Chocaron en el extremo de la cuerda y se tumbaron. [27] El rabón llegó primero e inmediatamente revoleó por el aire la cola el otro animal. Como dos briosos caballos, al finalizar la carrera, los gatos daban saltos, amarrados [28] a las estacas.

⟨ Levantó la bolsa en ⟩

⟨ partida, y lanzando ⟩

⟨ sacudiendo en el suelo el saco de arpillera. ⟩

⟨ se tumbaron, previo vuelco por el aire. ⟩

⟨ caballos, luego de haber corrido, los gatos daban saltos, atados a la cuerda, amarrados ⟩

Una descomunal gritería saludó el triunfo. Era una realidad la carrera de gatos. [29]

⟨ las carreras de gatos. Ya no había dudas. El negro acariciaba su pareja, desafiante y triunfal. // El ⟩

El comentario cerró más el círculo de curiosos. Matacabayo se entusiasmó: [30]

—¡Lindo, canejo, lindo! —exclamaba, fuera de sí.

⟨ Matacabayo demostraba un entusiasmo repentino. ⟩

---

23 vos que tenés

24 Levantó la bolsa en

25 partida, y,

26 sacudiendo en el suelo el saco de arpillera.

27 se tumbaron, previo vuelco por el aire.

28 caballos, luego de haber corrido, los gatos daban saltos, atados a la cuerda, amarrados

29 las carreras de gatos. Ya no había dudas. El negro acariciaba a su pareja, desafiante y triunfal.

30 Matacabayo demostraba un entusiasmo repentino.

Dos o tres paisanos, alejados del grupo, cuchillo en mano, preparaban estacas. Se buscó cuerda en la pulpería y estaban dispuestos a acollarar a los gatos que habían traído los chicos.

⟨ grupo y cuchillo ⟩

⟨ acollarar los ⟩

Al poco rato había tres felinos más, prontos para participar en las carreras.

Matacabayo levantó apuestas y aparecieron contrincantes y jugadores.

Caía la tarde del domingo.

Cayeron silenciosos Chiquiño [31] y Leopoldina, primero. Después Rosa y Clorinda. [32]

⟨ Se acercaron al grupo, Chiquiño ⟩

⟨ Rosita y Clorinda. // Se corrieron, una tras otra, muchas carreras, las cuales ganaba con frecuencia el rabón, a quien sólo le hacía mella un gato cruza de montés que trajeron de un rancho. Era un ejemplar bravío que, no bien caía el golpe del negro en tierra, partía hecho una furia y se estrellaba en la estaca del otro extremo. // Se fue ⟩

Se fué haciendo el crepúsculo. Terminadas las carreras [33] de caballos, se acercaron los jinetes a ver lo que acontecía en aquella rueda.

⟨ Corridas las carreras ⟩

Apenas se veían los objetos en las medias tintas del ocaso. [34] No obstante, se repetían las apuestas y saltaban los gatos envueltos en una nubecilla de polvo dorada por las luces últimas del crepúsculo. Y las cabezas gachas, los cuerpos inclinados y los gritos de los jugadores entraron en la noche, cerrándose la fiesta con maullidos de gatos. [35]

⟨ objetos a corta distancia. No obstante lo avanzada de la noche, se repetían las apuestas, ⟩

⟨ Y, las ⟩

⟨ jugadores, entraron ⟩

⟨ con las carreras de gatos. ⟩

En la pulpería —que ya se sabía de la expulsión del pueblo vecino de las vendedoras de quitanda— se comentaba el hecho y se dijo que el negro formaba parte del circo.

---

[31] Se acercaron al grupo, Chiquiño

[32] Clorinda. Se corrieron, una tras otra, muchas carreras, las cuales ganaba con frecuencia el rabón, a quien sólo le hacía mella un gato cruza de montés que trajeron de un rancho. Era un ejemplar bravío que, no bien caía el golpe del negro en tierra, partía como una centella y se estrellaba en la estaca del otro extremo.

[33] Corridas las carreras

[34] objetos a corta distancia.

[35] con las carreras de gatos.

Matacabayo invitó a Paujuán a seguir andando en su carro, con las chinas carperas.

⟨ había invitado a Paujuán para seguir andando en su carro, con las chinas, que tanto público atraían, seduciendo a la paisanada. ⟩

Si Matacabayo y Secundina conquistaban al negro, perdían, por otro lado, a Clorinda. La amazona no podía resistir a la atracción de don Pedro. Aprovechó el regreso de la gente de Tacuaras, y en una volanta, sin despedirse, regresó en su busca.

⟨ Don Pedro ⟩

⟨ Tacuaras y ⟩

La noche en el carretón fué triste. Rosa, Petronila y Secundina no recibieron visitas. [36] Matacabayo, en la pulpería, fué empinando el codo —uno tras otro vaso de caña— hasta caer borracho. [37]

⟨ Rosita, Petronilla y Secundina recibieron pocas visitas. ⟩

⟨ fue inclinando el codo ⟩

⟨ y estaba completamente borracho. ⟩

Chiquiño y Leopoldina habían desaparecido en uno de los caballos del carro. Se los había visto camino del rancherío de Cadenas.

⟨ les había ⟩

En la borrachera oyó Matacabayo insultos, vejámenes y toda clase de humillaciones.

—¡Andá con tus quitanderas! ¡Aprendé, viejo sonso, a domar mujeres! ¡Para nada te sirve haber mandado tantos matungo[s] al otro mundo! [38]

⟨ haber matau matungos! ...// A la mañana siguiente, rumbo al Norte, siguieron los restantes, incluyendo a la troupe el negro de las carreras de gatos. // Las ⟩

Las primeras quitanderas sufrían el primer fracaso.

---

[36] recibieron pocas visitas.

[37] —y estaba completamente borracho.

[38] haber despachau matungos!... // A la mañana siguiente, rumbo al norte, siguieron los restantes, integrando la «troupe» el negro de las carreras de gatos.

VI

«El Paso de Mataperros» [1], bordeado por un boscaje seco, pleno de resaca. Los árboles, de un color pardusco, mostraban ramas tronchadas, hojarasca en las copas, plumas, esqueletos de pescado, trapos y hasta alguna viruta de latón enredada entre el ramaje. Hacía apenas unos quince días que el arroyo se había salido de su cauce, arrastrando cuanta basura hallara por las riberas.

Desde lejos se veía el cambio de color de los árboles. Tan sólo los más altos enseñaban un verde viejo marcando el nivel de las aguas. [2]

La entrada del paso, aunque se marchase a caballo, se mostraba dificultosa. Había que ir apartando ramas secas, plagadas de resaca que parecían nidos [3] metidos en las horquetas.

Abajo, en el cauce, corría un hilo de agua [4]. A simple vista nadie podía creer [5] en unas crecidas capaces de arrasar con los montes.

Entre la maraña, Chiquiño en cuclillas, y [6] tirada en el suelo Leopoldina, se hallaban desde hacía más de dos horas. La mujer no podía continuar el viaje. Se quejaba de un agudo dolor en la cintura. Tirada en un barranco, ante la pasividad del hombre que la había sacado campo afuera. [7]

⟨ «El paso» de Mataperros, bordeado por un boscage ⟩
⟨ árboles de un ⟩

⟨ quince días, el arroyo ⟩

⟨ más altos, enseñaban un verde viejo y el nivel de las aguas, había llegado hasta tres metros de la normal. ⟩

⟨ resaca, que formaban nidos ⟩

⟨ de agua solapado. ⟩

⟨ podría creer ⟩

⟨ en cuclillas Chiquiño y ⟩

⟨ La mujer, no podía continuar el viaje, padeciendo un agudo dolor en la cintura. Tirada en un barranco, se quejaba ante la pasividad de aquel mozo que habíala sacado campo afuera, sin saber dónde diablos llevarla. Había escogido los callejones y el campo abierto, como quien elige un rancho cualquiera en la inmensidad del mundo. // Chiquiño ⟩

---

1 «El paso» de Mataperros,

2 viejo y el nivel de las aguas, que había llegado hasta tres metros de la normal.

3 resaca, que formaban nidos

4 de agua solapado.

5 podría creer

6 en cuclillas Chiquiño y

7 La mujer no podía continuar el viaje, padeciendo un agudo dolor en la cintura. Tirada en un barranco, se quejaba ante la pasividad del mozo que habíala sacado campo afuera, sin saber donde diablos llevarla. Había escogido los callejones y el campo abierto, como quien elige un rancho cualquiera en la inmensidad del mundo.

Chiquiño se sentía en su medio natural. El campo abierto le parecía suyo, como cualquier otro siente la sensación de la propiedad, en un cuarto de tres por cuatro. El mundo, el campo que tenía por delante, era suyo, con sus montes, sus cerrilladas, sus arroyos y sus cuchillas. Suyo, para andar con aquella china que había ganado bajo un carretón, una noche, en plena soledad. Se la había gando a su padre, a la Secundina, a los del circo, a la noche y a todos los que se la quisieron escamotear. Era cosa suya, la primera cosa conquistada. [8]

⟨ abierto, le ⟩

⟨ delante era ⟩

⟨ la primera cosa alcanzada y por ello la que más había que conservar. ⟩

Rodaron por los callejones. Hizo dos o tres jornadas provechosas, en las esquilas, mientras Leopoldina lo aguardaba en un zanjón cualquiera, lavando su ropa para no aburrirse.

⟨ le aguardaba ⟩

Con aquellas changas, pudo seguir adelante, guareciéndose en los montes si llovía, pidiendo posada en las estancias, donde generosamente engañaban su hambre con algunos mates lavados. [9]

⟨ estancias donde generosamente engañaban su hambre, con algunos «mates lavados». ⟩

Cualquier cosa, hasta robar, cuerear ajeno, antes que volver atrás, regresar a Tacuaras o «La Lechuza». Y menos aún por un dolor que a él no le dolía.

⟨ le dolía, pues la Leopoldina si se quejaba de tarde en tarde, no era cosa de inquietarse. En «el paso de Mataperros» estaban, cuando vieron ⟩

En «el paso de Mataperros», acampados, vieron venir la carreta. Andaba lentamente, tirada por dos yuntas de bueyes, bajo un vuelo violento de teros anunciadores. Cuando cayó al paso, reconoció al caballo de su padre. Tocando los bueyes, venía [10] Matacabayo, paso a paso. Oyó su voz cavernosa:

⟨ el caballo ⟩⟨ bueyes, con el cuerpo hecho un arco, venía ⟩

—¡Lunarejo!... ¡Negro!... ¡Güey, juerza güey!

⟨ Güey, ⟩

Tirados en el zanjón, no se movieron. A Chiquiño le latía el corazón y sintió desmayársele las fuerzas.

—¡Es tata, siguro que es tata! —díjole a la muchacha—. ¡P'ande irá!...

⟨ a la mujer. —¡Pande ⟩

Cayó «al paso» la carreta, dando tumbos en las piedras, haciendo sonar su techo de cinc, desvencijado, crujiendo las ruedas y rechinando los ejes. El cencerro de los bueyes se apagaba a veces, para oírse la voz de Matacabayo:

---

[8] conquistada y, por ello, la que más había que conservar.

[9] «mates lavados».

[10] bueyes, con el cuerpo echo un arco, venía

—¡Lunarejo! ¡Güey!... ¡Tire, canejo! ¡Negro, Negro, derecho, derecho!

Salvadas las piedras, cayó la carreta en el pedregullo [11] de la costa.

⟨ en la arena y el pedregullo ⟩

Matacabayo detuvo la marcha, y los bueyes, en el agua miraban pasar las ondas, tal vez sedientos, agitando las colas, con las cabezas tiesas, rígidas, inmóviles. Sólo la cola daba la impresión de que vivían, de que eran algo sensible en el conjunto.

⟨ marcha y los bueyes en el ⟩

Chiquiño espiaba todos los movimientos. Vió bajar a Secundina y esconderse tras unas matas. Vió apearse a su padre y abrir las piernas, mirando para abajo, muy junto al encuentro de su caballo. La picana vertical al suelo y la inclinada cabeza de su padre le dieron ganas de correr hacia el autor de sus días. Estaba viejo, parecía cansado. Ya habían llegado a los oídos del hijo las noches de borrachera de Matacabayo. [12]

⟨ padre, le dieron ⟩

⟨ hijo, las noches de borrachera de Matacabayo. Había perdido sus fuerzas, primero, después la vergüenza, como resultante, sin duda, de la senil cobardía. // Conocedor ⟩

Conocedor de ciertas amenazas que Matacabayo habría proferido en contra, «de ese gurí desalmao», Chiquiño no tuvo coraje de acercársele [13]. Aunque su padre tal vez supiese un remedio para curar a Leopoldina, prefirió evitarlo. Tenía pensado dirigirse al rancho del curandero Ita, un indio ayuntado a una china milagrera y «dotora en yuyos».

⟨ en su contra, asegurando un castigo para «el gurí desalmao», Chiquiño no tuvo coraje de acercarse. ⟩

⟨ evitarle. ⟩

Observaba con miedo los movimientos de su padre. [14]

⟨ Observaba atento los movimientos de su padre en el alto obligado. // Y dejó que la ⟩

Y no tuvo valor. Dejó que la [15] carreta siguiese su marcha, con Secundina y otras mujeres que se asomaban [16] al caer al arroyo. Dejó pasar la carreta, último negocio de su padre, cuyas fuerzas perdidas parecía haberlas recogido la Secundina, para dominarlo definitivamente. La vió repechar, con sus

⟨ se asomaron ⟩

⟨ Secundina para dominarle ⟩

---

[11] en la arena y el pedregullo

[12] Matacabayo. Había perdido sus fuerzas, primero, y después la verguenza, como resultante, sin duda, de la senil cobardía.

[13] en su contra, asegurando un castigo para «el gurí desalmao», Chiquiño no tuvo coraje de acercarse.

[14] Observaba atento los movimientos de su padre en el alto obligado.

[15] Y dejó que la

[16] se asomaron

bueyes pachorros, la cuesta empinada, y [17] oyó los gritos de Matacabayo, entre el crujir del techo y el rechinar de los ejes.

⟨ la cuesta del otro lado y ⟩

Por entre el ramaje se fueron perdiendo de vista, poco a poco, el callejón encrespado de cardales y el horizonte mezquino [18]. Un revuelo de teros zigzagueaba bajo, casi rozando el arqueado techo de cinc.

⟨ poco, por el callejón de cardales. Un revuelo de teros, zigzagueaba ⟩

Cuando su compañera dejó de quejarse, era casi entrada la noche. Cargó con ella, la puso sobre el lomo de un bayo bichoco que había comprado a un borracho de «La Lechuza» y rumbeó en dirección al rancho del indio.

⟨ Cuando dejó de quejarse Leopoldina, era ⟩

⟨ «La lechuza», y rumbió para el rancho del indio. // xxx // Se ⟩

Se [19] sorprendieron al ver que llegaban tan pronto. Se vieron en el camino del indio Ita. Un sendero viboreante, entre matas de miomío y cola-de-zorro. Al fondo del potrero, un rancho de totora [20], raído por el tiempo, sin un árbol, chato y rodeado de maleza; de esos yuyos que se forman robustos al crecer en tierra abonada por los desperdicios. Los cardos de metro y medio de alto; el maíz desarrollado hasta el vicio. [21]

⟨ llegaban. Se ⟩

⟨ mío-mío ⟩

⟨ el rancho de Ita, de totora, ⟩

Había entrado la noche y los perros no salieron a ladrarlos. [22]

—¿Qué habrá pasau? —interrogó el muchacho—. Tengo enyegau muchas veces y nunca dejó de ladrarme «El Sentencia»...

⟨ ladrarles. Extrañados, Leopoldina y Chiquiño, sujetaron los pingos. // —¿Qué ⟩

⟨ muchacho. ⟩

«El Sentencia» era un mastín cimarrón, propiedad del indio Ita, conocido en veinte leguas a la redonda por su tamaño. Tan «mentau» era que aparecía en las [23] pesadillas del paisanaje.

⟨ era «El Sentencia», que aparecía en los sueños y en las pesadillas del ⟩

El indio Ita vivía con su mujer, una china esquelética [24] a la cual le quedaba pelo apenas para

⟨ Ita, vivía con su mujer, una esquelética china, a la ⟩

---

17 la cuesta del otro lado, y

18 poco, por el callejón encrespado de cardales.

19 rumbeó para el rancho del indio. // xxx // Se

20 el rancho de Ita, de totora,

21 hasta irse en vicio.

22 ladrarlos. Extrañados, sujetaron los pingos.

23 era «El Sentencia», que aparecía en los sueños y en las

24 una esquelética china

hacerse un par de trencitas de cuatro [25] dedos de largo.

⟨ trencitas miserables, de cuatro ⟩

«La Pancha», así se llamaba la mujer, era experta en yuyos y milagrera. No había enfermedad conocida que ella no curase, desde «la paletiya cáida» hasta el «grano malo». Como no [26] salió «El Sentencia» a rezongar, Chiquiño comprendió que algo grave pasaba en el rancho del indio Ita.

⟨ conocida, que ⟩
⟨ malo». Pero, en ocasión de la visita de Chiquiño con su china, «La Pancha» se hallaba en cama, moribunda. // Como no ⟩
⟨ algo pasaba ⟩

—Luz hay —aseguró Leopoldina—, pero naide se mueve en el rancho.

⟨ Leopoldina,— ⟩

Avanzaron unos pasos más, y, cuando estaban a cincuenta metros, ambos se apearon, rienda en mano, y siguieron silenciosos por el sendero.

⟨ apearon y, rienda en mano, siguieron ⟩

Cacarearon unas gallinas, que dormían entre las zarzas. Al enfrentar la puerta entreabierta, por donde salía un chorro de luz, Chiquiño golpeó las manos.[27]

⟨ Cuando estuvieron casi encima de la puerta entreabierta por donde ⟩
⟨ las manos con miedo. // Nadie chistó. Se miraron ambos, sin ⟩

Nadie chistó. Se miraron sin [28] comprender lo que pasaba. La luz escasa del candil que humeaba dentro del exigüo rancho no les permitía ver el desorden de bancos de ceibo, cajones vacíos y trastos viejos que se hallaban diseminados a la entrada. Sin duda, habían estado varias personas reunidas.

⟨ rancho, no les ⟩
⟨ Sin duda habían ⟩

No se oía ni un murmullo.

—¡Andarán por el campo, siguro! —dijo un tanto fastidiado Chiquiño.

⟨ campo, canejo! ⟩

—Tengo miedo, viejo... Aquí se güele el tufo que deja [29] el diablo al pasar...

⟨ se siente el silencio que deja ⟩

—Cayate, vieja; me tenés cansau con tus sustos. ¡Ta con las mujeres!

⟨ vieja, me ⟩

Y, sobre las palabras [30] de su compañera, golpeó sus manos con violencia.

⟨ Y, contrarrestando las palabras ⟩

Al instante, se abrió la puerta y apareció en la

---

25 trencitas miserables, de cuatro

26 malo». Pero, cuando la visita de Chiquiño con su china, «La Pancha» se hallaba en cama, moribunda. // Como no

27 las manos con miedo.

28 Se miraron ambos sin

29 se siente el silencio que deja

30 Y, contrarrestando las palabras

semiclaridad la silueta inconfundible de Chaves, el tropero enlutado de la noche de Tacuaras. Tuvo que agacharse para [31] trasponer el umbral.

⟨ semiclaridad, la ⟩
⟨ agacharse, para traspasar ⟩

—Güenas noches.

—Güenas, Chiquiño... Yegás justo en las boquiadas de «la Pancha»... ¡Entregó su alma a Dios, la disgraciada!

—¡Dios me perdone! ¡Qué mala seña! —exclamó Leopoldina.

—Y ¿qui hay con eso? —corrigió desafiante Chiquiño—. Alguna brujería. [32]

⟨ ¡qui hay con eso? —corrigió desafiante Chiquiño.— Alguna brujería, sin duda, ¿no? ⟩

—Es malo yegar a un lugar en el momento de morir algún cristiano...

⟨ lugar, en el ⟩

Salieron del rancho, sollozando, una vieja y dos muchachas. En seguida les siguió un paisano de pelo largo, sobre la nuca, con el [33] sombrero en la mano.

⟨ rancho sollozando, ⟩
⟨ largo, encanecido, con el ⟩

Las mujeres gemían. [34] El paisano de los largos cabellos sacudía de un lado a otro la cabeza. Chiquiño se asomó a la puerta y vio al indio Ita, arrodillado al lado de la cama de «la Pancha».

⟨ Las mujeres lloraban con gemidos histéricos. ⟩
⟨ cabellos, sacudía ⟩

—Mató al [35] «Sentencia» de una puñalada —dijo Chaves—, pa conseguir la vida de su hembra... Y ahí lo tiene, solo, tirau al lau de la cama. ¡Qué enjusticia!

⟨ —Acabó de matar «El Sentencia» ⟩
⟨ Chaves,— ⟩
⟨ Y, ai lo ⟩

Leopoldina empezó a llorar. Gimió de golpe, al punto de asustar a su caballo, del cual no había largado la rienda. Chaves se encargó de atarlo al palenque, y entonces Leopoldina se entregó a un llanto sin medida, quejumbroso, al lado de la vieja y las muchachas.

⟨ asustar su caballo, ⟩
⟨ palenque y, entonces, Leopoldina, se ⟩

—De nada le sirvieron sus yuyos —dijo el hombre de los largos cabellos—, ni el sacrificio del «Sentencia». ¡Pobre la Pancha!

⟨ le sirvió sus ⟩
⟨ cabellos,— ni el sacreficio del Sentencia! ⟩

Sólo se oía el llanto de las mujeres. Chiquiño, al

---

[31] agacharse, para

[32] brujería, sin duda, ¿no?

[33] largo, encanecido, con el

[34] Las mujeres lloraban con gemidos histéricos.

[35] —Acabó de matar al

lado de la muerta, contemplaba al indio Ita, en sus tribulaciones y quejidos. Se agachó y le dijo:

—¡Hay que ser juerte, Ita!... ¡Resinación, amigaso! Aquí estamo pa lo que quiera mandar.

⟨ ¡Ai ⟩

El indio Ita se puso de pie repentinamente. Su figura [36] proyectaba quebrada sombra sobre la cama, sombra que ascendía en la empalizada de paja y se doblaba en el techo, como volviendo hacia él.

⟨ Ita, se ⟩
⟨ Su alta figura, proyectaba ⟩
⟨ paja, se ⟩

—Siguro —dijo el indio—, hay que ser juerte, como era la finada, que aura está peliando con la muerte. [37]

⟨ —Siguro, —dijo el indio—, ai que ser ⟩
⟨ está en brazo de la muerte! ⟩

La mirada del indio se hizo dura. Frunció el entrecejo y se quedó mirando el cadáver, inmóvil, como dominado por una idea. Sus facciones finas se aguzaron más aún. Se diría que toda su raza acudía de golpe a dar carácter a su exacta figura. [38]

⟨ inmóvil como ⟩
⟨ finas, se ⟩
⟨ raza, acudía ⟩
⟨ su figura, típica y exacta. ⟩

Entraron en el rancho Leopoldina y una de las muchachas. No cesaban de llorar. Lloronas de profesión, por encargo, ahora berreaban sinceras. [39] Tras ellas, la negra silueta de Chaves.

⟨ encargo, muchas veces, ahora berreaban de lo lindo. Tras ⟩

El indio Ita no se movía. Como era su costumbre, le gustaba sobre manera sorprender al paisanaje con actitudes extrañas. Había llegado al pago hacía quince años. Hizo de su mujer una milagrera. [40] Y él sabía tanto de curtir cueros y cuerear en mil formas zorros, nutrias y venados que se conquistó la [41] admiración de todos. Pero sus usos y costumbres eran muy particulares. No se apartaba de ciertos ritos de su tribu lejana.

⟨ sobremanera ⟩
⟨ pago, hacía ⟩
⟨ Su mujer, fue milagrera desde el primer momento. Y, él, sabía ⟩
⟨ venados, que se había conseguido la ⟩

Observaba el vuelo de las aves, escrudiñaba el cielo, hablaba con la luna. Todos estos extraños hábitos sorprendieron en un principio. Pero como en repetidas ocasiones acertó, anunciando, con muchos días de anticipación, mangas de langosta, lluvia con granizo y algún otro fenómeno extraordi-

⟨ apuntados hábitos, sorprendieron en un principio. Pero, como ⟩
⟨ anunciando con ⟩
⟨ lluvias con piedra y ⟩

---

36 Su alta figura

37 está en brazo de la muerte.

38 su figura, típica y exacta.

39 encargo, muchas veces, ahora berreaban de lo lindo.

40 Su mujer fue milagrera desde el primer momento.

41 que se había conquistado la

nario, acabaron por creerlo un poco brujo. [42] No se sabía de donde había venido. Siempre que se hablaba de ello, respondía que la selva impedía ver el lugar.

⟨ acabaron por tenerlo como Mano Santa o como un poco brujo. ⟩

⟨ lugar. // Ita, dándose vuelta autoritario, exclamó: // —¡Vayan pa ajuera! ¡Dejenmé solo! Y, cuando ⟩

—¡Vayan p'ajuera! ¡Dejenmé solo! —dijo solemne.

Y cuando [43] las lloronas salían y se agachaba Chiquiño, para salvar la puerta, se oyó la voz del indio que agregaba:

—¡Aura hay que despedirse!...

⟨ —¡Aura, hay ⟩

Aseguró la puerta por dentro. Las mujeres, [44] bajo una enramada que servía de gallinero, cesaron de llorar, ante el revuelo que producía su llanto entre las aves.

⟨ dentro. A oscuras las mujeres, ⟩

Los tres hombres se quedaron silenciosos, hasta que Chaves preguntó a Chiquiño hacia dónde marchaba.

—¡Voy pa la frontera, a buscar trabajo!

—¿Y el viejo Mata? —inquirió nuevamente.

⟨ —Y ¿el ⟩

—Juyó con las carperas y la Secundina.

El paisano de los cabellos largos encendió un pucho con su yesquero. [45]

⟨ largos, encendió un pucho apagado, en su yesquero. ⟩

—¡Vaya rezando un padrenuestro, m'hija! —le dijo a la menor de las muchachas—. No hay que olvidarse que la finada le curó el pasmo. [46] ¡Hay que rezar por su almita!

⟨ hija! ⟩

⟨ muchachas.— ⟩

⟨ que le curó el pasmo la finada. ⟩

—Bueno, tata...

Y la muchacha, en voz baja, comenzó una oración.

⟨ Y, la muchacha, ⟩

Los tres hombres la escuchaban, mirando de cuando en cuando el cielo, como si buscasen algo.

—¡Pobre «Sentencia»! —exclamó el de los cabellos largos—. Un sacreficio enútil...

⟨ Sentencia! ⟩

⟨ largos.— ⟩

—Siguro, pa qué esas cosas, digo yo —agregó Chaves—. Este hombre está medio embrujau. Tuitos lo'jindios dicen que eran ansina.

⟨ Chaves.— ⟩

---

42 acabaron por tenerlo como «mano santa» o como un poco brujo.

43 solo! // Y, cuando

44 dentro. A oscuras las mujeres,

45 en su yesquero.

46 que le curó el pasmo la finada.

—¡Cada cristiano tiene su creencia! —dijo Chiquiño—. Y hay que rispetarla. [47]

—Siguro —agregó sereno y firme el de los cabellos largos—. ¡En su tribu, asigún cuenta él, las cosas eran muy diferentes!

Se hizo un silencio todo hormigueado de palabréjas breves o entrecortadas.

Chiquiño se ofreció para ir a comprar velas, pensando en la última frase del indio: «¡Aura hay que despedirse!...».

—No sabemos entuavía cómo quiere velarla —dijo Chaves—. ¡Quién sabe!...

—¡Aura un avemaría, m'hija! —ordenó el hombre a la misma criatura—. ¡Pa'eso se la enseñamo! [48]

Y, en coro, las cuatro mujeres rezaron en voz baja, en la enramada miserable donde las gallinas, de cuando en cuando, lanzaban un cacareo de protesta.

Chiquiño insistió en ir a comprar velas. Como Ita demoraba en salir, decidieron llamarlo. El hombre de los cabellos largos se dirigió a la puerta, y, [49] metiendo la mano en una rendija, agrandó el espacio, logrando mirar para adentro. Un quejido salió de su garganta: [50]

—¡La Virgen me perdone!... —dijo dramáticamente. ¡Joi Dió! [51]

Y, tapándose los oídos, despavorido, corrió hacia donde estaban las mujeres.

Chiquiño y Chaves se abalanzaron hacia la puerta, creyendo que algo terrible debía pasar allí dentro. Como ante esos espectáculos terribles en los que, por un extraño fluído, corre el sentido trágico del acontecimiento, los restantes, erizados de curiosidad se precipitaron [52] hacia la puerta del rancho.

⟨ Chiquiño —y no hay más que respetarla. ⟩

⟨ largos.— En su ⟩

⟨ ¡Aura, hay que despedirse!... ⟩

⟨ velarla el indio — ⟩

⟨ criatura.—¡Pa eso se le ha enseñau! ⟩
⟨ mujeres, rezaron ⟩

⟨ llamarle. ⟩

⟨ puerta y metiendo la mano en una endija, agrandó el espacio, consiguiendo mirar ⟩
⟨ Un desgarrador suspiro salió de su garganta, al mismo tiempo que exclamaba fuera de sí: // —¡La Virgen me perdone! ... ¡Joi Dió! ⟩

⟨ Chaves, se abalanzaron hacia la puerta, seguros de que algo terrible debía pasar ⟩
⟨ espectáculos impresionantes, que por un extraño fluído, corre el sentido trágico del acontecimiento, sin que haya sido aún conocido por los demás, erizados de curiosidad dramática, se precipitaron ⟩

---

[47] Y no hay más que rispetarla.

[48] se le ha enseñau!

[49] puerta y,

[50] Un desgarrador suspiro salió de su garganta, al mismo tiempo que exclamaba, fuera de sí:

[51] perdone!... ¡Joi Dió!

[52] espectáculos impresionantes en los que, por un extraño fluido, corre el sentido trágico del acontecimiento sin que haya sido aun conocido por los demás, erizados de curiosidad dramática, se precipitaron

Y, como presas de pavor, los dos hombres, el alto de negro, Chaves, y el muchachón recién lanzado a los caminos, ambos pudieron ver la escena que [53] dentro del rancho acababa de descubir el hombre de los cabellos largos. Ita, el indio milagrero, estaba desnudo, y desnudo el cuerpo de la finada, desnudo el cadáver de la Pancha. [54] Bárbaramente unidos, frenético el indio desde la vida. La mujer, fría. Los brazos de la hembra caían como péndulos de la cama. Iba la boca del indio de un lado a otro del rostro exangüe, besándola, en aquellas últimas nupcias, [55] a la luz de un candil parpadeante y amarillo.

Cuando el indio Ita se hubo despedido de su mujer, cuando [56] quedó rígido el cuerpo de la Pancha a lo largo [57] del catre y con los brazos ahora sobre el pecho; cuando [58] se hubo despedido definitivamente, abrió la puerta y la noche, enorme y vacía, se le presentó como una inmensa cueva. Lo habían dejado solo.

Oyó un galope lejano. [59] El indio Ita sintió el frío del hocico de su perro. Le lamía una mano. Y se quedó inmóvil, fijo en su sitio, como un símbolo. [60]

⟨ los caminos y las pampas, Chiquiño, ambos pudieron ver la escena pavorosa que dentro del rancho, acababa ⟩

⟨ milagrero, desnudo, y desnudo el cuerpo de la finada, desnudo el cadáver de la Pancha, estaban amándose. Bárbaramente unidos, frenético el indio desde la vida, y yacente y fría la mujer. Los caídos brazos de la hembra, pendían de la cama, mientras iba la cabeza del indio, de un lado a otro del rosto pálido, besándola, en aquellas apresuradas últimas nupcias, a la luz de un candil, parpadeante y amarillo. // x x x // Cuando el indio Ita, se había despedido de su mujer; cuando quedó frío el cuerpo de la Pancha, a lo ⟩

⟨ se había despedido definitivamente, salió afuera y la noche, ⟩

⟨ Le habían ⟩

⟨ Se oía un galope apresurado por el camino. El indio Ita, sintió el frío del hocico de su perro. Sintió que le lamía una mano. Oía el ir y venir del «Sentencia». Y, se quedó inmóvil, fijo en su sitio, como un símbolo. // El silencio le pesaba sobre los hombros. // xxx // Chiquiño huía presa de pavor. Nada podía explicar a su compañera. Cuando intentó hacerlo, vió tan real el cuadro del indio en sus nupcias impresionantes, que no pudo hablar. Y huyó, a galope largo por el camino, erizado de miedo, perdido en la noche. // xxx //

---

53 los caminos y las pampas, ambos pudieron ver la escena pavorosa que

54 milagrero, desnudo, y desnudo el cuerpo de la finada, desnudo el cadáver de la Pancha, estaban amándose.

55 desde la vida, y yacente y fría la mujer. Los brazos de la hembra pendían de la cama, mientras iba la cabeza del indio de un lado a otro del rostro pálido, besándola, en aquellas apresuradas últimas nupcias,

56 mujer; cuando

57 Pancha todo lo largo

58 definitivamente, salió afuera y la

59 Se oía un galope apresurado y lejano.

60 perro. Sintió que le lamía una mano. Oía el ir y venir del «Sentencia». Y se quedó inmóvil, fijo en su sitio, como un símbolo. // El silencio le pesaba sobre los hombros. // Chiquiño huía presa de pavor. Nada podía explicar a su compañera. Cuando intentó hacerlo, vió tan real el cuadro del indio en sus nupcias impresionantes, que no pudo hablar. Y huyó a galope largo por el camino, erizado de miedo, perdido en la noche.

Desde aquel episodio, después de ver al indio Ita «jinetear a la muerte» —como decía Chiquiño al contar la historia varios meses después—, desde aquella primera noche de hombre «acoyarau», no paró. [61]

Las cuchillas lo vieron bordear las cañadas, cruzar los campos, vadear arroyos crecidos. Lo vió la gente galopar bajo la lluvia, portador de un chasque; acompañar a algún forastero, casi siempre contrabandista; servir de guía a la diligencia, cuando ésta se veía obligada a salvar un pantano o evitar un encuentro con la policía, si llevaban tabaco.

Sólo tenía un temor: cruzarse con su padre. Si oía hablar de quitanderas o simplemente de fiestas en los boliches, evitaba pasar por el lugar señalado.

Matacabayo seguía rumbo al norte, midiendo leguas al paso cachaciento de la carreta, unas veces dormido sobre el caballo y otras escrudiñando luces [62] en el horizonte.

Y se perdió internándose en los pagos donde no había pulperías con pedazos de hierro doblados por sus manos, ni monedas de plata arqueadas con sus dientes.

Se lo llevó el camino.

Desde aquel ⟩

⟨ historia, varios meses después,— ⟩

⟨ no paró de andar. // Las cuchillas le vieron ⟩

⟨ cruzar campos, ⟩

⟨ Le vió la gente galopar bajo la lluvia portador de un chasque, ⟩

⟨ pantano, o ⟩

⟨ al Norte, ⟩

⟨ escudriñando las luces ⟩

⟨ Y, se perdió internándose en los pagos, donde no habían ⟩

61 no paró de andar

62 escudriñando las luces

VII

—¡Dejame, dejame ver si pasa el patrón! —rogaba, libertándose de los brazos de Maneco, la china Tomasa—. ¡Dejame, te digo!

⟨ rogaba libertándose ⟩
⟨ Tomasa.— ⟩

Y consiguió asomarse a la ventana del rancho, para ver pasar a don Cipriano, el joven patrón de la estancia.

⟨ Y, consiguió ⟩

—¡Tá que sos guisa! ¡Te va'a ver y v'a mandarte que le cebés mate!... ¡No te asomés, cristiana!

⟨ va a ver y va a ⟩
⟨ cebés el mate! ⟩

Maneco, que había conseguido meterse en el rancho de las sirvientas a la hora de la siesta, estaba ansioso, con las bombachas medio caídas, la golilla por un lado, el cinto en el respaldo de la cama de hierro.

La ventana era más bien alta, y desde la cama, apoyada a la pared, [1] Tomasa, de rodillas, podía espiar al patrón. El corpiño ajustado, dejaba al aire la pulpa de sus abultados senos, rozando en el adobe de la pared de barro [2] cuando la muchacha inclinaba el busto para asomarse.

⟨ alta y desde la cama, que se hallaba recostada a la pared, ⟩
⟨ Con el corpiño abierto, dejaba al aire parte de sus abultados senos, que rozaban en la pared de barro ⟩

Maneco metía [3] las manos entre la pared y el cuerpo de la moza, tratando de separarla de la ventana y aprovechándose, para [4] acariciar aquel cuerpo duro, de carnes olorosas. [5]

⟨ Escondido tras ella, Maneco metía ⟩
⟨ aprovechándose, de paso, para ⟩
⟨ de carnes firmes y olorosas. // Tomasa persistía en estar asomada a la ventanuca. Quería ver ⟩

Tomasa quería ver [6] pasar a don Cipriano, un hombre hermoso, si los podía haber, pero frío e indiferente con las mujeres. Después de hacer una

⟨ hermoso si los podía haber, pero frío e indiferente a las ⟩

---

1 cama, que se hallaba recostada a la pared,

2 Con el corpiño abierto, dejaba al aire parte de sus abultados senos, que rozaban en la pared de barro

3 Escondido tras ella, Maneco metía

4 aprovechándose, de paso, para

5 de carnes firmes y olorosas.

6 Tomasa persistía en estar asomada a la ventana. Quería ver

corta siesta, todos los días atravesaba el patio de naranjos y se iba a los galpones, a conversar con la peonada. Tomasa quería verlo pasar, quería darse el gusto de verlo pasar, arrogante, con paso firme, mientras ella tenía a Maneco en la cama, con las bombachas caídas. Arrodillada en el lecho, espiaba, alejando a veces las manos del mozo que, de puro confianzudo, ya iba metiéndolas donde no debía.

⟨ días, atravesaba ⟩
⟨ quería verle ⟩
⟨ de verle ⟩
⟨ mozo, que, ⟩

—¡Bajate, cristiana boba! ¡Aura que pude ganarme sin que me viesen, debemo aprovechar! —insistía Maneco, vehemente, con [7] la camisa pegada a las espaldas sudorosas.

⟨ —¡Bajate cristiana ⟩
⟨ vehemente, acalorado, con ⟩

—Andá, sosegate, dormí un poco. ¡Yo no dejo de mirar la pasada del patrón!

—¡Pucha, ni que estuvieses enamoretiada de don Cipriano! —dijo Maneco. [8]

⟨ —Pucha, ¡ni ⟩
⟨ —exclamó Maneco. ⟩

—No digas sonseras, negro. E pa'estar segura de que no me va a yamar.

⟨ pá estar ⟩

Maneco no quiso insistir y se limitó a acariciar el vientre, los senos apretados de Tomasa, sin que esta ofreciese resistencia.

Era un día de sol amarillo, [9] de calor sofocante. En el rancho, la atmósfera era pesada, y por él iba y venía una clueca, que ya no podía resistir más el nido. Con el pico abierto, se acercaba a la puerta y miraba de arriba abajo.

⟨ sol vertical, sin una brisa, de calor ⟩
⟨ por él, iba ⟩

Maneco, arremangado, ora acariciaba el cuerpo de su china, ora se quedaba quieto, con la cabeza junto a las caderas de la muchacha, respirando fuerte, en un delicioso sopor. Tomasa no protestaba. Antes bien, pareció ceder, colocando ambos codos en el marco de la ventana y dejando a Maneco que desnudase las cintas de sus enaguas. De rodillas en la cama, separada ahora del muro, Tomasa se mostraba dócil al muchacho. Le levantaba las faldas, le acariciaba los muslos, la besaba a su gusto. [10]

⟨ remangado ⟩
⟨ las nalgas de la ⟩
⟨ muchacho, quien a su albedrío, levantaba las faldas, acariciaba los muslos, besaba a su gusto. ⟩

---

7 vehemente, acalorado, con

8 —exclamó Maneco.

9 sol vertical,

10 muchacho, quien a su albedrío levantaba las faldas, acariciaba los muslos, besaba a su gusto.

No se atrevía a hablar. Comprendió que una sola palabra lo echaría todo a perder. Y, silencioso, se aprovechaba de la licencia que Tomasa le ofrecía, aspirando el olor de la piel. [11]

〈 la licencia inesperada que Tomasa le ofrecía, besándole en las axilas. 〉

La moza miraba con ojos encendidos a su patrón, quien, bajo un alto naranjo, conversaba con uno de los alambradores de la estancia. ¡Qué bien quedaba don Cipriano cuando levantaba la mano y se afirmaba en el tronco del árbol! ¡Qué esbelto era y cómo resaltaba su figura! Fumaba. Conversaba. Le explicaba al alambrador algún trabajo y, de tanto en tanto, una mirada, al pasar, iba a darle emoción extraña a Tomasa. ¡Cómo gozaba viéndolo!

〈 moza, miraba 〉
〈 Cipriano, cuando 〉
〈 trabajo, y, 〉
〈 mirada al 〉
〈 viéndole! 〉

Don Cipriano acariciaba el tronco del árbol. Don Cipriano se pasaba las manos por el pecho. Don Cipriano arrancaba una hoja de naranjo, [12] la deshacía entre los dedos y se la llevaba a la nariz. Don Cipriano miraba hacia el rancho, sin querer, pero miraba. Y Tomasa se estremecía al hallar sus ojos, aun a tanta distancia. Don Cipriano se pasó la mano por la nuca, se rascó el pecho. Tomasa devoraba sus movimientos, lo seguía en todos sus ademanes. Besaba los brazos del patrón, sus brazos robustos y blancos, a pesar del sol que tomaban en las faenas. Tomasa habría dado su vida por tenerlo cerca, en aquella aplastante siesta, con toda la modorra de la hora, con toda la molicie del instante, encendida por las caricias del muchacho.

〈 Cipriano, acariciaba 〉
〈 del naranjo, 〉
〈 Cipriano, miraba 〉
〈 Y, Tomasa, se 〉
〈 rascó en el pecho. 〉
〈 le seguía en todos sus ademanes, besaba a la distancia, los brazos 〉
〈 vida, por tenerle 〉

Maneco respiraba como si hubiese corrido tras de un animal chúcaro, de a pie, en el rodeo. No quería hablar, no quería romper el sortilegio. [13] Le caían por la cara gruesas gotas de sudor y había empapado ya las enaguas ligeras de la muchacha. Ella también, dominada por la voluptuosidad, transpiraba y se le iba poco a poco humedeciendo el corpiño ajustado. Al notarlo, Maneco levantó la mano y deshizo el nudo que en la espalda lo

〈 de apié, 〉
〈 romper aquel sortilegio. 〉
〈 ya, las enaguas 〉

---

[11] la licencia inesperada que Tomasa le ofrecía, besándole los brazos.

[12] del naranjo,

[13] romper aquel sortilegio

sostenía. Y cayeron, firmes y temblorosos, los abultados senos, como caen, sobre el agua de la vertiente, las cabezas de las bestias, sostenidas por los elásticos pescuezos.

⟨ los abundantes senos, ⟩

⟨ las cabezas sedientas de las bestias. ⟩

Tomasa cerró las piernas y apretó el vientre contra la pared de barro, aprisionando las manos del muchacho. Maneco no se atrevía a encerrarla entre sus brazos y tumbar aquel cuerpo caliente sobre la cama, como se tumba una vaquillona en la yerra. [14]

⟨ apretó el cuerpo contra ⟩

⟨ una vaquillona para meterle la marca de fuego. // Sintió, poco a poco que, trémulo, el cuerpo aflojaba, cedía a una extraña gravedad, desplomándose. Entonces vió los ojos ⟩

Sintió que ella cedía lentamente hasta que cayó vencida. Vió los ojos [15] y la boca de Tomasa; su cabeza inclinada, vuelta hacia atrás. Lo miraba como si despertase. Pero, de pronto, la pieza se oscureció. De un resuelto manotón, violentamente, ella cerró la ventana. [16] Y cayeron unidos en el lecho... La gallina clueca lanzó un grito de alarma.

⟨ tirada hacia atrás. Lo ⟩

⟨ pieza obscureció, porque la china, con un resuelto manotón, violentamente, cerró la ventana. Y, cayeron ⟩

A don Cipriano se lo había devorado el galpón, sin que volviese la cara hacia el rancho del servicio. [17]

⟨ Don Cipriano se había metido en el galpón, se lo había devorado el galpón, sin que volviese una sola vez la cara hacia el rancho del servicio. // El odio al patrón, se hizo amor violento por Maneco. // xxx //. Desde ⟩

Desde la carreta, la estancia se veía sin rencor. Se veía con los ojos de la fatalidad, con la mirada de la resignación, con la sumisión de quienes todo lo acatan. La carreta, el azar, lo que se gana y que se pierde [18] en los caminos, lo que puede hallarse, lo inesperado, capaz de surgir del fondo de la noche sin fondo; caer del cielo en los días que ni en el cielo se cree.

⟨ con la tranquilidad de quienes todo lo acatan y están ya sometidos. ⟩

⟨ gana y se pierde ⟩

⟨ lo que, inesperado, es capaz de ⟩

Desde la carreta se veía la estancia como se ven las rocas en la ladera de las sierras, como se ven los árboles [19] al borde del camino. Como cosas de Dios, del destino, de la fatalidad. Estancias arboladas, casas firmes, algún pequeño torreón. ¿Por qué estaban ellas enclavadas en los cerros y tenía que

⟨ carreta, se veía ⟩

⟨ los inmensos árboles ⟩

⟨ algún torreón pequeño. Por qué ⟩

---

[14] una vaquillona para meterle la marca de fuego

[15] Sintió poco a poco que, trémula, ella cedía a una extraña gravedad, desplomándose. Entonces vio los ojos

[16] pieza oscureció, porque la china, con un resuelto manotón, violentamente, cerró la ventana.

[17] Don Cipriano se había metido en el galpón, se lo había devorado el galpón, sin que volviese una sola vez la cara hacia el rancho del servicio. // El odio al patrón se hizo amor violento por Maneco.

[18] gana y se pierde

[19] los inmensos árboles

rodar la carreta, como rancho con ruedas, siempre por el camino, sin hallar un trozo de tierra que no fuese de nadie? ¿Es que no habría un rincón en el mundo, para dar de comer a los bueyes, sin tener que pedir permiso, un palmo de tierra para sembrar [20] un poco de maíz y esperar la cosecha? ¿No habría en la tierra tan grande, tan grande, un [21] pedazo de tierra sin dueño?

Pero de la carreta se veía la estancia como un accidente del terreno, como una [22] vertiente, como una cerrillada.

En la estancia vivían mujeres y hombres, agarrados a la tierra, firmes. [23]

Pasó la carreta. Tan lento era su andar que [24] cambiaban antes las formas de las nubes que de sitio su lomo [25] pardo. Se diría que la iban arrancando a tirones de la tierra, aferrada a ella. Una piedra grande, tirada [26] por una yunta de bueyes.

De la estancia se veía pasar la carreta, desplazarse lentamente, con rumbo fijo. Porque, una carreta que pasa da siempre la impresión de que lleva un rumbo, [27] que va segura hacia algún lado. ¿Para qué moverse en el campo, sino para [28] conquistar algo? Nadie dió jamás un paso, nadie anduvo una legua sin [29] conquistar un palmo de tierra. Sin embargo aquella carreta, únicamente [30] tenía rumbo cuando se detenía en la [31] noche.

Desde la estancia se la veía pasar indiferente. Ya los perros habían vuelto del camino, luego de

⟨ permiso, largar el cabello, sembrar ⟩
⟨ cosecha? ¿Un pedazo de tierra sin dueño, no habría, en la tierra tan grande que siempre tenía horizontes extraños? // Pero, de la carreta, no se veía la estancia nada más que como un fenómeno de la naturaleza, como una vertiente, como una cerrillada.// Habría en ella mujeres, hombres, agarrados a la tierra, firmes en el suelo. ⟩
⟨ era su paso, que ⟩
⟨ de sitio su techo curvo, su lomo pardo. Se diría que la iban arrancando, poco a poco, a tirones de la tierra. Se diría que estaba aferrada a ella, se diría que era una piedra grande, tirada por una yunta de bueyes. // De la estancia, se veía la carreta pasar, se le veía desplazarse ⟩
⟨ pasa, da ⟩
⟨ lleva el rumbo firme, ⟩
⟨ campo, si no para ir a algún sitio seguro, para conquistar algo? ⟩
⟨ una legua tan solo, sin ⟩
⟨ carreta, solamente cuando estaba detenida en la noche, tenía rumbo. ⟩

---

20 permiso, poder largar el caballo, sembrar

21 grande, que siempre tenía horizontes extraños, un

22 carreta no se veía la estancia nada más que como un fenómeno de la naturaleza, como una

23 Habría en ella mujeres, hombres, agarrados a la tierra, firmes en el suelo.

24 era su paso que

25 de sitio su techo curvo, su lomo

26 arrancado, poco a poco, a tirones de la tierra. Se diría que estaba aferrada a ella, se diría que era una piedra grande tirada

27 lleva el rumbo firme,

28 campo, sino para ir a algún sitio seguro, para

29 una legua tan solo, sin

30 carreta únicamente

31 detenía, en la

cerciorarse de que no pasaban enemigos suyos. Olfatearon el barril de agua que pendía entre las ruedas y ladraron, por si acaso, al hombre que iba montado.

La peonada se enteró del paso de las quitanderas. Tomasa oyó el comentario. Por la noche, un sábado primaveral, Maneco, y con él el resto de los peones, rumbeó para el «Paso de las Perdices».

⟨ y con él, el resto ⟩

A medianoche, silenciosamente, don Cipriano cruzó el patio de los naranjos. Se lo tragó una sombra, y desapareció en el rancho de las sirvientas.

⟨ una sombra, tras el rancho de las sirvientas. ⟩

VIII

Aguas arriba... Aguas arriba... Bajan lentos por el [1] telón del paisaje, repetidos árboles, insistente maleza, [2] uniforme ribera. De vez en cuando, desde la costa, una vaca mira absorta [3] la marcha fatigosa de la embarcación. Se suceden las playas cenagosas, se repiten los árboles seculares y los matorrales y los camalotes y las playas de arena y las temblorosas ramas de los sarandíes.

⟨ Bajan, con lentitud, en el ⟩

⟨ repetida maleza, ⟩

⟨ un animal mira absorto ⟩

⟨ matorrales; los camalotes, las playas ⟩

Bajan las riberas lentamente, mientras la barcaza remonta con dificultad. [4] Seis hombres escudriñan la selva, la floresta salvaje, de donde brotan gritos ásperos y trinos dulzones. El resoplar del motor de vapor va arrancando pájaros de las playas, cuyos vuelos, duplicados sobre las aguas, tienen siempre el mismo zigzag, idéntico planeo. Por momentos, las explosiones del motor parecen obstinadas en agujerear [5] el silencio, donde las horas se pegan como las moscas en un papel engomado. Cuesta salir de una hora para entrar en la otra. Al sol, el tiempo es impenetrable y hay que vencerlo.

⟨ mientras remonta con dificultad la barcaza. ⟩

⟨ motor a vapor ⟩

⟨ obstinadas, agujerear ⟩

⟨ hora, para ⟩

Las nubes amenazan lluvia.

Ayer llovió y la cubierta quedó limpia y olorosa. Salieron de la lluvia para entrar en el calor. Los seis hombres no se hablan. Las manos inútiles y la boca seca. Cuando el barco se aproxima a la ribera para acortar distancia en [6] alguna curva del río, penetran

⟨ Los seis hombres no se hallan con las manos inútiles y la boca seca. Cuando el barco se aproxima a las costas para ganar tiempo en ⟩

---

1 Bajan lentamente, en el

2 repetida maleza,

3 un animal mira absorto.

4 mientras remonta con dificultad la barcaza.

5 parecen, obstinadas, agujerear

6 a la costa para ganar tiempo en

trinos de pájaros por las ventanas de babor, para salir por entre las persianas [7] bajas de estribor, donde golpea el sol. [8]

Seis miradas [9] buscan en la frondosa ribera dónde posar la visual. Descubren la copa de un árbol de [sic] cien [10] metros antes de enfrentarlo, y cuando están próximos se deshace el símil que imaginaron a la distancia.

«Parece la cabeza de un burro», piensa uno. Desde otro punto de vista, el árbol parece una torre, pero al enfrentarlo es simplemente un árbol.

No pasa lo mismo con las nubes. Cuando encuentran la forma de un muslo de mujer, la visión persiste. [11]

Llevan catorce días de marcha sin hallar puerto propicio. Por la noche se detienen a pescar, en «las canchas» apropiadas o junto a «sangradores», donde es fácil sorprender «tarariras» grandes, en las ollas, cuidando sus huevos.

Al día siguiente siguen andando. Son seis hombres, cinco humildes y uno soberbio: el capitán, de robusto tórax, [12] brazos al aire, tostados por el sol; ojos pequeños y dañinos, frente estrecha, bigotes caídos sobre un carnoso labio inferior. Se alegra por la noche y se complace en contar historias escabrosas, cuentos de mujeres de razas desconocidas para el resto de la tripulación. Cinco mestizos, achicharrados por el sol, entecados, enfermizos. Uno con un pulmón de menos, el que va en la caldera. Otro, con asma. Un tercero, desdentado, flaco, roído por alguna enfermedad. Sin bríos los restantes, chiquitos, apocados, mestizones sumisos, doblados de cargar sobre los hombros cajones cuyo contenido jamás conocieron.

Dentro de tres días tendrán un puerto. Cuatro

⟨ entran trinos ⟩

⟨ por las persianas ⟩

⟨ donde el sol se obstina en entrar. ⟩

⟨ Las seis miradas ⟩

⟨ árbol cien ⟩

⟨ pero al llegar enfrente es ⟩

⟨ Cuando una tiene la forma de un muslo de mujer, sigue pareciéndoles tal cosa hasta más de media hora. ⟩

⟨ marcha, sin ⟩

⟨ el capitán. Tórax ancho, ⟩

⟨ Cuatro ranchos en un riacho, abajo y arriba de una barranca. ⟩

---

7 por las persianas

8 donde el sol se obstina en entrar.

9 Las seis miradas

10 árbol cien

11 Cuando una tiene la forma de un muslo de mujer, sigue pareciéndoles tal cosa hasta más de media hora.

12 el capitán. Tórax ancho

ranchos encaramados en un barranco. [13] Esto lo saben los tripulantes por el capitán, quien conoce el puerto y, según su entusiasmo, espera pasarlo bien. La víspera del arribo el capitán aparece nervioso. [14] Como los camarotes están separados por un delgado tabique, le molesta la tos del tripulante enfermo:

—¡Callate, podrido! —grita. [15]

Han detenido la marcha; están anclados. En el silencio nocturno se oyen las voces de protesta del capitán. [16] El tictac de un reloj, el ir y venir de las ondas y la música de los grillos en la ribera espesa de bosques.

Y fácilmente se duermen con un zumbido de mosquitos, que hace tiempo dejaron de percibir los oídos.

En la alta noche amarraron [17] la barca. En el rancherío del puerto alardeaban algunas luces. [18] Exaltaban la noche los ladridos de los perros, lejanos y próximos.

El capitán, bien comido y mejor bebido, se golpeó el [19] pecho con las manotas abiertas. Parecía llamar en su cuerpo algo que se había dormido durante el viaje. [20]

Supo, por un amigo que tenía en el rancherío, el arribo de un carretón con quitanderas.

—No son muchas, pero de las tres hay una de mi flor— lo enteró el camarada de tierra.

Algo distante del caserío, en un fogón bajo la carreta, pestañeaba una luz. Allí era el campamento.

⟨ puerto, y, ⟩

⟨ La noche antes del arribo el capitán está nervioso. Como los camarotes —si así puede llamárseles a los cuartuchos de a bordo— están separados por un tabique miserable y en un lado apenas por un encerado amarillo, el capitán pide que cese la tos de uno de los tripulantes, que dejen de conversar otros dos, cuyos cuchicheos le impiden pegar los ojos. // Han detenido la marcha, están ⟩

⟨ capitán y queda todo en silencio ante la orden superior. El tic-tac ⟩

⟨ hondas [sic] y grillos ⟩

⟨ Y bien pronto se duermen ⟩

⟨ Noche entrada, con algún trabajo, frente al atracadero amarraron la barca. ⟩

⟨ puerto no se hacía mucho gasto de luz. ⟩

⟨ se dio sendos golpes en el pecho con las manoplas abiertas. ⟩

⟨ viaje, como si despertase un otro yo, decidido y valiente. ⟩

⟨ en el rancherío tenía ⟩

⟨ le enteró ⟩

---

13 Cuatro ranchos en un riacho, abajo y arriba de una barranca.

14 La noche antes del arribo el capitán está nervioso.

15 Como los camarotes —si así puede llamárseles a los cuartuchos de a bordo— están separados por un tabique miserable y en un lado apenas por un encerado amarillo, el capitán pide que cese la tos de uno de los tripulantes, que dejen de conversar otros dos, cuyos cuchicheos le impiden pegar los ojos.

16 capitán y queda todo en silencio ante la orden superior.

17 Noche entrada, con dificultades, frente al atracadero amarraron

18 puerto no se hacía mucho gasto de luz.

19 se dió sendos golpes en el

20 viaje, como si despertase un otro yo, decidido y valiente.

El capitán quería eludir las viejas amistades. [21]

—Traela [22] a bordo a la bonita —ordenó. [23]

—¡Se la mando en seguida, antes que yueva, capitán! —prometió el tripulante. [24]

La precaución no estaba de más. Se avecinaba un chaparrón. Los jejenes [25] estaban rabiosos y había nubes de mosquitos en el aire.

En el primer momento pensó en enterarlos de [26] aquel acontecimiento. Pero luego desistió, pensando que podía ser visto por cierta muchacha a la que prometiera casamiento. [27]

Cuando llegó una de las quitanderas, la garúa [28] arreciaba. Con los cabellos empapados, apareció una cuarterona, ancha de caderas, de piernas flacas, sorprendentemente [29] desproporcionadas con el resto del cuerpo. El rasgo que más sedujo al capitán fueron los dientes blancos, fuertes y parejos. [30]

Como llovía, el comedido volvió a tierra. [31] En su reducida cabina, el capitán no podía estar sino

〈 El capitán, que toda vez que arribaba hacía subir alguna china al barco, se guardó muy bien de bajar a tierra, a fin de evitar encuentros con viejas amistades. 〉

〈 bonita —pidió el capitán. 〉

〈 —prometió el demandado. 〉

〈 chaparrón con toda seguridad, pues los «jejenes» 〉

〈 enterar a la tripulación de 〉

〈 desistió, pensando que, en caso de ir a tierra alguno de ellos, podía ser visto por la chica a la cual prometió volver. Enterada su amiga del último viaje, iba a desbaratar los planes. Además, los mestizos y mulatos de la tripulación estaban sin fondos para ir a tierra. ¿Qué iban a hacer, por la noche si no se acercaban a la rueda jugosa de las quitanderas? ¡Nada! ¡Qué se quedasen a bordo! // Llegó una de las quitanderas en momentos que la garúa arreciaba. 〉

〈 apareció una buena cuarterona, ancha de caderas, firme de pechos, con unas piernas flacas, inverosímiles, verdaderamente desproporcionadas con el resto del cuerpo. 〉

〈 parejos de la cuarterona. 〉

〈 el comedido camarada regresó a tierra sin más trámite. 〉

---

21 El capitán, que toda vez que arribaba hacía subir alguna china al barco, se guardó muy bien de bajar a tierra, a fin de evitar encuentro con viejas amistades.

22 Traela

23 —pidió el capitán.

24 —prometió el demandado.

25 chaparrón, pues los «jejenes»

26 enterar a la tripulación de

27 desistió, pensando que, en caso de ir a tierra alguno de ellos, podía ser visto por la chica a la cual prometió volver. Enterada su amiga del último viaje, iba a desbaratar su planes. Además, los mestizos y mulatos de la tripulación estaban sin fondos. ¿Qué iban a hacer, por la noche, si no se acercaban a la rueda jugosa de las quitanderas? ¡Nada! ¡Que se quedasen a bordo!

28 Llegó una de las quitanderas en momentos que la garúa

29 apareció una buena cuarterona, ancha de caderas, firme de pechos, con unas piernas flacas, inverosímiles, sorprendentemente

30 parejos de la cuarterona.

31 el comedido camarada regresó a tierra, sin más trámite.

abrazado a la quitandera. De pie o de cúbito dorsal, pero abrazado.

Averiguó su nombre, supo la edad, cómo viajaban, para dónde iban, de dónde venían. El diálogo era escuchado por los cinco tripulantes. Simulaban dormir, esperando el instante apasionado. [32]

⟨ Supo su nombre, supo su edad, supo cómo viajaban, para dónde iban, de dónde venían. Todo esto lo iban sabiendo, al mismo tiempo, los cinco tripulantes, quienes simulaban dormir, engañándose los unos a los otros. ⟩

El capitán mintió, exageró, prometió. Pero todo [33] eso no tenía importancia para quienes oían, unos a través de un tabique y tras de un encerado el resto. Si [34] no hubiese llovido habrían podido tender las camas en la cubierta. Pero a qué pensar en esas cosas. Resultaba agradable [35] oír las mentiras del capitán, sus invenciones, [36] las falsas promesas. El capitán mintió hasta en lo atañedero al manejo de la barca. No habían desplegado una sola vez las velas y quería hacerle creer a la pobre quitandera que volaban sobre las aguas. ¡Aguas arriba, nada menos! Los tripulantes pesaban [37] las palabras del capitán, pero cuando el hombre comenzó a contar hechos reales, [38] cosas sucedidas en el barco, como una vez que vararon en el paso del Hervidero, les pareció muy aburrida la conversación y dos de ellos se durmieron. Se oyó bostezar a uno, soñar en voz alta al otro. El capitán los adormecía contando semejantes tonterías. [39] El número de bagres pescados, el día que sacaron un zurubí, la vez que se clavó un anzuelo en la barriga. [40] Pero al [41] llegar a

⟨ prometió. No era de esperar otra cosa. Los tripulantes supieron del engaño, de la exageración, de la falsedad de aquellas palabras. Pero todo ⟩

⟨ resto. ¡Si la lluvia arreciase por los menos! Si ⟩

⟨ En realidad era agradable ⟩

⟨ sus invenciones novedosas, ⟩

⟨ quitandera de que volaban ⟩

⟨ La tripulación pesaba ⟩

⟨ contar novedades, hechos reales ⟩

⟨ se durmieron de verdad. // Se le oyó ⟩

⟨ otro. Era cosa de dormirse el oir al capitán decir aquellas tonterías. ⟩

⟨ surubí, la vez que se clavó un anzuelo en el vientre. Pero, al ⟩

32 Supo su nombre, supo su edad, supo cómo viajaban, para dónde iban, de dónde venían. Todo esto lo iban sabiendo, al mismo tiempo, los cinco tripulantes, quienes simulaban dormir, engañándose los unos a los otros.

33 prometió. No era de esperat otra cosa. Los tripulantes supieron del engaño, de la exageración, de la falsedad de aquellas palabras. Pero todo

34 resto. ¡Si la lluvia arreciase, por lo menos! Si

35 En realidad, era agradable

36 sus invenciones novedosas,

37 La tripulación pesaba

38 contar novedades, hechos reales,

39 otro. Era cosa de dormirse al oir al capitán contar semejantes tonterías.

40 en el vientre.

41 Pero, al

este punto de la conversación, los que estaban despiertos oyeron la voz de la quitandera, seguida de una carcajada.

—¿Aquí te clavaste el anzuelo?... —Y golpeó, al parecer, el vientre del capitán.

—¡Sí, aquí! [42] Decí que estaba de verijas dobladas, pescando, y no se me hincó del todo.

⟨ —Sí, aquí en las berijas. Decí que estaba de berijas ⟩

—¿Tenés cosquillas? ¡A ver! ¡A ver! —la quitandera reía y [43] el capitán le pidió silencio, explicándole que había cinco hombres a su mando durmiendo pared por medio.

⟨ reía a carcajadas y ⟩

—¿Cinco hombres? —preguntó la quitandera, asombrada.

—Cinco muchachos que deben de roncar. —Hizo una pausa—. ¡Escuchá!

⟨ deben roncar. ⟩

Se oían ronquidos. [44]

⟨ Efectivamente, se oían ronquidos. ⟩

El silencio impuesto y aquella breve pausa les hizo cambiar el rumbo de la charla. Empezaron a [45] besarse. Ella lo seducía haciéndole cosquillas, y [46] el capitán, sensible a aquel mimo, daba saltos en la cama.

⟨ Comenzaron a besarse. Ella, creyendo serle más grata, le hacía consquillas y ⟩

Arreció la garúa. Corría el agua en la cubierta, sonaban las gotas en la chimenea y en la ventana salpicaban con violencia.

—Esto es como una isla —dijo la quitandera.

—Claro, es un barco... ¿No habías subido nunca a una embarcación?

—En una chalana, hace tiempo, y en la balsa, pero no es lo mismo —replicó desatenta. [47]

⟨ —respondió desatenta. ⟩

Se hizo una pausa. La lluvia parecía amainar.

—De manera que estamos rodeados de agua, solos... —murmuró, impresionada—. Yo no podré dormir boyando en el río...

⟨ —murmuró impresionada—. ⟩

—Se duerme mejor, más blandito —contestó el capitán, acariciándola.

---

[42] —Sí, aquí, en las verijas.

[43] reía a carcajadas y

[44] Efectivamente, se oían ronquidos

[45] Comenzaron a

[46] Ella, creyendo serle más grata, le hacía cosquillas, y

[47] —respondió desatenta.

—¿Y hay cinco hombres más en el barco? ⟨ Y, ¿hay ⟩

—Cinco.

—¿Dormidos? ⟨ Dormidos de siguro... ⟩

—Tenemos que madrugar mañana, para rumbear al norte. ⟨ Norte. ⟩

—Cinco y vos seis... —dijo la quitandera—. Sobre el agua, rodeados de agua... Me da miedo...

—Cayate, y dame un beso.

Y, seguida a la palabra, la acción. Y el rechinar de un elástico, protestando el peso de los cuerpos, y la madera frágil del tabique crujiendo, y el golpe de un codazo en la cabecera y palabras entrecortadas por suspiros ahogados. ⟨ crugiendo, ⟩

La quitandera no podía sacarse la idea de los otros hombres, acostados tabique por medio, roncando, tosiendo. Los tenía tan presentes que le era imposible atender como debiera al capitán. Aquellos cinco hombres, ¿cómo eran? ¿Altos, bajos, negros, blancos? ¿Estarían dormidos o escucharían las palabras de amor del capitán? Aprovechó un instante de tranquilidad para llamarle la atención: ⟨ Les tenía tan presente ⟩

—A ver. ¡Parece que uno tosió!

—Dejá quietos a los otros. Dame la boca y cayate. ¡Están dormidos!

Se hizo una larga pausa. La lluvia había cesado. El más leve murmullo podía ser oído en el silencio nocturno. ⟨ Se hizo un largo silencio. ⟩ ⟨ oído, en el ⟩

Los tripulantes no dormían. Los tres desvelados se guardaban muy bien de dar señales de vida, evitando así que la escena se desarrollase.

El capitán manipuleó en el farol [48] que pendía del techo. Lo dejó con la mecha baja, poniendo la cabina en una media luz que disminuía poco a poco. ⟨ El capitán optó por apagar el farol ⟩

La quitandera fijó sus ojos en la lumbre, [49] hasta contar las tres últimas llamitas. Cuando se hizo la oscuridad completa, abrazó al capitán, sin poder desprenderse de la idea obsesionante. Esta[ba] ella ⟨ sus ojos en el farol, ⟩ ⟨ obsesionante: ⟩

[48] El capitán optó por apagar el farol

[49] sus ojos en el farol,

sola, sobre las aguas, con seis hombres. Se había acostado con seis hombres a un tiempo, pues oía roncar a uno, toser a otro, darse vuelta a un tercero, y sentíase clavada en el duro lecho por el vigor del capitán. Vigor de los seis hombres, sobre las aguas, bajo la lluvia... Olía a los seis hombres, a las seis bocas envenenadas de tabaco. Olía la boca del capitán. [50] Su pesado cuerpo caía sobre el de la quitandera, ahogándola. En vano, con los puños cerrados, intentó una y otra vez separar aquel cuerpo del suyo.

—¿Qué te pasa? —la increpó con violencia el capitán.

—Nada, que me apreta demasiau... [51]

—¡Bueno, cayate ahora, porque si no te meto el puño en la jeta!

Crujía el elástico, se arqueaba el tabique [52] donde se apoyaba la cabecera del camastro.

La farsa terminó estrepitosamente. —¡Y aura mandate mudar, basura! [53] Hizo temblar los tabiques el insulto, acompañando al puntapié que propinó el capitán [54] a la infeliz quitandera. Los tres tripulantes desvelados levantaron simultáneamente la cabeza. Se oyeron los pasos de la mujer por la cubierta. —¡Canalla, malparido! [55]

No había transpuesto [56] aún el planchón de madera, cuando los tres tripulantes insomnes, descalzos y en paños menores, se agolparon sobre la quitandera. Un paso en falso y el más audaz caía sobre la mujer en una charca barrosa. Disputándose la presa, los tres hombres anduvieron un trecho, como tres hormigas con un pedazo considerable de azúcar. La mujer era una carga ya sobre el hombro

⟨ Olía a seis hombres, a seis bocas envenenadas de tabaco, olía la boca del capitán. ⟩

⟨ demasiau... —y aprovechó para quejarse. // —Bueno, ⟩

⟨ Crugía el elástico, se quejaba el madero del tabique ⟩
⟨ camastro. // xxx // La farsa del sueño simulado tocó su término cuando el capitán cerró estrepitosamente la puerta de la cabina. Hizo temblar los tabiques el insulto, acompañando al puntapié que propinó, a un mismo tiempo, el capitán a la infeliz quitandera. Los tres tripulantes desvelados levantaron simultáneamente la cabeza. Se oyeron los pasos de la mujer por la cubierta. Marchábase insultando y entre juramentos y maldiciones. // No había llegado a tierra, traspasado aún el planchón de madera, ⟩
⟨ descalzos, en paños ⟩

---

50 Olía a seis hombres, a seis bocas envenenadas de tabaco, olía la boca del capitán.

51 demasiau... —aprovechó para lamentarse.

52 se quejaba el madero del tabique

53 La farsa del sueño simulado tocó su término cuando el capitán cerró estrepitosamente la puerta de la cabina.

54 propinó, a un mismo tiempo, el capitán

55 cubierta. Marchábase insultando y entre juramentos y maldiciones.

56 No había llegado a tierra, transpuesto

de uno, ya entre los brazos del otro, ya entre las piernas del tercero.

Se defendía como podía, lanzando puñetazos en el vacío o certeros golpes por las espaldas. Mordía, furiosa, gritaba; cuando dejaba de morder, arañaba con furia.

—¡Los ha mandau el canaya! —alcanzó a decir en un momento.

—¡Te juro que no! —aseguró uno de ellos, ⟨ asegurole ⟩
empeñado en besarle la boca.

Aquel juramento la tranquilizó, dejando hacer. Cayó en una barranca pedregosa, sin oponer resistencia.

—¡Dejala por mi cuenta! —pidió el del juramento—. ¡Dejala conmigo primero!

Para dar una muestra de acatamiento, la cuarterona, que había demostrado una fuerza poco común, dió dos manotones a uno y otro de los tripulantes, reservando para el que había jurado un abrazo significativo.

—¡Qué brutos, qué bestias! ¡Los parta un rayo! —blasfemó la mujer.

—¡Descansá, vieja, descansá! —le insinuó el elegido.

Este era un mulato retacón, barbilampiño, de
largos cabellos y voz afeminada. ⟨ largos cabellos lacios y ⟩

—¡Así se le hunda el barco al miserable! —dijo, respirando fuerte, la mujer—. ¡Me ha dau una patada que casi me tumba!

—¡Pobrecita! —agregó uno de ellos.

—Todos son unos lobos y están combinados para esto —aseguró la infeliz.

—No, viejita —dijo el mulato, con su vocecita ⟨ viejecita— ⟩
aniñada—. Nosotros oímos la pelea con el capitán y
te queremos defender.

—¡Yo sabía que estaban atrás ustedes, y tenía ⟨ ustedes y ⟩
miedo! La primera vez me dejé hacer, pero después!... —y cortó su explicación uno de los apartados, ansioso de ver terminadas las explicaciones:

—¡Bueno, metele con ése! ¡Dispués venimos nosotros!

Y se alejaron un tanto, atrás del barranco. En cuclillas, frotándose los brazos desnudos, en donde los mosquitos comenzaban a picar, esperaron su turno los dos hombres. Se oía el oleaje golpear en el casco del barco.

La quitandera recibió a los tres, de cara al cielo, de espaldas al suelo pedregoso. Amanecía cuando la dejaron en camino del carretón. Las aguas del río reflejaban el tinte rosado de la aurora. Sorteando piedras, cruzando barrancos, alzando teros, que revoloteaban encima de su cabeza, iba despertando el campo, desfalleciente, [57] embarrada de pies a cabeza, con los cabellos sueltos al aire [58] del amanecer. De sus caderas amplias y voluminosas caían terrones de barro que habían quedado adheridos a la ropa.

⟨ camino al carretón. ⟩

⟨ campo, medio dormido ella, desfalleciente, ⟩

⟨ cabellos al aire ⟩

Llegada al carretón, tomó cuatro mates y se tumbó en un cojinillo. Dormía profundamente cuando por el río, aguas arriba, iba navegando el barco con los seis tripulantes.

⟨ carretón tomó ⟩

⟨ profundamente, con la cara bañada de sol, cuando ⟩

El sol le bañaba el rostro, el aire le agitaba los cabellos y le alzaba las faldas. Algunas hierbas secas se le habían metido entre los senos. Un perro, a pocos pasos, la miraba con el hocico alargado, con el olfato atento. Y, altas, las voluntariosas caderas de la [59] cuarterona parecían desafiar a otros hombres desde el sueño en que estaban guarecidas.

⟨ miraba, con el ⟩

⟨ voluntariosas y combadas caderas de la cuarterona, parecían desafiar desde el sueño ⟩

---

57 campo, medio dormido ella, desfalleciente,

58 cabellos al aire

59 voluntariosas y combadas caderas de la

IX

«Correntino» era un paria sobre quien pesaba el apodo de «Marica». Paria de un pobre lugar de la tierra, donde había una mujer por cada cinco hombres.

Chúcaro —así lo calificaba la gente del lugar—, rehuía al trato y a la conversación, como si huyese de un contagio. No lo vieron jamás a solas con una mujer, ni menos aún rumbear para los ranchos en la alta noche... Correntino no les había visto ni las uñas a las chinas del pago. Cada una de aquéllas tenía dueño o pertenecía a dos o tres hombres a la vez... Los sábados se las turnaban, siempre que alguno no estuviese borracho y alterase el orden, antojándosele ir al maizal. [1] De noche se oían silbidos convencionales de [2] algún inquieto que esperaba turno.

⟨ le vieron ⟩

⟨ siempre que no estuviese alguno ⟩

⟨ maizal, cuando otro estaba con alguna de las muchachas. ⟩

⟨ convencionales, de ⟩

Como todo se hacía a ojos cerrados, en las noches oscuras, a Pancha o Juana —o a cualquiera otra del lugar— se le presentaba difícil distinguir bien al sujeto. A lo sumo podían individualizarlos por el mostacho u otro atributo masculino. A veces sabían [3] quién las amaba por alguna prenda personal abandonada entre el maizal quebrado.

⟨ lugar—, ⟩

⟨ mostacho o por la manera de reir... Otras veces sabían ⟩

Cuando [4] en la pulpería se hablaba de aventuras de chinas y de asaltos de ranchos, Correntino, ruborizado, enmudecía.

⟨ quebrado. // El único zonzo que no procuraba conseguir concubina era Correntino. Cuando ⟩

En los bailes, conversaba [5] con las viejas. Se

⟨ bailes conversaba ⟩

---

1 maizal, cuando otro estaba ocupándolo...

2 convencionales, de

3 mostacho o por la manera de reir... Otras veces sabían

4 quebrado. // El único zonzo que no procuraba conseguir concubina era Correntino. Cuando

5 bailes conversaba

ofrecía para cebar mate, y así pasaba las noches enteras, hasta al amanecer, indiferente a todas. Sonreía al contemplar las parejas [6] que volvían a la «sala» después de un buen rato de ausencia... En los cabellos de las chinas las semillas de sorgo o las babas del diablo hablaban a las claras del idilio gozado...

⟨ mate y así ⟩
⟨ todas. Lo más que hacía era sonreir cuando alguna pareja volvía a la «sala» después de un buen rato de ausencia... ⟩
⟨ diablo, hablaban ⟩

Cuando lo veían ensimismado, las viejas interrogaban:

⟨ le veían ⟩

—¿No te gustan las paicas, Corriente?

—¿Pa qué, si todas andan ayuntadas?...

Entonces, algún viejo dañino sonreía con la comadre, agregando:

—Es medio marica el pobre, ¿sabe?

Correntino estaba acostumbrado a aquella clase de bromas. Apenas si se atrevía a cambiar de lugar, para evitar que siguiesen molestándolo.

⟨ molestándole. ⟩

—Dicen que muenta una yegüita picasa — [7]maliciosamente remataba la broma un mal pensado.

⟨ picasa redomona...— ⟩

—Y pué ser nomás —respondía la vieja—. ¡Conozco cristianos más chanchos tuavía!

Correntino tenía tal fama de «marica», que a muchas leguas [8] a la redonda no había quien ignorase la historia del muchacho. En los días de carreras, Correntino era el motivo de las conversaciones intencionadas. [9]

⟨ a doce leguas ⟩
⟨ conversaciones sucias e intencionadas. ⟩

Una tarde, al entrar el sol, cruzó por el callejón, con rumbo al Paso de las Perdices, un carretón techado con chapas de cinc. Lo arrastraba una yunta de bueyes. Al anochecer concluían sus dueños de instalarse en el Paso. [10] Levantaron un campamento en forma.

⟨ Una yunta de bueyes lo arrastraba. ⟩
⟨ en el paso. ⟩

Al día siguiente, los merodeadores y la policía concurrieron a averiguar quiénes eran y qué lo que se les ofrecía por aquellos lugares. Los estancieros

⟨ qué era lo que ⟩

---

6 Lo más que hacía era sonreirles a las parejas

7 picasa redomona...—

8 a doce leguas

9 conversaciones sucias e intencionadas

10 en el paso.

temían que fuese una tribu de gitanos. [11] El comisario, sin apearse de su caballo, hizo el interrogatorio. Cuando vió asomada a la ventanilla de la carreta la cara sonriente de una china de cabellos trenzados, se apeó y, al cabo de unos minutos, se había prendido a la bombilla «como un ternero mamón».

⟨ una junta de gitanos ladrones. El comisario, desde arriba de su caballo, ⟩

⟨ la sonriente y linda cara de ⟩

⟨ se apeó, y, ⟩

⟨ chupaba de la bombilla ⟩

En la carreta viajaban cuatro mujeres, una criatura como de trece años y una vieja correntina, conversadora y amable, con aire de bruja y de hechicera. [12]

⟨ amable, con algo de bruja en la cara y de hechicera en sus maneras. ⟩

La criatura, a quien llamaban «gurí», uncía los bueyes y dirigía la marcha. Era un adolescente tuerto y picado de viruela, haraposo y miserable. Las mujeres maduronas, avejentadas, pasaban por hijas de la vieja. [13] Esta, una setentona correntina, de baja estatura, ágil y cumplida.

⟨ «guri», uñía [sic] ⟩

⟨ Las mujeres, casi todas ellas ya maduras, cuando no avejentadas, hacían de hijas de la vieja. ⟩

En su mocedad se llamaba La Ñata, ahora misia Pancha o la González...

—¿Andan solas? — preguntó el comisario, con los ojos puestos en la más joven.

—Voy pa la casa'e mi marido, cerca'e la pulpería de don Cándido. Si me da permiso vamo a dar descanso a los güeyes...

⟨ casa e mi marido, cerca e la ⟩

Al poco rato el comisario hablaba a solas con la menor, [14] mientras la celestina y las otras mujeres espiaban los movimientos por una rendija de la carpa que instalaban.

⟨ con la más joven y bonita, ⟩

La vieja pudo convencer al comisario, [15] mediante la entrega gratuita de la muchacha. [16]

⟨ Muy pronto la vieja supo conquistar al comisario, ⟩

⟨ muchacha. El comisario toleraba así la estada de las quitanderas. ⟩

Poco a poco fué atrayendo gente para el fogón, a pesar de la protesta del pulpero. [17] Bastó que la Mandamás concurriese el primer domingo a unas carreras que se organizaron en la pulpería, para que todos se congregasen en el flamante campamento.

⟨ fogón, mientras el pulpero se indignaba en vano, alegando preceptos morales. ⟩

---

11 gitanos ladrones.

12 amable, con algo de bruja en la cara y de hechicera en sus modos.

13 Las mujeres, casi todas ellas ya maduras, cuando no avejentadas, hacían de hijas de la vieja.

14 con la más joven y bonita,

15 Muy pronto la vieja supo conquistar al comisario,

16 muchacha. El comisario toleraba así la estada de las quitanderas.

17 fogón, mientras el pulpero se indignaba en vano, alegando preceptos morales.

—Dispués vengan pa mi carpa. [18] Hay de todo en la carreta, menos ladrones como en el boliche... La vieja González es gaucha y los compriende...

La clientela aumentó. El comisario había hecho «campamento aparte» y mantenía el orden con su presencia. De cuando en cuando alguno se apartaba y subía acompañado a la carreta. Al rato otra pareja, sucediéndose sin contratiempos, salvo una pequeña discusión sobre el precio, que provocó uno de los concurrentes desconformes. La Mandamás calmó al descontento. [19]

—Pero, amigaso, si la Flora le ha aguantau

⟨ —Vengan pa mi carpa dispué de la carrera... ⟩

⟨ Ese mismo día la vieja consiguió una concurrencia inmejorable. Todos aquellos que habían ganado en las apuestas estaban a la noche en su campamento. Allí pasaron alrededor del fogón, sin hacer escándalo, comentando y bebiendo sin exceso. El comisario había hecho fogón aparte y mantenía el orden con su presencia. De cuando en cuando alguno se apartaba, subía a la carreta y se dejaba estar allí adentro con alguna de las chinas... Después, era otra la pareja, sucediéndose sin contratiempos, salvo una pequeña discusión sobre el precio, que provocó uno de los concurrentes disconformes. Con su tacto admirable, la Mandamás conformó al descontento. // —Pero amigazo, ⟩

mucho rato —argumentaba la vieja—. Déle un pesito más. [20]

Al clarear el día el comisario subió a la carreta con la menor. La Mandamás dormitaba, apoyando la cabeza en la llanta de una de las ruedas. [21] Un cojinillo le servía de almohada. En la carpa, las otras mujeres intentaban descansar. Gurí repunteaba [22] los bueyes para conducirlos a la aguada.

El sol barría el sucio escenario de los fogones. [23] El caballo del comisario, ensillado y sin freno, se alejaba pastando.

⟨ Dele un pesito más y van a ser compañeros... // Aquella casi promesa ablandó al tacaño. // Al clarear el día el ⟩

⟨ ruedas de la carreta. ⟩

⟨ repuntaba los bueyes para conducirlos a la aguada... // El sol limpio contemplaba el cuadro sucio de los fogones del campamento. ⟩

⟨ pastando. // xxx // Eran ⟩

---

18 —Vengan pa mi carpa dispué de la carrera...

19 Ese mismo día la vieja consiguió una concurrencia inmejorable. Todos aquellos que habían ganado en las apuestas estaban en su campamento. Allí pasaron alrededor del fogón, sin hacer escándalo, comentando y bebiendo sin exceso. El comisario había hecho «campamento aparte» y mantenía el orden con su presencia. De cuando en cuando alguno se apartaba, subía a la carreta y se dejaba estar allí dentro con alguna de las chinas... Después, era otra la pareja, sucediéndose sin contratiempos, salvo una pequeña discusión sobre el precio, que provocó uno de los concurrentes desconformes. Con su tacto admirable, la Mandamás calmó al descontento.

20 Déle un pesito más y van a ser compañeros... // Aquella casi promesa ablandó al tacaño.

21 ruedas de la carreta.

22 repuntaba

23 El sol limpio contemplaba el cuadro sucio de los fogones del campamento.

Eran las cuatro de la tarde cuando pasó el comisario seguido de Correntino [24] en dirección a la aguada. La Mandamás, con una de las ambulantes, lavaba unas ropas en la orilla del río. Cuando vieron venir al comisario con un desconocido, la González se puso de pie y forzó una gran reverencia. Guiñando el ojo, le preguntó cómo había pasado la noche, y quién era el «muchacho lindo» que lo acompañaba. Como Correntino continuó el [25] camino, introduciéndose en el monte, el comisario pudo decirle que se trataba de un «marica».

⟨ con Correntino en ⟩
⟨ noche y ⟩
⟨ le acompañaba. Como Correntino continuase ⟩

—Llévelo a la carpa, comesario; yo sé desembrujar maricas... ¡Si habré lidiau con cristianos ansina! — [26] dijo la vieja—. Repúntelo p'al campamento esta noche y verá si no le quito las mañas, comesario. ¡Mi dijunto marido tenía ese vicio! [27]

⟨ comesario, yo ⟩
⟨ ¡Habré lidiau con cristianos maricas en la vida perra!— ⟩
⟨ Repúntelo pal ⟩
⟨ veerá [sic] ⟩
⟨ Mi dijunto hombre era ansina. ⟩

Por la noche cayó el comisario con Correntino. Ya había gente encerrada en la carreta. Un «tape» que venía todas las noches, proporcionando pingües entradas.

⟨ A la noche ⟩
⟨ venía, como un loco furioso todas las ⟩

El representante de la justicia hizo fogón aparte. [28] La china más bonita —una cosa [29] del comisario, «escriturada pa'el», como decía la peonada del [30] pago— cuando lo vió apearse corrió a su lado.

⟨ fogón retirado del grupo mayor. La china más bonita —que era una cosa ⟩
⟨ pa él»—, como decían los peones del pago, cuando le vio apearse corrió ⟩

—Linda china, ¿verdá, Correntino? — le sopló al oído el asistente del comisario.

Correntino no se [31] atrevió a hablar. Con la cabeza descubierta, lucía su lacio cabello renegrido. Los ojos le brillaban. En cuclillas, emergían los fornidos hombros. [32]

⟨ Correntino, indeciso y cobarde, no se atrevió a hablar, cohibido y amedrentado. ⟩
⟨ cuclillas, sus fornidos hombros y su espalda eran estatuarios. ⟩

---

24 el comisario con Correntino

25 Correntino continuase el

26 cristianos maricas!—

27 Mi dijunto hombre era ansina.

28 fogón retirado del grupo mayor.

29 bonita —que era una cosa

30 decían los peones del

31 Correntino, indeciso y cobarde, no se

32 cuclillas, sus fornidos hombros y su espalda eran estatuarios.

La vieja celestina, lo miraba largamente forcejeando en la memoria. Le preguntó [33] con un dejo de cariño en la voz amiga:

〈 celestina, que le miraba largamente como si quisiera recordar algo vago, le preguntó 〉

—¿De ánde es el hombre? ¿Se pué saber?...

〈 Se pué saber... 〉

—De Curuzú-Cuatiá.

—¿Conoce los Sanches de la picada?

—¿Los de la picada del Diablo? Siguro; si ahí m'criau. [34] En el puesto de los Sanches...

〈 Siguro, si ahí m'criau... 〉

La vieja no dijo una palabra más. Ya era suficiente... «Marica» y de Curuzú-Cuatiá... Y se dijo para sí...

—Igualito al finao, igualito...

Las parejas seguían haciéndose regularmente y subiendo y bajando de la carreta con idéntica regularidad. Como la casa-vehículo distaba un trecho del fogón, en el pastizal seco y espeso bien pronto se hizo un caminito recto. La luz del fogón alcanzaba a alumbrar la mitad del tránsito.

De cuando en cuando, una risotada recibía a la pareja que tornaba al fogón... La vieja, el comisario, la querida de éste y Correntino seguían con solapados ojos el movimiento.

A tres metros del fogón del comisario, Gurí, tirado en el pasto, con las piernas caídas en una zanja, tenía los ojos brillantes y fijos en el grupo mayor. Ansioso, parecía asomar la cabeza y esconder el cuerpo. El mentón, apoyado en el borde de la zanja. El tórax y la punta de los pies, eran los puntos de apoyo del puente de carne que arqueaba su cuerpo. Y debajo de aquel arco doloroso, las manos...

En aquella posición permanecía las noches de fiesta del campamento, hasta que rodaba [35] al fondo de la zanja, para quedarse dormido como un tronco, boca arriba, con las manos en cruz sobre el pecho hasta el primer albor...

〈 Así estaba durante las noches de fiesta del campamento, hasta que, rendido, rodaba 〉

33 celestina, que lo miraba largamente como si quisiera recordar algo vago, le preguntó

34 ahí me'criau.

35 Así estaba durante las noches de fiesta del campamento, hasta que, rendido, rodaba

La celestina pasaba de una mano a la otra piedritas blancas. Cada una de las que aparecían en su mano izquierda representaba una cierta cantidad de dinero que, como administradora, debía reclamar a sus pupilas. Así no perdía la cuenta y ninguna de las ambulantes podía salir con más dinero del que les correspondía. Por distraída que aparentase estar, la González no descuidaba el negocio. Por cada pareja, tenía una piedrita blanca en su mano izquierda.

⟨ para la otra piedritas ⟩
⟨ mano siniestra representaba ⟩
⟨ podían salir ⟩

De pronto, la celestina llamó a una de las mujeres que estaba sin compañero.

—Petronila, vení p'acá; acercate, canejo. Parecés chúcara...

⟨ pa acá; ⟩

Petronila se echó al lado de Correntino. [36]

⟨ Petronila, comprendiendo el llamado, se echó cerca de Correntino. ⟩

—¿Por qué no se acerca al fogón grande? —preguntó la mujer.

—Y... pa no despreciar a la señora — contestó indicando a la celestina con un movimiento de cabeza.

⟨ desprecear ⟩

La mujer echó para atrás sus cabellos, voluptuosamente, guiñando un ojo a Correntino.

El empolvado pescuezo comenzaba el [37] desnudo. Dejó correr su mano habilísima hasta muy cerca de las piernas del hombre y comenzó a arañarle las ropas, como si jugase con él. Al cabo de unos minutos, Correntino se arrastró por el pasto, [38] alejándose un poco. Sonriente y temeroso, mirando la boca de Petronila, ardía en deseos.

⟨ Su empolvado pescuezo y la garganta deforme comenzaban el desnudo. ⟩
⟨ Correntino arrastró su cuerpo sobre el pasto, alejándose un poco. ⟩

La vieja saboreaba la conquista, como si aquello representase mucho dinero. El comisario se hacía el ciego, acariciando el mate mientras chupaba.

Cuando la mujer pudo acercar sus labios a los de Correntino, fué para no despegarlos más. Se abrazaron de pronto. Revolcáronse en el pasto,

⟨ Correntino fue ⟩

---

[36] Petronila, comprendiendo el llamado, se echó cerca de Correntino.

[37] Su empolvado pescuezo y la garganta deforme comenzaban el

[38] Correntino arrastró su cuerpo sobre el pasto,

hasta que uno del grupo mayor —que abrochándose el chaleco, regresaba de la carreta—, exclamó: [39]

—¡Correntino revolcándose! ¡Si parecen brujerías! ¡Juá! ¡Juá! ¡Había [40] sido picante la Petronila!

⟨ chaleco regresaba de la carreta — rió como un bárbaro, exclamando: ⟩
⟨ brujerías! ¡Había ⟩

—¡Pa mí que le han dau algún yuyo en el mate! —agregó otro.

Correntino, mareado, no veía nada. La mujer, al sentir la risotada, largó su presa y se puso de pie. Miró el cielo tontamente. Las estrellas iban poco a poco borrándose. Se oía a lo lejos arrear animales. Amanecía. El campamento quedó desierto. Cuando todos se fueron para el caserío, Correntino subió a la carreta, esperando allí a Petronila, que hablaba casi en secreto con la vieja.

—Le levantás la camisa... ¡Debe de tener en el lomo unas cicatrices machazas!

⟨ Debe tener ⟩

Petronila, cuando subió, halló a Correntino arrodillado en el piso de la carreta. La aguardaba. Gateó hasta él. [41]

⟨ él, dejando entreabierta la cortina de cuero, intencionalmente. ⟩

La luz de la alborada entraba por las rendijas de la carreta. En las paredes, un espejo de marco de tosca madera con una cinta colorada; un cuerito de venado y otro de zorro, estirados hasta ocultar [42] unas tablas roídas por el tiempo; el piso, cubierto en un extremo por un colchón de lana revuelta y apelotonada; del techo pendía una lámpara de kerosene que jamás ponían en uso. Enredados en un montón de crin, dos peines desdentados terminaban la decoración.

⟨ marco de grosera madera ⟩
⟨ zorro, servían de tapujo para ocultar unas tablas ⟩
⟨ jamás la ponían en uso. ⟩

Cuando Petronila trepó a la carreta, la inquietud de Correntino se manifestó en una pregunta:

—¿Se jué el comesario, m'hija?

—Se jué pa las casas; no güelve hasta la noche.

—Y la indiada, ¿se jué?

—No queda ni un ánima; acostate, acostate...

---

[39] chaleco regresaba de la carreta —rió como un bárbaro, exclamando:

[40] brujerías! ¡Había

[41] él, dejando entreabierta la cortina de cuero, intencionalmente.

[42] zorro, servían de tapujo para ocultar

Petronila de un tirón se desprendió los broches del corpiño. Con los senos al aire, flácidos y estrujados, se puso a peinar sus cabellos. Correntino [43] la miraba con respeto, inmóvil. Ella se tiró lentamente en el colchón. [44]

Las maderas de[l] piso crujieron. Por la entreabierta ventanilla de cuero entraba el frescor de la mañana.

—Primero cerrá bien, Petronila, ¿querés?

La mujer, ante la desconfianza de Correntino, irguiéndose, juntó el cuero al marco de la ventana. La celestina, escondida abajo de la carreta seguía [45] los movimientos de la pareja. Al hacerse el silencio, escurrió su menguado cuerpo entre los arreos y enseres, para colocarse estratégicamente. Cuando creyó que la pareja estaba entregada al acto vivo y bestial, [46] asomó su cabeza encanecida. La luz [47] que se colaba ayudó a la vieja en su afán de identificación. Al principio la escena le resultó confusa, mas luego fué dominándola. [48] Encima de Petronila, Correntino [49] parecía un monstruo aferrado al piso. La mujer le levantaba la camisa y acariciaba con las manos las espaldas. [50]

La vieja alcanzó a ver las [51] dos cicatrices, anchas y profundas, huellas de dos troncos de ñandubay caídos sobre aquellas espaldas cuando Correntino era ñiño. [52] Escondiendo la cabeza, la González murmuró:

—¡Es m'hijo!... ¡Marica como el padre!

⟨ cabellos, en los cuales las canas eran cosas dolorosas... Correntino ⟩
⟨ inmóvil. Petronila se tiró largamente en el colchón. ⟩

⟨ celestina, que estaba abajo de la carreta acechando, seguía ⟩
⟨ Cuando se hizo silencio, ⟩

⟨ al sueño vivo y brutal, asomó su cabeza encanecida por la cortina de cuero, largando sus ojos sucios y turbios dentro del carretón. La luz ⟩
⟨ más tarde fue dominado el lugar... Encima de Petronila, rendida, Correntino ⟩

⟨ las manos las amplias espaldas. // La vieja vio las dos ⟩

⟨ ñandubay, caídos sobre aquellas espaldas cuando Correntino aún era un niño. ⟩

⟨ —Es m'hijo... ¡«Marica» ⟩

43 cabellos, en los cuales las canas resultaban dolorosas... Correntino

44 inmóvil. Petronila se tiró a lo largo en el colchón.

45 celestina, que estaba abajo de la carreta acechando, seguía

46 al sueño, vivo y brutal,

47 encanecida por la cortina de cuero, largando sus ojos turbios dentro del carretón. La luz

48 fue dominando el lugar...

49 Petronila, rendida, Correntino

50 las amplias espaldas.

51 vieja vio las

52 era aún niño.

Y, llevándose a la boca unas hojas verdes que [53] arrancó del pasto, se alejó murmurando por lo bajo. [54]

⟨ Y, llevando a la boca unas hojas verdes y polvorientas que ⟩
⟨ alejó rumiando unas palabras. // xxx // Desde ⟩

Desde entonces, Correntino fué de los más asiduos concurrentes [55] a la carreta. Petronila tenía orden de no cobrarle. La vieja quitandera se vanagloriaba de haber desembrujado al «marica». Correntino, desde entonces, resultó un hombre en toda la extensión de la palabra. En el Paso de las Perdices él y el comisario eran los únicos que se quedaban a dormir acompañados. [56]

⟨ asiduos y afortunados concurrentes ⟩
⟨ un «marica». ⟩
⟨ comisario eran los únicos que se turnaban para pernoctar en la carreta. ⟩

Correntino fué poco a poco oyendo con gusto los cuentos de aventuras y terciando en las conversaciones. [57] Lo respetaban, como se suele respetar a los aventajados y preferidos.

⟨ aventuras y terciando en más de una conversación. Le respetaban, ⟩
⟨ preferidos... ⟩

Pero llegó el hastío del comisario, junto con la protesta de los vecinos, que [58] no podían tolerar por más tiempo a las quitanderas. Una noche el comisario dejó de concurrir al campamento. Al otro día, el asistente llegó con la orden de preparar la partida. [59]

⟨ vecinos serios, que ⟩
⟨ orden de desalojo. El comisario les ordenaba que esa misma noche preparasen la marcha y pasaran el paso. ⟩

Aunque el asistente hizo la siesta con una de las quitanderas, [60] por la noche comenzó la marcha. Correntino y Petronila se vieron por última vez.

⟨ con una de las ambulantes, a la noche ⟩

—Yo voy a dir con vos pa l'otro lau, Petronila.

⟨ pal otro ⟩

—No se puede, Correntino; en lo'e don Cándido me espera mi marido...

⟨ puede, Correntino; e lo e don Cándido ⟩

—Y quedate aquí; hacemo un rancho y vivimo junto.

⟨ vivimo junto... ⟩

—No se puede; él es muy [61] celoso y te mataría...

⟨ puede; mi marido es muy celoso, y te mataría... ⟩

---

[53] boca hojas verdes y polvorientas que

[54] alejó rumiando unas palabras.

[55] asiduos y afortunados concurrentes

[56] comisario eran los únicos que se turnaban para pernoctar en la carreta.

[57] terciando en más de una conversación.

[58] vecinos serios, que

[59] orden de desalojo. Se les intimaba que esa misma noche preparasen sus bártulos y se alejasen de allí.

[60] con una de las ambulantes,

[61] puede; mi marido es muy

Correntino no se animó a insistir. La carreta iba cayendo al paso. La noche era de luna. Gurí, desde su caballo, tocaba los bueyes con la picana, silbando un estilo criollo. [62] La celestina, con un envoltorio en las manos, escuchaba el diálogo con tristeza. [63] Las otras ambulantes, tiradas en el piso de la carreta, tomaban mate. Correntino, desde su caballo, estiró la mano para despedirse. [64]

—Cuando podás ir por lo'e don Cándido, nos veremo —dijo Petronila al darle la mano.

Los ojos de la vieja se llenaron de [65] lágrimas. Porque eran lágrimas de ojos secos y viejos, no se requería pañuelo para secarlas: las enjugaba el viento. En cuclillas, en el borde del piso del carretón, iba la vieja despidiéndose del lugar. [66]

—Hasta la vista, Felipiyo —dijo la madre al estrecharle la mano. [67]

Correntino oyó su nombre, pero le pareció aquello una alucinación, un sueño. No podía ser verdad que lo llamasen por su nombre. [68] Nadie lo llamaba así desde hacía muchos años. Había perdido la costumbre de escucharlo. [69]

El paso resignado y cachaciento de los bueyes daba la impresión de las almas gastadas, de los [70] sexos maltratados.

La carreta repechaba. [71] El agua en el paso seguía corriendo. La noche y la selva recogían el ruido de la carreta, rechinantes sus ruedas resecas. El canto del muchacho entraba en el silencio de la

⟨ estilo viejo y triste. ⟩

⟨ con honda tristeza. ⟩

⟨ despedirse. La vieja no se animaba a decirle nada. // —Cuando podás dir por lo de don ⟩

⟨ vieja estaban llenos de ⟩

⟨ no era necesario el pañuelo para secarlas; ⟩

⟨ lugar. La noche era serena y tranquila, para aquellas almas resignadas y mansas. // —Hasta la vista, Felipiyo —exclamó la vieja al darle la mano. ⟩

⟨ nombre, era imposible. Nadie le llamaba así desde hacia muchos años. Su oído había perdido la costumbre de escuchar esa palabra, que pertenecía a su infancia. // El paso lerdo y cachaciento ⟩

⟨ gastadas y de los ⟩

⟨ repechaba la otra orilla. ⟩

⟨ rechinante en sus ruedas resecas. El carretón lentamente seguía por el camino. Las ruedas lloraban. El canto del muchacho era un canto triste y hondo de medianoche. ⟩

---

62 un estilo viejo y triste.

63 con honda tristeza.

64 despedirse. La vieja no se animaba a decirle nada.

65 vieja estaban llenos de

66 lugar. La noche era serena y tranquila, para aquellas almas resignadas.

67 —dijo la vieja al darle la mano.

68 nombre, era imposible.

69 años. Su oído había perdido la costumbre de escuchar esa palabra, que pertenecía a su infancia.

70 gastadas y de los

71 repechaba la otra orilla.

medianoche. [72] Las quitanderas contaban con una jornada más en sus vidas errantes. Habían pasado por el «pago» del Paso de las Perdices como pasarían, si el hambre lo exigía, [73] por todos los «pagos» de la tierra. Conformando a los hombres y sacándoles sus ahorros; mitigando dolores, aplacando la sed de los campos sin mujeres. Ahora, en la alta noche, el trajín y el tedio de la sensualidad las haría dormir.

〈 pasarían, si pudiesen y el hambre lo exigiera, 〉

Correntino, de regreso, enderezó su caballo hacia la pulpería. Tenía [74] la boca seca y los ojos mojados.

〈 pulpería. No podía más de sed. Tenía 〉

Bebió para refrescar el pecho y secar las lágrimas. Despues, borracho, se puso a llorar sobre el mostrador. De allí lo echaron y siguió llorando junto a la tranquera.

〈 a llorar como un niño sobre 〉
〈 le echaron 〉

Durante una semana no le vieron hacer otra cosa más que llorar como un niño. Borracho o fresco, lloraba siempre.

〈 como un idiota. 〉

Y era tan de «marica» eso de llorar «por una hembra», que a los pocos días [75] de la desaparición de las quitanderas Correntino recuperó el apodo [76] de «marica».

〈 a los diez días 〉
〈 Correntino perdió la fama de hombre, para volver a conquistar el apodo de «marica». 〉

Hasta que un día, unos forajidos, para [77] quitarle las mañas, le dieron una paliza en medio del campo. [78] Y, a consecuencia de los golpes, [79] una madrugada lo hallaron muerto en el Paso de las Perdices. [80]

〈 forajidos, de rabia y de asco al verle tan llorón, para quitarle las mañas, perversos e indignados, le dieron una paliza brutal en medio del campo desierto. Y, a consecuencia de la zurra, una madrugada le hallaron moribundo en el Paso de las Perdices. 〉

El viejo carretón de las quitanderas siguió andando por los campos secos de caricias, prodigando amor y enseñando a amar.

---

[72] rechinante en sus ruedas resecas. El carretón lentamente seguía por el camino. Las ruedas lloraban. El canto del muchacho era un canto triste y hondo de medianoche.

[73] pasarían, si pudiesen y el hambre lo exigiera,

[74] pulpería. No podía más de sed. Tenía

[75] a los diez días

[76] Correntino perdió la fama de hombre, para volver a conquistar el apodo

[77] forajidos, de rabia y de asco al verlo tan llorón, para

[78] paliza brutal en medio del campo desierto.

[79] de la zurra,

[80] lo hallaron moribundo en el Paso de las Perdices.

X

Gruñían ásperamente en el chiquero diez cerdos negros. Pasada la tormenta, los animales, famélicos, hozaban el barro, rezongando en pesado andar [1] de un lado para otro. El cerco de piedra que limitaba el encierro oponíase a las bestias ansiosas de espacio. Llevaban dos semanas sin un solo bocado. Ya aparecían dos ejemplares maltrechos fuera de combate, luego de feroces peleas. En estado [2] miserable, pero aún con fuerzas, quedaban cinco. El resto, tres hembras de tetas flacas, se hallaban echadas en una esquina. Gruñían lúgubres de la mañana a la noche. Se quejaban durante el temporal como si pidiesen al cielo lo que les estaban negando desde hacía tanto tiempo. Con los hocicos rojos de sangre levantaban barro, absorbían el agua densa de aquel pantano pavoroso. Husmeaban en las piedras, miraban el cielo.

〈 Gruñían diez cerdos negros en el chiquero. 〉

〈 engullían barro, rezongando en pesado paseo de un lado para otro. Parecían fieras furiosas en su impaciencia. El cerco de piedra que limitaba el chiquero 〉

〈 bocado, sin un solo pedazo de carne. Mordidas algunas en peleas terribles, ya aparecían dos cerdos fuera de combate, enclenques, flacos, enfermos. En un estado 〉

〈 tetas flacas y caídas, se hallaban 〉

〈 desde hacía tres semanas. 〉

Nadie se acercaba al chiquero. No lo permitía Chiquiño desde hacía tres semanas. En la alta noche se oía el lamento de los cerdos. [3] A veces no se podía dormir, la mujer de Chiquiño, sufriendo a la par que las bestias y reclamando en vano, las razones [4] de aquel suplicio.

〈 Se oía en la alta noche el lamento de los cerdos como el de jabalíes en celo. A veces 〉

〈 reclamando de su marido las razones 〉

Chiquiño no respondía. Taciturno, ambulaba, seguido [5] de su perro, un mastín barroso que iba

〈 Taciturno, iba de un lado para otro, seguido 〉

〈 que se diría iba 〉

---

1 pesado paseo

2 bocado, sin un solo pedazo de carne. Mordidos algunos en peleas terribles, ya aparecían dos ejemplares fuera de combate. En estado

3 Se oía en la alta noche el lamento de los cerdos como el de jabalíes en celo.

4 reclamando de su marido las razones

5 Taciturno, iba de un lado para otro, seguido

recogiendo la cólera que al andar dejaba caer su dueño.

El rancho aparecía envuelto [6] en una atmósfera asfixiante. Nadie aguantaba allí más de una hora. Chiquiño salía al campo, [7] iba al boliche y volvía siempre cabizbajo, enmudecido. Se arrimaba al chiquero, distante unos cien metros del rancho, y volvía maldiciendo. Su fuente de recursos era precisamente la cría de porcinos. Los vendía muy bien y antes cuidaba de aquella piara con [8] atención y recelo. Temía que le robasen, y más de una noche su mujer lo sorprendió con el revólver en la mano. [9]

Una vez había oído el rezongo de los chanchos. Descubrió [10] que su mujer andaba por el chiquero. Por el camino un jinete se alejaba [11] al trotecito. Buen conocedor, no le fué difícil descubrir al alazán de un vecino, Pedro Alfaro. Si no era éste quien acababa de verse con su mujer, era alguien que había utilizado aquel animal. Desde esa noche no le dió sosiego a su sombra.

A la mañana siguiente anduvo por la pulpería preguntando por [12] Alfaro.

—¿Tiene siempre el alazán marca cruz? [13]

—Hoy se habló de que lo vendía a Fagundes —respondió el interpelado.

A Chiquiño le bastó. Volvió a su rancho y le aplicó [14] una soberana paliza a su mujer. No le dió explicaciones ni recriminó la acción. Ella creyó que estaba borracho y se dejó azotar. [15]

Chiquiño esperó tres semanas. [16] Y Alfaro no

⟨ El rancho estaba lleno de tragedia, de misterio, envuelto en ⟩

⟨ Chiquiño no hablaba. Salía al campo, iba al boliche y volvía siempre cabizbajo, torvo y enmudecido. ⟩

⟨ y cuidaba de aquel plantel, en otro tiempo, con atención y recelo. Temía que le robasen algún ejemplar y más de una noche salió con el revólver en la mano a defender su riqueza. // Pero una noche oyó a los chanchos rezongar. Y, levantado repentinamente, descubrió que su mujer andaba por el chiquero. Al mismo tiempo alcanzó a ver por el camino un jinete que se alejaba ⟩

⟨ este que acababa de verse con su mujer, era de alguien que había utilizado aquel animal. Desde aquella noche no le daba sosiego ⟩

⟨ siguiente entró en averiguaciones. Fue hasta la pulpería y preguntó por ⟩

⟨ cruz? —inquirió a uno de los parroquianos. ⟩

⟨ le bastó el dato. Volvió a su casa y sin amenazas le aplicó una soberana paliza a su mujer. No dijo ni una palabra, no se quejó ni recriminó la acción, ni tuvo un solo reproche para su mujer. Esta lo creyó borracho y se dejó azotar sin más quejas

---

6 El rancho aparecía lleno de tragedia, envuelto

7 Chiquiño no hablaba. Salía al campo,

8 y cuidaba de aquella piara, en otro tiempo, con

9 noche salió con el revólver en la mano a defender su riqueza.

10 Pero una vez oyó a los chanchos rezongar. Y, levantado repentinamente, descubrió

11 Al mismo tiempo alcanzó a ver por el camino un jinete que se alejaba

12 siguiente entró en averiguaciones. Fue hasta la pulpería y preguntó por

13 cruz? —inquirió a uno de los parroquianos.

14 le bastó el dato. Volvió a su casa y sin amenazas le aplicó

15 mujer. No se quejó ni recriminó la acción, ni le hizo un solo reproche. Esta lo creyó borracho y se dejó azotar sin más quejas que las del dolor físico.

16 Hacía tres semanas que Chiquiño preparaba su venganza.

pasaba por el camino. Una noche, [17] sábado de borrachera, encontró a su enemigo en la carpa de unas quitanderas. En la francachela y la jarana, Chiquiño aparecía más bien sereno. Acarició a las dos mujeres que venían en la carreta y al enemigo le dió toda clase de seguridades:

—¡Las mujeres son pa todos, canejo!... ¡Tuitas debían ser como éstas!... —decía para que Alfaro no sospechara.

Mirando la carreta, Chiquiño retrocedió a sus días lejanos. Bajo la carreta había tenido el primer encuentro con la quitandera Leopoldina, allá por las inmediaciones de «La Lechuza». Aquel vehículo le recordó su mocedad y le hizo crecer el impulso de la venganza. Mirándola de reojo evocó [18] su pasado. Había en sus ojos un algo misterioso que atrajo a su lado a una de las carperas. Se le acercó con zalamerías, preguntándole cosas sin importancia. Con ella cayó a la carpa, donde conversó en voz baja. Entre las miradas corría una ráfaga helada. Pedro Alfaro, [19] con la cabeza baja, articulaba una

que las del dolor físico. // Hacía tres semanas que Chiquiño preparaba su venganza. Y Alfaro no pasaba por el camino, para ir a matarlo. Pasaron tres días más de espera. Pedro Alfaro no se hacía ver. Una noche, 〉
〈 Acarició las dos 〉

〈 Alfaro no tuviese recelos. 〉

〈 La Lechuza 〉

〈 reojo, evocó 〉

〈 donde tirado en el suelo conversó en voz baja. La atmósfera de aquella reunión no era, por cierto, limpia. Entre las miradas de unos y de otros corría un aire helado. Nadie se atrevía a mirar cara a cara a quien dirigía la palabra. Pedro Alfaro, 〉

que otra palabra, receloso e intranquilo. Nadie sabía por qué [20] no se animaba el diálogo. En vano [21] las quitanderas intentaban bromas y chanzas. Tanto Chiquiño como Alfaro y dos troperos que habían caído a la rueda, se iban sintiendo

〈 receloso y poseído de aquella extraña situación. Nadie sabía a ciencia cierta por qué no se animaba el diálogo, por que el buen humor que siempre caracterizaba a las gentes de la carreta, no aparecía para nada. En vano las quitanderas intentaban bromas y chanzas. El nivel de la conversación no era alzado pese a los esfuerzos. Tanto 〉

---

17 camino, para ir a matarlo. Pasaron tres días más de espera. Pedro Alfaro no se hacía ver. Una noche,

18 reojo, evocó

19 baja. La reunión no era alegre como tantas otras. Entre las miradas de unos y de otros corría un aire helado. Pedro Alfaro

20 Nadie sabía a ciencia cierta por qué

21 diálogo, por que el buen humor habitual se trocaba en encono injustificado. En vano

incapaces de separarse del extraño círculo. Rondaba por allí un huésped desconocido. Los hombres de campo presienten los crímenes, como los animales las tormentas. Bebían para separar aquella idea de su mente. Les roía un [22] presentimiento de reyerta, un anuncio de armas blancas. [23]

El alcohol por momentos parecía acercarlos. Pero era una falsa escaramuza. Alfaro le pasó la botella a Chiquiño. [24]

Bebieron al fin amistosamente y, cuando amanecía, al tranco iban juntos cruzando un potrero. [25]

—No la tengo más a la Leopoldina... La muy rastrera se jué con el sargento... —dijo Chiquiño al enfrentar [26] su rancho.

Pedro Alfaro pensó que [27] no sospechaba de él. Confiado, le tendió la mano para despedirse. Y, en lugar de un saludo, le asestó la puñalada que tumbó [28] a Alfaro del caballo. Los animales no se asustaron. Chiquiño, con un tajo de oreja a oreja, separó del cuerpo la cabeza de su enemigo. [29]

En el barro fresco, a pocos pasos de su rancho, quedó tendido el cuerpo de Alfaro.

⟨ del vacío extraño y embarazoso. ⟩
⟨ desconocido. Alguno de ellos, sin duda alguna, maquinaba alguna traición. Los hombres del campo presienten las tragedias, los crímenes de sus mentes. Les iba poco a poco royendo un presentimiento de reyerta, un anunciarse de armas blancas, algo así como un anunciador olor a pólvora. La pendencia lucía oculta su daga brillante. ⟩
⟨ Chiquiño... ⟩

⟨ al fin juntos y, cuando amanecía, ambos andaban paso a paso por el callejón. ⟩
⟨ —dijo al enfrentar ⟩

⟨ Pedro Alfaro comprendió que no sospechaba de él. Confiado, ya más libre de su cola de paja, le tendió la mano para despedirse, desde arriba del caballo. Y, desde su cabalgadura, en menos de un suspiro, Chiquiño le asestó una puñalada tan feroz, que tumbó a Alfaro del caballo. No habíanse los animales aún asustado de aquellos movimientos inesperados y violentos, cuando el agresor, apeado del caballo, separaba casi la cabeza de su enemigo, en un tajo de oreja a oreja. ⟩

---

22 Les iba poco a poco royendo un

23 un anunciarse de armas blancas, algo así como un vago olor a pólvora. La pendencia blandía oculta su afilada daga.

24 Chiquiño...

25 al fin juntos y, cuando amanecía, ambos iban cruzando un callejón al paso cansino de sus cabalgaduras.

26 —dijo al enfrentar

27 Pedro Alfaro comprendió que

28 Y, en menos de un suspiro, Chiquiño le asestó una puñalada tan feroz que tumbó

29 no se habían aun asustado de aquellos movimientos inesperados y violentos, cuando el agresor, apeado, separaba la cabeza de su enemigo, con un tajo de oreja a oreja.

Sostuvo su pingo por las riendas, lo ató al alambrado y volvió sobre su presa. [30] El caballo del muerto se alejó, espantado, [31] pisándose las riendas.

⟨ Sostuvo Chiquiño su pingo por las riendas, lo ató en el alambrado y volvió como fiera hambrienta sobre su presa. El caballo del muerto se alejó al trote largo, espantado, ⟩

No titubeó. [32] Cargó con el cuerpo sobre las espaldas. Ya había aparecido su perro barroso, que lamía la sangre derramada como si le hubiesen enseñado a borrar las huellas. [33] Lo seguía, lamiendo las gotas de sangre sobre [34] el pasto húmedo.

⟨ Chiquiño no titubeó. ⟩

⟨ espaldas. Pendía la cabeza, dejando correr un hilo de sangre. Ya ⟩

⟨ las huellas comprometedoras. Le seguía, lamiendo a cada paso las gotas de sangre caídas sobre ⟩

Anduvo hasta el chiquero. Los chanchos gruñían. Iban de un lado a otro, alzando barro. La aurora daba un tinte rosado al redondel pantanoso donde se debatían los animales hambrientos.

⟨ Iban y venían de un lado para otro, alzando barro, inquietos en el amanecer que daba un tinte rosado al círculo pantanoso ⟩

Volcó el cadáver en el chiquero. El cuerpo, al caer, hizo un ruido como de pellejo a medio llenar. Se abalanzaron las bestias sobre los despojos de Alfaro. Gruñían, rezongaban, se peleaban a dentelladas, para ver quién aplicaba el mejor [35] golpe de colmillo. En un segundo, andaban las piernas de Pedro Alfaro por un lado, los brazos por otro.

⟨ llenar. Salpicó la sangre y se abalanzaron las bestias como fieras sobre ⟩

⟨ se peleaban los unos con los otros, a dentelladas, para ver quién daba el mejor ⟩

⟨ por otro. Un cerdo le vaciaba las vísceras. ⟩

—¡Aprendé, miserable!

El sol iba saliendo. Un rayo rojo a ras de tierra doraba los campos. Ya tenían sombras el perro y la baja figura de Chiquiño. Unas sombras largas sobre la tierra fresca, sobre los pastos verdecidos. Las dos sombras iban hacia el rancho, paso a paso. En el alambrado, con la cabeza gacha, la resignación pasiva de su caballo.

Chiquiño olvidó su pingo. Los chanchos gruñían demasiado para que se ocupase de otra cosa. Se sentía deshecho. Entró en el rancho y halló a su china dormida boca abajo, hundida en el sueño,

⟨ Chiquiño no se acordó de él. ⟩

---

30 Sostuvo Chiquiño su pingo por las riendas, lo ató al alambrado y volvió como fiera hambrienta sobre su presa.

31 se alejó a trote largo, espantado,

32 Chiquiño no titubeó.

33 las huellas comprometedoras.

34 lamiendo a cada paso las gotas de sangre caídas sobre

35 quien daba el mejor

como él en el [36] crimen. Cerró el postigo, [37] por donde entraba el sol. [38] Y se volcó en el catre, como un fardo.

〈 como él lo estaba en su crimen. Cerró un postigo, por donde entraba el sol, iluminando la pieza. 〉

Bajo de su cama, el perro barroso se lamía las fauces, mirando hacia la puerta por donde entraba el fresco de la mañana. [39]

〈 puerta, por donde entraba el fresco agradable de la 〉

---

36 como él lo estaba en el

37 un postigo,

38 sol, iluminando la pieza.

39 mañana y el raudal de trinos inocentes.

XI

Cándido, el loco del Paso de las Piedras, suele salir al encuentro de los forasteros. Descamisado, sucio y en patas, [1] responde invariablemente a todo aquel que le dirige la palabra:

⟨ «en patas», ⟩

—El lau flaco, ¿sabe? El lau flaco.

Muy pocos procuran explicarse las razones que mueven a hablar en forma incoherente [2] a Cándido, el loco descamisado. Sólo les entretiene el hacerle tragar piedras redondas por una copa de «caxassa brasileira»... Se agacha, elige las piedras, [3] se las echa a la boca una tras otra, hace unas muecas, [4] pestañea y su garganta deja pasar, una por una, las piedras redondas... Sonríe después, comprendiendo que ha hecho una gracia, y reclama la prometida copa de caña.

⟨ forma tan absurda e incoherente ⟩

⟨ «caninha brasileira»... ⟩

⟨ las piedras más lisas, ⟩

⟨ unas muecas horribles, ⟩

Mientras la bebe —por lo general de un sorbo— se golpea con la otra mano la boca del estómago. Quince o veinte piedras recién llegan a afectar su estómago, y es cuando el loco cree que ha hecho una cosa seria.

⟨ veinte piedras redondas recién llegan a afectar su estómago y es ⟩

Suelen preguntarle los viajeros:

—Che, Cándido, loco sucio; [5] ¿está abierta la tranquera para ir a la balsa?... —O, muy frecuentemente—: ¿No sabés si andan por aquí las quitanderas?

⟨ loco sucio: ⟩

El loco, que camina agachado, mirando el suelo,

---

[1] «en patas»,

[2] forma tan absurda e incoherente

[3] las piedras más lisas,

[4] unas muecas horribles,

[5] loco sucio:

al parecer eligiendo piedras para su colección, responde:

—El lau flaco, ¿sabe?...

Esas son las únicas palabras desde hace mucho tiempo.

Cándido parece buscar algo.

—¿Qué perdiste, Cándido?

—¡El lau flaco!, ¿sabe?

—Bueno, voy a preguntarle otra cosa: ¿Tienes hambre, Cándido?

—¡El lau flaco, el lau flaco!..., ¿sabe? [6]

Si se lo observa, impresionan sus nublados ojos que [7] más bien miran para adentro.

Pero aparece de pronto un nuevo personaje.

Se trata de un curioso holgazán conocido y apreciado por las quitanderas, mezcla de vagabundo y payador. [8]

Lo llaman «el cuentero». Es un tipo apuesto, fuerte, bien formado. Usa melena. [9] Tiene una voz firme y de timbre sonoro. Al momento de entrar en el [10] rancho, se forma una rueda de curiosos que celebra las gracias [11] del habilísimo sujeto. Narra anécdotas, cuenta historias, habla de aventuras picarescas y, entre sorbo y sorbo, entretiene a los parroquianos, sin que decaiga un solo momento la atención de los circunstantes. Jamás comete [12] la indiscrección de hablar en primera persona —y atribuirse así alguno de los «casos»—. Mañoso y [13] despierto vagabundo, vividor de sobrados recursos.

Aquel auditorio festeja [14] los cuentos, porque no

⟨ buscando piedras redondas para ⟩

⟨ palabras que dice desde ⟩

⟨ Cándido?... ⟩

⟨ flaco!..., ¿sabe?... // Si se le mira fijo, sorprenden sus vagos y nublados ojos de loco, que más bien miraban para adentro. ⟩

⟨ un curioso vagabundo, muy conocido y apreciado por las quitanderas, que, al igual de los hombres de la ciudad, los cuales se dedican a espetar chistes y a narrar anécdotas, hace las delicias de cuantos concurren al boliche. // Le llaman «El ⟩

⟨ Usa lacia melena. ⟩

⟨ de entrar el cuentero en el rancho, se forma una rueda de curiosos. Los de la rueda festejan las gracias ⟩

⟨ Como jamás comete la indiscreción de hablar en primera persona —y atribuirse así alguno de los «casos»—, fácil es comprender que se trata de un mañoso y vivaracho vagabundo, ⟩

⟨ Aquel auditorio admite y festeja ⟩

[6] ¿sabe?...

[7] observa, sorprenden sus vagos y nublados ojos de loco, que

[8] un curioso vagabundo, muy conocido y apreciado por las quitanderas, que, al igual de los hombres de la ciudad, los cuales se dedican a espetar chistes y a narrar anécdotas, hace las delicias de cuantos concurren al boliche.

[9] Usa lacia melena.

[10] de entrar el cuentero en el

[11] curiosos. Los de la rueda festejan las gracias

[12] Como jamás comete

[13] «casos»—, fácil es comprender que se trata de un mañoso y

[14] auditorio admite y festeja

significa ningún orgullo para el que los dice. Ellos no podrían tolerar la manifiesta superioridad del cuentero. [15]

⟨ Ellos, indudablemente, no pueden tolerar una manifiesta superioridad de parte del cuentero. ⟩

Es grande el dominio suyo sobre el auditorio. Maneja [16] los ocultos resortes de la risa y la sorpresa, del espanto y de la duda. Sabe [17] siempre a qué altura del cuento arrancará una carcajada y [18] cuándo hará abrir la boca a sus oyentes.

⟨ Con facilidad maneja ⟩
⟨ duda, en aquellos espíritus sencillos. // Sabe ⟩
⟨ carcajada general y cuándo hará abrir la boca babosa a sus ⟩

Pero llega la noche y comienza a garuar.

En la vieja carpa de las quitanderas entró, casi al mismo tiempo que Cándido, un desconocido.

⟨ Cándido, un forastero. ⟩

Es el recién llegado un tropero, de fina figura, moreno, nariz correctamente perfilada, ojos pequeños y recios, ademanes nerviosos, pero sin desperdicio, como si a cada movimiento de sus manos tirase certeras puñaladas a un enemigo invisible.

Su figura esbelta se destaca en el grupo. A la hora de la comida cesa de llover. En el fogón, «el cuentero» continúa sus historias de las últimas patriadas revolucionarias, como si estuviese pagado expresamente para entretener. Consiguió dominar a todos con sus chispeantes narraciones.

⟨ sus historias, como si ⟩

—¡Salí, loco'e porquería! —grita uno de los oyentes, dándole un recio empellón a Cándido.

⟨ loco e ⟩

Este se limita a contestar:

—El lau flaco... el lau flaco..., ¿sabe?

—¡Qué flaco ni ocho cuartos! —grita nuevamente el hombre—. ¡Salí [19] de aquí!...

⟨ el hombre, inquieto—. ¡Salí ⟩

La voz ronca del [20] «cuentero» comienza la historia de «un caso'e ráirse»:

⟨ La voz ronca pero firme del ⟩
⟨ «un caso de reirse»: ⟩

—Cuando el hombre dentró por la ventana, la vieja en camisa empezó a gritar... [21]

⟨ entró por la ventana, la vieja en camisa... ⟩

---

15 Ellos, indudablemente, no pueden tolerar una manifiesta superioridad de parte del cuentero.

16 Con facilidad maneja

17 duda, en aquellos espíritus sencillos. // Sabe

18 una carcajada general y

19 el hombre, inquieto—. ¡Salí

20 la voz ronca pero firme del

21 entró por la ventana, la vieja en camisa...

El forastero no ha sonreído ni una sola vez. Una dura rigidez sostiene los músculos [22] de su rostro. Su actitud es la nota discordante en el ambiente.

⟨ Conservan la misma rigidez los músculos de su rostro moreno y grave. Su actitud es una nota desentonada en el ⟩

Cuando «el cuentero» termina su relato, uno de los oyentes sale afuera, arqueado por la risa. Junto con él, a mojarse con la lluvia torrencial, una bandada [23] de carcajadas como pájaros en libertad.

⟨ Cuando el cuentero termina su relato, uno de los oyentes, muerto de risa, sale afuera. Junto con él salía a mojarse con la lluvia torrencial una bandada de ⟩

Pero el forastero permanece mudo, serio, de pie, apoyado [24] el codo en el pasador de madera de la ventana. [25]

⟨ de pie y apoyado ⟩

⟨ de la ventana cerrada. ⟩

Y el recién llegado dice, entre dientes:

—Gracioso el mozo... ¿no? [26] ¡Qué me dice!... ¡Gracioso!

⟨ mozo..., ¿no? ¡Qué me dice!... // Todos clavan las miradas en el ⟩

Todos [27] clavan la mirada en el intruso. Nadie pronuncia una sola palabra, por unos instantes, hasta que uno del grupo pide al «cuentero» la repetición de la historia picaresca «del chancho colorado»...

Se trata de un gracioso relato, muy conocido en el paraje, al cual «el cuentero» le da cierto aire novedoso enriqueciéndolo con cómicas alusiones al auditorio. [28]

⟨ gracioso cuento, ⟩

⟨ da cierto aire novedoso, enriqueciendo la narración con adecuados ademanes de gran efecto cómico. // «El cuentero», inocente y sin percatarse de la intencionada palabra del intruso, termina el relato con una nota feliz y oportuna. Provoca ruidosa hilaridad. ⟩

«El cuentero», sin acusar el impacto, termina [29] el relato con un broche feliz que provoca ruidosa hilaridad.

---

22 Conservan una dura rigidez los músculos

23 oyentes, muerto de risa, sale afuera. Junto con él, a mojarse con la lluvia torrencial, una bandada de

24 de pie y apoyado

25 de la ventana cerrada.

26 mozo..., ¿no?

27 dice!... // Todos

28 enriqueciéndolo con adecuados ademanes de gran efecto cómico.

29 «El cuentero», inocente y sin percatarse de la intencionada palabra del extraño, termina

La lluvia arrecia. Azota el vendaval. Tempestad o tormenta que traen hasta las casas a esos pájaros negros que al día siguiente, cuando el sol comienza a secar los campos inundados, desaparecen misteriosamente. [30] Dejan impresión de mal augurio y no se los olvida jamás.

El forastero tiene apariencias de pájaro [31] de tempestad. Al terminar una de las historias más exitosas, pregunta [32] con sorna:

—Y, ¿quién era el comisario en [33] ese tiempo?

El auditorio siente una ráfaga helada. [34]

Las quitanderas, embebidas en el relato, despiertan a la realidad. [35] El forastero aguafiestas se queda inmóvil. «El cuentero» levanta la cabeza con humildad y alza [36] los ojos hasta la recia faz del que se expresa [37] con burla «sobradora». No se atreve a responder. Sin duda alguna, se le ha presentado, por primera vez, el enemigo inevitable e ignorado del «cuentero».

Tiene sentido la frase del loco. Los pájaros [38] negros de la tormenta están presentes.

«El cuentero» continúa su relato. [39] Pero el éxito de sus narraciones [40] no vuelve a repetirse. Sus palabras han perdido el mágico poder. Su voz no llega ya hasta los que lo escuchan. En aquel momento sus gracias parecen ridículas, [41] desabrido su

⟨ arrecia en los campos. Es una noche tormentosa. Tempestad o tormenta en las cuales frecuentemente vienen hasta las casas y se guarecen en algún cuarto, esos pájaros negros que suelen desaparecer al día siguiente, cuando el sol comienza a secar los campos inundados. Dejan impresión de mal augurio y no se olvidan jamás. // El forastero tiene las negras apariencias de un pájaro de tempestad. Al terminar una de las historias, el intruso pregunta ⟩

⟨ tiempo?... // Una ráfaga helada cruza por arriba de las cabezas. ⟩

⟨ despiertan como de un sueño. ⟩

⟨ levanta su cabeza con humildad de vencido y alza ⟩

⟨ del que así se expresa ⟩

⟨ El lado flaco de que nos habla el loco y en los pájaros negros, están presentes. ⟩

⟨ su relato, no obstante. Pero el éxito de sus anteriores narraciones no vuelve a repetirse. Las palabras suyas han perdido su poder sugerente. ⟩

⟨ le escuchaban. En aquel momento parecen ridículas sus gracias, ⟩

---

30 arrecia en los campos. Es una noche tempestuosa. Tempestad o tormenta en las cuales frecuentemente vienen hasta las casas y se guarecen en algún cuarto esos pájaros negros que suelen desaparecer al día siguiente, cuando el sol comienza a secar los campos inundados.

31 tiene las negras apariencias de un pájaro

32 historias, el intruso, que no ha festejado el cuento, pregunta

33 comisario, en

34 Una ráfaga helada cruza por arriba de las cabezas.

35 despiertan como de un sueño.

36 humildad de vencido y alza

37 del que así se expresa

38 El lado flaco a que se refiere el loco y los pájaros

39 su relato, no obstante.

40 de sus anteriores narraciones

41 parecen ridículas sus gracias,

gesto y estúpida su intención de entretener. Se transmite la frialdad del forastero. De un [42] zarpazo invisible, buscándole el lado flaco, el intruso ha arrancado [43] el don singular al bufón campesino, ha desarmado su gracia. [44]

«El cuentero» resuelve partir aquella misma noche. [45]

Seguía cayendo la lluvia torrencialmente. Adormecía el ruido del agua en las chapas de cinc. El infeliz salió sin que lo advirtiesen. Y cuando el

⟨ entretener. La seriedad de aquel hombre aplasta y, por momentos, dan ganas de reir de las imprudentes ocurrencias del extraño. El ha derrotado, con su fría y hostil actitud, al infeliz «cuentero». Hay animadversión por el hombre de los cuentos. // Parece tonto e inferior lo contado. Ha caído en el ridículo. El forastero es el enemigo que debe aguardar el hombre que entretiene. Los muñecos se rompen. A los hombres les salta el enemigo. // De un zarpazo invisible, buscándole el lado flaco, este hombre ha arrancado el don singular al bufón campesino, desarmado su gracia, atrofiado los resortes de su habilidad. // El cuentero decide su viaje aquella misma noche. // Las quitanderas esperaban algo del... // Seguía ⟩

sueño envolvía el cuerpo sudoroso [46] de las mujeres, a esas horas, intentó cruzar [47] el Paso de las Piedras.

⟨ cuerpo cansado y sudoroso ⟩

⟨ intentaba cruzar ⟩

El río corre allí encajonado, y a las dos o tres horas de lluvia, es tan violenta la chorrada que un objeto pesado, [48] para llegar al fondo, necesariamente debe correr a flor de agua un buen trecho, como si fuese un trozo de corcho.

⟨ encajonado y a ⟩

⟨ de lluvia torrencial es tan recia su correntada que el tronco más pesado, ⟩

La balsa no funciona entonces y hay que esperar la bajante. [49]

⟨ la bajante del río. ⟩

En la otra orilla, el caserío que circunda el cuartel de infantería allí apostado, ha recibido siempre con buenos ojos la visita del hombre de los

---

42 entretener. La seriedad de aquel hombre aplasta y, por momentos, dan ganas de reir de las imprudentes ocurrencias del extraño. El ha derrotado, con su hostil actitud, al infeliz «cuentero». // Han caído en el ridículo. El forastero es el enemigo que debe aguardar el hombre que entretiene. Los muñecos se rompen. A los hombres les salta el enemigo. // De un

43 flaco, este hombre ha arrancado

44 campesino, desarmado su gracia, atrofiado los resortes de su habilidad.

45 «El cuentero» decide su viaje aquella misma noche. // Las quitanderas esperaban algo del...

46 cuerpo cansado y sudoroso

47 intentaba cruzar

48 de lluvia torrencial es tan recia su correntada que el tronco más pesado,

49 bajante del río.

cuentos. La tropa sabe retribuir con prodigalidad al «cuentero».

Se larga en el torrente. Un agua negra, [50] salpicada de relámpagos, marcha con árboles y animales. Más que una arteria de la tierra, parece un brazo de la noche. Al [51] resplandor de los relámpagos surge blanco el caserío vecino. «El cuentero» sólo piensa en el halago de la gente que lo quiere y en alejarse del enemigo que le trajo la tormenta. [52]

⟨ cuentos.// Y, oficialidad y tropa, suelen retribuir con prodigalidad al «cuentero». El hombre sabe esto muy bien, cuando se siente en posesión de fuerzas para intentar el cruce a nado, por aquel paso con el río campo afuera. // Descorazonado, se larga bajo la lluvia en el torrente. Un agua negra, ⟩
⟨ noche. Las luces del cuartel apenas se distinguen. A la luz de los relámpagos ⟩
⟨ que le quiere y en alejarse del enemigo que la tormenta ha traído. // Y se aleja. En la puerta quedan las quitanderas abrazadas, uniendo la esperanza muerta de cada una. Ven alejarse al «cuentero» con un dejo de amargura. // Al día ⟩

Al día siguiente, Cándido, los ojos fuera de las órbitas, con los [53] brazos en alto, llega corriendo del Paso. [54]

—¡El lau flaco, el lau flaco!... ¡Ayí, ayí!... —grita desaforado. [55]

Con ambas manos señala un pasaje del monte a pocas cuadras del paso. Acompaña sus palabras con un torbellino de ademanes. [56]

Para comprenderlo, tienen que seguirlo. Va adelante, guiando a las quitanderas. [57]

En la punta de un tronco de ñandubay, partido por la impetuosidad de las aguas, se halla ensartado el cuerpo del «cuentero». Sus ropas, rasgadas, ofrecen al sol su carne fofa y amoratada.

⟨ órbitas, descamisado, con los brazos en alto, llega corriendo del Paso. Ronco de tanto gritar apenas se adivina lo que dice: // —¡El ⟩
⟨ ayí!... // Con ⟩
⟨ paso. Envuelve sus palabras en una maraña de ademanes. // Para comprender lo que quiere anunciar deben seguirle. // En la ⟩

[50] cuentos. // Y oficialidad y tropa suelen retribuir con prodigalidad al «cuentero». El hombre sabe esto muy bien, cuando se siente en posesión de fuerzas para intentar el cruce a nado por aquel paso con el río campo afuera. // Descorazonado, se larga bajo la lluvia en el torrente. Un agua negra,

[51] noche. Las luces del cuartel apenas se distinguen. Al

[52] enemigo que la tormenta ha traído. // Y se aleja. En la puerta quedan las quitanderas abrazadas, uniendo la esperanza muerta de cada una. Ven alejarse al «cuentero» con un dejo de amargura.

[53] órbitas, descamisado, con los

[54] Paso. Ronco de tanto gritar, apenas se adivina lo que dice:

[55] ayí!...

[56] paso. Envuelve sus palabras con una maraña de ademanes.

[57] Para comprender lo que quiere anunciar, deben seguirlo.

El río ha vuelto a su cauce normal. Allá, a lo lejos, en la cuchilla, marcha el extraño que deshizo el sortilegio del «cuentero», al galope largo de su caballo. Su poncho negro [58] se agita con aletazos de pájaro que huye.

〈 del «cuentero». Va erguido, al galope largo de su caballo. Su ponchillo negro 〉

[58] «cuentero». Va erguido, al galope largo de su caballo. Su ponchillo negro

XII

Florita tenía los ojos orlados de rojo, inflamados de tanto llorar. Su respingada naricita encendida era lo que daba más lástima de aquella carucha inocentona. [1]

Si suspiraba o le salía un ¡ay! lastimero, la fulminaban con una mirada que quería decir, invariablemente: «guacha mal enseñada». Si articulaba una palabra a destiempo, veía acercarse hasta sus narices la mano [2] velluda del marido de Casilda. Era él quien la había recogido, salvándola de la peste, en un sórdido rancherío.

Pero al contemplarla, con trece años, carnes [3] abundantes y el seno abultado, querían deshacerse de ella antes de que algún tunante la dejase encinta. Era difícil [4] que alguien quisiera cargar con ella, pero sacarle partido a su juventud [5] resultaba mucho más factible. Había que rehacerse [6] de los gastos de la crianza...

Cuando el [7] dueño de «Los Molles», don Caseros, le insinuó a la Mandamás de las quitanderas que «le agenciase un cachito sano», pensó en [8] la Flora.

Don Caseros era un animal manso, mañoso y cachaciento. Sabía darse los gustos. [9] Inofensivo y

⟨ inocentona. Amoratados los labios, si no estuviesen sellados por el silencio impuesto a bofetadas, podían contar los malos tratos y vejámenes de sus protectores. // Si suspiraba o le salía un ¡ay! lastimero, inevitable, la fulminaban con una mirada, que quería ⟩

⟨ hasta sus narices, la manopla velluda ⟩

⟨ habíala recogido, salvándola de la peste en un ⟩

⟨ Pero al verla con trece años, con las carnes ⟩

⟨ tunante la sedujese y la dejase encinta en el rancho. Cargar con ella era difícil que alguien quisiera, pero sacarle partido a su juventud recién desatada no era asunto engorroso. Según los protectores, «era mañera para el trabajo» y había que rehacerse ⟩

⟨ De manera que cuando el dueño de Los Molles, ⟩

⟨ sano», se pensó enseguida en la Flora. ⟩

⟨ cachaciento. Sólo sabía una cosa y era darse sus gustos. ⟩

---

[1] inocentona. Amoratados los labios, si no estuviesen sellados por el silencio impuesto a bofetadas, podrían contar los maltratos y vejámenes de sus protectores.

[2] la manota

[3] Pero al verla con trece años, con las carnes

[4] tunante la sedujese y la dejase encinta en el rancho. Parecía difícil

[5] juventud recién desatada

[6] factible. Según los protectores, «era mañera para el trabajo» y había que rehacerse

[7] De manera que cuando el

[8] se pensó enseguida en la

[9] Sólo sabía una cosa, que era darse sus gustos.

cobardón, no se exponía para ello, teniendo a su servicio una serie de vecinos miserables, a los cuales trataba con aire de señor feudal.

Florita estuvo tres días [10] en capilla. La preparaban para don Caseros, convenciéndola de cuánto ganaría y de lo bondadoso que iba a ser con ella el estanciero, una vez satisfecho su capricho. El hombre había adelantado ya una buena suma de dinero, de manera que la compra de la criatura era un hecho.

⟨ Contaba Florita tres días en capilla. ⟩

La muchacha pasó tres noches sin pegar los ojos. [11] Se había adueñado de su cuerpo un terror indescriptible. Aquel anuncio la tenía subyugada. Por momentos lloraba, por momentos se quedaba pensativa, calculando las perspectivas del encuentro. Don Caseros le infundía miedo, siempre [12] tan silencioso y serio.

⟨ Desde tres noches atrás la muchacha no pegaba los ojos. ⟩

⟨ Le daba miedo don Caceros, siempre silencioso y serio, como buen viejo zorro. ⟩

Un día lo había visto rondar por Saucedo. Fué en esa circunstancia en la cual averiguó si la Mandamás podía «agenciarle un golpecito»... Flora escuchó estas palabras:

⟨ le había visto ⟩

—No me voy a fijar en pesos más o menos...

Y llegó la ansiada oportunidad.

—¡Es un cachito [13] sin tocar!... —dijo la Mandamás—. ¡No le vi'a proporcionar una porquería!...

⟨ golpecito»... // —No me voy a fijar por unas diez ovejas más o menos... —dijo en esa oportunidad. // La propuesta y la conformidad, fueron dos certeros tiros en un blanco. Don Caceros comprendió lo fácil que le era convencer a aquellos pobres diablos. // —¡Es un cachito ⟩

⟨ ¡No le voy a ⟩

El hombre se hizo el incrédulo, alzando los hombros.

—¡No, don Caseros, yo no le vi'a dar gato por liebre!... ¡Se la garanto!... ¡Naides le ha bajau el ala a la botija, por esta luz que me alumbra!...

⟨ yo no le viá dar ⟩

⟨ alumbra!... // En esa ocasión había visto muy de cerca a don Caceros. Florita le vio ⟩

Florita [14] lo vió alejarse con una sonrisa en los labios y tosiendo bajito.

El encuentro quedó combinado para un lunes por la noche. La carreta de las quitanderas quedaría sola y tranquila, para que don Caseros dispusiese

⟨ a la noche. ⟩

⟨ para que dispusiese de ella don Caceros. ⟩

---

10 Contaba Florita tres días

11 Desde tres noches atrás la muchacha no pegaba los ojos.

12 Le daba miedo don Caseros, siempre

13 golpecito»... // —No me voy a fijar por unas diez ovejas más o menos... —dijo en esa oportunidad. // La propuesta y la conformidad, fueron dos certeros tiros en un blanco. Don Caseros comprendió lo fácil que le era convencer a aquellos pobres diablos. // —¡Es un cachito

14 en esa ocasión había visto muy de cerca a don Caseros. Florita

de ella. [15] Allí lo iba a esperar la «gurisa». Pero el hombre se adelantó y al atardecer apareció por el rancho de los protectores de la muchacha.

Cuchicheó con el matrimonio y pudo quedarse solo con la Flora, frente a frente. Quería tantear el terreno, para evitar el fracaso. [16]

⟨ para evitar un serio fracaso en el carretón. ⟩

Florita había estado llorando momentos antes. Al ser castigada por su protector se había «retobado» y fué más grande la tunda.

Al verse [17] sola ante don Caseros, la chica no comprendía lo que iba a pasar. Temió que la llevasen [18] para vivir en la estancia con aquel hombre. [19]

⟨ En realidad, al verse frente a frente con don Caceros, ⟩
⟨ Temía, eso sí, que la llevasen ⟩
⟨ aquel hombre, quien la asustaba con su mansedumbre de animal rencoroso. ⟩

Cuando quedaron solos, don Caseros, al verle el mate en las manos, le ordenó que lo dejase encima del lavatorio. Luego la cogió por las muñecas sin más decir, acercándola con cierto cuidado. [20]

⟨ sin más decir acercándola con cierto cuidado a su abdomen. ⟩

Florita lo miraba desde abajo, con la barbilla apoyada en el último botón del chaleco.

Temiendo que la muchacha opusiese resistencia, la tuvo entre sus brazos hasta dejarse caer en una silla.

—¿Venís conmigo? ¿Vamos a la carreta? [21]

Como Florita no contestaba, repartió sus besos torpes entre la cabellera, las mejillas y el pescuezo. Pero su futura poseída no cambiaba lo más mínimo ante aquella irrupción de caricias y de besos.

⟨ silla. En el crujiente asiento, inclinó su presa en las rodillas y le preguntó si iría a la carreta después de la comida. // Como Florita ⟩

⟨ mínimo, ante ⟩

A las repetidas preguntas de don Caseros, la «gurisa» respondía con un silencio vegetal y salvaje. [22] Ni una sola palabra de contrariedad. Ni un solo gesto de aceptación. [23] A veces sonreía u ocultaba la cara con vergüenza. En realidad, la

⟨ A las repetidas preguntas de don Caceros: «¿Te gusta, chiquita, te gusta?», la «gurisa» respondía con un silencio completamente salvaje. ⟩
⟨ gesto de agrado. ⟩
⟨ En realidad la chica ⟩

---

15 para que dispusiese de ella don Caseros.

16 para evitar un serio fracaso en el carretón.

17 En realidad, al verse

18 Temía, eso sí, que la llevasen

19 hombre, quien la asustaba con su mansedumbre de animal rencoroso.

20 cuidado a su abdomen.

21 silla. En el crujiente asiento, inclinó su presa en las rodillas y le preguntó si iría a la carreta después de la comida.

22 silencio completamente salvaje.

23 gesto de agrado.

chica comprendía que no era tan terrible como pensaba. Don Caseros [24] le pareció menos cruel que su protector.

⟨ pensaba y don Caceros ⟩

—Bueno —dijo repentinamente el hombre, como si terminase de esquilar [25] una oveja—. Bueno, andá nomás a cebar mate. Pero antes dame un beso en la boquita. [26]

⟨ como si terminase de resolver un asunto o de esquilar ⟩

⟨ no más a cebar mate... Pero dame un beso en la boquita antes... ⟩

Cedió Florita maquinalmente. Cuando tuvo los ojos cerca de don Caseros, se le puso la piel de gallina. Pero, al sentir miedo y, al mismo tiempo, fuerzas para rechazarlo, el hombre la empujó hacia la puerta, obligándola a salir.

⟨ sentir miedo y fuerzas para rechazarlo, ⟩

Don Caseros se puso de pie y se subió los pantalones, corriendo un ojal del cinto.

Dió unos pasos sin sentido. Levantó los ojos y detuvo la mirada en un retrato encajado en la luna de un espejo. Era el de una criatura de seis a nueve [27] años, sonriente, de rulos cuidadosos, caídos, ocultando las orejas. En lo alto de la cabeza, un moño de seda exageradamente abierto.

⟨ seis o nueve años, ⟩

⟨ rulos cuidados, ⟩

Al topar con la fotografía, don Caseros se quedó pensativo y, [28] rascándose atrás de la oreja con el índice estirado, bajo la vista.

⟨ fotografía, don Caceros afirmó su mirada. Se quedó pensativo un segundo y, rascándose atrás ⟩

Aquel encuentro, aquel descubrimiento, aquel sonreír de la criatura del retrato, lo perturbó. Era de mal agüero. [29]

Por la noche, [*no*] resistió a la [30] tentación de ir al carretón de las quitanderas. [31]

No bien se apeó del caballo vió a la Mandamás. Se hallaba sola, al pie del vehículo. Aprovechando la noche de calor, había dejado que las [32] mozas se fuesen a retozar en el maizal del pulpero. Podían

⟨ le perturbó, pareciéndole de mal augurio el hallazgo. Como desperezándose, giró sobre sus talones y salió de la pieza de mal talante. // x x x // Por la noche no pudo resistir a la tentación de ir al carretón de las quitanderas. No tenía ninguna seguridad de que la Flora estuviese en ella. // No bien se apeó del caballo vió a la Mandamás, celestina prudente y cumplida, que se hallaba sola, al pie del vehículo. // La Mandamás, aprovechando la noche de calor, dejó que las ⟩

---

24 pensaba y don Caseros

25 como si terminase de resolver un asunto o de esquilar

26 Pero dame un beso en la boquita antes...

27 seis o nueve

28 don Caseros afirmó su mirada. Se quedó pensativo un segundo y,

29 lo perturbó, pareciéndole de mal agüero el hallazgo. Como despertándose, giró sobre sus talones y salió de la pieza de mal talante.

30 Por la noche no pudo resistir a la

31 quitanderas. No tenía ninguna seguridad de que la Flora estuviese allí.

32 vehículo. // La Mandamás, aprovechando la noche de calor, dejó que las

hacer una changuita lejos del carretón, y la noche no estaba perdida para ellas. Apartó el cuero que cerraba el carretón, advirtiendo a Florita [33] la presencia de don Caseros.

Este hizo sonar [34] la fusta en sus botas, espantó los perros [35] y se adelantó resueltamente.

Sin más decir subió al vehículo. [36]

—¿Solita, querida?... [37]

El hombre respiraba fuerte, como si hubiese hecho un gran esfuerzo para subir.

—Reciencito se jué la vieja...

⟨ carretón y la noche ⟩

⟨ para ellas. Lo que importaba era quedar bien con don Caceros. Apartó la Mandamás el cuero que cerraba el carretón, advirtiendo Florita la presencia de don Caceros. // Llegado éste, con una complicidad misteriosa e incitante, la vieja se llevó a los labios el dedo índice, pidiendo silencio al recién llegado, a quien tendía la otra mano. Y, sin articular palabra, como demostrando que había cesado su labor, toda rodeada de misterio picante, se alejó hacia el boliche. // Don Caceros hizo sonar la fusta en sus botas, espantó sus tres perros, que olfateaban el carretón, y se adelantó resueltamente. Sin más preámbulos y sin otro cuidado que apartar el cuero de la puerta de la carreta para dar paso a su pesado cuerpo, subió al vehículo. Tropezó de inmediato con la muchacha, quien no tuvo un ademán de sorpresa. // —¿Solita, querida? ⟩

Todas las palabras que siguieron salían enredadas en sus caricias. La tomó de las manos. Como la chica se las llevase, medrosa, a la proximidad de los senos, aprovechó aquel acercamiento para acariciárselos con la punta de los dedos. Sonaron sus uñas en el madrás de la bata ajustada.

A medida que avanzaba en la conquista, sus palabras se hacían más incoherentes: [38]

—¿Te gusta, mocosa?

Creía haber [39] empezado bien, pero por mo-

⟨ salían como tropezando en sus caricias torpes. ⟩

⟨ medrosa, queriendo huirle, a los senos, aprovechó aquella proximidad para ⟩

⟨ ajustada. Lleno el corpiño, los senos turgentes se ofrecían a las caricias sudorosas de don Caceros. A medida que avanzaba en aquel tanteo entre sombras, se hacían más escasas las incomprensibles palabras del hombre; las preguntas se repetían sin cesar: // —¿Te gusta, chiquita, te gusta? // Nervioso, don Caceros creía haber ⟩

[33] advirtiendo Florita

[34] Con complicidad misteriosa la vieja se llevó a los labios el dedo índice, pidiendo silencio al recién llegado. Y, sin mediar palabra, como demostrando que había cesado su labor, se alejó hacia el boliche. // Don Caseros hizo sonar

[35] sus tres perros

[36] vehículos. Tropezó de inmediato con la muchacha, quien no tuvo un ademán de sorpresa

[37] querida?

[38] conquista se hacían más incoherentes las palabras del hombre:

[39] Don Caseros creía haber

mentos le preocupaba su torpeza. Cierto vago temor le [40] cerraba todos los caminos. Y no podía vencer su incertidumbre. Era su más difícil aventura.

Sintió correr el sudor por la frente, [41] rodar gruesas gotas por su pecho velludo. El calor del cuerpo de la muchacha comenzó a invadirlo, a molestarle. Sin valor para tentar un cambio de posición, tomó los dedos de una mano de Florita e hizo jugar su pulgar en cada una de las uñas. Aquella sensación de aspereza lo distrajo un momento. Parecía hacerle olvidar el calor. Dejaba ir sus ojos por el pedazo de cielo estrellado, visible entre el cuero y el techo de la carreta. En mala postura, una de sus piernas comenzó a dormírsele, pero no tenía valor para estirarla. Florita entregaba sus manos dócilmente al manipuleo sin sentido, mientras fijaba sus ojos en el blanco pañuelo de seda que el hombre llevaba el cuello. [42] Abstraída, oyó el tictac del reloj. Y entre la visión sedosa del pañuelo y [43] el inocente tictac, le [44] asaltó un sueño avasallador. No había pegado los ojos noches pasadas y la faena del día había sido ruda. Cabeceó una vez, pero se rehizo [45] al oír el tic tac del reloj. Ya no [46] distinguía el pañuelo de seda de don Caseros. Cabeceó dos, tres veces más y se quedó dormida, sintiendo las manos del hombre cerca de sus senos. Cayó dormida, como cae [47] un pájaro muerto en el vuelo, sobre las zarzas de un matorral.

Don Caseros la dejó dormir. Era una solución el sueño [48] de la «botija», en el embarazoso trance en el que se hallaba. Don Caseros ya no sabía dónde

⟨ le distraía su torpeza y su debilidad se agrandaba. Cierto vago temor impreciso le ⟩
⟨ vencer aquella incertidumbre, que se transformaba en malestar. ⟩
⟨ por su frente, rodar gruesas gotas de sudor por su velludo pecho. ⟩
⟨ a invadirle y molestarle. ⟩
⟨ Florita y se puso a rozar su pulgar ⟩
⟨ le distrajo ⟩
⟨ Dejaba ir, entonces, sus ojos por el cielo estrellado. En mala ⟩
⟨ Florita, dócil y resignada, dejaba sus manos abandonadas a aquel manipuleo ⟩
⟨ pañuelo de seda que llevaba al cuello don Caceros, entreviéndole confusamente. ⟩
⟨ pudo oir el tic-tac ⟩
⟨ del pañuelo blanco y el inocente tic-tac le asaltó un sueño irremediable, avasallador. ⟩
⟨ había sido ruda y agitada. Cabeceó una vez, sintiendo sus manos en las de don Caceros, mas se rehizo al oir el tic-tac del reloj. Pero ya no ⟩
⟨ dormida en sus ásperos trece años, como cae ⟩
⟨ Era providencial el sueño de «la botija». Salvador en el embarazoso trance en el que se hallaba preso. ⟩
⟨ dónde meter las manos de

40 vago temor impreciso le

41 por su frente,

42 seda que llevaba al cuello don Caseros.

43 pañuelo blanco y

44 tictac le

45 vez, sintiendo sus manos en las de don Caseros, más se rehizo

46 Pero ya no

47 dormida en sus alados trece años, como cae

48 Era providencia el sueño

posar sus manos, [49] qué hacer con la criatura dormida en sus brazos. No era el amante. Más bien parecía el padre de la muchacha. [50]

Aguardó un rato; el tiempo, según sus cálculos, necesario para poseer a una virgen... Divagaba, pensaba en cosas lejanas, oía el tictac de su reloj. Y cuando lo creyó oportuno, tosió e hizo ruido. [51]

La «gurisa» bostezó, estirando los brazos en un desperezamiento sin reparos.

A medio erguir, después de hurgar en el bolsillo, don Caseros extrajo unos billetes: [52]

—Tomá pa vos, [53] gurisa. Comprate un trajecito —le dijo en voz baja.

Se compuso las ropas al bajar y, sin más decir, silbó llamando a los perros que, hartos de la espera, merodeaban lejos de la carreta. [54]

La Mandamás, que había permanecido atenta, apareció, solícita, [55] frotándose las manos. Desde su caballo, don Caseros, atusándose el bigote, dejó caer esta sentencia:

—¡Linda la gurisa!... ¡Como güeso [56] de espinaso, pelaíto pero sabroso! [57]

Metió espuelas y, seguido de los perros, se tendió sobre el [58] galope de su caballo.

—¡El diablo te arañe las espaldas! —roncó la Mandamás.

Y Florita, pura, virginal, durmió [59] entre quitanderas un sueño limpio, que el alba acarició [60] entre perros sarnosos y matas de miomío.

Florita, qué hacer con la criatura profundamente dormida en sus brazos. // Aguardó un rato, 〉

〈 para hacerse dueño de una virgen... 〉

〈 oía el tic-tac de su reloj. Y, cuando creyó oportuno, tosió e hizo ruido, moviéndose para despertar a la muchacha. 〉

〈 erguir, metiendo la mano en el bolsillo, extrajo unos billetes y se los puso en las manos: // —Tomá, pa vos, 〉

〈 perros, que, hartos de la espera, habíanse alejado de la carreta. // La Mandamás había permanecido atenta al asunto. Apareció en seguida, solícita, frotándose las manos ásperas. 〉

〈 Como güeso 〉

〈 tendióse en la noche sobre el 〉

〈 Y Florita durmió entre quitanderas un sueño puro, que el alba sorprendió entre perros sarnosos y matas de mío-mío. 〉

---

49 dónde meter las manos de Florita,

50 criatura profundamente dormida en sus brazos. No era un amante. Se parecía a un padre.

51 ruido, moviéndose para despertar a la muchacha.

52 bolsillo, extrajo unos billetes y se los puso en las manos:

53 —Tomá, pa vos,

54 espera, habíanse alejado de la carreta.

55 apareció en seguida, solícita,

56 gurisa!... Me toca decir: «Como güeso

57 sabroso!»

58 tendióse en la noche sobre el

59 Y Florita, tan pura como antes, durmió

60 el alba sorprendió

En el boliche se comentaba el [61] arribo de las quitanderas. Piquirre, el panadero, entró emponchado, silencioso.

Piquirre era un paisano chiquirritín, de escasa barba rojiza, charlatán, pero de un mal genio constante. Para hacerlo enojar, no había nada tan eficaz como tirarle abrojos o rosetas en el poncho. Cuando no descubría quién era el atrevido, insultaba a todos en general. Una buena «rosiada». Pero, al momento, comenzaba a hacer excepciones.

—¡Se pueden ir a la mismísima!... —gritaba fuera de sí; aunque en seguida, arrepentido, comenzaba respetuoso—: Perdone, don Panta, usté no cái en la voltiada... Es p'al insolente... Ni tampoco usté, don Medina... ¡Perdone!...

Los restantes se echaban a reír a un tiempo.

—¡Quedamos sólo los dos! —dijo el autor [62] de la broma—. Luciano y yo caímos en la voltiada... ¡La rosiada e'pa nosotro!...

—No, pa'vos, [63] Luciano, no es... —Y haciendo una pausa, agregó—: ¡Será p'al insolente que no rispeta estas barbas!... [64]

—¡De choclo —se apresuró a responder el muchacho—; de choclo, estamos hasta la coroniya!...

Rieron todos a un tiempo. Piquirre tosió y se mandó al garguero una copa de caña.

—¿Tomás coraje pa'esta noche, Piquirre? —preguntó el bromista.

—Necesitando... —respondió altanero—. Yo soy del tiempo viejo. [65]

—Dicen que la Mandamás de la carreta esa que apareció ayer, es medio caborteraza... —dijo Luciano.

—Asigún con quién... ¡Conocerá bien los güeyes con qui ara!... —agregó Piquirre.

⟨ boliche, comentábase el ⟩
⟨ Piquirre, era un ⟩
⟨ hacerle enojar, no había nada tan eficaz, como ⟩
⟨ excepciones, excusándose con los más viejos primero, con los más serios, después, para dejar tan sólo a uno, a veces dos, de quienes dudaba. // —¡Se pueden ir ⟩
⟨ de sí. Pero, en seguida, arrepentido, comenzaba respetuoso: // —Perdone don ⟩
⟨ Es pa el ⟩
⟨ perdone!... ⟩
⟨ —dijo un muchachón que estaba en la rueda, autor de la broma. —Vos, Luciano y yo caímos en la volteada... La rosiada e pa nojotro!... ⟩
⟨ pa vos Luciano, ⟩
⟨ agregó: —Será pal insolente que no respieta las barbas!... // —De choclo— se apresuró a responder el muchacho;— ⟩
⟨ se largó al ⟩
⟨ pa esta noche, ⟩
⟨ altanero.— Yo soy del tiempo viejo, de los hombres sufridos... ⟩
⟨ Conocerá bien ⟩

---

61 boliche comentábase el

62 —dijo un muchachón que estaba en la rueda, autor

63 pa vos,

64 las barbas!...

65 viejo, de los hombres sufridos...

—Pa mí que a vos te dará la vela, Piquirre —dijo el bromista.

⟨ vela, Piquirre?— ⟩

—¿De qué vela me hablás?...

—¡Pucha que estás atrasau de noticias!... Andá esta noche a la carreta y verás lo que te pasa...

—Mirá, gurí..., a mí no me vas a enseñar a lidiar con esa clase de chinas... ¡Hace años que sé boliar, muchacho! Cuando vos no levantabas la pata pa miar, yo ya me tenía parau rodeo en más de un campamento...

⟨ sé bolear, ⟩

—¡Oigalé!...

—Sí, así como lo oís... Yo conocí a la Mandamás más peluda, la finada Secundina, que era capaz de darte una cachetada si te pasabas con alguna de las chinas... Era pu'ayá por la frontera, donde no podés yegar vos, muchacho, porque te perdés...

⟨ puá ayá ⟩

—Sí, pero eso'e la vela no lo sabés...

⟨ eso e la vela ⟩

—No sé, como no sea pa taparte la boca...

—Andá esta noche y verás...

—Yo ya estoy viejo pa'esas perrerías...

⟨ pa esas perrerías...// —No sabés, —dijo entonces Luciano —pues ⟩

—No sabés —dijo entonces Luciano—, pues pa dir con una de las quitanderas tenés que pedirle un cabito'e vela a la Mandamás.

⟨ quitanderas, tenés que pedirle un cabito e ⟩

—Y, ¿pa qué?...

—Vos comprás un cachito'e vela como de media pulgada, una rodajita'e porquería, y te arreglás con la que te guste...

⟨ un cachito e vela ⟩

⟨ rodajita e porquería y marchás con la que ⟩

—Y la velita, ¿qué juego hace?

—Parece que tenés que encenderla en la carreta, y mientras está encendida podés quedarte... En cuantito se apagó, tenés que bajarte... ¡Se acabó la junción!

⟨ carreta y mientras ⟩

⟨ Cuanto se apagó, ⟩

—Pucha que había sido diabla la vieja, pa buscarle esa güelta a los cargosos... ¿Sabés qu'está bien pensada la cosa?... —arguyó Piquirre—. Los abusadores han de poner las barbas en remojo...

⟨ ¿Sabés que está ⟩

⟨ Piquirre. —Los abusadores han de ponerse las barbas ⟩

—Y si no querés soltar la prienda tan pronto, pagás más y te comprás un cacho'e vela más largo... —aconsejó el bromista.

⟨ —Y si queré estar un rato más largo, pagás y te comprás un cacho e vela ⟩

—Está claro, pedís un pedazo'e vela de una pulgada y tenés pa rato... —agregó, ya dueño del

⟨ pedazo e vela ⟩

caso, Piquirre. Y, largando una carcajada, terminó—: Te comprás una vela como pa'un santo y te la tenés a la china hasta mañana...

⟨ terminó: —Te ⟩
⟨ pa un santo ⟩

El ingenioso [66] sistema no se aplicaba con todos. Era con los abusadores y, sobre todo, la Mandamás de aquella carreta lo ponía en práctica en días de fiesta, pues era difícil explicar a los borrachos que todas las concesiones tenían un límite.

⟨ Aquel sistema ingenioso, no se ⟩
⟨ carreta, lo ponía ⟩

Aquella carreta se singularizó por el original sistema. Durante mucho tiempo, a su Mandamás se la llamaba la del «cachito'e vela».

⟨ Aquella carreta, por ese uso se singularizó. Durante mucho tiempo, se le llamaba a su Mandamás, la del «cachito e vela». ⟩

—¡La pucha que habrá sido grande la vela que compró don Caseros!... —exclamó Piquirre muy serio—. Pero no le acercó fuego el hombre, porque nada se vido desde las casas.

⟨ —La pucha ⟩
⟨ don Caceros... —exclamó Piquirre muy serio. —Pero ⟩

—Tamién vos, charlando y con alcagüeterías... —dijo Luciano—. Te dejás yevar por cuentos...

⟨ dijo Luciano.— Te ⟩

—¿Cuentos?... Si la gurisa se lo pasó yorando porque sabía lo que le esperaba...

⟨ la que le esperaba. ⟩

—Mentís, Piquirre; la tenían engañada, lo sé —afirmó Luciano.

⟨ Piquirre, la tenían ⟩

—Andá a creerle... La guachita esa se güelve puro yanto cuando tiene que cumplir con los que la criaron...

⟨ a creerle vo... ⟩

—Estás defendiendo a don Caseros porque lo tenés de cliente...

—Es justicia, y nada más... No es cierto que le han entregau la gurisa obligada, como dicen las malas lenguas... La gurisa durmió en la carreta por su gusto... [67] ¿sabes?... ¡Yo la vide dir, y naides puede decir otra cosa!

⟨ justicia, amigaso y nada má... ⟩
⟨ obligada como dicen ⟩
⟨ su gusto..., ¿sabés?... ¡Yo la vide dir y naides ⟩

—¡Me vas a decir a mí, petiso barbudo; a mí me vas a venir con intrigas! —dijo Luciano insolentándose y fuera de sí—. ¡La obligaron!

⟨ barbudo, a mí me ⟩
⟨ fuera de sí.— ¡La obligaron! // —Y ¿por qué ⟩

—¿Y por qué vas a saber más que yo, mocoso'e m...! —contestó Piquirre, acercándose provocador.

⟨ mocoso e ⟩
⟨ Piquirre acercándose ⟩

—Porque sé calar a los indios fayutos como vos, que se venden por tortas fritas...

⟨ tortas fritas!... ⟩

Ya estaba el rebenque de Piquirre en el aire.

---

66 Aquel ingenioso

67 gusto...,

Pero Luciano, que iba graduando sus palabras al mismo tiempo que palpitando los movimientos del panadero, sacó la daga, y colocando su punta a una cuarta del abdomen de Piquirre, le gritó:

⟨ sacó daga tamaña y, ⟩

—¡Si bajás la mano te achuro!...

Se acercaron los circunstantes. Uno dijo:

—¡Haiga paz, compañeros!

Otro:

—¡A ver, esos bravos!

El bolichero:

—¡Si quieren pelearse, ajuera, canejo!

⟨ circunstantes. Uno dijo: —¡Haiga pas, compañeros! // Otro: —¡A ver, esos bravos! // El bolichero: —¡Si quieren pelearse ajuera, ⟩

Luciano, serenado y queriendo quitarle importancia al asunto, lanzó una carcajada, al tiempo que decía:

⟨ serenado, y queriendo ⟩

—¡Quedan pocos barbudos tan reforzaus pal cagaso!...—dijo envainando su daga.

Y, ya fuera de la pulpería, rodeado de los concurrentes, que [68] estaban casi todos de su parte, se animó a sentenciar:

⟨ concurrentes que ⟩

—¡Esta noche, si la gurisa queda en la carreta, menudo cacho'e vela me compro!... ¡Y van a ver quién es el hombre pa la Flora!

⟨ cacho e vela ⟩

Florita no fué a la carreta. Luciano no necesitó recurrir al pedazo [69] de vela. La Mandamás tropezó con la pareja. Se unieron entre pilas de cajones [70] vacíos y latas de grasa, que había a espaldas de la pulpería. Se amaron bajo el cielo estrellado.

⟨ no necesitó ir en demanda de un pedazo de vela. La Mandamás tropezó con ellos entre una pila de cajones ⟩

⟨ pulpería. // Pero ⟩

Pero [71] se calló la boca. Luciano era un paisano decidido y valiente.

⟨ valiente. // x x x // La noche ⟩

La noche se hizo templada. Aún no había salido la luna. Los grillos, metidos bajo los cajones, acompañaban a la pareja. [72] Llenaban el silencio de Flora, mientras el de Luciano se encendía con el pucho de chala, que iba a la boca con la misma frecuencia que los labios de la enamorada. En los

⟨ acompañaban aquellas dos soledades plenas. ⟩

---

68 concurrentes que

69 no necesitó ir en demanda de un pedazo

70 tropezó con ellos entre una pila de cajones

71 pulpería. // Pero

72 acompañaban dos soledades.

fondos del boliche, el idilio se cumplía entre [73] trastos viejos. Más tarde, cuando salió la luna, de [74] espaldas en el suelo, Florita pudo olvidar el [75] tictac del reloj y el pañuelo de seda que don Caseros llevaba al cuello. Juntó su boca al pescuezo desnudo del varón, para [76] apagar los ayes de gozo que [77] le brotaban de la garganta.

⟨ el idilio mudo, se desarrollaba entre trastos viejos. Más tarde, de frente al campo abierto, cuando salió la luna, de espaldas al suelo, Florita pudo olvidarlo todo. Hasta el pañuelo de seda que don Caceros llevaba al cuello, para ver el pescuezo desnudo de Luciano, donde al recostar la boca, podía apagar los ayes que le brotaban de la garganta. ⟩

[73] el idilio mudo se desarrollaba entre

[74] luna, de frente al campo abierto, de

[75] pudo olvidarlo todo: el

[76] varón para

[77] gozo y dolor que

XIII

Desde el primer día, la misteriosa carreta marchaba [1] rezagada. Al pasar por el rancherío de Saucedo, un viejo que sabía mucho de yuyos y picanas comentó que no era porque sus bueyes barcinos fuesen pachorrientos. «Esa carreta anda como avergonzada —dijo—. Por algo será». [2] Llevaban seis días de marcha hacia el oeste, con el sol de frente. Sol de invierno que en los atardeceres pasaba un hilván dorado, bajo los techos, con excepción [3] de la última, cerrada con cueros negros. Las otras tres, en conserva, ayudándose los carreros mutuamente con gritos roncos y clavos de silbidos tan agudos como los que lucían las picanas. La huella se estiraba pareja para las tres carretas y al caer la noche se hacía un ovillo en la falda de algún vallecito. Se libraban los yugos [4] y la boyada seguía por el cañadón husmeando la aguada, mientras se calentaba el agua de los primeros mates.

Y recién entonces, cuando los fogones de las carretas punteras aleteaban entre las ruedas, Matacabayo, el capataz de la tropa, detenía los barcinos y acampaba lejos como caudillo de la soledad. Fiel a la aventura, [5] aprovechaba el clarín de la asonada, para probar suerte. [6]

—¡Tanto cuidau, tantas partes!... [7] —dijo uno

---

1 día, marchaba

2 La carreta iba como avergonzada de formar parte de la tropa.

3 dorado por cada carreta, con excepción

4 Casi a un tiempo se libraban los yugos

5 acampaba a la vista como un caudillo de la soledad. // Matacabayo, fiel a la aventura,

6 para tentar a la suerte. El peligro.

7 tanto partes!...

de los carreros, el melenudo Eduardo, un poco mosqueado por el misterio—. ¡Y a lo mejor, lleva cuatro chuzas! [8]

Se quitó el sombrero y como chuzas entraron en el pelo hirsuto, [9] los cinco dedos, arqueados y nudosos.

—Pa mí que lleva [10] pólvora —opinó el petiso Manolo, un tape de alpargatas bigotudas que viajaba impaciente por incorporarse a las tropas revolucionarias para calzar [11] botas de potro que, según mentas, repartirían en la patriada. [12]

—¡Pimienta, qué pólvora ni qué niño muerto! —volvió a cargar Eduardo—. ¡Pimienta y gracias! ¿Qué otra cosa pueden llevar?

—Vaya a saber... Pero es algo que no debemos ver. —reflexionó [13] el tape Manolo.

Matacabayo no siempre se acercaba al fogón de los punteros. Y cuando dejaba su carreta, paraba rodeo a fin de que se hallasen presentes los cuatro hombres que le respondían. Venía a pie, abriéndose paso en la tiniebla con el pucho encendido y sin perros, porque los dejaba atados a la carreta.

En las primeras jornadas, el campamento distanciado fué motivo [14] de intrigas. Matacabayo tenía derecho a desuncir los bueyes donde le diese la gana. [15]

—¿No se acerca, don Mata? —habíale preguntado el más entrado en años, Jerónimo, un fornido [16] guerrillero con vago acento español.

Fué en la pulpería mientras llenaban sus maletas

---

8 lo mejor lleva cuatro chuzas locas!

9 y entraron como chuzas, en su cabeza hirsuta,

10 —Pa mí lleva

11 revolucionarias y calzar

12 repartían para la futura patriada.

13 y gracias! // —Vaya a saber... Pero es algo que no debemos ver, si que lleva... —reflexionó

14 el campamento aparte no fue motivo.

15 le diese la real gana.

16 el hombre más entrado en años de los que traía bajo sus órdenes. Era Jerónimo, un fornido

de fariña y fideos. [17] Matacabayo no halló malicia en la pregunta, por eso dió gustosas explicaciones:

—Me han pedido, ¿sabe?... que marche un poco separau. Cosas d'estos tiempos de rivoluciones...

Y así terminó la cosa. Matacabayo contestaba con modestia, como excusándose de permanecer al margen de la tropa. Pero no era por modestia. Lo hacía por temor de que a un muchacho de veinte años, el rubio Carlitos, mozo inquieto, [18] le diese por sospechar. La gente moza —decía— quiere enterarse de todo lo que no conviene...

En el fogón de la carreta misteriosa pocas veces se veían sombras [19] humanas. Con Matacabayo iba Farías, un viejo de mal carácter, acreditado como sus propios perros. [20] Dos figuras, dos sombras que en la noche rondaban la llama, aunque para Eduardo viajaba alguien de incógnito. Pero nadie se atrevía a acercarse. Carlitos seguía todos los movimientos del distante fogón. Hablaba poco, miraba mucho.

—Este rubio me v'arruinar el trabajo —se dijo Matacabayo—. No [21] despega los ojos del fogón.

Durante la marcha, Carlitos no podía ocuparse [22] de la carreta solitaria. Al desatar las coyundas, en cambio, observaba. [23] Una noche creyó ver alrededor del fuego las faldas de una mujer.

—¡Si serás esagerau! —protestó Manolo—. ¡Eso sí qu'es ver visiones!

—¿El viejo Farías anda de culero? —preguntó el interesado.

—De ánde, si no usa lazo desde hace años —aclaró el melenudo.

---

17 fariña y de fideos.

18 mozo silencioso y melancólico,

19 El fogón de la carreta misteriosa pocas veces veíase cubierto con sombras

20 en el que confiaba tanto como en sus perros.

21 se atrevía a hacerle preguntas a Matacabayo. Este no perdía de vista al rubio sospechoso que, a través de sus cabellos lacios, caídos sobre la cara al inclinarse a avivar el fuego, seguía todos los movimientos del distante fogón. Hablaba poco, miraba mucho. Sus ojos nuevos atrapaban las sombras que cubrían a intervalos la lumbre del fogón de Matacabayo. //—Este rubio me v'arruinar el trabajo —se dijo el carrero—. No

22 Carlitos mal podía ocuparse

23 en cambio, observaba curioso.

—Yo ví unas polleras. Miren que no me equivoco. Las piernas de un cristiano dejan pasar la luz —insistió el muchacho.

Los restantes se burlaron. [24]

—Cosas de muchacho —sentenció Jerónimo—. Con la fama de Matacabayo, a su vera sólo se ven féminas.

A Manolo le empezó a arder la imaginación. Aprovechando la ausencia de Matacabayo, volvió con el [25] tema de la carreta solitaria:

—Lleva como mil carabinas, y pólvora para hacer saltar el puente de Tacuabé— dijo semblanteando a Carlitos. [26]

—¿Quién te lo dijo? —preguntó el rubio.

—Lo soñé —contestó Manolo, sin perder el efecto que producían sus palabras. [27]

—¡Andá a sanar! —gritó Eduardo [28] mientras observaba a Carlitos, que en ese momento quería descubrir, a través de la cerrazón, [29] la llama que parpadeaba a la distancia.

Y a la madrugada, cuando fué a recoger los bueyes, trató de arrimarlos a la carreta. Matacabayo [30] se adelantó. Una mirada de lejos —mirada de perro alerta, de caballo asustado, de hombre receloso— bastó para detenerlo. La carreta, vigilada por el viejo Farías, era un puño [31] apretado, como la zurda de Matacabayo, famosa por la fuerza, reposando sobre el mostrador del boliche.

Jerónimo, el petiso Manolo y Eduardo fueron testigos de la picardía. De manera que al ayudarlo

---

24 insistió el muchacho. Y se preguntó para sí quién sería esa mujer, en caso de que no anduviese mal rumbeado. // Los restantes se burlaron de sus alucinaciones.

25 la fama que se ha echau encima Matacabayo, sólo se ven féminas. // —Ya vas'encontrar mujeres en la frontera... Andá preparándote —terminó con varonil seguridad. // A Manolo le empezó a arder la imaginación. Era joven, olía a aventura. Corrió la caña paraguaya una noche lluviosa como para tropear cuentos e historias. Aprovechando la ausencia de Matacabayo, Manolo volvió con el

26 a Carlitos. buscaba provocarlo y, quizá, mofarse.

27 —contestó Manolo muy suelto de cuerpo, sin perder el efecto que producían las palabras en el rostro semioculto del muchacho.

28 —cerró el diálogo Eduardo

29 a través de la garúa,

30 los bueyes (tal era su obligación), trató de arrimarlos a la carreta. No bien lo intentó, Matacabayo

31 Farías, era un nido en el camino, un puño

a uncir los bueyes, Manolo le dijo en tono de consejo:

—Andá tranquilo. Es mejor no saber qué es lo que lleva... A ver si nos meten presos por tropear carabinas...

—Mirá, por el ruido de los ejes, esa carreta no va cargada —apuntó Carlitos—. Y es eso lo que me tiene con sangre en el ojo.

—¿Y qué lleva, entonces? —volvió Manolo, picado de curiosidad.

—Algo muy livianito... Supongo... Pero muy [32] livianito...

La intriga prendió en el ánimo de Manolo. ¿Y si llevase mujeres, como sospechaba el rubio, y Matacabayo, egoísta, no les decía nada? Día tras día, Carlitos seguía escudriñando el horizonte, cuando la carreta casi se perdía de vista. La cabeza del muchacho giraba para atrás, como la de las lechuzas. [33]

Esa noche, en la rueda del fogón, Jerónimo, mirando hacia la carreta distante, dijo fastidiado:

—¡Qué se habrá creído, Mata! ¿Que vamos a denunciarle la carga?

—Andará medio celoso —opinó Eduardo, apretando la bombilla entre los dientes.

—Lleva una mujer —afirmó el muchacho con rabia. [34] La reacción en el ánimo de Jerónimo se hizo violenta:

—¡No pensás más que en pamplinas! —volvió [35] sobre él, como reprimiéndolo—. Hay que dejar esas cosas a un lado cuando se va a pelear... ¡He dicho que lleva pólvora, y basta!...

Las palabras del guerrillero parecían avivar la llama. Pero él no quería pensar en mujeres.

---

32 muy livianito... No sé, pero muy

33 las lechuzas. Y aquel interés hizo carne en los tres hombres restantes.

34 con rabia, pensando en voz alta y rápidamente arrepentido de haber ido tan lejos.

35 que en esas pamplinas, canejo! —volvió

—Aunque no me gusta esa desconfianza —dijo sin [36] mucha convicción.

El petiso Manolo no pensaba en supuestas cargas de explosivos, ni le interesaba otra que la vecindad de una mujer.

—Queda mal cortarse así... —dijo— Me parece feo... [37]

—Por eso se corta, pues, pa que no se las descubran —se animó a insistir Carlitos—. Ese viejo zorro no ha perdido las mañas...

Para el guerrillero, era más afrentoso que le ocultasen la carga de pólvora. Le molestaba cualquier otra [38] sospecha. No eran momentos para andar con mujeres por el campo. Tenían orden de viajar, a corta [39] distancia y sin perderse de vista. Podían ser atacados.

—¡Si ese desvergonzado no sabe más que acariciar mujeres! —dijo Carlitos escupiendo con asco.

—Usted se calla, mi amigo, cuando opina la gente grande —dijo en voz baja Jerónimo.

—Eso de callarme... estamos por verlo. Yo digo lo que me parece. Y allí hay una mujer. Sí, señor, [40] una mujer, y yo sé quién es y no me callo... Y si me da la gana...

Hizo un ademán de levantarse con toda la violencia de sus veinte años, dirigiendo su mano al arma que le calentaba los riñones.

Manolo le agarró la vaina. La hoja del cuchillo corrió un tanto. [41]

—¡Había sido resuelto el mozo!... —dijo Jerónimo

---

36 y basta!... (se hizo un silencio.) Y lo que me da rabia es que desconfíe de hombres como yo. // Las palabras del guerrillero parecían avivar la llama. El no quería pensar en mujeres. Eduardo también quería manifestar su desconformidad, pero no era por la misma razón. Le gustaba hablar de mujeres. // —¡Y claro, pues! Como si no fuésemos de confianza— dijo sin

37 interesaba en ese momento otra cosa que la vecindad de una mujer, pero cargó contra Matacabayo: // —Queda mal cortarse así... Me parece... ¿no?

38 pólvora, y le molestaba sobre manera cualquier otra

39 el campo, ni en los campamentos estaban para juergas. La orden era viajar en la tropa, a corta

40 una mujer... Sí, señor,

41 un tanto. Eduardo le tenía apresado el brazo derecho.

levantándose—. Así me gusta, pero no es para tanto. [42] Si dice que lleva una mujer, usté sabrá...

Y se alejó hasta su carreta, poniendo fin al altercado.

La convicción de Carlitos llenó de fantasma la [43] noche de los carreros revolucionarios. Iban tirando sus cueros para echarse a dormir, cuando oyeron pasos. La perrada, que había reconocido al caminante, hacía un círculo amistoso a su alrededor. Era Matacabayo. Se acercaba a pedir tabaco, a pesar de que nunca le escaseaba. Pretexto suyo para hacerles una visita de sorpresa.

Resobando una chala, dió la orden: [44]

—Mañana me dejan ir adelante, ¿eh? Tengo que campear unos fogones, que son las señales convenidas con nuestro hombre.

«Nuestro hombre» era la primera mención del jefe revolucionario para el que portaban la carga de las tres carretas y la supuesta pólvora o las armas de la [45] carreta solitaria.

—Como le mande— contestó [46] Jerónimo secamente.

Matacabayo olfateó el altercado. La velada de sus secuaces carecía de la alegría habitual. Buscó los tres rostros. No pudo explorar el de Carlitos, oculto bajo el ala del chambergo. Y se alejó contando los pasos. [47]

No había despuntado el alba, cuando se adelantó la carreta solitaria. Iba remolona, desperezándose. El farol todavía con lumbre bamboleaba entre los ejes. [48] Para Carlitos no pasó inadvertido un detalle: en la jaula donde llevaban gallinas, tan sólo alardeaba un gallo bataraz.

---

[42] no es pa tanto.

[43] de fantasmas la

[44] escaseaba. Treta suya para hacerles una intempestiva visita y ordenarles, informarse y marcar su autoridad. // Resobando una chala, sin demora, dio la orden que parecía una rogativa:

[45] pólvora o armas de la

[46] —Como le parezca— contestó

[47] oculto tras la mata de pelo. Y se alejó con otra vez contando los pasos.

[48] Cuando pasó la carreta solitaria. Iba remolona desperezándose. Todavía con luz el farol que bamboleaba entre los ejes.

—Ahí va gato encerrau —dijo Manolo con ánimo de provocar al muchacho—. [49] ¿No te parece?

—¿Gato?... Sí, tenés razón, gato de los finos, [50] de esos que comen gallinas... carnecita tierna —contestó lamiéndose los labios.

No era momento para pensar en mujeres. La escarcha cubría los pastos. [51] La imaginación debía de estar aletargada. No obstante, Manolo los tranquilizó con una versión muy de tener en cuenta. En la carreta de Matacabayo viajaba un señorón de la ciudad, un fugitivo. Y metió espuelas a su fantasía revolucionaria.

—Debe de ser maula el hombre pa ir así encerrau, sea quien sea —opinó ajustándose el poncho arrollado en el pescuezo—. Pa mí que vos sabés quién va escondido allí, y decís que es una paica p'ayudarlo a juir...

Sujetó su caballo. Se disponía a montar, y el pingo, de lomo duro, caracoleaba. [52]

Carlitos, en respuesta a la sospecha del petiso, le hizo una confidencia.

Recostados a un buey manso que les daba calor mientras el sol luchaba por romper la escarcha, le contó que tenía una novia en el pueblo a la que no había podido ver antes de su partida, porque la madre quería entregársela a un caudillo revolucionario que le había prometido casamiento cuando [53] ganase la partida.

El relato resultó inverosímil para Manolo. Incrédulo, no le dió ninguna importancia. Montó a caballo por todo comentario. Pero por la noche, calculando que era una de las últimas que le quedaban, pensó a su vez en una mujer, en la suya. Pensó en su suerte si perdía la batalla. [54] Se lo dijo

---

49 dijo Manolo con ganas de saber lo que pensaba el muchacho—.

50 Sí, gato de los finos,

51 unía los pastos.

52 Manolo sujetó su caballo. Se disponía a montar, y el pingo parecía estar de lomo duro. Caracoleaba.

53 entregársela a un revolucionario rico que le había prometido hacerla su mujer cuando

54 si perdía la causa revolucionaria.

a Jerónimo y se lo contó a Eduardo, y los cuatro hombres no conciliaron el sueño [55] como otras noches, preocupados con el destino de sus mujeres.

Matacabayo participó en la vigilia [56] porque esa última noche, mientras tajeaba un costillar con el humo del fogón que se interponía entre él y Carlitos, dijo secamente con los ojos llenos de crepitantes brasas:

—Vos podrías quedarte en el Paso del Cementerio. Tu viejo me pidió que no te enrolase [57] hasta no saber cómo andan las cosas.

—Eso dice él —contestó el muchacho—. Yo quiero pasar p'al otro lau...

—Conmigo, no... De manera que ya sabés... Si no te quedás en la Picada, cortate solo... Con mi tropa no pasás, se lo prometí a tu padre. Estás muy tierno pa estas patriadas y querés saber más de lo debido. En estos tiempos una sola palabra puede perdernos a todos... [58]

Se hizo una pausa llena de crujidos de leña verde y gotas de salmuera en los tizones.

—Ta bien —dijo Carlitos, limpiando su cuchillo en la bota de potro. Dejó caer los cabellos sobre la cara. Se pasó la mano por la frente después, y despejó su rostro. Corajudamente expuesto a cualquier mirada que [59] quisiese ver más de lo corriente, repitió desafiante:

—¡Ta bien, entendido! Yo me quedo en la Picada. Si entro en las filas, es por mi cuenta.

Matacabayo supo aguantar el reto. Se puso de pie y dió las buenas noches. Montó a caballo. En la noche sombría, ya en vecindad de policías y fuerzas armadas, sintió a sus espaldas la ira de Carlitos. Hasta su campamento lo seguían las desafiantes miradas.

---

55 no conciliaron pronto el sueño

56 Se diría que Matacabayo había participado en la vigilia

57 que no te enrolases

58 puede hacernos balear a todos...

59 potro. Pero no habló con los cabellos caídos sobre la cara. Se pasó la mano por la frente, despejó su rostro y con la cara corajudamente expuesta a cualquier mirada que

El rebelde aguantó un día más de marcha. Hasta la Picada del Cementerio. No le arrancaron una sola palabra. Se lo veía fumar hasta quemarse los labios. Los bueyes sangraban sus golpes de picana. No perdía de vista a la carreta solitaria, distanciada a veces más de media legua.

Quedó en la Picada del Cementerio. No se despidió de nadie. Las carretas siguieron su marcha hacia el oeste. Matacabayo aseguró que a pocas leguas hallarían los primeros indicios.

Y así fué. Tres rastros perfectamente claros indicaban que el caudillo dominaba el pago. Cenizas, huesos calcinados y troncos en cruz, tal como estaba convenido. [60] Matacabayo hizo andar su carreta adelante, con el viejo Farías, y se mostró amable, enterando a sus hombres de las huellas que iba descubriendo. Los fogones tenían leños en cruz y en todos los casos eran tres, como lo esperaba Matacabayo. Al parecer, las cosas marchaban bien.

Una noche quemó con sus ayudantes una damajuana de caña. El viejo Farías se mantenía alerta. [61] Jerónimo ante la vecindad de las tropas revolucionarias olvidó el agravio de Matacabayo. Culpó al rubio Carlitos, que los tenía en jaque con la obsesión de las mujeres.

Por fin, los residuos de los fogones eran recientes. Matacabayo anunció la víspera del encuentro. Vieron frescas huellas de carretas —sin duda del parque revolucionario— y el rastro salpicado de las caballerías.

Carlitos no se había dejado ver en la Picada. No bien rumbearon las carretas, cortó camino por las cuchillas y en unos cardales primero, y más tarde entre los marcos divisorios, tuvo fugaces encuentros con paisanos rebeldes de uno y otro bando, huídos de los rancheríos dispuestos a vivir a monte, a campo abierto. El gaucho perdido y el chúcaro que se esconde; el que no quiere pelear por ninguna causa, pero capaz de hacerse matar por un sobre-

---

[60] tal como habían convenido.

[61] Farías permanecía alerta en su carreta.

puesto o cojinillo; el rebelde porque sí, el montaraz atento a la aventura. Por ellos supo que iban a ser derrotados los revolucionarios, y que la treta consistía en dejarlos entrar en el país para exterminarlos. [62] Por el último rebelde que descubrió en un abra mirando el río, uno que lo creyó del gobierno y le apuntó con su revólver, supo más que por los restantes. El caudillo revolucionario, que días antes había cruzado la frontera, creíase seguro en su tierra. Esperaba víveres, pólvora y caballadas, y marchaba al encuentro de la tropa de carretas.

Carlitos sabía con toda certeza dónde se hallaban Matacabayo y los suyos. Los había seguido a la distancia con la misma ansiedad, creyendo ver en la carreta solitaria, asomada tristemente a la huella, a una mujer que bien podía ser su novia. A lo lejos, allá por las cuchillas, azuladas al atardecer, y entre [63] los arreboles crepusculares, la carreta de Matacabayo aparecía magnificada. Alta presencia en la desolada inmensidad.

Luego, la noche se la escamoteaba, hasta que las primeras luces volvían a ofrecérsela trepando las sierras.

Y una tarde anubarrada, gris en el cielo y verde húmedo por los valles, se dibujó en el horizonte la caballería gubernista, batallón disciplinado empenachando los cerros. La caballada pareja, la línea de hombres recortada en el cielo, marchando en fila, indicaba a las claras que eran tropas del Gobierno. Seguían lentamente al encuentro de la noche que manaba de los cerros. El rubio enamorado echó pie [64] a tierra bajo unos espinillos ardientes de intemperie. Ató su caballo y aguardó su suerte.

Aquella noche, Matacabayo, guarecido en la Picada Negra, también esperaba. Tres fogones con sendos troncos en cruz, marcaban [65] el límite de su aventura. Allí debía esperar al jefe. Vendría a

---

62 para exterminarlos apenas estuvieran en tierra común a ambos bandos.

63 al atardecer y entre

64 cerros. Y echó pie

65 en cruz marcaban

hacerse cargo del envío. La carreta solitaria, detenida en la vecindad del paso, se reflejaba en el agua mansa de un sangrador. Las otras tres a cinco [66] cuadras al borde de la senda, juntas, como dispuestas a defenderse. Matacabayo había hecho fuego en uno de los fogones apagados. Los tres hombres a la expectativa, ante la inminencia de incorporarse a las filas rebeldes, respondían a las breves órdenes de Matacabayo.

—Cuestión de horas —dijo él—. Estos fogones son señales de su paso. ¡Está del otro lau! [67]

Y sus secuaces escarbaban las sombras que se interponían entre ellos y la frontera. Unas horas más y se confundirían entre el valiente paisanaje y beberían a sus anchas y tendrían mujeres y ropa y lanzas.

La carreta reflejábase en el agua. Subían hasta ella los cantos de los grillos y el sigiloso perfume de las flores nocturnas. De vez en cuando la imagen se quebraba [68] en mil pedazos y las ondas alargaban su techo y su picana y su pértigo ansioso. Un pez acababa de rayar el aire con un coletazo y las aguas festejaban la hazaña. El silencio salía del monte como un ser en libertad.

Pero a la medianoche la tierra despertó. El viejo Farías había oído el tropel que venía por la cuenca del arroyo. Levantó la vista hacia las carretas esperando el aviso. Y de ellas salió un grito de alerta. La voz de Matacabayo que anunciaba la llegada del caudillo. Farías tenía orden de no moverse, y la cumplía.

El tropel aumentó. Debían arrear caballadas. Serían seguramente los revolucionarios que, después de haber traspasado la línea fronteriza, corrían al encuentro de las tropas de reserva... [69] Pero...

Matacabayo, de pie, iluminado por los últimos tizones, permanecía inmóvil. Tenía sobre el rostro

---

[66] tres, a cinco

[67] paso. No estará a más de una legua. ¡Del otro lau!...

[68] la imagen viva, sobre la superficie del arroyo, se quebraba

[69] las nuevas tropas...

tres miradas como hierro al rojo. Tres hombres, a los que no era fácil engañar. Tomó la palabra el guerrillero Jerónimo:

—¿Por qué vienen al galope?... Mata, ¿qué pasa?

Se puso de pie violentamente.

Un silencio de miedo juntó a los cuatro hombres. Resultaba inexplicable la carrera que retumbaba por los campos. No venían al encuentro, no; venían huyendo. Ellos lo sabían, pero no querían creerlo.

—¿Qué hacemos? —preguntó Matacabayo, sin más explicaciones.

Manolo, el melenudo e impresionante Eduardo, Jerónimo, el fogueado guerrillero... Sus cuatro pingos sacudían las colas, las orejas alertas al rumor que crecía como un río salido de madre. Uno de los caballos relinchó.

Matacabayo montó el primero. Galopó hasta la carreta solitaria. Farías, con el reuma subido a las caderas, parado a la orilla del arroyo, contaba el tiempo para que llegasen los fugitivos.

—¡Vamos, viejo!... Montá, que se nos vienen encima —le gritó Matacabayo.

Farías miró la carreta.

—No, don Mata; yo no l'abandono...

—¿Y que vas'hacer?

—Nada, quedarme... Vaya, que ya están allí... por las zanjas...

El galope retumbaba en los montes. Matacabayo torció las riendas y siguió a los tres nuevos fugitivos. La noche le golpeaba en las espaldas.

—¡Cobarde! —dijo el viejo Farías, y arrastró sus alpargatas miserables.

Los fugitivos cayeron al paso, ahogando su precipitado rumor en el agua tranquila. Sonaron los lonjazos. Una rodada, un grito, y los vasos de los caballos arañando las piedras, las coscojas rodando, el tintineo de los estribos y el choque de las inútiles carabinas...

Algunos divisaron las carretas, pero siguieron de largo, perdiendo las bajeras. El pánico daba saltos en el agua en tres caballos que se ahogaban.

Los jinetes, de a pie, trepando despavoridos las barrancas. Uno de ellos se dirigió a Farías:

—¿De quién son? —preguntó el paisano guerrillero en desgracia, refiriéndose a las carretas.

—Creo que de Matacabayo —contestó Farías.

—¡Ah, ah,!... Llegaron tarde... El jefe cayó ayer. Lo mataron a traición... Nos vienen siguiendo... ¡Vamos!...

—¿Pa qué irse? [70]

Un nuevo rumor de caballerías terminó con el fugaz encuentro. El desconocido buscó el monte, internándose en el pajonal.

Farías se acercó a la carreta. Apoyó su mano en el duro lapacho del pértigo como si tratase de despertar a un aparcero. Una voz salió de la carreta.

—¿Qué pasa?... ¿Dónde se han ido? ¿Qué pasa, Dios mío?...

Farías caminó apoyándose [71] en el pértigo. Por entre los cueros que cerraban la carreta se asomó una mujer: [72]

—Parece que lo mataron... —dijo fríamente el viejo.

Ya se oía el tropel en la picada. El agua a borbollones y el choque de los sables, imponiéndose en la noche.

—¡Ahí están! —habló Farías y se recostó a una rueda esperando su suerte. [73]

El piquete guerrero siguió la persecución. Se destacaron tres soldados hacia la carreta solitaria. Dieron la voz de alto al descubrir a Farías.

Un sargento bajó del caballo.

—¿Para dónde van?

—¿Yo?... P'al sur —respondió Farías.

—Las otras carretas, ¿son suyas? [74]

—No... Acamparon hace un rato... Yo no los conozco.

---

70 vienen siguiendo... ¿No s'esconde? // —¿Pa qué?...

71 Caminó apoyándose

72 la carreta, el rostro de una mujer aclaraba la oscuridad:

73 esperando ser ultimado, prendido a la llanta.

74 ¿son suyas?

—¿Qué llevas adentro?

—Nada, ando vacío... Voy a cargar lana.

—¿De quién?

—De la pulpería de Floro.

Los milicos inspeccionaron la carreta.

—Una mujer, sargento —dijo uno.

—Sí, m'hija... —aclaró rápidamente Farías.

La muchacha tembló a la luz del fósforo que iluminaba por igual su rostro y la torva cara del soldado.

—Una gurisa... —continuó el milico. No podía ver a una mujer en el asombrado rostro de la adolescente porque venía encendido de pelea, pisándole los talones a los fugitivos. Si no, tal vez...

Y dejó caer el pesado cuero negro que cerraba la carreta.

—Vamos a revisar las otras —ordenó el sargento.

Ruido de sables, de cartucheras y carabinas. Piafar de pingos, coscojear de frenos. Un disparo a los lejos. Y relinchos salvajes. [75]

El viejo Farías acarició la llanta de hierro. Acarició los rayos de la rueda, separó el barro adherido y suspiró hondo. Se fué [76] desplomando, cayendo blandamente, hasta quedar sentado de espaldas a la rueda, olfateado por los perros. [77]

Lejos, un tropel de carros y [78] disparos de carabina cuyos ecos recorrían la cuenca del arroyo.

La prometida del caudillo asesinado, no se [79] atrevía a asomarse. Temía tanto a la oscuridad de la carreta como a la noche sonora y espantable de los fugitivos. [80] Podía sentirse libre, libre para siempre...

Hasta que no escuchó el canto de los pájaros del alba, cuando la «viudita» descubrió la luz, no supo

---

[75] frenos. Botas en los yuyos crecidos.

[76] hondo, como no lo había hecho nunca. Y se fue

[77] por los perros que le tenían lástima.

[78] un tropel de caballería y

[79] La novia del caudillo asesinado no se

[80] la noche que hacía sonora y espantable la caballería de los fugitivos.

valorar las últimas palabras de aquella noche: «Sí, es m'hija...». Y las del soldado: «Es una gurisa».

¡Qué bien sonaban [81] en el amanecer, entre el canto de los pájaros reunidos en el monte!

A media legua del paso, acabaron con [82] Matacabayo. Lo alcanzó una bala cuando desaparecía tras de un cerro. Se desplomó del caballo, rodando por la pendiente. [83] Y quedó trabado entre dos espinillos. Nadie buscó su cuerpo. Tal vez alguno [84] lo vió y, después de carcharlo, se sacó el sombrero y siguió su camino. Los huesos de Matacabayo sirvieron para abonar las hambrientas raíces de los dos arbolitos. Por varias [85] primaveras, en muchas leguas a la redonda, no se vieron dos copas de oro más violento que [86] las de aquellos espinillos favorecidos por la muerte.

---

81 alba, tan solo cuando la «viudita» descubrió la luz, volvió a oir y valorizar las últimas palabras de la noche, las salvadoras: «Sí, m'hija...» Y las del soldado: «Es una gurisa.» // ¡Cuántos días sin oír palabras amables! ¡Qué bien sonaban

82 del paso, terminaron con

83 cerro. Rodó del caballo por la brava pendiente.

84 espinillos. No hallaron su cuerpo. El conato revolucionario endurecía el alma de las gentes. Tal vez alguno

85 Matacabayo abonaron las hambrientas raíces de los arbolitos. Y por varias

86 de oro más violentos que

XIV

Un lunes por la mañana el camino trajo a Chiquiño al Paso de Itapebí. Venía a pie y en mangas de camisa. Gastaba sufridas bombachas de brin oscuro, calzando alpargatas nuevas y medias encarnadas. Malcubría su menuda cabeza rapada un sombrero pueblero, polvoriento y sin forma razonable.

A cuatro pasos no se lo conocía. Había cambiado mucho en la cárcel. Estaba canoso, flaco y parecía aún más bajo de lo que era en realidad. [1] Pero los ojos, eso sí, sus ojos celestes y vivaces, no habían cambiado. Eran los mismos ojos avizores. [2] Su nariz pequeña, con delgadas aletas, parecía estar olfateando siempre, como la de los perros. Cruzó por el callejón camino [3] de la estación de San Antonio. Iba a reclamar su caballo a un bolichero amigo suyo y a pedir permiso para instalarse en unos terrenos anegadizos.

〈 se le conocía. 〉

〈 bajo que lo que en realidad era. 〉

〈 vivaces no habían 〉

〈 ojos pequeñitos y avizores de baquiano experimentado. 〉

〈 callejón a paso largo y lerdo, camino de la 〉

〈 en los terrenos anegadizos que los ingleses del ferrocarril dan a los miserables. // En realidad, no son ellos los que disponen. Dispone el almacenero 〉

De ellos dispone el almacenero más fuerte. Les da el terreno para que hagan su rancho y gasten en su despacho los pocos reales que puedan pescar por las inmediaciones.

〈 pueden pescar por las inmediaciones. Allí suelen detenerse las quitanderas. 〉

Los habitantes del rancherío lo vieron pasar y lo reconocieron por su paso largo y lento. Cruzó los pantanos que abren sus grietas y bocas fangosas unas cuadras antes de la caída del Paso y observó el rancherío como a quien no le importaba mayor-

〈 le vieron pasar y le reconocieron por su paso largo y lerdo. 〉

〈 no le interesa mayormente 〉

---

[1] de lo que en realidad era.

[2] ojos chicos y avizores.

[3] callejón a paso largo y lerdo, camino

mente el asunto... Pero le interesaba. ¡Vaya si le interesaba! [4]

⟨ si le interesaba!... ⟩

Miró bien y descubrió una tapera con cuatro postes clavados de punta. Ya conseguiría la paja, [5] o trataría de amasar el barro para levantar las paredes de su rancho.

⟨ conseguiría, a su debido tiempo, la paja, ⟩

En la estación lo reconocieron al punto, porque lo esperaban. Algunos se hicieron los bobos, pues suele ser comprometedor andar con ex presidiarios.

⟨ le reconocieron al punto, porque le esperaban. ⟩

¿Si se hubiese evadido? No; de eso estaba segura la gente. El viejo bolichero, don Eustaquio, ya lo habia dicho la noche del sábado:

⟨ del sábado: —El estafetero ⟩

—El estafetero ha leído la noticia en el diario... Lo soltaron a Chiquiño...

⟨ a Chiquiño... Se habló ⟩

Se habló entonces de su crimen y de los buenos tiempos del muchacho; de las hazañas de «aquel mozo» cuando servía de baquiano; cuando conocía los endiablados caminos como la palma de la mano; con sus picadas, sus pasos hondos y sus osamentas. Estas le servían como punto de referencia. Y no erraba jamás al sentenciar que el nauseabundo olor que salía del monte era de tal o cual animal vagabundo. Los conocía a todos, eran sus hermanos: bueyes inservibles, por rengos o viejos; caballos aquerenciados [6] en el callejón, flacos y sarnosos; vacas machorras, overas de garrapatas, [7] que en los callejones pasaban años y años, paseando su hambre, hasta caer en algún pantano para no levantarse más. Cualquier accidente, por insignificante que fuera, tenía su lugarcito en el prolijo mapa trazado en su cabeza.

⟨ «aquerenciados» ⟩
⟨ «overas de garrapatas» ⟩
⟨ paseando sus hambres, ⟩
⟨ levantarse jamás. ⟩
⟨ por insignificante, tenía ⟩

Pero al salir de la cárcel, con la cola entre las piernas, [8] como los perros perseguidos de las estancias, no tenía nada que hacer en aquel asunto. No existía ya su oficio. Cualquier gaucho de mala

⟨ «la cola entre las piernas», ⟩

---

[4] si le interesaba!...

[5] conseguiría, a su debido tiempo, la paja,

[6] «aquerenciadas»

[7] «overas de garrapatas»,

[8] «la cola entre las piernas»,

muerte conocía las huellas y resueltamente [9] se largaba sin preguntar en las picadas, las cuales se abrían cada vez más, para dar paso a los caminos. [10]

⟨ conocía ahora los caminos y resueltamente ⟩

⟨ a los callejones. ⟩

Era el pico y la pala del gringo que venía a destruir —construyendo— el campo de su conocimiento. [11] Como la campaña no tenía ya pasos secretos, el baquiano era un ser innecesario.

⟨ campo de su sabiduría. ⟩

Chiquiño pidió permiso en la estación, y con su caballo, que desató de la jardinera del bolichero —pues éste le sacaba el jugo—, [12] se fué derecho al ranchería que se extiende a lo largo del camino sembrado de pantanos.

⟨ —«pues éste le sacaba el jugo»—, ⟩

En una tarde se acomodó. Cortó paja en el pajonal del monte cercano e hizo una pared firme y las otras tres así nomás, como le salían. No necesitaba más seguridad.

⟨ así no más, ⟩

El lugar no podía ser más estratégico: un terrible pantano. Además, él contaba con un caballo, bien comido y tirador... [13]

⟨ estratégico. Encima del más terrible de los pantanos. Además, él contaba con su caballo, que se lo habían devuelto «bien comido y tirador»... ⟩

¿El vecindario? Un viejo ciego que salía a pedir limosna al paso de los caminantes; diez o doce tranquilos trabajadores de la cuadrilla del ferrocarril; una porretada de botijas [14] que parecían vivir sin padres ni mayores, y, por último, dos sujetos, perseguidos siempre por los comisarios, que, con sus mujeres, viejas quitanderas, hacían el oficio de pantaneros sin darse cuenta.

⟨ una «porretada de botijas» que ⟩

Eran éstos antiguos camaradas de Chiquiño. Pero, como andaban ahora ayuntados, no era prudente acercarse. Ya se verían en la pulpería.

⟨ viejos camaradas ⟩

Chiquiño, llegada la primera noche, no salió de su covacha improvisada. [15] Observó con atención los movimientos del vecindario, en qué rancho se

⟨ su rancho improvisado. ⟩

⟨ en cuáles ranchos se encendía fuego grande, ⟩

9 conocía ahora los caminos y resueltamente

10 a los callejones.

11 campo de su sabiduría.

12 —«pues éste le sacaba el jugo»—,

13 «bien comido y tirador»...

14 «botijas»

15 su rancho improvisado.

encendía fuego, [16] en cuáles se hacía música, y si la gente rateaba leña por la noche, o recorría, de parranda, los solitarios campos vecinos.

⟨ música y si la ⟩

Al día siguiente consiguió en el boliche unas latas de kerosene vacías, las abrió y fue cubriendo el techo cuidadosamente, para protegerse de la lluvia.

⟨ kerosén ⟩

El invierno se colaba en los campos, hecho una llovizna persistente, que taladraba la carne.

Su rancho tenía a las espaldas, o sea al oeste, las vías del tren. Al este, el callejón con sus pantanos, que separaba a los miserables de la invernada de novillos de don Pedro Ramírez, hombre estricto, de vida feudal, que era capaz de mandar a la cárcel al que intentase cruzar el alambrado de siete hilos que defendía su campo.

⟨ al Oeste, ⟩
⟨ Al Este, ⟩
⟨ que separa ⟩
⟨ hombre cuidadoso, de vida ⟩

Por allí los desvíos eran imposibles. Los viajeros no podían salvar de ninguna manera los pantanos. Había que arriesgarse siempre, y era de festejar el viaje en que, al atravesar esa serie de pantanos, bajase de cuatro el número de «peludos» sacados a la cincha.

⟨ siempre y era de festejar el viaje que, al pasar por el sembrado de pantanos, ⟩

Chiquiño explotaría bien el asunto. Tenía caballo, era «petiso» pero forzudo y se haría «de rogar como una mujer»...

⟨ «petizo» ⟩

Los otros dos desocupados, que sacaban «peludos», se descubrieron [17] a sí mismos cuando Chiquiño, un día de lluvia, ofreció sus servicios al primer empantanado que marchaba en una volanta. [18]

⟨ «peludos» sin darse cuenta que de eso vivían, se descubrieron, asimismo, cuando Chiquiño, ⟩
⟨ empantanado. Marchaban en una volanta. ⟩

—Sí —había sentenciado—, aquí pasa, pero más adelante la cosa se pone brava...

Los accidentados, temerosos, quisieron asegurarse la ayuda de Chiquiño.

—Oiga —le insinuó el dueño del vehículo—. ¿Quiere acompañarnos hasta el paso?...

—Y... güeno, pero yo tengo que hacer... —titubeó, hipocritón, Chiquiño.

---

16 en cuáles ranchos se encendía fuego grande,

17 «peludos» sin darse cuenta que de eso vivían, se descubrieron

18 empantanado. Marchaban en una volanta.

—Sí, hombre, si nos saca del «peludo» tendrá unos reales... —se apresuró a afirmar el hombre.

⟨ si nos desempantana y nos saca ⟩

—Bueno, vayan yendo; yo los sigo de cerca...

La volanta partió pesadamente. En ella viajaba un médico, quien iba a asistir a la mujer del propietario. [19]

⟨ del propietario del carromato. ⟩

La lluvia caía lentamente, enjabonando [20] el camino, donde resbalaban los dos animales de la volanta. Látigo en mano y azuzando las bestias, el hombre que tenía su mujer en brazos de la muerte, descuidaba su persona, empapadas las ropas. El médico iba acurrucado y silencioso, envuelto en un grueso poncho. Observaba el camino con aire despreocupado.

⟨ «enjabonando» ⟩

⟨ silencioso, envuelta en espeso pañuelo de lana la garganta. ⟩

De pronto, al vadear un zanjón, el vehículo quedó como clavado. En vano los dos caballos se empinaron a un tiempo, tocados por el látigo del conductor.

⟨ tiempo, castigados por la fusta enérgica del conductor. ⟩

—¡Otra vez enterrados!... Oiga, hombre, acérquese...

Chiquiño, que había calculado con exactitud aquel percance, ya venía con los maneadores.

Chapaleando barro, pudieron colocar la cuarta, y, [21] después de dar resuello a los animales, de un golpe, decididos, la emprendieron a gritos y latigazos. El caballo de Chiquiño se despatarró, hociqueando en el lodo, cuando la volanta pudo librar sus ruedas traseras.

⟨ barro pudieron colocar la cuarta y, luego de dar ⟩

⟨ hociqueando en el barro, ⟩

Desde los ranchos salieron algunos curiosos. Los chicos, chapaleando barro, sus ropas empapadas, [22] corrieron hasta el alambrado, saltando en las charcas y dando victoriosos gritos destemplados. [23]

⟨ empapadas sus miserables ropas, ⟩

⟨ destemplados. En cada puerta había una asomada cabeza, temerosa de mojarse. // Anochecía ⟩

Anochecía. Arreció la lluvia cuando el ciego salió de su pocilga, llevado de la mano por su lazarillo, un adolescente tuerto, que solamente servía

⟨ servía para llevar el ciego hasta el camino y dejarlo allí, a la vista de los caminantes. ⟩

---

19 del propietario del carromato.

20 «enjabonando»

21 la cuarta y,

22 empapadas sus miserables ropas,

23 destemplados. En cada puerta había una cara asomada, temerosa de mojarse.

para acompañarlo hasta el camino y dejarlo allí, al paso de los viandantes.

Con el ciego se acercaron al camino dos hombres de hosco mirar. Dos vagabundos que hacían el oficio de pantaneros sin darle importancia y eran ajenos a las intenciones futuras de Chiquiño.

⟨ hosco mirar. Eran dos ⟩

⟨ pantaneros sin darse cuenta y estaban ajenos ⟩

—¿Quiere que siga tirando?

—No; mejor es desatar —opinó nervioso el hombre que tenía a su compañera enferma—. Vamos más ligeros solos... —agregó.

⟨ tenía su compañera enferma—. Vamos más ligero —prosiguió— solos... ⟩

Mientras Chiquiño desataba el maneador, el médico y el patrón subieron a la volanta. La lluvia [24] seguía cayendo copiosamente. Los «gurises», en harapos, [25] olvidaban el frío y la lluvia, subidos a los postes del enclenque alambrado. El cielo oscuro precipitaba a la tarde y hacía más cercana la noche. El monte, a pocos pasos, trazaba una línea verde oscura, de este a oeste. Más parecía un nubarrón que un monte. Lejos, sobre el campo verde y empastado, los novillos manchaban el difuso paisaje neblinoso. El rosario de pantanos, paralelo a las vías del tren, se hundía en el paso de Itapebí, para transformarse en la otra orilla en un camino de piedra. Tal como si el agua de arroyo hubiese lavado el barro del camino en el paso de agua limpia que ofrecía el monte.

⟨ volanta. Estaban empapados. La lluvia ⟩

⟨ haraposos y descamisados, ⟩

⟨ de Este a Oeste. ⟩

⟨ El sembrado de pantanos, ⟩

⟨ que ofrece el monte. ⟩

Chiquiño, cuando el hombre que tenía a su campañera enferma, puso dos [26] papeles de un peso y unas monedas en su mano tendida, se dijo para sí:

⟨ tenía su campañera en brazos de la muerte puso dos ⟩

—Esta chacra de barro va a producir mucho más que la de los gringos...

Chiquiño, bajo el aguacero, regresó a su covacha, donde [27] el agua era un huésped inesperado.

⟨ regresó a su rancho, en donde ⟩

Llovió todo el día siguiente. Pasaron dos pesadas carretas de bueyes y un «sulky»... Un «break» llegó hasta el primer pantano y no se atrevió a cruzarlo. Dió vuelta, camino del pueblo.

⟨ sulky... Un breque ⟩

---

24 volanta. Estaban empapados. La lluvia

25 haraposos y descamisados,

26 tenía su campañera en brazos de la muerte puso dos

27 regresó a su rancho, en donde

Chiquiño, con su puñal y una vara de tala entre las manos, pasó la mañana y parte de la tarde entretenido en labrar un bastón. Sus manos habíanse adiestrado en el pulimento de maderas y en pacientes y minuciosos trabajos de orlas y adornos sobre mates porongos. El fruto de su aprendizaje en la cárcel y la mejor [28] manera de matar el tiempo. Caía en sus manos una rama y, al cabo de unas horas, se transformaba en un bastón o en un mango de rebenque. En los mates [29] solía dibujar, a punta de cuchillo, banderas, escudos y perfiles de héroes nacionales.

⟨ sobre los mates panzudos. Fue todo el fruto de su aprendizaje de la carcel y la mejor ⟩

⟨ En los «mates porongos» ⟩

A la entrada del sol cuando dejó de llover caminó [30] hasta la pulpería, donde estaban los dos pantaneros bebiendo. Se acercó a ellos y les dió las buenas noches. Le contestaron entre dientes malhumorados. [31]

⟨ del sol dejó de llover. Caminó ⟩

⟨ Apenas le contestaron, entre dientes, malhumorados, sin duda. ⟩

—¿Qué hay? —preguntó Chiquiño—. ¿Qué les pasa?

—Nada, aquí estamos —dijo uno de ellos alzando solapadamente la cabeza. [32]

⟨ la cabeza... ⟩

Cruzáronse miradas de odio.

⟨ de odio, imposibles de disimular. ⟩

El pulpero bromeó. [33]

⟨ bromeó: ⟩

—Andan quejándose porque ayer les sacaste una changa, Chiquiño....

⟨ por que ayer ⟩

—¿Cuála?... ¡Que no sean sonsos —respondió el ex presidiario— y que apriendan si quieren ganarse el tirón!...

⟨ sean zonzos— ⟩

Nadie osó contestarle. Chiquiño continuó:

—¡Si los que pasan me piden que los saque del «peludo», yo no me vi'a negar!... [34]

⟨ del peludo, yo no me vi'a negar, siguro! ... ⟩

Escupió varias veces, se acomodó el sombrero otras tantas y se alzó las bombachas, siempre con

---

28 sobre los mates panzudos. Fue todo el fruto de su aprendizaje de la cárcel y la mejor

29 En los «mates porongos»

30 del sol dejó de llover. Caminó

31 Apenas le contestaron, entre dientes, malhumorados sin duda.

32 cabeza...

33 bromeó:

34 negar, siguro!...

los ojos pequeñitos e insultantes sobre los dos hombres.

⟨ los dos hombres... ⟩

—¡Si no tienen cabayo, qué van a sacar «peludos»! ¡Con las uñas no si'hace nada!

⟨ a sacar peludos! ⟩

Los pantaneros enmudecieron. No tenían valor de discutir con Chiquiño. Recordaban la noche del crimen, que había dado tanto que hablar. [35] Pensaron en Pedro Alfaro, cuyos huesos fueron roídos por los cerdos. Todo por «una pavada», por la quitandera Leopoldina, que ahora estaba «pudriéndose bajo tierra», nada menos que con el puñal de Alfaro entre las manos, como ella lo pidiese al morir.

⟨ había dado antes que hablar y enmudecer ahora a la gente del campo. Pensaron ⟩

Chiquiño volvió a su cueva. Nada sabía del capricho de su china al morir; pero una noche, Rita, la Mandamás, se lo sopló: [36]

⟨ al morir, pero una noche, Rita, la Mandamás, se «lo sopló al oído»: ⟩

—La «faca» del finau Alfaro la enterraron [37] con la Leopoldina... La finadita así lo pidió... Parece que lo quería hasta dispués de muerta. [38]

⟨ del finau la enterraron ⟩

⟨ lo quería mucho al pobre Alfaro...// Chiquiño ⟩

Chiquiño le dió un empujón, haciendo rodar a la vieja por el suelo.

—¡Cayate, perra, cayate! —gritó, fuera de sí.

Pero Rita, desde el suelo, con repugnancia masticó la sentencia:

—Los gusanos saben si miento...

Encono y asco reflejaba el rostro de Chiquiño... Entró en la pulpería y bebió, para que el alcohol hiciese brotar las secas palabras que tenía en la boca: [39]

⟨ en la boca. ⟩

—¿Aónde diablo hicieron el hoyo pa los restos de la Leopoldina? —interrogó, alcoholizado.

⟨ hicieron la cueva pa' los ⟩

Supo, entonces, por boca de don Eustaquio, que a dos cuadras largas del monte, en el campo de don Caseros, había una cruz. Don Caseros quería mucho a «la finadita».

Llegó la noche, húmeda y tranquila. Solo en su

[35] que antes tanto había dado que hablar y enmudecía ahora a la gente del campo.

[36] se «lo sopló al oído»:

[37] del finau la enterraron

[38] lo quería mucho al pobre Alfaro...

[39] en la boca.

mísera vivienda, recordó el día gris que había pasado en la cárcel. Un día triste y largo que duró seis años...

Las palabras de la Rita habían caído como las piedras arrojadas en las charcas tranquilas. Desde el fondo, un malestar, como barro que sube a la superficie, entenebrecía su vida.

Si durante [40] su encarcelamiento la Leopoldina había muerto y la enterraron con [41] el puñal de su enemigo mortal, era porque el diablo andaba metido en el asunto. El debía arrancar a su china de las uñas del diablo. [42]

Estiró el brazo y tomó una recta rama de tala. [43] Encendió fuego, calentó el agua, preparó mate [44] y se puso a forjar su obra de arte. Quitó la corteza primero, luego disminuyó los nudos y a punta de puñal, trazó, sobre [45] la madera, el dibujo de una víbora, como si estuviese enroscada al proyectado bastón. [46] La cabeza del ofidio iba a servir de mango. [47] Entrelazó [48] hábilmente dos iniciales: Ch. y L.

En sus oídos sonaban las palabras sentenciosas de Rita: "Los gusanos saben si miento"... [49]

Siguió trabajando [50] en su dibujo con enfermiza fruición. De pronto un ruido de pasos y de cosa arrastrada lo despertó de su tarea. Aplastó con el pie las cuatro brasas que ardían aún y se quedó inmóvil, con la mirada fija en la oscuridad, como si sus ojos oyesen... Se agachó después para recoger de

⟨ superficie, ensuciaba y entenebrecía su vida. // Pensaba que, si durante ⟩

⟨ muerto y enterrado con ⟩

⟨ andaría metido en el asunto. ¡Y el debía arrancar a su china de las uñas del diablo! ⟩

⟨ una rama de tala, redonda y derecha, como un bastón. Encendió ⟩

⟨ preparó el mate ⟩

⟨ y la punta del puñal comenzó a trazar, sobre ⟩

⟨ enroscada al bastón. La cabeza del ofidio venía a servir de mango. En el cuerpo de la víbora hizo crucesitas, como si intentase pintarle manchas. Encima de la cabeza entrelazó hábilmente dos iniciales: Ch. y L. // Envenenado por su obra, díjose para sí las palabras sentenciosas y definitivas de Rita: Los gusanos saben... // La duda escarbaba una cueva en su interior. Seguía trabajando en su ⟩

⟨ le despertó de su ⟩

40 Pensaba que, si durante

41 muerto y sido enterrada con

42 andaría metido en el asunto. ¡Y él debía arrancar a su china de las uñas del diablo!

43 una rama de tala, redonda y derecha, como un bastón.

44 preparó el mate

45 y la punta del puñal comenzó a trazar, sobre

46 enroscada al bastón.

47 venía a servir de mango.

48 En el cuerpo de la víbora hizo crucesitas, como si intentase pintarle manchas. Encima de la cabeza entrelazó

49 Envenenado por su obra, dijose para sí las palabras sentenciosas y definitivas de Rita: Los gusanos saben si miento...

50 La duda escarbaba una cueva en su interior. Seguía trabajando

la tierra los ruidos perdidos. En el callejón había gente empeñada en extraño trabajo. El sordo ruido de una pala y un pico ahogaron sus pasos. Repentinamente apareció, a cuatro metros de los dos hombres que trabajaban, como si la oscuridad lo hubiese parido. Uno de los [51] hombres hundía la herramienta y la agitaba violentamente en el agua fangosa de un pantano. Eran trabajadores nocturnos. Trataban de ahondar el ojo ciego de la tierra para precipitar a la diligencia, que pasaría al amanecer. [52]

Los trabajadores nocturnos dejaron caer sus brazos. Chiquiño habló:

—Habrá pa los tres mañana...

Uno de los pantaneros dijo por lo bajo:

—Si usté lo dice... [53]

—No nos vamo'a peliar —insistió el ex presidiario—. Será pa los tres, ¡qué pucha!

—¡Siguro! —se animó a decir uno de los trabajadores sorprendidos.

Chiquiño se llenó de coraje: [54]

—Bueno. Yo les pido que no digan nada, pero reciencito metí las manos en el cajón de la finadita y...

—¿Trai el cuchiyo? —se apresuró a preguntar uno de los pantaneros.

—¡No, disgraciao, no! ¡Mienten ustedes, guachos! ¡Mal hablaus!... ¡Mienten!...

Un largo [55] silencio envolvió a los tres hombres. [56]

—¡El diablo anda metido en esto! —dijo—. ¡Algún día se sabrá la verdá! [57]

⟨ parido. El pico producía el ruido característico que hacen las piedras cuando se chocan en el agua agitada. Uno de los ⟩
⟨ para precipitar allí la diligencia, que cruzaría al amanecer en dirección a la cuchilla, donde no llega la línea de hierro de los ingleses. // Los trabajadores ⟩

⟨ Uno de los pantaneros articuló un «sí» medroso, que se lo tragó la oscuridad. // —No nos vamo a peliar— ⟩

⟨ se llenó de coraje y dijo: ⟩

⟨ —¿Tra'i el cuchiyo?— ⟩

⟨ ¡Mal hablaus!... // Un largo silencio envolvió a los tres hombres. Chiquiño, ahora, quería saber más que nunca la verdad. // —El diablo anda metido en esto. // Y, así diciendo, apretó los codos contra el cuerpo, como para ⟩

---

[51] parido. El pico producía el ruido característico que hacen las piedras cuando chocan en el agua agitada. Uno de los

[52] para precipitar allí la diligencia, que cruzaría al amanecer en dirección a la cuchilla, donde no llegaban las paralelas de acero de los ingleses.

[53] Uno de los pantaneros articuló un impreciso «sí» que se lo tragó la oscuridad.

[54] se llenó de coraje y dijo:

[55] hablaus!... // Un largo

[56] hombres. Chiquiño, ahora, quería saber más que nunca la verdad.

[57] —El diablo anda metido en esto.

Y apretó los codos contra el cuerpo, para [58] ahogar su grito de protesta.

Se dirigió hacia el alambrado, rompiendo las sombras con su figura ágil. Caminaría hasta el camposanto donde se hallaban [59] los restos de «la Leopoldina». Al agacharse para meter la cabeza entre el cuarto y quinto alambre, se oyó el zumbido de instrumento liviano, arrojado al aire con violencia. [60] Cimbrearon los alambres al chocar en ellos el instrumento. En la nuca de Chiquiño hubo una conmoción imprevista. El golpe lo dejó tendido en el suelo, boca abajo, en el barro.

⟨ hasta la cueva donde habían metido los restos ⟩

⟨ alambre, un silbido, como de instrumento liviano, arrojado al aire con todas sus fuerzas, cruzó la obscuridad. Cimbrearon ⟩

⟨ le dejó tendido ⟩

Desde la oscuridad, uno de los traidores pantaneros le había arrojado el mango [61] de una herramienta. Un hilo de sangre se deslizaba por el barro. [62]

El viento silbaba en sus orejas, con interminable son de flauta, cuando la luna llena trepaba el cerro, plateándolo. Estaba encima de la tumba, forcejeando para arrancar la cruz. Se arrodilló y tiró para arriba con todas sus fuerzas. La cruz, al desprenderse de la tierra, abrió un boquete. Allí metió, afanosamente, las manos [63] en garra. Primero arrancó un terrón con gramilla, con pasto seco, del que se halla encima [64] de las tumbas abandonadas. Después, la tierra húmeda, se le [65] metió en las uñas. Con el cuchillo la cortaba, somo si fuese grasa para [66] hacer velas. Poco a poco fué ahondando [67] la excavación, hasta que no pudo más, porque las uñas le resbalaban sobre la tapa mohosa del ataúd. [68]

⟨ Desde la obscuridad, uno de los traidores pantaneros había arrojado hacia el bulto, el pesado mango de una herramienta. Un hilo de sangre ponía sobre el barro la visión de una víbora roja surgiendo de la cabeza herida. // xxx // El viento ⟩
⟨ de flauta cuando la luna ⟩

⟨ las crispadas manos en ⟩

⟨ se halla fatalmente encima de las tumbas abandonadas. Después la tierra mojada se le metió en las uñas y entre los dedos. Con el cuchillo cortaba la tierra, como si fuese grasa negra para hacer velas. Poco a poco se fue agrandando la cueva. No podía seguir ahondando la excavación, pues sus uñas habían resbalado ya sobre la tapa húmeda y mohosa del cajón. // El viento ⟩

58 Y, así diciendo, apretó los codos contra el cuerpo, como para

59 hasta el lugar donde se hallaban

60 alambre, un silbido, como de instrumento liviano, arrojado al aire con todas sus fuerzas, cruzó la oscuridad.

61 pantaneros había arrojado hacia el bulto el pesado mango

62 sangre ponía sobre el barro la visión de una víbora roja surgiendo de la cabeza herida.

63 las crispadas manos

64 Se halla fatalmente encima

65 Después la tierra mojada se le

66 cuchillo cortaba la tierra, como si fuese grasa negra para

67 se fué ahondando

68 no pudo proseguir la tarea porque sus uñas resbalaban sobre la tapa húmeda y mohosa de la caja.

El viento silbaba en sus oídos. El rectángulo abierto en la tierra ya era suficientemente grande. Halló el borde del cajón, y con el cuchillo lo rodeó hasta volver al punto inicial. Había que sacar más tierra para poder levantar la tapa.

〈 en la tierra se iba agrandando. Halló el borde de la caja y con el cuchillo la rodeó 〉

Clavó las rodillas sobre la caja y un ruido de madera podrida que se parte y un olor a orín y a trapo quemado subió hasta sus narices. [69] Metió los dedos en una pequeña rajadura y, puestos en gancho, tiró para arriba. La tela podrida que venía adherida a la madera, se desgarró. [70]

〈 hasta sus dilatadas narices. 〉

〈 arriba. Entre sus dedos deshizo una tela podrida que venía adherida a la madera. 〉

La luna estaba alta y era pequeñita para los ojos del hombre. Como un [71] grano de arroz, pero alumbraba como un sol, al que le hubiesen quitado todo el oro para cambiárselo por plata. [72]

〈 hombre. Pequeñita como un 〉

〈 todo el oro de sus rayos para cambiárselos por plata. // La luna le incitó 〉

Ese claror lo incitó a la contemplación de la caja, abierta al fin, con los restos de la «finadita». El puñal de su enemigo se balanceaba sobre [73] el esternón. Las manos, resecas y achicharradas, sin fuerzas para sostener [74] el arma. Un rayo de luna chocaba sobre la vaina de plata y se partía en mil pedazos iluminando los huesos cenicientos. [75] El esqueleto todavía estaba sucio. Sucio de carne seca y pardusca: de tendones y de pelos y de trapos polvorientos. La muerte no podía ser muy limpia por aquellos parajes. Chiquiño, sabía [76] desbastar y pulir ramas y dibujar banderas y escudos en los mates... ¡Uf! El cráneo conservaba cabellos adheridos. Había lugares grises como manchas de sarna, que podían estar blancos a la luz de la luna, si se empeñase en el cráneo. [77]

〈 se balanceaba en equilibrio de muerte sobre 〉

〈 achicharradas, habían perdido las últimas fuerzas que da la vida para sostener 〉

〈 los huesos grisáceos. 〉

〈 parduzca; 〉

〈 Chiquiño que sabía limpiar y pulir 〉

〈 si pudiese tranquilamente pulir el cráneo. 〉

Un envoltorio de huesos se hace fácilmente. Se

---

69 hasta sus dilatadas narices.

70 arriba. Entre sus dedos deshizo una tela podrida que venía adherida a la madera.

71 hombre. Pequeñita como un

72 todo el oro de sus rayos para cambiárselos por plata.

73 se balanceaba en equilibrio de muerte sobre

74 achicharradas, habían perdido las últimas fuerzas que da la vida para sostener

75 los huesos grisáceos.

76 Chiquiño, que sabía

77 luna, si se dedicase tranquilamente a pulir el cráneo.

aprieta contra el pecho, se lleva con cuidado andando despacio. El camino, iluminado por la luna, evita los tropiezos. Al fin y al cabo, ¿qué son en el campo dos cuadras? El arroyo corre, como si [78] la luna lo persiguiese y se lo quisiese beber [79] de un sorbo. Parece que arrastrase un montón de grillos. El monte ataja el viento y es fácil hallar un rincón cómodo para trabajar con la punta del cuchillo en los huesos, hasta quitarle los parásitos de las babas [80] del diablo. Van a quedar blancos...

〈 corre que da gusto verlo, como si 〉
〈 quisiera beber 〉
〈 hasta sacarle la suciedad de las babas 〉

Y al borde del arroyo llega con el envoltorio. El agua salta, de alegría o de miedo, entre las rocas. Coloca los restos en la orilla y comienza: primero el elegante fémur, después las arqueadas costillas, una por una; más tarde las complicadas vértebras. Hay que repasar bien el esqueleto... Lo que da más trabajo es el cráneo. Para sacarle los residuos [81] de los ojos, metidos en las órbitas, hay que utilizar un cortaplumas de hoja puntiaguda. Después el cabello —¡oh, el cabello!—, que fatalmente cae sobre los demás restos ya limpios. Bueno, hay que tener en cuenta que el lavado terminará la obra, que no quedará una partícula de carne.

〈 Descansa los restos 〉
〈 los escasos residuos 〉
〈 una cortaplumas 〉

Y uno a uno los lava con gran cuidado. Luego los mira triunfante, con ojos [82] más codiciosos que los de la luna. Pero... pero, ¿por qué se le van los huesos de las manos? ¿Por qué se le escapan como peces tiesos [83] para irse en la corriente perseguida [84] por la luna? Primero fué una costilla, que se le fué de las manos viboreando en el agua... Luego, los cinco dedos de una mano se le escaparon de las suyas misteriosamente y se los llevó la correntada. Después un pulido fémur y más tarde todos los huesos, uno tras otro, se los fué llevando el torbelli-

〈 triunfante con ojos 〉
〈 como tiesos pescados para irse en la corriente como el agua perseguida 〉
〈 el torbellino sonoro de las aguas... El cráneo, tan blanco, 〉

78 corre que da gusto verlo, como si

79 quisiera beber

80 hasta sacarle la suciedad de las babas

81 los escasos residuos

82 triunfante con ojos

83 como tiesos pescados

84 la corriente tal el agua perseguida

no. [85] El cráneo tan blanco, tan pulido por sus diestras manos de ex presidiario, cayó en un remolino y se fué aguas abajo, chocando con las piedras musgosas del lecho. Las órbitas llenas de agua, claras pupilas que lo miraban... [86]

⟨ expresidiario, ⟩

⟨ agua, con ojos claros, le miraban... ⟩

¿Huirían de la luna aquellos pedacitos de luna tan puliditos y tan limpios? ¡Vaya uno a saberlo! ¡Da pena después [87] de tan paciente trabajo! Los huesos quedarán por ahí, perdidos en un remanso de arroyo, y alguien al verlos creerá que la [88] luna ha caído del cielo y se ha hecho trizas sobre [89] las duras piedras de la ribera!

⟨ ¡Da lástima, después ⟩

⟨ del arroyo, y alguien al verlos podrá creer que la luna ha caído del cielo y se ha hecho pedazos sobre ⟩

La diligencia, al amanecer, se anunció con el vuelo gritón de los teros y el cencerro de la «yegua madrina» que venía a la cabeza de la tropilla de «la muda». Los pantaneros, alerta desde sus ranchos, acecharon el percance. La diligencia cayó en el pantano y [90] se quedó clavada en él como una casa [91] en medio del camino. Iba cargada hasta el tope. ¡Buen trabajo les costó sacarla del pozo! Pero «la tarea» fué bien remunerada por el mayoral, generoso y precavido. A las 7 estaban otra vez en marcha. El sol brillaba ya, rompiendo la escarcha y dorando el campo y el monte.

⟨ en el pantano traicionero y ⟩
⟨ como si fuese una casa ⟩

La diligencia se perdió en el Paso. El cencerro de la yegua madrina [92] fué poco a poco apagando su son.

⟨ «yegua madrina» ⟩

A las doce, todavía estaba Chiquiño boca abajo en el barrial, con una herida abierta en la nuca, que el sol iba secando.

Pudo soñar, antes de morir, en el rescate de Leopoldina, salvada de las uñas del diablo. [93]

⟨ el rescate de los huesos de Leopoldina, salvados de las uñas del diablo. ⟩

---

[85] el torbellino sonoro de las aguas...

[86] agua, con ojos claros, lo miraban...

[87] ¡Da lástima, después

[88] verlos podrá creer que la

[89] se ha hecho pedazos sobre

[90] en el pantano traicionero y

[91] como si fuese una casa

[92] «yegua madrina»

[93] el rescate de los huesos de Leopoldina, salvados de las uñas del diablo.

Los huesos de su padre, sirvieron [94] para abonar los espinillos. Su ánima andaría por las [95] flores doradas. La suya en una fosa reseca, agrietada por el sol. [96]

Ambos conocieron el amor sobre [97] una tierra áspera.

Barro y frescas flores de espinillo. [98]

⟨[Los tres párrafos finales no aparecen en la primera edición]⟩

---

94 Su padre, los restos de su padre, por lo menos sirvieron

95 Andarían por las

96 Los suyos tenían una fosa reseca, agrietada por el sol, como un castigo.

97 A su manera ambos habían amado bestialmente sobre

98 Barro y flores de espinillo para los dos pobres canallas.

XV

Cuando el comisario les dió orden terminante de levantar campamento —pues «aquello no podía seguir así»—, apareció por el callejón el viejo tropero don Marcelino Chaves. Como de costumbre, traía un pañuelo negro atado alrededor de la cara.

Si lo hizo intencionalmente, arribando en aquella oportunidad, se trataba de un pícaro de siete suelas. Todo el mundo estaba enterado de que Chaves hacia una tropa por los lejanos campos de La Rinconada y La Bolsa. [1]

⟨ la Rinconada y La Bolsa. Una de esas «tropas cortitas», las que solía hacer Chaves para venderlas a los carniceros de la ciudad. De veinte, cuarenta, a lo sumo setenta reses, que eran vendidas, la mayoría de las ocasiones, antes de llegar al mercado de los carniceros. // Siempre ⟩

Siempre solitario, Chaves pagaba, cuando pedía posada, un verdadero tributo de dinero y de dolor por su pañuelo negro. Nadie sabía a ciencia cierta qué cosa ocultaba aquel trapo siniestro. ¿Una llaga?... ¿Una cuchillada? ¿Un grano malo o contagioso? Esto último era lo más aceptable como explicación. Y, así, nadie arriesgaba el pellejo, ofreciendo una prenda personal para hacer más cómoda la estada del forastero. En algunos puntos —estanzuelas o pulperías donde frecuentaba— hasta había una almohada que, cuando alguno se disponía a usarla, era sorprendido por un grito de esta naturaleza:

⟨ aceptable para la gente, como ⟩

⟨ la posada del forastero. ⟩

—¡Deje eso, compañero; no sea bárbaro, que ahí duerme en ocasiones un apestau!... ¡Se le va' pegar alguna porquería!...

⟨ Se le va a pegar ⟩

En ciertas oportunidades hasta lo habían «bichado», pues quizá de dormido se dejara ver el mal. Pero fué vana toda tentativa. Chaves dormíase y se despertaba con el pañuelo negro pegado a la cara.

⟨ le habían «bichado», para ver si dormido se dejaba ver el mal. ⟩

---

[1] La Rinconada y La Bolsa. Una de esas «tropas cortijas» como las que solía hacer Chaves para venderlas a los carniceros de la ciudad. De veinte, cuarenta, a lo sumo setenta reses, que eran vendidas, la mayoría de las ocasiones, antes de llegar al mercado de los carniceros.

Su antipatía por la gente del comisario y por éste en particular, era muy conocida. El jamás trababa relaciones con los comisarios. Si ellos entraban en la pulpería, Chaves era el primero en toser, escupir a un lado y en mandarse mudar. Y eso era lo que irritaba a los policías. [2]

⟨ mudar. ¡Ah, pero faltarles el respeto, jamás! Y eso era lo que más irritaba a los policías, cómo Chaves se mantenía impasible dentro de la ley, cómo era de cumplidor y cómo sus asuntos andaban siempre claros. // Si tenía ⟩

Si tenía alguna cuenta pendiente con la justicia, sólo Chaves la sabía, nadie más. Era lo único sospechable ante aquel huir premeditado de los «milicos».

Le tendieron dos o tres celadas, pero no cayó en ninguna. [3] Su prudencia era tan grande que nadie pudo jamás decir algo malo del tropero don Marcelino Chaves.

⟨ en ninguna de ellas. Su prudencia era tan grande, que nadie ⟩
⟨ del viejo tropero don ⟩

Cuando cayó al campamento de las quitanderas, ninguno de los que lo conocían sabía de su antigua amistad con aquéllas. Ignoraban, por supuesto, que Chaves había tenido mucho que ver con misia Rita, la dueña del carretón. Nada se sabía de sus peregrinaciones por el Brasil, con ella, ni de las largas noches de verano pasadas a la luz del fogón de la vieja, en sus tiempos mejores. Ignoraban también una historia larga, de persecuciones sin cuento, en las cuales Chaves tomara parte activísima, defendiendo a aquella mujer. La revolución lo había embarullado todo.

⟨ le conocían ⟩
⟨ supuesto, de que Chaves ⟩
⟨ aquella mujer. // Apenas supo el tropero, de boca de una ⟩

No bien supo, [4] por boca de una de las quitanderas, que el comisario había dado orden de levantar campamento, quiso ponerse al habla [5] con misia Rita, la cual se hallaba en el manantial, [6] lavando ropa.

⟨ ponerse en seguida al habla ⟩
⟨ en un cercano manantial, ⟩

Cuando la vió venir, se le acercó sin saludarla. [7]

⟨ sin saludarla siquiera. ⟩

---

[2] mudar. ¡Ah, pero faltarles al respeto, jamás! Y eso era lo que más irritaba a los policías: cómo Chaves se mantenía estrictamente dentro de la ley, cómo era de cumplidor y cómo sus asuntos andaban siempre claros.

[3] en ninguna de ellas.

[4] Apenas Chaves supo,

[5] ponerse en seguida al habla

[6] en un cercano manantial,

[7] sin saludarla siquiera.

—¿Es en serio, Rita, que Nacho Generoso las quiere juir? —preguntó Chaves. [8]

—Ansina, viejo; ansina mesmo..., y mañana rumbiano p'al descampao de Las Tunas.

⟨ —preguntó Chaves con la indignación en el rostro enrojecido. ⟩
⟨ pal descampao de Las Tunas...⟩

Chaves se mordió los labios, pero contuvo sus deseos de blasfemar ante las vagabundas. No dijo una palabra, y se puso a contemplar los dibujos que la llama iba haciendo en la seca corteza de un grueso tronco. [9] El no podía ponerse frente al comisario, y menos aún en asunto tan delicado.

⟨ de un tronco robusto. ⟩

Por ser la última noche, hubo gran animación en el campamento. Vinieron muchos hombres desde varias estancias, con el pretexto de comprar raspadura, ticholo, dulces y tabaco. La especialidad de la vieja Rita era acondicionar mazos de chala de gran aceptación entre los fumadores.

Chaves no desarrugó el ceño en toda la noche. La pasó en claro pensativo. No se atrevía a ajustar cuentas con el comisario Nacho Generoso. Sabía muy bien cuántos kilos de tabaco le había costado a misia Rita la tolerancia del funcionario... El comisario se había dado cuenta de que «no podía sacarles más» y les dió la orden de emprender la marcha, alegando que:

⟨ estancias, a bailar, o con el pretexto de comprar rapadura y chala, especialidad esta de la vieja Mandamás, quien se pasaba las horas enteras con un cuchillito cortando y suavizano la chala para hacer masitos de venta fácil. // Chaves ⟩
⟨ pensativo. Estaba indignadísimo con el comisario Nacho Generoso, pues él sabía muy bien cuántos kilos ⟩
⟨ funcionario... Cuando el comisario se había dado cuenta de que «no podía sacarles más», les dio ⟩

—Los vecinos se han quejao, y hay que proceder...

Al despuntar el día, la carreta partió rumbo al norte. Iban en ella tres chinas y la Mandamás. La más joven de las quitanderas «tocaba» los bueyes, pues el «gurí» —que antes las acompañara— se les había sublevado y marchado a trabajar con los carreros.

⟨ A la madrugada, la carreta partió rumbo al Norte. Iban en ella tres chinas y misia Rita, la Mandamás. ⟩
⟨ el gurí ⟩

Las ruedas pesadas y rechinantes rompían la escarcha apretada entre los pastos. Una huella

⟨ Rompían las ruedas pesadas y rechinantes de la carreta la escarcha ⟩

[8] —preguntó Chaves con la indignación en el rostro enrojecido.

[9] de un tronco robusto.

profunda abría el paso de la carreta. [10] El tropero seguía la marcha, a corta distancia.

El sol aparecía en el horizonte, como la punta de

〈 el paso lento de la carreta. Con su negro pañuelo, el tropero seguía la marcha a corta distancia. Ganas le venían, a ratos, de torcer las riendas de su caballo y llegar a la puerta de la comisaría, con un agrio insulto en los labios. Pero, ¿para qué? Ya sabía él el epílogo que tendría su arrojo si «sacaba la cara» por la Mandamás. // El sol aparecía 〉

un inmenso dedo pulgar con la uña ensangrentada. Los altibajos del camino inclinaban a uno y otro lado la vieja carreta. Parecía una choza andando con dificultad por el interminable callejón.

〈 Los barrancos y zangoloteos del camino 〉
〈 una choza, andando con dificultad por el callejón interminable. 〉

Chaves, al tranco de su caballo barroso, tuvo una piadosa mirada para la carreta. En la claridad naciente de la aurora, divisaba a las mujeres: Petronila, Rosita y la vieja, tomando mate y, adelante, [11] enhorquetada en su «bayo grandote», la robusta Brandina —de mote la «brasileira»—, [12] más fuerte que un muchacho, rubia y quemada por el sol. Sus diecinueve años desafiaban al incierto destino.

Chaves la miraba con respeto. El sabía lo que era capaz de hacer un hombre alcoholizado con una

〈 barroso, miraba con lástima la carreta de las infelices vagabundas. Observando el bulto, en la claridad naciente de la aurora, imaginaba cómo iban dentro del carretón las mujeres: Petronila, Rosita y la vieja, tomando mate o semidormidas; y, adelante, horquetada en su «bayo grandote», la robusta Brandina —de mote la «brasilerita»—, más fuerte que un muchacho, rubia, quemada por el sol, bien formada, aunque en su vientre ya había florecido tres veces la vida. Sus diez y nueve años desafiaban el frío de la madrugada con la misma naturalidad que lo hacía al ganarse la vida haciendo frente a la sedienta indiada de los campos. // Chaves 〉

«brasilerita» tan llena de vida. Por defender a una mujer de esa edad —que bien conocía la Rita, pues ella no olvidaba sus diecinueve años—, él escondía un mal recuerdo, bajo el negro pañuelo.

〈 con una «brasilerita», así, tan 〉
〈 sus diez y nueve años—, él escondía un mal recuerdo, bajo de aquel pañuelo, que no se despegaba jamás de su cara... 〉

Dos días de penosa marcha, apenas interrumpida para dar «resueyo» a los animales, y acampaban en Las Tunas.

〈 y acampaban en el pastoreo de Las Tunas. 〉

Antes de llegar al Paso Hondo, el callejón se ensancha para formar un campo de pastoreo, donde los carreros descansan, los bolicheros ambulantes tienden sus reducidas carpas y donde se confunden

〈 formar el campo de pastoreo llamado de Las Tunas, donde 〉

10 el paso lento de la carreta.

11 mate, y adelante,

12 la «brasilerita»—,

carreros, troperos, vendedoras de galleta y quitanderas. [13]

Allí se da descanso a las cabalgaduras para preparar el pasaje del peligroso Paso Hondo. La diligencia [14] hace su «parada» y recobran fuerzas hombres y bestias.

Hay leña [15] para todos en el monte cercano, agua fresca y espacio para muchos viajeros fatigados.

⟨ vendedores de galleta y quitanderas, formando un pintoresco núcleo, como una junta de gitanos o pueblo en formación. // Allí dan descanso a sus cabalgaduras todos los viajeros para preparar el pasaje del Paso Hondo, peligroso en mala y hasta en buena época del año. Se apostan las tropas, hace su «parada» la diligencia y recobran fuerzas hombres y bestias. // Junto a una pequeña carpa donde un viejo zapatero, sordomudo —con su mujer—, trabajaba en el oficio, se instalaron las quitanderas. // Aquel paraje tiene las conveniencias y características de las zonas neutrales. Allí puede acampar cualquiera. Hay leñas para todos ⟩

Chaves había elegido el sitio.

La carreta, apenas separados los bueyes, tomó las apariencias de una choza. Echó [16] una raíz: la breve escalera de cuatro tramos. Las ruedas no se veían, cubiertas [17] con lonas en su totalidad, de uno y otro lado. Bajo la carreta se instaló un cuartucho. [18] Parecía un rancho [19] de dos pisos. Arriba, la celda donde las quitanderas remendaban su ropa o tomaban mate, canturriando. Abajo, la Mandamás [20] conversando con Chaves, «prendidos» del mate amargo. La «brasilerita» marimacho corría [21] de un lado a otro, tratando de arrear los bueyes hasta la aguada.

Se oían sus gritos: [22]

—¡Bichoco!... ¡Indio!... ¡Colorao!...

⟨ Chaves había elegido el sitio. Cercano a una gran planta de tuna, que se levantaba muy erguida. // La carreta, ⟩

⟨ choza. Las ruedas no se veían, pues cubiertas con lonas en su totalidad, de uno y otro lado, bajo de la carreta habíase formado una habitación más. Parecía un extraño rancho de dos pisos. Arriba, la celda donde las quitanderas remendaban su ropa o tomaban mate canturreando. Abajo, guarecida, la Mandamás conversando con Chaves, «prendidos» ambos del mate amargo. La «brasilerita» corría de un lado a otro, tratando de arriar los bueyes hasta la aguada. ¡Bastante trabajo le daban aquellos bueyes viejos y «mañaneros como el diablo»! ... // Se oían los gritos de la «brasilerita»: // —¡Bichoco!... ¡Indio!... ¡Colorao!

---

13 quitanderas, formando un pintoresco núcleo, como una tribu de gitanos.

14 Paso Hondo, la diligencia

15 bestias. // Aquel paraje tiene las características de las zonas neutrales. Allí puede acampar cualquiera. Hay leña

16 choza. Detenida en el atardecer, se iba haciendo la noche, tan oscura como su destino. Echó

17 veían, pues cubiertas

18 lado, bajo la carreta habíase formado un cuartucho.

19 un extraño rancho

20 Abajo, guarecida, la Mandamás

21 La «brasilerita» corría

22 Se oían los gritos de la «brasilerita»:

Y, de cuando en cuando, corregir los malos pasos del perrito: [23]

—¡Cuatrojos!... ¡Juera!... ¡Cuatrojos!... ¡Ya!... ¡Cuatrojos!...

Solamente los animales ponían atención a los gritos de Brandina.

Llegó la noche y no faltaron las visitas. Se acercaban a comprar chala, pero la Rita les ofrecía algo más. [24]

En el profundo silencio de la noche, empezaron a oírse lejanos silbidos y gritos vagos. A los primeros ruidos, Chaves sentenció:

—Alguna tropa que se va [25] p'al Brasil...

Y así fué. Al cabo de media hora era un ruido inconfundible de pezuñas, balidos, gritos y largos silbidos poblando la noche. [26]

Una lucecita roja —de cigarro encendido—, al frente de la tropa, localizaba al jinete que servía de señuelo. Y, con él, la tropilla de «la muda» que venía bufando, ansiosa por llegar a la aguada.

Al poco rato se hicieron presentes las llamas viboreantes del fogón de los troperos. [27]

La carreta de las quitanderas se vió rodeada de novillos. Chaves tuvo que agitar [28] su ponchillo para espantar las bestias curiosas, que se acercaban paso a paso, olfateando la tierra. Se oyó decir a la «brasilerita»:

—No vaya'ser que arreen los bueyes con la tropa.

Chaves se levantó sin decir una palabra y caminó hasta el fogón. [29]

Volvió con ellos, y a medianoche la vieja guitarra

... Y, de cuando ⟩

⟨ del perrito foxterrier: ⟩

⟨ ¡Ya! ¡Cuatrojos! ... Solamente ⟩

⟨ visitas. Todos venían por chala, pero en el fondo ya sabía la Rita cuál era el ardiente deseo que movía sus pasos. // En el ⟩

⟨ que va pa el Brasil... ⟩

⟨ gritos de la gente y silbidos que poblaban la noche. ⟩

⟨ servía de guía. ⟩

⟨ ansiosa de llegar a la aguada. // Al cabo de una hora ya se veían las llamas vibrantes del fogón de los troperos y las sombras proyectadas en la noche por los hombres que preparaban el asado andando alrededor del fuego. // La carreta ⟩

⟨ Chaves necesitó agitar su ponchillo blanco para ⟩

⟨ a «la brasilerita»: ⟩

⟨ vaya a ser ⟩

⟨ el fogón de los troperos. // Volvió ⟩

⟨ guitarra que llevaban consigo las quitanderas fue pulsada ⟩

---

23 perrito foxterrier:

24 pero ya sabía la Rita ofrecerles algo más.

25 que va

26 gritos de la gente y largos silbidos llenando la noche.

27 troperos y sugestivas sombras proyectadas en la noche.

28 Chaves necesitó agitar

29 el fogón de los troperos.

de las quitanderas [30] fue pulsada a pocos metros de la carreta, en el fogón ofrecido a los recién llegados.

Petronila, Rosita y Brandina, la «brasilerita», después de arreglarse para recibir a los forasteros, [31] bajaron de la carreta. Sentadas o en cuclillas, cerca del fuego, escuchaban los acordes de la guitarra, confundidos con los balidos de la tropa cayendo a la aguada.

Y aquella noche las quitanderas se dedicaron a conformar a los troperos...

〈 «para recibir a los forasteros», 〉

La «brasilerita», enterada del arribo de Abraham José, guardó discretamente la novedad.

Una de las tantas veces que se alejó del fogón —para volcar la yerba de una «vieja cebadura»—, más o menos a la una de la madrugada, al agacharse, sintió un inconfundible olor a jabón de turco.

Clavó la vista en la obscuridad y alcanzó a divisar al turco Abraham José. Era él, sin duda alguna, el que estaba tirado en el pasto, con su cajón abierto, desde hacía más de una hora, observando los movimientos de la gente.

Después de reconocerlo, dominando su sorpresa, Brandina trató de parecer indiferente. El turco se echó a reír enseñando sus dientes [32] blancos y parejos. El cabello [33] ensortijado y sucio formaba un casco en la cabeza.

La «brasilerita» no se dió por enterada. No quería volver a oír las proposiciones de Abraham José. Se hizo la que no lo había visto. Volvió al fogón, donde los troperos, misia Rita, Chaves y sus compañeras contaban por turno historias de «aparecidos».

Preparó una nueva cebadura e intentó distraerse con los cuentos de los forasteros.

Al oír hablar de «aparecidos», la «brasilerita» pensó que bien podía ser la visión del turco uno de

〈 José, se guardó muy bien de divulgar su descubrimiento. Primero, porque tenía sus dudas de lo que había visto, y después por conveniencia. // Una de las 〉

〈 —para vaciar la yerba 〉

〈 un olor inconfundible a jabón de turco. Quedóse inmóvil, con la bombilla en la mano derecha y el mate en la izquierda... Aunque era zurda, aquella tarea solía hacerla con la derecha... // Clavó la vista en la oscuridad y sus ojos pardos alcanzaron a divisar 〉

〈 de reconocerle, dominando su sorpresa, Brandina agitó con más brío la bombilla con el mate. El turco se echó a reir con su boca grande, de dientes blancos y labios jugosos. Su cabello 〉

〈 A la «brasilerita» no le pareció prudente darse por enterada. Las proposiciones que Abraham José le hiciera en otro tiempo la amedrentaban. Se hizo la que no le había visto. 〉

〈 cebadura y escuchó con relativa atención los cuentos 〉

〈 ser la escena del turco uno 〉

---

[30] guitarra que llevaban consigo las quitanderas.

[31] «para recibir a los forasteros»,

[32] reir con su boca grande, de dientes blancos

[33] Su cabello

esos casos relatados. Y, sin ser notada, volvió una y otra vez la cabeza hacia el lugar del descubierto.

¿Sería una aparición? Del turco no tenían noticias desde el último cruce por el Paso de las Perdices. Lo recordaba muy bien. Insinuante y malhumorado, si se le negaba algo... Era él. No podía engañarla su olfato. Si con los ojos se equivocaba, las narices no podían mentirle. El olor particular a jabón, a polvos perfumados...

Volvió hacia el lugar del descubrimiento. [34] Era, sin duda, el turco José. [35] Esta vez el hombre la había chistado con su chistido de lechuza, como en el Paso de las Perdices. Volvió a recordar las proposiciones, su insistencia para [36] que se fuese con él, enseñándole una libretita en donde constaban sus ahorros. Pero ella no quería saber nada con aquel sujeto tan raro, que la incomodaba poniéndole las manotas en los hombros y mirándola fijamente. Y, así pensando, cerró sus oídos a la charla de los troperos y a la música doliente de la guitarra.

Le propusieron algo y ella se negó. No quería contestarles, empacada como de costumbre.

—Es muy caprichosa —dijo la Mandamás, justificando su negativa—. ¡Cuando anda con pájaros [37] en la cabeza, se [38] emperra como buena macaca!

Nadie tomó en cuenta aquellas palabras y siguieron haciendo rabiar a la «brasilerita». Ella solamente veía los ojos del turco en acecho, con la boca abierta, riéndose como si tuviese un hueso atragantado.

Cuando el campamento entró en descanso, la «brasilerita», pretextando que los bueyes «podían juirse», se puso alerta, y esperó la salida del sol conversando con el turco.

Al día siguiente, José se incorporó al campamento de las quitanderas. El y Chaves, conversaban

〈 volvió dudando una y otra vez la cabeza, hacia el lugar donde había descubierto al turco. 〉
〈 noticias desde mucho tiempo atrás, desde la última pasada por el 〉
〈 muy bien, viéndolo en aquella ocasión pensativo, malhumorado, amenazante en todo momento. Era él, seguramente. No podía engañarle su 〉
〈 a jabón, al agua perfumada que exhalaba toda la persona del turco José. // Volvió hacia el lugar del descubrimiento y pudo comprobar su aserto. Era, sin duda, el turco Abraham José. 〉
〈 lechuza, igualito al de la última vez, oído cuando la llamara en el Paso 〉
〈 la insistencia del turco para 〉
〈 en donde, según Abraham, constaban sus ahorros en buena moneda corriente. ¡Ah!, pero ella 〉
〈 que la dañaba poniéndole las manoplas en 〉
〈 la música lamentable de la 〉
〈 voluntariosa como de costumbre. 〉
〈 con los pájaros en la cabeza se 〉
〈 abierta, como si su risa fuese un hueso atracado en la garganta. // Cuando 〉
〈 alerta; y así esperó la salida del sol, conversando con el turco, que la había llamado repetidas veces con su chistido de lechuza. // xxx // Al día siguiente, el turco se incluyó al campamento 〉
〈 conversando mientras las 〉

34 descubrimiento y pudo comprobar su aserto.

35 turco Abraham José

36 proposiciones, la insistencia del turco para

37 con los pájaros

38 cabeza se

mientras las muchachas y misia Rita preparaban la chala y discutían los precios de las baratijas del vendedor ambulante.

—Es un turco carero y tacaño —decía una de las mujeres. Y otra, más pícara e intencionada, agregaba:

—Si fuese bueno nos daría a cada una un frasquito de agua de olor...

El turco no le sacaba los ojos de encima a Brandina. No se cansaba de proyectar días mejores con la «brasilerita». [39]

El viejo Chaves se ofrecía a cada rato:

—¿Querés que te arrime leña? ¿Traigo el agua? Mandáme nomás...

Y era Brandina la que respondía por todas:

⟨ El turco, sordo a las palabras, no sacaba los ojos de encima de Brandina. Y, cuando se cansaba de proyectar días mejores con la «brasilerita», contemplándola, posaba su vista en la vieja, apreciando el obstaculo y haciendo sus cálculos... Era la Mandamás que respondía que no, con su presencia... // El viejo ⟩

—No se moleste, don Marcelino... No faltaba más. Pa'eso es visita... Largue ese palo, deje eso, don Chaves.

Y Chaves hacía proyectos de itinerarios, señalaba caminos para recorrer y recordaba campos de pastoreo donde ellas podrían estar tranquilas.

⟨ Pa eso es visita... Largue ese palo, deje eso don Chaves... // Cuando el hombre hablaba con la Mandamás, lo hacía de una manera tan cariñosa que parecía falsear la nota. // Hasta hacía proyectos ⟩

Al anochecer del tercer día anunció su partida con el alba. Tenía una changa en una estancia a siete leguas del «Paso Hondo».

⟨ tranquilas. // Sin duda alguna, lugar más cómodo que Las Tunas no hallarían. Vecinos tolerantes, los cuales hasta habían permitido, en cierta época, la instalación de un bolichero, apiadados de su desgracia y desamparo. El hombre habíase quedado sin caballo. // En el callejón de «Las Tunas» podían estar tranquilas mucho tiempo; sólo que allí, como «el paso» era tan peligroso, en invierno la gente trataba de evitarlo tomando otro camino. // Al anochecer del tercer día, Chaves anunció su partida con el alba. Debía completar una tropita en dos estancias distantes cinco y siete leguas del «Paso Hondo». ⟩

Cuando el turco lo supo, le brillaron los ojos de alegría. Quedaría solo [40] con las quitanderas y, en esa forma, podría terminar el asunto que tenía entre manos... [41]

⟨ alegría. Quedaba entonces solo, con las quitanderas y, en esa forma, podría terminar con el asunto que tenía entre manos. ⟩

---

39 «brasilerita». Pero la Mandamás respondía que no con su presencia...

40 Quedaba entonces solo

41 manos.

Se acercó varias veces a la «brasilerita». [42] Con sus pegadas manos apoyadas en [43] los hombros, le dijo insinuante:

—Si me querés, muchacha, turco darte todo... Trabajo, dinero, roba, alhaja, comida, todo... Turco ser bueno, agachar el lomo para [44] Brandina...

—No, no quiero nada, dejame; si no quiero ir con vos, yo no dejo a la vieja...

El turco, clavándole la mirada, volvió a insistir:

—Tuyo, todo tuyo, si querés al bobre turquito. No lleva blata, borque los otros matan al turco ba sacarle dinero. Todo, todo está en ciudad, gardado. Bero turco Abraham José jura, jura que todo [45] será bara Brandina...

Ella lo dejó con las últimas palabras. Y aquella tarde el turco no descuidó un solo paso de la Mandamás. Comió a su lado. Le alcanzó un plato de sopa. La miraba como si calculase los minutos... [46] Ella era el obstáculo, el eslabón de la cadena que tenía que romper...

Chaves partió a la madrugada. Los teros anunciaron su llegada al «Paso Hondo».

El turco se dejó estar, aguardando la noticia fatal. [47] No podía fallarle. Ya se lo había dicho un compatriota de la ciudad:

—Con un poco de eso en la comida, amanece muerta.

Esperaba. La noticia llegó: [48]

—¡Turco, turquito, Abraham! —gritaban las tres mujeres—. ¡La vieja está fría, dura! ¡Vení pronto, turquito!

Las tres quitanderas rodeaban a «la Rita», ya cadáver, rígido, [49] seco, puro trapo y hueso.

⟨ a la «brasilerita» en demanda de valor. Con sus manoplas puestas en los hombros, le dijo delirante: ⟩

⟨ todo... turco ser ⟩

⟨ el lomo bara ⟩

⟨ si no quiero con vos, ⟩

⟨ la mirada volvió a reir siniestramente. // La pobre «brasilerita» miróle con respeto, casi aplastada por aquellos ojos: // —Vos podés irte, con el cajón yeno de ropa. ¡Ah! ¡Ah! // —Tuyo, todo ⟩

⟨ jura, jura así —hizo un gesto extraño en el aire— que trará, trará todo ba Brandina... ⟩

⟨ el turco lo pasó encima de la Mandamás sin perderle los pasos. Comió a su lado esa noche. La miraba como si calculase observándola... Ella era el obstáculo, el eslabón de la cadena de hierro que tenía que romper... // Chaves dio las buenas noches, haciendo la cama a pocos pasos de la estaca donde tenía atada la soga de su caballo. A la madrugada partía. Los teros ⟩

⟨ aguardando la terrible noticia. ⟩

⟨ amanece muerta... // Esperaba. La noticia llegó a sus oídos hecha un clamor: ⟩

⟨ mujeres —¡la vieja ⟩

⟨ quitanderas llorando, rodeaban a «la Rita», muerta, transformada en un cadáver rígido, ⟩

---

42 «brasilerita» en demanda de valor.

43 manos puestas en

44 el lomo bara

45 jura, jura así —hizo un gesto extraño en el aire— que todo

46 lado esa noche. La miraba como si calculase observándola...

47 aguardando la terrible noticia.

48 llegó a sus oídos hecha un clamor:

49 quitanderas, llorando, rodeaban a «la Rita», transformada en un cadáver rígido,

Brandina vió a su caballo pastar a pocas cuadras. Pero era tarde [50] para alcanzar a don Marcelino Chaves. El sol ya traspasaba de lado a lado la carreta. No había más remedio. Debían entregarse en manos [51] del turco...

Y así sucedió.

El comisario, el sargento Duvimioso, dos milicos, el turco y las tres quitanderas formaban el cortejo.

Cargaron el cadáver en el carrito de pértigo de un zapatero ambulante. Este, montado en una bestezuela roñosa y flaca, conducía el cajón. Lentamente fueron cayendo al «paso», en cuyas piedras sueltas el vehículo daba tumbos. [52]

Las mujeres lloraban. [53] El comisario, al lado del turco, con el caballo de la [54] rienda, decía en voz baja: [55]

—¡Y bueno, era tan vieja la pobre!... [56]

El sargento opinó que «la Rita» chupaba mucho. Debía de tener [57] la riñonada a la misería. Uno de los milicos [58] le dijo al otro, rascándose el talón:

—Y ésas, ¿pa'nde han de rumbiar?

—Seguirán en la carreta, siguro... —repuso el otro.

El cementerio estaba a unas tres cuadras del «paso». Llegaron; y sin más trámites, la metieron en una fosa vieja que hallaron abierta.

⟨ miró su caballo pastar a pocas cuadras, pero comprendió que era tarde ⟩

⟨ transpasaba de lado ⟩

⟨ remedio que dejar todo en manos ⟩

⟨ turco, las tres quitanderas y el zapatero sordo-mudo, con su mujer, formaban ⟩

⟨ del zapatero. Este, ⟩

⟨ sueltas, el carrito daba tumbos y hacía un ruido molesto para todo. // Las mujeres lloraban desconsoladamente. El comisario, al lado del turco, llevando de la rienda su caballo, conversaba en voz ⟩

⟨ la pobre! — decía con resignación, como para que le oyesen las mujeres y bajasen el tono de sus lamentos. // Duvimioso, el sargento, opinó que «la Rita» chupaba mucho y debía tener la riñonada a miseria... Uno de los «milicos» ⟩

⟨ ¿pa'onde han ⟩

⟨ está ubicado a unas tres ⟩

⟨ abierta. Sin duda había sido hecha para alguno que no murió, como se esperaba... // Brandina cayó varias veces sobre el cajón. El que con más bríos echaba tierra sobre la muerta era el zapatero, como si fuese un antiguo sepulturero. // El turco parecía muy impresionado. Al terminar la tarea, el comisario, poniéndole una de las manos en el hombro díjole, —un poco ordenando como ⟩

---

50 cuadras, pero comprendió que era tarde

51 remedio que dejar todo en manos

52 el carrito daba tumbos.

53 lloraban desconsoladamente.

54 turco, llevando su caballo de la

55 conversaba en voz baja:

56 pobre!... —decía con resignación, como para que lo oyesen las mujeres y bajasen el tono de sus lamentos.

57 mucho y debía de tener

58 «milicos»

Al terminar la tarea, el comisario se acercó al turco y le dijo, un poco ordenando, como era su costumbre, y otro poco haciendo mofa del asunto:

—Bueno, turquito: aura tenés que cargar con esas disgraciadas...

⟨ turquito, aura tenés que cargar con esas disgracias... ⟩

Y, despidiéndose, partió seguido del sargento y los milicos. [59]

⟨ seguido de los «milicos» y el sargento. ⟩

Al poco tiempo de andar, dió vuelta la cabeza y contempló el cuadro: el turco iba de a pie, [60] con una de las quitanderas. Las otras dos, con la mujer del zapatero, ocupaban el lugar del cajón. El zapatero conducía al tranco la carretilla. Con un ademán desenvuelto, el comisario ordenó: [61]

⟨ el cuadro: El turco iba «de apié», ⟩

⟨ ordenó al sargento con resolución: ⟩

—Andá, che; pasate la noche acompañando a esas infelices... Puede ser que yo caiga a eso de la medianoche...

El sargento, que no deseaba otra cosa, galopó hacia la carretilla.

⟨ infelices... Yo puede ser que caiga a media noche... El sargento no deseaba otra cosa. Dio vuelta en sentido contrario y galopó hacia la carretilla. ⟩

Mientras se tostaban en las brasas del fogón dos gruesos choclos, que el zapatero le regalara la noche del velorio, Abraham José planeaba su trabajo de aquel día.

La «brasilerita», en enaguas, ensillaba su bayo. Rosita y Petronila dormían aún. Habían pasado la noche entre [62] lamentos y atenciones con el comisario.

⟨ Petronila, dormían aun, pues la noche habíanla pasado entre ⟩

El turco comprendió que cualquier demora de su parte le sería perjudicial. Y, con el pretexto de arreglar sus baratijas, abrió el cajón y desparramó la mercadería entre las ruedas de la carreta. Entraba a dominar el campamento. [63] Ordenaba, disponía y repetíase para sí las palabras del comisario:

⟨ Entraba así, con sus artículos, al dominio del campamento. Ordenaba, disponía, y ⟩

—¡Aura, turquito, tenés que cargar con estas disgraciadas!...

---

[59] seguido de los «milicos» y el sargento.

[60] «de a pie»,

[61] ordenó al sargento con resolución:

[62] dormían aún, pues la noche habíanla pasado entre

[63] Entraba así, con sus artículos, al dominio del campamento.

Cuando la «brasilerita» volvió del monte cercano, donde había ido en busca de unas hojas para una «simpatía» —ya [64] las traía pegadas a las sienes—, el turco le preguntó:

—Brandina, brasilerita, ¿los güeyes están todos?

—Siguro, ahí andan... —y señaló con el brazo estirado—. En la zanja está el «Bichoco»... el «Indio» por [65] los pajonales, y el «Colorau»... ¿no lo ves ahí, atrás de la carpa del zapatero?...

Abraham José se tranquilizó. La «brasilerita» no ponía fea cara, de modo que su negocio marcharía a pedir de boca...

Cuando las quitanderas bajaron [66] de la carreta, el turco les ofreció mate. [67] Brandina, al ver a Petronila, la miró de arriba abajo. Habíase puesto [68] sus mejores prendas. La «brasilerita» le reprochó:

—Aura te ponés la ropa fina p'andar en el lideo... ¿No?

—Es que... —tartamudeó Petronila— me voy a dir pa l'estación...

—¿A qué, cristiana? —volvió a insistir la «brasilerita».

—Y... pa quedarme ayí con Duvimioso.

La resolución fué respetada. A mediodía, el sargento llegó con un «sulky» destartalado que había conseguido en la estación. Y sin mayores explicaciones, cargó con Petronila.

Su alejamiento coincidió con la partida del zapatero. Abraham José contemplaba el desarrollo

favorable de los acontecimientos. Hacía sus cálculos... Aquella repentina soledad lo favorecía.

⟨ unas hojas de yerba contra el dolor de cabeza —las cuales traía ya pegadas a la sienes— el turco ⟩

⟨ los güeyes están todos, todos? // —Siguro, ahí andan y señaló con el brazo estirado —en la zanja está el «Bichoco»... el «Indio», debe andar por los ⟩

⟨ Cuando las otras muchachas bajaron de la carreta, el turco las ofreció un mate. Brandina, al ver a Petronilla, la miró de arriba a abajo. Esta, habíase puesto ⟩

⟨ pa andar ⟩

⟨ —Es que— ⟩

⟨ pa la estación... ⟩

⟨ —Y pa quedarme ayí con Duvimioso... // La resolución de Petronilla fue respetada... A medio día, el sargento llegó en un sulky destartalado que había conseguido en la estación. El hombre prefirió no entrar en explicaciones. Era demasiado seria su propuesta y sabía que «en cuestiones de amor no hay que andar con recobecos [sic] y pamplinas»... dieron la mano al turco, a Brandina y Rosita, y con un ¡buena suerte!, subieron al sulky. // El alejamiento de Petronilla, coincidió con ⟩

⟨ favorable, para él, de los acontecimientos. Solapadamente iba haciendo sus cálculos... ⟩

⟨ le favorecía. ⟩

---

64 hojas contra el dolor de cabeza —ya

65 el «Indio» debe de andar por

66 Cuando las otras muchachas bajaron

67 ofreció un mate.

68 abajo. Esta habíase puesto

Al caer la tarde, un silencio profundo entristecía el campamento. No pasaba nadie por el camino. Eran ellos los únicos seres que habitaban el campo de pastoreo de «Las Tunas». Rosita remendaba una camisa celeste. Brandina, que vigilaba el fuego recién encendido, arrimando una astilla, le preguntó en voz [69] muy baja:

—¿Podés ver la costura, Rosa? ¡Cha que tenés buen ojo!... Ya no se ve nada. Se vino la noche...

La mujer [70] dejó la camisa a un lado y [71] se puso a mirar el fuego. El turco acercó la «pavita» a las llamas. Brillaron las primeras estrellas. [72]

Apenas probaron el asado. Cuando Rosita subió a la carreta, Abraham José y Brandina comenzaron a doblar los géneros y a ordenar las baratijas. [73]

A los tres días, un tropero se llevó los bueyes. El turco hizo negocio por su cuenta. [74] Desde aquel momento la carreta empezó a hundirse en la tierra. [75]

⟨ Rosita, remendaba ⟩

⟨ una astilla preguntóle en voz ⟩

⟨ buen ojo!... // La mujer dejó la camisa en la falda y se puso a mirar el fuego fijamente. El turco acercó la «pavita» a las llamas. La noche los sorprendió tomando mate, silenciosos. // Apenas ⟩

⟨ Brandina, bajo del vehículo, comenzaron ⟩

⟨ las baratijas. Aquel gesto de la «brasilerita» acabó de convencer al turco de que triunfaba. // A los tres ⟩

⟨ su cuenta. Su paso por el descampado de «Las Tunas» no pudo ser más oportuno. Desde aquel momento, la carreta comenzó a hundirse en la tierra... // xxx // ⟩

Marcelino Chaves frunció el ceño cuando se cruzó [76] con su compañero de faena, que arreaba al «Bichoco», al «Colorao» y al «Indio», junto con otros bueyes «pampas». El viejo [77] tropero se dió cuenta de que en el descampado de «Las Tunas» la carreta había tomado otro rumbo. [78]

Atravesó el «Paso Hondo» con el agua a la

⟨ Ya lo presentía don Marcelino Chaves... Cuando se cruzó con su compañero de faena, que arriaba al «Bichoco», al «Colorao» y al «Indio» junto con otros bueyes «pampas» —el viejo tropero se dio cuenta que en el descampado de «Las Tunas», las cosas habían tomado un rumbo insospechado al partir. // Atravesó ⟩

---

69 astilla, preguntóle en voz

70 ojo!... // La mujer

71 camisa en la falda y

72 llamas. La noche los sorprendió tomando mate, silenciosos.

73 baratijas. Aquel gesto de la «brasilerita» era terminante.

74 su cuenta. Su paso por el descampado de «Las Tunas» no pudo ser más oportuno.

75 la tierra...

76 Ya lo presentía don Marcelino Chaves. Cuando se cruzó

77 «pampas», el viejo

78 «Las Tunas» las cosas habían tomado un rumbo insospechado.

cincha, rozando la superficie con la suela de las botas. [79]

Enderezó hacia la carreta, murmurando [80] entre dientes:

—¡Pícaro turco, me ha reventau!

La concurrencia [81] al campamento había sido numerosa, [82] a juzgar por el caminito sinuoso que a ella conducía. Su caballo andaba en él como por senda conocida.

La carreta había echado [83] raíces. Las ruedas, tiradas a un lado, sólo conservaban los restos de uno que otro rayo. Las llantas, estiradas, habían sido transformadas en recios tirantes. El pértigo, clavado en el suelo de [84] punta, hacía de palenque. La carreta habíase convertido en rancho.

Se asomó a una portezuela. Detrás [85] de un pequeño mostrador, sonreía el turco Abraham José.

El extranjero [86] alzó los ojos mirando al recién llegado por entre la espesura de sus cejas. La «brasilerita» invitó a Chaves a sentarse. Tras unas palabras incoherentes, Brandina terminó:

—Sí... Así es... Y Petronila, ¿sabe?, se jué con el sargento... Al otro día del entierro se jué... —Brandina frotaba un frasquito de agua de olor con su falda mugrienta.

—¡Canejo, podían haber esperau! ¡No estaba tan enclenque la carreta...

Rosita aprobó el parecer.

A Chaves no le faltaron ganas de echarse sobre el turco, pero se contuvo. Ya no había nada que

⟨ rozando con las suelas de sus botas, perezosamente alzadas, la superficie cristalina. ⟩

⟨ carreta comprendiendo de antemano y murmurando entre dientes: // —Pícaro turco, me ha revantau! // La carreta, a simple vista, le pareció más chata. La concurrencia hasta el campamento había sido, sin duda alguna, muy numerosa, ⟩

⟨ en él sin necesidad de gobernarle. // Como lo presentía, el vehículo había echado ⟩

⟨ llantas estiradas, habían sido transformadas por el turco en ⟩

⟨ el suelo, de punta, hacía de palenque. Toda la carreta habíase convertido en rancho o en algo por el estilo. // Se asomó a una portezuela. Dentro de la carreta vio un pequeño mostrador y tras él al turco Abraham José. // Desconfiado, el extranjero, alzó los ojos, mirando al recién llegado por entre la espesura de sus cejas. La «brasilerita» tomó la defensa, invitando a Chaves a bajar de su caballo. Tras ⟩

⟨ —Sí... este... Y Petronilla, ¿sabe? se fué con Duvimioso, el sargento... Al ⟩

⟨ con su delantal mugriento. ⟩

⟨ esperau! ¡Qué, también! // Rosita, que acataba a Marcelino Chaves como ninguna, asintió con un gesto de cabeza. // Chaves tuvo un impulso violento de echarse ⟩

79 rozando con la suela de las botas la superficie cristalina.

80 carreta comprendiendo de antemano y murmurando

81 La carreta le pareció más chata. La concurrencia

82 había sido muy numerosa,

83 Como lo presentía, el vehículo había echado

84 suelo, de

85 portezuela. No podía creerlo. Detrás

86 Desconfiado, el extranjero

hacerle: la carreta se había detenido [87] para siempre.

Escupiendo y rezongando, el viejo se alejó, seguido [88] de Rosita. Ella había comprendido las intenciones del tropero. Y no quería terminar allí...

Sin muchas palabras de preparación, después de un: «¡Che, Rosita!», Chaves le propuso:

—¿Querés venir conmigo p'al Brasil? Te yevo...

—Güeno —respondió sumisamente—. [89] Aceto...

—Aprontate, andá, hacé un atau de ropa y vamo...

Chaves aguardaba recostado al palenque. [90] Mientras tanto afirmó el recado, se acomodó las bombachas y el poncho, y se puso a sacarle punta a un «palito» con su facón. Cuando apareció Rosita, preparada para marchar, envainó el arma, llevándose el «palito» a la boca.

Partieron. La última mirada de Chaves fué más de asco que de odio:

—¡Quedarse empantanaos así! ¡Turco pícaro! —dijo entre dientes—. ¡Gringo tenía que ser!

Rosita, sobre la grupa, iba [91] acomodándose la pollera verde. Era baquiana [92] para ir en ancas.

Siguieron al trote, por el callejón, [93] siempre hacia el norte. Las lechuzas revoloteaban sobre sus cabezas. El paso de los caminantes era festejado por los teros. Ni la mujer ni el viejo dieron vuelta la cara para mirar los restos del carretón. Tenían bastante con las leguas que distaban desde las patas del caballo hasta el brumoso horizonte. Mordiendo el «palito» que llevaba en la boca, el viejo tropero iba diciéndole:

⟨ hacerle, ¡la carreta habíase detenido para siempre! // Escupiendo y rezongando el viejo se alejó un tanto de la puerta, seguido ⟩

⟨ tropero. // Sin muchas palabras de preparación, después de un: ché, Rosita! Chaves ⟩

⟨ pal Brasil? ⟩

⟨ —respondió la interpelada, sumisamente. // —Aprontate ⟩

⟨ El viejo tropero, aguardaba ⟩

⟨ y después se puso a sacarle punta a un «palito» con su facón... Cuando ⟩

⟨ el «palito» —escarbadiente— a la ⟩

⟨ Chaves, más fue de ⟩

⟨ entre dientes. // Rosita, enancada, iba acomodándose la pollera verde. No necesitaba agarrarse al hombre, pues era muy baquiana para ir en ancas... // Siguieron buen trecho al trote, por el ancho callejón, ⟩

⟨ caminantes, era ⟩

⟨ viejo, dieron ⟩

⟨ hasta el horizonte. Mordiendo con sus pocos y gastados dientes, el «palito» que ⟩

---

87 carreta habíase detenido

88 se alejó un tanto de la puerta, seguido

89 —respondió la interpelada sumisamente—

90 recostado en el palenque.

91 dientes. // Rosita, enancada, iba

92 verde. No necesitaba agarrarse al hombre, pues era muy baquiana

93 por el ancho callejón,

—Nos agarrará la noche en lo de Perico, más o menos...

Y Rosita respondía: [94] ⟨ Y Rosita le respondía: ⟩

—Sí...

—Mañana almorzaremos en lo del tuerto Cabrera... ¿sabés?

—Sí... [95] ⟨ —Sí...— repetía la mujer. ⟩

—Pasau mañana, ya andaremos por lo de Lara...

—Sí...

—Ayí tengo un cabayo, el tubiano; el tubiano, ¿te acordás? Pa vos... Andaremos mejor... [96] ⟨ el tubiano, ¿te acordás? pa vos... Andaremos mejor. ⟩

—Sí...

Y Rosita dormitaba [97] con los cabellos caídos sobre la cara. ⟨ Y Rosita ya dormitaba ⟩

—Después veremos lo que si hace. ¿Entendés? Ya veremos...

—Sí...

Aquella vida le pertenecía.

El tropero, taloneaba el caballo. La [98] mujer balbuceaba unos «sí...» que parecían caérsele de los labios, como una entrecortada baba de buey... Sí, sí, sí... goteaban las respuestas. ⟨ El tropero, enérgico, siguió caminando. La mujer balbuceaba sus sí, que ⟩

La bestia andaba al tranco entre las piedras. El chocar del rebenque en las botas del tropero marcaba el paso del caballo. Bajo un violento vuelo de teros, el viejo Marcelino Chaves, con su pañuelo negro, y Rosita, con los cabellos en desorden, siguieron por el camino interminable, bajo el claro signo de un cielo altísimo y azul. La luz del ocaso empezó a dorar las ancas del caballo y las espaldas encorvadas de la mujer.

⟨ del tropero, marcaba ⟩
⟨ de teros y un chistido continuo de lechuza, el viejo ⟩
⟨ negro y Rosita con ⟩
⟨ bajo el silencio de un cielo ⟩
⟨ ocaso, doraba las ancas ⟩
⟨ de la mujer... ⟩

---

94 Y Rosita le respondía:

95 —Sí... —repetía la mujer.

96 mejor.

97 Y Rosita ya dormitaba

98 El tropero, enérgico, siguió caminando. La

APÉNDICE

CAPÍTULO I
(Original mecanografiado)

[Fo. 1] (*Matacabayo*) ([*s*]) había encarado los principales actos de su vida, como quien enciende un cigarrillo cara al viento: la primera vez, sin grandes precauciones; la segunda con cierto cuidado ([,]) y, la tercera, —el fósforo no debía apagarse— de espaldas al viento y protegido por ambas manos. // Llegaba la tercera oportunidad. // Viudo, con un casal «a la cola», se dejaba estar en el pueblucho de ([Constitución]) Tacuaras. // En sus andanzas, había aprendido de memoria los caminos, picadas y vericuetos, por donde se puede llegar a Cuareim, Cabellos, ([Santa Rosa]) (*Mataperros,*) Masoller, (*3 Cruces*) Belén, o Saucedo.- Y, en todos lados— boliches, pulperías y ([almacenes]) (*estanzuelas—*) se hablaba demasiado de sus fuerzas. Demasiado porque, menguadas a raíz de una reciente enfermedad, Matacaba ([ll])(*y*)o([s]), «no era el de antes». // El tifus que lo había tenido «panza arriba» un par de meses, le trajo consigo una debilidad sospechosa. No era el mismo. Tenía un humor de suegra y ya no le daba por probar su fuerza, con bárbaros ([puñetazos]) (*golpes de puño*) en las cabezas de los mancarrones. // El día que ganó su apodo, ganó también un potro. Necesitaba lonja y recurrió a un estanciero, quien le ofreció el equino si lo mataba de un puñetazo. De la estancia se volvió [Fo. 2] con un cuero de potro y un apodo. Este último le quedó para siempre. (*Y, aquella vez*) se alejó ufano, como era, (*por otra parte*) su costumbre. ([...]) (*Ufano*) de sus brazos musculosos, que aparecían ([...]) invariablemente como ajustados por las mangas de sus ropas. (*Las pilchas, le andaban chicas.*) ([Las]) Espaldas de hombros altos; ([la greñosa]) greñosa (*la*) cabellera renegrida, rebelde bajo el sombrero que nunca estuvo proporcionado con ([aquel]) (*su*) cuerpo; las manoplas caídas, como si le pesasen en la punta de los brazos; el paso lento y firme, de sus piernas ([separadas]) arqueadas de tanto domar, y su mirada oculta ([por lo regular]) bajo el ala, habían hecho de Matacabayo un personaje singular en varias leguas a la redonda de Tacuaras. // Hombre malicioso, estaba siempre ([dispuesto]) (*decidido*) a la apuesta, para no permitir que alguien tuviese dudas de su fortaleza, ni se pusiese en tela de juicio ([su]) su capacidad. La pulseada era su débil y no quedó gaucho grandote sin probar. Los mostradores de las pulperías, ya habían crujido todos ([por]) (*bajo*) el peso de su puño, doblando a los hombres capaces de medirse con él. Andaban por los almacenes, un pedazo de hierro que había doblado Matacabayo y una moneda de a peso, arqueada con los dientes. // Pacífico y de positiva confianza, los patrones le admiraban y ([*le*]) tenían (*le*) en cuenta para los trabajos de importancia. Durante mucho tiempo, los caminantes que pasaban por Tacuaras, preguntaban por él en los boliches y seguían contentos, después de ver el pedazo de hierro, la moneda arqueada y trabar conocimiento con «*el mentao*». // [Fo. 3] (*Pero no le duró* ([*todo*]) *lo que era de desear la fama de vigoroso. De todo su pasado, sólo era realidad el mote*). // ([apodo]) ([con un cuero de potro y un mote que le quedó para siempre]) ([Este último]). // ([Pero la]) (*Una*) traidora enfermedad le había hecho engordar y perder su célebre vigor. Ya no despachaba para el otro mundo ni potros, ni mancarrones, pero algo aprendió en la cama... Aprendió a querer a sus crías. Miraba con ojos que lamían (*a*) su hija, Alcira. Y, a (*Chiquiño*) el «gurí», no le perdía pisada. ([Según]) ([...]) Debía encaminarlo, (*cuando se alzaba en sus quince años bien plantados*). El recuerdo de su primer mujer no lo visitaba jamás. «Ni en pesadilla me visita ([ba]) la finada», solía decir. De ella le quedaban los dos hijos, como dos sobrantes del tiempo pasado. Su segunda mujer, (*Casilda, era una chinota*) desdentada, flaca, macilenta. Presentábale([s]) (*con razón o sin ella*) diarias batallas. En cambio era suave y zalamera con los hijastros, de quiénes esperaba la alianza necesaria para vencer a su marido. Casilda ([se llamaba la mujer]) (*se había encariñado con las criaturas, pero*) comprendía cuán([to se alejaban]) (*lejos estaban*) las posibilidades de descargar contra su enemigo, el asco que le inspiraba. Lo había fomentado infructuosamente en los hijos.- Ellos renegaban de su madrastra, sobre todo el «gurí», quien tenía una admiración estúpida por las fuerzas de su padre. // Ubicado estratégicamente a la entrada del pueblo, por la puerta de su rancho cruzaba el camino. Ya bajo la enramada haciendo [Fo. 4] lonjas, o sentado junto al tronco de un paraíso, se le veía invariablemente trabajar en algún apero. A su alrededor, iban y venían las gallinas y los perros. Unos y otros, apartábanse cuando pasaba (*la menuda*) Alcira con el mate. Las (*famélicas*) gallinas ([comían]) (*corrían*) allí donde Matacaballos arrojase el sobrante de yerba o el escupitajo verdoso. Y, los perros, de tanto en tanto, venían a mirarle de cerca, como intrigados por el trabajo. A veces, una maldición ([...]) echada ([...]) al viento, ([luego]) (*como consecuencia*) de la ruptura de una lesna, atraía a los perros, atentos a su voz cavernosa. // Trabajaba sin cesar. Tan sólo hacía paréntesis para encender el pucho apagado, escupir y bajar de nuevo la cabeza. // Siempre había arreos para componer. Como estaba instalado a la entrada del pueblo, apenas llegaban los carreros, le traían tiros ([,]) rotos en el camino. Fácil era apreciar a la distancia el estado de los callejones. Manchones negros o parduzcos, salpicaban el verde de los campos empastados. Los ([pantanosos]) malos pasos, se podían ver desde su rancho. Y, en oportunidades ([,]) hasta contemplar la lucha de los carreros empantanados. Matacaballos estaba convencido que no había nadie como él, para componer los tiros rotos y las cinchas y cuartas reventadas en el violento esfuerzo de los animales. // ([...]) (*Fue explotador de aquel pantano,* ([*mas*]) (*pero*) *descubierta esta treta, se resignó a usufructuarlo en sus consecuencias, más que en el propio accidente.*) // [Fo. 5] Cuando veía repechar una carretera, esperaba el paso de los carreros para ofrecerse. Así hizo relación y conoció a los «pruebistas» de ([1]) (*un*) circo que ([en Constitución causaba tanto furor]) (*marchaba hacia el pueblo vecino.*) Los vio venir en dos carros tirados por mulas. Los vió caer en el mal paso, encajándose uno tras otro ([,]) en el ojo del pantano. «Peludia ([ban]) (*ron*)» desde las nueve de la mañana hasta la entrada del sol. Fue aquello un reventar de animales, de cinchas, de cuartas, de sobeos. // Como no se acercaban a pedir ayuda, no se molestó en ir a su encuentro. Por ello, dedujo ([,]) de que se trataba de gente pobre y forastera. Se las querían arreglar solos ([,]) por lo visto. // De las once en adelante, se abrió el cielo y cayó vertical un sol ([caliente]) (*abra[s]ador*). Los accidentados viajeros no tomaron descanso hasta pasadas las doce, cuando puesto en salvo el carretón mayor pudieron pensar en el almuerzo. // Entre pitada([s]) y pitada ([s]), Matacaba([ll])(*y*)o([s]) siguió cuidadosamente los pasos de los forasteros. No se le pasó por alto el ir y venir de dos o tres figuras de colores. (*Al*) parecer, venían mujeres en los carretones. Y su (*im*) paciencia se ([col]) (*cal*)mó, al ver ([la lentitud]) (*a*) los ([forasteros]) (*viandantes*) ([en]) trepar la cuesta. // [Fo. 6] Rechinantes ojos, fatijosas bestias , ([yantas]) ([*bujes*]) (*yantas*) flojas que, al chocar con las piedras del camino, hacían un ruido por el cual fácil era deducir lo desvencijado que ([el]) (*venían los*) carreton(*es*) ([estaba]) ([venía]). // Ladraron sus perros y Matacaba([ll])yo([s]) levantó la cabeza de su trabajo. Clavó la lesna en un marlo de choclo y, como hombre preparado a ([...]) recibir visitas, —seguro del pedido de auxilio ([...]) (*colocó tras de la oreja*) su apagado pucho de chala. // Se avalanzaron sus perros saliendo desafiantes al camino. Pasaba la ([carabana]) (*caravana*) de forasteros y, cuando Matacaba([ll])(*y*)o([s]), comprendió que ([pasaban]) (*seguían*) de largo, se adelantó y les hizo señas. Detuvieron (*su paso*) los carros, ([su paso]) envueltos en una nube de polvo. Las mujeres que en ellos viajaban, se taparon la boca con pañuelos de colores. A Matacaba([ll])(*y*)o([s]), le pareció que le sonreían y dió pasto a sus ojos ([,]) mirando con interés aquel racimo de mujeres. Poco le costó ([a Matacabayos]) convencer al mayoral de ([que podía]) (*su destreza en*) componer([los]) ([los]) tiros, arreos([,]) reventados (*cualquier trabajo de «guasca»*). Cargó con los que pudo, prometiendo ir a buscar los restantes ([,]) en ([uzo]) (*uso*) aún sobre las bestias. Al arrancar los carros, Matacaba([ll])yo([s]) quedó apoyado a un poste del alambrado, acomodando sobre sus hombros los arreos a reparar. // (*Vió alejarse la caravana de forasteros y le llamó la atención, un hermoso caballo de blanco pelaje que seguía a los carros*). // [Fo. 7] En la culata de (*uno de*) los ([carros]) (*vehículos*) con las piernas al aire, iban ([cuatro]) ([*tres*]) (*cuatro*) mujeres. Le saludaron con los pañuelos, cuando estuvieron a ([cor]) (*cier*)ta distancia. Parecían ir muy contentas. La alegría inusitada de las ([forasteras]) (*mujeres*) le chocó (*a*) Matacaballos, quien al girar los talones ([,]) para regresar a su rancho, vió ([,]) ([encaramada]) (*enmarcada*) en la ventana, con ojos condenatorios, a Casilda. Su mujer había visto la escena de despedida. //... // Un día el pulpero le dijo: // —Mata, te veo montar en mal caballo. Sin estribos, ([me]) (*al*) parecer. // Matacabayo([s]) —solían llamarle, más brevemente Mata— comprendió la alu[s]ión. Vivía acosado por los amigos: // —No descuidés tu trabajo, Mata, pa ayudar a esa gentuza... Son pior que jitanos de disagradecidos. // El experto en «güascas», había abandonado su ([trabajo]) (*labor*) habitual, para inmiscuirse en los asuntos del circo. Amontonados en su cuartucho, estaba[n] cabezadas, frenos y arreos ([variados]) de varias estancias vecinas. El nuevo negocio, (*bien*) valía la pena de dejar a un lado ([,]) el trabajo lento de hacer un lazo. Aquel circo de pruebas en la miseria, [Fo. 8] con sus carretones destartalados, iba a «clavar el pico» allí. No era posible de que saliesen de aquel atolladero de deudas, envidias y rencores viejos. El caso era sacarle partido al derrumbe. De todas aquellas tablas viejas, de todas aquellas ([caí]) (*raí*)das lonas y fierros herrumbrados, podría surgir una nueva empresa. Se diría que le iba tomando simpatía a ([aquellos]) (*los restantes*) cuatro trastes. // Como su actividad no mengüaba, el hombre iba de un lado para otro, dentro del circo. Era la persona servicial, el hombre oportuno y solícito. Entraba en el carretón y no dejaba de dar charla a las ([*tres*]) cuatro mujeres que formaban la población femenina. Dos rubias, «Hermanas (*Felipe*»,), amazonas; una italiana ([gordinflona]) (*obesa*) y cierta criolla, llamada Secundina, mujer ([cuarentona]) (*cincuentona*), rozagante y hábil, la cual terciaba aquí y allá, ([capataceando]) (*distribuyendo*) la tarea. Hacía en el circo el papel de ([gobernanta]) («*capataza*») y, al parecer no tenía compromiso alguno con los hombres de aquella «troupe». // Matacabayo([s]), puso sus hijos a disposición del circo. El Director, Don Pedro, era un hombre raro, indiferente y ([...]) (*hosco*). Comprendiendo el estado calamitoso de (*la*) ([circo]) (*empresa*), apenas si ponía interés en que no lo engañasen ([una de las amazonas con la cual él vivía]) (*en la administración y el reparto de los beneficios.*([...]) *Se decía en el pueblo que era el amante de una de las amazonas. Pero él, se mostraba indiferente.)* [Fo. 9] ¿Qué faltaba algo? Don Pedro encendía su pipa y prometía arreglar lo que no arreglaba nunca - Sin nacionalidad definida, ([caminaba]) (*dominaba*) dos o tres ([leguas]) (*lenguas*,) ([hablando con su mujer]) (*maldiciendo*) en francés gutural y (*hablando*) en un italiano del sur, («*al flaco*) Sebastián», el boletero, quien representaba la inquietud encerrado en la taquilla. Este se lo pasaba vociferando, echando maldiciones. Pero nadie le hacía caso, a excepción hech[a] de la segunda amazona, hermana de la (*supuesta*) mujer de D. Pedro. // Kalizo, que así se llamaba el italiano «forzudo» del circo, vivía con los pies en un charco de barro. Sus enormes pies, sufrían al aire seco. Traía a su mujer y un oso. Ella una sumisa italiana y (*él*) —el oso— una apacible bestia. Formaban una familia. Comían juntos ([,]) los mismos platos. Deliberaban poco y cuando lo hacían, el oso subrayaba las palabras ([,]) con su hocico, rozando la pared de madera de la jaula, con su balanceo idiota de animal mecánico. // Kalizo también se mostraba indiferente. Cuando se encolerizaba, era al recordar cierta suma de dinero ([,]) prestada a los que habían quedado presos, «los tres del trapecio», unos borrachos empedernidos. Al dueño del oso, poco le interesaba la suerte del circo. Sabía que con su oso y la mujer, haciendo ([los]) (*de*) gitanos, podían ir «echando la suerte por los caminos». ([A mas]) (*Además*) dada su vida ([económica]) [Fo. 10] (*económica*) rayana en la avaricia, habían juntado algunos pesos. A Kalizo le tenían sin cuidado los preparativos de la primera función. Una vez levantadas las gradas, entraría con su oso y asunto terminado. Las amazonas «Hermanas Felipe» —no podían llevarse de acuerdo. En una, la tranquilidad era efectiva. En la otra, la compañera del hotelero, había preocupaciones y razones serias para no saltar muy a gusto sobre las ancas del ([los]) caballo([s])... El boletero sacaba muy poco partido de la función y se le debía dinero. // ([El]) (*Las*) ([municipio]) (*autoridades*) del pueblo, les cobraba una suma ([respetuosa]) (*absurda*) por el alquiler de la plazuela, ([protestando]) (*pretextando*) que allí pastoreaba([...]) la caballada de la comisaría y que, al ser ocupado el campo por el circo, debían apacentar las bestias en prados ajenos. Don Pedro, el director, dispuso que se cobrase un tanto a las chinas pasteleras que desearan vender sus mercaderías, en los intervalos de la función. Se trataba de una suma insignificante. Pero, al saberlo ([,]) el comisario, impidió que se cometiese ese atentado a la libertad de comerciar de la pobre gente. // Aquello puso de mal talante a Don Pedro. ([Riñó con el comisario y]) Estuvo a punto de renunciar el contrato por cinco funciones. Contaba con la rentita que le podía producir aquel alquiler de los contornos del circo. // [Fo. 11] Se sumaron a este contratiempo, seis u ocho más. Entre ellos, la repentina dolencia de Secundina, la chinota con quien se entendía Matacaba([ll])(*y*)o([s]) para ordenar el trajín del circo. // Secundina, la criolla, tenía un carácter temerario. Desde su llegada, ([...]) (*marchó*) de acuerdo con Matacaba([ll])(*y*)o([s]). Por ella supo el hombre, los pormenores de la compañía. Don Pedro en realidad ([no]) ([*la*]) ([tomaba en serio]) (*comprendía el fracaso. Pero*) solamente se ([hacía]) (*ponía de*) malhumor, cuando le contrariaban y, sobre todo, cuando se las tenía que ver con las autoridades. Como buen sujeto, sin nacionalidad definida, odiaba a todas las razas. Le repugnaban los criollos (*y*) hablaba mal de los «gringos». ([y tenía razones muy hondas para desconfiar del]) (*Preocupábanle las resoluciones del*) italiano. (*Este*) era la ([segunda potencia comercial]) (*atracción más importante y atrayente*) en el circo, desaparecidos los «hermanos del trapecio». // Matacaba([ll])(*y*)o([s]), por Secundina lo supo todo. Adivinó también que la mujer le admiraba con una pasividad de hembra aplastada. Y, para Matacaballo([s]), el espectáculo de la salud física de Secundina, era una ([superstición]) (*fuerte sugestión.*). Así que, cuando después del almuerzo ([,]) se puso mal, con unos cólicos terribles, Matacaba([ll])(*y*)o([s])([,]) hizo ir a la cabecera de su cama —cueros y mantas en el piso del carretón— a su hija Alcira. Allí la tuvo, horas y horas, alcanzando agua y cuidando en los más mínimos detalles, el bienestar de la enferma. Mientras tanto([s]), Matacaba([ll])(*y*)o([s]) enviaba su hijo al otro lado del río([,]) [Fo. 12] por unas yerbas medicinales. // Los días se habían acortado. Amenazador, se avecinaba el invierno. A las siete de la tarde, los campos ya tomaban ese color verde-oscuro que hace más húmeda y profunda la noche. // Sentado en unas piedras de la ribera, Matacaballo veía desnudar a su hijo. ([De espaldas]) El muchacho, detrás de unas matas raleadas por los primeros ([fríos]) (*heladas*) y la escarcha, íbase quitando resueltamente las prendas. Un gozo bárbaro, un temblor corría por las jóvenes carnes del muchacho. Se frotó los brazos, bajó a la ribera y entró en el agua. Con ella a las rodillas, mojó sus cabellos y, sin darse vuelta, resueltamente tendió su vigoroso cuerpo en las ondas. A las primeras braceadas, dijo su padre (*animándole*:) —¡Lindo Chiquiño! y encendió un pucho apagado. // Entre el ramaje se oyeron unos pasos. Volvió la cabeza Matacaballo([s]) y vió la figura menuda de su hija, dando saltos y apartando ramas. —¿Qué venís hacer?— la interpeló con violencia. // —La Secundina grita mucho, tata— dijo deteniéndose repentina(*mente*) ([mente]) —Vaya pa ya, le digo! —gritó el padre poniéndose de pie— no se mueva de la cabecera, canejo! // La chica dió media vuelta y salió corriendo. Cuando su padre ([la trataba de]) [Fo. 13] (*la trataba de*) «usted» ya sabía ella que había que obedecer de inmediato, «sin palabrita». // Matacaba([ll])(*y*)o([s]) puso oído atento. Ya no se veía con claridad, pero fácil era percibir las brazadas de su hijo, como golpes de remos. Parecía contarlas con la cabeza gacha ([*clavada*]) (*la mirada fija*) en las piedras de la ribera. // Un silencio salvaje([,]) salía del boscaje, se alzaba del río, iba por los campos. Inmóvil el agua en la superficie, era signo de ([que debía haber]) una seria correntada en lo profundo. // El río, de un ancho de tre[s]cientos metros de orilla a orilla, comenzaba a reflejar las primeras estrellas. Algunas luces de la otra ([orilla]) (*costa*), cambiaban de sitio. Fijo los ojos en ([la costa vecina]) (*ella*) Mata aguardaba a su hijo. // Se fue corriendo el nudo de las sombras ([,]) y la noche se hizo cerrada y fría. El silencio se apretó más aún. Matacaba([ll])(*y*)o([s]) hubiese querido escuchar dos cosas a un mismo tiempo: —La voz de Secundina, quejándose([,]) y las brazadas de Chiquiño al lanzarse al agua de regreso. Pero la primera señal de que regresaba su hijo, fue una leve ola que sacudió los camalotes. La ondulación del agua y luego los golpes de remo de los brazos ([de su hijo]). Se oyó la respiración fatigosa del muchacho. Matacaba([ll])(*y*)o([s]) gritó, para indicar el puerto de arribo. Y aguardó. // [Fo. 14] No era fácil oir con claridad los golpes en el agua. No se acercaban tan rápidamente como para diferenciarlos de los golpes del oleaje en las piedras de la orilla. Por momentos el viento parecía alejarlos. Mata temió que (*su hijo*) errase el puerto y lanzó un largo grito. El eco abarajó la voz y se la llevó por los barrancos. Aguardó luego unos instantes. No podía demorar tanto ([su hijo]). Cuando vió entre las sombras, inclinarse los camalotes([,]) como un bote que se tumba, dió un salto y ([se posó]) cayó entre la maleza. Puso oído atento. Un chapaleo de barro venía de ([la]) (*su*) derecha. (*Se*) inclinó ([su]) ([*el*]) ([cuerpo]) y pudo distinguir a pocos metros el (*cuerpo*) de su hijo, tendido entre los camalotes. Corrió a socorrerlo. // Desmayado de cansancio, (*en*) completa([mente extenuado]) (*extenuación*), ([«el gurí»]) (*Chiquiño*) a penas había podido llegar a la costa. En la nuca traía atada una bolsita con las yerbas medicinales. // Apretado contra su pecho Matacaba([ll])(*y*)o([s]) tuvo el cuerpo inánime de su hijo. La reacción fue rápida. Frotándole los brazos, golpeándole en las espaldas, al cabo de unos instantes «el gurí» comenzaba a vestirse. Cuando su hijo pudo hacerlo solo, Matacaba([ll])(*y*)o([s]) se alejó para ([encender su apagado]) (*dar lumbre a su*) pucho de chala. El primer fósforo se le apagó al encenderlo. Corrió igual suerte el segundo, próximo ([a la boca]).

CAPÍTULO II
(Original manuscrito)

[Fo. 1] Si bajo el amplio toldo agonizaba el circo, fuera, con virulencia de feria provechosa, ardía el paisanaje. (*Dentro*) la pandereta de Kalizo, hacía danzar el oso. El tambor (*de*) destemplado parche, anunciaba la proeza de las Hermanas Felipe. Repetidos saltos y desdeñados ejercicios daban fin a la función. En una atmósfera de indiferencia el clima del fracaso ponía bostezos en las bocas. // Triunfaba en cambio, el espectáculo gratuito. Chinas pasteleras, vendedoras de fritanga y confituras, armaban alboroto alrededor del circo. (*Las*) inmediaciones del toldo era recorrida por un público libre, [Fo. 2] fumador y dicharachero. Rapadura, ticholo, pasteles, «caninha brasilera» y buen tabaco abundaban endulzando bocas, aromando el aire, templando las gargantas. Terminada la función, la música empezaba con brío ([,]) alrededor de algunos fogones, nerviosos de llamas de leña verde y carcajadas que festejan. // Bajo las carpas, corrían chiquillos, cambiaban de sitios las mujeres, se acomodaban los hombres parsimoniosos, cigarrillo de chala a la boca, forrado cinto a la cintura. El comisario ignoraba el monte y el truco que bajo cierta [Fo. 3] carpa, escondía su sabroso entretenimiento. Bajo aquellas lonas ardía un entusiasmo sano, todo él salpicado de dicharachos, blasfemias y promesas. // Buen apetito zumbaba en los estómagos vacíos de los trasnochadores desacostumbrados. Un sábado (*de*) excepción para el ca[s]erío de vida regular. // Las chinas pasteleras, vendedoras de «quitanda», agotaron sus manjares. En cuclillas o por el suelo tiradas, reían a gusto, en coloquios vivos con la peonada de cinco o seis estancias de la vecindad. Troperos, caseros y cami-[Fo. 4] nantes, acamparon en el pueblo, precipitando marchas o demorando partidas. Pocas veces se daba el caso de hacer noche con tanto provecho. // La gente del circo, hacía rueda con las ([pasteleras]) vendedoras de pasteles, terciando con troperos dispuestos a gastarse los reales. // En la boletería del circo, (*en cambio*) se armaba la trifulca. En la repartija, nadie salía contento. Don Pedro perdió los estribos. Kalizo amenazaba separarse de la compañía. La Justina, mejorada ya, participaba en las discusiones, afirmada en [Fo. 5] la fortaleza de Matacabayos que habíase hecho imprescindible. // Las Hermanas Felipe, —una de pico con el comisario, la otra mateando con un tropero— les tenía sin cuidado la suerte del circo. // En la carpa de las vendedoras de «quitanda», pasada la media noche([...]) (*calló*) la música. Su lona parda, parecía ocultar un secreto. Desde la boletería, Kalizo y Don Pedro, observaban aquel espectáculo de orden misterioso. // —Ayí hay gato encerrado— aseguró Don Pedro, mirando la carpa de las vendedoras de «quitanda.» [Fo. 6] Kalizo, que no podía estarse en pie, pues los tenía inflamados, se tiró al suelo y comentó: // —Tantas mujeres juntas, no pueden hacer nada bueno. Menos mal que mi gringa duerme como el oso. // El fogón de las ([vendedoras]) (*pasteleras*) parecía animarse por momentos, para caer de pronto en un letargo sospechoso. // Don Pedro vio salir de la carpa a una de las Hermanas Felipe, la Nena —como le llamaban— Aguzó la mirada, interesado por aquel trajín sin sentido. La Nena, desde que el circo había entrado en [Fo. 7] franca bancarrota, se interesaba menos por el director. Este a su vez, que buscaba la coyuntura para deshacerse de ella, le dejaba libre por la noche, a fin de que la mujer «se acomodase» con el comisario. // Una figura, que desde hacía algunos días comenzaba a hacérsele poco simpática a Don Pedro, cruzó a pocos metros camino de la carpa. Era Matacabayos. Al instante la ([Justina]) Secundina, pasó como siguiéndole la pisada. // Kalizo y Don Pedro se miraron un instante. No les cupo la duda de que una nueva organización, extraña [Fo. 8] a su empresa, se llevaba a cabo al margen de su negocio. // Debían enterarse de lo que pasaba. // Llegados a la reunión, para romper el hielo (*con*) que fueron recibidos, Don Pedro le pidió fuego al comisario. Kalizo, más atento a las circunstancias, se agachó y, levantando un tizón con una punta humeante, mientras encendía su pucho apagado aseguró: // —Así da gusto de ver a la mozada divertirse. // De la carpa, salió la Nena repentinamente, como si de ella se hablase. // [Fo. 9] El comisario, luego de darle fuego a Don Pedro, trató de adular al director: // —Pucha, sin ustedes, esto parecería un cimintero! Aura da gusto ser comesario en Constitución! // —Venimo como las moscas al dulce agregó levantándose un tropero joven, medio picado— Con unas paicas ansina, es lindo mojarse el culo!— // —Si seguís así, te vas a secar!— sentenció una voz, desde la obscuridad. Y, la risotada fue general. // A pocos metros de la carpa, [Fo. 10] dos o tres parejas conversaban de espaldas en el suelo, mirando las estrellas. La Nena se acercó a Don Pedro y le invitó a sentarse al lado del comisario. // —A que no ves una centeya— le dijo la Nena a Don Pedro. // —Es más fácil que encontrar una hembra fiel, di seguro— murmuró (*Don Pedro*) que apenas fue oído ([Don Pedro]). // La Nena, como si no ([...]) hubiese puesto atención, continuó: // —Pescá una estreya y pedile que te de alguna cosa. Esta noche te la promete y mañana la tenés. // Cruzó el firmamento una estrella fugaz. // [Fo. 11] —La viste, la viste! A que no le pediste nada!— gritó fuera de sí. // —No me dio tiempo, la chúcara— dijo Don Pedro. // —Yo le pedí una cosa— aseguró la mujer— // —¿qué? —curioseó el comisario— // —¡Plata, que es lo que hace falta! // —Ta que sos interesada, Nena, le respondió Don Pedro. // Secundina y Matacabayos, mateaban a gusto. Cuando le tocó el turno a Kalizo, este dió las gracias de mal humor. Don Pedro, aceptó y, con la bombilla en la boca, se dejó oir: [Fo.12] —Con que pedís plata ¿no?— // La Nena sabía que aquella manera de hablar de Don Pedro, encubría un plan desagradable. Se quedó pensativa y para distraerse, se puso a conversar en baja voz con uno de los troperos. // Cacarearon los gallos de la comisaría, en un momento de silencio. Con sueño o sin él, fueronse separando [d]el grupo algunas parejas. El comisario aseguró que caía rocío y que el relente de la noche le ponía ronco al día siguiente. // Tirado largamente, Kalizo se había dormido. Cuando el [Fo. 13] comisario se levantó, don Pedro se ofreció para acompañarle. // A los pocos pasos de andar, el comisario le dijo— Don Pedro: // —Esto no puede durar mucho, mi amigazo. Si alguno de los estancieros vecino[s] protesta van a tener que rumbiar para el Norte. // —Yo creo lo mismo— respondió el director del circo— aquí ya nadie quiere ver más las pruebas. // —Sí, aura quieren otra cosa, canejo, y eso no puede durar —repitió el comisario— eso no lo debe permitir la autoridá. // —¿El qué? ¿El que se aburran de [Fo. 14] mi espectáculo?— se defendió el director. // —No amigazo. Ese «coginche» que han armau ustedes, canejo! // —¿qué coginche dice ([Ud]) (*usté*)? // —Avise, si me quiere hacer pasar gato por liebre!— // —No lo entiendo, comisario, no se de que caracho me habla— // El comisario detuvo el paso frente a la reja de la comisaría. // —Le hablo del «coginche» ese que han armau en la carpa, entre la vieja Secundina y las hermanas que ginetean. ¡Ayí si que se hacen ginetear de lo lindo! ¿Acaso [Fo. 15] usté no lo sabe? —preguntó firme el comisario. // Don Pedro, lo comprendió todo al instante. No hubiese querido seguir hablando, para no pasar por un sonso y por cornudo. Pero el comisario insistió: // —Hay que pensar en marcharse pronto. La indiada anda alzada y puede haber escándalo con algún borracho. Mañana no les dejo vender caña, si quieren sacarle el jugo a la peonada.— // Don Pedro no salía de su asombro. El, que todo lo veía, resultaba ahora «fumado» por aquellas mujeres. // [Fo. 16] —Las chinas esas de la quitanda, han sacau sus buenos pesos. Pero no con los pasteles, di seguro. Y las hermanitas esas suyas... —No son hermanas mías, avise— se apresuró Don Pedro— // —Claro que no —rió el comisario— le digo las hermanas Felipe y la Secundina... // —Yo palpitaba, pero no creía que habrían ido tan adelante— dijo descargándose Don Pedro. // —Bueno, ya lo sabe, dos noches más y a volar que hay chinches. // Abrió la puerta de calle de un empujón. El asistente, que había permanecido atento a pocos [Fo. 17] pasos, oyó la blasfemia de Don Pedro: // —Hijas de!... // Y, entre los yuyos del ([la plaza]) (*camino*) se oyeron los pasos apresurados del director, camino a la carreta donde dormía.

CAPÍTULO III
(Original manuscrito)

[Fo. I] En la boletería del circo —un cuartucho de tablas de techo de cinc— Kalizo ([...]) Sebastián y Don Pedro, reían a carcajadas. Tan ([diferente]) (*inesperado*) era este (*insólito*) final de ([la noche]) (*función*) al de noches pasadas, que Matacabayos y Secundina estaban sobre ascuas. // Antes de comenzar la función, había habido una escena violenta en medio del circo. Mientras Matacabayos variaba el ([corcel]) ([*alazán*]) (*tordillo*) de las Hermanas Felipe, había aparecido Casilda, su mujer, en actitud beligerante. Descargó sobre Matacabayos una serie de improperios que fueron [Fo. 2] multiplicados, ante la aparición de Secundina. Desde lo alto de su cabalgadura Matacabayo dirigía aquel debate grotesco, de celos a flor de piel. El animal daba saltos, y se encabritó al sentir el castigo de su jinete y los gritos de las hembras. Remolineaba, sacudía la cola, se paraba de manos en la arena, mientras de uno y otro lado se cruzaban insultos Secundina y Casilda. // Matacabayos, quería tranquilizar a las mujeres y apacigüar al caballo. Y, conseguía enardecer a su ex-concubina, quien buscaba algo para arrojar al ginete. [Fo. 3] ([Secundina]) (*Casilda*) intentó manotear las bridas del corcel, pero al aproximarse sólo consiguió ponerle más ([ner])brioso. A Mata le era materialmente imposible contener el ([animal]) (*tordillo*) y apearse. // El escándalo fue mayúsculo. Don Pedro, desde la puerta le dijo a Kalizo: // —¡Parece que ensayasen un número para esta noche! // Dejó que la escena se desenvolviese libremente. // Secundina arrojó un pedazo de madera a Casilda, quien recogió el proyectil e intentó un blanco en el jinete. Dos perros que per- [Fo. 4]manecían en actitud tan contemplativa como Kalizo y ([...]) Don Pedro, comenzaron a ladrar. —Chúmbale! Toca!— azuzóles ([Don Pedro]) el director por lo bajo. // Los perros entraron en el ([círculo]) redondel ladrando furiosos. Uno de ellos se encargó de las faldas de Casilda. El otro intentaba morder las patas del caballo. —¡Fuera porquerías!— gritó ronca Casilda. // Pero el ([mastín]) ([*perro*]) can —un cuzco ([hábil]) frenético— alcanzó las faldas de Casilda y tironeaba insistente y (*tenaz*). La escena era realmente de circo. Salió del ([...]) círculo Matacabayos, [Fo. 5] desistiendo de apearse en esas condiciones. El otro perro siguióle ladrando hasta afuera de la carpa. // Cuando Casilda quiso ([...]) presentarle quejas a don Pedro, el hombre encendió su pipa y la echó a rodar. La mujer le endilgó algunos epítetos y salió masticando palabrotas, seguida de Alcira, su hija, una criatura de doce años, raquítica y fea. // La escena de la mañana, tenía (*animados*) comentaristas aún por la noche. Al verles reir en la casilla del boletero a ([K]) este, a Kalizo y Don Pedro, tanto Matacabayos como Secundina,

([...]) creyeron [Fo. 6] que comentaban el episodio de la mañana. Pero no era así. Don Pedro, frotaba ([en las]) (*entre ambas*) manos, al parecer, ([papeles]) (*billetes*) de un peso. Los contaba y se los entregaba a Kalizo quien, luego de manosearlos, se los pasaba a Sebastián. // ¿Qué dinero se repartían tan satisfechos aquellos hombres? // El director dijo: // —Clorinda le pidió anoche a una estrella que le diese plata... // —¡La va a tener!— agregó (*el flaco*) Sebastian. // —Y de la buena, caracho!— dijo entre carcajadas Kalizo... [Fo. 7] —Este está muy grueso— dijo ([Sebastián]) (*el boletero*) pasando un billete a Don Pedro. // —Dejá no más, yo lo arreglo— aseguró el director cogiendo el billete. // —¡Qué buenos falsificadores!— dijo Kalizo a quien le divertía la tarea. // Los tres hombres parecían tres niños entretenidos en un juego diabólico. Se habían tomado, a no dudarlo, un trabajo singular. Comprado habían, una gran hoja de papel secante oscuro y, con gran habilidad fueron cortándola en pedazos del tamaño de un billete de a peso. Luego de darle apariencias [Fo. 8] de billetes de banco, se entretenían en suavizarlos, frotándolos entre sí y comparándolos con una pieza verdadera de papel moneda. // —A ver, a ver vamos a experimentar —observó con tino Sebastián— Sin mirarlos, vamos a pasarlos por las manos, para ver la diferencia... // La operación dio un resultado satisfactorio. ([El]) (*Los*) billetes ([legítimos]) (*fabricados*) se confundían fácilmente con el de un peso. Radiantes de alegría se los pasaban de mano a mano, ya estirados, ya hechos un rollito misterioso. // —Esto va a colar muy bien— aseguró don Pedro en el colmo de la dicha. [Fo. 9] Tendremos una venganza de primer orden. // Fabricada la moneda para pagar los servicios de aquellas prostitutas debutantes que merecían castigo por desertoras e infieles, sólo les restaba convencer a la peonada de que participasen en la treta. // Eligieron entre los peones de tropas, los cinco ([...]) más capaces de engañar a las pasteleras. Y no les fue difícil alcanzar la complicidad de aquella gente, siempre dispuesta al embrollo y la picardía. Aparecieron voluntarios. Tres peones de estancia, dos de ellos [Fo. 10] asiduos visitantes de las noches pasadas, quienes frecuentaban a las pasteleras y deseaban con ardor poder relacionarse con las Hermanas Felipe. // La venganza comenzaba por vejar a las amazonas y era fácil tarea, ya que ellas eran las más codiciadas. // Repartieron dinero falso, vale decir, trozos muy sobados de papel secante entre la mozada más decidida. Esperaban que la orden del comisario fuese cumplida. // Don Nicomedes ([...]) (*repitió*) una [y] otra vez, esa noche, que debían abstenerse so pena de pasarlas al calabozo [Fo. 11] de encender un solo candil. // —Mijitas, si quieren andar bien con la justicia, cumplan al pie de la letra lo ordenado —dijo muy serio el comisario. Y, explicó enseguida: Ya tengo quejas de Uds. Me dicen que de las casas se ven luces sospechosas hasta la madrugada. Esta noche, si quieren aprovecharla, no hay mate ni cigarros... // Las pasteleras, las vendedoras de quitanda y otras chinas que, conocedoras del éxito pecunario se habían enrolado en la nueva empresa, estaban satisfechas de la determinación. Sin luz, todas ellas saldrían favorecidas. Creyeron que [Fo. 12] en aquella forma, podían devolver cambios provechosos para ellas y hasta desvalijar tranquilamente al paisanaje. // Secundina y Matacabayos, organizadores de aquella empresa, cayeron en la trampa. Pensando bien del bonachón de don Nicomedes, calcularon una noche óptima. // Los peones y los troperos, —formaban un total de diez clientes,— alardearon de ricos. Se hablaba en las ruedas de cinco y diez pesos, con un coraje sorprendente. Un ([...]) mulato retacón ofreció a Clorinda cinco pesos «por un rato». A la Leona, uno de los troperos le hizo promesas por demás ([halagadoras]) (*atrayentes*). Las vendedoras de [Fo. 13] quitanda veían una noche redonda de ganancias y nadie se preocupó de los pasteles. La rapadura, el ticholo, el tabaco eran despreciados y en montones por el suelo los paquetes servían ([de percheros]) (*para*) —Allí dejaban el sombrero aludo los paisanos, y el cinto con revolver y el cuchillo de vaina de plata (*y el par de botas con espuela*) y alguna prenda interior también. // En la confusión provocada por la obscuridad, saltaban las carcajadas y los ayes nerviosos de las mujeres se apagaban bajo los toldos pesados. Entraban y salían los hombres, se defendían cediendo al fin las mujeres y de vez en [Fo. 14] cuando un chistido como de lechuza aparecía en el interior de la carpa imponiendo silencio. Era a veces Misia Rita, la que administraba (*a*) las vendedoras de quitanda. Era en otras ocasiones Secundina, indignada por el escándalo, por el cosquilleo que los peones imponían a las muchachas al quedarse a solas con ellas. Temían al escándalo, pero no podían contener a las pasteleras y los troperos ex[c]itados por la circunstancia de estar jugando a las escondidas. Era picante aquella obscuridad para las hembras. Y, sin duda era más aún [Fo. 15] motivo de regocijo, la comedia a representar, cuyos protagonistas sólo esperaban echar una cana al aire, pagándola en papel secante y desaparecer de la toldería. La crueldad tenía formas inesperadas de alegría, la trampa, el embrollo, el engaño hacían la noche más llena de matices y la escena de la farsa les avivaba poniéndoles parlanchines y nerviosos. Estafarían con todas las de la ley. Alevosía y nocturnidad, premeditación de aquellos tres sujetos siniestros, siempre pronto a vengar agravios y a estafar a las [Fo. 16] hembras. // Don Pedro, con Kalizo y Sebastián, fumaban en la carreta, distante unos doscientos metros de las carpas de las pasteleras. Vigilaban el resultado de la estratagema, preparados para levantar campamento al día siguiente, con todo lo que tenía valor en el circo. Los caballos, tablados, lonas, ([piezas de]) instrumentos de música y carretón. // Don Nicomedes esperaba el resultado de aquella lección. Apostado (*a pocos pasos de la carreta*) conversaba con un vecino [Fo. 17] de confianza, a quien puso al tanto de la tramoya. Había enviado a su asistente a vigilar de lejos el movimiento. Y, pasada la media noche, cuando se retiraba el comisario a acostarse, el asistente llegó con unos papeles en la mano. // —Mire lo que me dio la vieja Rita, comisario —dijo alargándole los papeles— Pa comprarme unas botas, me ([dijo]) los dio la Mandamás. // Don Nicomedes cogió los falsos billetes y curioseó: // —Y qué hace la vieja esa en la [Fo. 18] función? // —Y... es la capataza, la que guarda la plata. Sentadita en el suelo la muy disgraciada no pierde el paso a la Leopoldina, la Rosita y la'autra paisana e los pasteles. La vieja es la *que manda más...* // —Pero son diablas estas paicas!— agregó el vecino que acompañaba a Don Nicomedes— Venirse al pueblo a hacer esas cochinadas. ¡Se da cuenta! // —Pero se la han jugao lindo los [Fo. 19] del circo. ¡Me gusta el extranjes ese de Don Pedro pa idiar pruebas! Al ñudo no más es director de los pilletes eso! // El asistente reía disimuladamente. Don Nicomedes terminó: —Me voy pa no dar lugar a charlas y que desconfíen. // Al darle la mano al vecino aseguró: // —Mañana no queda ni rastros de esta gentuza!

// En la toldería seguía el entusiasmo. Secundina y la Mandamás, Misia Rita, mojaban el pulgar para contar con [Fo. 20] cuidado los billetes. Después iban a la media, en un rollo muy ajustado. // Entraban y salían paisanos de las carpas. Algunos, alejados de los toldos, en el pasto humedecido por el relente, cumplían con el deseo, con los ojos atentos a la carpa de la vieja Rita. Había ([también]) (*pasteleras desinteresadas)* quienes no ([necesitaban]) cargaron sus bolsos con pasteles inútiles. Y, quienes, en cambio bajo los toldos, cedían a la tentación de un rollito de tres y cuatro pesos. // Clorinda y Leonina, pasaron [Fo. 21] hasta la madrugada conformando (*a*) aquellos labios ([...]) (*húmedos*) a aquellas manos ásperas, (*a*) aquellos tórax fornidos, sin decir palabra, sin explicar las cosas, sin contener las ansias. // Entraban, salían... Se dejaban llevar por la cintura o simplemente esperaban adentro, boca arriba, al hombre que les tocaba en suerte. // Saciaron sus apetitos, calentaron sus ganancias, entre un desorden de cojinillos, alpilleras, sacos y paquetes de rapadura, ([y]) ticholo y tabaco. El aire fuer-[Fo. 22]temente impregnado de olores varios, les trastornaba. Los silencios de los hombres, le infundía miedo. El de los cabellos largos; el de fuerte musculatura; el de violento olor a cueros; el de boca carnosa y bigotuda; el sin dientes; el de barba; este y el otro, el que repetía sus visitas, todos diferenciados por una u otra característica, por el tono de voz o por el pesado revolver que ponían bajo los jergones... // Así fue el (*pesado*) desfile sin piedad, ([y]) cruel. ([En aquella]) (*Era la*) jauría lanzada por don Pedro, adiestrada por aquel [Fo. 23]) organizador sin igual. // Pasó por la obscuridad el paisanaje canallesco y mentiroso, pasó frenético, hábil comediante, sediento y áspero, dejando en las manos de las hembras, miserables papeles inútiles, con la complicidad de la noche, bajo las jorobas pardas de las carpas, alzadas como [para] permitir los saltos y contorsiones de la turba sensual y terrible.

Capítulo IV
(Original manuscrito)

[Fo. 1] A uno y otro lado del camino, las tierras laboradas ofrecían un paisaje hermoso. Hondonadas y cuestas, abierta en surcos la tierra negra, infundían en el ánimo un estado noble de amor al trabajo. La entraña abierta por el arado, exhalaba un olor penetrante. Paralelos los surcos, ([...]) determinaban un orden ([...]) (*perfecto en*) las ideas de los que le contemplaban. A lo lejos, un rancho daba la sensación de la propiedad, ([...]) (*lo que llaman*) el progreso lento y seguro. Un labriego, de pie en el medio de la tierra arada, aparecía como surjiendo del surco. Alta y fornida estaca de carne y hueso([s]), que traía a la mente una idea [Fo. 2] sana y ([atrayente]) (*alentadora*). Imágenes de salud y de vida, surgían al contemplar la labor realizada tal vez por aquel ejemplar humano, de pie sobre la tierra. Aquel hombre era un poco árbol y otro poco bestia de labranza. ([Pero]) Era una presencia sugerente. // Clorinda cabizbaja, dejaba ir sus ojos por la tierra arada. A lo lejos, se perdían las últimas casas del pueblo, cada vez más pequeñas, a cada paso más insignificantes. // La carreta avanzaba por el camino. Clorinda era la única que iba silenciosa. ([*Petronila*]) Leopoldina y Rosita [Fo. 3] las chinas vendedoras de quitanda, parecían viajar muy contentas y alegres. Entre las dos, iba una brasilerita robusta y sana, una muchacha de escasos quince años, de pechos opulentos, carota rosada y trenzas a la espalda. Se llamaba ([...]) ([Petrona]) (*Petronila*). Tenía unos ojos picarescos y una dentadura pareja, fuerte y blanca, que al reir le aclaraba las facciones. // Adelante, iba[n] Secundina y Chiquiño. El muchacho arriaba los animales, conduciendo el carro. // Del circo, había salido esta aventura hacia el Norte. Matacabayo([s]), dueño de la situación, cate-[Fo. 4] quizó, conjuntamente con Secundina, a la rubia Clorinda. Leonina no quiso correr la suerte de su hermana y, apresuradas por el comisario, tuvieron que ([elegir]) decidirse sin pensarlo mucho. // La reconciliación de Clorinda con don Pedro no pudo realizarse. Las Hermanas Felipe, supieron quien era el canalla que había ([...]) (*armado*) la trampa ([en]) de la noche pasada. Todas las culpas cayeron sobre el director. Sebastián y «la Leona», casi no tuvieron resentimiento. El tordillo (*de la acrobacia*) por ser el boletero quien más dinero tenía invertido, quedó en manos de Leonina. Esa [Fo. 5] misma tarde, cruzarían el río para seguir hacia el norte, con Kalizo, su mujer y el oso. Don Pedro ([quien]) se insolentó con el comisario y fue pasado al calabozo. Se guardó los pesos de las últimas funciones y entregó uno de los carretones a Matacabayo([s]), quien lo adquirió por una bicoca. Pagaba las deudas en un santiamén, ([...]) huyeron (*todos*) y quedó ([ron]) ([los otros]) don Pedro a la sombra, con el dinero, tranquilo, resignado, ([...]) pipa en ([la]) boca y ([...]) (*negra y*) misteriosa mirada. // Clorinda divisó las últimas casas y sintió que una congoja le apretaba la garganta. La tierra [Fo. 6] partida con honradez, la tranquilidad del paisaje y aquella visión de seguridad que le infundía el rancho clavado en medio del labradío, terminó por entristecerla del todo. // Oía la conversación animada de las muchachas. No eran más jóvenes que ella, las dos ([pasteleras]) (*carperas*), pero tenían un carácter más libre de acechanzas. Nada les importaba dejar el caserío, si tenían promesas de Secundina de acampar en ([...]) la proximidad de un almacén, donde se correrían carreras al día siguiente. Clorinda pensó si [Fo. 7] no sería mejor ([pensar]) (*entregarse*) como aquellas tres mujeres y confiar en el porvenir. ([...]) (*Pensó para tranquilizarse que en*) el almacén hallaría otra vez a los troperos. Tal vez el de negro, Chaves, volvería a preocuparle. // La Secundina se lo había dicho: //—Te tengo reservado un estanciero que me pidió te llevase a las carreras. Si te acomodás con él, te vás a ráir de todas las mujeres de la tierra! // Un vecino del lugar, le había insinuado a Matacabayo([s]) ([...]) (*su deseo*) ([quería]) (*de*) entrar en relaciones con la rubia, ([pero que]) No quería, (*lo advirtió,*) sa-[Fo. 8]ber nada de ir al campamento. // ([Con]) (*En*) aquella promesa, fincaba el viaje de Clorinda. // El sol se ocultó tras las casas del pueblo y la tierra arada, más negra en el crepúsculo, fue quedando atrás. Una nube de polvo velaba el horizonte. Las ruedas del carromato chocaban en las piedras del camino. Los cuatro caballos que le arrastraban, eran fustigados por Secundina. Las ([vient]) bridas, en manos de Chiquiño, convertido en un hombre responsable. // Matacabayos había ido adelante, para conseguir ([...]) lugar[Fo. 9] donde ubicar el vehículo. // Se hizo la noche y las mujeres se cansaron de reir y comentar las escenas de la ([noche]) (*jornada*) anterior. Se habló de misia Rita, quien prometió venir con pasteles y fritangas a las carreras; se pasó revista a uno por uno de los troperos; ([al]) de ([Comisario]) don Nicomedes, se habló con encono y, hasta de Casilda abandonada como un trasto con Alcira, su pequeña hijastra. // Secundina no quiso terciar en la conversación. Llegaban a un paso difícil en el camino. [Fo. 10] Entrada la noche acamparon. Las tres horas de rodar por malos caminos, habían hecho enmudecer a las vendedoras de quitanda. Pero cuando vieron las luces de un nuevo caserío, se animaron —Era el rancherío de Cadenas. —¿Vamo hasta las casas? —invitó Leopoldina a las otras mujeres. // Puso oído atentos a la invitación Secundina y, cuando Rosita ([animaba]) (*incitaba*) al resto a dar un paseo por el ([almacén]) boliche, la mujer se interpuso: // —¡No, no! Ya saben que la Mandamás soy yo, por ahora.— dijo con tono enérgico— Tengo que dir primero yo, con la Clorinda. Después van ustedes. // Clorinda no respondió. Se dejaba [Fo. 11] llevar, embargada por una pena inesperada. Pensaba en don Pedro, entre rejas, solo, abandonado y le entraron ganas de llorar. // Chiquiño largó los caballos al callejón. No bien terminó la tarea, ([apareció]) se hizo presente Matacabayo([s]). Venía en pingo escar[c]eador, puro ruido de coscoja y chocar de rebenque en la carona. // Con pocas palabras se entendieron con Secundina. // —¡Nos están esperando, vamos! // Clorinda no se opuso y marchó al ca[s]erío animada por la curiosidad. // A caballo el hombre. Las dos mujeres al paso, por el ancho camino. [Fo. 12] Petronilla y Rosita, preparadas las camas, se echaron a dormir. Bajo el carromato, Chiquiño y Leopoldina tomaban mate. // No se cruzaron una sola palabra, no se miraron una sola vez. Los ojos de ambos estaban fijos en la llama de la pequeña hoguera encendida. Al pasarse ([los]) el mate, o arreglaban un tizón (*evitando mirarse,*) o se acomodaban alguna de las pilchas de sus vestimentas.

Chiquiño ([chupaba del mate]) (*lo saboreaba*) hasta hacer ([sonar]) ruído con la bombilla. Daba vueltas en la yerba, hurgaba sin necesidad y volvía a llenarlo para pasárselo a la mucha—[Fo. 13]cha. Cada vez que ella se inclinaba para alcanzar el mate, ([que se le ofrecía]), dejábase ver su seno firme, dentro del corpiño abundante. ([Chiquiño]) El muchacho parecía rehuírle, esquivar la mirada, seguir empeñado en mantener el fuego. // Leopoldina era pequeña, baja de estatura (*invariablemente*) pálida y ojerosa. Empolvada con exceso, tenía polvo hasta en las cejas y las pestañas. En las manos ([tenía]) (*lucía*) tres sortijas. Un cinturón le ajustaba la cintura partiendo su cuerpo en dos. Arriba los senos firmes. Abajo las piernas gruesas, de muslos de gran curva hacia adelante. Dos o tres veces se puso de pie, para ([*mirar*]) (*comprobar*) ([...]) si [Fo. 14] Rosita y Petronila dormían. Al volver a sentarse, cuando cruzaba las piernas, le saltaban las rodillas de bajo las faldas cortas. // No se dijeron ni una palabra; no se miraron cara a cara ni una sola vez. El uno, no buscaba los ojos del otro. Antes bien, evitaban de mirarse, como si mutuamente temiesen reprocharse algo. // Poco a poco se fue apagando la luz de la lumbre. Quedaron dos tizones ardiendo y, ([...]) (*un*) humo ([suave]) (*enérgico*), de (*leña verde*) subía hasta las dos caras, irritándo(*les*) los ojos. ([de ambos]) // El agua estaba fría, ([que]) (*no obstante*) seguían mateando. Sin decir palabra, sin cambiar una mirada, fijos en su sitio, el uno frente al otro, [Fo. 15] tizones por medio, el humo entreambos. La mirada baja, los ojos adormecidos, sobre la frente el sombrero, Chiquiño, hosco, defendía su ánimo cobarde. La mujer, aparentemente fría, dibujaba círculos en la ceniza extendida alrededor del fogón, con ([una]) (*la*) punta de una ramita. // Se quedaron sin lumbre. ([y]) Apenas se distinguían las caras. En la penumbra, aprovechando aquella semi-claridad que enrojecía las caras, se miraron de pronto. Se miraron fijo, como si se hubiesen arrepentido al unísono. Chiquiño forzó una estúpida sonrisa nerviosa. Se le aclararon los ojos a la muchacha y picarescamente aguzó la mirada. Fijos los ojos, estuvieron [Fo. 16] mirándose, transformando poco a poco las miradas, cambiando los rasgos fisonómicos. Demasiado largo le pareció el mirar a Chiquiño. Breve, a Leopoldina, cuyo coraje ([que]) se afilaba, audaz y en punta, en un amago de sonrisa. // Titubearon sin saber por qué, en un indeciso malestar, sin fuerzas por salir del trance embarazoso. // Movidos por idéntico pensamiento, como si temiesen ser ([vigilados]) (*descubiertos*) a un (*mismo*) tiempo tornaron ambos las cabezas escudriñando la ([noche espesa]) (*densa obscuridad*) que se interponía entre el carro y el pueblucho. El oído atento, no recogió un sólo eco. Buscaban el ruido anunciador, la pisada delatadora de algunos pasos. La noche silenciosa [Fo. 17] que reducía el camino al tamaño de una ([...]) senda ajustada, les dio un valor inesperado que se hizo firmeza y deseo en Leopoldina; seguridad ([y]) e impulso en el muchacho. // —¡Vení, vení!... —alcanzó a articular la boca de la mujer. Y, no había terminado su invitación, cuando Chiquiño la hacía rodar sobre el pasto. Como dos sombras unidas, proyectadas por una luz que cambia de lugar, se apretujaron contra una de las ruedas del carro. Luego una vibración del cuerpo de([l]) Chiquiño y el largo suspiro de Leopoldina, sin palabras ya, apresando el deseo tartamudeante del muchacho. // [Fo. 18] El campo exhalaba un olor fuerte, a pasto quebrado y húmedo. // Solapada y encubridora, la lumbre tenía dos puntas de fuego en los tizones. Y una nubecilla de polvo cruzó por el humo, dorando la escasa claridad.

CAPÍTULO V
(Original manuscrito)

[Fo. 1] Era domingo, en las enaguas almidonadas de las chinas; era domingo en el pañuelo blanco, rojo o celeste que engolaba a los hombres; era domingo, en el caballo enjaezado con primor... Domingo en la lustrada([,]) (*bota,*) en la espuela reluciente, en la crin recién tusada de los pingos. Era domingo en el camino trillado y en el vaso de caña servido hasta los topes. Era domingo en los palenques, cruzados de cabestros. Era domingo en la taba por el aire y en la apuesta sin medida y corajuda. Domingo ruidoso, en los cintos gordos de patacones. Domingo alegre en el moño primoroso [Fo. 2] oscilante ([s]) en las trenzas, prendido en los corpiños. Domingo tendido sobre los mostradores, ([...]) tintes en vino. Domingo en el chas-chás de las bolas de billar y la confusión gárrula de los tacos. Domingo en la carcajada y las palabras sin control. Y, Domingo en la seriedad responsable del comisario, en la preocupación avarienta del bolichero y en la artimaña celestinesca de la Mandamás. // «*La Lechuza*», —veinte casas a lo largo del camino era un ([pueblo]) ca[s]erío para los domingos. Tres o cuatro boliches, tenían caballos [Fo. 3] apostados en las puertas, pilas de cabalgaduras de todos los pelajes, de todas las marcas. Las colas inquietas, alzaban nubes de moscas y el piso, verde de bosta fresca, ponía una nota de color en la tierra parduzca y árida. // Volantas, sulkis y jardineras, próximas a una enramada baja, de techo pajizo raído por los vientos. ([...]) El boliche más ([concurrido]) (*frecuentado*), era una casa baja, de frente rosa([do]) (*de un*) desteñido. A la derecha, maizales. A la izquierda la cancha de carreras. Quinientos metros aplanados, donde se abría un trillo polvoriento. // Los ponchillos de verano, aletea-[Fo. 4]ban en la puerta del boliche y (*de*) bajo de ellos se movía la mano que registra el cinto, sube la bombacha caída o palpa la culata del revólver o el mango del cuchillo. A los pobres borrachos se les desarma. A los ricos, se les respeta el derecho de seguir armados. // Pocos pasos de([l]) la pulpería, próximo a un rancho de totora, manipulea un par de gatos barcinos, un personaje llamativo. Vestía camisa roja, bombacha azul y alegraba su cabeza de negro motudo, un chambergo de paja, cuya ala estaba unida a la copa por un broche dorado descomunal. Se [Fo. 5] llamaba Paujuán —acoplamiento de los ([...]) (*nombres*) Pablo y Juan. // Una forzada carcajada de loco, atraía a los habitantes de los ranchos, que no concurrían al boliche. // Brasileño el sujeto, explicaba en una jerga pintoresca, la utilidad de los gatos. // La concurrencia, mujeres y niños en su mayoría, se mostraba([n]) indrédula. Paujuán presentábales las carreras de gatos y hacía un formal desafío a los felinos de «*La lechuza*». // Las carcajadas del negro, atrajeron público. Mientras preparaba la cancha, lanzaba pullas, zahería a [Fo. 6] alguien, bromeaba con los ([niños]) (*gurises*). // Se había formado una rueda inquieta alrededor suyo. Demoraba de profeso, para atraer a la gente. // Desembolsó por fin ([una]) la pareja de gatos que tres o cuatro veces había amenazado con dar libertad. // En la pareja había un gato rabón, con las orejas cortadas. Si su maullido no entrase en su cuerpo, como entraba, largo y lamentable, la gente hubiese dudado de que era un gato. // Paujuán sacó del bolsillo un reseco marlo de choclo y, ([arrojándolo al suelo]) dejándolo caer, cogió por la cola al otro gato. Lo levantó en el aire y fué acercándolo poco a poco al marlo. // [Fo. 7] Furioso el animalejo estiraba sus patas, armadas las uñas, buscando algo de que prenderse. En manotón, alcanzó el marlo y el enfurecido animal, llevóselo a la boca, hundiendo en él sus colmillos. La escena duró unos instantes hasta que el negro sonrió satisfecho sentenciando: // —Está furioso— // Largó el gato dentro de la bolsa, donde maullaba el compañero rabón. Ante la expectativa de muchos —ya aumentaba considerablemente la concurrencia— comenzó a desenvolver un ovillo de gruesa piola. Arregló cuatro estacas de estaquear cueros, y clavándolas a cierta distancia, preguntó si en el boliche había gatos. Unos chicos ([Fo. 8]) comedidos, trajeron al momento dos ejemplares negros que maullaban ([corri]) (*rodea*)dos por los perros. // Al verles, el negro opinó que estaban muy gordos y pesados para correr. // Los paisanos le observaban. Matacabayos ([con]) (*y*) Secundina se acercaron a ver. // Colocadas las estacas una frente a otra, a una distancia de diez pasos largos, unió las dos primeras con la piola. Luego hizo la (*misma*) operación con (*las*) ([otras dos]) (*restantes*) estacas. // La expectativa se hizo cada vez mayor. Aparecieron dos chicos más, con sendos felinos. A uno y otro lado del negro, maullaban gatos de varios pelajes. Miserables ([gatos]) animales [Fo. 9] sarnosos, que hacían sonreir a Paujuán—// Terminada la tarea de extender las líneas, exclamó: // —Bueno... Isto e pra meus bichinhos... A segunda volta eu desafíos a (*todos*) os gatos de «*La lechuza*». // Se apretó más aún la rueda. En el centro el negro se sentía admirado y motivo de atención. Se destacaba espectacular, con su camisa azul y en bombacha roja. // El negro se encaminó con el gato rabón hacia una de las estacas. Un collar de trapo se ajustaba alrededor del pescuezo del animal. En el collar una argolla, en la cual ensartó la piola que volvió a atar fuertemente [Fo. 10] a la estaca. Así amarrado, el rabón se quedó quietecito maullando. // Con el otro felino hizo igual ([...]) operación. Como a los gallos antes de entrar en el reñidero, trató de enfurecer con el marlo a los gatos. // Cada gato en la estaca correspondiente y en medio el negro, con ([un bolso]) (*el saco de alpillera*) que los contenía. // —Bueno, hay que apostar! —gritó— y, encarándose con Matacabayos, ([...]) le interrogó: // —¿A ([quién]) (*queim*) aposta o senhor? // —Hacelos correr, no más... Dispués apostamos. // —A no, sinhor! Teim que gogar! // [Fo. 11] Dos paisanos quisieron apostar entre sí. // —Voy al rabón— // —Yo voy al barcino coludo, cinco pesos! // Y, uno del grupo que permanecía atento, bromeó con el que ofrecía cinco pesos contra el rabón: // —que vas a apostar vos, que tenés la bolsa como pavo rastrojero! // Un pavo que se alimenta en los rastrojos, tiene el buche lleno de pajas inútiles. El herido con aquel dicho, abarajó la broma y se adelantó: // —A vos mismo te los juego! // —Pero si no corren ni nada que se le [Fo. 12] parezca!— terció otro. // Ante la incredulidad de la gente, Paujuán, gran conocedor de su público novato, creyó conveniente hacerlos correr para demostrar la forma como se desempeñaban los felinos. // —Eu vo facer una experiencia!— // Y, dispuesto a la demostración, de pie entre los dos animales, pidió cancha para sus pupilos. // Levantó la bolsa en alto, en ademán de dar la orden de partida y lanzando un ronco: Aura!, bajó el brazo, sacudiendo en el suelo el saco de alpillera. Y, la pareja de gatos rompió, asustada, en feroz carrera, ante la amenaza de [Fo. 13] un castigo. Huyeron bajo la tendida cuerda sin apartarse de ella, hasta dar con sus cuerpos en la otra estaca. Chocaron en el extremo de la cuerda y se tumbaron previo ([salto]) (*vuelco*) por el aire. El rabón llegó primero ([y]) e inmediatamente revoleó por el aire la cola del otro animal. Como dos briosos caballos, luego de ([las carreras]) haber corrido, los gatos daban saltos, atados a la cuerda, amarrados a las estacas. // Un([a]) descomunal griterío saludó el triunfo. Era una realidad las carreras de gatos. Ya no había dudas. El negro acariciaba su pareja, desafiante y triunfal. // [Fo. 14] El comentario cerró más el círculo de curiosos. Matacabayos demostraba un entusiasmo repentino. // —Lindo canejo, lindo!— exclamaba fuera de sí. // Dos o tres paisanos, alejados del grupo y cuchillo en mano, preparaban estacas. Se buscó cuerda en la pulpería y estaban dispuestos a acollarar los gatos que habían traído los chicos. // Al poco rato había tres felinos más, prontos para participar en las carreras. // Matacabayos levantó apuestas y aparecieron contrincantes y jugadores. // Caía la tarde del domingo. // [Fo. 15] Se acercaron al grupo Chiquiño y Leopoldina primero. Después Rosita y Clorinda. // Se corrieron una tras otra, muchas carreras, las cuales ganaba con frecuencia el rabón, a quien sólo le hacía mella un gato cruza de montés que trajeron de un rancho, ([metido en una bolsa]). Era un ejemplar bravío ([,]) que, no bien caía el golpe del negro en tierra, partía hecho una furia y se estrellaba en la estaca del otro extremo. // Se fue haciendo el crepúsculo. Corridas las carreras de caballos, se acercaron los ginetes a ver lo que ([su]) acontecía en aquella rueda. // [Fo.16] Apenas se veían los objetos a corta distancia. No obstante lo avanzada de la noche, se repetían las apuestas, saltaban los gatos envueltos en una nubecilla de polvo dorada por las luces últimas del crepúsculo. Y, las cabezas gachas, los cuerpos inclinados y los gritos de los jugadores, entraron en la noche, cerrándose la fiesta con las carreras de gatos. // En la pulpería —que ya se sabía de la expulsión del pueblo vecino, de las vendedoras de quitanda,— se comentaba el hecho y se dijo que el negro, formaba parte del circo. // [Fo.17] Matacabayo([s]) había invitado a Paujuán para seguir andando en su carro, con las chinas que tanto público atraían seduciendo a la paisanada. // Si Matacabayos y Secundina conquistaban al negro, perdían por otro lado a Clorinda. ([Esta]) La amazona no podía resistir la atracción de don Pedro. Aprovechó el regreso de la gente de ([Constitución]) (*Tacuaras*) y en una volanta, sin despedirse, regresó en su busca. // La noche en el carretón fué triste. Rosita, Petronilla y Secundina recibieron pocas visitas. Matacabayo([s]) en la pulpería fue incli-[Fo. 18]nando el codo, —uno tras otro vaso de caña— y estaba completamente borracho. // Chiquiño y Leopoldina, habían desaparecido, en uno de los caballos del carro. Se les había visto camino del ([Constitución]) (*ranchería de Cadenas*) ([también]). // En la borrachera oyó Matacabayo([s]) insultos, vejámenes, toda clase de humillaciones. // —Andá con tus quitanderas! Aprendé viejo sonso a domar mujeres! Por nada te sirve haber matau matungos!... // A la mañana siguiente, rumbo al norte, siguieron los restantes incluyendo a la troupe, el negro de las carreras de gatos. // Las primeras quitanderas sufrían [Fo. 19] el primer fracaso.

Capítulo VI
(Original manuscrito)

[Fo. 1] «El paso» de Mataperros ([estaba]) bordeado por un boscage seco, pleno de resaca. Los árboles de un color pardusco, ([...]) mostraban ramas tronchadas, hojarasca en las copas, plumas, esqueletos de pescado, trapos y hasta alguna ([hasta]) ([...]) viruta de latón enredada entre el ramaje. Hacía apenas unos quince días, el arroyo se había salido de su cauce, arrastrando cuanta basura hallara por las riberas. // [Fo. 2] Desde lejos se veía el cambio de color de los árboles. Tan sólo los más altos, enseñaban un verde viejo y ([la línea]) (*el nivel*) de las aguas, ([enseñaban]) había llegado hasta tres metros de la normal. // La entrada del paso (*aunque se marchase a caballo*) se ([hacía]) (*mostraba*) dificultosa. ([*aún yendo*]) ([aún yendo a caballo]) ([*marchando*]). Había que ir apartando ramas secas, plagadas de resaca, que formaban nidos metidos en las horquetas. ([de las ramas firmes]). // Abajo, en el cauce, corría [Fo. 3] un hilo de agua solapado. A simple vista nadie podría creer en unas crecidas capaces de arrasar con los montes. // Entre la maraña, en cuclillas Chiquiño y tirada en el suelo Leopoldina, se hallaban desde hacía más de dos horas. La mujer, no podía continuar el viaje, padeciendo un agudo dolor en la cintura. Tirada en un barranco, se quejaba ante la pasividad de aquel mozo que habíala sacado campo afuera, sin saber dónde diablos [Fo. 4] llevarla. Había escogido los callejones y el campo abierto, como quien elige un rancho cualquiera en la inmensidad del mundo. // Chiquiño se sentía en su medio natural. El campo abierto, le parecía suyo, como a cualquier otro siente la sensación de la propiedad, en un cuarto de tres por cuatro. El mundo, el campo que tenía por delante era suyo, con sus montes, en cerrillada, sus arroyos y sus cuchillas. Suyo, para andar [Fo. 5] con aquella china que había ganado bajo un carretón, una noche, en plena soledad. Se la había ganado a su padre, a la Secundina, a los del circo, a la noche y a todos los que se la quisieron escamotear. Era cosa suya, la primera cosa alcanzada y por ello, la que más había que conservar. // Rodaron por los callejones. Hizo dos o tres jornadas provechosas, en las esquilas, mientras [Fo. 6] Leopoldina le aguardaba en un zanjón cualquiera, lavando su ropa para no aburrirse. // Con aquellas changas, pudo seguir adelante, guareciéndose en los montes si llovía, pidiendo posada en las estancias donde generosamente engañaban su hambre, con algunos «mates lavados». // Cualquier cosa, hasta robar, cuerear ageno, antes que ([echarse]) (*volver*) atrás, ([volver]) (*regresar*) a Tacuaras o «La lechuza»— Y, menos aún por un dolor que a él no le [Fo. 7] dolía, pues la Leopoldina si se quejaba de tarde en tarde, no era cosa de inquietarse. // En «el paso de Mataperros» estaban, ([tirados]) cuando vieron venir la carreta. Andaba lentamente, tirada por dos yuntas de bueyes, bajo un vuelo violento de teros anunciadores. Cuando cayó al paso, reconoció el caballo de su padre. Tocando los bueyes, con el cuerpo hecho un arco, venía Matacabayo, paso a paso. Oyó su voz cavernosa: // [Fo. 8] —Lunarejo!... Negro!... ([Buey, fuerza, buey!]) (*Güey, fuerza güey*!) // Tirados en el zanjón, no se movieron. A Chiquiño le latía el corazón y sintió desmayárseles ([sus]) (*las*) fuerzas. // —Es tata, siguro que es tata!— díjole a la mujer— ¡Pande irá!... // Cayó «al paso» la carreta, dando tumbos en las piedras, haciendo sonar ([...]) (*su*) el techo de cinc, ([de la]) desvencijado, crujiendo las ruedas y rechinando los ejes. El cencerro de los bueyes se apagaba a veces, [Fo. 9] para oírse la voz de Matacabayo: // —Lunarejo! ([Buey]) (*Güey!*)... ¡Tire, canejo! ¡Negro, Negro, derecho, derecho! // Salvadas las piedras, cayó la carreta en la arena y el pedregullo de la ([ribera]) costa. // Matacabayos detuvo la marcha y los bueyes en el agua, miraban pasar las ondas, tal vez sedientos, agitando las colas, con las cabezas tiesas, rígidas, inmóviles. Sólo la cola daba la impresión de que vivían, de que eran algo sensible [Fo. 10] en el conjunto. // Chiquiño espiaba todos los movimientos. Vivió [sic] bajar a Secundina y esconderse tras unas matas. Vió apearse a su padre y abrir las piernas, mirando para abajo, muy junto al encuentro de su caballo. La picana vertical al suelo y la inclinada cabeza de su padre, le dieron ganas de correr hacia ([él]) el autor de sus días. Estaba viejo, ([...]) parecía cansado. Ya había llegado a los oídos del hijo, las noches de borrachera [Fo. 11] de Matacabayo. Había perdido sus fuerzas, primero, después la verguenza, como resultante sin duda de la senil cobardía. // Conocedor de ciertas amenazas que Matacabayo había proferido en su contra, asegurando un castigo para «el gurí desalmao», Chiquiño no tuvo coraje de acercarse —Aunque su padre tal vez supiese un remedio para curar a Leopoldina, prefirió evitarle. Tenía pensado dirigirse al rancho de [l] curandero Ita, un indio ayuntado a una china milagrera y «dotora en yuyos». // Observaba atento los movimientos de su padre en el alto obligado [Fo. 12] y dejó que la carreta siguiese su marcha, con Secundina y otras mujeres que se asomaron al caer al arroyo. Dejó pasar la carreta, último negocio de su padre, cuyas fuerzas perdidas parecía haberlas recogido la Secundina para dominarle definitivamente. La vió repechar con sus bueyes ([lentos]) pachorras, la cuesta del otro lado y oyó los gritos de ([su padre]) (*Matacabayo*), entre el crujir del techo y el rechinar de los ejes. Por entre el ramaje se fueron [Fo. 13] perdiendo de vista, poco a poco, por el callejón encrespado de cardales. Un revuelo de teros, zigzagueaba bajo, casi rozando el arqueado techo de cinc. // Cuando dejó de quejarse Leopoldina, era casi entrada la noche— Cargó con ella, ([en]) la puso sobre el lomo de un bayo bichoco que había comprado a un borracho de «La lechuza» y rumbeó para el rancho del indio. // x x x // [Fo. 14] ([Cuando quisieron acordar, estaban en el]) (*Se sorprendieron*([...]) *al ver que llegaban. Se vieron en el*) camino del indio Ita. Un sendero viboreante entre (*matas de*) mío-mío y cola-de-zorro. Al fondo del potrero, el rancho de Ita, de totora, raído por el tiempo, sin un árbol, chato y rodeado de maleza; de esos yuyos que se ([hacen]) (*forman*) robustos al crecer en tierra abonada por los desperdicios. Los cardos de metro y medio de alto; el maíz desarrollado hasta el vicio. // Habría entrado la noche y los perros no salieron a ladrarles. Extrañados, Leopoldina y Chiquiño, sujetaron los pingos. //—¿Qué habrá pasau? —interrogó el muchacho— Tengo ([...]) enyegau muchas veces y nunca dejó de ladrarme «El Sentencia»... // «El Sentencia» era un mastín cimarrón, propiedad del indio Ita, conocido en veinte leguas a la redonda por su tamaño. Tan «mentau» era «El Sentencia», que aparecía en los sueños y en las pesadillas del paisanaje. // El indio Ita, (*vivía*) con su mujer, una esquelética china a la cual ([no]) le quedaba pelo [Fo. 15] apenas para hacerse un par de trencitas miserables, de cuatro dedos de largo. // «La Pancha», así se llamaba la mujer, era experta en yuyos (*y milagrera*). No había enfermedad conocida, que ella no curase, desde «la paletiya cáida» hasta el «grano malo» —Pero ([cuando]) en ocasión de la visita de Chiquiño con su china, «La Pancha» se hallaba en cama, moribunda. // Como no salió «El Sentencia» a rezongar, Chiquiño comprendió que algo pasaba en el rancho del Indio Ita. // —Luz hay— aseguró Leopoldina —pero naide se mueve en el rancho. // Avanzaron unos pasos más y, cuando estaban a cincuenta metros, ambos se apearon y, rienda en mano, siguieron ([avanzando]) (*silenciosos*) por el sendero. // Cacarearon unas gallinas, que dormían entre las zarzas. Cuando estu—[Fo. 16] vieron casi encima de la puerta (*entreabierta*) por donde salía un chorro de luz, Chiquiño golpeó las manos con miedo. // Nadie chistó—([...]) Se miraron ambos, sin comprender lo que pasaba— La luz escasa del candil que humeaba dentro del exiguo rancho, no les permitía ver el desorden de bancos de ceibo, ([cornamentas]) (*cajones*) y trastos viejos, que ([estaban]) (*se hallaban*) diseminados a la entrada. Sin duda habían estado varias personas reunidas. // No se oía ni un murmullo. // ¡Andarán por el campo, canejo! —dijo un tanto fastidiado Chiquiño— // Tengo miedo, viejo... Aquí se siente el silencio que deja el diablo al pasar... Cayate, vieja, me tenés cansau con tus sustos. ¡Ta, con las mujeres! // Y, contrarrestando las palabras de su compañera, golpeó sus manos con [Fo. 17] (*violencia*) ([con más fuerza]). // Al instante, se abrió la puerta y apareció en la semi-claridad, la silueta inconfundible de Chaves, el tropero enlutado de la noche de Tacuaras —Tuvo que agacharse, para traspasar el umbral— // —Güenas noches— // —Güenas, Chiquiño... ([Lle] Yegás justo en las boquiadas de «la Pancha»... Entregó su alma a Dios, la disgraciada! ¡Dios me perdone! ¡qué mala seña! —exclamó Leopoldina. // Y ¡qui hay con eso? —corrigió desafiante Chiquiño— Alguna brujería sin duda ¿no?. Es malo yegar a un lugar, en el momento de morir algún cristiano... // Salieron del rancho (*sollozando,*) una vieja y dos muchachas. ([tomadas las tres de la mano]). Enseguida (*les siguió*) un paisano de pelo largo, encanecido, con el sombrero en la mano. [Fo. 18] Las mujeres lloraban con gemidos histéricos. El (*paisano*) de los largos cabellos sacudía de un lado a otro la cabeza. Chiquiño se asomó a la puerta y vio al indio Ita, arrodillado al lado de la cama de «la Pancha». // —Acabó de matar «El Sentencia» de una puñalada —dijo Chaves— pa conseguir la vida de su hembra... Y, ai lo tiene, solo, tirau al ([lado]) lau de la cama—(*¡que enjusticia!*). // Leopoldina empezó a llorar. Gimió de golpe, al punto de asustar su caballo, del cual no había largado la rienda —Chaves, se encargó de atarlo al palenque y, entonces ([,]) Leopoldina, se entregó a un llanto sin medida, quejumbroso al lado de la vieja y las muchachas. De nada le sirvió sus yuyos —dijo el hombre de los largos cabellos— ni el sacreficio [Fo. 19] del Sentencia! Pobre la Pancha! //—Sólo se oía el llanto de las mujeres— Chiquiño, al lado de la muerta, contemplaba al indio Ita, en sus tribulaciones y quejidos. Se agachó y le dijo: // —Ai que ser juerte Ita!. ¡Resinación, amigazo!— Aquí estamo pa lo que quiera mandar. // El indio Ita, se puso de pie repentinamente. Su alta figura, proyectaba quebrada sombra sobre la cama, (*sombra que*) ascendía en la empalizada de paja, se doblaba en el techo, como volviendo hacia él— // —Siguro,— dijo el indio —ai que ser juerte, como era la finada, que aura está en brazo de la muerte! La mirada del indio se hizo dura.— Frunció el entrecejo y se quedó mirando el cadáver, inmóvil (*como dominado por una idea.*). Sus facciones finas, se aguzaron más aún. Se diría que [Fo. 20] toda su raza, acudía de golpe a dar carácter a su figura, típica y exacta— // Entraron en el rancho Leopoldina y una de las muchachas. No cesaban de llorar —Lloronas de profesión (*por encargo,*) muchas veces, ahora berreaban de lo lindo. Tras ellas, la negra silueta de [Cháves]— // El indio Ita no se movía. Como era su costumbre, ([...]) (*le gustaba sobremanera*) sorprender al paisanaje con ([sus]) actitudes extrañas. ([a aquel medium]) ([*en el*]). Había llegado al pago, hacía quince años. Su mujer, fué ([...]) (*milagrera*) desde el primer momento. Y, él, sabía tanto de curtir cueros y cuerear en mil formas zorros, nutrias y venados, que se había ([ganado]) (*conseguido*) la admiración de todos. Pero sus usos y costumbres eran muy particulares. No se apartaba de ciertos ritos de su tribu lejana [Fo. 21] Observaba el vuelo de las aves, escudriñaba el cielo, hablaba con la luna. Todos estos apuntados hábitos, sorprendieron en un principio. Pero, como en repetidas ocasiones acertó, anunciando ([,]) con muchos días de anticipación, mangas de langosta, lluvias con piedra y alguna otro ([cosa]) (*fenómeno*) extraordinario, acabaron por tenerle como Mano Santa o como un poco brujo. —No se sabía de donde había venido. Siempre que se hablaba de ello, respondía que la selva impedía ver el lugar— // Ita, dándose vuelta autoritario exclamó: // —Vayan pa ajuera! Dejenmé solo! // Y, cuando las lloronas salían y se agachaba Chiquiño, para salvar la puerta, se oyó la voz del indio que [Fo. 22] agregaba: // —¡Aura, hay que despedirse!... // ([Ajustó]) (*Aseguró*) la puerta por dentro. A obscuras las mujeres, bajo una enramada que servía de gallinero, cesaron de llorar, ante el revuelo que producía ([n]) (*su llanto*) entre las aves. // Los tres hombres se quedaron silenciosos, hasta que Chaves preguntó a Chiquiño hacia donde marchaba— // —¡Voy pa la frontera, a buscar trabajo! Y ¿el viejo Mata? —inquirió nuevamente— Juyó con las carperas y la ([Casilda]) (*Secundina*) —El paisano de los cabellos largos, encendió un pucho apagado, en su yesquero. —Vaya rezando un padrenuestro, hija!— le dijo a la menor de las muchachas —no hay que olvidarse que le curó el pasmo la finada— Hay que rezar por su almita! [Fo. 23] —Bueno tata... // Y, la muchacha, en voz baja, comenzó ([a rezar]) (*una oración*). // Los tres hombres la escuchaban mirando de cuando en cuando el cielo, como si buscasen algo. —¡Pobre Sentencia! —exclamó el de los cabellos largos— Un sacreficio enútil... // —Siguro, pa que esas cosas (*digo yo*) agregó— Chaves. —Este hombre está medio embrujau ¡Tuitos lo ([*jindios*]) (*jindios)* dicen que eran ansina! // —Cada cristiano tiene su creencia! —dijo Chiquiño— y ([...]) no hay más que respetarla —Siguro— agregó sereno y firme el de los cabellos largos— En su tribu, asigún cuenta él, las cosas eran muy diferentes! // Se hizo un silencio todo hormigueado de palabrejas breves o entrecortadas. // [Fo. 24] Chiquiño se ofreció para ir a comprar velas ([,]) pensando en la última frase del indio: ¡Aura, hay que despedirse!... // No sabemos entuavía como quiere velarla el indio —dijo Chaves— ¡quiénsabe!... Aura un Ave María, m'hija —ordenó el hombre a la misma criatura— ¡Pa eso se le ha enseñau!— // ([Los dos hombres]) // Y, en coro, las cuatro mujeres, rezaron en voz baja, en la enramada miserable donde las gallinas, de cuando en cuando, lanzaban un cacareo de protesta. // Chiquiño insistió en ([...]) ir a comprar las velas. Como Ita demoraba en salir, decidieron llamarle. El hombre de los cabellos largos se dirigió a la puerta y metiendo la mano en una endija, ([...]) agrandó el espacio, ([hasta que cediese la]) ([...]) ([y miró para]) consiguiendo ([...]) mirar para [Fo. 25] adentro. Un desgarrado suspiro salió de su garganta, al mismo tiempo que exclamaba fuera de sí: ¡La Virgen me perdone!... ¡Joi Dió! // Y, tapándose los oídos, (*despavorido,*) corrió hacia donde estaban las mujeres— // Chiquiño y Chaves, se abalanzaron hacia la puerta, seguros de que algo terrible debía pasar allí dentro. Como ante esos espectáculos impresionantes, que por un extraño fluído, corre el sentido trágico del ([la escena]) (*acontecimiento*), sin que ([ella]) haya sido aún conocido por los demás, erizados de curiosidad dramática, ([...]) se precipitaron hacia la puerta del rancho— // Y, como presas de pavor, los dos hombres, el alto de negro, Chaves, y el muchachón recién lanzado a los [Fo. 26] caminos y las pampas, Chiquiño, ambos pudieron ver la escena pavorosa que dentro del rancho, acababa de descubrir el hombre de los cabellos largos. Ita, el indio milagrero, desnudo, y desnudo el cuerpo de la finada, desnudo el cadaver de la Pancha, estaban amándose. Barbaramente unidos, frenético el indio desde la vida, y yacente y fría la mujer. ([tenía]) Los caídos brazos de la hembra, pendían de la cama, mientras iba la cabeza del indio, de un lado a otro del ([...]) (*rostro pálido*), besándola, en aquellas apresuradas últimas nupcias, a la luz de un candil, parpadeante y amarilla— // [Fo. 27] x x x // Cuando el indio ([...]) Ita, se había despedido de su mujer; cuando quedó frío el cuerpo de la Pancha, a lo largo del catre y con los brazos ahora sobre el pecho; cuando se había despedido definitivamente, salió afuera y la noche, enorme y vacía, se le presentó como una inmensa cueva. Le habían dejado solo. // Se oía (*un*) galope (*apresurado*) por ([la carretera]) (*el camino*). El indio Ita, sintió el calor del hocico de su perro. ([y luego]) (*Sintió*) que le lamía una mano. ([Sentía]) (*Oía el*) ir y venir del «Sentencia». Y, se quedó inmóvil, fijo en su sitio, como un símbolo. // El silencio le pesaba sobre los hombros. // x x x // [Fo. 28] Chiquiño huía presa de pavor. Nada podía explicar a su compañera. Cuando intentó hacerlo, vio tan real el cuadro del indio en sus nupcias impresionantes, que no ([le]) pudo hablar. Y huyó a galope largo ([,]) por el camino, erizado de miedo, perdido en la noche. // x x x // Desde aquel episodio, después de ver al indio Ita «jinetear a la muerte» —como decía Chiquiño al contar la historia, varios meses después,— desde aquella primera noche de hombre ([ayunt]) «acoyarau», no paró de andar. // [Fo. 29] Las cuchillas le vieron bordear las cañadas, cruzar campos, vadear arroyos crecidos. (*Le vio la gente*) galopar bajo la lluvia, ([llevando]) (*portador de*) un chasque; acompañar a algún forastero, casi siempre contrabandista; servir de guía a la diligencia, cuando ésta se veía obligada a salvar un pantano, (*o*) evitar un encuentro con la policía, si llevaban tabaco. // Sólo tenía un temor: cruzarse con su padre. Si oía hablar de quitanderas ó simplemente de fiestas en los boliches, evitaba pasar por el lugar señalado. // ([Pero Matacabayo había quedado]) [Fo. 30] Matacabayo seguía rumbo al Norte, midiendo leguas ([,]) al paso cachaciento de la carreta, ([a]) (*unas*) veces dormido sobre el caballo, ([a veces]) (*y otras*) escudriñando las luces en el horizonte. // Y, se perdió internándose en los pagos, donde no habían (*pulperías con*) pedazos de hierro doblados por sus manos, ni monedas de plata arqueadas con sus dientes. // Se lo llevó el camino.

CAPÍTULO VII
(Original manuscrito)

[Fo. 1] —Dejáme, dejáme ver si pasa el patrón! —rogaba libertándose de los brazos de Maneco, la china Tomasa— ¡Dejáme, te digo! // Y, consiguió asomarse a la ventana del rancho, para ver pasar a don Cipriano, el joven patrón de la estancia. —Tá que sos guisa! ¡Te va a ver y va a mandarte que le cebés el mate!... No te asomés, cristiana!— // ([...]) Maneco, que había conseguido meterse en el rancho de las sirvientas a la hora de la siesta, estaba ansioso, con las ([pantalones]) (*bombachas*) medio caídas, la golilla por un lado, el cinto en el respaldo de la cama de hierro. // La ventana era más bien alta y [Fo. 2] desde la cama, (*que se hallaba recostada a la pared*) Tomasa, (*de*) ([a]) rodillas ([da]) podía espiar al patrón. Con el corpiño abierto, dejaba al aire parte de sus abultados senos, que rozaban en la pared de barro ([,]) cuando la muchacha inclinaba el busto para ([ver mejor]) (*asomarse.*) Escondido tras ella, Maneco metía las manos entre la pared y el cuerpo de la moza, tratando de separarla de la ventana y aprovechándose, de paso, para acariciar aquel cuerpo duro, de carnes firmes, olorosas. // Tomasa ([permanecía]) (*persistía en estar*) asomada a la ([...]) (*ventanuca*). Quería ver pasar ([el patrón]) (*a don Cipriano*) un hombre hermoso si los podía haber, pero frío e indiferente a las mujeres. Después de hacer una corta siesta (*todos los días,*) atravesaba el patio de naranjos y se iba a [Fo. 3] los galpones, a ([ver]) conversar con la peonada. Tomasa quería verle pasar, quería darse el gusto de verle pasar, arrogante, con paso firme, mientras ella tenía a Maneco en la cama, con las ([pantalones]) (*bombachas*) caídas. Arrodillada en el lecho, espiaba, ([con paso]) ([...]) alejando a veces las manos del ([Maneco]) (*mozo,*) que, de puro confianzudo, (*ya*) iba metiéndolas donde no debía. // —¡Bajáte cristiana boba! Aura que pude ([meterme]) (*ganarme*) sin que me ([...]) viesen, debemo aprovechar!— insistía Maneco, vehemente, acalorado, con la camisa pegada a las espaldas sudorosas. // —Andá, ([...]) (*sosegate,*) dormí un poco. ¡Yo no dejo de mirar la pasada del patrón! [Fo. 4] —Pucha ¡ni que estuvieses enamoretiada de Don Cipriano!— exclamó Maneco. // —No digás zonceras, negro. E pá estar segura de que no me va a'yamar. // Maneco no quiso insistir y se limitó a ([seguir]) acariciar([ndo]) el vientre, los senos (*apretados*) de Tomasa, sin que ésta ofreciese resistencia. // Era un día de sol vertical, sin una brisa, de calor sofocante. En el rancho, la atmósfera era pesada, ([...]) y por él, iba y venía una clueca, que ya no podía resistir más el nido. Con el pico abierto, se acercaba a la puerta y miraba de arriba a abajo. // Maneco, remangado, ora acariciaba el cuerpo de ([Tomasa]) (*su china*), ora se quedaba quieto, con la cabeza junto a las [Fo. 5] nalgas de la muchacha, respirando fuerte, en un delicioso sopor. Tomasa no protestaba. Antes bien, pareció ceder, colocando ambos codos en el marco de la ventana y dejando a Maneco que ([...]) (*desanudase*) las cintas de sus enaguas. De rodillas en la cama, separada ahora del muro, Tomasa se mostraba dócil al muchacho, quien en albedrío, levantaba las faldas, acariciaba los muslos, besaba a su gusto. // No se atrevía a hablar. Comprendió que una sola palabra, lo echaría todo a perder. Y, silencioso, se aprovechaba de la licencia inesperada que Tomasa le ([daba]) (*ofrecía,*) besándole en las axilas. // La moza, ([...]) mi—[Fo. 6] [ra]ba con ojos encendidos a su patrón, quien, bajo un alto naranjo, conversaba con uno de los alambradores de la estancia. ¡Qué bien quedaba Don Cipriano, cuando levantaba la mano y se afirmaba en el tronco del árbol! ¡Qué esbelto era y cómo resaltaba su figura. Fumaba. Conversaba. Le explicaba al alambrador algún trabajo, y, de tanto en tanto, ([le echaba]) una mirada al pasar, iba a darle emoción extraña a Tomasa. ([La]) ([...]) ¡Cómo gozaba viéndole! // Don Cipriano, acariciaba el tronco del árbol. Don Cipriano se pasaba las manos por el pecho. Don Cipriano arrancaba una hoja del naranjo, la deshacía entre los dedos y se la llevaba a la nariz. Don Cipriano, miraba hacia el [Fo. 7] rancho, sin querer, pero miraba. Y, Tomasa, se enternecía al hallar sus ojos, aún a tanta distancia. Don Cipriano se ([...]) pasó la mano por la nuca, se rascó en el pecho. Tomasa devoraba sus movimientos, le seguía en todos sus ademanes, ([le]) besaba a la distancia, los brazos ([...]) del patrón, sus brazos robustos y blancos, a pesar del sol que tomaban en las faenas. Tomasa habría dado su vida, por tenerle cerca, en aquella aplastante siesta, con toda la modorra de la hora, con toda la molicie del instante, encendida por las caricias del muchacho. // Maneco respiraba como si hubiese corrido trás de un animal chúcaro, [Fo. 8] de apié, en el rodeo. No quería hablar, no quería romper aquel sortilegio. Le caían por la cara generosas gotas de sudor y había empapado ya, las enagüas ligeras de la muchacha. Ella también, (*dominada por la voluptuosidad*) transpiraba y se le iba poco a poco humedeciendo el corpiño ([apretado]) (*ajustado.*). Al notarlo, Maneco levantó la mano y deshizo el ([...]) (*nudo*) que en la espalda (*lo*) sostenía. ([el corpiño]). Y, cayeron, firmes y temblorosos, los (*abundantes*) senos, como ([...]) caen, sobre el agua (*de la vertiente,*) las cabezas sedientas de las bestias. // Tomasa cerró las piernas y apretó el cuerpo contra la pared de barro, aprisionando las manos del muchacho. Maneco no se atrevía a encerrarla [Fo. 9] entre sus brazos y tumbar aquel cuerpo caliente sobre la cama, como se tumba una vaquillona para meterle la marca de fuego. // Sintió, poco a poco que, trémulo, el cuerpo aflojaba, cedía a una extraña gravedad, desplomándose. Entonces vio los ojos y la boca de Tomasa: ([en]) su cabeza inclinada, tirada hacia atrás. Le miraba como si despertase. Pero, de pronto, la pieza obscureció, porque la china, con un resuelto manotón, ([cerró]) violentamente (*cerró*) la ventana. Y, cayeron unidos en el lecho... La gallina clueca lanzó un grito de alarma. // Don Cipriano se había metido en el galpón, se lo había devorado el galpón, sin que volviese una sola vez la cara hacia el rancho del servicio. // El odio al patrón, se hizo amor violento por Maneco. // [Fo. 10] x x x // Desde ([...]) la carreta, la estancia se veía sin rencor. Se veía con los ojos de la fatalidad, con la mirada de la resignación, con la tranquilidad de quienes todo lo acatan y están ya sometidos. La carreta, ([el azahar]) (*el azar*) lo que se gana y se pierde en los caminos, lo que puede hallarse, lo que, inesperado, ([surgir]) es capaz (*de surgir*) del fondo de la noche sin fondo; caer del cielo en los días que ni en el cielo se cree. // Desde la carreta, se veía la estancia como se ven las rocas en la ladera de las sierras, como se ven los inmensos árboles al borde del camino. Como cosas de Dios, del destino, de la fatalidad. Estancias arboladas, casas firmes, algun torreón pequeño. ¿Por qué estaban ellas enclavadas en los cerros y tenían que rodar la carre—[Fo. 11]ta, como rancho con ruedas, siempre por el camino, sin hallar un trozo de tierra que no fuese de nadie? ¿Es qué no habría un rincón en el mundo, para dar de comer a los bueyes, (*sin tener que pedir permiso*) largar el caballo, sembrar un poco de maiz, y esperar la cosecha? ¿Un pedazo de tierra sin dueño, no habría, en la tierra tan grande que siempre ([era]) tenía horizontes extraños? // Pero, de la carreta, no se veía la estancia nada más que como un fenómeno de la naturaleza, como una vertiente, como una cerrillada. // Habría en ella mujeres, hombres, agarrados a la tierra, firmes en el suelo. // Pasó la carreta. Tan lento era su paso, que cambiaban antes las formas [Fo. 12] de las nubes que de sitio su techo curvo, su lomo pardo. Se diría que la iban arrancando, poco a poco, a tirones de la tierra. Se diría que estaba aferrada a ella, se diría que era una piedra grande, tirada por ([las]) (*una*) yunta ([s]) de bueyes. // De la estancia, se veía la carreta pasar, se le veía desplazarse lentamente, con rumbo fijo. Por que, una carreta que pasa, dá siempre la impresión de que lleva el rumbo firme, que va segura hacia algún lado. ¿Para qué moverse ([,]) en el campo, si no para ir a algún sitio seguro, para conquistar algo? Nadie dio jamás un paso, nadie anduvo una legua tan sólo, sin conquistar [Fo. 13] un palmo de tierra. Sin embargo aquella carreta, solamente cuando estaba detenida en la noche, tenía rumbo. // Desde la estancia se la veía pasar indiferente. Ya los perros habían vuelto del camino, luego de cerciorarse de que no pasaban enemigos suyos. Olfatearon el barril de agua que pendía entre las ruedas y ([habían]) ladraron, por si acaso, al hombre que iba montado. // La peonada se enteró del paso de las quitanderas. Tomasa oyó el comentario. Por la noche, un sábado primaveral, Maneco y (*con*) él, (*el*) resto de los peones, rumbió para el «Paso de las Perdices». // A media noche, silenciosamente, Don Cipriano ([pa]) cruzó el patio de los naranjos. ([y se]) Se lo tragó una sombra, tras el rancho de las sirvientas.

Capítulo VIII
(Original manuscrito)

[Fo. 1] Aguas arriba... (*aguas arriba...*) Bajan, con lentitud, en el telón del paisaje, repetidos árboles, repetida maleza, uniforme ribera. De vez en cuando, desde la costa, un animal mira absorto la marcha fatigosa de la embarcación. Se suceden las playas cenagosas, se repiten los árboles [s]eculares y los matorrales; ([y]) los camalotes, (*las playas de arena*) y las temblorosas ramas de los sarandíes. // Bajan las riberas lentamente, mientras ([...]) remonta con dificultad la barcaza. Seis hombres escudriñan la selva, la floresta salvaje, de donde [Fo. 2] brotan gritos ásperos y trinos dulzones. El resoplar del motor a vapor, va arrancando pájaros de las playas, cuyos vuelos, duplicados sobre las aguas, tienen siempre el mismo zig-zag, idéntico planeo. Por momentos, las explosiones del motor, parecen obstinadas, ([...]) agujerear el silencio, donde las horas se pegan como (*las moscas*) en un papel engomado. ([las moscas]) Cuesta salir de una hora, para entrar en la otra. Al sol, el tiempo es impenetrable y hay que vencerlo. // Las nubes amenazan lluvia. // [Fo. 3] Ayer llovió y la cubierta quedó limpia y olorosa. Salieron de la lluvia para entrar en el calor. Los seis hombres no se hablan con las manos inútiles y la boca seca. Cuando el barco se aproxima a las costas para ganar tiempo en alguna curva del río, entran trinos de pájaros por las ventanas de babor, para salir por las persianas bajas de estribor, donde el sol se obstina en entrar. // Las seis miradas buscan ([un]) (*en*) ([árbol]) (*la frondosa ribera*) dónde posar la visual. Descubren la copa de un árbol cien metros antes de enfrentarlo y cuando [Fo. 4] están próximos, se deshace el símil que imaginaron a la distancia. // «Parece la cabeza de un ([a]) ([vieja]) (*burro*») piensa uno. Desde otro punto de vista, el árbol parece una torre pero al llegar enfrente, es simplemente un árbol. // No pasa lo mismo con las nubes. Cuando una tiene la forma de un muslo de mujer, sigue pareciéndoles tal cosa, hasta más de media hora. // Llevan catorce días de marcha, sin hallar puerto propicio. Por la [Fo. 5] noche, se detienen a pescar, en «las canchas» apropiadas o junto a «sangradores» donde es fácil sorprender «tarariras» grandes, en las ([hollos]) (*ollas*), cuidando sus huevos. // Al día siguiente siguen andando. Son seis hombres, cinco humildes y un soberbio: el capitán. Tórax ancho; ([bigote caido]); brazos al aire, tostados por el sol; ojos pequeños y dañinos; frente estrecha bigotes caídos sobre un carnoso labio inferior. Se alegra por la noche y se complace en contar historias escabrosas, cuentos de [Fo. 6] mujeres de razas desconocidas para el resto de la tripulación. Cinco mestizos, achicharrados por el sol, entecados, enfermizos. Uno con un pulmón de menos, el que va en la caldera. Otro, con asma. Un tercero desdentado, flaco, roído por alguna enfermedad. Sin bríos los restantes, chiquitos, apocados, mestizones sumisos doblados de cargar sobre los hombros cajones cuyo contenido jamás conocieron. // Dentro de tres días tendrán un puerto. Cuatro ranchos en un riacho, abajo y arriba de una [Fo. 7] barranca. Esto lo saben los tripulantes, por el capitán quien conoce el puerto y, según su entusiasmo, espera pasarlo bien. // La noche antes del arribo, el capitán está nervioso. Como ([...]) los camarotes —si así puede llamárseles a los cuartuchos de abordo—están separados por un tabique miserable y en un lado, apenas por un([a]) ([tela]) (*encerado amarillo*) el capitán pide que cese la tos de uno de los tripulantes, que dejen de conversar otros dos, cuyos cuchicheos le impiden pegar los ojos. // ([Como siempre]) Han detenido [Fo. 8] la marcha, están anclados. En el silencio nocturno, se oyen las voces de protesta del capitán y queda todo en silencio ante la orden superior. El tic-tac de un reloj, el ir y venir de ([...]) (*las*) hondas, ([y]) y grillos en la ribera espesa de bosques. // Y, (*bien pronto*) se duermen en un zumbido de mosquitos que hace tiempo dejaron de percibir los oídos. // x x x // Noche entrada, ([...]) (*con algún trabajo*) frente al atracadero ([,]) amarraron la barca. En el rancherío del puerto, no se hacía mucho gasto [Fo. 9] de luz. Exaltaban la noche, los ladridos de los perros, lejanos y próximos. // El capitán, bien comido y mejor bebido, se dió ([sus buenos]) (*sendos*) golpes en el pecho, con las manoplas ([bien]) abiertas. Parecía llamar en su cuerpo, algo que se había dormido durante el viaje, como si despertase ([su]) (*un*) otro yo, decidido y valiente. // Supo por un amigo que en el rancherío tenía, el arribo de un carretón con quintanderas. // —No son muchas, pero de las tres hay una de mi flor— le enteró el cama-[Fo. 10] rada de tierra. // Algo ([...]) distante del caserío, en un fogón bajo la carreta, pestañaba una luz. Allí era el campamento. // El capitán que toda vez que arribaba, hacía subir alguna china al barco, se guardó muy bien de bajar a tierra, a fin de evitar encuentros con viejas amistades. // —Traéla abordo a la bonita—pidió el capitán. // —¡Se la mando enseguida, antes que yueva, capitán!— prometió el demandado. // La precaución no estaba de más. Se avecinaba un chaparrón [Fo. 11] ([seguramente]) (*con toda seguridad*) pues los «jejenes» estaban rabiosos y había nubes de mosquitos en el aire. // En el primer momento pensó en enterar a la tripulación de aquel acontecimiento. Pero luego desistió, pensando que, en caso de ir a tierra alguno de ellos, podía ser visto por la china a la cual prometió volver. Enterada su amiga del último viaje, iba a desbaratar los planes. Además, los mestizos y mulatos de la tripulación estaban sin fondos para ir a tierra. ¿Qué iban a hacer, por la noche, si no se acercaban [Fo. 12] a la rueda jugosa de las quitanderas? ¡Nada, que se quedasen abordo! // ([Y]) Llegó una de las quitanderas en momentos que la garúa arreciaba. Con los cabellos empapados, apareció una buena cuarterona, ancha de caderas, firme de pechos, con unas piernas flacas, ([...]) (*inverosímiles*), verdaderamente ([,]) desproporcionadas con el resto del cuerpo. El rasgo que más sedujo al capitán, fueron los dientes blancos, fuertes y parejos de la cuarterona. // Como llovía, el ([...]) comedido camarada, regresó a tierra sin [Fo. 13] más trámites. En su ([...]) reducida cabina, el capitán no podía estar sino abrazado a la «quitandera. De pie o de cúbito dorsal, pero abrazado. // Supo su nombre, supo su edad, supo cómo viajaban, para donde iban, de dónde venían. Todo esto lo iban sabiendo al mismo tiempo los cinco tripulantes, quienes simulaban dormir, engañándose los unos a los otros. // El capitán mintió, exageró, prometió. No era de esperar otra cosa. Los tripulantes supieron del engaño, de la exageración, de la falsedad [Fo. 14] de aquellas palabras. Pero, todo eso no tenía importancia, para quienes oían, (*unos*) a través de un tabique, ([...]) y tras de un ([a]) ([tela]) ([...]) (*encerado,*) el resto. ¡Si la lluvia arreciase por lo menos! Si no hubiese llovido, ([...]) habrían podido tender las camas en la cubierta. ([!]) Pero, a qué pensar en esas cosas. En realidad era agradable oir las mentiras del capitán, (*sus invenciones novedosas*) las falsas promesas. El capitán mintió hasta en lo atañedero al manejo de la barca. No habían desplegado una sola vez las velas y quería hacerle [Fo. 15] creer a la pobre quitandera de que volaban sobre las aguas. ¡Aguas arriba, nada menos! La tripulación pesaba las palabras del capitán, pero cuando el hombre comenzó a contar verdades, hechos reales, cosas sucedidas en el barco, como una vez que [v]araron en el paso del Hervidero, les pareció muy aburrida la conversación y ([...]) (*dos*) de ellos se durmieron de verdad. Se les oyó bostezar a uno, soñar en voz alta al otro. Era cosa de dormirse, (*el*) oir al capitán decir aquellas tonterías. El número de bagres pescados, el [Fo. 16] día que sacaron un surubí, la vez que se clavó un anzuelo en el vientre. Pero, al llegar a este punto de la conversación, los ([...]) que estaban despiertos oyeron la voz de la quitandera seguida de una carcajada. // —¿Aquí te([...]) clavaste el anzuelo?... Y, golpeó al parecer el vientre del capitán. // —Sí, aquí en las berijas. Decí que estaba de berijas dobladas, pescando y no se ([me hincó]) me hincó del todo. // —¿Tenés cosquillas? A ver? A ver!— la quitandera reía a carcajadas y [Fo. 17]) el capitán le pidió silencio, explicándole que había cinco hombres a su mando, durmiendo pared por medio. // —¿Cinco hombres? —preguntó la quitandera asombrada— // —Cinco muchachos que deben roncar —hizo una pausa— ¡escuchá! // Efectivamente, se oían ronquidos. // El silencio impuesto y aquella breve pausa les hizo cambiar el rumbo de la charla. Comenzaron a besarse. Ella, creyendo serle más grata, le hacía cosquillas y el capitán, sensible a aquel mimo [Fo. 18] daba saltos en la cama. // Arreció la garúa. ([...]) (*corría*) el agua en la cubierta, sonaban las gotas en la chimenea y, en la ventana, salpicaban con violencia. —Esto es como una isla —dijo la quitandera— // —Claro, es un barco... ¿No había subido nunca a una embarcación? // —En una chalana, hace tiempo y en la balsa, pero no es lo mismo.— respondió desatenta. // Se hizo una pausa. La lluvia parecía ([calmar]) amainar. // —De manera que estamos rodeados de agua, solos... murmuró impresionada— Yo no podré dormir boyando en el río... // —Se duerme mejor, más blandito contestó el Capitán acariciándola. [Fo. 19] —Y ¿hay cinco hombres más en el barco? // —Cinco. // —Dormidos de siguro... // —Tenemos que madrugar mañana para rumbiar al norte. // —Cinco y vos seis... —dijo la quitandera— Sobre el agua, rodeados de agua... Me da miedo... // —Cayate y dame un beso— // Y, seguida a la palabra, la acción. Y el rechinar de un elástico, protestando el peso de los cuerpos y la madera frágil del tabique ([...]) crujiendo; y ([...]) (*el*) golpe de un codazo en la cabecera y palabras entrecortadas por suspiros ahogados. // La quitandera no podía sacarse la idea ([...]) (*de los otros hombres*), acostados tabique por medio, roncando, tosiendo. Les tenía [Fo. 20] tan presente que le era imposible atender como debiera al capitán. Aquellos cinco hombres ¿cómo eran? ¿Altos, bajos, negros, blancos? ¿Estarían dormidos o escucharían las palabras de amor del capitán? Aprovechó un instante de tranquilidad para llamarle la atención. // —A ver ¡parece que uno tosió!— // —Dejá quieto a los otros. Dame la boca y cayate. Están dormidos! // Se hizo un largo silencio. La lluvia había cesado. El más leve murmullo podía ser oído en el silencio nocturno. // Los tripulantes no dormían. (*Los tres*) desvelados, se guardaban muy bien de dar señales de vida, evitando así que la [Fo. 21] escena se desarrollase. // El Capitán optó por apagar el farol que pendía del techo. Lo dejó con la mecha baja, poniendo ([...]) la cabina (*en*) una media luz que disminuía poco a poco. // La quitandera fijó sus ojos en el farol, hasta contar las tres últimas llamitas. Cuando se hizo la obscuridad completa, abrazó al Capitán, sin poder desprenderse de la idea obsesionante: Estaba ella sola, sobre las aguas, con seis hombres. Se había acostado con seis hombres a un tiempo, pues oía roncar a uno, toser a otro, darse vuelta a un tercero, y, sentíase clavada en el duro lecho [Fo. 22] por el vigor del Capitán. Vigor de los seis hombres, sobre las aguas, bajo la lluvia... Olía a seis hombres, a (*seis*) bocas envenenadas de tabaco ([,]) olía la boca del Capitán. Su pesado cuerpo, caía sobre el de la quitandera, ahogándola. En vano, con los puños cerrados intentó una y otra vez separar aquel cuerpo del suyo— // —¿qué te pasa?— la increpó con violencia el Capitán— // —Nada, que me apreta demasiau... —y aprovechó para quejarse. // —Bueno, cayate ahora porque si no, te meto el puño en la jeta!— // Crujía el elástico, se quejaba el [Fo. 23] madero del tabique donde se apoyaba la cabecera del camastro. // x x x // La farsa del sueño simulado tocó su término cuando el Capitán cerró estrepitosamente la puerta de la cabina. Hizo temblar los tabiques el insulto, acompañando el puntapie que propinó a un mismo tiempo el Capitán a la infeliz quitandera. Los tres tripulantes desvelados, levantaron la cabeza al mismo tiempo. —Se oyeron los pasos de la mujer por la cubierta. Marchábase insultando y ([lanzando lamentos]) (*entre juramentos y maldiciones*). // No había llegado a tierra, traspasado aún el planchón de madera, cuando [Fo. 24] los tres tripulantes insomnes, descalzos, en paños menores, se agolparon sobre la quitandera. Un paso en falso y el más audaz, caía sobre la mujer en una charca barrosa. Disputándose la presa, los tres hombres anduvieron un trecho, como tres hormigas con un pedazo considerable de azúcar. La mujer era una carga ya sobre ([un]) (*el*) hombro (*de uno*), ya entre los brazos del otro, ya entre las piernas del tercero. // Se defendía como podía, lanzando puñetazos en el vacío o certeros golpes por las espaldas. Mordía, furiosa, gritaba, cuando dejaba de morder, arañaba con furia. // —¡Los ha mandau el canaya!— alcan-[Fo. 25]zó a decir en un momento. // —¡Te juro que no!—([díjole]) (*aseguróle*) uno de ellos empeñado en besarle la boca. // Aquel juramento la tranquilizó, dejando hacer. Cayó en una barranca pedregosa, sin oponer resistencia. // —Dejala por mi cuenta —pidió el del juramento— Dejala, conmigo primero! // Para dar una muestra de acatamiento, ([la quitandera]) (*la*) cuarterona, que había demostrado una fuerza poco común, dio dos manotones, a uno y otro de los tripulantes, reservando para el que había jurado, un abrazo significativo. // —¡qué brutos, que bestias! —los parta [Fo. 26] un rayo!— blasfemó la mujer. //—Descansá, vieja, descansá!— se insinuó el elegido. Este era un mulato retacón, barbilampiño, de largos cabellos lacios y voz afeminada.

// —¡Así se le hunda el barco al miserable! —dijo respirando fuerte la mujer— ¡Me ha dau una patada que casi me tumba!— // —¡Pobrecita! —agregó uno de ellos. // —Todos son unos lobos y están combinados para esto —aseguró la infeliz— // —No viejita— dijo el mulato con su vocesita aniñada. Nosotros ([sentimos]) (*oimos*) la pelea con el capitán y te queremos defender. [Fo. 27] —Yo sabía que estaban atrás ustedes y tenía miedo! La primera vez me dejé hacer, pero después!... —y cortó su explicación uno de los apartados, ansioso de ver terminadas las explicaciones: // —Bueno, metéle con ese! Dispués venimos nosotros! // Y, se alejaron un tanto, atrás del barranco. ([para facilitar]) ([...]) En cuclillas, frotándose los brazos (*desnudos*) en tanto los mosquitos comenzaban a picar, esperaron su turno los dos hombres. Se oía el oleaje golpear en el casco del barco. // La quitandera recibió a los tres, de cara al cielo, de espaldas al suelo pedregoso. Amanecía cuando la [Fo. 28] dejaron en camino al carretón— // Las aguas del río reflejaban el tinte rosado de la aurora. Sorteando piedras, cruzando barrancos, alzando teros que revoloteaban encima de su cabeza, iba despertando el campo, medio dormida ella, ([...]) desfalleciente, ([todo]) embarrada (*de pies a cabeza*) con los cabellos al aire del amanecer— De sus caderas amplias([,]) (*y voluntariosas*) caía[n] terrones de barro que habían quedado adheridos a la ropa— // ([Tomó cuatro mates]) // Llegada al carretón tomó cuatro mates y se tumbó en un cojinillo. Dormía profundamente, con la cara bañada ([por el]) (*de*) sol, cuando por el [Fo. 29] río, aguas arriba, iba surcando el barco con los seis tripulantes. // El sol le bañaba el rostro, el aire le agitaba los cabellos y le alzaba las faldas. Algunas hierbas secas, se le habían metido entre los senos —Un perro, a pocos pasos, la miraba ([...]) con el ([olfato]) (*hocico*) alargado, con el olfato atento. Y, altas, las ([...]) (*voluntariosas y combadas*) caderas de la cuarterona, parecían desafiar desde el sueño en que estaban.

Capítulo X
(Original mecanografiado)

[Fo. 1] Gruñían, ([los chanchos]) (*diez cerdos negros*) en el chiquero. Pasada la tormenta los animales famélicos, engullían barro, rezongando (*en pesado paseo*) de un lado para otro. Parecían fieras furiosas en su impotencia. El cerco de piedra que limitaba el chiquero, oponíase a las bestias ansiosas de ([libertad]) (*espacio.*). Llevaban dos semanas sin un sólo (*bocado*([,])*sin un solo*) pedazo de carne. Mordidas algunas en peleas terribles, ya aparecían dos cerdos fuera de combate, enclenques, flacos, enfermos. ([De]) En un estado miserable, pero aún con fuerzas quedaban cinco. El resto, tres hembras de tetas flacas y caídas, ([estaban por así decirlo, fuera de combate]) (*se hallaban echadas en una esquina*). Gruñían (*lúgubres*) de la mañana a la noche. Se quejaban durante el temporal como si pidiesen al cielo lo que les estaban negando desde hacía tres semanas. Con los hocicos ([sangrando]) (*rojos de sangre*) levantaban barro, absor[b]ían el agua densa de aquel pantano pavoroso. (*Husmeaban en las piedras, miraban el cielo*). // Nadie se acercaba al chiquero. No lo permitía Chiquiño desde hacía tres semanas. Se oían en la alta noche, el lamento de los cerdos como el de jabalíes en celo. A veces no se podía dormir, no podía dormir la mujer de Chiquiño, sufriendo a la par que las bestias y reclamando de su marido las razones de aquel suplicio. // Chiquiño no respondía. Taciturno iba de un lado para otro, seguido de su perro, un mastín barroso que se diría ([había rec]) ([...]) iba recogiendo la cólera que (*al andar,*) dejaba ([al pasar]) ([*andar*]) (*caer*) su dueño. // El rancho estaba lleno de tragedia, de misterio, ([y de]) (*envuelto en*) una atmósfera asfixiante. Nadie aguantaba allí más de una hora. Chiquiño no hablaba. Salía al campo, iba al boliche y volvía siempre cabiz-[Fo. 2] bajo, ([enmudecido]) torvo y enmudecido. Se arrimaba al chiquero, distante unos cien metros del rancho y volvía maldiciendo. Su fuente de recursos era precisamente ([el]) (*la*) criar[sic] ([cerdos]) (*de porcinos*). Los vendía muy bien y cuidaba de aquel plantel en otro tiempo, con atención y recelo. Temía que le robasen algún ejemplar y más de una noche salió con el revolver en la mano a defender su riqueza. // Pero una noche oyó a los chanchos rezongar. Y, levantado ([,]) repentinamente, descubrió que su mujer andaba por el chiquero. Al mismo tiempo, alcanzó a ver por el camino un jinete que se alejaba al trotecito. Buen conocedor, no le fué difícil descubrir el alazán de un vecino, Pedro Alfaro. Si no era éste que acababa de verse con su mujer, era de alguien que había utilizado aquel animal. (*Desde aquella noche, no le daba*([...]) *sosiego a su sombra*). // A la mañana siguiente entró en averiguaciones. Fue hasta la pulpería y preguntó por Alfaro. // —¿Tiene siempre el alazán marca cruz?.— Inquirió a uno de los parroquianos. // —Hoy se habló de que lo vendía a Fagundes.— respondió el interpelado. // A Chiquiño le bastó el dato. Volvió a su casa y ([...]) sin amenazas, le aplicó una soberana paliza a su mujer. ([...]) No dijo ni una palabra, no se quejó ni recriminó la acción, ni tuvo un solo reproche para su mujer. Esta lo creyó borracho y se dejó azotar sin más quejas que las del dolor físico. // Hacía tres ([semanas qu]) semanas que Chiquiño preparaba su venganza. Y Alfaro no pasaba por el camino, para ir a matarlo. Pasaron tres días más de espera. Pedro Alfaro no se hacía ver. Una noche, [Fo. 3] sábado de borrachera, encontró a su enemigo en la carpa de unas quitanderas. En la francachela y la jarana, Chiquiño aparecía más bien sereno. Acarició las dos mujeres que venían en la carreta y al enemigo le dio toda clase de seguridades: // —¡Las mujeres son pa todos, canejo!... Tuitas debían ser como estas!, —decía para que Alfaro no tuviese recelos. // Mirando la carreta Chiquiño retrocedió a sus días lejanos. Bajo la carreta había tenido el primer encuentro con la quitandera Leopoldina, allá por las inmediaciones de «La Lechuza». Aquel vehículo le recordó su m[o]cedad y le hizo crecer el impulso de la venganza. Mirándola de reojo, evocó su pasado. Había en sus ojos un algo misterioso que atrajo a su lado a una de las carperas. Se le acercó con zalamerías preguntándole cosas sin importancia. Con ella cayó a la carpa, donde tirado en el suelo conversó en voz baja. La atmósfera de aquella reunión ([tenía]) no era, por cierto, limpia. Entre las miradas de unos y de otros, corría un aire helado. Nadie se atrevía a mirar cara a cara a quien dirigía la palabra. Pedro Alfaro con la cabeza baja, articulaba una que otra palabra, receloso y poseído de aquella extraña situación. Nadie sabía a ciencia cierta por qué no se animaba el diálogo, por que el buen humor que siempre caracterizaba a las gentes de la carreta, no aparecía para nada. En vano las quitanderas intentaban ([...]) bromas y chan[z]as. El nivel de la conversación no ([...]) era alzado pese a los esfuerzos. Tanto Chiquiño como Alfaro y dos troperos que habían caído a la rueda, se iban sintiendo incapa-[Fo. 4]ces de separarse del vacío extraño y embarazoso. Rondaba por allí un huésped desconocido. Alguno de ellos sin duda alguna, maquinaba alguna traición. Los hombres del campo, ([como los animales]) presienten las tragedias, los crímenes, como los animales las tormentas. Bebían para separar aquella idea de sus mentes. Les iba poco a poco royendo un presentimiento de reyerta, un anunciarse de armas blancas, algo así como un (*anunciador*) olor a pólvora. La pendencia lucía (*oculta*) su ([arma]) daga brillante. // El ([...]) alcohol por momentos parecía acercarlos. Pero era una falsa escaramuza. Alfaro le pasó [la] botella a Chiquiño... // Bebieron al fin juntos y, cuando amanecía, ambos andaban paso a paso por el callejón. // —No la tengo más a la ([Petrona]) (*Leopoldina*)... La muy rastrera se jué con el sargento... —(*dijo al enfrentar su rancho.*). Pedro Alfaro comprendió que no ([desconfiaba]) (*sospechaba*) del. ([Confiado]) ([*contento*]) (*Confiado*), ya más libre de su cola de paja, le tendió la mano para despedirse, desde ([el]) (*arriba del*) caballo. Y, desde su cabalgadura, (*en menos de un suspiro*) Chiquiño le asentó una puñalada tan feroz, que ([le]) tumbó(*a Alfaro*) del caballo. No ([*se*]) había(*nse*) los animales aún asustado de aquellos movimientos inesperados y violentos, ([...]) cuando el agresor, apeado del caballo, separaba casi, la cabeza de su enemigo, en un tajo de oreja a oreja. // En el barro fresco, a pocos ([cuadras])

(*pasos*) de su rancho, quedó tendido el cuerpo de Alfaro. // Sostuvo (*Chiquiño*) su pingo por las riendas, lo ató en el alambrado y volvió como fiera hambrienta sobre su presa. El caballo del muerto se alejó al trote largo, espantado, ([...]) pisándose las riendas. // Chiquiño no titubeó. Cargó con el cuerpo sobre las espaldas. Pendía la cabeza, dejando correr un hilo de sangre. Ya había aparecido su perro barroso, quien lamía la sangre derramada como si([...]) (*le hubie-*) [Fo. 5] ([...]) (*sen enseñado*) a borrar las huellas comprometedoras. Le seguía, lamiendo a cada ([...]) paso ([,]) las gotas de sangre, caídas sobre ([las]) el pasto húmedo. // Anduvo hasta el chiquero. Los ([...]) (*chanchos*) gruñían. Iban y venían de un lado para otro, alzando barro, inquietos en el ([...]) amanecer que daba un tinte rosado al círculo pantanoso donde se debatían los animales hambrientos. // Volcó el cadáver en el chiquero. El cuerpo al caer, hizo un ruido como de pellejo a medio llenar. Salpicó la sangre y se ([...]) avalanzaron las bestias como fieras sobre los despojos de Alfaro. Gruñían, rezongaban, se peleaban los unos con los otros, a dentelladas, para ver quién daba el mejor golpe de colmillo. En un segundo ([...]) (*andaban*) las piernas de Pedro Alfaro por un lado, los brazos por otro. Un cerdo le vaciaba las vísceras. // —¡Aprendé, miserable!...— // El sol iba saliendo. Un rayo rojo a ras de tierra, doraba los campos. Ya tenía sombras el perro, ([de]) (*y la baja figura de*) Chiquiño ([y su cuerpo]). Unas sombras largas sobre ([...]) la tierra fresca, sobre los pastos verdecidos. Las dos sombras iban hacia el rancho, paso a paso. En el alambrado ([intentaba desatarse de la atadura]) (*cabeza gacha la resignación pasiva de*) su caballo. // Chiquiño no se acordó del. Los chanchos gruñían demasiado para que se ocupase de ([ello]) (*otra cosa. Se sentía deshecho*). Entró en el rancho y halló a su china ([...]) dormida boca abajo, hundida en el sueño, como él lo estaba en su ([crimen]) [Fo. 6] crimen. Cerró un postigo por donde entraba el sol, iluminando la pieza. Y, se volcó en ([la cama]) (*el catre*) como un fardo. // Bajo de su cama, el perro barroso se lamía las fauces, mirando hacia la puerta ([desde]) por donde entraba el fresco agradable de la mañana.

CAPÍTULO XI
(Original mecanografiado)

[Fo. 1] Cándido, el loco del «paso de las Piedras», suele salir al encuentro de los forasteros. Descamisado, sucio y «en patas», responde invariablemente ([,]) a todo aquel que le dirige la palabra: // —El lau flaco, ¿sabe? el lau flaco. // Muy pocos procuran explicarse las razones que mueven a hablar en forma tan absurda e incoherente a Cándido, el loco descamisado. Solo les entretiene (*el*) hacerle tragar piedras redondas por una copa de «caninha brasileira»... Se agacha, elige las piedras más lisas, se las echa a la boca una tras otra, hace unas muecas horribles, pestañea y su garganta deja pasar una por una, las piedras redondas... Sonríe después, comprendiendo que ha hecho una gracia y reclama la prometida copa de caña. // Mientras la bebe —por lo general de un sorbo— se golpea con la otra mano la boca del estómago. Quince o ([...]) (*veinte*) piedras redondas, recién llegan a afectar su estómago y es cuando el (*loco*) cree que ha hecho una cosa seria. // Suelen preguntarle los viajeros: // —Ché, Cándido, loco ([,]) sucio: ¿está abierta la tranquer para (*ir*) ([...]) a la balsa?... (*O, muy frecuentemente: ¿No sabés si andan por aquí las quitanderas?*) // El loco, que camina agachado, mirando el suelo al parecer buscando piedras redondas para su colección, responde: // [Fo. 2] *—El lau flaco ¿sabe?...* // Esas son las únicas palabras que dice desde (*hace mucho*) tiempo. // Cándido parece buscar algo. // *—¿Qué perdiste, Cándido?...* // *—¡El lau flaco!*, *¿sabe?* // Bueno, ([*voy*]) (*a*) preguntarle otra cosa. // *—¿Tienes hambre, Cándido?* // *—¡El lau flaco, el lau flaco!... ¿sabe?...* // Si se le mira fijo, sorprenden ([en]) sus vagos y nublados ojos de loco, que más bien miraban para adentro. // Pero aparece de pronto un nuevo personaje. // Se trata de un curioso vagabundo, muy conocido y apreciado por las (*quitanderas*) que, al igual de los hombres de la ciudad ([que]) (*los cuales*) se dedican a espetar chistes y a narrar anécdotas, hace las delicias de cuantos concurren al boliche. // Le llaman «El Cuentero». Es un tipo apuesto, fuerte, bien formado. Usa lacia melena. Tiene una voz firme y de timbre sonoro. Al momento de entrar el cuentero en el rancho, se forma una rueda de curiosos, ([que]) (*los de la rueda*) festejan las gracias del habilísimo sujeto. Narra anécdotas, cuenta historias, habla de aventuras picarescas([,]) y, entre sorbo y sorbo, entretiene a los parroquia([nos]) [Fo. 3] (*nos,*) sin que decaiga un solo momento la atención de los circunstantes. Como jamás comete la indiscreción de hablar en primera persona —y atribuírse así alguno de los ([chismes]) «casos»— fácil es de comprender que se trata de un mañoso y vivaracho vagabundo, vividor de sobrados recursos. // Aquel auditorio admite y festeja los cuentos, porque no significa ningún orgullo para el que los dice. Ellos, indudablemente, no ([podían]) (*pueden*) tolerar una manifiesta superioridad de parte del cuentero. // Es ([tal]) (*grande*) el dominio suyo sobre el auditorio. ([que]) Con facilidad maneja los [o]cultos resortes de la risa y la sorpresa, del espanto y de la duda, en aquellos espíritus sencillos. // Sabe siempre a qué altura del cuento arrancará una carcajada general y cuándo hará abrir la boca babosa a sus oyentes. // Pero llega la noche y comienza a garuar. // En la vieja carpa de las quitanderas([,]) entró, casi al mismo tiempo que Cándido, un forastero. // Es el recién llegado ([,]) un tropero de fina figura, moreno, nariz correctamente perfilada, ojos pequeños y recios, ademanes nerviosos, pero sin desperdicio, como si a cada movimiento ([de sus]) [Fo. 4] (*de sus*) manos, tirase certeras puñaladas a un enemigo invisible. // Su figura esbelta se destaca en el grupo. A la hora de la comida, cesa de llover. En el fogón «el cuentero» continúa sus historias, como si estuviese pagado expresamente para entretener. Consiguió dominar a todos con sus chispeantes narraciones. // —¡*Salí, loco e porquería*!— grita uno de los oyentes, dándole un recio empellón a Cándido. // Este se limita a contestar: —*El lau flaco... el lau flaco... ¿sabe?* // —¡*Qué flaco ni ocho cuarto*!— grita nuevamente el hombre, inquieto— *¡salí de aquí!...* La voz ronca ([,]) pero firme, del «cuentero» comienza la historia de «un caso de reírse»: // —Cuando el hombre entró por la ventana, (*la vieja en camisa...*) // El forastero no ha sonreído ni una sola vez. Conservan la misma regidez, los músculos de su rostro moreno y ([recio]) (*grave*). Su actitud es una nota desentonada en el ambiente. Cuando el cuentero termina su relato, uno de los oyentes, muerto de risa, sale afuera. Junto con él salía a mojarse con la lluvia torrencial, una bandada de carcajadas ([,]) como pájaros en libertad... // [Fo. 5] Pero el forastero permanece mudo, serio, de pie y apoyando el codo en el pasador de madera de la ventana cerrada. // Y, el recién llegado dice entre dientes: // —Gracioso el mozo... ¿no? ¡Qué me dice!... // Todos clavan las miradas en el (*intruso.*) Nadie pronuncia una sola palabra, por unos instantes, hasta que uno del grupo pide al «cuentero» repetición de la historia picaresca «del chancho colorado»... // Se trata de un gracioso cuento, muy conocido en el paraje, al cual «el cuentero» da cierto aire novedoso, enriqueciendo la narración con adecuados ademanes de gran efecto cómico. // «El cuentero», inocente y sin percatarse de la intencionada palabra del intruso, termina el relato con una nota feliz y oportuna. Provoca ruidosa hilaridad. // La lluvia arrecia en los campos. Es una noche tempestuosa. Tempestad o tormenta en las cuales, frecuentemente vienen hasta las casas (*y se guare*[c]*en en algún cuarto)* esos pájaros negros que suelen desaparecer, ([a morir]), al día siguiente, cuando el sol comienza a secar los campos ([dejan]) inundados, (*Dejan*) impresión de ([sorpresa negra y extraña]) (*mal augurio*) y no se olvidan jamás. // [Fo. 6] El forastero tiene las negras apariencias de un pájaro de tempestad. Al terminar unas [sic] de las historias, el intruso pregunta con sorna: // —Y, ¿quién era comisario en ese tiempo?... // Una ráfaga helada cruza por arriba de las cabezas. // Las quitanderas ([,]) embebidas en el relato, despiertan como de un sueño. El forastero aguafiestas se queda inmóvil. «El cuentero» levanta su cabeza con humildad de vencido y alza los ojos hasta la recia faz del que así se expresa (*con*) burla (*«sobradora»*). No se atreve a responder. Sin duda alguna, se le ha presentado, por primera vez, el enemigo inevitable e ignorado del «cuentero». // El lado flaco de que nos habla el loco y en los [sic] pájaros negros de la tormenta, están presentes. // «El cuentero» continúa su relato, no obstante. Pero el éxito de sus anteriores narraciones no vuelve a repetirse. Las palabras suyas han perdido su poder sugerente. Su voz no llega ya hasta los que lo escuchaban. En aquel momento parecen ridículas sus gracias, ([ridículo]) (*desabrido*) su gesto y estúpida su intención de entretener. La ([serenidad]) (*seriedad*) de aquel hombre aplasta([ba]) ([,]) y, por momento, dan ganas de reír de las ([serias]) (*imprudentes*) ocurrencias del extraño. El ha derrotado, con su fría y hostil actitud, al infeliz «cuentero». Hay animadversión por el hombre de los cuentos. // [Fo. 7] Parece tonto ([y sin gracia todo]) (*e inferior lo contado*). (*Ha caído en el ridículo.*) El forastero es el enemigo que debe[n] aguardar siempre los hombres que entretienen. Los muñecos se rompen. A los hombres les salta el enemigo. // De un zarpazo invisible, buscándole el lado flaco, este hombre ha arrancado el don singular al bufón campesino, (*desarmado su gracia, atrofiado*[*s*] *los resortes de habilidad*). // El cuentero decide su viaje aquella misma noche. // Las quitanderas esperaban algo del... // Seguía ([callendo]) (*cayendo*) la lluvia torrencialmente. (*Adormecía el ruido del agua en las chapas de cinc.*) El infeliz salió sin que lo advirtiesen. Y cuando el sueño envolvía el cuerpo cansado y sudoroso de las mujeres, a esas horas, intentaba cruzar el «Paso de las Piedras». // El río corre allí encajonado ([,]) y a las dos o tres horas de lluvia torrencial es tan recia su correntada que el tronco más pesado, para llegar al fondo, necesariamente debe correr a flor de agua un buen trecho, como si fuese un trozo de corcho. // La balsa no funciona entonces y hay que esperar la bajante del río. // En la otra orilla, el caserío que circunda el cuartel de infantería allí apostado, ha recibido siempre con buenos ojos la visita del hombre de los cuentos. // [Fo. 8] Y oficialidad y tropa suelen retribuir con prodigalidad al «cuentero». El hombre sabe esto muy bien, cuando ([siente]) (*se siente en posesión de*) fuerzas para intentar el cruce a nado por aquel paso con el río campo afuera. // Descora([...])(*zonado*), se larga bajo la lluvia en el torrente. Un agua negra, salpicada de relámpagos, marcha con árboles y animales. Más que una artería de la tierra, parece un ([río]) (*brazo*) de la noche. Las luces del cuartel apenas se distinguen. A la luz de los relámpagos ([aparece]) (*surge*) blanco el caserío vecino. «El cuentero» sólo piensa en el halago de la gente que le quieren y en alejarse del enemigo que la tormenta ha traído. // Y se aleja. En la puerta quedan las quitanderas abrazadas, uniendo la esperanza muerta de cada una. Ven alejarse al «cuentero» con un dejo de amargura. // Al día siguiente, Cándido, ([con]) los ojos fuera de las órbitas, ([sin camisa]) (*descamisado*) con los brazos en alto, llega corriendo del Paso. // Ronco de tanto gritar, apena[s]se adivina lo que ([decía]) (*dice:*) // —¡El lau flaco, el lau flaco!... ¡Ayí, ayí!... // Con ambas manos señala un pasaje del monte a pocas cuadras del paso. (*Envuelve sus palabras en una maraña de ademanes.*) // Para comprender lo que quiere anunciar deben seguirle. // [Fo. 9] En la punta de un tronco de ñandubay partido por la impetuosidad de las aguas, se halla ensartado el cuerpo del «cuentero». Sus ropas, rasgadas, ofrecen al sol su carne fofa y amoratada. El río ha vuelto a su cauce normal. Allá, a lo lejos, en la cuchilla, marcha el ([forastero]) (*extraño*) ([*forastero*]) que ([...]) deshizo el sortilegio del «cuentero». (*Va erguido,*) al galope (*largo*) de su caballo. Su ponchillo negro se agita con aletazos de pájaro que huye.

Capítulo XII
(Original mecanografiado)

[Fo. 1] Florita tenía los ojos (*orlados de rojo,*) inflamados de tanto llorar. Su respingada naricita ([roja]) (*encendida,*) era lo que daba más lástima de aquella carucha inocentona. Amoratados los labios, si no estuviesen sellados por el silencio impuesto a bofetadas, podían contar los malos tratos (*y vejámenes*) de sus protectores. // Si suspiraba o le salía un ay, lastimero, inevitablemente, la fulminaban con una mirada, que quería decir invariablemente «*guacha mal (*[*educada*]) (*enseñada*»). Si articulaba una palabra a destiempo, veía acercarse hasta sus narices, la manopla velluda del marido de Casilda. Era él quien habíala recogido, salvándola de la peste en un sórdido rancherío. // Pero al verla con trece años, con las carnes abundantes y el seno abultado, querían deshacerse de ella antes de que algún tunante la seduje[se] y la dejase en cinta en el rancho. Cargar con ella era difícil que alguien quisiera, pero sacarle partido a su juventud recién desatada, no era asunto ([difícil]) (*engorroso*). Según los protectores, «era mañera para el trabajo» y había que rehacerse de los gastos de la crianza... // De manera que cuando el dueño de «*Los Molles*», Don Caceros, le insinuó a la mandamás de las quitanderas, que «*le agenciase un ca*[*c*]*hito sano*», se pensó enseguida en «*la Flora*». // Don Caceros era un animal ([...]) (*manso*), ([...]) mañoso y cachaciento. Sólo sabía una cosa y era darse sus gustos. Inofensivo y cobardón, no se exponía para ello, teniendo a su servicio una serie de vecinos miserables, a los cuales trataba con aire de señor feudal. // [Fo. 2] ([*Contaba*]) Florita ([tenía ya]) tres días en capilla. La preparaban para Don Caceros, convenciéndola de ([lo que]) (*cuánto*) ganaría y de lo bondadoso que iba a ser con ella (*el estanciero,*) una vez satisfecho su capricho. El hombre había adelantado ya una buena suma de dinero, de manera que la compra de la criatura era un hecho. // Desde tres ([días atrás]) noches atrás, la muchacha no pegaba los ojos. Se había adueñado de su cuerpo, un terror indescriptible. Aquel anuncio la tenía subyugada. Por momentos lloraba, por momentos se quedaba pensativa calculando las perspectivas del encuentro. Le daba miedo Don Caceros, siempre silencioso y serio, como buen zorro (*viejo.*) // Un día le había visto rondar por Saucedo. Fue en ([la]) (*esa*) circunstancia en la cual averiguó si la mandamás podía «*agenciarle un golpecito*»... // —No me voy a fijar por unas diez ovejas más o menos... —dijo en esa oportunidad. // La propuesta y la conformidad fueron dos certeros tiros en un blanco. Don Caceros comprendió lo fácil que ([era]) (*le*) era convencer a aquellos pobres diablos. // *—Es un cachito sin tocar!...* —dijo la mandamás— *no le voy a proporcionar una porquera!...* // El hombre se hizo el incrédulo alzando los hombros. // *—No, don Caceros, yo no le via dar gato por liebre... Se la garanto!... ¡Naides le ha bajau el ala a la botija, por esta luz que me alumbra!...* // En esa ocasión había visto muy de cerca a don Caceros. Florita le vio alejarse con una sonrisa en los labios (*y*) tosiendo bajito. // [Fo. 3] El encuentro quedó combinado para un lunes a la noche. La carreta de las quitanderas quedaría sola y tranquila, para que dispusiese de ella don Caceros. Allí lo iba a esperar la ([chiquilla]) («*gurisa*».) Pero el hombre se adelantó y, al atardecer se apareció por ([la casa]) el rancho de ([sus p]) los protectores de la muchacha. // Cuchicheó con el matrimonio y ([con]) pudo quedarse solo con la Flora frente a frente. Quería tantear el terreno para evitar un serio fracaso en el carretón. // Florita había estado llorando momentos antes. Al ser castigada por su protector, se había «*retobao*» y fue más grande la tunda. En realidad al verse frente a frente con don Caceros, la chica no comprendía (*lo*) que iba a pasar. Temía, eso sí, que la llevasen para vivir en la estancia con aquel hombre quien la asustaba con su mansedumbre de animal rencoroso. // Cuando quedaron solos, don Caceros al verle el mate en las manos, le ordenó que lo dejase encima del lavatorio. Luego la ([tomó]) (*cogió*) por las muñecas sin más decir y ([la acercó]) (*acercándola*) con cierto cuidado a su abdomen. // Florita lo miraba desde abajo, con la barbilla ([casi]) apoyada en el último botón del chaleco. // Temiendo que la muchacha opusiese resistencia, la tuvo entre sus brazos hasta dejarse caer en una silla. En el crujiente asiento, ([la]) inclinó su presa en las rodillas y le preguntó si iría a la carreta después de la comida. // Como Florita no contestaba, repartió sus besos torpes entre [Fo. 4] la cabellera, las mejillas y el pescuezo. Pero su futura poseída no cambiaba lo más mínimo, ante aquella ([avalancha]) (*irrupción*) de caricias y de besos. // A las repetidas preguntas de don Caceros: ¿Te gusta, chiquita, te gusta?, la «*gurisa*» respondía con un silencio completamente salvaje. Ni una sola palabra de contrariedad. Ni un sólo gesto de agrado. A veces sonreía u ocultaba la cara con vergüenza. En realidad la chica ([no]) comprendía que no eran tan([to]) (*terrible*) como pensaba y ([que]) don Caceros le pareció menos cruel que su protector. // *—Bueno—* dijo repentinamente el hombre como si terminase de resolver un asunto o de esquilar una oveja— *Bueno, andá no más a cebar mate... Pero dame un beso en la boquita antes...*// Cedió Florita maquinalmente. Cuando tuvo los ojos cerca de don Caceros, se le puso la piel de gallina. Pero, ([cuando]) al sentir miedo ([de selva, pues]) (*y fuerzas para rechazarlo*) el hombre la empujó hacia la puerta obligándola a salir. // Don Caceros se puso de pie y se ([arregló]) (*subió*) los pantalones, corriendo un ojal del cinto. // Dio unos pasos sin sentido. Levantó los ojos y detuvo la mirada en un retrato encajado en la luna de un espejo. Era el de ([...]) una criatura de seis (*o nueve*) años, sonriente, de rulos cuidados caídos ocultando las orejas. En lo alto de la cabeza un moño (*de seda*) exageradamente abierto. // Al topar con ([la]) (*la fotografía*), don Caceros afirmó su mirada. Se quedó pensativo un segundo y rascándose atrás de la oreja con el índice [Fo. 5] estirado, bajó la vista. // Aquel encuentro, aquel descubrimiento, aquel sonreir de la criatura del retrato, le perturbó, pareciéndole de mal augurio el hallazgo. Como desperezándose, giró sobre sus talones y salió de la pieza de mal talante. // x x x // ([El lunes]) Por la noche no pudo resistir a la tentación de ir al carretón de las quitanderas. No tenía ninguna seguridad de que la Flora estuviese en ella. // No bien se apeó del caballo vio a la mandamás, ([...]) celestina prudente y cumplida, quien se hallaba sola, al pie del vehículo. // La mandamás, aprovechando la noche de calor, dejó que las mozas se fuesen a retozar en el maizal del pulpero... ([...]) Podían hacer una changuita lejos del carretón y la noche no estaba perdida para ellas. Lo que importaba aquella noche era quedar bien con don Caceros. // Apartó la mandamás el cuero que cerraba el carretón advirtiendo a Florita la presencia de don Caceros. // Llegado éste, con una complicidad misteriosa e incitante, la vieja se llevó a los labios el dedo índice, pidiendo silencio al recién llegado, a quien tendía la otra mano. Y, sin articular palabra, como demostrando que había cesado su labor, toda rodeada de misterio picante, se alejó hacia el boliche. // Don Caceros hizo sonar la ([...]) fusta en sus botas, espantó sus tres perros que olfateaban el carretón, y ([avan]) se adelantó resuelt(*amente*). // [Fo. 6] Sin más preámbulos y sin otro cuidado que apartar el cuero de la puerta de la carreta para dar paso a su pesado cuerpo, subió al vehículo. Tropezó de inmediato con la muchacha, quien no tuvo un ademán de sorpresa. // —*¿Solita querida?*— // El hombre respiraba fuerte, como si hubiese hecho un gran esfuerzo para subir. // —*Reciencito se fue la vieja...* // Todas las palabras que siguieron, salían como tropezando en sus caricias torpes. La tomó de las manos. Como la chica se las llevase medrosa, queriendo huirle, a los senos, aprovechó aquella proximidad para acariciárselos con las puntas de los dedos. Sonaron sus uñas en el madrás de la bata ajustada. Lleno el corpiño, los senos turgentes ([...]) se ofrecían a las caricias medrosas de don Caceros. // A medida que avanzaba en aquel tanteo entre sombras, se hacían más escasas las incomprensibles palabras del hombre, las preguntas se repetían sin cesar las mismas: ¿Te gusta chiquita, te gusta? // Nervioso don Caceros creía haber empezado bien, pero por momentos le distraía su torpeza y su debilidad se agrandaba. Cierto vago temor impreciso, le cerraba todos los caminos. Y, no podía vencer aquella incertidumbre que se transformaba en malestar. // Sintió correr el sudor por su frente, rodar gruesas gotas de sudor por su velludo ([p])pecho. El calor del cuerpo de la muchacha comenzó a invadirle y molestarle. Sin valor para intentar un cam[bio] [Fo. 7] de posición, tomó los dedos de una mano de Florita y se puso a rozar su pulgar en cada una de las uñas. Aquella sensación de aspereza le distrajo un momento. Parecía ([...]) hacerle olvidar el calor. Dejaba ir entonces ([,] sus ojos por el cielo estrellado. En mala postura una de sus piernas comenzó a dormírsele, pero no tenía valor para estirarla. Florita dócil y resignada, dejaba sus manos abandonadas a aquel manipuleo sin sentido, mientras fijaba sus ojos en el blanco pañuelo (*de seda*) que llevaba al cuello don Caceros, entreviéndole confusamente. Abstraída, pudo oir el tic-tac del reloj. Y entre la visión sedosa del pañuelo blanco y el inocente tic-tac, le asaltó un sueño irremediable, avasallador. No había pegado los ojos en ([tres]) noches pasadas y la faena del día había sido ruda y agitada. Cabeceó una vez, sintiendo ([las]) (*sus*) manos en las de don Caceros, ([pero]) (*mas*) se rehizo al oir el tic-tac del reloj. Pero ya no distinguía el ([...]) pañuelo de *(seda de)* don Caceros. Cabeceó dos, tres veces más y se quedó dormida sintiendo las manos del hombre cerca de sus senos. Cayó dormida en sus ([trece]) ásperos trece años, como cae un pájaro muerto en el vuelo, sobre las zarzas de un matorral. // Don Caceros la dejó dormir. Era providencial el sueño de «la botija». Salvador en ([aqu])el embarazoso trance en el que se hallaba preso. Don Caceros ya no sabía dónde meter las manos de Florita, qué hacer con la criatura profundamente dormida en sus brazos. // Aguardó un rato, el tiempo según sus cálculos, necesario para hacerse dueño de una virgen... (*Divagaba, pensaba en cosas lejanas, oía el tic-tac de su reloj*) Y, cuando creyó oportuno, tosió e hizo ruido, moviéndose para despertar a ([Florita]) (*la muchacha*). // [Fo. 8] La ([chiquilla]) («*gurisa*») bostezó estirando los brazos en un desperezamiento sin reparos. // A medio erguir, ([el hombre]) metiendo la mano en el bolsillo extrajo unos billetes y se los ([metió]) (*puso*) en las manos;— // —*Tomá pa vos, gurisa... Comprate un trajecito*— l[e] dijo en voz baja. // Se compuso las ropas al bajar y sin más decir, silbó llamando a los perros, que hartos de la espera habíanse alejado de la carreta. // La mandamás ([,]) ([atenta,]) había permanecido (*atenta*) al asunto. Apareció enseguida solícita, frotándose las manos ásperas. Desde su caballo don Caceros, atusándose el bigote, dejó caer esta sentencia: —¡*Linda la gurisa*!... *Como güeso de espinazo, pelaito pero sabroso*! // Metió espuelas y seguido de los perros tendióse en la noche, sobre el galope de su caballo. // —*El diablo te arañe las espaldas*!— roncó la mandamás. // (*Y,*) Florita, durmió entre quitanderas ([,]) un sueño puro, que el alba sorprendió entre perros sarnosos y matas de mío-mío... // x x x // [Fo. 9] (*En el boliche, comentábase el arribo de las quitanderas. Piquirre, el panadero entró emponchado, silencioso.*) // Piquirre, era un paisano chiquirritín, de escasa barba rojiza, charlatán, pero de un mal genio constante. Para hacerle enojar, no había nada ([...]) (*tan*) eficaz, ([que]) como tirarle abrojos o rosetas en ([las bombachas]) (*el poncho.*) Cuando no descubría quién era el atrevido, insultaba a todos en general. Una buena «rosiada». Pero, al momento, comenzaba a hacer excepciones, excusándose con los más viejos primero, con los más serios, después, para dejar tan sólo uno, a veces dos, de quienes dudaba. // —¡Se pueden ir a la mismísima m!...— gritaba fuera de sí. Pero, enseguida, arrepentido, comenzaba, respetuoso: // —Perdone don Panta, usté no cái en la voltiada... Es pa el insolente... Ni tampoco usté, don Medina... perdone!... // Los restantes se echaban a reir a un tiempo. // —¡Quedamo solo los dos!— dijo un muchachón que estaba en la rueda, autor de la broma— Vos, Luciano y yo, caímos en la voltiada... La rosiada e pa ([r]) nojotro!... // —No, pa vos Luciano, no es... —Y haciendo una ([apusa]) (*pausa*) agregó: Será pal insolente que no respieta las barbas!... // —De choclo— se apresuró a responder el muchacho— de choclo estamos hasta la coroniya!... // ([Volvieron a reir]) (*Rieron*) todos a un tiempo. Piquirre tosió y se largó al garguero una copa de caña. // —¿Tomás coraje pa esta noche, Piquirre?— preguntó el bromista. // —Necesitando... —respondió altanero— Yo soy del tiempo viejo, de los hombres sufridos... // —Dicen que la Mandamás de la carreta esa que apareció ayer, es medio caborteraza... —dijo Luciano. // —Asigún con quién... Conoce(*rá*) bien los güeyes con qui ara!... agregó Piquirre. —Pa mí que a vos te dará la vela, Piquirre? —dijo el bromista. // —De que vela me hablás?... // —¡Pucha que estás atrasau de noticias!... Andá esta noche a la carreta y [Fo. 10] verás lo que te pasa... // —Mirá gurí... a mí no me vas a enseñar a lidiar con esa clase de chinas... Hace años que se bolear, muchacho! Cuando vos no levantabas la pata pa miar, yo ya me tenía parau rodeo en más de un campamento... // —¡Oigale!... // —Sí, así como lo oís... Yo conocí a la mandamás más peluda, la finada Secundina, que era capaz de darte una cachetada si te pasabas con alguna de las chinas... Era puá ayá por la frontera, donde no podés yegar vos muchacho, porque te perdés... // —Sí, pero eso e la vela no lo sabés... // —No sé, como no sea pa taparte la boca... // —Andá esta noche y verás... // —Yo ya estoy viejo pa esas perrerías... // —No sabés, —dijo entonces Luciano— ([...]) pues pa'dir con una de las quitanderas, tenés que pedirle un cabito e vela a la ([...]) mandamás! // —Y ¿pa qué?... // —Vos comprás un ([cabito]) (*cachito*) ([d]) e vela como de media pulgada, una rodajita e porquería y marchás con la que te guste... // —Y la velita, ¿qué juego hace? // —Parece que tenés que encenderla en la carreta y mientras está encendida podés quedarte... Cuanto se apagó, tenés que bajarte... ¡Se acabó la junción! —Pucha que había sido diabla la vieja, pa buscarle esa güelta a los cargosos... ¿Sabés que está bien pensada la cosa?... —arguyó Piquirre— Los abusadores han de ponerse las barbas en remojo... // —Y si queré estar un rato más largo, pagás más y te comprás un cacho e vela más largo... —aconsejó el bromista. // —Está claro, pedís un pedazo e vela de una pulgada y tenés pa rato...— agregó, ya dueño del caso, Piquirre. Y, largando una carcajada, terminó: Te comprás una vela como pa un santo y te la tenés a la china hasta mañana... // Aquel sistema ingenioso, no se aplicaba con todos. Era con los abusado-[Fo. 11] res y, sobre todo, la Mandamás de aquella carreta, lo ponía en práctica en ([el norte, donde]) (*días de fiesta, pues*) era difícil explicar a los borrachos que todas ([aquel]) las concesiones tenía[n] un límite. // Aquella carreta, ([se caracterizó]) (*por ese uso se*) singularizó. ([por el uso de la vela y du]) ([*aquel*]) Durante mucho tiempo, se le llamaba a ([la]) (*su*) Mandamás, la del «cachito e vela». // —La pucha que habrá sido grande la vela que compró don Caceros... exclamó ([Luciano]) (*Piquirre*) muy serio.— Pero no le acercó fuego el hombre, por que nada se vido desde las casas. // —Tamién vos, ([...]) (*charlando*) y con alcagüeterías... —dijo ([Piquirre]) (*Luciano*)—te dejás yevar por cuentos... // —¿Cuentos?... si la gurisa se lo pasó yorando porque sabía la que le esperaba. (*—Mentís, Piquirre, la tenían engañada, lo sé— afirmó Luciano.*) —Andá a crerle vos... La guachita esa se güelve puro yanto cuando tiene que cumplir con los que la criaron... // —Estás defendiendo a don Caceros por que lo tenés de cliente.... // —Es justicia, amigazo y nada má... ([Pero]) No es cierto que le han entregau la gurisa (*obligada*) como dicen las malas lenguas... La gurisa durmió en ([el rancho de su madrasta]) (*la carreta por su gusto*)... ¿sabés?... yo la vide(*dir*) y naides puede decir otra cosa! // —Me vas a decir a mí, petizo barbudo, a mí me vas a venir con ([el cuento]) (*intrigas*!) dijo Luciano insolentándose y fuera de sí. (*La obligaron!*) // —Y ¿por qué vas a saber más que yo mocoso e m...!— contestó Piquirre acercándose provocador. // —Por que sé calar a los indios (*fayutos*) como vos, que se venden por tortas fritas!... // Ya estaba el rebenque de Piquirre en el aire. Pero Luciano que iba graduando sus palabras al mismo tiempo que palpitando los movimientos del panadero, sacó daga tamaña y ([poniéndole]) (*colocando*) su punta a una cuarta del abdomen de Piquirre, le gritó: // —¡Si bajás la mano te achuro!... // Se acercaron los circunstantes. Uno dijo: ([...]) ¡Haiga pas, ([amigos]) compañeros! Otro ¡A ver, esos bravos! El bolichero: ¡Si quieren pelearse aju[e]ra, canejo! // [Fo. 12]

Luciano, serenado, y queriendo quitarle importancia al asunto, lanzó una carcajada, (*al tiempo que decía:*) // —¡Quedan pocos barbudos tan ([resistentes]) (*reforzaus*) pal cagaso!... —dijo envaina[n]do su daga. // Y, ya ([a])fuera ([del boliche]) de la pulpería, ([Luciano]), rodeado de los concurrentes que estaban casi todos de su parte, se animó a sentenciar: —Esta noche, si la gurisa queda en la carreta, menudo cacho e vela me compro!.. Y van a ver quien es el hombre pa la Flora! // Florita no fue a ([...]) la carreta. Luciano no necesitó ir en demanda de un pedazo de vela. La ([...]) Mandamás tropezó con ellos entre una ([...]) pila de cajones vacíos y latas de grasa, que había a espaldas de la pulpería. // Pero se calló la boca. Luciano era un ([muchacho]) (*paisano*) decidido y valiente. // x x x // La noche ([era]) (*se hizo*) templada. Aún no había salido la luna. Los grillos, metidos bajo los cajones, acompañaban aquellas dos soledades plenas. Llenaban ([los silencios]) el silencio de Flora, mientras el de Luciano se encendía con el pucho de chala, que iba a la boca con la misma frecuencia que los labios de la enamorada. ([A espaldas]) (*E*[n] *los fondos*) del boliche, el idilio mudo, se desarrollaba entre ([...]) trastos viejos. (*Más tarde*) de frente al campo abierto, ([bajo las estrellas]) (*cuando salió la luna*), de espaldas al suelo, Florita pudo olvidarlo todo. Hasta el pañuelo de seda ([del]) que ([*el*]) ([viejo]) don Caceros (*llevaba al cuello,*) para ver el pescuezo desnudo de Luciano, donde (*al*) recostar la boca, ([para]) (*podía*) apagar los ayes que le brotaban de la garganta.

CAPÍTULO XIV
Los explotadores de pantanos
(Original manuscrito)

[Fo. 1] Un lunes por la mañana, ([cayó]) (*el camino, trajo a*) Esteban (*Pereira*) al Paso de Itapebí. Venía a pie y en mangas de camisa. Gastaba (*sufridas*) bombachas (*de brin oscuro,*) calzando alpargatas nuevas y medias encarnadas. Mal cubría su menuda cabeza (*rapada,*) un sombrero pueblero, ([empolvado]) (*polvoriento*) y sin forma razonable. // ([De lejos]) (*A cuatro pasos*) no se le conocía. Había cambiado mucho en la cárcel. Estaba canoso, flaco y parecía aún más bajo que lo que en realidad era. Pero los ojos, eso sí, sus ojos celestes y vivaces no habían cambiado. Eran los mismos ojos pequeñitos y avizores, de baquiano experimentado. Su nariz ([...]) pequeña([s]), con delgadas aletas, parecía estar olfateando siempre, como la de los perros. // Cruzó por el callejón, a paso (*largo y*) lerdo, camino de la estación de San Antonio. Iba a reclamar su caballo a un bolichero amigo suyo; y, a pedir permiso para instalarse ([enseguida]) en los terrenos anegadizos, que los ingleses del ferrocarril dan a los miserables. // En realidad, no son ellos los que dis-[Fo. 2] ponen. Dispone el almacenero más fuerte. Les dá ([la tierra]) el terreno para que hagan su rancho y gasten en su despacho los pocos reales que pueden pescar por las inmediaciones. // (*Los habitantes del rancherío,*) le vieron pasar, y le reconocieron por su paso largo y lerdo. Cruzó los pantanos que ([hay]) (*abren sus grietas y bocas fangosas*) unas cuadras antes de la caída del paso y observó el ([caserío]) (*rancherío*), como quien no le interesa mayormente el asunto. Pero le interesaba ¡vaya si le interesaba!... // Miró bien y descubrió una tapera, con cuatro postes clavados de punta. Ya conseguiría, a su debido tiempo ([,]) la paja, o trataría de amasar el barro para levantar las paredes de su rancho. // En la estación le reconocieron enseguida, por que le esperaban. Algunos se «hicieron los bobos», ([porque]) (*pués*) suele ser comprometedor andar con ex-presidiarios. // ([...]) ¿Si se hubiese evadido? No, de eso estaba segura la gente. El viejo bolichero don Eustaquio, ya lo había dicho la noche del sábado: // —El estafetero ha léido la noticia en el diario... Lo soltaron a Chiquiño... // Chiquiño no era otro que Esteban. [Fo. 3] Así lo apodaban, cuando en las cuchillas servía de baquiano; cuando conocía los (*endiablados*) caminos —como la palma de la mano; con sus picadas, sus pasos hondos, sus pantanos y sus ([h])osamentas. Estas, le servían como puntos de referencia. Y no erraba jamás, cuando sentenciaba que ([tal o cual animal vagabundo que]) el nauseabundo olor que salía del monte, era de tal o cual animal vagabundo. Los conocía a todos: bueyes inservibles, por rengos o viejos; caballos (*aquerenciados en el callejón*) flacos y sarnosos; vacas machorras «overas de garrapatas», que en los callejones ([se]) pasaban años y años, paseando sus hambres, hasta caer en algún pantano para no levantarse (*ja*)más. Cualquier accidente, por insignificante, tenía su lugarcito en el prolijo mapa que había trazado en su cabeza. // Pero al salir de la cárcel, con «la cola entre las piernas» como los perros perseguidos de las estancias, no tenía nada que hacer ([con]) (*en*) aquel asunto. No existía ya su oficio. Cualquier chofer de mala muerte, conocía ahora los caminos; y (*resueltamente,*) se largaban sin preguntar en las picadas, [Fo. 4] las cuales se abrían cada vez más, para dar paso a los callejones. // El camino no era otra cosa que la civilización que extendía su mano. Era el pico y la pala del gringo, que venía a destruir —construyendo— el campo de su sabiduría. Como la campaña no tenía ya pasos secretos, el baqueano era un ser innecesario. // Chiquiño pidió permiso en la estación, y, con su caballo, que desató de la jardinera del bolichero, «pués este así le sacaba el jugo»— se fue derecho al rancherío que se extiende a lo largo del camino sembrado de pantanos. // En una tarde se acomodó. Cortó paja en el pajonal del monte cercano e hizo una pared firme y las otras tres, así no más, como le salían. No necesitaba más seguridad... // El lugar no podía ser ([mejor]) (*más estratégico.*) Encima del más terrible de los pantanos. Además, él contaba con su caballo, que se lo habían devuelto «bien comido y tirador». ¿El vecindario? Un viejo ciego que salía a pedir limosna al paso de los automóviles; diez o doce tranquilos [Fo. 5] trabajadores de la cuadrilla del ferrocarril; una porretada de chicos que parecían vivir sin padres ni mayores; y, por último, dos sujetos perseguidos siempre por los comisarios, que, con sus mujeres, hacían el oficio de pantaneros sin darse cuenta. // Eran éstos, viejos camaradas de Chiquiño. Pero, como andaban ahora ayuntados, no era prudente acercarse... Ya se verían en la pulpería. // Chiquiño, llegada la primera noche no salió de su rancho improvisado. Observó con atención los movimientos del vecindario, en cuáles ranchos se encendía fuego grande, en cuáles (*se*) hacía música y si la gente rateaba leña por la noche o recorría los (*solitarios*) campos vecinos. // Al día siguiente, consiguió (*en el boliche*) unas latas de ([qu])kerosene vacías, las abrió ([con cuidado]) y fue cubriendo el techo cuidadosamente para protegerse de la lluvia. // El invierno se colaba en los campos, hecho una llovizna persistente que (*taladraba la carne*) ([*con su frío.*]) Su rancho (*tenía*) a las espaldas, o sea al Oeste, las vías del tren. Al Este, el callejón con sus pantanos, que separa a los [Fo. 6] miserables, de la invernada de novillos de Don Pedro Ramírez, hombre cuidadoso de (*vida*) ([y]) feudal ([...]), que era capaz de mandar a la cárcel al que ([...]) intentase cruzar el alambrado de siete hilos que defendía su campo. // Por allí los desvíos eran imposibles. Los viajeros, no podían salvar de ninguna manera los pantanos. Había que arriesgarse siempre y era de festejar el viaje que, al pasar por el sembrado de pantanos, bajase de cuatro el número de «peludos» sacados a la cincha. // Chiquiño explotaría bien el asunto. Tenía caballo, era «petizo» pero forzudo y se haría «de rogar como una mujer»... // Los otros dos desocupados, que sacaban «peludos» sin darse cuenta que de eso vivían, se descubrieron a sí mismo, cuando Chiquiño, un día de lluvia, ofreció sus servicios al primer empantanado. // —Sí —había sentenciado— aquí pasa, pero más adelante la cosa se pone brava... Los del automóvil, temerosos, quisieron asegurarse la ayuda de Chiquiño. //

—Oiga— [l]e insinuó el dueño del vehículo— [Fo. 7] ([...]) —¿quiere acompañar(*nos*) hasta el Paso? // —Y... bueno, pero yo tengo qui hacer...— titubeó hipocritón Chiquiño. // —Sí, hombre, si nos desempantana y no[s] saca del «peludo», tendrá unos reales... se apresuró a afirmar el hombre. // —Bueno, vayan yendo, yo los sigo de cerca... // El automóvil partió! En él —un viejo Ford desconchado— con el dueño del vehículo y el chofer, iba un médico, a asistir a una mujer que se estaba muriendo de carbunclo... // La lluvia caía lentamente, «enjabonando» el camino, resbaladizo y brillante. Los pantanos, tenían sus ojos ciegos, llenos de agua barrosa. El automóvil se detuvo (*nuevamente*). Había que ponerle ([las]) cadenas a las ruedas motrices, para evitar que patinasen. (*Terminada la breve tarea*) apenas comenzaron a marchar nuevamente, la capota y los cortinados, se cubrieron de barro. El Ford, marchaba envuelto en una lluvia de pelotitas de barro, que caían (*y quedaban*) adheridas ([...]) a la capota y los guardabarros como si fuesen nidos de avispas. La marcha era lenta, dificultosa y molesta. // [Fo. 8] Chiquiño les miraba con una sonrisa de cínico en los labios... Ya caerían en alguno de los pantanos. Cuando el automóvil andaba de costado, resbalando sobre la tierra como si su conductor jugase con él, Chiquiño bajaba la cabeza para ocultar su cara sonriente de goce solapado. // La garúa continuaba, persistente y fría, oscureciendo el paisaje. // Una voz ([dijo]) (*interrogó*) desde el vehículo: // —¿Por aquí? —y el hombre sañaló hacia la derecha— ¿o es mejor por el lado de los ranchos?... —gritó más fuerte. // —Por la derecha hay mucha huella y han cavao el pozo. Agarre por este otro lau. // Y señaló ([la parte]) (*el*) peor (*pedazo,*) sobre los ranchos, donde no había trillo que sirviese de guía y donde los pantanos parecían ciénagas. La lluvia caía implacablemente. El chofer hizo retroceder el automóvil, algunos metros, para tomar fuerzas y «atropellar de golpe»... ([Hizo]) Corrió el vehículo, un buen trecho. Las ruedas delanteras cayeron en el pantano, para surgir de pronto, haciendo cabecear la capota y sonar los elásticos. Pero las ruedas [Fo. 9] traseras no salieron del pozo. Hundidas en el ([barro]) (*pantano*), hasta más arriba de la tasa y con el eje metido en el fango, giraban velozmente levantando agua y barro. Parecían dar vueltas en el aire. // —¡Caramba, estamos enterrados! —exclamó el hombre que tenía la compañera moribunda; y, prosiguió impaciente: // —Esto nos vá a (*de*) tener una hora aquí... ¡que venga ese hombre a sacarnos! // Chiquiño, montado en su bestia y «hecho una sopa», aguardaba la orden, bajo la lluvia invernal. // El motor de[l] Ford seguía ([bramando]) (*rugiendo*), con las ruedas ([al aire]) encajadas en el barro blando y el eje oculto en el pantano. Los tres hombres balanceaban sus cuerpos y lanzaban el grito característico([s]) de los que están habituados a tratar con animales de tiro: // ¡Upaaa! ¡Upaaa!... Ahora! Ahora, fuerte! Fuerte! Uuupaaa! // Pero era inútil el esfuerzo. No había forma de salir de aquel atolladero. Avanzaban unos centímetros y volvían a caer en el fondo del pantano. Las ruedas giraban [Fo. 10] en vano, levantando agua y barro (*y ahondando cada vez más la cueva*). Era imposible salir sin ayuda. ¡Bien lo sabía Chiquiño, que allí los había precipitado! // Desde los ranchos, respondiendo al ruido del motor, salieron ojos curiosos. Los chicos chapaleando barro corrieron hasta el alambrado, saltando las charcas y dando (*victoriosos*) gritos destemplados. En cada puerta, había un par de cabezas asomadas, que temían mojarse. Aprovechaban el espectáculo del «peludo», tomando mate (*placidamente,*) en las puertas de sus ranchos. // Anochecía. Arreció la lluvia cuando el ciego salió de su cueva, llevado de la mano por ([un]) (*el*) lazarillo, un adolescente idiota y tuerto, que solamente servía para llevar al ciego hasta el callejón y volverse luego a la puerta del rancho, a rascarse las orejas y el cuero cabelludo. // Los dos hombres, que ([...]) (*inconcientemente*) hacían el oficio de pantaneros, se acercaron al alambrado con hosco y rencoroso mirar... // Chiquiño ya había atado ([su]) (*un*) maneador al eje del automóvil y horquetado en su caballo esperaba la orden de tirar. // Hubo que hacer una cueva en el barro, [Fo. 11] para poner en marcha el motor, pues la manija estaba hundida en el fango. // Se apearon del Ford el patrón y el médico, para alivianarlo. Se acomodó el chofer como para una hazaña y dio el grito: —¡Ahora! // Chiquiño encajó las espuelas en los ijares de su bruto. Este, clavó las patas en el barro y resbalando, consiguió por fin afirmarse y tirar. Dio tan brusco tirón, que el hocico del caballo tocó la tierra. El motor rugía y las ruedas motrices giraban sin poder afirmarse. De pronto el automóvil dio un salto y salió del pozo con todas sus fuerzas, dejando a un lado a Chiquiño y su cabalgadura. El chofer, entonces, disminuyó la fuerza y (*el vehículo*) se clavó en el barro. // —¿Quiere que siga tirando?— se ofreció ([el hombre]) Chiquiño. // —No, mejor es desatar—nervioso opinó el hombre que tenía su compañera enferma— vamos más ligero —prosiguió— solos... // Mientras Chiquiño desataba el maneador, el médico y el patrón subieron al Ford. Estaban empapados. La lluvia seguía cayen-[Fo. 12]do copiosamente. Los «gurises» haraposos y descamisados, olvidaban el frío y la lluvia, subidos a los postes del enclenque alambrado. El cielo oscuro, precipitaba a la tarde y hacía más cercana la noche. El monte, a pocos pasos, trazaba una línea verde-oscuro, de Este a Oeste. Más parecía un nubarrón que un monte. Lejos, sobre el campo verde y empastado, los novillos manchaban el difuso paisaje neblinoso. El sembrado de pantanos paralelo a las vías de tren, se hundía en el paso de Itapebí, para transformarse, ([del otro lado, a]) (*en*) la otra orilla, en un camino de piedra. Tal como si el agua del arroyo, hubiese lavado el barro del camino, en el paso de agua limpia que ofrece el monte. // Chiquiño, cuando el hombre que tenía su compañera en brazos de la muerte, puso dos papeles de un peso y unas monedas, en su mano tendida, se dijo para sí: // —Esta chacra de barro va a producir mucho más que la de los gringos... // (*Los ruidos del motor del automóvil, se perdieron en el Paso.*) // Bajo el agüacero, regresó ([al trotecito]) (*Chiquiño*) a su rancho, en donde el agua era un huésped inesperado... // [Fo. 13] II // Llovió todo el día siguiente. Pasaron dos (*pesadas*) carretas de bueyes y un sulky. Un automóvil (*llegó hasta el primer pantano*) y no se atrevió a ([pasar]) (*cruzarlo*). Dio vuelta camino del pueblo. // Chiquiño, con (*su puñal y*) una ([...]) vara de tala en(*tre*) las manos, ([y su puñal]) pasó la mañana y parte de la tarde, entretenido en labrar un bastón. Sus manos ([eran]) (*habíanse*) adiestrado en el pulimento de maderas y en ([...]) (*pacientes y minuciosos*) trabajos de orlas y adornos sobre los mates panzudos. Fue todo (*el fruto de*) su aprendizaje de la cárcel y la mejor manera de matar el tiempo. Caía en sus manos una rama, y, al cabo de unas horas, se transformaba en un bastón o un mango de rebenque. En los «mates porongos», sabía dibujar, a punta de cuchillo, banderas, escudos y perfiles de héroes nacionales. // A la ([anochecer]) (*entrada del sol*) dejó de llover. Caminó hasta la pulpería, donde estaban los dos pantaneros bebiendo. Se acercó a ellos y les dio las buenas noches. A penas le contestaron ([,]) entre dientes, malhumorados sin duda. // —¿Qué hay? —preguntó Chiquiño— ¿qué les pasa? // [Fo. 14] —Nada, aquí estamos...—dijo uno de ellos, ([sin alzar]) (*alzando solapadamente*) la cabeza. // ([Y se]) Cruzaron(*se*) miradas de odio, imposibles de disimular. // El pulpero bromeó: // —Andan quejándose por que ayer les sacaste una changa, Chiquiño. // —¿Cuala? ¡que no sean zonzos— respondió el ex-presidiario— y que apriendan si quieren ganarme el tirón... // Nadie osó contestarle. Chiquiño continuó: // —Si (*los que pasan,*) me piden que lo [s] saque del peludo, yo no me vi'a negar, siguro!... // Escupió varias veces; se acomodó el ([...]) sombrero otras tantas; y se alzó las bombachas, siempre con los ojos pequeñitos e insultantes, sobre los dos hombres... // —Si no tienen caballo, qué van a sacar peludos! ¡Con las uñas no si hace nada! // Los pantaneros enmudecieron. No tenían valor de discutir con Chiquiño. Recordaban la noche del crimen que tanto había dado (*antes*) qué hablar (*—y enmudecer ahora*) a la gente (*del campo.*) Había dejado a su enemigo, tendido en el pasto, con un tajo barbijo, de oreja a oreja. Todo por «una pavada», por la china Leopol-[Fo. 15] dina, que ahora estaba (*«pudriéndose*) bajo tierra», nada menos que con el puñal del muerto entre las manos, como ella lo pidiese al morir. ([del y]) // Chiquiño volvió a su cueva. Nada sabía del capricho de su china, al morir; pero, una noche, Rita, la bruja, se «lo sopló al oído»: // —La «faca» del finau, la enterraron con la Leopoldina... La finadita así lo pidió... // Chiquiño l[e] dio un empujón, que hizo rodar a la bruja por el suelo. // —¡Callate, perra, callate!— ([...]) gritó fuera de sí. ([y ella,]) (*Pero Rita*) desde el suelo, (*con repugnancia*) masticó la sentencia: // —Los gusanos saben si miento... // Encono y asco reflejaba el rostro de Chiquiño, enfurecido con la bruja. Entró en la pulpería y bebió para que el alcohol hiciese brotar las secas palabras que tenía en la boca. // —¿Dónde diablo hicieron la cueva pa los restos de (*la*) Leopoldina?— interrogó alcoholizado. // ([Y]) Supo entonces, (*por Don Eustaquio*) que a dos cuadras largas del monte, en el campo de Don Pedro [Fo. 16] Ramírez, había una cruz. Don Pedro, la quería mucho a «la finadita». El fue quien se opuso a que la enterrasen en el cementerio de todos. Caprichos de Don Pedro que, ¡vaya uno a saber([la]) ([e]) la ([por qué!]) (*razón!*) Tenía debilidad por la linda Leopoldina, a quien en vida protegió, conjuntamente con la madre... // Llegó la noche húmeda y tranquila. Solo, en su mísera vivienda, recordó el día gris que había pasado en la cárcel. Un día triste y largo que duró tres años. // Las palabras de la bruja Rita, habían caído como las piedras (*arrojadas*) en las charcas tranquilas. Desde el fondo, un malestar, como barro que sube a la superficie, ensuciaba y entenebrecía su vida. // ([Y]) Pensaba que, si durante su encarcelamiento, la Leopoldina había muerto y la habían enterrado con el puñal de su enemigo mortal, era por que el diablo andaría metido en el asunto. Y, (*él*) debía ([que]) arrancar ([...]) (*a su china*) de las ([garras]) uñas del diablo! // Estiró el (*brazo*) y tomó ([una]) ([la]) (*una*) rama de tala ([había abandonado al anochecer]) Redondo y derecho, ([...]) (*como*) un bastón. Encendió fuego, calentó el agua; preparó el mate y se [Fo. 17] puso a forjar su obra de arte. Quitó la corteza (*primero, luego*) disminuyó los nudos, y la punta del puñal comenzó a trazar, sobre la madera, el dibujo de una víbora, como si estuviese enroscada al bastón. La cabeza del ofidio venía [a] servir de mango. ([Y]) En el cuerpo de la víbora, hizo crucesitas, como si intentase pintarle manchas. ([en el cuerpo]). Encima de la cabeza, entrelazó habilmente dos iniciales: E y L. // ([Y]) Envenenado por su obra, díjose para sí, las palabras sentenciosas y definitivas de Rita: Los gusanos saben... // (*La duda, escarbaba una cueva muy honda en su interior. Seguía trabajando en su dibujo, con enfermiza fruición.*) // Un ruido de pasos y de cosa arrastrada, le despertó de su tarea. Aplastó con el pie las cuatro brazas que ardían aún y se quedó inmóvil, con la mirada fija en la oscuridad, como si sus ojos oyesen... Se agachó después para recoger de la tierra los ruidos perdidos. En el callejón había gente empeñada en extraño trabajo. El sordo ruido de una pala y un pico, guiaron sus pasos. (*De pronto*) apareció, a cuatro ([pasos]) (*metros*) de los dos hombres que trabajaban, como si (*la oscuridad*) lo hubiese parido. ([la oscuridad]). El pico, ([hacía]) producía ([un]) (*el*) ruido (*gutural*) ([de]) (*que hacen las*) piedras, ([que]) (*cuando*) se chocan [Fo. 18] en el agua agitada. Uno de los hombres hundía la herramienta y la agitaba violentamente en el agua fangosa de un pantano. Eran trabajadores nocturnos. Trataban de ahondar ([...]) el ojo ciego de la tierra para precipitar allí la diligencia, que cruza(*ría al amanecer,*) en dirección a la cuchilla, donde no llega la línea de hierro de los ingleses. // Los trabajadores nocturnos dejaron caer sus brazos. Chiquiño les habló: // —Habrá pa los tres, mañana... // Uno de los pantaneros, articuló ([y]) un *sí*, medroso, que se lo tragó la oscuridad // —No nos vamos a peliar (*—insistió el ex-presidiario—*) será pa los tres... // —Siguro!— se animó a decir uno de los trabajadores sorprendidos. // Chiquiño se llenó de corage y dijo: // —Bueno. Yo les pido que no digan nada, pero reciencita, metí las manos en el cajón de la finadita, y... // —¿Tra'i el cuchillo?— se apresuró (*a*) preguntar uno de los pantaneros. // —¡No, disgraciao, no! Mienten ustedes guachos. // Un largo silencio ([...]) envolvió a los tres hombre[s]. Chiquiño ahora, quería [Fo. 19] saber, más que nunca, la verdad. // —El diablo anda metido en esto— y así diciendo, apretó los codos contra el cuerpo, como para ahogar su grito de protesta. // Se dirigió hacia el alambrado, rompiendo las sombras con su figura ágil. (*Caminaría hasta la cueva donde habían metido los restos de Leopoldina.*) Al agacharse, para meter la cabeza entre el cuarto y quinto alambre, un sil[b]ido (*como*) de instrumento liviano, arrojado al aire con todas las fuerzas, cruzó la oscuridad. (*Cimbrearon los alambres, al chocar en ellos el instrumento.*) En la nuca de Chiquiño, hubo una conmoción imprevista. ([...]) (*El golpe*) le dejó tendido en ([tierra]) (*el suelo,*) boca abajo en el barro. // Desde la oscuridad, uno de los (*traidores*) pantaneros, (*había*) arrojado hacia el bulto, el (*pesado*) mango de una herramienta. // (*Un hilo de sangre, ponía sobre el lodo la visión de un víbora roja...*) // x x x // El viento sil[b]aba en sus orejas (*como interminable son de flauta,*) cuando la luna (*llena*) trepaba el cerro, plateándolo. Estaba encima de la tumba, forcejeando para arrancar la cruz. Se arrodilló, y tiró para arriba con todas las fuerzas. La cruz, (*al desprenderse de la tierra,*) abrió un boquete. ([y]) Allí metió (*afanosamente,*) las (*crispadas*) manos en garra. Primero ([fue]) (*arrancó*) un terrón con gramilla, con pasto seco del que se halla ([siempre]) (*fatalmente*) encima de las tumbas (*abandonadas.*) Des-[Fo. 20] pués la tierra mojada, se (*le*) metió en las uñas y entre los dedos. Con el cuchillo, cortaba la tierra, como si fuese grasa (*negra*) para hacer velas. Poco a poco se fue agrandando la cueva. No podía seguir ahondando la excavación, pués sus uñas habían resbalado ya varias veces, sobre la tapa húmeda y mohosa del cajón. // El viento sil[b]aba en sus oídos. El rectángulo ([...]) abierto en la tierra se iba agrandando. Halló el borde de la caja y con el cuchillo, la ([siguió]) (*rodeó*) hasta volver al punto inicial. Había que sacar más tierra para poder levantar la tapa. // Clavó ([una]) las rodillas sobre la caja y un ruido de madera podrida que se parte y un olor a orín y a trapo quemado, ([le]) ([...]) ([hicieron cambiar de]) ([...]) (*subía hasta sus dilatadas narices.*) Metió los dedos en una (*pequeña*) rajadura y puestos en gancho, tiró para arriba. Entre sus dedos, deshizo una tela podrida, que venía adherida a la madera. // La luna estaba alta y era pequeñita para los ojos del hombre. Pequeñita como un grano de arroz, pero alumbraba [Fo. 21] como un sol, al que le hubiesen quitado todo el oro de sus rayos, para cambiárselos por plata. // La ([tarea]) (*luna*) le ([llevó]) (*incitó*) a la contemplación de la caja, (*abierta al fin,*) con los restos de la «finadita». El puñal de su enemigo, se balanceaba, en equilibrio de muerte, sobre el esternón. Las manos (*re*)secas y achicharradas, habían perdido las últimas fuerzas (*que da la vida*) para sostener el arma. Un rayo de luna, ([que]) chocaba sobre la vaina de plata (*y*) se partía en mil pedazos iluminando los huesos (*grisáceos*). El esqueleto, todavía estaba sucio. Sucio de carne seca (*y parduzca;*) de tendones y de pelos (*y de trapos polvorientos*). La muerte no ([...]) (*podía*) ser muy limpia por aquellos parajes. Chiquiño, que sabía limpiar y pulir ramas y dibujar banderas y escudos en los mates... Uf! El cráneo estaba con cabellos adheridos y (*había*) lugares grises (*como manchas de sarna,*) que podían estar blancos a la luz de la luna, si pudiese tranquilamente pulir el cráneo. // Un envoltorio de huesos se hace fácilmente. Se aprieta contra el pecho, se lleva con cuidado (*andando despacio*). El camino; iluminado por la luna, evita los tropiezos. Al fin [Fo. 22] y al cabo ¿qué son (*en el campo,*) dos cuadras? El arroyo corre que dá gusto (*verlo,*) como si la luna lo persiguiese y se lo quisiera beber de un sorbo. (*Parece que arrastrase un montón de grillos, ahogándose en sus cantares*). El monte ataja el viento y es fácil hallar un ([lindo]) rincón (*cómodo,*) para trabajar, con la punta del cuchillo en los huesos, (*hasta sacarle la suciedad* ([*que*]) *de las baba*[*s*] *del diablo.*) Van a quedar blancos... // Y al borde del arroyo llega con el envoltorio. El agua salta([ba]), de alegría o de miedo, entre las rocas. (*Descansa los restos en la orilla y comienza.*) Primero el (*elegante*) fémur. Después las (*arqueadas*) costillas, una por una; (*más tarde las complicadas vértebras*). Hay que repasar bien el esqueleto... Lo que dá([ba]) más trabajo, ([era]) (*es*) el cráneo. Para sacarle los ([...]) (*escasos residuos de los ojos,*) que tiene en las órbitas, ([había]) (*hay*) que utilizar un cortaplumas de ([pun]) hoja puntiaguda. Después el cabello, (*¡oh, el cabello!*) que (*fatalmente*) cae sobre los demás restos ya limpios. Bueno, hay que tener en cuenta que el lavado terminará la obra, que no quedará una partícula de carne (*mortal*). // Y uno a uno los lava, con gran cuidado. ([Los]) (*Luego los*) mira([ba]) triunfante, con los ojos más codiciosos que los de la luna. Pero... pero ¿por qué se le ([iban]) (*van los guesos,*) de las manos? ¿Por qué se le escapan, como tiesos ([pescaditos]) (*pescados, para*) irse en la corriente como el agua perseguida por la luna? // [Fo. 23] IV // La diligencia, al amanecer, se anunció con el cencerro de la «yegua madrina», que venía a la cabeza de la tropilla de «la muda». Los pantaneros, alerta desde sus ranchos, acecharon el percance. La diligencia cayó en el pantano traicionero y se quedó clavada en él, como si fuese una casa de piedra en medio del camino. Iba cargada hasta el tope. Buen trabajo les costó sacarla del pozo! Pero ([e]) «la tarea» fue bien remunerada por el mayoral generoso y precavido. // A las 7, estaban otra vez en marcha. El sol brillaba ya, rompiendo la escarcha, lavando el campo y el monte. // La diligencia se perdió en el Paso y el cencerro de la «yegüa madrina» fue poco a poco apagando su sonar triste de viajero eterno y lamentable. // A las doce, todavía estaba Chiquiño boca abajo, en el barrial, con una herida abierta en la nuca, que el sol iba secando. El barro no le permitía abrir los ojos, ni mover los labios... // No se sabe si más tarde, pudo abrir sus pequeñitos y avizores ojos celestes. Quizás los haya cerrado para siempre. ([quién]) Solamente así se explica, la visión de los huesecitos blancos, llevados por las aguas del arroyo... Quizá no lo[*s*] haya abierto nunca jamás... ¡Vaya uno a saber lo que sucede en el ranchería de los explotadores de pantanos...

Capítulo XV
([Las últimas])(*quitanderas*)
(Original mecanografiado)

[Fo. 1] ([El día que]) (*Cuando*) el comisario dióles la orden terminante de levantar campamento.— pues «aquello no podía seguir así», apareció por el ancho callejón, el viejo tropero don Marcelino Chaves. ([con su]) (*Como de costumbre, traía un*) pañuelo negro, atado alrededor de la cara, ([como si andubiese ([*anduviese*]) con paperas]). // Si lo hizo intencionalmente (*arribando en aquella oportunidad*) se trataba de un pícaro de siete suelas. Todo el mundo estaba enterado de que Chaves hacía una tropa por los lejanos campos de la «Rinconada» y «La Bolsa». Una de esas «tropas cortitas» ([de]) las que solía hacer Chaves para venderlas a los carniceros de la ciudad. Tropas de veinte, cuarenta, a los sumo setenta reses, que eran vendidas, la mayoría de las ([veces]) (*ocasiones*), antes de llegar al mercado de los carniceros.— // Siempre solitario, Chaves pagaba, cuando pedía posada, un verdadero tributo de dinero y de dolor ([,]) por su pañuelo negro. Nadie sabía a ciencia cierta qué cosa ocultaba aquel trapo siniestro. ¿Una llaga?... ¿Una cuchillada? ¿Un grano malo o contagioso? Esto último, era lo más aceptable para la gente, como explicación. Y, así, nadie arriesgaba el pellejo, ofreciendo una prenda personal para hacer más cómoda la posada del forastero. // [Fo. 2] En algunos puntos —estanzuelas o pulperías donde frecuentaba— hasta había una almoada que, cuando alguno se disponía a usarla, era sorprendido por un grito de esta naturaleza: // —¡Deje eso, compañero, no sea bárbaro, que ahí duerme en ocasiones un apestau!... Se le va a pegar alguna porquería!... // En ciertas oportunidades, hasta le habían «bichado», para ver si dormido se dejaba ver el mal. Pero fue vana toda tentativa; Chaves dormíase y se despertaba, con el pañuelo negro pegado a la cara. // Su antipatía por la gente del comisario, y, por éste en particular, era muy conocida. El jamás trababa relaciones con los comisarios. Si ellos entraban en la pulpería, Chaves era el primero en toser, escupir a un lado y en mandarse mudar. ¡Ah, pero faltarles el respeto, jamás! Y, eso era lo que más irritaba a los policías, cómo Chaves se mantenía impecable dentro de la ley, como era de cumplidor ([,]) y cómo sus asuntos andaban siempre claros. // Si tenía alguna cuenta pendiente con la justicia, sólo Chaves ([,]) (*la sabía,*) nadie más. Era lo único sospechable [Fo. 3] ante aquel huir premeditado de los «milicos». // Le tendieron dos o tres celadas, pero no cayó en ninguna de ellas. Su prudencia era tan grande, que nadie pudo jamás decir algo malo del viejo tropero don Marcelino Chaves. // Cuando cayó al campamento de las quitanderas, ninguno de los que le conocían, sabía de su antigua amistad con aquéllas. Ignoraban, por supuesto, de que Chaves había tenido mucho que ver con «misia Rita», la dueña del carretón. Nada se sabía de sus peregrinaciones por el Brasil, con ella, ni de las largas noches de verano pasadas a la luz del fogón de la vieja, en sus tiempos mejores. Ignoraban también una historia larga, de persecu[c]iones sin cuento, en las cuales Chaves tomara ([una]) parte activísima, defendiendo a aquella mujer.— // Apenas supo el tropero, de boca de una de las quitanderas, que el comisario había dado orden de levantar campamento, quiso ponerse enseguida al habla con «misia Rita», la cual se hallaba en un cercano manantial, lavando ropa. // Cuando la vio venir, se le acercó sin saludar-[Fo. 4]la siquiera. // —Es en serio Rita, que Nacho Generoso, las quiere juir? —preguntó Chaves con la indignación en el rostro enrojecido. // —Ansina viejo, ansina mesmo... y, mañana rumbiamo pa el descampao de «Las Tunas»... // Chaves se mordió los labios, pero ([se]) contuvo (*sus deseos*) de blasfemar ([,]) ante la(*s*) vagabunda(*s*). No dijo una palabra, y se puso a contemplar los dibujos que la llama iba haciendo en la seca corteza de un (*tronco*) robusto. ([tronco]) El no podía ponerse frente al comisario, y, menos aún en un asunto tan delicado... // Por ser la última noche, hubo gran animación en el campamento. Vinieron muchos hombres desde varias estancias a bailar, ó con el pretexto de comprar rapadura y chala ([para «pitar»;]) especialidad ésta, de la vieja celestina, quien se pasaba las horas enteras con un cuchillito, cortando y suavizando la chala para hacer macitos de venta fácil. // Chaves no desarrugó el ceño en toda la noche. La pasó en claro, pensativo. Estaba indignadísimo con el comisario Nacho Generoso, pues él sabía muy bien cuántos [Fo. 5] kilos de tabaco le había costado a Misia Rita, la tolerancia del funcionario... Cuando el comisario (*se*) había dado cuenta de que «no podía sacarles más», les dio la orden de emprender la marcha, alegando: // —Los vecinos se han quejao, ([que]) (*y*) hay que proceder... // A la madrugada, la carreta partió rumbo al norte. Iban en ella, tres chinas y Misia Rita, la patrona. La más joven de las quitanderas, «tocaba» los bueyes, pues el gurí —que antes las acompañara— se les había sublevado y marchado a trabajar con los carreros. // Rompían las ruedas pesadas y rechinantes de la carreta, la escarcha apretada ([de]) entre los pastos. Una huella profunda, abría el paso lento de la carreta.— Con su negro pañuelo, el tropero seguía la marcha a corta distancia. Ganas le venían, a ratos, de torcer las riendas de su caballo y llegar a la puerta de la comisaría, con un agrio insulto en los labios. Pero ¿para qué? Ya sabía él, el epílogo que tendría su arrojo, si «sacaba la cara» por la vieja Rita. // El sol aparecía en el horizonte, como ([en]) la punta de un inmenso dedo pulgar con la uña ensangrentada. Los barrancos y zangoloteos del camino, inclina-[Fo. 6]ban a uno y otro lado la vieja carreta. Parecía una choza, andando con dificultad por el callejón interminable. // Chaves, al tranco de su caballo barroso, miraba con lástima la carreta de las infelices vagabundas. Observando el bulto, en la claridad naciente de la aurora, imaginaba cómo iban dentro del carretón las mujeres: Petronilla, Rosita y la vieja, tomando mate o semidormidas; y, adelante, horquetada en su «bayo grandote», la robusta Brandina, ([una]) (*—de mote la*) «brasilerita»— más fuerte que un muchacho, rubia, quemada por el sol, bien formada, aunque en su vientre ([,]) ya había florecido tres veces la vida. Sus diez (*y*) nueve años, desafiaban el frío de la madrugada, con la misma naturalidad que lo hacía al ganarse la vida, haciendo frente a la sedienta indiada de los campos. // Chaves la miraba con respeto. El sabía lo que era capaz de hacer un hombre alcoholizado por una «brasilerita» así, tan llena de vida. Por defender a una mujer de esa edad, —que bien conocía la Rita, ([...]) (*pues*) ella no olvidaba sus diez (*y*) nueve años —él escondía un mal recuerdo, bajo de aquel pañuelo, que no se despegaba ja-[Fo. 7]más de su cara... // Dos días de (*penosa*) marcha, apenas interrumpida para dar ([resuello y]) (*«resueyo»*) a los animales y acampaban en el pastoreo de «Las Tunas». // 2 // Antes de llegar al «Paso Hondo», el callejón se ensancha para formar el campo de pastoreo llamado de «Las Tunas», donde los carreros ([*la diligencia*]) descansan, los bolicheros ambulantes tienden sus reducidas carpas y donde se confunden, carreros, troperos, vendedores de galleta y quitanderas, formando un pintoresco núcleo, como una junta de gitanos o pueblo en formación.— // Allí dan descanso a ([las bestias]) (*sus cabalgaduras*), todos los viajeros para preparar el pasaje del Río Hondo, peligroso en ([buena]) (*mala*) y ([mala]) (*hasta en buena*) época del año. Se apostan las tropas, hace([n]) su «parada» la ([viandantes]) (*diligencia*) y recobran fuerzas hombres y ([bueyes]) (*bestias.*) // Junto a una pequeña carpa, donde un viejo zapatero, sordomudo —con su mujer— trabajaba en el oficio, se instalaron las quitanderas. // Aquel paraje tiene las conveniencias y características de las zonas neutrales. Allí puede([n]) acam-[Fo. 8]par cualquiera. Hay leña para todos en el monte cercano, agua fresca y espacio para muchos viajeros fatigados. // Chaves había elegido el sitio. Cercano a una gran planta de tuna, que se levantaba muy ([h])erguida.— // La carreta, apenas separados los bueyes, tomó las apariencias de una choza. Las ruedas no se veían: pues cubiertas con lonas ([,]) en su totalidad, de uno (*y*) otro lado, bajo de la carreta habíase formado una habitación más. Parecía un extraño rancho de dos pisos. Arriba, la celda donde las quitanderas remendaban su ropa o tomaban mate canturreando. Abajo, guarecida «misia Rita», conversando con Chaves, «prendidos» ambos del mate amargo. La «brasilerita» corría de un([o]) (*lado*) a otro, ([lado]) tratando de arriar los bueyes hasta la aguada. ¡Bastante trabajo le daban aquellos bueyes viejos y «mañeros como el diablo!»... // Se oían los gritos de la «brasilerita»: // —¡Bichoco!. ¡Indio!.. Colorao! —y, de cuando en cuando, ([en cuando]) corregir los malos pasos del perrito foxterrier: // —¡Cuatrojos! ¡Juera!...Cuatrojos!...¡Ya! Cuatrojos!... [Fo. 9] Solamente los animales ponían antención a los gritos de Brandina. // Llegó la noche y no faltaron las visitas. Todos venían por chala, pero en el fondo, ya sabía «la Rita» cual era el (*ardiente*) deseo que movía sus pasos. // En el (*profundo*) silencio de la noche, empezaron a oírse lejanos silbidos y gritos vagos. A los primeros ruidos, Chaves sentenció: // —Alguna tropa que va pa el Brasil... // Y, así fue. Al cabo de media hora, era un ruido inconfundible de pezuñas, balidos, gritos de la gente y silbidos [vagos]) que poblaban la noche. // Una lucecita roja, —de cigarro encendido,— al frente de la tropa, localizaba al ([...]) jinete que servía de guía. Y, con él, la tropilla de «la muda» que venía bufando, ansiosa de llegar a la aguada. // Al cabo de una hora ya se veían las llamas viboreantes del fogón de los troperos y las sombras proyectadas en la noche, por los hombres que preparaban el asado andando alrededor del fuego. // La carreta de las quitanderas se vio rodeada de novillos. Chaves necesitó agitar ([el])

(*su*) ponchillo (*blanco,*) para [Fo. 10] espantar las bestias curiosas, que se acercaban paso a paso, olfateando la tierra. Se oyó decir a «la brasilerita»: // —No vaya a ([hacer]) (*ser*) que arreen los bueyes con la tropa— Chaves se levantó sin decir (*una*) palabra y caminó hasta el fogón de los troperos. // Volvió con ellos, y, a media noche, la vieja guitarra (*que*) llevaban consigo las quitanderas, fue pulsada a pocos metros de la carreta, en ([un]) (*el*) fogón ofrecido a los recién llegados. // Petronila, Rosita y Brandina, la «brasilerita», despu(*és*) ([es]) de arreglarse, «pa recebir a los forasteros», bajaron de la carreta. Sentadas o en cuclillas, cerca del fuego, escuchaban los acordes de la guitarra, confundidos con los balidos de la tropa cayendo a la aguada. // Y, aquella ([fue la]) noche (*las quitanderas se dedicaron a conformar*) a los troperos... // 3 // La «brasilerita», enterada del arribo de Abraham José, se guardó muy bien de divulgar su descubrimiento. —Primero, porqué [sic] tenía sus dudas de lo que había visto, y después por conveniencia. // ([Cuando ella]) (*Una de las tantas veces que*) se alejó del fogón —para vaciar la yerba de una vieja cebadura, (*más o menos*) a la una de la madrugada —[Fo. 11] al agacharse, sintió un olor inconfundible a jabón de turco. Quédose inmóvil, con la bombilla en la mano derecha y el mate en la izquierda... Aunque era zurda, aquella tarea solía hacerla con la derecha... // Clavó la vista en la oscuridad y sus ojos pardos alcanzaron a divisar al turco Abraham José. Era él, sin duda alguna, el que estaba tirado en el pasto, con su cajón abierto, desde hacía más de una hora, observando los movimientos de la gente. // Después de reconocerle, dominando su sorpresa, Brandina agitó con más brío la bombilla en el mate. El turco se echó a reir con su boca grande, de dientes blancos y labios jugosos. Su cabello ensortijado y sucio, formaba un casco ([recio]) en la cabeza. // (*A*) la brasilerita no le pareció prudente ([descubrirlo]) (*darse por enterada.*) Las proposiciones que Abraham José le hiciera en otro tiempo, la amedrentaban. Se hizo la que no le había visto. Volvió al fogón donde los troperos, misia Rita, Chaves y sus compañeras, contaban por turno, historias de «aparecidos». // Preparó una nueva cebadura y escuchó con relativa atención los cuentos de los forasteros. [Fo. 12] Al ([sentir]) (*oir*) hablar de «aparecidos», la «brasilerita» pensó que bien podía ser la escena del turco, uno de esos casos relatados. Y, sin ser notada, ([ella]) volvió, (*dudando*) una y otra vez la cabeza, hacia el lugar donde había descubierto al turco. // ¿Sería una aparición? Del turco no tenían noticias desde mucho tiempo atrás, desde la última pasada por el «Paso de las Perdices». Lo recordaba muy bien, viéndolo en aquella ocasión pensativo, malhumorado, amenazante en todo momento. ([Pero]) (*Era él seguramente.*) No podía engañarle su olfato. Si con los ojos se equivocaba, las narices no podían mentirle. Era el olor particular a jabón, al agua perfumada que exhalaba toda la persona del turco José. // Volvió hacia el lugar del descubrimiento y pudo comprobar su acierto. Era sin duda, el turco Abraham José. Esta vez el hombre la había chistado con su chistido de lechuza, igualito al de la última vez, oído cuando la llamara en el «Paso de las Perdices». Volvió a recordar las proposiciones, la insistencia del turco para que se fuese con él, enseñándole una libretita en donde, según Abraham, constaban sus ahorros ([de]) (*en*) buena moneda corriente. Ah! pero ella no quería saber nada con aquel [Fo. 13] sujeto tan raro, que la dañaba poniéndole las manoplas en los hombros y mirándola fijamente. Y, así pensando, cerró sus oídos a la charla de los troperos y a la música lamentable de la guitarra. // Le propusieron algo y ella se negó. No quería contestarles, voluntariosa como de costumbre. // —Es muy caprichosa— dijo «misia Rita» justificando su ([mutismo]) (*negativa*) —cuando anda con los pájaros en la cabeza, se emperra, como buena macaca! // Nadie tomó en cuenta aquellas palabras y siguieron haciendo rabiar a la «brasilerita». Ella solamente veía los ojos del turco en acecho, con la boca abierta, como si su risa fuese un hueso atracado en la garganta. // Cuando el campamento entró en descanso, la «brasilerita» pretextando que los bueyes «podían juirse», se puso alerta; y (*así*) esperó la salida del sol, conversando con el turco, que la había llamado repetidas veces con su chistido de lechuza.— // x x x // Al día siguiente, el turco se incluyó al campamento de las quitanderas. El y Chaves, conversando mientras las muchachas y «misia Rita», preparaban la chala, [Fo. 14] y discutían los precios de las baratijas del vendedor ambulante. // —Es un turco carero y tacaño— decía una de las mujeres. Y, otra más pícara ([,]) e intencionada, agregaba: —Si fuese bueno nos daría a cada una un frasquito de agua de olor... // El turco, sordo a las palabras, no sacaba los ojos de encima de Brandina. Y, cuando se cansaba de proyectar días mejores con la «brasilerita», contemplándola, posaba su vista en la vieja, apreciando el obstáculo y haciendo sus cálculos... «Misia Rita» era la que respondía que no, con su presencia... // El viejo Chaves se ofrecía a cada rato: // —¿Querés que te arrime leña? ¿Traigo el agua? Mandáme no más... // Y, era Brandina la que respondía por todas: ([no se]) // —No se moleste don Marcelino... no faltaba más, pa eso es visita... largue ese palo, deje (*eso*) don Chaves... // Cuando el hombre hablaba con «la Rita», lo hacía de una manera tan cariñosa que parecía falsear la nota. // Hasta hacía proyectos de itinerarios, señalaba caminos para recorrer y recordaba campos de pastoreo don-[Fo. 15]de ellas podrían estar tranquilas. // Sin duda alguna, lugar más cómodo que «Las Tunas» no hallarían. Vecinos tolerantes, los cuales hasta habían permitido, en cierta época, la instalación de un bolichero apiadados de su desgracia y desamparo. El hombre ([se]) había (*se*) quedado sin caballo. // En el callejón de «Las Tunas» podían estar tranquilas mucho tiempo; sólo que allí, como «el paso» era tan peligroso, en invierno ([tratab]) la gente trataba de evitarlo tomando otro camino. // Al anochecer del tercer día, Chaves anunció su partida con el alba. Debía completar una tropita en dos estancias distantes cinco y siete leguas del «Paso Hondo». // Cuando el turco lo supo, le brillaron los ojos de alegría. Quedaba entonces solo, con las quitanderas y, en esa forma, podría terminar con el asunto que tenía entre manos. // Se acercó varias veces a la «brasilerita» en demanda de valor. Con sus manoplas puestas en los hombros, l[e] dijo delirante: // —Si me querés, muchacha, turco darte todo... Tra-[Fo. 16]bajo, dinero, roba, alhaja([s]), comida, todo... turco ser bueno agachar el lomo bara Brandina... // —No, no quiero nada, dejáme; si no quiero con vos, yo no dejo a la vieja... // El turco (*clavándole la mirada*) volvió a reir siniestramente. // La pobre «brasilerita» miróle con respeto, casi aplastada por aquellos ojos: // —Vos podés reirte, con el cajón yeno de ropa ¡Ah! Ah! // —Tuyo, todo tuyo, si querés al bobre turquito. No ([ll]) yeva blata, borque los otros matan al turco ba sacarle dinero. Todo, todo está en ciudad, gardado. Bero turco Abraham José jura, jura así —hizo un gesto extraño en el aire— que trará, trará todo ba Brandina... // Ella lo dejó con las últimas palabras. Y, aquella ([noche]) (*tarde,*) como en ninguna otra oportunidad el turco lo pasó encima de la vieja, sin perderle los pasos. (*Comió a su lado esa noche.*) La miraba como si calculase observándola... Ella era el obstáculo, el eslabón de la cadena de hierro que tenía que romper... // Chaves dio las buenas noches, haciendo la cama a pocos pasos de la estaca donde tenía atada la soga de su caballo. // [Fo. 17] A la madrugada partía. Los teros anunciaron su llegada al «Paso Hondo». // El turco se dejó estar, aguardando la terrible noticia. No podía fallarle. Ya se lo había dicho un compatriota de la ciudad: // —Con un poco de *eso* en la comida, amanece muerta... (*esperaba.*) La noticia llegó a sus oídos hecha un clamor: // —¡Turco, turquito, Abraham!— gritaban las tres mujeres— ¡la vieja está fría, dura! ¡Vení, pronto, turquito! // Las tres quitanderas llorando, rodeaban a «la Rita», muerta, transformada en un cadáver rígido, seco, puro trapo y hueso. // Brandina miró su caballo ([,]) pastar a pocas cuadras, pero comprendió que era tarde para alcanzar a don Marcelino Chaves. El sol ya transpasaba de lado a lado ([,]) la carreta. No había más remedio que dejar todo en manos del turco... // Y, así sucedió. // x x x // El comisario, el sargento (*Duvimioso*), dos milicos, el turco, las tres quitanderas y el zapatero sordo-mudo, con [Fo. 18] su mujer, formaban el cortejo. // Cargaron el cadáver en el carrito de pértigo del zapatero. Este, montado en una bestezuela roñosa y flaca, conducía el cajón. Lentamente fueron cayendo al «paso», en cuyas piedras sueltas, el carrito daba tumbos y hacía un ruido molesto para todos. // Las mujeres lloraban desconsoladamente. El comisario, al lado del turco, llevando de la rienda su caballo, conversaba en voz baja: // —¡Y, bueno, era tan vieja la pobre!— decía con resignación como para que le oyesen las mujeres y bajasen el tono de sus lamentos. // (*Duvimioso,*) el sargento ([dijo]) (*opinó*) que «la Rita» chupaba mucho y debía tener la riñonada a la miseria»... Uno de los «milicos» le dijo al otro, rascándose el talón: ([que le picaba mucho]). // —Y esas, ¿pa'([do])nde han de rumbiar? —Seguirán en la carreta, siguro... (*—repuso el otro*). // El cementerio está ubicado (*a*) unas tres cuadras del «paso». Llegaron; y, sin más trámites, la metieron en una fosa vieja ([,]) que hallaron abierta. Sin duda había sido hecha para alguno que no ([se]) murió, como se esperaba... // [Fo. 19] Brandina cayó varias veces sobre el cajón. El que con más bríos echaba tierra sobre la muerta era el zapatero, como si fuese un antiguo sepulturero indiferente. // El turco parecía muy impresionado. Al terminar la tarea, el comisario, poniéndole una de las manos en el hombro díjo(*le*), —un poco ordenando como era su costumbre, y otro poco haciendo mofa del asunto—: // —Bueno turquito, ([...]) aura tenés que cargar con esas disgraciadas... // Y, despidiéndose, partió seguido de los «milicos» y el sargento. // Al poco tiempo de andar, dio vuelta la cabeza y contempló el cuadro: El turco iba «de apié», con una de las quitanderas. Las otras dos, con la mujer del zapatero, (*ocupaban el lugar del cajón. El zapatero,*) conducía al tranco la carretilla. // ([...]) (*Con un ademán desenvuelto*) el comisario ordenó al sargento, con resolución: // —Andá, che, pasate la noche acompañando a esas infelices... Yo pue ser que caiga (*a media noche...*) // El sargento no deseaba otra cosa. Dio vuelta en sentido contrario y galopó hacia la carretilla... // x x x // ([Veinte días después el viejo Chaves llegó de]) ([...]) [Fo. 20] Mientras se tostaban en las bra[s]as del fogón, dos gruesos choclos que el zapatero le regalara la noche del velorio, Abraham José planeaba su trabajo de aquel día. // La brasilerita, (*en enagüas*) ensillaba su bayo. Rosita y Petronilla, dormían aún, pues la noche habíanla pasado entre lamentos y atenciones con el comisario. // El turco comprendió que cualquier demora de su parte le sería perjudicial. Y, con el pretexto de arreglar sus baratijas, abrió el cajón y desparramó la mercadería entre las ruedas de la carreta. Entraba así, con sus artículos, al dominio del campamento. Ordenaba, disponía y repetíase para sí, las palabras del comisario: ([el día del entierro:]) // —¡Aura, turquito, tenés que cargar con estas disgraciadas!... // Cuando la «brasilerita» volvió del monte cercano, donde había ido en busca de unas hojas de yerba contra el dolor de cabeza —las cuales traía ya pegadas a las sienes— el turco l[e] preguntó: // —Brandina, brasilerita, los güeys e[s]tán todos, todos? // —Siguro, ahi andan— y señaló con el brazo estirado— en la zanja está el «Bichoco»... el «Indio», debe andar por los pajonales, y el «Colorau» ¿no lo ves ahí, atrás de la carpa el zapatero?... // Abraham José se tranquilizó. La «brasilerita» no ponía fea cara, de modo que su negocio marcharía a pedir de boca... // Cuando las otras ([...]) muchachas bajaron de la carreta, el turco les ofreció un mate. Brandina, al ver([las]) a Petronilla, la miró de arriba a abajo. Esta, habíase puesto sus mejores prendas. La brasilerita le reprochó: // —Aura te ponés la ropa fina pa andar en([tre]) el lideo... ¿No? // —Es que, —tartamudeó Petronilla— me voy a dir pa la estación... // —¿A qué cristiana?— volvió a insistir la «brasilerita». // [Fo. 21] —Y, pa quedarme ayí con Duvimioso... La ([decisión]) (*resolución*) de Petronilla fue respetada. A medio día, el sargento llegó en un sulky destartalado que había conseguido en la estación. El hombre prefirió no entrar en ([relaci]) (*explica*)ciones ([con nadie]). Era demasiado seria su propuesta y sabía que, «en cuestiones de amor (*no*) hay que andar con recobecos y ([...]) pamplinas»... Dieron la mano al turco, a Brandina y Rosita, y, con un ¡Buena suerte!, subieron al sulky. // El alejamiento de Petronilla, coincidió con la partida del zapatero. Abraham José contemplaba el desarrollo favorable, para él, de los acontecimientos. Solapadamente (*iba*) ha([ciendo]) (*ciendo*) sus cálculos... Aquella repentina soledad le favorecía. // Al caer la tarde, un silencio profundo entristecía el campamento. No pasaba nadie por el camino. Eran ellos los únicos seres que habitaban el campo de pastoreo de «Las Tunas».— Rosita remendaba una camisa celeste.— Brandina, que vigilaba el fuego recién encendido, arrimando una astilla preguntóle en voz muy baja [1]: // —¿Podés ver la costura, Rosa? ¡Cha que tenés buen ojo!... // La mujer dejó la camisa en la falda y se puso a mirar el fuego fijamente. El turco acerco la «pavita» a las llamas, la noche los sorprendió tomando mate, silenciosos. // Apenas probaron el asado. Cuando Rosita ([se fue para]) (*subió a*) la carreta, Abraham José y Brandina, bajo del vehículo, comenzaron a doblar los géneros y a ordenar las baratijas. Aquel gesto de la «brasilerita» acabó por convencer al turco de que triunfaba. // A los tres días, un tropero se llevó los bueyes. (*El turco hizo negocio por su cuenta*). Su paso por el descampado de «Las

[1] [En el Archivo Amorim, conservado en la Biblioteca Nacional, donde se encuentran depositados los originales de la presente narración, falta un párrafo de la misma, perteneciente a un folio fragmentado, cuyo texto, de acuerdo con la edición respectiva, ha sido interpolado desde «Al caer» hasta «muy baja»].

Tunas» no pudo ser más oportuno. Desde aquel momento, la vieja carreta comenzó a hundirse en la tierra... // x x x // [Fo. 22]) Ya lo presentía (*Don*) Marcelino Chaves... Cuando se cruzó con su compañero de faena, que arriaba al «Bichoco», al «Colorao» y al ([«Pampa»]) «Indio» junto con otros bueyes «pampas» —el viejo tropero se dio cuenta que en el descampado de «Las Tunas», las cosas habían tomado un rumbo insospechado al partir. // Atravesó el «Paso Hondo» con el agua a la cincha, rozando con las ([botas]) suelas de sus botas, perezosamente alzadas, la superficie cristalina. // Enderezó hacia la carreta comprendiendo de antemano y murmurando entre dientes —Pícaro turco, me ha reventau! // [Fo. 23] La carreta, a simple vista, le pareció más chata. La concurrencia hasta el campamento había sido, sin duda alguna, muy numerosa, a juzgar por el caminito sinuoso que ([recorría]) (*a ella*) conducía. ([a la muerta]) Su caballo andaba en él sin necesidad de gobernarle. // Como lo presentía, el ([carreta]) (*vehículo*) había echado raíces. Las ruedas, tiradas a un lado, sólo conservaban los restos de uno que otro rayo. Las llantas estiradas, habían sido transformadas por el turco, en recios tirantes. El pértigo, [Fo. 24] clavado en el suelo, de punta, hacía de palenque. Toda la carreta ([se]) habíase convertido en rancho o en algo por el estilo. // Se asomó a una portezuela. Dentro de la carreta vio un pequeño mostrador y tras él, al turco Abraham José. // Desconfiando, (*el extranjero*) alzó los ojos, ([el turco,]) mirando al recién llegado por entre la espesura de sus cejas. La «brasilerita» tomó la defensa, invitando a Chaves a bajar de su caballo. Tras unas palabras incoherentes, Brandina terminó: // [Fo. 25] —Sí... este... Y, Petronila ¿sabe? se jué con Duvimioso, el sargento... Al otro día del entierro se jué...— Brandina frotaba un frasquito de agua de olor con su delantal mugriento. // —¡Canejo, podían haber esperau! ¡que tamién! // Rosita, que acataba a Marcelino Chaves como ninguna, asintió con un gesto de cabeza. // Chaves tuvo un impulso violento de echarse sobre el turco, pero se contuvo. Ya no había nada que hacerle, ¡la carreta ([se]) habíase [Fo. 26] detenido para siempre! // Escupiendo y rezongando ([Chaves]) (*el viejo*) se alejó un tanto de la puerta, seguido de Rosita, ([que]) (*Ella*) había comprendido las intenciones del tropero. // Sin muchas palabras de preparación, después de un: *Ché, Rosita*!— Chaves le propuso: // —¿Querés venir conmigo, pal Brasil? Te yevo... // —Güeno— respondió la interpelada, sumisamente. // —Aprontate, andá, hacé un atau de ropa y vamo... // El ([...]) viejo tropero, [Fo. 27] (*aguardaba*) recostado al palenque ([aguardó]) Mientras tanto afirmó el recado, se acomodó las bombachas y el poncho, y, después se puso a ([afilar la]) (*sacarle*) punta a un «palito» con su facón... Cuando apareció Rosita, preparada para marchar, envainó el arma, llevándose el «palito»—escarbadiente— a la boca. // Partieron. La última mirada de Chaves, más fue de asco que de odio: // —¡Quedarse empantanaos ahí! (*Turco pícaro!)* —dijo entre dientes. // Rosita, enancada, [Fo. 28] iba acomodándose la pollera verde. No ([necita]) necesitaba agarrarse al hombre, (*pués*) era muy baquiana para ir en ancas... // Siguieron buen trecho al trote, por el ancho callejón, (*siempre*) hacia el norte. Las lechuzas revoloteaban sobre sus cabezas. El paso de los caminantes, era festejado por los teros. Ni la mujer ni el viejo, dieron vuelta la cara para mirar los restos del carretón. Tenían bastante con las leguas que distaban desde (*las patas*) del caballo [Fo. 29] hasta el horizonte. Mordiendo con sus pocos y gastados dientes, el «palito» que llevaba en la boca, el viejo tropero iba diciéndole: // —Nos agarrará la noche en lo de Perico, más o menos... // Y, Rosita le respondía: // —Sí... // —Mañana almorzamos en lo del tuerto Cabrera... ¿sabés? // —Sí... —repetía la mujer. // —Pasau mañana, ya andaremos por lo de Lara... // —Sí... // —Ayí tengo un cabayo, el tubiano ¿te acordás? pa [Fo. 30] vos... Andaremos mejor. // —Sí... // Y, Rosita, ya dormitaba con los cabellos caídos sobre la cara. // —Después veremos lo que si hace. ¿entendés? Ya veremos... // —Sí... // Aquella vida le pertenecía, ([era]) (*pero ignoraba Chaves que podía ser*) de cualquiera, del primer caminante que se le cruzara... // El tropero, enérgico, siguió determinando. La mujer balbuceaba sus *sí*, que parecían caérseles de los labios, como ([pequeños frutos]) ([...]) (*una entrecortada baba de buey...*) *Sí, Sí, Sí...* goteaban las respuestas. // La bestia andaba al tranco entre las piedras. // [Fo. 31] El chocar del rebenque en las botas del tropero, marcaba el paso del caballo. Bajo un violento vuelo de teros y un chistido continuo de lechuza, el viejo Marcelino Chaves, con su pañuelo negro y Rosita con los cabellos en desorden, siguieron por el camino interminable, bajo el silencio de un cielo altísimo y azul. La luz del ocaso, doraba las ancas del ([un]) caballo y las espaldas encorvadas de la mujer...

III. HISTORIA DEL TEXTO

LA CIRCUNSTANCIA DEL ESCRITOR
EL HOMBRE Y SUS CONSTANTES
LA OBRA Y SUS GÉNEROS

Mercedes Ramírez de Rosiello

En un acápite que pudo parecer extraño para un cuento en los límites de lo fantástico —«El club de los descifradores de retratos»— el escritor Enrique Amorim decía: «Dedico esta novela a los fotógrafos, porque jamás hicieron de mi persona un solo retrato en el cual estuviese yo» [1]. Estas palabras pueden servir de advertencia para todo el que intente esbozar una biografía del autor de *La carreta*. A Enrique Amorim no podía reflejarlo nunca una sola imagen, porque fue varios hombres al mismo tiempo y porque todo lo que fue e hizo estuvo signado por el dinamismo, la multiplicidad y la avidez. Su personalidad, lejos de resolverse en una línea exclusiva, se fue proyectando en zonas muy diversificadas y a primera vista contradictorias.

En efecto, pocos escritores latinoamericanos han dado muestra de una actividad creadora tan intensa como la de Enrique Amorim. Basta recordar que en los años de su vida activa —entre 1920, aparición de su primer libro, y 1960, año de su muerte— Amorim compuso una obra de más de cuarenta libros, en los que abordó los géneros más diversos: poesía, cuento, novela, ensayo periodístico y teatro.

Al mismo tiempo la vida de Enrique Amorim se caracterizó por un infatigable dinamismo y movilidad. Participó en actividades gremiales tales como la Sociedad Argentina de Escritores y el Pen Club; fundó el Club del Libro del Mes; viajó como turista o como delegado a diversos congresos europeos; fue anfitrión de las más representativas personalidades del mundo cultural y político que llegaron al Río de la Plata; se desempeñó como guionista, ayudante de dirección y crítico de cine, escribió para periódicos y revistas; fue un amigo servicial que, entre otras cosas, cultivó la rara virtud de mantener al día su nutrida correspondencia.

El desdoblamiento entre el hombre y el escritor

La figura de Enrique Amorim es proteiforme, desconcertante y, en apariencia, inapresable y la trama de los hechos y las fechas de su biografía totalizan la

1 «E. Amorim, «El club de los descifradores de retratos», cuento incluído en *Del uno al seis*, Montevideo, Imprenta Uruguaya, 1932.

imagen de un hombre representativo de una época y de un escritor cabal que intentó, al mismo tiempo ser actor y espectador de su propia vida. Esta capacidad para desdoblarse y distanciarse, la denunciaba él mismo con cierta ironía:

> Quisiera ser el héroe de mí mismo, pero un héroe independiente, libérrimo; y, al propio tiempo, ser el espectador risueño, casi volteriano de mi novela. ¿Por qué? ¿Para qué?, pues para reirme un poco de mi vanidad y poder coger la punta del hilo de la endiablada madeja en la que estoy enredado [2].

Pero este desdoblamiento, que le permitió discernir entre lo vivido y la contemplación de lo vivido, constituyó también un desdoblamiento del hombre escritor. El hombre inmerso en la confusión vital —esa «endiablada madeja»— quería ser también el libérrimo protagonista, hasta cierto punto exento de responsabilidades, de una peripecia ficticia que no tuviera las dolorosas implicancias de lo real. El novelista, en la medida que se sentía creador de personajes y de mundos, pretendió ser el autor de sí mismo para novelar una existencia no regida por fuerzas ciegas.

Así, liberado en el plano de la ficción —hay que subrayar que el primer libro de cuentos de Enrique Amorim se llamó, justamente, *Amorim* (1923)— el hombre vuelto personaje podría ser capaz de emitir sobre sí mismo un juicio irónico pero indulgente, en forma de risa. Y, curado de «la fiebre de vivir» de que hablaba Poe, podría desenredar la confusión y ordenar los acontecimientos según los dictados de la racionalidad. Estos demonios interiores no dejaron nunca de acosarlo. En una carta a Baldomero Fernández Moreno confesaba:

> Aquí estamos, frente a frente, el año 40 y nosotros. Que te traiga un poco de tranquilidad y optimismo. Y, sobre todo, que creas posible una mejoría. Yo busco lo mismo. CREER que voy a mejorar. Salto de pesadilla en pesadilla, a cual más terrible y disparatada. No descanso sino con los ojos abiertos. Debo tener la conciencia muy negra y proclive a la vigilia [3].

Haber citado estos tres testimonios personales en el inicio de este trabajo puede ayudar a comprender mejor la vida del escritor y del hombre que fue Enrique Amorim. A partir de ellos, la cronología de los acontecimientos más importantes de su existencia adquiere otro sentido, aunque no pueda nunca llegar a apresar la complejidad y el dinamismo que fueron signos de su personalidad.

Los jalones de una vida intensa

Una infancia en el campo

Enrique Amorim nació el 25 de julio de 1900, en Salto (Uruguay), en una casa vecina a la catedral y fue el primogénito entre siete varones hijos de Enrique

---

[2] Texto dactilografiado a modo de acápite de su Bibliografía, proporcionado al Coordinador de esta edición, Fernando Ainsa, por Esther Haedo de Amorim.

[3] Los avatares de la amistad entre Enrique Amorim y Baldomero Fernández Moreno han sido evocados por César Fernández Moreno en «Correo entre mis dos padres» revista *Mundo Nuevo,* nº 19, París, enero 1968.

G. Amorim, uruguayo de ascendencia portuguesa, y de Candelaria Areta, de estirpe vasca. Concurrió a la escuela pública y luego al colegio que dirigía Don Pedro Thévenet, quién, según testimonio del propio Amorim, mediante ejercicios de composición, despertó su facultad inventiva:

> Don Pedro Thévenet nos exigía diariamente hacer una copia de cualquier texto tomado de diario, revista o libro. Empecé a escribir las diez líneas —era la extensión del trabajo pedido— sacándolas de mi caletre. Eso me hizo escritor. El maestro calibraba en las diez líneas. Al fin de año supe que yo tenía capacidad de inventiva [4].

Frecuentes períodos de su infancia transcurrieron en las estancias «El Eucalipto», cerca de San Antonio, «El Paraíso», de su abuelo José Amorim. En su adolescencia, cuando era alumno del Instituto de Enseñanza Secundaria Politécnico Osimani Lerena, pasaba las vacaciones en la estancia paterna «La Chiquita», en las inmediaciones del arroyo Tangarupá, a ochenta kilómetros al norte de la capital salteña.

En esos campos, como en los limítrofes al río Arapey y al arroyo Saucedo, situó Amorim el escenario de muchos de sus cuentos y novelas. De este período de la infancia data la profunda e indeleble visión del campo uruguayo integrado en una vivida y siempre revivida zona de la cual el futuro novelista extrajo paisajes, personajes y situaciones.

Una temprana vocación literaria

En 1916 Amorim se traslada a Buenos Aires, como pupilo del Colegio Sudamericano y luego en el Colegio Internacional de Olivos. Esta época marca su iniciación literaria. Con Alfredo O'Connell y Félix Gallo dirige la revista *Páginas* del Colegio de Olivos donde publica textos literarios. Poco después, empieza a colaborar en diarios salteños y en *Caras y Caretas,* gracias a la gestión de su coterráneo Horacio Quiroga, por ese entonces amigo de su padre, y con el cual desarrollaría luego una relación directa que empezó siendo de discípulo (Quiroga era veintitrés años mayor que Amorim) y que terminó siendo de amigo y hasta protector [5], tal como lo veremos más adelante.

Sin embargo, el ingreso definitivo de Amorim a la vida literaria se produce realmente en 1920, al publicar un libro de poesía titulado *Veinte años.* Su profesor de literatura, el poeta Baldomero Fernández Moreno, es el mentor de la obra y saluda la edición con unos versos en los que expresa la felicidad que le produce la iniciación literaria del joven salteño.

---

[4] De la Ficha biográfica, nota manuscrita del autor del Archivo Enrique Amorim depositado en la Biblioteca Nacional de Montevideo. El mismo texto es desarrollado en la respuesta que da Amorim a la encuesta del semanario *Marcha* del 8 de abril de 1960.

[5] La relación entre Quiroga y Amorim ha dejado interesantes trazas literarias en la obra del creador de *La carreta* recogidas recientemente en *El Quiroga que yo conocí* Montevideo, Arca/Calicanto, 1984. También hay referencias en *El desterrado* de Emir Rodríguez Monegal, Buenos Aires, Losada, 1968.

> Con tu más bella letra ya está el libro copiado,
> la carátula blanca, cual simbólico traje;
> toda la gente a bordo y el velamen hinchado,
> no vaciles un punto, lánzate denodado...
> Amorim, buen viaje [6].

Por su parte, su compañero de estudio del colegio, Julio Noé —que luego sería contertulio del cenáculo literario argentino Boedo— escribió para *Veinte años* un prólogo cargado de vaticinios que el tiempo confirmaría, donde afirmaba:

> Tengo por seguro que no ha de ser muy prolongada la obra poética de este muchacho. No parece ser el verso su idioma natural, ni acaso han de querer las circunstancias que Amorim cultive por mucho tiempo su huerto perfumado. Mas cualquiera que sea su ulterior actividad literaria —que, eso sí, a la literatura siempre estará mezclado— es de señalar en estos primeros versos si no la presencia de una musa nueva, al menos la de un espíritu veraz. (...) Y con todo este poeta primerizo, será dentro de poco un excelente escritor [7].

Tres años después, Amorim publica su primer libro de cuentos, *Amorim* (1923), de título autobiográfico, pero de temática diversa y empieza a trabajar en las oficinas de la Dirección de Impuestos al Consumo, de la Provincia de Buenos Aires. Pero su inquietud viajera no tardaría en manifestarse.

Intensidad creativa y ansia de vivir

En 1927 realiza el primero de los nueve viajes a Europa que efectuaría a lo largo de su vida. En enero de 1928 conoce a la uruguaya Esther Haedo, con quien se casó en abril de ese mismo año y que habría de ser la compañera de toda su existencia. La inteligente devoción con que Doña Esther acompasó la vida intensa y múltiple de Amorim ha permitido explicar en parte su gran fecundidad como escritor. En 1930, Amorim viaja a Chile y se integra al grupo literario Índice, que presidía el intelectual Ricardo Latcham.

Durante esos años, no deja de publicar libros de versos y cuentos a un ritmo intenso de creación y edición. En 1925, *Un sobre de versos,* en 1926 *Horizontes y bocacalles,* libro en que integra la narrativa ciudadana con la campesina. En 1927, *Trágico, Buenos Aires y sus aspectos* y en 1928, *La trampa del pajonal* volumen de cuentos.

En 1929, *Visitas al cielo,* poemas ilustrados con dibujos de su esposa Esther Haedo. En 1931 representa a la Argentina en el congreso del Pen Club en la Haya. En 1932, restablece su intensa producción literaria publicando *Del uno al seis,* cuentos y la primera edición de *La carreta.* En los años siguientes publica *El paisano Aguilar* (1934) y *Cinco poemas uruguayos* (1935).

En ese año nace la única hija del matrimonio Amorim, Liliana, y en ese mismo 1935 muere su madre a la que recordaría diciendo:

---

6 «Voto» de Baldomero Fernández Moreno al libro *Veinte años,* Buenos Aires, Mercabali, 1920.

7 Prólogo de Julio Noé a la edición citada de *Veinte años.*

Tuvo inquietudes literarias y escribió muchos cuentos de estilo campero que se publicaron, tanto en diarios locales, como en los de Montevideo. Sus narraciones aparecieron bajo seudónimos como «Estanciera», «Castellana de La Chiquita», etc. [8]

Una amiga de la familia y estudiosa de la obra de Amorim añadiría que de su madre:

Seguramente E. A. heredó su espíritu de observación y su gusto por las letras. Enrique sufre mucho con su pérdida; con su madre se va también una amiga espiritual, confidente íntima de sus cuitas literarias [9].

En 1936, Amorim viaja a Europa y retribuye la visita que había hecho Federico García Lorca al Uruguay en 1933. La imagen del poeta granadino en Salto había quedado captada en un film que Amorim donaría años después a la Sociedad Argentina de Escritores y que forma parte de la interesante galería de personajes famosos filmados por el escritor en esa otra vertiente de su expresión creativa que fue el cine.

El año 1937, unos meses después de haber editado *Presentación de Buenos Aires* (1936) y habiendo publicado *La plaza de las carretas,* se produce la trágica muerte de Horacio Quiroga. Conmovido profundamente, Amorim organizó rápidamente la repatriación de los restos de su admirado amigo y maestro a la ciudad natal de Salto.

Los años siguientes son nuevamente de intensa actividad creativa, al mismo tiempo que viajera. En 1938, Amorim publica *Historias de amor* y *La edad despareja,* novelas de temática sicológica. *Dos poemas* (1940) aparece después del viaje a Nueva York, representando al Uruguay en una reunión del Pen Club. A esta obra siguen, *El caballo y su sombra* (1941), una de las grandes novelas que continúa la saga campesina iniciada con *El paisano Aguilar, Cuaderno Salteño* (1942), *La luna se hizo con agua* (1944), *El asesino desvelado* (1945), novela que junto con *Feria de farsantes* (1952), integra el rubro «policiales» de su producción narrativa. Con *Nueves lunas sobre Neuquén* (1946) aborda el tema político.

Arraigo y compromiso político

Un año después —en 1947— Amorim se afilia al Partido Comunista y en 1950, después de publicar tres obritas teatrales que no tuvieron éxito —*La segunda sangre, Pausa en la selva* y *Yo voy más lejos*— abandona la Argentina, huyendo de la persecución desatada por el peronismo contra los opositores de izquierda.

A partir de ese momento, su residencia definitiva será la casona salteña «Las Nubes», que dejó solamente para viajar a Viena en 1952 y a París y Moscú en

[8] De la Ficha biográfica, nota manuscrita citada del Archivo Enrique Amorim depositado en la Biblioteca Nacional de Montevideo. El seudónimo de La Chiquita proviene del nombre de la estancia de los padres de Amorim, situada en Saucedo en el departamento de Salto.

[9] *En torno a Enrique Amorim* de Brenda V. de López, Montevideo, 1970.

1954. Estos habrían de ser sus últimos viajes. Ya muy debilitado por una dolencia cardíaca, trabajó incansablemente en prosa y poesía: *La victoria no viene sola* (1952), *Después del temporal* (1953), *Quiero* y *Sonetos de amor en Octubre* (1954), a los que siguen *Todo puede suceder* (1955), *Corral abierto* (1956), *Los montaraces* (1957), *La desembocadura* (1958). La última y frustrada tentativa teatral, *Don Juan 38* es de 1959. El año de su muerte en 1960 es particularmente creativo: *Mi patria, Digo fidel, Los pájaros y los hombres, Temas de amor,* y la novela *Eva Burgos*. Estas tres últimas obras fueron publicadas póstumamente.

Otras formas de expresión creativa

Pese a lo polifacético de su obra, pocas veces abordó Amorim el ensayo. En este rubro hay que citar una monografía sobre el pintor Juan Carlos Castagnino publicada en 1945; «*El último niño bien*» aparecido en la revista *Estudios* en el mes de la muerte del autor, y «*El gaucho y el cow-boy*», un texto inédito.

Los periódicos y revistas literarias acogieron, por su parte, gran parte de la reproducción circunstancial del escritor. Los periódicos y revistas salteñas nunca dejaron de recibir sus colaboraciones, pero también en Chile y Venezuela se publicaron alguna de ellas. Fundó y dirigió el semanario *La Gaceta de la Cultura* de Montevideo y la revista *Latitud* en Chile. Escribió para *Mundo Uruguayo, Marcha, El Popular* y *Revista del Club Ancap* de Uruguay, así como en las argentinas *Claridad* y *Nosotros* y los periódicos *La Nación* y *Clarín*. Formó asímismo parte con Roger Garaudy y Louis Aragon del comité de redacción del semanario *Lettres Françaises*.

Paralelamente a esta producción poética y narrativa tan nutrida, Amorim se desempeñó como hombre de cine. Lo que no había dado el teatro —el éxito gratificante— se lo daría el cine.

En efecto, la vertiente de creación cinematográfica no es menos intensa que la literaria. Amorim fue comentarista de cine en la revista *El Hogar* y trabajó en la industria cinematográfica argentina entre 1938 y 1942, como ayudante de dirección y como libretista. Las películas en las que intervino son: «Kilómetro III» (1938); «El viejo doctor» (1939); «Cita en la frontera» (1940); y en 1941, «Yo quiero morir contigo» y «Canción de cuna»; «Vacaciones en el otro mundo»; «Su primer baile» e «Incertidumbre» en 1942; «El capitán Veneno» y «Casi un sueño» (1943).

Lo interesante es que a partir del cierre del período profesional en la Argentina, Amorim siguió produciendo filmes experimentales, el primero de los cuales fue «Velocidad. Cita con la Esfinge», filmado durante su viaje a Europa en 1930. «Escrito en el agua» y «Pretexto» obtuvieron premios del Cine Club del Uruguay en 1950 y 1952. Antes había producido, como aficionado, «Escrito de Varsovia» (1948). Esta actividad paralela lo acompañó hasta sus últimos años, ya que en la década del cincuenta produce «Veintiún días» (1953); «Rostro recuperado» (1954); y «Escrito en el viento» (1956).

Como cineasta, Amorim registró los momentos más significativos de su vida de viajero, de hombre de cultura y de escritor. Con paciencia y perspectiva de futuro, filmó un número importante de entrevistas mantenidas con escritores y personalidades descollantes de América y de Europa. Así quedaron apresadas las efigies de García Lorca, Horacio Quiroga, Pablo Neruda, Alfonso Reyes, Romain Rolland, Walt Disney, Victoria Ocampo, Stefan Zweig... etc [10].

Esta pasión por el cine la compartió inicialmente con su amigo Horacio Quiroga. Era la época en que llegaban al Río de la Plata los filmes de David Griffith, Clarece Brown, David Walch y Thomas Ince. El «séptimo arte» producía un impacto en narradores que, como Quiroga y Amorim, tenían una actitud de apertura hacia lo nuevo. Un pasaje de *El paisano Aguilar,* revela las interesantes reflexiones que le provocan un arte naciente:

> Como la música, el cine tiene sus más allá, fondo en que se haya la verdadera atmósfera. Eso que podría llamarse vértigo, no lo es, si se bien mira en su total acepción. Cine y música se parecen tanto que podrían ser una misma cosa. El *más allá* de la música se cruza con *el más allá* del cinematográfico. No es solo lo que se oye música; como no es lo que se ve, todo cine. Tras las notas de violín hay un abismo, en que se precipita el oyente casi sin entender adónde va. Donde cae su alma.
>
> Tras las sombras del cine, en la profundidad de la pantalla, en el mundo impreciso de los gestos, los ademanes, las expresiones, hay un precipicio que se hace inmensidad en los espíritus. El ritmo del cine, aparentemente vertiginoso, conduce al espectador hacia un *más allá,* donde tan solo los niños penetran desnudos, como los ciegos en la música. Se va y se vuelve sin saberlo. Asegurada la butaca del cinematógrafo, los fantasmas del «écran» proporcionan ese viaje sin retorno por un mundo desigual y extrahumano [11].

A partir de estas reflexiones y de su creación como cineasta, sería interesante hacer una nueva lectura de la obra de Amorim, teniendo en cuenta la influencia que la estética cinematográfica pudo haber arrojado sobre su técnica narrativa.

El hombre y sus constantes

Un trashumante impenitente

La vida de Amorim que transcurrió durante sesenta años apasionada y cálida, conflictiva y generosa, estuvo marcada por tensiones de distinto signo. Sin embargo, la personalidad resultante del encuentro de tantas diversidades fue armoniosa, sencilla y fecunda. Nadie ha podido recordar en Enrique Amorim las aristas de un hombre difícil para la comunicación o excluyente para la amistad. Por el contrario, tuvo algo de agente catalizador de las corrientes de la fraternidad y unificador de las culturas y de los diversos ámbitos en que vivió.

---

10 Bajo el título de «Galería de Escritores», Amorim hizo entrega de ese valioso material a la Sociedad Argentina de Escritores. Una copia del mismo se custodia en el Instituto Cinematográfico de la Universidad de la República del Uruguay.

11 *El paisano Aguilar,* Buenos Aires, Losada, 1958; p. 167.

Salto, Buenos Aires, Montevideo, París, Nueva York y Praga conocieron a un hombre que era a la vez itinerante y sedentario; *dandy* y comunista; ganadero y escritor; paisano y ciudadano. Es interesante analizar cómo estas características aparecen reiteradamente en su obra. Nos referimos al par de opuestos trans-humancia-sedentarismo.

Decir que Amorim fue un viajero es exacto porque hizo muchos viajes. Pero no es la cantidad de kilómetros recorridos lo que confiere la calidad de viajero, sino más bien el propósito de volver una y otra vez al puerto de partida. Y Amorim volvió siempre. También de ese gran viaje metafórico que es una existencia. Nació en Salto y en Salto murió.

El 1931, radicado en Buenos Aires desde hacía once años, allí casado y allí insertado en un mundo literario que no se abre con facilidad al extranjero, Amorim hace construir en su Salto natal una espléndida residencia, «Las Nubes», que es al mismo tiempo el sueño de un poeta y de un hacendado. Aunque viviera hasta 1950 en Buenos Aires, «Las Nubes» fue su hogar, y el hogar que ofreció siempre como huésped y amigo a cuantos escritores e ilustres personalidades llegaron al Río de la Plata.

Cumplido así el sueño del nefelíbata que hay en todo poeta, Amorim asume su destino de viajero, pero no sin vencer el infaltable demonio interior. En viajes sucesivos, Amorim fue a Estados Unidos, Canadá, la Unión Soviética, Polonia y Austria. Pero en algún momento su inveterada condición viajera se detendría a reflexionar, como si el trashumante no hubiera nunca aprendido a serlo realmente. Así escribe a Baldomero Fernández Moreno:

> Ya estoy casi en marcha. Me lo dicen los baúles abiertos, bostezando al ser despertados de un letargo de sótano. Las maletas, mordiendo el espacio de los cuartos, con sus lenguas de camisas y pantalones. Ya estoy sobre el estribo, en la pasarela, casi en el puente del navío. Pero, como en otras veces, el terror de partir no ha desaparecido. No sé si en alguna carta te lo conté. Lo cierto es que, o soy un viajero perfecto, porque al arrancar siento todas las congojas, o soy un chambón (*) que no aprenderá nunca a despedirse. Temo no poder irme, por ejemplo, tener que quedarme con un traje a bordo, que manda el sastre de la calle Esmeralda, y alguna carta, que trepa solapadamente hasta mi camarote, para reprocharme la huída... Todo esto me tiene a veces horas frente a una ventana, que insiste con su rectángulo perfecto, en mi retina de viajero inmóvil. El viajar, para mí, debía ser ya una cosa más natural [12].

«Viajero inmóvil», sentado frente al rectángulo de la ventana, como un espectador de cine ante la pantalla en la que se proyectan sus expectativas y evasiones, Amorim, fue indudablemente un hombre de encrucijadas.

(*) chambón, en lenguaje coloquial torpe en el juego, desmañado.

12 «Correo entre mis dos padres» por César Fernández Moreno, artículo citado.

La dialéctica no resuelta campo/ciudad

A ese viajero que no sabe despedirse y que, en último término, no quiere viajar, hay que añadir un hombre de campo que necesita la ciudad y un ciudadano que retornará siempre al campo.

En la composición juvenil «Olivos» ya se anunciaba este movimiento de vaivén que se ratificaría con los años:

> Me voy a la ciudad, no puedo más
> estar en este pueblo sin mujeres;
> ahora mismo me marcho...........
> ....
> Me voy a la ciudad, a Buenos Aires,
> a gritar por las calles como un loco
> rogándoles a todas las mujeres
> que vengan a vivir en este pueblo [13].

En un manuscrito conservado en el Archivo Enrique Amorim de la Biblioteca Nacional de Montevideo, titulado «Pandorgas», expresa: «Y así como en mi tierra natal me gusta hacer cosas que sólo haría en París, en París era un gozo entretenerme en hacer una pandorga» (**).

La raíz campesina de Amorim persiste en la personalidad del hombre cosmopolita. Es sobre todo en la poesía donde ha quedado expresada esta índole poderosa que es la clave de su existencia y tal vez de su obra.

> Uruguay tornadizo de mi infancia,
> bravo Arapey que vi desde el caballo
> Tangarupá de todas mis nostalgias.
> (De *Cinco poemas uruguayos*)

De Salto a Buenos Aires, la gran urbe del Río de la Plata. De Buenos Aires a «Las Nubes». De «Las Nubes» a Europa y luego siempre a Buenos Aires, de donde hubo de alejarse para morir en la tierra natal diez años después, el itinerario vital de Amorim se divide en la dialéctica ciudad/campo que refleja directamente su obra, tal como se analiza más adelante.

Polo y atracción de Buenos Aires

Aunque la condición viajera de Enrique Amorim lo hace aparecer como referido a la vida cultural europea, a la que recurre una y otra vez y a la cual apunta, a través de su obra literaria, en ámbitos, temas y personajes, el verdadero eje del hombre y de la obra de Amorim, está entre el campo uruguayo y la ciudad de

---

[13] Del libro de poemas *Veinte años* (1920), *op. cit.*

(**) cometa.

Buenos Aires, donde vivió muchos años y desarrolló buena parte de su carrera literaria.

Hay que anotar que el intercambio entre las letras argentinas y uruguayas forma parte de la historia de ambos países. Desde el siglo XIX los avatares políticos, económicos o culturales han promovido el destierro, emigración o exilio entre Argentina y Uruguay. Ya en el siglo pasado el Uruguay albergó a «la generación de los Proscriptos» que, huyendo de la persecución de Juan Manuel de Rosas, vivieron y escribieron en Montevideo. Entre ellos estuvieron Juan Cruz Varela, Juan María Gutiérrez, José Mármol y Esteban Echeverría.

Por el contrario, el primer poeta uruguayo, Bartolomé Hidalgo, se radicó y murió en la República Argentina. En la Generación del 900, fueron varios los intelectuales que fueron a buscar y a dar al país vecino lo que el Uruguay no podía o no quería dar y recibir. Los más notorios son Florencio Sánchez, Julio Herrera y Reissig y Horacio Quiroga.

En el caso de Enrique Amorim, una generación más tarde, la ecuación es nueva. No fueron ni el exilio político, ni la búsqueda de un medio más propicio, ni la necesidad de comenzar una etapa despoblada de fantasmas, los determinantes de su afincamiento en Buenos Aires... Amorim no fue nunca un extranjero ni un desterrado. Uruguayo por nacimiento, salteño por vocación, bonaerense por designio, afirmó su vida con raíces de sincera amistad allí donde su inquietud viajera lo llevaba. Alimentó las fuentes de su creación allí donde vivía, veía y amaba las cosas y los hombres. Se consideraba fundamentalmente un escritor. A través de la narrativa creó un mundo tan universalmente válido que ya no le importaba reivindicar para ella paternidades comarcanas.

Pero es sobre todo, la simpática trashumancia y la fraternidad con que Amorim supo eludir celos y recelos de las capillas literarias, las que hicieron de su figura y de sus libros, frecuentemente reeditados, algo que atañe por igual a uruguayos y argentinos.

El grupo Boedo de Buenos Aires; el grupo Índice de Santiago de Chile, donde soldó su amistad con Ricardo Latcham; la peña del café Sibarita que compartió con Horacio Quiroga, Samuel Glusberg, Manuel Gálvez; su abierta comunicación con todos y cada uno de los escritores y críticos uruguayos que fueron sus contemporáneos —Jesualdo Sosa, José Pereira Rodríguez, Rubén Cotelo, Ángel Rama, Carlos Real de Azúa, Clara Silva, Roberto Ibáñez, Emir Rodríguez Monegal, Hugo Emilio Pedemonti, Alfredo Gravina, por citar algunos de sus amistosos interlocutores— dibujan el perfil del hombre de letras que fue Amorim.

Un sentido profundo de la amistad

Debe subrayarse para entender al hombre, más que al escritor, cómo Enrique Amorim hizo de su vida un sincero y alegre acto de servicio a sus amigos, a su Salto natal y a la sociedad toda. El sentido de esta verdadera causa surge explícito al final de su vida, cuando en el homenaje público que le tributan sus coterráneos en 1958, en el Teatro Larrañaga de Salto, explica —sabiéndose ya condenado por un corazón enfermo— cual es su visión personal de la amistad:

> Mis jóvenes me tratan como a un igual y el tuteo que llena de invisibles condecoraciones. Querría hablar tan solo de ustedes, es decir de la amistad, más bien de esas poderosas ganas de manifestarse, de volcarse en algo que es como un molde para seguir viviendo acomodado a los mejores sentimientos, el mejor estilo. Alguna vez he oído decir «me hice de un amigo». Esto quiere decir que se ha sacrificado algo personal, que se ha postergado una parte de sí mismo en bien de otro. «Me gané un amigo» y si se quiere explicar el hecho hay que contar que una forma de dación o de entrega produjo el milagro de conquistar a un amigo.
>
> El gesto generoso, jamás es rechazado por el prójimo y, lo que se ha dado en llamar como «gauchada», es una de las formas más simples y nobles de la amistad. Y así queda definida una de las características de nuestro pueblo, quizá lo esencial. «Pude haber hecho una gauchada y no la hice», se lamenta un hombre de buen corazón y ya no duerme tranquilo. Y cae como un tronco en la almohada, la cabeza del que ha tenido el brazo para sacar del atolladero al desamparado. El sueño sabe apremiar las buenas acciones. No hay hombre bueno desvelado. Y hay mala sangre que lentamente se pudre en las venas del que no cultiva una amistad. Una conciencia tranquila es una conciencia amistosa. El hombre vive monologando o en perpetuo diálogo con sus amigos. Un homenaje implica cientos de diálogos aclaratorios, argumentaciones oportunas. En ese campo, en ese agitar del trigo, queda la buena semilla. Aventado el grano, unos buenos amigos cumplen con la necesidad casi orgánica de vivencia. Que les haya hecho a ustedes todos, tanto bien como a mí, este, llamémosle homenaje, hecho a punta de amistad como se ganaron las batallas a punta de lanza y gané mi crédito de salteño a punta de verso [14].

En ese culto de la amistad, Enrique Amorim nunca hizo exclusiones por razones ideológicas. Lejos de ello, tanto entre los escritores europeos como entre los ríoplatenses, Amorim dejó el testimonio de un ser humano cálido, que puso la amistad por encima de toda otra consideración. Eligió sus amistades por afinidad de afectos y de alma. Supo ser constante en el cuidado de los vínculos que entabló en su primera juventud y que se conservaron a través de toda su vida, tan diversificada y movediza. «Apasionado y fraternal, generoso, impulsivo e irracional, alternativamente encantador e irritante. Aunque su amistad caía como una tromba sobre los desprevenidos obreros de las letras, se hacía querer y nadie que lo haya tratado lo pudo olvidar», escribió en ocasión de su muerte uno de sus compatriotas.

Fue servicial en la atención a las necesidades inmediatas del amigo. El ejemplo de Horacio Quiroga es bien ilustrativo. Como han anotado los biógrafos del cuentista misionero, José María Delgado y Alberto Brignole:

> Si alguna fortuna acompañó a Quiroga en la tierra fue la de tener siempre amigos leales que se solidarizaron con sus desgracias, y, lo que es mucho más díficil, también con sus triunfos. En esta hora amarga su égida fue Enrique L. Amorim. «Tal muchacho —escribe Quiroga— pese a su moral sentimental, se ha portado siempre muy afectuosamente conmigo. Su influencia con el ministro Arteaga ha sido determinante en el asunto de mi nombramiento. Nunca podré agradecer bastante los generosos esfuerzos de este muchacho, tan interesante, además, bajo cien aspectos.

[14] «Confesiones de un novelista», texto leído en el homenaje del Teatro Larrañaga de Salto tributado a Enrique Amorim, en 1958.

Y añaden los biógrafos de Quiroga:

> Y es que Amorim, con todos los arranques de su generosa juventud y de su admiración ilimitada por el autor de *Anaconda* y *El salvaje,* que es también su coterráneo, está empeñado en algo más. Conoce los múltiples infortunios que afligen a Quiroga y se esfuerza por levantarle el espíritu abatido [15].

El sector de correspondencia del Archivo Enrique Amorim custodiado en la Biblioteca Nacional de Montevideo muestra cuánto y a cuántos Amorim benefició con su ayuda material. Pero es especialmente, esa rara, infrecuente forma de fineza de alma que se manifiesta en la calidez del elogio, donde se revela al amigo cabal que fue Enrique Amorim.

En un artículo titulado «Salto de ayer» escribe:

> ¡Salto de ayer! El que pudo ver partir, como una bandera victoriosa ondeando al viento, a aquel hijo de su orgullo, Horacio Quiroga, que dio más de lo que le dieron, porque donó para su terruño la fortuna de la inmortalidad, y que en una noche de misterio a la luz de las antorchas, retornó hecho un puñado de calcinadas cenizas metido como en un nido —¡último refugio para su drama!— en el cerno de un árbol chaqueño [16].

Es sin duda esa profunda manera de sentir la amistad antes que nada como un servicio, la que urgió a Amorim a movilizar influencias diplomáticas, a vencer reservas gubernamentales, a proponer al escultor Estephan Erzia el tallado de la urna funeraria de madera en la que se repatriarían finalmente las cenizas del cuentista uruguayo Horacio Quiroga.

Tal vez el autor de *La carreta* sintió que era bueno forzar el destino y obligarlo a modificar las circunstancias para que su amigo mayor e infortunado pudiera retornar a la ciudad natal. Más adelante refiriéndose a aquel acontecimiento diría con modestia:

> ¿Vino como uruguayo a dormir a Salto su sueño eterno? Vino respondiendo un llamado amistoso que está por arriba de cuanta frontera se quiera levantar. Vino porque un grupo de amigos de la infancia y de la mocedad, así lo quiso. Y que conste que ese grupo no participó en la repatriación de sus cenizas porque algunos ya habían muerto y otros, estaban muertos para fervores literarios. Horacio Quiroga encontró apoyo moral, ese apoyo que nos cuesta tanto dar en nuestro país y, también económicamente fue de aquí que se le ayudó. Y en este aspecto debe señalarse a Baltasar Brum, un hombre al que conocí generoso, culto y sobre todo reverente de aquello que signifique trabajo intelectual. Fue él, respondiendo a pedido de los amigos, el que colocó a Quiroga como Cónsul de Segunda, o algo por el estilo, en Misiones. Y, es de imaginarse que nombrado por Brum, que se dispara el único tiro que no ha tenido eco en América, fuese borrado por Terra en menos que canta un gallo [17].

Retirado en su casa de «Las Nubes», sabiendo que ya su corazón se iba

---

15 *Vida y Obra de Horacio Quiroga* por José María Delgado y Alberto Brignole, Montevideo, Imprenta Atlántida, 1939.

16 *Cuadernos Salteños,* Montevideo, Imprenta Uruguaya. 1942.

17 *El Quiroga que yo conocí, op. cit.* p. 61.

debilitando irremediablemente, Enrique Amorim trabajó con intensidad hasta su muerte. Reservaba, empero «los atardeceres para la amistad y el diálogo». El 10 de junio escribió una última carta a Rafael Alberti. Antes de que el poeta español pudiera responderle le sobrevino la muerte el 26 de julio. De este diálogo interrumpido en la distancia ha quedado un bello testimonio: el poema, a modo de carta póstuma, que le envía Alberti unos días después:

> Querido Enrique: ayer
> iba a escribirte, iba
> a contestar tu carta del 10 de junio... pero
> cambiaste de casa, qué dolor!» —y es ahora
> la tierra que transpiran tus paisanos, la tierra
> profunda de tus árboles, las plantas
> hendidas de las flores de tu jardín y el río
> tu nueva dirección, la nueva estancia
> adonde esta noche de invierno —ya algo tarde,
> perdóname— te escribo
> (...)
> Esto quiero decirte. No es preciso
> que me contestes ya. Todo está claro.
> Vive y sueña tranquilo. Adios Enrique.
> Puedes dejar la puerta, si quieres, entornada [18].

La muerte de Amorim no interrumpió la edición de su obra. Tres de los libros que había compuesto en 1960 se editan en años sucesivos y las reediciones de sus novelas más populares, entre las que está *La carreta,* siguen a un ritmo cadencioso y van insertando a Enrique Amorim en el contexto de una narrativa latinoamericana que encuentra en la década de los años sesenta, su lugar en el mundo. Traducciones al francés, inglés, portugués, checo, ruso, polaco y ucraniano, lo sitúan entre los autores latinoamericanos de un realismo trascendido, más allá del realismo de los años treinta y más acá de la «realidad portentosa» que inauguran autores como Gabriel García Márquez. Su obra narrativa servía de obligado pasaje entre un realismo social y directo y uno trascendido literariamente.

En un sutil distingo, el propio Amorim había precisado:

> Leyendo un cuento de Arregui me he dado cuenta por qué me gusta Morosoli. Sus personajes son veraces, uno imagina que son *ciertos,* que deben o pueden existir. Y bueno... a mí como artista, ¿qué me importa que existan o sean extraídos de la realidad? No me interesan como tales. Reconozco que es posible identificarlos, pero eso no me satisface. En pocas palabras, yo no soy un escritor realista. Soy un escritor al servicio de la realidad. Lo que sutilmente es otra cosa. Si no se descompone la realidad, si no se la *altera* si no se la *recrea* o reforma, no me interesa. Si la realidad no se deja atravesar por el prisma del artista, no es válido el texto, no es literatura [19].

Cruzarse con «bichos raros» no basta para hacer a un escritor —explicaría Amorim— porque esa es tarea de filatelistas, botánicos o entomólogos. Copiar la

---

18 *Respuesta a Enrique Amorim* de Rafael Alberti, poema fechado en «La Arboleda Perdida», 28 de julio de 1960. Bosques de Castelar. El texto completo lo incluimos en el capítulo «Destinos, Información externa», p. 272.

19 Carta al crítico Rubén Cotelo, publicada como prólogo a *Corral abierto.*

vida no da placer, mientras que pasear el espejo por el paisaje sí, «siempre que el espejo tenga marco, sea capaz de deformaciones» y el paisaje lo seleccione el escritor.

Resulta, pues, fundamental analizar la forma como Amorim ha operado la selección artística de la realidad para constituir el eje de su obra.

La obra y los géneros

En una obra tan vasta como la de Enrique Amorim la impaciencia dejó su huella. El juicio ecuánime puede descubrir excelentes páginas en las novelas menos logradas y fragmentos, que una autocrítica exigente habría expurgado, en novelas que han merecido el reconocimiento en sucesivas reediciones y traducciones. En Enrique Amorim la vehemencia del hombre que interpeló con prisa y sin pausas la realidad y la imaginación para obtener materiales que se procesarían en el plano de la ficción, se complementa con el apresuramiento del escritor que por urgencia frustró algunas de sus obras.

Rasgos de la creación

Sin embargo, tanto en los logros como en las frustraciones, hay una fluidez que coincide en forma coherente con el escritor que Amorim quiso ser. Nada más ajeno a su estilo y al pulso de su narración que la tortuosidad. Quiso ser un escritor leído y comprendido por gente del pueblo y a ese pueblo se dirigió ofreciéndole un atractivo discurso literario entroncado con el realismo y comprometido con lo social. Desde ese punto de vista, Amorim eludió desde su iniciación literaria la tentación del decadentismo y apeló a procedimientos directos para describir la realidad y decir las verdades que sintió como imperativas.

Si la excelencia del novelista y el cuentista pone fuera de cuestión la equiparación con el nivel alcanzado por el ensayista y el dramaturgo, no debe olvidarse su obra poética. La crítica ha señalado al respecto:

> Disminuida en la consideración crítica por una narrativa poderosa, ejemplar en América, la poesía de Enrique Amorim ocupa hasta ahora un papel secundario en los estudios que se han dedicado a su obra. Una revisión de sus cuarenta años de poesía permitirá sin duda, comprobar la calidad de una obra pareja y el mejor exponente de lo que podemos llamar un realismo lírico de la poesía uruguaya [20].

Dejando a un lado la poesía política, que solo el proselitismo partidario puede excusar, cabe admitir en Amorim la presencia de un poeta accidental menor, que sabe concitar momentos de emoción cuando encuentra su tema. A pesar de la variedad y cantidad de obras producidas, es posible señalar un rasgo muy particular de la obra de Amorim: la precoz madurez del estilo.

---

20 H. Rodríguez Urruty, *Aquí poesía*, entrega nº 20, Montevideo, noviembre de 1964.

Un estilo temprano para un tema y un tono

Después de dos intentos juveniles, *Veinte años* y *Amorim,* poesía y cuento respectivamente, *Tangarupá* marca el encuentro del autor consigo mismo. En ese momento Amorim tiene veinticinco años de edad.

Tempranamente encontró el autor de *La carreta* su estilo y el que sería el tema y el tono del resto de su obra. Una conmovida pero segura toma de posición frente a la vida; un saber qué decir y cómo decirlo se encontraron corroborados por el éxito. Y en adelante, sin más tanteos ni correcciones de ruta, desarrolló una literatura en la que ya no es posible marcar etapas de una evolución.

Los críticos que han querido señalar períodos sólo han podido parcelar cronológicamente la producción o hacer agrupamientos de la narrativa según el tema fuera campero, ciudadano o político, pero en ningún caso, criterios que permitieran demostrar cambios cualitativos de la escritura, o una nueva lectura de la realidad por parte del autor.

Finalmente, se puede anotar en la obra de Amorim el predominio de la novela sobre el cuento: trece novelas sobre once tomos de cuentos. Es especialmente hacia los últimos años que el autor encuentra en el friso moroso de la novela la urdimbre más propicia para su expresión de creador.

La antinomia trashumancia/sedentarismo

Si la vida de Amorim está marcada por su condición de viajero impenitente y arraigado hombre de campo, su narrativa se ha gestado en el dialéctico forcejeo de la antinomia no resuelta entre el campo y la ciudad. Dos citas permiten percibir la importancia de esta polarización en su obra. Por un lado, una de su novela *El paisano Aguilar:*

> Endiablado ir y venir, el del paisano Aguilar, con su pensamiento atribulado; ¡de la ciudad al campo y del campo a la ciudad! Puente que el paisano quería destruir a viva fuerza, pero que se mantenía firme, irreductible. En vano se obstinaba en arrojar el lastre ciudadano, las costumbres adquiridas, entorpecedoras para la vida del campo.
>
> La imaginación recorría caminos imprevistos. El más pequeño accidente de sus campos le recordaba inútilmente cosas y hechos de la ciudad [21].

Y por otra parte, otra del ensayo *El gaucho y el cow-boy,* donde sostiene que:

> Los hijos de la ciudad, que se incorporaban a las leyes del campo por limpia vocación —o por drama amoroso (conozco alguno)—, volviéronse impenetrables, incomunicados, como si respondiesen a una extraña consigna. La tierra los atrapa y los enmudece, y dan la cara al pueblero, pero no la mano [22].

---

21 *El paisano Aguilar, op. cit.* p. 71.

22 Ensayo inédito, Archivo Enrique Amorim, Biblioteca Nacional, Montevideo.

Este partir y no querer partir, este desear la ciudad desde el campo y añorar el campo desde la ciudad, son como *leit-motivs* o constantes de la vida y la obra de Enrique Amorim: la oposición entre sedentarismo y transhumancia. No es casual que la carreta sea su más expresivo símbolo. Desde la carreta se ve de lejos la estancia y se envidia el espacio que la rodea, «rincón en el mundo para dar de comer a los bueyes, sin tener que pedir permiso, poder largar el caballo». Desde la carreta se envidia también el tiempo pautado del que dispone el que vive en forma sedentaria: «Sembrar un poco de maíz y esperar la cosecha».

Por el contrario, desde la estancia se ve la carreta con una envidia de signo opuesto: la que da el transcurrir y el rumbo que la guía:

> Porque una carreta que pasa, da siempre la impresión de que lleva un rumbo firme, que va segura hacia algún lado. ¿Para qué moverse en el campo?, sino para ir a un sitio seguro para conquistar algo? [23].

Parece claro que en Amorim la ecuación vital se inscribe entre dos coordenadas: poseer y conquistar. «Las Nubes» y Buenos Aires; América y Europa; la carreta que es techo y el camino que es aventura. Estas antinomias llegan a veces a fundirse en extrañas asociaciones que confirman la aseveración de que toda obra literaria no es más que el desarrollo de una sola obsesión.

En Amorim la obsesión quietismo-movimiento se cristaliza en estas dos imágenes que encontramos en la novela *La desembocadura:*

> Porque el pértigo de lapacho de aquella carreta que me trajera hasta las tierras de El Moreno, hacía tiempo que se mantenía vertical, enterrado más de dos metros bajo tierra para servir de palenque [24].

Un final sedentario donde se alimentará la nostalgia del nomadismo que aparece también en la novela *El paisano Aguilar:*

> Se formuló, una tras otra, muchas preguntas. Oyó como alucinado, voces inquisitivas. Y se mantuvo de pie, junto al palenque. Era un punto en la inmensidad. Oyendo no atinaba a responder. Porque aún no comenzaba el diálogo entre el hombre y la llanura [25].

El paisano Aguilar interroga la soledad del campo, como Amorim interrogó una y otra vez a sus pagos de Tangarupá y Saucedo, rescatando una larga galería de personajes para los cuales buscaba redención y justicia. Otra vez —como en *La desembocadura* y *La carreta*— el palenque juega un papel simbólico. Es el elemento fijo al que se atan los animales que llegan y se van por el camino.

Ese punto de encrucijada entre meta y partida es el que permite calibrar mejor la distancia y comprender las voces de la soledad. Del mismo modo, los pagos de la infancia ataron al escritor como punto de referencia desde donde pudo plantearse todo el ámbito de su creación. Estas palabras finales, que parecen repetir las de *La carreta,* permiten comprender el profundo sentido de la actitud que adopta Amorim

---

23 *La carreta,* p. 69.

24 *La desembocadura,* Montevideo, Capítulo Oriental, 1968, p. 10.

25 Palabras finales de *El paisano Aguilar.*

para interrogar la realidad. Y ello sin hacer una simplista trasposición entre personaje y autor. No creemos que la obra se explique por la biografía ni que, a la inversa, el texto literario ayude al conocimiento del hombre. Sólo que en este caso encontramos una expresión que, casualmente o no, responde a esa especie de obstinación estática que tiene la producción de Enrique Amorim.

Entre campo y ciudad, se dirimió la trayectoria del hombre y del escritor; entre nomadismo y transhumancia está planteada su ecuación vital; a una cálida solicitud fraterna por el destino del prójimo se aplicó su energía.

Es el hecho de haber encontrado definitivamente, y desde los primeros años de la juventud, qué decir y cómo decirlo —tema y ámbito— lo que dio a la obra de Amorim esa madurez estática de la que hablábamos antes.

Una línea sostenida: literatura y sociedad

La literatura comprometida, la novela social, el realismo socialista, no fueron en Amorim únicamente el resultado de su compromiso político, sino el de una preocupación asumida desde la juventud. En ese sentido la lectura del libro *Veinte años* es siempre útil cuando se trata de rastrear los gérmenes de lo que durante los siguientes cuarenta años iba a constituir la obra del escritor. En este librito, tal vez prematuro, encontramos un poema —«Miedo»— que revela una de las características más profundas de este hombre que fue a la vez hacendado y comunista.

Pequeño lustrabotas,
te vimos con la novia,
pasar por nuestro lado pequeñito
y perderte despues allá a lo lejos...
hablábamos de amor, pero lloramos.
Lustrabotas pequeño: tu bien podrías ser
un hijo nuestro; y quien sabe mañana... Pesimismo!...
Sécame estas dos lágrimas, chiquilla,
y calla! [26]...

Por encima de la transparencia del sentimiento piadoso surge la autenticidad del hombre solitario que subyace en el joven estudiante financiado por padres estancieros. La afirmación: «Tú bien podrías ser un hijo nuestro», es una forma de asumir la injusticia de otras vidas. Quince años después, Amorim poetiza en «Centenario»:

Patriotas sin saberlo, analfabetos
que ya a sus hijos a la escuela mandan,
para vosotros es el Centenario,
palabra alerta y grito, enarbolada,
bandera nueva para el viento nuevo
en el asta tranquila de la patria [27].

---

26 *Veinte años, op. cit.*

27 *Cinco poemas uruguayos*, Salto, Imprenta Margal, 1935.

Y en el mismo poemario, la composición «Contrabandista negro» acoge con la antigua piedad juvenil la imagen de otro desvalido. Amorim quiso que los humildes fueran los protagonistas, los destinatarios de toda su obra literaria y de todos sus esfuerzos:

El negro contrabandista
sobada tristeza deja
en los claros manantiales,
posadas de su pereza.
Negro peón de las horas;
salido de las fronteras,
a dos patrias pertenece
la lenta carga que llevas.
Contrabandeando un destino
pasas por este poema.
En blanda cárcel te encierro
y mi recuerdo te premia.

Las obras militantes del escritor como *Nueve lunas sobre Neuquén,* escrita para denunciar la situación de los presos políticos recluidos en el penal de Neuquén, *La Victoria no viene sola,* título tomado de una frase-consigna de Stalin, y *Corral abierto,* donde plantea el problema de la situación marginal de los «pueblos de ratas» del campo uruguayo, son el corolario de una actitud de solidaridad fraterna con los humildes.

En Amorim coinciden un espontáneo altruismo que arranca de la juventud, con la labor de redención, docencia y formación de conciencia de clase que la militancia política asignaba al escritor. En su obra se concilia con naturalidad, la libertad del creador —recuérdese la evaluación que hace de los límites y posibilidades del realismo— y la misión del militante. Si es cierto que lo mejor de la producción del narrador no se encuentra entre las obras de tema social o «comprometido», es del caso reconocerles un hálito de pasión y goce creador que las ponen por encima de toda sospecha de servilismo ideológico.

No es casual que el último trabajo, aparecido en el mes de su muerte, fuera el ensayo «El último niño bien». Es un análisis brioso, duro, de la sociedad rioplatense, que abarca desde los últimos destellos finiseculares hasta el auge del peronismo. Con una cólera no exenta de lucidez, analiza la génesis social y los rasgos caracterológicos del «señorito» o «niño bien» que medra a expensas de los humildes generados por la sociedad cuando ella es injusta. Y en nombre de la ideología que profesa, augura con optimismo el fin del arquetipo funesto y la llegada de mejores tiempos y mejores hombres:

> Cumplida la adolescencia de los pueblos, entran en América en la mayoría de edad, esclarecidos o no, pero reales, los «sindicatos» (...). «El último niño bien» ha perdido la apuesta. Sigamos viviendo sin él. También terminó el caudillaje. Se oyen otras voces, afortunadamente [28].

[28] Revista *Estudios,* julio de 1960.

Los personajes de la narrativa

Pese al compromiso que traslucen muchas de sus páginas, Amorim fue un escritor nato que no pudo dejar de serlo bajo ninguna circunstancia. La realidad fue para él la zona que le permitió contemplar anécdotas, rasgos y personajes que trasmutados constituirían su mundo narrativo y poético.

En sus cuentos y sus novelas tienen importancia los personajes-tipo. Ellos no interesan como individuos sino como productos del medio al que pertenecen; las quitanderas, los avestruceros, los hacheros, los montaraces, los gringos. En este sentido Amorim es heredero del positivismo del siglo XIX y del determinismo geográfico. Por esta razón es interesante analizar la función narrativa de la naturaleza en esta obra de ambiente campesino.

El paisaje es una presencia pero no un objeto de valor estético. Los elementos descriptivos son apenas indispensables para encuadrar a los personajes, centro, ellos sí, de la mirada del narrador.

La naturaleza no es una identidad dramática ni misteriosa, o mejor dicho inquietante. La relación del hombre con ella no tiene las características de una contienda como en la narrativa tradicional del telurismo americano, de *La Vorágine* de José Eustasio Rivera, a *Doña Bárbara* de Rómulo Gallegos. Los personajes de Amorim están en lucha contra la realidad social y no contra la naturaleza.

Sin embargo, sus personajes, tanto los de cuentos como de novelas, parecen primarios y esquemáticos. Lo que importa de ellos es su condición de «productos sociales». Esta línea es particularmente notoria en la novela póstuma *Eva Burgos,* un esquematismo ya visible en *Corral abierto,* donde el ser humano aparece como un producto estratificado de una «clase social».

Pese a esta tipología, las creaturas de Amorim más fácilmente recordadas son los personajes de humilde condición de muchas de sus obras. A ellos Amorim los miró con calidez y los dejó dibujados con la idoneidad que en el conocimiento confiere el amor. En este contexto, son los personajes femeninos los que han quedado mejor perfilados. Bica, Malvina, Mariquita, mujeres humildes que han alcanzado papeles protagónicos asumiendo condición de jueces y castigadoras de la clase social que las somete.

Entre el determinismo geográfico y el realismo mágico

No obstante el peso condicionante del determinismo geográfico y social que dio encuadre a sus mejores cuentos y novelas, la presencia casi obsesiva de los campos bravíos del rincón noroeste del Uruguay como matriz de personajes rudos y elementales como la tierra misma y el permanente tratamiento de la temática social, que en Amorim fue más que una consigna, vocación, hay en toda su literatura una línea que elude decididamente lo racional para abrirse expectante hacia el misterio. En Amorim se anuncia el pasaje del realismo tradicional al realismo mágico en que se expresará la narrativa latinoamericana en las décadas sucesivas. Ritos telúricos, brujerías, tradiciones y misterios campesinos, tal vez enigmas que vienen desde los horizontes ilimitados, lenguaje de la soledad, aparecen en sus mejores páginas. El punto es analizado en detalle en otro capítulo de esta edición crítica.

En ese sentido, resulta significativa la *nouvelle* que Amorim publica en 1958, dos años antes de su muerte: *La desembocadura.* En relación a esta obra, Amorim había escrito:

> Acabo de terminar un trabajo no muy extenso, una sorprendente nouvelle, en la que habla mi bisabuela. ¡Las cosas que dice de la oligarquía! Busqué y logré una prosa muy especial. Mezclo la poesía con el ensayo y a cada rato, en cada página, la descripción realista como un mazazo al lector. Llega hasta nuestros días, porque no sé si sabrás que en las tierras de mis antepasados había un cementerio indígena y que, con mano de niño y de sabio, fui extrayendo huesos, muelas, utensilios preciosos, etc. Ya tenía planeada una expedición, había madurado la visión científica del hecho. Y cuando decidí largarme, me dan la noticia de que un presunto pariente había pasado dos y tres veces el «cartepila» feroz sobre los despojos centenarios.
>
> No quedó ni el recuerdo de una línea alterada en el vasto horizonte. Me quedé chato. No dije nada y ahora me sale esta tremenda radiografía familiar. Mi bisabuelo me cuenta lo que padeció, me cuenta hasta lo actual, a su manera, desde el polvo de sus huesos en una sepultura ignorada, allí donde lo mataron. Probablemente se llame LA DESEMBOCADURA [29].

La desembocadura es la reconstrucción hecha por un fantasma de todo el linaje familiar a través de la línea de los herederos legítimos y de los bastardos. La génesis de una vasta estancia cimarrona; el pasaje de los lindes marcados con mojones de piedra al de los alambrados; la instauración de la aristocracia corambrera y su gradual evolución hacia la burguesía pueblerina; la liturgia de la fecundidad, la decadencia de un ramal de la estirpe.

Un verdadero adelanto del Macondo que tal vez por esos mismos años —1958— Gabriel García Márquez empezaba ya a construir. En *La desembocadura* no hay vuelo de mariposas amarillas pero sí un horripilante e inolvidable mosquerío que parece de origen diabólico. Los últimos descendientes de la casta corrompida no tienen rabo de cerdo, pero son «cobardes, medrosos, feos y sin ánima». El bandolerismo o la ramplonería los desintegrarán. Galopando por la llanura, en un caballo «blanco, bello y repugnante a la vez», muere el Moreno fulminado por un rayo. La muerte del Moreno deja baldías las tierras en donde se asentará el personaje narrador de la historia.

Esta apertura en clave de misterio da lugar a la llegada de la carreta fundadora. Hacia el final del relato unas mujeres-ménades, habitantes de un rancherío, practican

---

29 Carta de Enrique Amorim a Ruben Cotelo, de diciembre de 1957, que figura en el Archivo Literario de la Biblioteca Nacional.

rituales de expiación y venganza, que retrotraen a los esperpentos de *Corral abierto,* y a muchas de las páginas de Amorim en que se adivina la sombra de lo fantástico. Su narrativa, como lo fue su vida misma, están en el vértice de dos épocas y dos modos de percibir y recrear estéticamente la realidad.

PRODUCCIÓN DE *LA CARRETA*: DIRECCIÓN Y ESTRUCTURA DE UN VEHÍCULO CONVERTIDO EN SÍMBOLO

Kenrick E. A. Mose

Una dirección temprana

La carreta no es solamente la novela más editada de Enrique Amorim sino una novela con una larga historia. Publicada en 1932, su creación fue iniciada en los primeros años de la década de los 20 para ser terminada sólo en 1952 cuando fue editada la versión final de la novela [1]. Conviene examinar esta historia porque arroja cierta luz sobre el significado de la novela misma y sobre el significado especial que tenía para Enrique Amorim.

El primer brote de *La carreta* fue «Las quitanderas», el penúltimo cuento del libro *Amorim* de 1923. Es de sumo interés la génesis de «Las quitanderas». En su conferencia de 1957, «Las confesiones de un novelista», Amorim nos explica que el cuento fue producto de su fantasía, pues no sabía él nada de la existencia de las prostitutas de carreta que había retratado. En efecto, Amorim las había llamado «ambulantes». El cuento fue escrito en la casa de un amigo uruguayo en Buenos Aires y el padre del amigo le aseguró al joven escritor que ese tipo de mujer sí existía en el Brasil bajo el nombre de «quitanderas». Con una mirada retrospectiva, Amorim nos explica:

> Yo no tenía la menor idea de que tales personajes fueran de carne y hueso. Sabía, sí, que las acababa de crear, de dar vida. Me daba mucho placer sentirme con fuerzas como para gestar tipos que se acercaran al humano y vital ...me pasé la tarde

[1] *Nota general.* Mucha de la información bio-bibliográfica, incluyendo la correspondencia de Amorim, se obtuvo gracias a la labor de su viuda, Esther Haedo de Amorim quien fue ayudada por Julio «Toto» Calero. Reunieron el material del Archivo Las Nubes en la casa de Amorim, «Las Nubes», en Salto del Uruguay. El material fue entregado después a la Biblioteca Nacional del Uruguay en Montevideo. Ahora el archivo se llama Archivo Enrique Amorim. Asumiendo que todo el material que revisé en «Las Nubes» está en La Biblioteca Nacional, voy referirme a Archivo Enrique Amorim en estas notas.

del domingo acostumbrándome a la idea de haber descubierto en mi propio magín a las quitanderas... El cuento que había creado me llenó de orgullo [2].

La impresión central que se recibe del campo en «Las quitanderas» es la de una vida cruel, áspera, deshumanizada. El cuento transcurre en «un pobre lugar de la tierra, donde había una mujer por cada cinco hombres» [3]. En un artículo periodístico escrito unos años antes, cuando Amorim no tenía más que diecisiete años, ya había expresado la misma impresión negativa de los campesinos como «peregrinos de granito, que ni el tiempo modifica... Seres indefinidos que nada son. ¡Fracasados eternos! ¡Seres sin fuerzas y sin alma, pobres de ellos!» [4] En una carta del 13 de enero de 1922, un amigo, José Pereira Rodríguez, le había aconsejado: «Estamos aguardando el que haga con lo 'nuestro' obra llena de brío... hay la cosa criolla por explotar... Hay que ahondar ahí, ya que en el alma de esas vidas humildes está trenzada la raigambre de la vida nacional. Yo creo que debiera hincar el diente en esa tierra de la carne gaucha». Uno llega a la conclusión de que aun cuando el cuento surgiera enteramente de su fantasía, ésta ya había sido inclinada a los tipos humanos y a la cualidad de vida retratada, por una visión cuya esencia se había ido formando durante años.

«Las quitanderas» se destacó entre los otros cuentos de *Amorim* por su material diferente y por su manera donde un tono realista, un ritmo más natural y las frases de habla campesina, señaladas con bastardilla, marcan un contraste con los otros cuentos. Cuando se reseñó el libro, los críticos, alabándolo, vieron el cuento como una pauta decisiva en una carrera incipiente. En ese momento, el joven escritor, hambriento de la nombradía, no quiso dejar su fama a la discusión del realismo desnudo, todavía capaz de sorprender en su momento. Entró en una controversia con el filólogo Martiniano Leguizamón acerca de la derivación de «quitandera», controversia que ayudó a la popularidad no sólo del término sino también del libro. Este se agotó, siendo reeditado el cuento en folleto en 1924 [5].

Con la atención otorgada a «Las quitanderas» no debe sorprendernos que Amorim siguiera el filón de lo rural que alardeaba de toda una tradición en el Río de la Plata y en la literatura hispanoamericana. Tampoco debe sorprendernos el que Amorim no se limitara y que siguiera otra línea, la de la temática urbana y

---

2 Enrique Amorim, «Las confesiones de un novelista», conferencia inédita que pronunció en el bicentenario de Salto, 1957. Obtuve una copia por la gentileza del profesor Hugo Rodríguez Urruty, quien ha trabajado extensamente en la bibliografía amoriniana.

3 *Amorim,* Montevideo, Ed. Pegaso, 1923, p. 138. Toda referencia futura a «Las quitanderas» será al cuento en este libro.

4 «Impresiones», *El Progreso,* Salto, 17 de diciembre de 1917.

5 Esta edición (Buenos Aires, Ed. Latina, 1924) contiene los artículos de Leguizamón y Amorim sobre el término «quitandera». Leguizamón explicó que el término se originaba en el Brasil donde significaba una vendedora de comestibles. Sin embargo, el término «quitanda» con connotaciones sexuales se halla repetido en la obra de Javier de Viana. Véase K. E. A. Mose, *Enrique Amorim: The Passion of a Uruguayan,* Madrid, Plaza Mayor, 1973, p. 222, nota 21. Toda referencia futura a esta obra sobre Amorim se hallará en el texto bajo Mose.

cosmopolita de los otros cuentos de *Amorim.* El Buenos Aires que vivía el joven autor ofrecía las alternativas de los grupos Florida («revolución en el arte») y Boedo («arte para la revolución»), y, a veces, las dos corrientes se hallaban combinadas en un mismo escritor (Véase Mose, pp. 27, 35, 36).

Al margen del tema, hay ciertas convicciones del joven autor tocante a la forma a las cuales debemos prestar atención. En una entrevista para *Crítica* en 1924, Amorim preconiza el género breve en prosa debido al apuro de la vida moderna y a su concepto de que la vida no está constituida por un desarrollo continuo sino que se caracteriza por sus momentos culminantes que son los interesantes [6]. Es un punto de vista que halla su corroboración no sólo en otras observaciones de la época, sino también en la popularidad de cuentos y otras obras cortas en prosa. En cuanto a la técnica, Amorim admite la influencia del escritor senegalés, René Maran, a través de *Batuala,* su novela ganadora del premio Goncourt. Amorim halla digno de imitación lo que llama él el realismo sintético de Maran. (Véase Mose, p. 26).

El libro siguiente, *Tangarupá,* de 1925, es importante para cualquier consideración de fondo de *La carreta.* El medio en que transcurre la acción de libro es el norte del Uruguay. Una novelita, «Tangarupá», da título al libro que se redondea con tres cuentos, «Las quitanderas» (segundo episodio), «El pájaro negro», y «Los explotadores de pantanos». Todos los tres serán capítulos de *La carreta.*

En *Tangarupá,* la visión negativa del mundo rural es aun más intensa. La tristeza, producto de la pobreza y el vagabundeo, es la nota dominante. Esta visión determina lo que entra en la novelita. Así, hay dos capítulos de *Tangarupá* que poco tienen que ver con el enredo de la novela corta pero sí sirven para reflejar la tristeza, el dolor del medio («El dolor campesino») y la bestialidad o deshumanización que resulta de la explotación extensa del campo («La bestia del solitario»). Los tres cuentos introducen ambientes nuevos y tipos distintos (el turco, vendedor ambulante; el hombre de misterio, Chaves; el cuentero y su némesis, el aguafiestas, otro hombre de misterio; y los hombres que explotan el pasar de los vehículos por los pantanos). Además, los tres tienen como denominador común la crueldad y lo morboso de la vida rural. Muy elocuente para la estructuración de *La carreta* es que «Las quitanderas» (segundo episodio), que presenta la disolución de la carreta como símbolo de movimiento y su arraigo y que luego será el episodio concluyente de la novela, es el primero de los tres cuentos presentados, prueba conclusiva de que la novela como obra orgánica vino tarde y después de brotes individuales representando la visión amoriniana del mundo rural.

Tangarupá fue acogido con mayores aplausos que «Las quitanderas». Una de las reacciones críticas, sobresaliente por su repetición, fue que la visión amoriniana del campo, con ser áspera y pesimista, era una verdad importante fundada en un conocimiento profundo del campo. Otra reacción fue la de ensalzar a Amorim

---

6 «Enrique Amorim, el vigoroso cuentista joven nos hace interesantes declaraciones», *Crítica,* Buenos Aires, 1924. Véase Mose, p. 222, notas 22 y 24.

como renovador dentro de la tradición rioplatense de literatura criolla por su humanización del gaucho, «tendencia original dentro del americanismo literario» [7].

Rastrear el desarrollo de un escritor implica observarlo a través de todas sus obras. Entre *Tangarupá* y *La carreta,* Amorim publica algunas de sus obras menos logradas. Sin embargo, algunas direcciones significativas se hacen patentes y no sólo en las producciones que tienen que ver con la temática rural, aunque sí son éstas que importan más.

Horizontes y bocacalles de 1926 y *Tráfico* de 1927 no se recibieron bien como volúmenes [8]. Los cuentos que lo constituyen, en su mayor parte ya editados en *La Nación, El Hogar,* y *Caras y Caretas,* muestran cierto apuro juvenil para llegar. Aun los cuentos rurales, los mejor escritos de *Horizontes y Bocacalles,* parecen meros bocetos de escenas sacados de un repertorio creciente en los cuadernos mentales sino materiales de Amorim. La pobreza del lugar en «Saucedo» —«Saucedo solitario, miserable, yermo» —es identificable con la aridez del mundo rural que Amorim va desarrollando. Los dos cuentos, «Un peón» y «Quemacampos», que entran después en la novela de 1934, *El paisano Aguilar,* apenas retocados, demuestran que estamos atestiguando unos de los ya mencionados incidentes cumbre de la realidad. Sólo más tarde hallarán su justificación plena en una obra coherente.

Tráfico, especialmente, refleja cierto aire de época en la expresión rebuscada a la manera de Ramón Gómez de la Serna, elemento vanguardista del Buenos Aires de los 20. No obstante, en esta obra hallamos indicaciones claras del desarrollo del estilo de Amorim en cuanto al efecto que producen la mezcla de frases de distinta longitud y los detalles sencillos y directos que se plasman en un ritmo tipificador. Esta dirección estilística se afirma más notablemente en *La trampa del pajonal* de 1928 (Véase Mose, pp. 41 y 43). La trampa tiene otra importancia también. Sus tres cuentos rurales subrayan de nuevo la tentativa de captar elementos que reflejen aspectos llamativos o significativos del campo norteño. En «Saucedo» de *Horizontes y Bocacalles,* no hubo eje anecdótico digno del nombre. El propósito costumbrista del cuento fue describir un día en un rancherío y, después, el fenómeno destructor de langostas que atacan a una huerta. En «La trampa del pajonal», cuento que da título a su volumen, se sirve del eje débil del hombre que vuelve al campo para dejarle ver al lector un aspecto aplastante de la naturaleza norteña, «la intrincada selva del yuyerío» (p. 44), mediante el cual Amorim trata conscientemente de hermanarse con el tema americanista de la naturaleza deformadora de los hombres que se halla en autores como Rómulo Gallegos y José Eustasio Rivera. Aun en los cuentos que merecen este nombre, «Farías y Miranda, avestruceros» y «La perforadora», son los rasgos costumbristas esenciales del campo que sobresalen, el rodeo de las avestruces y la soledad. La intención de revelar un mundo con estampas costumbristas explica la intervención del narrador en los

---

7 De una reseña por Carlos Alberto Clulow, «*Tangarupá* y la personalidad literaria de Enrique M. Amorim», en un diario de Salto, 1925, en Archivo Enrique Amorim. Del mismo archivo son las cartas a Amorim sobre *Tangarupá* de Benito Lynch, del 22 de agosto de 1925, y de Jules Supervielle, del 1 de julio de 1927, y la reseña de Boy, «Tangarupá, nuevo libro de Amorim», *El Plata,* Montevideo, fecha desconocida.

8 *Horizontes y bocacalles,* Buenos Aires, El Inca, 1926. *Tráfico,* Buenos Aires, Latina, 1927.

cuentos por medio de definiciones largas de términos como «montaraz» (p. 67) y «sangrador» (p. 76).

Un incidente que pudo servir para mostrarle a Amorim cuán atractivo resultaba en el extranjero este filón narrativo de lo rural fue el alegado plagio por un escritor francés, Adolphe Falgairolle, quien publicó un cuento «La quitandera». El interés de Falgairolle en el tema fue despertado tal vez por unos cuadros exhibidos en París en 1924 por el pintor uruguayo, Pedro Figari, quien, a su turno, se inspiró en la obra de Amorim. Acusaciones y defensas se publicaron en París (donde Amorim denunció el plagio por primera vez en *L'Intransigeant* en 1929), en Nueva York, Chicago, Buenos Aires y en el Uruguay. La bailarina española de Falgairolle que huye de París a América del Sur para terminar en una carreta de prostitutas y que proclama (como dijo Amorim de sus quitanderas): «Nous sommes des missionaires de l'amour» [9] debe bastante a la creación de Amorim. Un plagio, nada menos que en el adorado París, no pudo menos que reafirmar en la mente del novelista la importancia del mundo rural que iba creando.

La seriedad con que está dedicándose Amorim a su mundo rural se nota también en sus escritos periodísticos de estos años. En «Nativistas y criollos», el escritor se presenta como heraldo de una nueva verdad sobre el campo. Niega la validez mimética de mucha literatura criollista que llama «falso producto de escritores de la clase latifundista». El gaucho de chispa y labia es una mentira, nos asegura, inspirada en Javier de Viana. Amorim revela otra vez lo negativo de su visión al describir al campesino así: «Es una pobre bestia enmudecida y, no solamente por el paisaje y la inmensidad. No. Por sórdida y trágica ignorancia. Porque no tiene mujeres, ni religión, ni fiestas» [10]. Amorim indica la necesidad de poner la literatura rural rioplatense al día; esta actualización es un tema en busca de un escritor. Con «El gaucho y el gringo», muestra otro elemento de su visión rural: la importancia del «buscador del mañana», el inmigrante gringo trabajador y sedentario, que eclipsará al gaucho de valores falsos que no ha creado nada de duradero. La oposición entre estos dos tipos preanuncia *El paisano Aguilar* (1934), que borrará el concepto romántico del gaucho, y *El caballo y su sombra* (1941), que mostrará el triunfo del mundo gringo. Aun antes, en *La carreta,* hallaremos imágenes para validar el contraste entre gaucho y gringo.

La necesidad de una visión que abarque la esencia del campo uruguayo se muestra también en los poemas tempranos de Amorim. En «Caminos», se dotan de valor simbólico los caminos que se hacen agentes en la evolución del mundo rural:

> En la selva y el llano eran senderos
> que agrandamos a punta de picana
> ....
> pero su canto épico fue escrito

---

[9] A. Falgairolle, «La quitandera», *Les oeuvres libres*, nº 92, París, febrero de 1929, pp. 242-288. La cita es de la p. 278. *L'Intransigeant,* el 22 de marzo de 1929, publicó la nota sobre el plagio. Se reiteró la acusación en los próximos días en *Chicago Daily Tribune; La Nación* publicó una nota de Falgairolle al *New York Herald* en que negaba la acusación.

[10] «Nativistas y criollos», *Claridad,* Buenos Aires, 26 de julio de 1930. El próximo artículo, «El gaucho y el gringo», es de un diario no identificado de Montevideo, 1929.

con paralelos que van al infinito
en las huellas de todas las carretas.

El astillero roto del puerto de Salto es presentado como otro símbolo evolucionario, como instrumento de la llegada de los abuelos gringos al país [11].

El arte llega a tener un propósito cada vez más serio para Amorim. En los años inmediatamente anteriores a *La carreta.* Amorim proclama la importancia del mensaje en arte. «Un escritor que hace pensar, es un gran escritor», dice y ve la lectura de los grandes libros de la literatura como ayuda en la formación de una conciencia social e incitante al amor de la clase obrera [12].

Después de todos estos pronunciamientos, el volumen de cuentos *Del 1 al 6* de 1932 puede ofrecernos una ingrata sorpresa. Pero debemos recordar que Amorim no quería definirse sólo de una manera [13]. En una entrevista de 1929, proclamaba la necesidad de metamorfosear la realidad, de explorar lo inexplorado con la imaginación. Aseveraba que ni la anécdota ni una crónica de observaciones debe ser la finalidad del escritor. Estos criterios los aplicaba todavía a dos terrenos: lo rural-mimético-realista y lo urbano-fantástico-artificial. En efecto, la conclusión filosófica a la cual llevan dos cuentos simbólicos de *Del 1 al 6* es la misma conclusión pesimista que hemos visto en el mundo rural. En «Plaza 7223» y «Aquel hombre», descartadas las diferencias de retórica artificiosa y frases rebuscadas, se expresa la misma idea de la ruptura de la comunicación entre los seres humanos y de la soledad humana como en las obras sobre el área rural.

El otro sendero de la bifurcación de 1932 es el que más nos interesa. Con *La carreta* se aplican, sí, los mismos criterios de arte, pero para lograr una obra enteramente distinta. El resultado fue el que mencionó Amorim en «Confesiones»: «Desde *La carreta* mi narrativa empieza a preocupar a la masa lectora».

Una estructura llamativa

En nuestro párrafo inicial se mencionó que el material de *La carreta* tiene toda una historia larga de composición. Esta historia es también una de correcciones y de reajustes en la composición tal como se analiza en detalle en las notas filológicas preliminares de Fernando Ainsa («Génesis del texto: de los cuentos a la novela») y Wilfredo Penco («Génesis de «*La carreta*»). Así, pues, al considerar la estructura final de la obra, tendremos que tomar en cuenta especialmente dos puntos de

---

[11] «Caminos», editado por primera vez en *La Prensa,* Buenos Aires, fecha desconocida. Se incluyó en *Quiero*, Montevideo, Impr. Uruguaya, 1954, p. 67. «Versos al viejo astillero de Salto», *La Nación,* Buenos Aires, enero de 1931; re-ed., *El Día,* Montevideo, el 2 de mayo de 1933. Incl. en *Quiero,* p. 91.

[12] Cita de «Sensibilidad y sensiblería», *La Nota,* Salto, el 8 de diciembre de 1930. Véase también «Los conservadores y los otros», bajo seud. de Dr. Ignotus, *La Nota,* el 4 de diciembre de 1930.

[13] En David Ross Gerling, «An Application of the literary Theories of Georg Lukacs to the Prose of Enrique Amorim», tesis inédita para la Universidad de Arizona, 1975, se reafirma la conclusión indicada en Mose, pp. 53-54, que en esta etapa Amorim no era realista socialista. Gerling define el Amorim de *La carreta* como «modernista» según la teoría de Lukacs. Toda referencia futura a esta tesis será indicada por Gerling.

revisión. El primero sería cuando el material llega a constituirse en un conjunto artístico y el segundo cuando se retoca todo y se ponen en orden final los elementos de la composición.

Tomando en consideración la estructura primitiva de *La carreta,* debemos admitir que es un conjunto que puede dar la impresión de un trabajo de tijeras si nos atenemos a la anécdota. Hay una conexión evidente entre los cuatro primeros capítulos en la experiencia fundamental de un circo que llega a Tacuaras, se establece como centro de diversión con prostitutas y las relaciones entre los personajes alrededor de él. Estas relaciones son más débiles en capítulo V. Pero todos estos capítulos se siguen en un proceso de tiempo continuo. En el capítulo VI hay continuidad en la presencia de unos personajes, Matacabayo y su hijo Chiquiño, que han estado presentes desde el primer capítulo, Leopoldina, la quitandera, y Chaves que se había asomado en la carreta en el capítulo III. Pero la línea continua del tiempo ha sido quebrada y Matacabayo parece viejo y cansado.

Con el capítulo VII, la conexión que daban unos personajes definitivos desaparece porque estamos en un mundo nuevo, el de la estancia. La conexión humana se reemplaza por la presencia de una carreta (la carreta había figurado en todos los capítulos anteriores) cuya falta de arraigo se compara con la permanencia de la estancia y cuyas quitanderas atraen la peonada la noche del sábado. Una carreta se menciona nada más en capítulo VIII y una quitandera, sin nombre, figura como víctima sexual de un capitán de barco y sus tripulantes. El Capítulo IX se centra alrededor de una carreta, otra carreta, las quitanderas y su mandamás usando el hijo de ésta, Correntino, como núcleo. En efecto, fue el primer cuento sobre quitanderas de Amorim. El capítulo X se enfoca en Chiquiño, en los celos que siente la vieja quitandera Leopoldina de una esposa y en el asesinato brutal de Pedro Alfaro por Chiquiño. También se menciona una carreta con quitanderas que se conecta con los primeros capítulos de la novela cuando Chiquiño rememora su primer encuentro con Leopoldina bajo una carreta. El capítulo XI, publicado como el cuento «El pájaro negro» en *Tangarupá,* mantiene su identidad separada en la novela a pesar de un esfuerzo de adaptación que cambia la narración de primera a tercera persona y a pesar del desplazamiento de la acción de un boliche a la carpa de unas quitanderas. Éstas forman parte del auditorio de un cuentero y se hallan entre los primeros en descubrir su cadáver. El capítulo XII vuelve a poner una carreta como escena de la acción principal que es el esfuerzo de seducción de Florita, una joven, por Don Caseros, el estanciero viejo. La carreta, su mandamás y las quitanderas también son el foco central de la conversación en el boliche. Hay otro hilo muy delgado que conecta con la parte temprana de la novela y es el recuerdo de la difunta Secundina como mandamás. El capítulo XIII tiene una conexión evidente con el comienzo de la novela porque Matacabayo reaparece. Hay algunas carretas, pero sin quitanderas. Ya en el capítulo XII se nos había dado a conocer la muerte de Secundina. Ahora presenciamos la muerte de Matacabayo. Hay que recordar que este capítulo fue añadido diez años después de publicada la novela por primera vez. También hay que recordar que desde el capítulo VI había sólo un capítulo en que actuaban personajes del comienzo de la novela (el capítulo

X donde reaparecen Chiquiño y Leopoldina). Así, el capítulo XIII tiende a reforzar un hilo conductor tradicional de novelas, la evolución de un personaje.

Igual pasa con el capítulo XIV donde se concentra en un Chiquiño maduro y en su muerte. Este capítulo había figurado en *Tangarupá* como «Los explotadores de pantanos» [14]. En la novela se halla cambiado y algunos de estos cambios son importantes, teniendo que ver precisamente con encajar el capítulo en una novela. El primer cambio importante se halla en el incidente del vehículo que Chiquiño saca del pantano con su caballo. En *Tangarupá,* es un coche Ford. Ahora para encuadrarlo en el mundo de la carreta, se transforma en una volanta. Además, hay más énfasis en las dificultades del vehículo empantanado en el cuento; en la novela, el énfasis se pone más bien en Chiquiño y en su actuación. Desde luego, Chiquiño es un personaje central de la novela. En el cuento, el estanciero de cerca del rancherío es un tal Don Pedro Ramírez. En la novela, el nombre se cambia por Don Caseros y como Don Caseros es una figura central del capítulo XII de la novela, el cambio tiene la misma finalidad, crear un mundo más coherente. Igual propósito sirve el cambio de la «bruja» Rita por la «mandamás» Rita y que Leopoldina, sólo descrita como «china» y «linda» en el cuento, se convierta en «la quitandera Leopoldina» en la novela. Pero el cambio más importante tiene que ver con el fin de este capítulo en la novela. En el cuento, el párrafo final sugiere que Chiquiño ha muerto pero lo deja en duda. En la primera versión de la novela se reemplaza eso por una indicación definitiva de la muerte de Chiquiño. La figura de Chiquiño se usa, pues, como momento de disolución en el proceso de la novela. Pero en la última versión de la novela, como se ha añadido el capítulo con la muerte de Matacabayo, el final se cambia, otra vez con fines estructurales, para comparar la muerte de padre e hijo.

El último capítulo de la novela, el capítulo XV en 1952 y en 1942, figura como capítulo XIV en 1932 y en todas las otras ediciones de catorce capítulos porque no había añadido el capítulo con Matacabayo que va al encuentro del jefe de las fuerzas revolucionarias. Originalmente concebido como el segundo episodio de quitanderas en *Tangarupá,* no hay mucho cambio en la esencia del último capítulo. El énfasis está en una carreta de quitanderas a la cual un comisario da la orden de mudarse y cómo el turco Abraham José, enamorado de la quitandera Brandina, envenena a misiá Rita, la mandamás. El asesinato sirve de paso para que la carreta eche raíces en un lugar como tienda del turco y Brandina, dispersándose las otras quitanderas. Sin embargo, además de la multitud de cambios pequeños, supresión de palabras, reducción u omisión de frases, que muestran en la edición de 1952 la voluntad de concisión de un Amorim maduro, otros cambios tienen que ver con la estructura. Pasando del cuento a la primera edición de la novela, el cambio más notable es la palabra «mandamás» (para reemplazar a «misiá Rita» o «la vieja»), concebida como concepto-vínculo de la novela. En la edición de 1952, se busca a veces poner más énfasis en la palabra «carreta», otro concepto-vínculo. En esta edición, un Amorim más maduro busca reforzar la estructura de la novela introduciendo más temprano la noción de la carreta que pasa de movimiento a estabilidad,

---

[14] *Tangarupá*, Buenos Aires, Claridad, 1925.

concepto con el cual se termina la novela. No sólo toma las apariencias de una choza como en el cuento y la primera edición, sino que «Echó una raíz: la breve escalera de cuatro tramos». Otros detalles añadidos tienen que ver con el pasar del tiempo, tan esencial para dar paso al cambio drástico de carreta-vagabunda a carreta-rancho. Como ya ha introducido un nuevo capítulo sobre la revolución, para explicar la falta de conocimientos de la gente acerca de la amistad entre Rita y Chaves dice que «La revolución lo había embarullado todo». Además, cuando Chaves echa su última mirada a la carreta se describe su reacción así en el cuento y en la primera edición: «¡Quedarse empantanados así! ¡Turco pícaro! —dijo entre dientes». En 1952 se añade «¡Gringo tenía que ser!» lo que efectúa un contraste directo entre Chaves, el gaucho, y Abraham José, el gringo, y liga a éste, como gringo, con la estabilidad de la carreta. Por eso, el cambio de «bajo el *silencio* de un cielo altísimo y azul» (cuento, la ed.) a «bajo el *claro signo* de un cielo altísimo y azul» (1952. Subrayado mío) trae consigo una resonancia más simbólica.

Este examen de los capítulos de *La carreta* con una breve investigación de ciertos cambios tiene por finalidad arrojar cierta luz sobre una de las ausencias del libro considerado como novela, la falta de coherencia. Como hemos demostrado, en una larga parte intermediaria del libro especialmente, el hilo conductor es débil, la presencia de una carreta y/o quitanderas, ni la misma carreta ni las mismas quitanderas. El mismo Amorim admitió, en «Confesiones», las razones detrás de esta estructura: «Saltar del cuento a la novela era perder un filón apreciable. No siempre el editor compra el original de una novela; en cambio, la revista paga bien el cuento. Fue así que preparé el material para *La carreta;* en capítulos independientes, pero con el motivo central de una carreta conduciendo mujeres de ojos silenciosos».

Los años veinte con su aire de innovación y experimento tal vez facilitaron para el joven Amorim la adecuación de teoría a hechos artísticos ya consumados. Pero conceptos tradicionales de forma nunca le quedaban muy alejados. De manera que aun en la primera versión de la novela, trata de establecer cierta continuidad en el comienzo; e igual propósito se cumple al fin poniendo en escena los personajes de Chiquiño, Chaves y la mandamás Rita. Amorim, reconociendo en años posteriores la debilidad de sus ideas tempranas, buscó mayor continuidad aún, en las dos últimas versiones de la novela, invirtiendo el orden de los capítulos XIII y XIV para alcanzar esta finalidad mediante el paralelo entre la muerte de Matacabayo y la de su hijo, Chiquiño. El remedio llegó demasiado tarde, sin embargo. Lo que nos queda, hasta en la última versión de la novela, es una creación literaria que refleja cierta estructura social más que respeta los patrones tradicionales de la estructura literaria.

Naturalmente, la estructura de la obra llegó a ser uno de los puntos principales del enfoque crítico. Desde la aparición del libro, se ha criticado la estructura floja, la falta de un eje firme de coherencia. En una reseña de *El País,* de 1932, se dijo que sólo podía considerarse una novela si el paisaje era el personaje principal. Ernesto V. Silveira en otro comentario de la misma época, dice: «la obra se resiente de falta de contacto entre uno y otro capítulo». Hugo Ricaldoni, ya en 1932, trata de explicar la estructura: «la anécdota global ha sido sustituida por pequeñas narraciones hermanadas en una emoción común, y agrupadas por una idéntica orientación del relato». Alicia Ortiz, en su conferencia de 1947, publicada en 1949, dijo que por falta de conflicto central, *La carreta* no es una novela, no es más que una serie de cuentos. Uslar Pietri llama la atención a la «muy curiosa estructura técnica». En su tesis de 1975, Gerling define la obra como «a collection of short stories... that have in comon a number of analogous and recurring details which in themselves do not succeed in maintaining a sense of novelistic continuity» (Gerling, p. 106). Monegal, en su libro de 1964, señala la construcción improvisada como defecto de la obra de Amorim en general, pero da una explicación del defecto: «lo que busca expresar este narrador no es la estructura implacable de la obra literaria sino el fluir seguro de la vida; no es la composición rígida sino el significado; no es la proposición dramática, sino la sustancia sinuosa, cambiante, variada hasta incoherente del flujo narrativo», p. 106 [15].

El contenido de *La carreta* nos hace ver un incidente literario afortunado que se vuelve obra de mayor intención. Su móvil artístico era ante todo representar la verdad sobre el campo uruguayo según Amorim. Por lo tanto tiene la misma perspectiva desagradable desde la cual se presentó el campo en las obras anteriores.

Un vehículo y un símbolo

Desde el concepto inicial en «Las quitanderas», la carreta había sido presentada no sólo como una intuición feliz con detalles pintorescos, sino también como una presencia simbólica de movimiento, de la falta de arraigo en el campo. Fue el movimiento de la carreta que había resultado en el alejamiento trágico de Correntino. La frase final de «Las quitanderas» muestra un valor simbólico más positivo del movimiento de la carreta que llena un vacío en la vida campestre: «El viejo carretón de las quitanderas, todavía recorre los campos secos de caricias, prodigando amor y enseñando a amar» (*Amorim,* p. 152) [16].

En «Las quitanderas» (segundo episodio), el simbolismo se amplía porque es allí donde vemos el cambio desde movimiento a arraigo en la carreta, cambio que

---

15 Véase en el orden citado: «*La carreta*», *El País,* Montevideo, 5 de diciembre de 1932; E. V. Silveiro, «Comentario sobre *La carreta*, novela de Amorim», fecha y publicación desconocidas pero artículo incluído en el Archivo Enrique Amorim; H. Ricaldoni, «En *La carreta* Amorim confirma sus condiciones», *El Pueblo,* Montevideo, 13 de noviembre de 1932; A. Ortiz, *Las novelas de Enrique Amorim,* Buenos Aires, Compañía editora y distribuidora del Plata, 1949, p. 22; A. Uslar-Pietri, *Breve historia de la novela hispanoamericana,* Caracas, Ed. Edime, 1954, p. 148, citado por Gerling (véase nota 13), p. 10; E. Rodríguez Monegal, *Narradores de esta América,* Montevideo, Ed. Alfa, 1964, p. 106. Referencias futuras a los libros de A. Ortiz y de E. Rodríguez Monegal se indicarán en el texto por Ortiz y Monegal respectivamente.

16 Frank Scott Helwig, «Narrative Techniques in the Rural Novels of Enrique Amorim», tesis inédita para la Universidad de Kansas, 1972, p. 27; califica el amor en «Las quitanderas» así: «Love barely appears in this work — that is, love in the sentimental or romantic sense of the word. In place of this emotion, ruthless passion and physical lust abound, fulfilling a desperate biological urge... *Amor,* in this novel, is almost synonymous with sexual gratification». Referencias futuras a esta tesis se indicarán en el texto por Helwig.

se liga con la visión amoriniana del desarrollo del mundo rural, ya expresada en «El gaucho y el gringo». El arraigo viene de la voluntad de Abraham José, el comerciante turco, que se impone a Brandina, la brasilerita quitandera, y a los deseos de Chaves, el gaucho quien desea que la carreta siga en movimiento.

Entre los dos polos de invención, movimiento y arraigo, tenemos el resto de la novela donde a veces la carreta no es nada más que una alusión breve, algo que viene desde afuera a un rancherío, llevando las quitanderas para el placer de los hombres. Estas apariciones, por su misma brevedad, sirven para subrayar su simbolismo de nomadismo en el mundo rural. En efecto, con la estructura más fluída de los tempranos capítulos donde se enfoca más en la carreta, ya ha asumido plenamente su carácter simbólico que sólo va a cambiar al finalizar la novela. Es en esta parte temprana donde Amorim usa irónicamente frases de la novela caballeresca para describir a los gauchos, frases que muestran que son andantes con otra mentalidad [17].

La carreta se ve mayormente como vehículo de nomadismo rural. También se presenta bajo otros aspectos. Por eso, la sustitución de un coche Ford por una volanta (un tipo de carreta), efectuada cuando «Los explotadores de pantanos» se hace parte de la novela, es importante. Muestra la carreta bajo otro aspecto, el de vehículo de transporte nada más, y tiende a reforzar el aire de época. Cuando Amorim publicó otro episodio de carretas con Matacabayo en 1941 y luego lo incluyó en la novela de 1942, reforzó las dimensiones simbólicas de la carreta porque las carretas están conectadas con un aspecto sobresaliente de la historia uruguaya, las revoluciones en la frontera entre el Uruguay y el Brasil, cuando se usaron como transporte con fines bélicos.

Ver la carreta como símbolo es casi un imperativo en el Uruguay donde este vehículo tuvo un papel fundamental no sólo en su historia doméstica sino también en la *redota* de la lucha por la independencia [18]. La carreta de Belloni, estatua en el parque Batlle y Ordóñez de Montevideo, capta la figura magistralmente para los que pasen por la ciudad. Con Amorim, la carreta fue una obsesión. En sus memorias inéditas, «Por orden alfabético», nos informa que su recuerdo más temprano fue el de una carreta proyectada por una linterna mágica en la pared de la casa de su abuelo. Esta casa se hallaba nada menos que en la *Plaza de las carretas* en Salto del Uruguay [19].

La importancia de la carreta como figura es subrayada en muchos lugares de la novela donde hay pasajes descriptivos que dan una imagen con una dimensión estética-simbólica. La primera presentación es de un vehículo viejo y destartalado. Algunos de sus rasgos se van a repetir: «rechinantes ejes y fatigadas bestias», «llantas flojas que... hacían un ruido infernal», «desvencijados... los ve-

---

[17] «Don Pedro, el boletero Sebastián y Kaliso, pícaros del tinglado tradicional, farsantes y cómplices de tretas y engañifas, estaban siempre prontos a vengar agravios, a ir en pos de la aventura, a explotar a las hembras y engañar a los hombres», *La carreta*, p. 30.

[18] H. Ricaldoni, *op. cit.*, afirma esta nota histórica al escribir: «Es el diario de navegación de esa barcaza histórica de los ríos de polvo y de lodo que cruzan en toda su extensión la pampa abierta y desalentadora».

[19] Estas memorias inéditas forman parte del Archivo Enrique Amorim bajo el título de «Por orden alfabético».

hículos» [20]. Hay un juego de perspectivas con el acercamiento, la presencia y el alejamiento de la carreta en la escena donde Chiquiño ve acercarse a Matacabayo y se esconde de él: «Vieron venir la carreta. Andaba lentamente, tirada por dos yuntas de bueyes, bajo un vuelo violento de teros anunciadores... Cayó 'al paso' la carreta, dando tumbos en las piedras, haciendo sonar su techo de zinc, desvencijado, crujiendo las ruedas y rechinando los ejes» (p. 55). Al alejarse la carreta, ésta es la descripción: «La vió repechar, con sus bueyes pachorros, la cuesta empinada, y oyó los gritos de Matacabayo, entre el crujir del techo y el rechinar de los ejes» (pp. 56-57). Siempre da la impresión de un vehículo molido que rechina y llora mientras va desplazándose: «El paso resignado y cachaciento de los bueyes daba la impresión de las almas gastadas, de los sexos maltratados» (p. 80). Más dolor se evidencia cuando la carreta se aproxima a su descanso final en el último capítulo de la novela. Ahora hay sangre asociada con el dolor: «El sol aparecía en el horizonte, como la punta de un inmenso dedo pulgar con la uña ensangrentada. Los altibajos del camino inclinaban a uno y otro lado la vieja carreta. Parecía una choza andando con dificultad por el interminable callejón» (p. 153). Oberhelman ha usado la frase muy sugestiva de «pathetic odyssey» para describir la trayectoria de la carreta [21].

Desde la perspectiva de la carreta hay dos presentaciones, una de la chacra y otra de la estancia, que resultan muy interesantes porque definen el mundo de la carreta.

Cuando la carreta sale de Tacuaras, Clorinda mira la tierra de las chacras:

> A uno y otro lado del camino, las tierras laboradas ofrecían un armonioso conjunto... Paralelos los surcos, determinaban un orden perfecto en las ideas de los que los contemplaban...
>
> Clorinda divisó las últimas casas. Una congoja le apretaba la garganta. La tierra partida con honradez, el apacible paisaje y aquella visión de paz que le infundía el rancho clavado en medio del labradío, terminaron por entristecerla del todo» (p. 42).

La única referencia a la carreta es ésta: «La carreta avanzaba» (p. 41). Pero, desde luego, la perspectiva de estabilidad y de paz envidiada contrasta con el vagabundeo de la carreta, mostrando que tal vagabundeo no es anhelado por todos sino impuesto por la suerte.

Desde la carreta la estancia parece un rasgo permanente del paisaje: «Como cosas de Dios, del destino, de la fatalidad» (p. 68). Esto es muy natural cuando consideramos lo que simboliza la carreta: «La carreta, el azar, lo que se gana y que se pierde en los caminos, lo que puede hallarse, lo inesperado, capaz de surgir del fondo de la noche sin fondo; caer del cielo en los días que ni en el cielo se cree» (p. 68). El movimiento físico de la carreta llega a ser la representación de una vida áspera de vagabundeo: «Tan lento era su andar que cambiaban antes las formas de

---

[20] La edición a la cual nos referimos, excepto cuando se indica lo contrario, es la del texto definitivo de esta edición crítica.

[21] H. D. Oberhelman, «Contemporary Uruguay as seen in Amorim First Cycle» *Hispania*, XLVI, Nº 2, mayo de 1963, p. 314.

las nubes que de sitio su lomo pardo. Se diría que la iban arrancando a terrones de la tierra, aferrada a ella. Una piedra grande, tirada por una yunta de bueyes» (p. 69). La perspectiva que se tiene de la carreta de la estancia es falsa. Los de la estancia ven sus movimientos dirigidos a una meta. No obstante, se hace patente que el único momento en que hay propósito en el movimiento de la carreta es, paradójicamente, cuando se detiene.

Se nos muestra la carreta en su interior también. Otra vez la imagen es negativa. El marco del espejo que cuelga adentro es de madera tosca. Las paredes de madera que encierran el vehículo están podridas y necesitan un camuflaje de pieles. En el piso hay un colchón muy deteriorado. Éste es el toque irónico que cierra el cuadro: «dos peines desdentados terminaban la decoración» (p. 88).

Cuando la carreta se hace instrumento en la revolución, adquiere una dimensión nueva, del misterio. Esto se obtiene al apartar una carreta de las otras. Desde la primera línea encontramos «la misteriosa carreta» (p. 119). Esta noción persiste por la apartamiento de las otras carretas y se resume en otras frases «La carreta, vigilada por el viejo Farías, era un puño apretado» (p. 122), «la carreta distante» (p. 123), «la carreta solitaria» (p. 112). Otra perspectiva se da desde la distancia y desde los ojos de Carlitos, el muchacho que tuvo que alejarse y quien cree que su novia está en la carreta misteriosa. La subjetividad de Carlos ayuda a mejorar la realidad de la carreta: «A lo lejos, allá por las cuchillas, azuladas al atardecer, y entre los arreboles crepusculares, la carreta de Matacabayo aparecía magnificada. Alta presencia en la desolada inmensidad». Todo esto tiende a ensalzar la figura de la carreta.

En el mismo capítulo hay dos presentaciones más que dan mayor relieve y estatura a la carreta. En una, llena de belleza y de sensaciones, la imagen de la carreta está reflejada y desarticulada en el agua del río como premonición de la destrucción venidera: «La carreta reflejábase en el agua. Subían hasta ella los cantos de los grillos y el sigiloso perfume de las flores nocturnas. De vez en cuando la imagen se quebraba en mil pedazos y las ondas alargaban su techo y su pértigo ansioso» (p. 130). En la otra imagen, después de que Farías ha logrado proteger a la joven escondida en la carreta misteriosa, el cuadro es de una carreta casi humanizada absorbiendo los nervios de Farías: «El viejo Farías acarició la llanta de hierro. Acarició los rayos de la rueda, separó el barro adherido y suspiró hondo. Se fué desplomando, cayendo blandamente, hasta quedar sentado de espaldas a la rueda, olfateado por los perros» (p. 133).

La imagen final de la carreta, en el último capítulo, es la imagen de la estabilidad, del movimiento que llega a su fin. Hay dos imágenes fuertes, la una conduciendo a la otra. En la primera, los bueyes son separados de la carreta que asume la apariencia de una choza, la escalera que baja a la tierra sugiriendo una raíz. Las ruedas, símbolos del movimiento, se cubren totalmente y debajo se forma un cuarto. Así «parecía un rancho de dos pisos» (p. 154). Es solamente el primer paso hacia la estabilidad, o tal vez el estancamiento en los ojos de un gaucho como Chaves. La próxima imagen representa el final de este proceso. Los procesos de arraigo se ponen en un tiempo más acabado, el pluscuamperfecto. Las partes de la carreta que se mencionan ahora son las mismas que se habían acentuado en otros momentos pero ninguna puede hacer su papel ahora porque se han transformado en otra cosa:

> La carreta había echado raíces. Las ruedas, tiradas a un lado, sólo conservaban los restos de uno que otro rayo. Las llantas, estiradas, habían sido transformadas en recios tirantes. El pértigo, clavado en el suelo de punta, hacía de palenque. La carreta habíase convertido en rancho. (p. 164).

DESTINOS
INFORMACIÓN EXTERNA

Fernando Ainsa

El destino de la obra de Enrique Amorim es el éxito. Pero es un éxito que no logra «cuajar en una sola y ceñida obra maestra, aunque se haya derramado en varias que casi lo fueron», como le reprochara con afectuosa amistad el novelista Carlos Martínez Moreno [1]. «Fácil y desprolija facundia creadora» —añadía, para ensalzar el talento versátil, dinámico y polivalente del autor de *La carreta*.

Un éxito que está hecho de generosas amistades, viajes, polémicas amables y juicios impetuosos, ediciones rápidamente agotadas, una intensa correspondencia y una presencia multifacética en la vida cultural de Montevideo, Buenos Aires y Santiago de Chile [2]. Sin embargo, es un éxito que le da notoriedad, pero le escamotea el reconocimiento consagratorio. Amorim lo bordea, pero las sucesivas ediciones de las más importantes editoriales argentinas de la época —Claridad, primero; Losada, después— las traducciones a numerosos idiomas, no logran proyectarlo a la escala continental, y menos aún internacional, que algunas de sus novelas merecen.

Porque si —en efecto— sus novelas *El paisano Aguilar* y *El caballo y su sombra,* podrían figurar junto a los clásicos latinoamericanos del período (obras de Rómulo Gallegos, Ciro Alegría o Graciliano Ramos), la masa del resto de su producción, donde aparecen hasta cuentos de ciencia ficción, parece pesarle injustamente como un lastre, donde la crítica literaria encuentra un fácil criterio para su desmerecimiento general. Cuando se engloba así su producción, se olvida que Amorim trascendió la retórica del realismo socialista en la que podría haberse cantonado, insuflándola de una dimensión alegórica (p. e. en *Corral abierto*) o que proyecta la realidad de un campo descrita sin adjetivos ni demagogia, en un lirismo de vastas connotaciones (p. e. *La desembocadura*). Amorim es también intérprete de mitos, supersticiones y sabe encarnar los símbolos más secretos del comportamiento del paisano, ese campesino heredero del gaucho desacralizado, olvidado del arquetipo

---

1 C. Martínez Moreno, «Las vanguardias literarias», *Enciclopedia uruguaya*, nº 47, Montevideo, 1969, p. 137. El texto completo figura en el Dossier de esta edición (Documentos sobre los destinos de *La carreta*), bajo el título «Una existencia de vanguardia».

2 R. Latcham, «Evocación de Enrique Amorim», texto incluido en el Dossier (Documentos sobre los destinos de *La carreta*), bajo el título «Un destino chileno y americano».

y el tópico, usado y abusado en las décadas anteriores. En el estudio de Ana María Rodríguez Villamil incluído en esta edición surge con claridad esta vertiente poco reconocida de su obra. Es importante señalar cómo en el contexto del proceso de la literatura uruguaya, Amorim supo trascender los convencionalismos del gauchismo montaraz o florido, para captar la nueva realidad del «paisano oriental», al modo como lo haría después el narrador Juan José Morosoli.

Las antinomias de América en la obra de Amorim

La verdad es que desde su primera juventud, Enrique Amorim estuvo orgullosamente seguro de sí mismo. Da su propio nombre —*Amorim*— al volumen de cuentos que publica en 1923, como había hecho en 1920, titulando el primer libro de poemas con la edad que esgrimía como virtud literaria: *Veinte años.* Una seguridad que se respaldó con el éxito de uno de los cuentos que componen el volumen: *Las quitanderas,* donde se brinda una visión verista y sin complacencias de la realidad campesina del Uruguay, sin caer en los estereotipos, denuncias fáciles o superados naturalismos de los últimos cuentos y novelas de su compatriota Javier de Viana.

De allí que el destino de *La carreta* esté ligado desde el origen al proceso genético del cuento *Las quitanderas.* Amorim practica un *realismo* no ceñido necesariamente a la *realidad* y como inquieto y atento observador de los movimientos de vanguardia que llegaban al Río de la Plata en esos años, oscila entre la tendencia que lo impulsaba a la experimentación temática y estilística y el arraigo en un mundo rural que conocía muy bien desde su infancia.

Amorim duda entre la vanguardia y la tradición, entre una identificación nacional y la evasión cosmopolita, entre la ciudad y el campo.

En esta dicotomía se puede percibir la más vasta antinomia de la literatura de la época, pero, sobre todo, la de su propia vida, escindida —por un lado— entre la tentación de los halagos del éxito y las facilidades que le podían otorgar su fortuna personal y la simpatía natural con la que ganaba amigos y podía desenvolverse en la sociedad mundana y —por el otro— uncida a un compromiso social tenaz y profundo con una realidad injusta que había que denunciar, para que pudiera ser cambiada.

«Tenía una personalidad múltiple como fueron los intereses que marcaron su vida. Fue siempre infatigable trabajador y casi se podría decir que sus días y sus noches estaban al servicio de su imaginación (...) Fue siempre muy inquieto y nervioso» —nos ha explicado su esposa, Esther Haedo de Amorim, para añadir que: «Compartí sus inquietudes, sus decepciones como también sus entusiasmos, muchas veces casi infantiles por lo ingenuas» [3].

Así, a lo largo de toda su vida el autor de *La carreta* supo dividir su tiempo y sus preocupaciones entre la vida ciudadana de Montevideo y Buenos Aires, entre

[3] A pedido nuestro, Esther Haedo de Amorim nos ha hecho una evocación de su vida con el autor de *La carreta,* de la que hemos extraído varios párrafos significativos.

reuniones, «el teléfono que no dejaba nunca de sonar», citas de amigos y la vida en la casa de Salto —«Las Nubes»— en contacto directo con la naturaleza, el campo y los que serían sus personajes novelescos más logrados. De esa dicotomía existencial, surge la de su obra.

Sin embargo, este «hombre encantador, pero nada fácil», escucha y sigue con atención los comentarios de la crítica. Su primer volumen de cuentos es saludado auspiciosamente y, a través de la polémica sobre la existencia real o no de las «quitanderas» que protagonizan su exitoso relato, adquiere una notoriedad inesperada. Amorim aprovecha la polémica etimológica [4] sobre el término «quitanderas» con la intervención de reconocidos lingüistas, para una reedición inmediata de ese cuento en forma de folleto.

Años después, podrá actualizarla en la acusación de plagio que lanza contra un escritor francés que en 1929 publica en París una *nouvelle* con el título de *La quitandera.*

Acusaciones de plagio en París

En la colección *Les oeuvres libres* (Nº 92; París, febrero de 1929) Adolphe Falgairolle publicó una *nouvelle* titulada *La quitandera,* donde contaba la historia de una bailarina española, Angelita Gómez, que viajaba de Francia a América del Sur para integrar finalmente una «carreta» de prostitutas que recorría las zonas rurales argentinas.

De estilo diferente, resultaba evidente que la segunda parte de la *nouvelle* estaba emparentada con la historia del cuento de Amorim, *Las quitanderas,* lo que no era imposible, ya que en 1924 el pintor Pedro Figari había expuesto en París una serie de cuadros inspirados en el tema de «la carreta» y las «quitanderas». Esos cuadros en apariencia «realistas», habían convertido la fantasía de Amorim en una convincente descripción de una realidad americana que parecía cierta: la prostitución itinerante. Falgairolle debió creerlo así cuando, sin preocuparse por verificar si el tema era auténtico o imaginado, lo hizo propio.

Enrique Amorim, que se encontraba a la sazón en París, reaccionó con apasionada virulencia. Un tema para el cual —como se destaca en el estudio de K. E. A. Mose— había reivindicado la integral originalidad terminológica y temática, aparecía en el «dominio público» de la literatura. Por ello acusó a Falgairolle de plagio en el diario *L'Intransigeant* (22 de marzo de 1929), acusación que fue retomada por *Les nouvelles littéraires* (3 de marzo de 1929), por *Candide* (abril de 1929) y por los diarios *Chicago Daily Tribune* y *La Nación* de Buenos Aires.

La denuncia parte del prestigioso semanario *Les Nouvelles Littéraires,* donde se dice:

> «L'écrivain uruguayen Enrique Amorim, a publié en deux occasions, en 1923 et 26 une nouvelle sous le titre de *Las quitanderas.* Dans deux occasions, la publication

[4] Los textos completos de la polémica están reproducidos en el capítulo «Las quitanderas: una polémica etimológica» en la parte Lecturas del texto de esta edición.

> de cette dernière a donné lieu à des avis contraires sur les *quitanderas* et à la conclusion qu'elle n'ont jamais existé et qu'il ne s'agissait que d'un produit de la fantaisie de M. Amorim. Les critiques les plus autorisés sur le folklore américain ont nié l'existence de ce genre de femmes qui vendraient des caresses pendant leur voyage dans la Pampa. Le mot est ainsi une création...
>
> Ce livre semble avoir fourni à M. A. de Falgairolle un thème pour un roman de moeurs américaines, ou l'on retrouve des passages similaires. L'oeuvre de M. Falgairolle porte le même titre de *La quitandera.*»

Por su parte *L'Intransigeant* ironiza sobre si ha habido «des rencontres à travers l'Océan». Más seriamente el *Chicago Daily Tribune* escribe:

> El escritor Enrique Amorim, hace tiempo publicó una novela titulada *Las quitanderas.* Tanto el título como la novela, pertenecen a la imaginación creadora del señor Amorim, al punto de que antes de su publicación, nadie había hablado de esa clase de mujeres. Todo pertenece a la fantasía del celebrado cuentista de *La Nación*, de Buenos Aires.
>
> El acontecimiento es muy comentado y reviste contornos muy singulares para la creación e invención del señor Enrique Amorim.

A estas acusaciones replicaría, sin muchos argumentos el propio Falgairolle en el *New York Herald,* edición de París.

Más allá de la notoriedad suplementaria que dieron a Amorim estos artículos y la polémica desencadenada, es evidente que el interés que la temática de su obra suscitaba en Europa, habrían de ratificarlo en la idea de proyectar una novela cuyo eje central fueran justamente «las quitanderas». A esta opción contribuyen los comentarios críticos adversos a sus incursiones en la narrativa urbana.

Amorim: ¿un D.H. Lawrence uruguayo?

Sin embargo, el destino de *La carreta* es ambiguo y pocos son los críticos que finalmente ensalzan el tema y la estructura de la obra. En el apéndice documental —Dossier— de esta edición incluimos una selección representativa de textos, a los que podrían añadirse las referencias en las historias de la novela o la literatura latinoamericana, donde apenas se intuye en Amorim el germen de lo que será la explosión de la narrativa de los años sesenta, es decir, esa visión en profundidad, raigal y antropológica, integradora de mitos y símbolos y no reductora por la vía del realismo simplificador y maniqueo. Hay quién —en ese sentido— como hace Fernando Alegría, emparenta el vitalismo telúrico de Amorim con la obra «americana» de D.H. Lawrence. En esta misma dirección, tal vez sea bueno recordar la amistad de Amorim con Quiroga y la lectura en segundo grado que ha podido hacer de Kipling a través de los cuentos misioneros de su coterráneo salteño.

Hasta el propio Jorge Luis Borges, amigo personal de Amorim, habría de señalar a propósito de *La carreta* la ruptura radical con el mito del gaucho y todo un estilo novelístico pintoresco, más preocupado por el color local y el esteticismo que por la dimensión trágica de la realidad.

«La originalidad de Amorim es no conformarse con la realidad, triste punto de apoyo para un costumbrismo estéril» —escribió Ricardo Latcham a propósito de *La carreta.* En el mismo sentido, Emir Rodríguez Monegal precisaría años después que:

> Desde su primera hora de narrador, Amorim ha descubierto que la mejor manera, la única manera, de dar la realidad es darla no sólo en su superficie abigarrada y caótica, sino en su profundidad, en su significación más íntima, en su símbolo. Que la realidad necesita para ser dada entera en términos de arte el impulso de la fantasía. Y fantasía es lo que puebla estas novelas realistas —desde el hermoso y poético *Tangarupá* hasta el onírico y visionario relato que es *La desembocadura.* Fantasía que hunde bien hondas sus raíces en la realidad [5].

Un destino abierto al futuro

Para comprender en su cabalidad la ambigüedad de este destino deben mencionarse otros textos. En abril de 1960 Amorim contesta a una de las preguntas planteadas a varios escritores uruguayos: «Lo único corriente es el realismo en cualquiera de sus formas. Lo demás es letanía, cansancio, lágrimas, baba fría, desesperación (pero no mucha) y unas ganas tremendas de llorar, como en la letra del tango [6].

Esta forma de posición intransigente —como anota Mercedes Ramírez de Rosiello— que inscribe a «un Amorim desdeñoso e irritado entre los militantes del realismo social de los años 40», tiene más de desplante que de verdad, porque:

> Si la literatura social a lo que Enrique Amorim se adscribió se nutría de la «amarga realidad», la literatura que le iba a suceder en la década de los años sesenta, se nutriría en esa misma realidad, pero ahora «portentosa». Lo real maravilloso tuvo en muchas páginas de Amorim destellos precoces que estaban anunciando *Cien años de soledad,* como puede percibirse en *La desembocadura.*

Pero hay más. En carta al crítico uruguayo Rubén Cotelo (publicada por éste en el prólogo a *Corral abierto*) dice:

> *La carreta* es una invención de cabo a rabo. Hay o podría haber atmósferas; pero todo esto como pasado por una estrella, por otro prisma; el mío. No hay artista, a mi modo de ver, sino recrea o simplemente, CREA. Tener la fortuna de haberse cruzado con algunos bichos raros no es obra de escritor; es más bien trabajo filatelista, de botánico o de entomólogo. Pienso que la rata que atraviesa la viga de una isba en una narración de Fedor Dostoievski es una rata de don Fedor, nada más y nada menos que suya. No habré llegado a estas perfecciones, pero al referirte tú como «expresionista» cierto personaje de *Corral abierto,* ese pasaje es mío e intransferible. No es de otro alguno.
>
> Pasear el espejo por el paisaje sí, siempre que el espejo tenga marco, sea capaz de deformaciones y el paisaje lo seleccione yo. La descripción de un bar de Montevideo,

[5] Emir Rodríguez Monegal fue amigo personal de Enrique Amorim y consagró a su narrativa un capítulo de su libro de crítica *Narradores de esta América.* El fragmento completo sobre *La carreta* figura en el Dossier crítico de la V Parte de esta edición.

[6] La entrevista completa figura en el Dossier, Documentos sobre los destinos de *La carreta,* subcapítulo Declaraciones periodísticas de Amorim.

para mí, debe empezar por el mar de puchos y cenizas en que navega la charla. Son los únicos bares del mundo civilizado donde el parroquiano se da el lujo de saber que tiene un esclavo capaz de agacharse a recoger sus desperdicios. Bares sin ceniceros, son bares de Montevideo, la sucia ciudad colocada en la esquina sub-atlántica del planeta. Ese sería mi bar y no el de otro.

En este largo fragmento puede leerse una profesión de fe creadora que, en buena parte, Amorim podría compartir con Juan Carlos Onetti, y que relativiza todo intento de realismo integral. Como afirma Mercedes Ramírez de Rosiello:

> Queda claro que esa literatura que puso al descubierto la injusticia nunca se hizo a expensas de la libertad del artista en cuanto a elegir, inventar a trasmutar. De ahí que sea posible comprender cómo este novelista estaba marcando el fin de una época y anunciando una nueva mirada que sabría descubrir la maravilla implícita en esa misma realidad continental, ya rastrillada por el realismo social de los años 40 [7].

Tal vez sea éste el mejor destino en que pudo soñar el múltiple y polifacético Amorim: con su obra no se cierra una época, sino que se abre otra. Como poéticamente le diría Rafael Alberti en los versos que escribiera en oración de su muerte [8]:

Respuesta a Enrique Amorim

La Arboleda Perdida, 28 de julio, 1960. Bosques de Castelar.

Querido Enrique: ayer
iba a escribirte, iba
a contestar tu carta del 10 de junio, pero...
Cambiaste de casa, qué dolor! —y es ahora
la tierra que transpiran tus paisanos, la tierra
profunda de tus árboles, las plantas
hendidas de las flores de tu jardín y el río
tu nueva dirección, la nueva estancia
adonde esta noche de invierno —ya algo tarde,
perdóname— te escribo.

Oscuridad inmóvil, afuera. Se fue el viento
No escucho los cipreses ni las ramas
del abedul y el álamo. No veo
la bandera amarilla que el aromo
agitó en el poniente. Nadie habla.
Es tu primera noche de muerte, la primera
en que empiezas también a estar más vivo.
Abre la puerta. Siéntate. Y escúchame.

---

7 Fragmento de «La circunstancia del escritor» de esta autora, sobre el hombre y el escritor Amorim, en esta edición.

8 Carta en forma de poema escrita por Rafael Alberti que figura en el Archivo Enrique Amorim, recuperada por Ramírez de Rosiello para esta edición y que creemos es inédita.

La juventud que tanto tú querías,
hoy la inauguras para siempre, hoy
que ya no tienes sombra, que te mueves
desunido por fin de esa corteza
que a tu cansado corazón ahogaba.
Se muere el árbol, pero, libre al cielo,
queda el sonoro espacio de su copa.
En él ya estás, en él ondeas puro,
en él insignes, cantan tus trabajos,
tu vida grácil y tu amor atento,
a los doblados en la dura tierra.
Puedes hablar, reír, viajar sin prisa,
ser el testigo de tu propia mano,
presenciarte ascendido en la mañana
y una gota de luz fija en la noche.
Esto quiere decirte. No es preciso
que me contestes ya. Todo está claro.
Vive y sueña tranquilo. Adiós Enrique.
Puedes dejar la puerta, si quieres, entornada.

RAFAEL ALBERTI

IV. LECTURAS DEL TEXTO

PROPUESTA PARA UNA ESTRUCTURA TEMÁTICA DE *LA CARRETA*: LOS «CONCEPTOS-VÍNCULO»

Kenrick E. A. Mose

Radiografía de un mundo

La estructura de la novela, el simbolismo de la carreta y muchas de las imágenes de la carreta tienden a la dirección de la obra entera de Amorim, dar a entender su visión del campo rioplatense. Es esta visión que sirve de hilo conductor del libro. Lo que muestra el libro es una estructura social dada por imágenes separadas. Puede decirse que es el sabor de cierto mundo que ofrece la mayor cohesión a *La carreta.*

La cronología de este mundo rural es importante porque implica cierto desarrollo fundamental. Pero hay que notar que la cronología es el tiempo de un novelista que busca indicar esencias y no la de un historiador con fechas y fichas. Hay ciertas indicaciones muy vagas para definir la época. Se menciona en el segundo capítulo que el país goza de una época de prosperidad, siendo fértiles los campos y la venta de productos agropecuarios muy favorable. También se indica que el oficio de baqueano de Chiquiño se pierde después de sus seis años de cárcel porque los caminos han terminado con su profesión. Y hay la mención de una revolución que es simplemente eso, una revolución sin mayor definición. Lo que tenemos es el tiempo impreciso del crecimiento del mito, lo que se ve en algunos conceptos centrales de la novela.

Por ejemplo, en el cuento-germen de la novela, las «quitanderas» se habían nombrado como tipos plenamente existentes. En la novela, el afán de construir mundo hace que Amorim busque conscientemente mostrar el tipo en su génesis y su evolución. En *La carreta,* dos de las quitanderas iniciales son pasteleras y, según el origen etimológico del término, brasileñas. Así viene a mencionarse otro término, «quitanda»: «Las chinas pasteleras, vendedoras de "quitanda", agotaron sus manjares» (p. 17). Después, ya comenzada la prostitución, las implicadas son «prostitutas debutantes» (p. 28). Don Nicomedes, el comisario, piensa en ellas como en «la extraña especie de mujeres, tan nueva por aquellos pagos» (p. 33). Clorinda piensa en Leopoldina y Rosita, las pasteleras, como «las dos carperas» (p. 42). Sólo al final del capítulo V tenemos mención de la palabra «quitanderas» en la boca del paisanaje y el narrador refuerza el término inmediatamente diciendo que «Las primeras quitanderas sufrían el primer fracaso» (p. 53).

Igual pasa con la palabra «mandamás». Misia Rita se nos presenta cobrando el precio de la quitanda, en sentido literal, y se menciona como una vieja que ayuda a las pasteleras. Es sólo después que se define más como «la capataza», explicándose este término así: «la vieja es la que manda más, la que capitanea a las carperas» (p. 33). Esta descripción analítica, «La que manda más», representa una alteración de «mandamás» en el manuscrito de *La carreta*, que se usa como palabra en la novela sólo algunos párrafos después (p. 34). En los dos primeros cuentos de quitanderas, la vieja Rita fue «la dueña de la carreta», «la patrona», y más a menudo «la celestina».

La voluntad de presentar una evolución no dura en toda la novela. Nuestro análisis de la estructura lo ha mostrado. Se ve esta voluntad otra vez, un poco forzada, al final de la novela cuando se re-introduce a Chiquiño, Matacabayo y a Chaves. Chiquiño y Chaves han envejecido. Este envejecer es una de las muestras concretas del avance del tiempo. Se observa en Chiquiño a su vuelta de la cárcel. Es de notar que para la novela, esta temporada de encarcelamiento se ha hecho más extensa (seis años en lugar de los tres de *Tangarupá*). Sin embargo, el efecto en Chiquiño es el mismo: «A cuatro pasos no se lo conocía. Había cambiado mucho en la cárcel. Estaba canoso, flaco y parecía aún más bajo de lo que era en la realidad» (p. 135). Se ve el pasar del tiempo en Chaves, no tanto por su título, «el viejo tropero» (p. 150), sino por el hecho de que el pañuelo atado a su cara tiene el renombre de leyenda.

Lo que impresiona más en cuanto a estos personajes es la falta de cambio verdadero con el pasar del tiempo. Matacabayo, cuyos momentos de domesticidad al comienzo de la novela fueron sólo un alto en sus viajes, todavía es como era esencialmente: «Fiel a la aventura, aprovechaba el clarín de la asonada, para probar suerte» (p. 119). Chiquiño, quien pierde su oficio de baqueano, se decide a explotar pantanos que es exactamente lo que hacía su padre, Matacabayo, al comienzo de la novela. Chaves sólo sigue conociendo un modo de vida, el movimiento de los caminos. En el último capítulo, las quitanderas llegan a tener algunos de los mismos nombres que las primeras y los artículos que venden son los mismos que se vendieron cerca de la primera carreta [1].

El paralelo entre avance de los años y estancamiento de la gente viene a ser sólo un aspecto de la esencia del campo retratado. Este retrato, como designio del autor, debe ocupar nuestra máxima atención.

Amorim enfoca preferentemente el campo de los pueblecitos del norte del Uruguay, lindando la frontera con el Brasil. La diversidad de localidades y ambientes muestra que el novelista quiere que su visión sea abarcadora y que capte varias esencias del campo. Es el campo de los pasos del río y los rancheríos crecidos fuera de las estancias donde el comisario de policía y el bolichero son los personajes importantes. Aun cuando el material contado conste de conceptos e incidentes

---

[1] Este hecho del estancamiento provoca la siguiente reacción en Gerling: «We see that the author is convinced that the present situation being described is practically, if not wholly, static and hopeless» (p. 114).

sensacionalistas, este mundo nos revela valores del vivir rural importantes en la visión global de Amorim. «Es necesario mostrar un pueblo, un temperamento», (Véase Mose, p. 61) es como había definido el objetivo del novelar y *La carreta* lo ejemplifica.

Hay un valor que tiende a verse más por la construcción deshilvanada de la novela y es la dispersión en la vida del campo, la falta de estabilidad. No hay relación que dure para cierto sector de este mundo. La estancia se ve como algo perdurable «como se ven las rocas de la ladera de las sierras» (p. 68). Los sembradíos ofrecen una idea de permanencia y el labriego parece una «alta y fornida estaca de carne y hueso» (p. 41). Se vislumbra a la gente que vive cerca de la plaza en casas rosadas, entre las cuales se halla la de la comisaría. Hay esta parte más institucionalizada de la vida rural. Pero el enfoque de Amorim no está allá. Su enfoque está especialmente en el pobrerío del campo, la gente sin raíz firme. Cuando se nos muestra el mundo institucionalizado, se nos muestra en la dimensión de su contacto con las quitanderas o los pobres marginales.

Esta gente marginal, pues, no tiene estabilidad. El único núcleo familiar que se desarrolla en la novela, la familia de Matacabayo, termina disolviéndose. Matacabayo se prende de Secundina y deja atrás a su esposa, Casilda, y a su hija. El circo, otra unidad al comienzo de la novela, no tarda en dispersarse bajo el peso de desavenencias constantes. Pronto se separan Matacabayo y Chiquiño y cuando Chiquiño ve la carreta de su padre la próxima vez no lo saluda por la hostilidad que los aparta.

Otros aspectos de este mundo son también negativos. La crueldad, la brutalidad, son otros rasgos definidores. Al considerar esta cualidad, habrá que tomar en cuenta todo un nexo de cualidades y actitudes que se alimentan entre sí. Resuenan como un alegato contra la vida rural de este submundo trashumante. A la vez alimentan las raíces de algunas de las escenas más sensacionalistas del libro.

Numéricamente, en este mundo, el hombre predomina sobre la mujer. Esto, que resulta evidente a través de muchos incidentes, se menciona más específicamente cuando se nos dice que Correntino es de un lugar donde por cada cinco hombres, hay una sola mujer. En este mundo de pocas diversiones, hay una obsesión con el sexo que hace de las quitanderas una necesidad. De aquí el concepto de que mitigan dolores, aplacan una sed grande y prodigan amor.

Sin embargo, la actitud de los hombres frente a las mujeres es la de explotación de un objeto subalterno. A veces las pocas mujeres se reparten tanto que no aprecian bien con quien están en los maizales. El amor del que se habla no es amor. Salvo en casos excepcionales, es explotación mutua. Las palabras de Amorim y sus cuadros verbales no coinciden siempre. El poco valor que se le da a ese instrumento, la mujer, se ve cuando los hombres gozan del engaño de las prostitutas haciéndolas trabajar por «billetes» falsos y sin valor. La brutalidad para con ese objeto sexual se ve en el tratamiento que da el capitán del barco fluvial a la quitandera y la violación de ella por otros tripulantes. No debe sorprendernos, pues, que Chiquiño considere a Leopoldina, una vez se junten, como «cosa suya, la primera cosa conquistada» (p. 52). Tan es cosa suya que cuando ella se retuerce de dolor en la tierra, él queda pasivo y algo egoísta frente a su dolor. El machismo con las consecuencias desastrosas del asesinato, a veces, está muy aliado al valor de posesión que se presta a la mujer. Por eso Chiquiño se pone muy celoso sospechando la relación de su mujer con Don Alfaro y la mata tan horriblemente por celos. Por eso, hay que guardar en el campo esa distinción tan marcada entre conducta de hembra y de varón. Correntino, quien llora cuando la quitandera que lo ha amado tiene que salir, no observa esta frontera. Sus lágrimas se ven como propias de maricón y llegan hasta el extremo de matarlo por su conducta. Aun un tipo como Matacabayo que se hace leyenda por su fuerza, al comenzar a perderla y al volverse un borracho es el blanco de los insultos del paisanaje. En un mundo animal, la debilidad se ataca.

La brutalidad de esta sociedad y el poco respeto para con los otros se ve también en el caso del aguafiestas extraño que destruye el amor propio del cuentero cuando destruye su relación con los oyentes. Su acción precipita la muerte del cuentero. La consideración es un lujo en este mundo. Por eso aun el vehículo que lleva a un médico a un paciente muy enfermo es objeto de explotación para conseguir con qué sobrevivir. Pese a todo, hay movimientos honestos de algunos personajes como una Clorinda que vuelve a Don Pedro por sentimientos humanos. Pero la mayor parte de los episodios muestran una dimensión muy egoísta de la conducta humana fomentada tal vez por razones económicas que no permiten el lujo de relaciones duraderas de sentimiento. Si los hombres explotan a las quitanderas, el primer pensamiento de las quitanderas sabiendo que tienen que trabajar en la obscuridad es de explotar a los hombres. La vieja González llora por su hijo, Correntino, al separarse; pero se separa de cualquier modo. Florita es vendida a Don Caseros por el matrimonio que la crió porque «había que rehacerse de los gastos de la crianza» (p. 107). El hecho de que a la mandamás no le gustara la alegada desvirginización de Florita a manos de Don Caseros no pudo impedir la venta. Los ímpetus sentimentales ceden frente a la necesidad.

La violencia, la lucha fácil y el asesinato ayudan a definir este mundo donde se vive y sobrevive como se puede. El padre de Clorinda mata a un capataz por acostarse éste con ella. Chaves ha matado a un bolichero en una pelea. Chiquiño mata a Don Alfaro de la manera más brutal, cercenándole la cabeza y alimentando a los cochinos con su cadáver. Hay hombres muy prontos para desenfundar el cuchillo. Aun el gringo, que representa el cambio y la entrada de otro mundo, no entra muy suspiciosamente porque, para salirse con las suyas, mata a la mandamás. Sólo la manera ha cambiado, usando él el veneno. Resulta fácil apreciar la línea de crítica que halla repugnante la perspectiva de Amorim.

Ya en 1932, en un comentario titulado «Las culpas de Lawrence», se había quejado de que el libro fuera ofensivo para las personas de buen gusto. Todavía en 1953, Luis Alberto Sánchez habla de «ese naturalismo de primer agua, tosco y hasta desagradable, que prima en *La carreta*». Díez Echarri y Roca Franquesa describen la novela en 1966 como «un cuadro trazado según la técnica naturalista, de lo más crudo... da náuseas». Garganigo y Rela dicen del Amorim de las novelas rurales que «es el artista que elige ver solamente la suciedad y la pobreza que rodean a estos seres» [2].

La selectividad de Amorim en *La carreta* se explica también por el costumbrismo pintoresco. Esto motiva toda la descripción del domingo de carreras en «La Lechuza» en el capítulo V. La retórica de la repetición y la intensidad de la descripción muestran esta intención a las claras. El episodio central del capítulo, la carrera de gatos organizada por un brasileño que se viste y habla exóticamente, sirve además para dar la atmósfera norteña. La voluntad de mostrar y explicar este mundo hasta lleva a Amorim a dar detalles de una frase del diálogo [3]. Al fin del capítulo, la referencia al primer fracaso de las primeras quitanderas resulta algo repentino y artificial porque el énfasis no se ha puesto en mantener la conexión con las quitanderas, sino en el pintoresquismo costumbrista.

Como el brasileño, se nos presentan muchos tipos en la novela: el idiota Cándido cuyo refrán insensato «¡El lao flaco!» halla significado con la muerte de otro tipo, el cuentero, que ha desarrollado toda una técnica narrativa para dar gusto a los hombres del campo. El cuentero es descrito como «un curioso holgazán... mezcla de vagabundo y payador» (p. 100). Chaves es un tipo misterioso que lleva un pañuelo negro cubriéndole la cicatriz que le atraviesa la cara. El indio Ita es un curandero, más interesante por lo que tiene de *lore* indígena. Tipos como los comisarios aprovechadores y abusadores, y los bolicheros codiciosos y también abusadores, son presentados más tradicionalmente y menos pintorescamente.

El sensacionalismo es otro criterio notable. A este respecto, dos escenas llaman especialmente la atención. La primera es la despedida sexual del indio Ita a su esposa muerta, donde una estructura de reacciones fuertes a un evento extraordinario abre camino a esta descripción:

> Ita, el indio milagrero, estaba desnudo, y desnudo el cuerpo de la finada, desnudo el cadáver de la Pancha. Bárbaramente unidos, frenético el indio desde la vida. La mujer fría... Iba la boca del indio de un lado a otro del rostro exangüe, besándola, en aquellas últimas nupcias, a la luz de un candil parpadeante y amarillo. (p. 63)

La escena donde Chiquiño tira el cadáver de Alfaro a los chanchos hambrientos es de un naturalismo sensacionalista realzado por los detalles escritos con una objetividad calma:

---

[2] En *La Razón* de Buenos Aires, 24 de noviembre de 1932, el juicio es que «lejos de entretener, asquean al lector, por escaso buen gusto que posea». A veces la crítica del momento es un poco más suave pero todavía reveladora: «con frecuencia peligrosa, carga demasiado las tintas. Con menos crespones, *La carreta* podría ser mejor», dicen en *El País* de Montevideo, el 5 de diciembre de 1932. Sigue esta dirección *La Prensa*, Buenos Aires, el 22 de enero de 1933: «la nota realista... cuando llega a presentarse excesivamente descarnada, puede perjudicar una obra».

Las otras referencias son a: «Las culpas de Lawrence», *Crisol*, Buenos Aires, 30 de noviembre de 1932; L. A. Sánchez, *Proceso y contenido de la novela hispanoamericana*, Madrid, Gredos, 1953, p. 281; E. Díez-Echarri y J. M. Roca Franquesa, *Historia general de la literatura española e hispanoamericana*, 2ª ed., Madrid, Aguilar, 1966, p. 1422; J. F. Garganigo y W. Rela, *Antología de la literatura gauchesca y criollista*, Montevideo, Delta, 1967, p. 408, citado por Gerling, p. 14.

[3] Véase *La carreta*, p. 47, donde el autor explica «buche de pavo rastrojero.» Véase adelante, p. 40, donde se comenta la frase.

> Volcó el cadáver en el chiquero. El cuerpo, al caer, hizo un ruido como de pellejo a medio llenar. Se abalanzaron las bestias sobre los despojos de Alfaro. Gruñían, rezongaban, se peleaban a destelladas, *para ver quién aplicaba el mejor golpe de colmillo.* En un segundo, andaban las piernas de Pedro Alfaro por un lado, los brazos por otro. (p. 97. Subrayado mío)

En la frase subrayada, queda manifiesta la intención de sensacionalismo porque el autor amplifica el efecto de la destrucción por la rivalidad de los chanchos [4].

La muerte es el incidente dramático por excelencia. En *La carreta,* se arropa de un sensacionalismo que la destaca aún más. El caso más prolongado es la escena de la muerte de Chiquiño donde el deceso final está precedido por un sueño en que Chiquiño, herido mortalmente por un golpe, se sueña explorando la tumba de su difunta mujer, algo que deseaba hacer en vida. El viaje mental inmediatamente antes de la muerte fue una técnica muy explotada por Horacio Quiroga [5]. En *La carreta* se usa con gran originalidad. El mundo fantástico de sueños que Amorim exploraba en algunos cuentos se adapta al mundo áspero que está describiendo ahora. La fantasía se expresa con un detallismo naturalista, morboso. Éste es el cuadro de Chiquiño cómo limpia los huesos de la difunta: «El esqueleto todavía estaba sucio. Sucio de carne seca y pardusca: de tendones y de pelos y de trapos polvorientos... Para sacarle los residuos de los ojos, metidos en las órbitas, hay que utilizar un cortaplumas de hoja puntiaguda.» (pp. 146-147).

En esta escena, como en la anterior, hallamos una nota de la naturaleza. La luz de la luna llena está presente por todo el sueño de Chiquiño y la soñada desintegración del esqueleto se compara con una imagen de la luna destrozada: «alguien al verlos [los huesos] creerá que la luna ha caído del cielo y se ha hecho trizas sobre las duras piedras de la ribera!» (p. 148). Se produce cierto efectismo por la belleza que significa la identificación con la naturaleza. En la escena anterior con los chanchos, se logra impacto por la indiferencia de la naturaleza frente al acto de sangre. Mientras Chiquiño lleva el cadáver de Alfaro al chiquero, «La aurora daba *un tinte rosado* al redondel pantanoso donde se debatían los animales hambrientos» (p. 97. Subrayado mío). Después de destruirse el cuerpo de Alfaro por los chanchos, «El sol iba saliendo. Un *rayo rojo* a ras de tierra *doraba los campos*» (p. 97. Subrayado mío).

La selectividad de Amorim con respecto a la naturaleza no se limita a esa dimensión estética, dimensión amplificada por los muchos símiles y comparaciones en que se usa la naturaleza. Se destaca la manera más esencialmente hispanoamericana de presentar la naturaleza, es decir, la naturaleza como fuerza poderosa, desafiante, que hace al hombre o lo destruye [6]. Aun cuando la escena del cruce del río por Chiquiño en el primer capítulo se capta de una manera bella, el elemento más importante es la emoción que siente Chiquiño como resultado de su acción, su

[4] En este tipo de muerte que tendrá Helwig en mente cuando escribe: «Death serves to emphasize the bestiality and the primitive passions of the inhabitants of this brutal region» (p. 38).

[5] Véanse, por ejemplo, los cuentos de Quiroga, «El hombre muerto» y «A la deriva».

[6] Helwing escribe en su tesis: «nature not only contributes to mood, echoing the violence of the emotions, but takes an active role in the tragic outcome» (p. 41).

manera de envalentonarse con su hazaña. «Se sentía hombre, varón útil y capaz» (p. 14). Más tarde, el cuentero trata de huir de su fracaso en busca de aplausos en la otra orilla del río. Su fracaso se debe a la crueldad de un extraño entre los oyentes. La misma tempestad que trae a este extraño «pájaro negro», hace crecer el río que mata al cuentero cuando trata de cruzarlo. La imagen del río es la consabida imagen de la naturaleza poderosa: «Un agua negra, salpicada de relámpagos, marcha con árboles y animales. Más que una arteria de la tierra, parece un brazo de la noche» (p. 105). Ya muerto el cuentero, vemos que el hombre es un juguete a merced de las fluctuaciones naturales porque se nos dice: «El río ha vuelto a su cauce normal» (p. 106).

La última frase de la cita penúltima se sirve de un recurso que es un lugar común de la literatura: la representación de la naturaleza en términos humanos. Hay instancias cuando se hermanan las frases con la tradición muy fuerte de la novela hispanoamericana de la selva. La vida aburrida, exasperante de los tripulantes del barco del río se exacerba por la naturaleza que los rodea:

> Bajan lentos por el telón del paisaje, repetidos árboles, insistente maleza, uniforme ribera... Se suceden las playas cenagosas, se repiten los árboles seculares y los matorrales y los camalotes y las playas de arena y las temblorosas ramas de los sarandíes... escudriñan la selva, la floresta salvaje, de donde brotan gritos ásperos y trinos dulzones. (p. 71)

El efecto es comparable al de la selva sobre Marcos Vargas de *Canaima* o al efecto de *La vorágine* en el sentido de una fuerza que aplasta la mente del hombre [7].

Otros rasgos típicos son la naturaleza desbordante: «los cardos de metro y medio de alto; el maíz desarrollado hasta el vicio» (p. 57); la relación estrecha, primitiva, entre hombre y tierra: «Chiquiño se sentía en su medio natural. El campo abierto le parecía suyo, como cualquier otro siente la sensación de la propiedad, en un cuarto de tres por cuatro» (p. 55) [8]. Debemos admitir también la presencia contrastante de una naturaleza más domesticada con el hombre en la chacra y la estancia donde la tierra representa estabilidad y no libertad. Pero no importa cómo se presente la naturaleza, lejos de ser un huésped literario del libro es una presencia inevitable que impregna la vida de sus diversas facetas.

La naturaleza participa también en la selección de materia y de forma con que se busca dar una visión del campo al nivel de mito. Ya hemos examinando esta mitificación a través del desarrollo de los dos conceptos fundamentales del libro, la carreta y las quitanderas, donde Amorim inventa una génesis y una trayectoria para el mundo trashumante en que enfoca. El uso de la naturaleza y del contraste para dar esta dimensión esencial del mito es sobresaliente en la muerte de Matacabayo y de Chiquiño. Ya hemos comentado la vacilación en la ubicación de estas

[7] A. Ortiz, pp. 19-20, evoca a José Eustasio Rivera, Rómulo Gallegos y Jorge Icaza al hablar de la intensidad de algunas escenas de Amorim.

[8] E. Rodríguez Monegal en *Narradores de esta América*, hablando de *Tangarupá*, *La carreta* y *El paisano Aguilar* dice: «reflejan sobre todo la experiencia primera de la tierra, su hechizo sobre los hombres, su fuerza salvaje y casi mágica» (p. 98).

muertes, vacilación que sirve para mostrar la importancia que tienen para el autor en el concepto de su novela. Ahora bien, la muerte en sí es presentada con detalles de una objetividad fría, pero se proyecta inmediatamente por un proceso de identificación con un paisaje y un tiempo extenso:

> Los huesos de Matacabayo sirvieron para abonar las hambrientas raíces de los dos arbolitos. Por varias primaveras, en muchas leguas a la redonda, no se vieron dos copas de oro más violento que las de aquellos espinillos favorecidos por la muerte. (p. 134)

Con la muerte de Chiquiño en el próximo capítulo se establece un contraste a la vez que un paralelo:

> Los huesos de su padre, sirvieron para abonar los espinillos. Su ánima andaría por las flores doradas. La suya en una fosa reseca, agrietada por el sol. Ambos conocieron el amor sobre una tierra áspera. Barro y frescas flores de espinillo. (p. 149)

La mitificación es implícita en el fin de la novela donde el gringo, Abraham José, tiene el deseo de radicarse con una de las quitanderas, usando como aliciente algo tan institucionalizado como una cuenta de ahorros en el banco. Simbólicamente, el turco mata, no con pasión como Chiquiño sino por puro cálculo, a la mandamás, la fuerza de control a quien eclipsa con el asesinato. Abraham José por su ascendencia y control también eclipsa la influencia de Chaves, el vagabundo, que siente una gran hostilidad contra él. Cuando Abraham José sube, Chaves se desvanece. Chaves ya había sido presentado como una figura legendaria del campo por el pañuelo negro que le cubría una cicatriz larga, recuerdo de cómo se dilucidan los problemas en su mundo. El conflicto de los dos valores, gaucho y gringo, la confrontación mítica de lo viejo y lo nuevo, se resume cuando al mirar la carreta por última vez, Chaves dice: «¡Quedarse empantanaos así! ¡Turco pícaro!... ¡Gringo tenía que ser!» [9]. Al ir desapareciendo Chaves de la escena y del libro, su manera de pensar es evidentemente la del gaucho vagabundo. Piensa en los hitos del camino hasta llegar a donde tiene un caballo para Rosita, la quitandera que lo acompaña. Sus planes sólo llegan hasta conseguir el caballo: «Después veremos lo que si hace» (p. 166). La última imagen del libro pone el éxodo del gaucho en un plano mitológico como figura dorada por el ocaso del sol:

> Bajo un violento vuelo de teros, el viejo Marcelino Chaves, con su pañuelo negro, y Rosita, con los cabellos en desorden, siguieron por el camino interminable, bajo el claro signo de un cielo altísimo y azul. La luz del ocaso empezó a dorar las ancas del caballo y las espaldas encorvadas de la mujer. (p. 166)

[9] Que la última frase haya sido añadida a la última edición corregida del libro muestra que Amorim pensó reforzar este propósito de contraste. Es un punto importante que echa de menos Gerling en su tesis donde dice que «not the slightest evidence of social change or evolution is perceived» (p. 114) y «some sort of change is finally brought about by means of the poisoning of the old woman... it seems more of an excuse on the part of the author to terminate their endless vagary» (p. 113).

La imagen del avance de la luz es como una llama que viene devorando desde atrás para alcanzar pronto al mismo Chaves. El hecho de que Chaves fue una de las figuras nobles del libro hace más impresionante aún su eclipse.

Explicando un clásico

La popularidad de *La carreta* entre editores, críticos y amorinófilos tiene mucho que ver con su representación de ciertos aspectos, mayormente negativos, de la vida rural, rasgo que halla su contraste natural con el mundo gauchesco popularizado por *Don Segundo Sombra* [10]. Los ejes alrededor de los cuales se teje esta representación son dos intuiciones excepcionales: la figura original de la quitandera y la noción de ligarla con la mítica figura de la carreta [11]. La supervivencia de estos atractivos se vuelve aún más sorprendente cuando pensamos en los defectos de la obra.

La falta de coherencia estructural, especialmente en la mitad larga de la novela, no la reduce a un conjunto de cuentos, pero es una gran deficiencia. Hay defectos asímismo en la caracterización de los personajes donde la visión de Amorim desfallece. A veces los detalles con que pinta minan esta visión, conduciendo a ambivalencia por parte del novelista y a confusión en la mente del lector. En ninguna parte se ve mejor que en el tercer capítulo donde las quitanderas están dispuestas a robar a los hombres en la obscuridad como los hombres a estafarlas. No obstante, a través del episodio, y más al final, el autor, con abundante retórica, condena a los hombres. La simpatía para con las quitanderas, demasiado estridente, puede parecer algo inmerecida si nos atenemos a los detalles de la ficción.

Otro caso de ambivalencia se ve en la presentación de un labriego en los surcos de su chacra. Como hemos visto, la novela termina con el gringo en ascendente. Sabemos por escritos periodísticos de Amorim que al gringo, el cultivador de la tierra por excelencia, se le alaba precisamente por eso, por radicarse en su parcela de tierra. Clorinda, al mirar la chacra, admira el orden, la vida sana que representa el labriego en el campo. Sin embargo, los últimos detalles que describen al labriego son un resumen negativo: «Aquel hombre, vegetal, resuelta bestia de labranza» (p. 41) .

La novela ha sido salvada porque en el mundo que representa entran muchas

10 Cierto paralelismo y un contraste más fuerte se ven en los dos finales de novela. En *Don Segundo Sombra,* Fabio mira desaparecer a Don Segundo mientras el anochecer vencía el campo y «una luz llena de pequeñas vibraciones se extendió sobre la llanura», *Don Segundo Sombra,* ed. Angela Dellepiane, New Jersey, Prentice Hall, 1971, p. 250. Don Segundo va con una despedida positiva, envidiado por Fabio. En contraste, Chaves se va derrotado con una mujer cuya boca deja caer palabras «como una entrecortada baba de buey», *La carreta,* p. 131.

11 Muchos críticos han reclamado la originalidad como uno de los valores positivos de *La carreta.* Aun la crítica inicial que lo acusó de pornográfico y de excesivo está mostrando, por su reacción, la originalidad. De una manera más positiva, apoyan esta idea de originalidad, Héctor Agosti, *Defensa del realismo,* 3ª ed., Buenos Aires, Ed. Lautaro, 1963, p. 110; Serafín García en «Enrique Amorim, un novelista auténtico», *El Mundo Uruguayo,* 18 de agosto de 1960; M. Angel Asturias en «Enrique Amorim (1900-1960)», *Ficción,* noviembre-diciembre 1960; Ricardo Latcham, «Evocación de Enrique Amorim», en *Carnet crítico,* Montevideo, Alfa, 1962, pp. 159-166.

de las cualidades ya mostradas. Muchos incidentes son pintorescos o sensacionalistas, sean repugnantes o no. La construcción de muchos de los capítulos es climática y reemplaza la inexistente tensión prolongada de la novela por la tensión limitada del cuento, tan evidente en las tres escenas sensacionalistas antes citadas. Pero el denominador común en cualquier atractivo que tenga la novela es la habilidad que muestra Amorim en el oficio de escribir [12]. Amorim sabe decir las cosas. Sabe decir las cosas no sólo del modo realista naturalista, sino estirando este modo hasta otra dimensión, facilitada por las experimentaciones vanguardistas de la época, que puede apreciarse en el sueño de Chiquiño. Hay frecuentes momentos de belleza en el libro [13]. Amorim sabe comunicar con distinción estados de sentimiento v. gr. el machismo que siente Chiquiño después de cruzar el río o la pérdida de confianza del cuentero frente a su némesis. Con igual distinción describe acciones y hace percibir la naturaleza, parte íntegra del mundo narrado.

Una escena que ilustra esta capacidad de escribir es la del avance de las tropas gubernamentales para liquidar a los guerrilleros. La plasticidad del movimiento de los caballos y las tropas por la noche y, sobre todo, los ruidos, porque es de noche y es por el oído que los huyentes detectan lo que les viene, son bellamente comunicados con la ayuda del ritmo machacante impresionista. Algunas frases de descripción darán a entender este aspecto del incidente:

> El silencio salía del monte como un ser en libertad. Pero a la medianoche la tierra despertó... ...[el] rumor... crecía como un río salido de madre... Los fugitivos cayeron al paso, ahogando su precipitado rumor en el agua tranquila. Sonaron los lonjazos. Una rodada, un grito, y los vasos de los caballos arañando las piedras, los coscojas rodando, el tintineo de los estribos y el choque de las inútiles carabinas... (p. 130)
>
> Ruido de sables, de cartucheras y carabinas. Piafar de pingos, coscojear de frenos. Un disparo a lo lejos. Y relinchos salvajes. (p. 133)

Otro rasgo estilístico atractivo es la concretización de lo inconcreto con fines dramáticos. Se ve en la animación de la noche: «Matacabayo torció las riendas y siguió a los tres nuevos fugitivos. La noche le golpeaba en las espaldas» (p. 131) y del terror: «El pánico daba saltos en el agua en tres caballos que se ahogaban» (p. 131).

Hay felices hallazgos. La correlación entre emoción y cuadro físico sobresale cuando se exterioriza el alivio de Farías al salvar su vida y la de la chica encerrada en la carreta. Véase el pasaje citado arriba (p. 130). La naturaleza se usa con belleza y exactitud pictórica como elemento para crear suspenso, sugiriendo la

[12] H. Agosti, *op. cit.*, p. 111, halla cierta regresión artística cuando compara *El caballo y su sombra* con *La carreta.*

[13] M. Benedetti, *Literatura uruguaya siglo XX*, Montevideo, Alfa, 1963, pp. 55-56, escribe: «Si se examina su obra, se verá que es difícil destacar de entre la cicuentena de títulos que la integran, la novela perfecta, acabada, magistral. Amorim siempre fue un escritor de extraordinarios fragmentos, de páginas estupendas, de magníficos hallazgos de lenguaje, pero también de grandes pozos lingüísticos, de evidentes desaciertos de estructura, de capítulos de relleno. Aun en las mejores de sus novelas, demostró Amorim una impaciencia, un intermitente desaliño, que conspiraron desde dentro mismo de su obra, contra sus formidables dotes de narrador».

muerte y la destrucción cuando la carreta, se refleja, quebrada, en el agua entre sonidos, olores, vegetación, insectos y movimiento del agua. Véase el pasaje citado anteriormente (p. 131). Desde luego la muerte que se preanuncia en esta descripción es la de Matacabayo, la misma que se proyecta en una dimensión legendaria al fin del episodio y del capítulo.

En la novela entera, se destaca la fluidez del ritmo, un ritmo que deja caer detalle tras detalle, haciendo uso abundante de la frase corta. Ritmo flexible, sin embargo, que se reduce a una concatenación de frases impresionistas cuando lo pide el asunto, para alargarse las frases en el momento debido e impedir un «staccato» indeseable.

Se destaca también el uso de símiles. Aquí el rasgo determinante es la comparación con algo de la vida rural, lo que sirve para guardar la atención del lector dentro de la preocupación central de la novela. La mayoría de estos símiles buscan repercusión por juntar la naturaleza y una experiencia campestre. En un caso, esta experiencia llega a ser tan poco común para el lector que Amorim tiene que recurrir a una explicación breve: «—¡Qué vas a apostar vos, si tenés la bolsa como buche de pavo rastrojero! Un pavo que se alimenta en los rastrojos tiene el buche lleno de pajas inútiles» (p. 51). A veces la comparación sirve para reducir el ser humano de acuerdo con el cuadro altamente negativo que tenemos en el libro. Cuando los tripulantes del barco asaltan a la quitandera, ésta es la analogía: «Disputándose la presa, los tres hombres anduvieron un trecho, como tres hormigas con un pedazo considerable de azúcar» (p. 78).

La voluntad de arraigar el estilo en la temática rural produce un impacto favorable al comienzo de la novela con el símil prolongado que compara la vida de Matacabayo con el encendedor del cigarrillo en el viento. El símil con mayor impacto, quizás, por la correlación entre sentimiento humano e ilustración concreta, es éste, donde se nos da a entender el efecto en Chiquiño cuando Rita le informa que su esposa había pedido sepultarse con el cuchillo de Alfaro, su amante, como señal de amor: «Las palabras de la Rita habían caído como las piedras arrojadas en las charcas tranquilas. Desde el fondo, un malestar, como barro que sube a la superficie, entenebrecía su vida» (p. 143).

Resulta claro que el cuidado y los alcances del estilo son considerables aun cuando la inmadurez de Amorim le hizo pregonar una estructura floja, usando una racionalización para justificar su premura en cimentar en una obra escritos concebidos como entidades separadas. El estilo se caracteriza por una manera objetiva, impasible de describir aun las cosas más desconcertantes y repugnantes. Por eso llama más la atención cuando el narrador de tercera persona cambia a narrador de tercera persona interesada. Entonces la simpatía humana se impone, voluntariosa, sobre el material, manifestándose no sólo por la retórica sino a veces por un elemento incongruente que se inyecta en la narrativa.

En tres instancias sentimos la intervención interesada del narrador en lo que cuenta. Hay una condenación insistente de los hombres en la escena donde engañan a las quitanderas con billetes falsos. Comienza con la frase que los tilda de ladrones andantes, sigue con la descripción de su treta como «canallada» y el capítulo termina con los párrafos de repetición retórica *in crescendo* que condenan a los hombres como «bestias sedientas de placer... desfile ...cruel ...y sensual. Jauría que don Pedro había preparado para lanzarse sobre ellas» (p. 40). Con ello, Amorim subraya la crueldad mentirosa de los hombres frente a la sumisión de las mujeres. Como hemos señalado antes, al hacer víctimas de las quitanderas que estaban también dispuestas a estafar a los hombres, deja que se le subordine el arte al corazón [14].

El segundo caso es la escena con Don Caseros, el estanciero, y Florita, la virgen de trece años vendida a él por sus padres adoptivos. El énfasis se pone en desacreditar a Don Caseros desde una descripción inicial que lo condena moralmente y que sale no de la acción sino de la omnisciencia del narrador: «Don Caseros era un animal manso, mañoso y cachaciento. Sabía darse los gustos. Inofensivo y cobardón, no se exponía para ello, teniendo a su servicio una serie de vecinos miserables, a los cuales trataba con aire de señor feudal» (pp. 107-108). Las escenas que siguen y los detalles específicos tienden hacia la misma dirección de condena. No sólo fracasa el viejo verde de la peor manera porque la chica cae dormida en sus manos torpes sino que la respiración fuerte al subir a la carreta, la pierna que se le duerme, el sonido de sus uñas en el madrás de la bata de Florita, y el sudor provocado por el trance embarazoso lo condenan implacablemente al papel de un frustrado Don Juan.

Don Caseros es dueño de una estancia, un «señor feudal» abusador de la gente. La retórica de Amorim se provoca otra vez por la estancia cuando la carreta pasa por la estancia de Don Cipriano. Amorim se aparta de la perspectiva estricta de narrador de hechos, acciones y sentimientos de sus personajes para hacerse el narrador interesado y entrometido. Resulta evidente por su brusquedad, el cambio de la perspectiva dentro de un mismo párrafo. Porque se nos dice que los tripulantes de la carreta ven «la estancia como se ven las rocas... como se ven los árboles... Como cosas de Dios, del destino, de la fatalidad» (p. 68). Pero en seguida, comienza la retórica de preguntas sobre el porqué de la diferencia drástica entre la estancia que posee tanto y la carreta que no posee nada. Evidentemente es el narrador que está señalando de una manera vehemente lo que considera una injusticia. Y se refuerza el contraste entre narrador interesado y narrador objetivo cuando inmediatamente después se reitera desde la perspectiva de la carreta la estancia que no es más que otra presencia física en el campo.

Con ser pocos los casos de esta falta de control, definen, no obstante, un temperamento que poco a poco buscará su coordenada en paradigmas de mayor compromiso social. La rebeldía del corazón de Amorim contra el molde objetivo en que él mismo ha enmarcado su ficción rural se controlará unos años más. Se dejará ver de vez en cuando pero no tanto como para impedirle buenas novelas como *El paisano Aguilar* (1934) y *El caballo y su sombra* (1941), usando motivos ya en germen en el mundo narrativo de *La carreta.* Sin embargo la rebeldía se desbordará eventualmente en una literatura donde el compromiso aplasta el arte *(Nueve lunas sobre Neuquén,* 1946, *La victoria no viene sola,* 1952) para resolverse en una mejor

[14] La frase se basa en la de Francisco Espínola, pról. a Acevedo Díaz, *Ismael*, Buenos Aires, Jackson, 1945, pp. xxiii-xxiv, donde Espínola escribe de Acevedo Díaz: «Su arte se le subordina en el corazón, y esto, que pudiera significar desmedro estético, evidencia una excelsitud moral.»

fusión de belleza y simpatía sólo en la etapa final del autor en la que *La carreta* resulta ser un progenitor lejano de *Corral abierto* (1956), y donde hay novelas más logradas como *Las montaraces* (1957) y *La desembocadura* (1958) [15].

El aspecto representacional de *La carreta* ha sido uno de los puntos más controvertidos en la crítica de la novela desde el comienzo. En una reseña de 1932, se dice: «La carreta no es «literatura», es vida misma» [16]. Pero otros críticos hallaron ya en esa fecha temprana exceso de pesimismo y un mundo distorsionado de pesadilla. En una carta a Amorim, su amigo Montiel Ballesteros resume este punto de vista, diciendo: «Vd. ha forzado todo: Paisajes, seres, hechos.» [17]. Fernán Silva Valdés, en una de las mejores contribuciones a la crítica de *La carreta,* resumió el otro punto de vista diciendo que la verdad para el arte tiene múltiples facetas y la verdad amoriniana es una de esas facetas [18]. La cuestión de la verdad ha conducido a una discusión de la existencia de carretas con quitanderas como prostitutas vagabundas. El mismo Fernán Silva Valdés escribió:

> *La carreta* de Amorim no constituye un episodio común de la epopeya campesina; ...ni habrán visto muchos un prostíbulo rodante, sino por excepción... Aunque ese tipo de carreta haya existido no puede negarse que Amorim lo ha creado; y al decir crear, no me refiero a la invención pura, sino al hecho de comunicarle vida patente al ser, o al objeto ser que presentamos, haciendo él un arquetipo. (p. 99)

Rodríguez Monegal sigue esta línea, aun negándoles vida histórica a las quitanderas:

> Todos los conocedores de nuestro campo, el de antes como el de ahora, están de acuerdo en afirmar que no existieron esas carretas sino en la imaginación del novelista, que no han existido *quitanderas* en el sentido en que él usa la palabra.

Sin embargo, Monegal ve una mayor virtud artística en eso:

> Es tan fuerte la invención de Amorim, tan convincente... tan creíble... que esas *quitanderas* de su imaginación han acabado por interpolarse en la realidad. [La carreta y las quitanderas] son el símbolo de todos los sueños de plena visión sexual, frustrados por la vida solitaria de nuestros campos... símbolo de algo que la realidad no ofrece en su sustancia material y visible, pero sí propone como objeto moral. (*op. cit.*, pp. 102-103)

Otros han seguido adoptando una actitud negativa frente a la representación amoriniana del mundo rural. Sarah Bollo acusa al autor de exceso de imaginación que conduce a una realidad falsificada. Más seriamente y tratando de adecuar la

---

15 A. Rama, *La generación crítica 1939-1969*, Montevideo, Arca, 1972, p. 94, indica estos altibajos cuando escribe: «Amorim se extravía en una narrativa de agitación social —*La victoria no viene sola,* por ejemplo— o acierta en una síntesis vivaz de la novela de la tierra —*La desembocadura*».

16 «*La carreta* de Amorim», *La Mañana*, Montevideo, 8 de noviembre de 1932.

17 Cartas a Amorim del 13 de diciembre de 1932 y del 27 de marzo de 1933 del *Archivo Amorim.*

18 Fernán Silva Valdés, «La carreta», *Nosotros,* No. 284, Buenos Aires, enero de 1933, pp. 98-100.

obra al esquema teórico de Lukacs, Gerling incluye *La carreta* en esta crítica: «The writings of Amorim thus far offer us only one side of man's reality which necessarily results in a fragmented image of man instead of an integral, more realistic one» (Gerling, p. 117).

Es perfectamente aceptable que la imaginación pueda captar la esencia de la realidad mejor que una representación fotográfica. A la vez, el arte bien puede limitarse a representar la esencia de ciertos aspectos de la realidad y no la totalidad, especialmente en una obra sola o en una parte de la obra total del artista. Esto no menoscaba en nada la verdad del mundo que el artista, en este caso Amorim, haya intuido con una visión muy aguda. Evidencia hay, y bastante convincente, que este tipo de mundo es representativo.

El libro *Riqueza y pobreza del Uruguay* de Julio Martínez Lamas, publicado por primera vez en 1930, es decir en el período de gestación de *La carreta,* tiene un capítulo que se titula «El dolor de la campaña». Aquí Martínez Lamas muestra la evolución del rancherío, citando un informe de 1920 de la Federación Rural. En este informe hay una coroboración explícita del tipo de vida femenina que se refleja a través de las quitanderas incluso el vagabundeo y la denigración. El informe describe la mujer «por lo general, sólo bestia de carga, instrumento de placer o de canallesca explotación» [19]. El mismo informe habla de rancheríos rurales donde un cien por ciento de la población sufre de sífilis. Entre los rancheríos o pueblos de ratas mencionados por Martínez Lamas figuran lugares de la temprana ficción de Amorim como Saucedo o el Paso de las Piedras. Así concluimos que Amorim ha iluminado una verdad social por su intención y su arte verbal.

Cuando reflexionamos sobre el hecho de que los críticos uruguayos, desde los años treinta hasta los años sesenta, acusan al escritor de exageración, nos damos cuenta de que el estudio, la documentación de Martínez Lamas no han tenido mucho alcance. Al contrario, la visión del artista se ha aceptado por algunos y por lo menos ha llegado a provocar reacciones en otros. Entonces, tenemos que medir la verdad de estas palabras de Mario Benedetti:

> Si la gente acude a él [el escritor], es porque los otros que podrían iluminarla, o están corrompidos (...los políticos) o hablan y escriben (...los ecónomos, los sociólogos, los antropólogos, los psicólogos) un lenguaje demasiado especializado, demasiado esotérico. Los escritores, en cambio, y especialmente los narradores y los dramaturgos, hacen hablar a sus personajes, y éstos, aunque expresen un pensamiento especializado, por lo general lo dicen en palabras corrientes [20].

Es a través de un arte que encierra su dirección moral por la mayor parte en una visión novedosa, sorprendente que Amorim da su revelación. Fernán Silva Valdés (*op. cit.,* pp. 98-99, véase nota 39) ha creado la imagen que mejor describe este proceso de revelación: «Cuando uno levanta una piedra que ha estado un

---

[19] J. Martínez Lamas, *Riqueza y pobreza del Uruguay,* 1ª ed., Montevideo, 1930, 2ª ed., Montevideo, 1946. Cita de la 2ª ed., p. 221. Véase Mose, pp. 210-211.

[20] Mario Benedetti, *Letras del continente mestizo,* Montevideo, Arca, 1967, p. 11.

tiempo más o menos largo, en contacto con la tierra, deja al descubierto una cantidad de insectos diversos, los que se mueven, sorprendidos por la luz del sol, en medio de la mancha oscura de la tierra húmeda que marca el sitio en que yacía la piedra».

El logro de Amorim está en hacer palpitar su representación del mundo escogido con plena vida, con cierto atractivo que dura todavía sesenta años después de *La carreta.*

MITOS, SÍMBOLOS, SUPERSTICIONES Y CREENCIAS POPULARES

Ana María Rodríguez Villamil

En la narrativa de Amorim, ocupan un lugar importante la magia, las leyendas, las supersticiones y las creencias populares. Lo raro, lo extraño, están presentes en muchas de las obras que tienen un contenido o un final simbólico. La realidad que describe en *Los Montaraces,* es una invención del autor: una isla imaginaria, escenario de un episodio mítico [1]. La carreta que aparece en la novela que nos ocupa, según opinión de autoridades en la materia, [2] nunca existió como tal, como prostíbulo rodante en el campo uruguayo. El comentario del propio Amorim a su obra, parece reforzar este convencimiento:

> Creo que en *La carreta* he enfocado desde un ángulo nuevo la vida sexual de los pobladores del norte uruguayo, región fronteriza con el Brasil. En aquellas inmediaciones, la mujer, por raro designio, hace sentir su ausencia y esta señalada particularidad, es la que determinó sin duda, en mí, la visión amarga y dolorosa de las quitanderas. [3]

Este tema se encuentra en la literatura de otros pueblos y también como hecho real. Haya existido o no en el Uruguay, creo que se trata en esta novela, de una transposición literaria, de una búsqueda y una respuesta imaginarias. Este es, por otro lado, uno de los rasgos claves de la escritura de Amorim.

La realidad se transforma en sus novelas, como en *Corral abierto,* en una procesión de apestados imaginaria, por no decir soñada. El sueño ocupa un lugar primordial en la obra de Amorim. Esencialmente comprometido con la realidad y el hombre de su tierra, en sus novelas fuerza el mundo real y, a través de un sueño expresa su deseo de verlo transformado. Sueña Amorim, autor, al darle un final simbólico a *Corral abierto.* Y sueñan sus personajes, casi siempre sueños simbólicos, donde está la clave de lo que les ocurre. En *La luna se hizo con agua,* Amorim va más allá y organiza todos estos elementos: magia, creencias, supersticiones y acontecimientos extraños, hasta lograr una coherencia fantástica.

---

1 R. Cotelo, «Mito y Praxis en el último E. Amorim» prólogo a *Los Montaraces,* Montevideo, Ed. Arca, 1973.

2 E. Rodríguez Monegal, *Narradores de esta América,* Barcelona, Ed. Seix y Barral y Montevideo, Ed. Alfa, p. 102.

3 Emir Rodríguez Monegal, *op. cit.,* p. 103.

Intentaremos demostrar la presencia de estos elementos en *La carreta.* A fin de destacar la importancia de algunos aspectos de la escritura de Amorim, y tener una idea de como se entreteje su particular cosmovisión, es forzoso estudiar estos aspectos no aislados, sino en relación con sus otras novelas. Para ello tomaremos como punto de referencia, *El paisano Aguilar* y *La luna se hizo con agua.*

Mitos

Matacabayo o la fuerza perdida

La novela se abre con la caracterización del personaje que va a ser el hilo conductor de la novela. Nos encontramos ante un ser cuya fuerza física es ya legendaria en toda la región. Su apodo, Matacabayo, lo ganó el día en que mató un potro de un puñetazo. Los almacenes guardan un pedazo de hierro doblado por él y una moneda arqueada con los dientes, reliquias de una fuerza mítica, puesta a prueba por las pulseadas en las pulperías. Sin embargo, también se nos dice que Matacabayo no es el de antes. Su fuerza física ha menguado, aparentemente debido a una enfermedad. Nos encontramos ante el mito de Sansón o la fuerza perdida. Este mito se da íntimamente ligado al símbolo del caballo, omnipresente en las obras de Amorim y presente en el nombre del protagonista. El caballo, en este caso, representa la fuerza vital, el vigor sexual, la impetuosidad del deseo. [4] Matacabayo, al matarlo de un golpe, se apodera de su potencia. Pero a la idea de esta fuerza formidable, se une inmediatamente la de decadencia y degradación.

La decadencia de Matacabayo está unida a la idea de senilidad y de entregar su potencia o degradarla. Existe una relación entre la pérdida del vigor sexual, y la mala mujer como expropiadora de esa fuerza. El tema subyacente es, entonces, el de la potencia sexual perdida. Pero la fuerza no es recuperada por Matacabayo, sino por Chiquiño. El hijo «tenía una agobiadora admiración por las fuerzas de su padre» [4]. Cuando enferma Secundina, es él quien atraviesa el río a nado para buscar las hierbas medicinales. Este episodio es un verdadero rito de iniciación del adolescente que se siente promovido a la edad adulta: «Chiquiño sintió por primera vez que era tan hombre como su padre y capaz de jugarse por una mujer» (p. 14). Por ello se inicia a la vida sexual escapándose con una de las quitanderas y desafiando así la autoridad paterna.

La problemática planteada es la oposición padre-hijo que aquí se da bajo la forma de una transmisión de potencia del padre al hijo; a medida que el hijo se hace adulto y se apodera de las fuerzas y la sabiduría del padre, éste declina y envejece:

> (...) le dieron ganas de correr hacia el autor de sus días. Estaba viejo, parecía cansado. Ya habían llegado a los oídos del hijo las noches de borrachera de Matacabayo.

---

[4] J. Chevalier, A. Gheerbrant, *Dictionnaire des symboles,* T. 1, París, Seghers, 1974, p. 359.

> Conocedor de ciertas amenazas que Matacabayo había proferido en contra «de ese gurí desalmao», Chiquiño no tuvo coraje de acercársele. (...) Dejó pasar la carreta, último negocio de su padre, cuyas fuerzas perdidas parecía haberlas recogido la Secundina, para dominarlo definitivamente. (p. 56)

Sobre la idea de decadencia ligada a la carreta y a Matacabayo, volveremos al hablar del símbolo de la carreta.

En *El paisano Aguilar,* la oposición padre-hijo aparece bajo la forma de una búsqueda de la propia identidad. La problemática del protagonista está dada en ese debatirse entre su ser ciudadano —pues luego de una infancia campesina, ha sido educado y ha vivido en la ciudad— y el llamado de la llanura, del campo, en el momento en que se hace cargo del establecimiento de su padre. Poco a poco va abandonando los modales de la ciudad, se vuelve introvertido y hosco, cada vez visita menos a su novia de la ciudad, y establece, en cambio, relaciones con una mujer del campo, con quien tiene sus hijos. Deja de escuchar la radio, a la cual se aferraba al principio desesperadamente, que es el único vínculo con la civilización. Y finalmente el campo parece absorberlo totalmente.

Sin embargo, si observamos más de cerca, comprendemos que la novela va mucho más allá de este desarrollo lineal y esquemático. Hay en ella dos planos de conflicto. Uno interior al protagonista, donde aparecen los sentimientos de identificación con el campo, amor al campo, deseo de verlo mejorar, tironeados por los sentimientos contrarios de rechazo, desamor, renunciamiento.

Este conflicto interior en el alma del protagonista es una verdadera búsqueda de su identidad, que en una primera etapa podría simplificarse bajo la antinomia campo-ciudad. Es decir, una identidad ciudadana o campesina. La identificación con el campo por parte del protagonista se va haciendo lentamente a lo largo de la novela, como una aceptación de su raíz originaria que en vano trata de negar.

Se agrega entonces la problemática padre-hijo. El padre es visto como aquél que lo echó del campo para labrarse un destino en la ciudad, y que ahora lo ata a la estancia, que se llama «El Palenque»:

> El nombre de la estancia, cuando lo repetía en la ciudad, le sonaba a signo fatal. Siempre temió verse atado a la vida campesina. *El Palenque,* la estancia con su nombre tan criollo, tenía para Pancho Aguilar el mismo sentido que para un caballo. Un mancarrón atado a un palenque, sentiría lo mismo que Aguilar, amarrado al recuerdo, a la oscura determinación de ser un hombre de campo. (*El paisano Aguilar*, p. 12)

Amor al campo y rechazo del campo, así como aceptación del padre y rechazo del padre, (pp. 10-14 E.P.A.) son expresiones de la oposición campo-ciudad dentro del protagonista. Pero en realidad a esta antinomia campo-ciudad se le suma un tercer factor, a la vez interior y exterior al protagonista, representado por el Norte, que es el campo utópico y real, el campo libre y sin alambrados, la vida nómada y sin ataduras.

Los contrabandistas representan el sueño de evasión total hacia el Norte sin límites, como forma de escapar a los problemas concretos (exteriores) del establecimiento rural, y de los problemas internos: asumir el rol y los proyectos paternos, aceptar su propia paternidad. Este conflicto está simbolizado en el sueño del protagonista, luego de la larga conversación con los contrabandistas que encuentra en el monte (pp. 158-164, E.P.A.).

De tal modo que la opción no es solamente entre campo y ciudad, sino entre campo en el sentido de establecimiento rural y ciudad por un lado y por otro el campo libre con su vida nómada que aún es posible en el Norte. El conflicto se da entonces entre aceptar su destino de hombre de campo o huir hacia el Norte. El pasado ciudadano aparece, sobre el final de la novela, como una opción ya perdida, y la opción real es aceptar el presente o *huir del campo y de la ciudad.*

Por eso cuando finalmente el protagonista se queda y fracasa su fuga hacia el Norte, no es que la llanura lo absorba como tal sino que es más bien su destino, el asumir su destino, por pobre y mediocre que parezca, el problema ante el que se queda enfrentado.

A este conflicto interior se suma la oposición-ciudad campo como conflicto exterior al protagonista. La indiferencia de la ciudad y del gobierno ante los problemas concretos del hombre de campo, la forma de explotación misma, el latifundio. La fuga hacia el Norte, soñada, deseada, pero nunca realizada, es vista como una solución alternativa a toda esta problemática.

El Norte

La carreta en su andar sin rumbo, se acerca sobre el final de la novela al Brasil. Pero no puede llegar; y gracias a las artimañas del turco, se queda para siempre anclada, cuando estaba a punto de transponer la frontera. El misterioso Chaves, especie de escudero que vela por la suerte de las quitanderas, maldice al turco y logra «salvar» a una de ellas. Parten ambos hacia el Brasil, hacia el Norte liberador.

En *El paisano Aguilar,* el Norte es un lugar mítico. Es el lugar de la libertad, de los campos sin alambrar, a donde van los desheredados y rebeldes, los que no tienen cabida en su tierra. Es el más allá donde todo es posible, en suma, es el lugar de la Utopía. He señalado ya esa tendencia de Amorim a expresar un deseo moral de cambio de la realidad, inspirado en el amor que siente por el hombre de su tierra. Es ese instinto cordial, que lo lleva a transponer, por el camino de la ficción, los límites penosos de la realidad. En este caso, el Norte expresa esa tensión hacia el ideal. ¿Cuál es la necesidad moral que impulsa también en esta novela, a los personajes hacia el Norte mítico? Para dar cabal respuesta a esta pregunta, tenemos que internarnos en el estudio del plano simbólico, y en especial del símbolo de la carreta.

Símbolos

La carreta

¿Qué es la carreta que no llega al Brasil? A lo largo de la novela, se contrapone el surco arado, la vida ordenada, la vida de la estancia y el eterno rodar de la carreta. En la página 41, el capítulo IV se abre con una extensa descripción de las tierras labradas por el hombre. Éstas contrastan con la carreta que pasa y su destino:

> A uno y otro lado del camino, las tierras laboradas ofrecían un armonioso conjunto. Hondonadas y cuestas, abiertas en surcos la tierra negra, infundían en el ánimo un estado noble de amor al trabajo. La entraña partida por el arado exhalaba un olor penetrante. Paralelos los surcos, determinaban un orden perfecto en las ideas de los que los contemplaban. A lo lejos, un rancho daba la sensación de la propiedad, lo que llaman el progreso lento y seguro. Un labriego, de pie en el medio de la tierra arada aparecía como surgiendo del surco. Alta y fornida estaca de carne y hueso, que traía a la mente una idea sana y alentadora. Imágenes de salud y de vida surgían al contemplar la labor realizada tal vez por aquel ejemplar humano, de pie sobre la tierra. Aquel hombre, vegetal, resuelta bestia de labranza. Era cuanto contemplaba. Clorinda, cabizbaja, dejando ir sus ojos por la tierra arada. A lo lejos se perdían las últimas casas de pueblo, cada vez más pequeñas, a cada paso más insignificantes. La carreta avanzaba. Clorinda iba silenciosa. (p. 41)

Y un poco más adelante:

> Clorinda divisó las últimas casas. Una congoja le apretaba la garganta. La tierra partida con honradez, el apacible paisaje y aquella visión de paz que le infundía el rancho clavado en el medio del labradío, terminaron por entristecerla del todo. (p. 42)

Este fragmento es especialmente rico en sugerencias. No sólo en cuanto a lo que puede significar la carreta, sino en cuanto a la *concepción de la naturaleza,* fundamental en la obra de Amorim. Esto último lo analizaremos en segundo término. Se desprenden de él las ideas de orden, armonía, sensación de propiedad, o sea, de pertenencia. Las casas, el rancho «clavado», se contraponen con el destino de inseguridad, incertidumbre y prostitución de la carreta. Ese errar continuo nos es sugerido por el ruido de la carreta al andar:

> Una nube de polvo velaba el horizonte. Las ruedas sonaban en las piedras del camino. Los cuatro caballos que lo arrastraban eran fustigados por Secundina. Las bridas, en manos de Chiquiño, convertido en un hombre responsable. (p. 43)

El continuo rodar de la carreta nos es sugerido también por la repetición, con breves intervalos, de expresiones como «vió venir la carreta», «cayó al paso la carreta», «dejó que la carreta siguiese su marcha», «dejó pasar la carreta». El ruido que provocan los accidentes del camino y el destartalamiento de la carreta, sugieren no sólo el continuo rodar, sino el pasaje del tiempo, la decadencia de la carreta y de Matacabayo:

> Cayó "al paso" la carreta, dando tumbos en las piedras, haciendo sonar su techo de cinc, desvencijado, crujiendo las ruedas y rechinando los ejes. El cencerro de los bueyes se apagaba a veces, para oirse la voz de Matacabayo (...). (p. 55)

Lo mismo en la página 56, que ya hemos citado:

> Dejó pasar la carreta, último negocio de su padre, cuyas fuerzas perdidas parecía haberlas recogido la Secundina para dominarlo definitivamente. La vió repechar, con sus bueyes pachorros, la cuesta empinada, y oyó los gritos de Matacabayo, entre el crujir del techo y el rechinar de los ejes. (pp. 56-57)

Idéntica contraposición entre la vida sedentaria de la estancia y el eterno rodar de la carreta encontramos en el capítulo VII, donde el autor nos da una verdadera definición de su significado:

> Desde la carreta, la estancia se veía sin rencor. Se veía con los ojos de la fatalidad, con la mirada de la resignación, con la sumisión de quienes todo lo acatan. *La carreta, el azar, lo que se gana y que se pierde en los caminos, lo que puede hallarse, lo inesperado, capaz de surgir del fondo de la noche sin fondo; caer del cielo en los días que ni en el cielo se cree.* Desde la carreta se veía la estancia como se ven las rocas en la ladera de las sierras, como se ven los árboles al borde del camino. Como cosas de Dios, del destino, de la fatalidad. Estancias arboladas, casas firmes, algun pequeño torreón. ¿Por qué estaban ellas enclavadas en los cerros y tenía que rodar la carreta, como rancho con ruedas, siempre por el camino, sin hallar un trozo de tierra que no fuese de nadie? (...) Pero de la carreta se veía la estancia como un accidente del terreno, como una vertiente, como una cerrillada.
>
> En la estancia vivían mujeres y hombres, agarradas a la tierra, firmes.
>
> Pasó la carreta. Tan lento era su andar que cambiaban antes las formas de las nubes que de sitio su lomo pardo... Se diría que la iban arrancando a tirones de la tierra, aferrada a ella. Una piedra grande, tirada por una yunta de bueyes. (pp. 68-69)

Nos transmite de este modo Amorim, el doloroso destino de la carreta, que no se percibe desde la estancia; puesto que toda carreta que pasa se supone que lleva un rumbo fijo, «que va segura hacia algún lado». Es este sentimiento de inseguridad, de precariedad, lo que caracteriza a esta carreta particular. Es el azar, nos dice el autor, y podríamos decir que sus ruedas como la de la fortuna, eternamente giran, como la vida misma. La carreta representa aquí la vida sexual, pero es algo más, la prefiguración de la vida misma.

El Circo. Clorinda y el caballo blanco. Las quitanderas

La primera mención de la carreta, su primera aparición, tiene lugar en el pantano, fuente de trabajo de Matacabayo. Esta carreta cuyos pasajeros no piden ayuda para salir del paso es la carreta del circo. El circo con su movimiento, su alegría y sus figuras de colores, es el incentivo de la imaginación. Matacabayo los detiene y observa. «Al alejarse la extraña caravana —nos dice el autor— le llamó la atención un hermoso caballo de blanco pelaje que seguía a los carros» (p. 7).

Podríamos preguntarnos qué significa este caballo blanco, que cierra la descripción del encuentro de Matacabayo con el circo. Creemos que esta imagen no se encuentra aquí por azar. Debemos entonces hablar de la simbología del *caballo,* con sus dos aspectos contradictorios. Uno de ellos es el que asocia al caballo a las tinieblas del mundo subterráneo de los muertos y de los espíritus. Hijo de la noche, es portador de vida y muerte al mismo tiempo y su significación múltiple está ligado a las grandes figuras lunares [5]. El caballo es intermediario entre el hombre, el mundo de la vigilia, y el mundo inferior, nocturno. Puede ser guía a través de regiones inaccesibles al hombre y puede conducirlo a buen puerto, como puede arrastrarlo en una carrera fatal. Representa el psiquismo inconsciente, las fuerzas instintivas, y de la relación que se establezca con el jinete depende el resultado final de la carrera. Este aspecto está presente en la novela, señalando el comienzo de declinación de Matacabayo. Cuando Matacabayo entra en componendas con Secundina, el pulpero le advierte: «Mata, te veo montar en mal caballo. Y vas sin estribos al parecer» (p. 8).

Pero por otro lado, la noche conduce al día y el caballo accede también a las regiones superiores. El caballo desata la imaginación, y por ser blanco, nos sugiere el ideal, las fuerzas ligadas a la luz, a lo diurno y a lo intelectual. Este elemento ideal, que puede ser contradictorio con la posterior evolución de la carreta, está sin embargo presente, sugerido, también en Clorinda, la mujer rubia que monta el caballo blanco. Ya que hemos hablado del mito de la fuerza perdida, podríamos hacer aquí un paralelo que resulte esclarecedor. En la carta del Tarot que simboliza la fuerza, podemos ver una virgen que sostiene las fauces de un león, sin esfuerzo visible [6]. Esta mujer simboliza la fuerza moral, interior. Clorinda es equilibrista y posee por lo tanto, un dominio total de sus gestos, sobre el caballo blanco. Que a su vez representa el instinto controlado. Creemos que esta imagen responde a una necesidad moral en la novela. Es la mujer en su aspecto ideal. No es casual que sea justamente Clorinda la que contempla con pena los campos arados, símbolo de una vida armoniosa y no librada al azar, y también símbolo de lo femenino, de la

---

5 J. Chevalier, *op. cit.* T 1, pp. 350-363.

6 J. Chevalier, *op. cit.,* T 2, p. 338.

fecundidad. Quizás a través de ella nos esté dando Amorim, esa necesidad de amor integral que no encuentra realización, o difícilmente, en nuestros campos.

Existen, pues, en la novela, dos polos de tensión: idealización y desvalorización de la mujer, de los cuales podríamos citar múltiples ejemplos para la visión negativa y para la positiva. El comentario que se oye la primera noche de fracaso de las *quitanderas,* es revelador:

> ¡Andá con tus quitanderas! ¡Aprendé viejo sonso a domar mujeres! ¡Para nada te sirve haber mandado tantos matungos al otro mundo! (p. 53)

Existe un paralelo entre domar potros y domar mujeres, y pasar de uno a otro lado señala una debilidad. Mucho peor es, aún, pasar de matar potros a domar mujeres; implica una pérdida de valor masculino. De ello resulta un fuerte grado de misoginia, de desvalorización de lo femenino. Cierto es que se trata aquí de prostitutas y el comentario despreciativo encierra una condena moral. Esto introduce la idea de las prostitutas como mujeres despreciables, y el proxeneta más aún. Ésta se contrapone a la idea de la prostituta como mujer que prodiga amor y caricias, casi como una santa, cumpliendo un rol social. Ejemplos de esta última visión positiva, los encontramos expresamente en:

> El viejo carretón de las quitanderas siguió andando por los campos secos de caricias, prodigando amor y enseñando a amar. (p. 92)
>
> Habían pasado por el «pago» del Paso de las Perdices como pasarían, si el hambre lo exigía, por todos los «pagos» de la tierra. Conformando a los hombres y sacándoles sus ahorros; mitigando dolores, aplacando la sed de los campos sin mujeres. (p. 92)

Por último, debemos señalar que en varias oportunidades se habla de las quitanderas como las mujeres que vinieron del otro «lau», es decir del Brasil. Esto pone en relación directa a las quitanderas con el Norte mítico, es decir, con el aspecto ideal del cual hemos hablado.

La Naturaleza

Otros elementos simbólicos presentes en la novela, son los *de la naturaleza.* La singular visión que caracteriza a Amorim es tema central de *La luna se hizo con agua.* Las dos citas que aparecen al frente de esta novela nos dan la pauta del significado que en ella tiene el tema de la naturaleza. Las dos aluden al poeta norteamericano, Walt Whitman. Ellas dicen:

> — El aire es un manjar para mi lengua. Walt Whitman (León Felipe)
> — ...ni tus hombros de pana gastados por la luna.
> Federico García Lorca. (Oda a Walt Whitman).

Podemos preguntarnos qué relación hay entre el aire, la luna, Whitman y la obra de Amorim. Se trata quizás, de una misma manera de sentir la naturaleza.

Uno de los rasgos de la poesía de Whitman, es lo que Carlo Izzo llama su «neofranciscanismo» y que define como «un impulso universal de amor por los hombres, la vida, la naturaleza y la muerte» [7]. Este impulso de amor se hace en Amorim, impulso de identificación del hombre con la naturaleza y con todas las criaturas creadas. El capítulo IV de la primera parte, es un verdadero canto a estos sentimientos. Amorim describe el despertar de la naturaleza después de la tormenta, deteniéndose en las criaturas más pequeñas:

> Ya las arañitas de la parra tejen apresuradamente sus imperceptibles trampas, aguardando a la mosca, también enterada del buen tiempo. (p. 61)

Todos los seres vivos respiran el mismo aire y están hermanados por un ritmo vital:

> La gramilla se abre lujuriosa y el tierno matorral de yuyos invita a cortar tallos humedecidos. Goyo arranca los más tiernos y se los lleva a la boca con voracidad animal. Las matas de pasto se abren como el plumaje de un ave al sol. Las bombachas húmedas van tomando el color gris opaco de la corteza de los paraísos. Por sus miembros y por los troncos trepa el lujurioso olor carnal de la tierra empapada. Va pisando la hojarasca que inicia nueva vida al entrar en contacto con el suelo. (p. 64)

El ciclo vital recomienza, está por comenzar eternamente, y en él encontramos correspondencias. Continuidad entre el hombre, el mundo vegetal y el animal, sometidos a las mismas leyes de la naturaleza:

> Los une el aire, los acerca el último resplandor solar. La naturaleza despierta un apetito común a todo lo creado. El árbol con hambre de oxígeno, despliega sus hojas. Se oyen crujir huesos entre las mandíbulas de un perro. Crece el mundo armónico y parejo y el hombre de mando se pierde en un inútil destino. (p. 65)

En la página 66, Amorim llega a comparar la naturaleza con un ser vivo, el agua que corre por los cañadones con la sangre que corre por las venas. Pero aún más interesante para nuestro tema es la idea de la existencia, en todo hombre, de lo profundo, lo atávico, una «mágica y primitiva condición»: la existencia oscura que todo hombre lleva en sí por debajo de su apariencia civilizada:

> Don Jerónimo (...) se resiste a abandonar el feliz estado de pasivo integrante de la armoniosa naturaleza. No quiere desprenderse de la mágica y primitiva condición y traicionar al árbol cuyas voces escucha, y al insecto, presente e invisible. (p. 67)

Si el hombre posee una condición primitiva que lo iguala a los animales y a las

---

7 C. Izzo, *La literatura norteamericana*, Buenos Aires, Ed. Losada, 1971, p. 386.

plantas, existe también una región a la cual el hombre puede acceder, siempre que se deje llevar por el llamado de la tierra:

> Don Jerónimo se entrega al azar de la noche. Hermanos árboles, hermanos caballos, hermana brisa, hermano Goyo. Nace un mundo desconocido, va a internarse en una región de raíces que se nutren en su abandono, en su total renunciamiento. (p. 68)

El *agua,* la *luna,* la *tierra,* y la naturaleza toda, está unida por lazos secretos y primitivos. El hombre no es ajeno a esta armonía. Vida y muerte son aspectos de un mismo ciclo. El alma de Matacabayo «andaría por las flores doradas» de un espinillo (p. 149). En el fragmento de la página 41 de *La carreta,* que citamos al hablar del significado de ésta, encontramos la expresión de estos sentimientos. La tierra aparece allí como un ser vivo, femenina, fecunda. La «tierra negra», la «entraña partida», que exhala «un olor penetrante», forma una unidad con el hombre que «aparecía como surgiendo del surco». Que es al mismo tiempo «una estaca de carne y hueso» y «vegetal, resuelta bestia de labranza». Todos los reinos confundidos, el hombre no es más que el agente de un ciclo mayor que lo abarca todo, comenzando en la lluvia fecundadora que tiene su expresión en el aire, en ese «olor penetrante». Sobre la presencia de la luna y el agua volveremos cuando hablemos de lo imaginario.

Temas

El *amor,* la *locura* y la *muerte* son los temas de esta novela. Todas las formas del amor están presentes; homosexualidad, incesto, en la historia de Don Caseros, quien no tiene coraje de realizar un acto cuya incongruencia se le hace patente. Don Farías, en cambio, ejemplo de amor paterno y fidelidad, defiende a la muchacha de la carreta como si fuera su propia hija. La historia más patética es la de Correntino, cuya necesidad de afecto encarna un poco la de todos los hombres y que sin embargo no tiene cabida en una sociedad erigida en torno a la hombría.

En la historia de Chiquiño y Leopoldina, así como en el episodio de Cándido, el loco, y también en el del Indio Ita, amor, locura y muerte se entrelazan. La venganza ideada por Chiquiño contra su rival, introduce el horror y la presencia de lo sobrenatural. Debemos referirnos entonces, a la presencia de motivos fantásticos y de la superstición popular.

Motivos, supersticiones y creencias populares

La tormenta y el crimen. Contaminación de la atmósfera. Tema de la bestia

En su repertorio de motivos fantásticos [8], Louis Vax incluye el de la contaminación de la atmósfera por el diablo y su influencia maléfica sobre los hombres. En

---

[8] L. Vax, *L'art et la littérature fantastiques,* París, P.U.F., 1970.

La luna se hizo con agua, el influjo del viento norte se ejerce sobre el caudillo sanguinario. En el episodio de la venganza de Chiquiño, la atmósfera está cargada por una presencia siniestra. La cólera de Chiquiño tiene algo diabólico. La tormenta parece tener influencia sobre el acto criminal que se prepara:

> Gruñían ásperamente en el chiquero diez cerdos negros. Pasada la tormenta, los animales, famélicos, hozaban el barro, rezongando en pesado andar de un lado para el otro. El cerco de piedra que limitaba el encierro oponíase a las bestias ansiosas de espacio. Llevaban dos semanas sin un solo bocado. Ya aparecían dos ejemplares maltrechos fuera de combate, luego de feroces peleas. En estado miserable, pero aún con fuerzas, quedaban cinco. El resto, tres hembras de tetas flacas, se hallaban echadas en una esquina. Gruñían lúgubres de la mañana a la noche. Se quejaban durante el temporal como si pidiesen al cielo lo que les estaba negando desde hacía tiempo. Con los hocicos rojos de sangre levantaban barro, absorbían el agua densa de aquel pantano pavoroso. Husmeaban en las piedras, miraban al cielo. (...) En la alta noche se oía el lamento de los cerdos (...) El rancho aparecía envuelto en una atmósfera asfixiante. (...) (pp. 93-94)

El odio y los celos de Chiquiño superan los límites de lo humano y normal, para acercarlo a la bestia. La presencia de los cerdos es como un llamado de atención hacia la índole bestial de lo que se prepara. También los adjetivos contribuyen a crear la atmósfera de horror: «gruñían lugubres», «pantano pavoroso».

Idéntica transformación encontramos en el caudillo de la novela citada. Respecto a la bestia dice Vax: «La bête, c'est cet aspect de nous mêmes qui refuse la sagesse, la justice et la charité, toutes les vertus qui font des hommes des êtres raisonables groupés en communauté». [9] El acto bestial provoca horror porque no nos reconocemos ya más en el sujeto que las ejecuta, como seres humanos. Éste parece pertenecer a otra dimensión, la de los monstruos fantásticos.

En el episodio de Cándido, el loco, encontramos también la contaminación de la atmósfera, la influencia satánica y quizás al propio diablo, en la figura del forastero:

> La lluvia arrecia. Azota el vendaval. Tempestad o tormenta que traen hasta las casas a esos pájaros negros que al día siguiente, cuando el sol comienza a secar los campos inundados, desaparecen misteriosamente. Dejan impresión de mal augurio y no se los olvida jamás. El forastero tiene apariencia de pájaro de tempestad. (p. 103) (...)

Sin duda alguna, se le ha presentado por primera vez, el enemigo inevitable e ignorado del «cuentero». Tiene sentido la frase del loco. Los pájaros negros de la tormenta están presentes.

El cuentero continúa su relato. Pero el éxito de sus narraciones no vuelve a repetirse. Sus palabras han perdido el mágico poder.

> (...) De un zarpazo invisible, buscándole el lado flaco, el intruso ha

---

[9] *Ibidem*, p. 25.

> arrancado el don singular al bufón campesino, ha desarmado su gracia. (p. 104)

El forastero no puede ser aquí otro que el diablo, o Mandinga, bajo forma de pájaro de mal agüero:

> En la punta de un tronco de ñandubay, partido por la impetuosidad de las aguas, se halla ensartado el cuerpo del «cuentero». Sus ropas, rasgadas, ofrecen al sol su carne fofa y amoratada. El río ha vuelto a su cauce normal. Allá, a lo lejos, en la cuchilla, marcha el extraño que deshizo el sortilegio del «cuentero», al galope de su caballo. Su poncho se agita con aletazos de pájaro que huye. (p. 105-106)

El tema de la locura aparece expresamente en el episodio de Cándido, el loco, unido a la intervención de lo sobrenatural. La historia del cuentero, es también una historia de amor, por el lugar que éste ocupa en el corazón de los que lo escuchan. El forastero viene a romper este equilibrio. El ritornello de Cándido, que hacía reír a los paisanos, se convierte finalmente en un presagio: «el lau flaco». La verdad sale de la boca de los inocentes; en este caso es un loco el que nos advierte sobre la existencia de un «lau flaco» y que la desesperanza puede llevar a la locura o a la muerte.

La curandera y el indio Ita

No podía faltar en esta novela, *la curandera*, personaje que abunda en el campo uruguayo. Su función consiste en curar las enfermedades, basada en el conocimiento real de las virtudes de los yuyos, a los que se suman ritos mágicos, que tienen su origen en la superstición y el modo de razonar pre-lógico. Es justamente en esta forma de pensamiento ya superada por la humanidad, pero que todos conservamos en algún rincón de nosotros mismos, que se apoya la superstición y, también, como lo señala Freud, el resorte oculto de muchos cuentos fantásticos.

No es extraño, entonces, que cuando Leopoldina se enferma, Chiquiño piense en la curandera, «una china milagrera» y «doctora en yuyos» destacando así la doble condición de conocedora y de maga. Pero en este caso, a la tradición occidental de la mujer maga que señala E. Faget [10], se unen en la persona de la Pancha, los lazos misteriosos con el más allá atribuidos tradicionalmente a los indios. Estos poderes se los ha transmitido Ita a su mujer y están presentes en todo cuanto le rodea o le pertenece, como su perro, El Sentencia. La persona del *indio Ita* está rodeada de misterio y se le atribuyen facultades extraordinarias. Él mismo está a medias en el mundo real. Esta oscilación entre dos mundos la percibimos en dos oportunidades. En torno a la figura del perro y en el diálogo que sostiene con Chiquiño. El Sentencia tiene ya algo de sobrenatural: «(...) propiedad del indio Ita, conocido en veinte leguas a la redonda por su tamaño. Tan «mentau» era, que aparecía en las pesadillas del paisanaje» (p. 57).

[10] E. Faget, *Folklore mágico del Uruguay*, Montevideo, Ed. Tauro, 1969.

El *perro,* como el caballo, participa de ambos mundos, el inferior y el superior. En este episodio, por dos veces se nos explica que el indio mató a su perro para obtener la vida de su china, infructuosamente. Sin embargo, cuando éste termina de despedirse de su mujer y sale fuera del rancho, encuentra que ha quedado solo: «Oyó un galope lejano. El indio Ita sintió el frío del hocico de su perro. Le lamía una mano. Y se quedó inmóvil, fijo en su sitio, como un símbolo» (p. 63).

Mundo real y mundo de los espíritus parecen ser vasos comunicantes en la experiencia del indio. De este modo, los comentarios realistas de Chiquiño, tienen una extraña resonancia en él:

> Chiquiño, al lado de la muerta, contempla al indio Ita, en sus tribulaciones y quejidos.
>
> Se agachó y dijo:
>
> — ¡Hay que ser juerte, Ita!... ¡Resignación, amigaso! Aquí estamo pa lo que quiera mandar.
>
> El indio Ita se puso de pie repentinamente. Su figura proyectaba quebrada sombra sobre la cama, sombra que ascendía en la empalizada de paja y se doblaba en el techo como volviendo hacia él.
>
> — Siguro —dijo el indio—, hay que ser juerte, como era la finada, que aura esta peliando con la muerte.
>
> La mirada del indio se hizo dura. Frunció el entrecejo y se quedó mirando el cadáver, inmóvil, como dominado por una idea. (...) (pp. 59-60)

Las palabras y la actitud del indio, recuerdan a quienes lo observan esta vecindad en la que vive con un mundo diferente, sus costumbres distintas y su fama de brujo, ya citadas. Si el reencuentro con el perro tiene un efecto fantástico, la despedida de su mujer revela otro motivo de la literatura fantástica, que es *la necrofilia.*

Cuando el indio Ita cierra la puerta para despedirse de su mujer, la duda en cuanto a lo que va a suceder se instala en los tres hombres que quedan afuera del rancho. También en ellos hay una vacilación entre tomar los hechos normalmente, expresado a través de Chiquiño y su insistencia en ir a comprar velas, para «despedir» naturalmente a la Pancha, y la desconfianza de Chaves, que anuncia la manifestación de lo sobrenatural: «Este hombre está medio embrujau. Tuitos lo'jindios dicen que eran ansina.»

Las palabras de Chiquiño tienden a reasegurarnos y el hombre de los cabellos largos vuelve a instaurar la espectativa:

> —¡Cada cristiano tiene su creencia!— dijo Chiquiño—. Y hay que rispetarla.
>
> —Siguro— agregó sereno y firme el de los cabellos largos—. En su tribu, asigún cuenta él, las cosas eran muy diferentes! (p. 62)

Para los paisanos, la escena que se desarrolla en el interior del rancho sólo puede tener que ver con el diablo y con la transgresión de las normas cristianas. Chiquiño no podrá olvidar nunca que vió al indio «jinetear a la muerte». En efecto, esta manifestación del amor más allá de la muerte física, que puede representar una costumbre tribal, es para un espíritu cristiano, una manifestación enfermiza, cercana a la locura. Como desarreglo de la personalidad, es un tema frecuente de la literatura fantástica.

Otras manifestaciones de la superstición popular encontramos en este episodio. Cuando Chiquiño y Leopoldina van llegando al rancho del indio, Leopoldina siente la presencia del diablo. Su compañero utiliza la palabra «sustos». Recordemos que E. F. en su libro sobre el tema, designa las creencias populares con el nombre de «miedos»: «—Tengo miedo, viejo... Aquí se güele el tufo que deja el diablo al pasar...

—Cayate, vieja; me tenés cansau con tus sustos. ¡Ta con las mujeres!» (p. 58)

En el pasaje siguiente encontramos otras dos creencias. Por un lado, que es de mal augurio llegar a un lugar en el momento en que alguien acaba de morir, y por otro, que esta muerte es seguramente la consecuencia de alguna brujería, de algún daño o complot contra la persona difunta.

Realidad e imaginario

Nos falta ahora hablar de la escritura misma, y de cómo se da en ella la oscilación entre realidad e imaginario, o entre realismo y fantástico, y en qué proporción se da. Algo de ello hemos apuntado, al hablar del episodio del indio Ita.

En el capítulo XIV de la novela, se narra el epílogo de la historia de amor de Chiquiño y Leopoldina. Chiquiño sale de la cárcel y toma el oficio del padre. El de explotar los accidentes de los vehículos que se quedan empantanados. Se entera también de que Leopoldina ha muerto, y de que pidió que la enterraran con la «faca» de su amante, Alfaro. Nos enteramos también, de que Chiquiño viene a competir de manera eficaz, con dos hombres que viven, como él, de los «peludos» ajenos. Es entonces que tiene lugar un episodio que ilustra perfectamente el aspecto que estamos estudiando. Chiquiño decide desenterrar el cadáver de Leopoldina y quitarle el cuchillo de su rival:

> Se dirigió hacia el alambrado, rompiendo las sombras con su figura ágil. Caminaría hasta el camposanto donde se hallaban los restos de «La Leopoldina». Al agacharse para meter la cabeza entre el cuarto y quinto alambre, se oyó el zumbido de instrumento liviano, arrojado al aire con violencia. Cimbrearon los alambres al chocar en ellos el instrumento. En la nuca de Chiquiño hubo una conmoción imprevista. El golpe le dejó tendido en el suelo, boca abajo, en el barro. Desde la oscuridad, uno de los traidores pantaneros le había arrojado el mango de una herramienta. Un hilo de sangre se deslizaba por el barro. (p. 145)

Hasta aquí, la narración es perfectamente realista. Pero en el párrafo siguiente, Chiquiño se encuentra ya en la tumba de Leopoldina y se dispone a desenterrarla:

> El viento silbaba en sus orejas, con interminable son de flauta, cuando

> la luna llena trepaba el cerro, plateándolo. Estaba encima de la tumba, forcejeando para arrancar la cruz. (...) (p. 145)

Suponemos, entonces que se ha recuperado del golpe. No sabemos a ciencia cierta, si la muerte efectiva de Chiquiño ha sucedido al golpe traicionero, o si éste sigue vivo y realmente ha llegado a la tumba de Leopoldina. La ilusión de la realidad de la acción y del viaje posterior hasta el río, logra instalarse en el lector. Sin embargo, si bien los hechos son verosímiles, la atmósfera es extraña. El cambio en el uso de los tiempos verbales, contribuye a la confusión, a crear un sentimiento de irrealidad. En la primera parte del episodio, hasta que Chiquiño desentierra el ataúd, los tiempos utilizados son el pretérito perfecto «se arrodilló», «tiró», «metió». Mientras que el viaje hacia el río se realiza en el presente:

> Un envoltorio de huesos se hace fácilmente. Se aprieta contra el pecho, se lleva con cuidado andando despacio. El camino, iluminado por la luna, evita los tropiezos. Al fin y al cabo, ¿qué son en el campo dos cuadras? (...) (pp. 146-147)

La duda en torno a lo que se está relatando se hace más fuerte cuando el relato cobra claras características oníricas, y la oscilación entre real e imaginario parece inclinarse hacia esto último:

> Pero... pero, por qué se le van los huesos de las manos? ¿Por qué se le escapan como peces tiesos para irse en la corriente perseguida por la luna? (...) (p. 147)

Finalmente el autor nos dice que ha sido un sueño antes de morir. Se trata de una acción y un viaje imaginarios.

Podríamos hacer un paralelo con otro viaje imaginario [11], el de don Jerónimo en *La luna se hizo con agua,* también realizado bajo el influjo de la luna llena.

En el capítulo IV de esta novela encontramos, en varias oportunidades, frases que aluden a una realidad distinta de la habitual. Esa realidad diferente, tiene que ver con los misterios de la naturaleza y de la tierra. En la página 63, «Goyo murmura una palabra. La comadreja responde a la advertencia humana y parte hacia las regiones regidas por leyes extrañas al hombre.»

La relación entre tierra —creencias, supersticiones, hechizos, está clara en la página 64:

> A don Jerónimo empieza a tentarle la vida de su gente. Le atraen las leyendas, los pequeños y grandes embustes, el miedo, los hechizos, las supersticiones. Vuelve por los empapados caminos de la tierra.

En la página 67, don Jerónimo «No quiere desprenderse de la mágica y primitiva condición y traicionar al árbol, cuyas voces escucha, y al insecto, presente e invisible». Estas frases van marcando el progresivo sumergirse de don Jerónimo en un mundo imaginario, maravilloso. Hay, a partir de la página 68 hasta la 71, el

[11] E. Amorim, *La luna se hizo con agua,* Buenos Aires, Ed. Claridad, 1951, Cap. IV, pp. 67-71.

mismo juego con el tiempo que encontramos en el episodio de la visita de Goyo a May Vieja, la hechicera. Aquí se trata, nuevamente de visitarla. En la página 67 don Jerónimo dice «Me gustaría visitarla». En la página 68 leemos:

> Don Jerónimo va poco a poco integrándose a la noche. La voz de Goyo *le guía* entre un follaje con luciérnagas. *Podían ir* a visitar a May Vieja. Tres leguas en la noche se hacen sin sentir. Cuando el lucero brillase límpido con el confín, *irían cayendo* al rancho don Jerónimo de la mano de Goyo.
>
> — No bien *atravesamos* el arroyo, se toma la senda de la zurda. La más trillada, la de una sola huella, porque todos caen al rancho a caballo o a pie.
>
> Don Jerónimo *se entrega* al alzar de la noche. Hermanos árboles, hermanos caballos (...) *Nace* a un mundo desconocido, *va a internarse* en una región de raíces que se nutren en su abandono, en su total renunciamiento.
>
> La voz de Goyo *lo conduce. Atraviesan* el monte.

El viaje hacia lo de May Vieja se manifiesta al comienzo como un deseo. Pero el verbo en presente que utiliza Goyo «atravesamos» nos hace dudar y preguntarnos si el viaje se está realizando o no. El autor aprovecha aquí del hecho que los paisanos muchas veces utilizan equivocadamente los tiempos verbales, para crear la confusión. Luego, los verbos están otra vez en presente: «se entrega», «nace», «va a internarse», que indica un futuro próximo, inminente. Finalmente se repite con ligera variante la frase del comienzo: «La voz de Goyo lo conduce». E inmediatamente: «Atraviesan el monte». Los verbos en presente parecen indicar que el viaje se realiza. La última afirmación proviene del narrador y por eso sugiere ser creída, dado que le adjudicamos un grado mayor de objetividad. Las señales de que el viaje se realiza se hacen más concretas: «—Bajo *esta* aruera se hinchó la finadita Clara». Tenemos la impresión de que Goyo señala una aruera concreta que ambos tienen a sus pies. «A lo lejos Goyo *señala*». Los gestos parecen implicar movimiento y los verbos en presente dan la idea de que el viaje se está efectuando.

Goyo sigue señalando lugares, como si el viaje se realizara de verdad: «*Señaló* un grupo de retorcido crecimiento—: Entre esos talas colgó su chinchorro el contrabandista Fardiño (...) Al borde de las sendas, él descubre huellas invisibles. —Aquí ha dormido un venado» (p. 69). Da la impresión que van atravesando el monte y a cada lugar corresponde una leyenda: «Las leyendas se suceden una tras otra».

El viaje es también un progresivo penetrar en el mundo mágico y misterioso de la noche y de las leyendas. Goyo es el guía, el vidente, el iniciado en los misterios. De él se dice: «Habla Goyo, los ojos fosforescentes».

El pasaje que sigue es clave para la comprensión de la obra:

> Don Jerónimo escucha. Se deja llevar paso a paso. La noche es clara e inmensa. Caben anchos y repetidos mundos en su radiante claridad. La luna ha escalado el punto más alto de un cielo limpio, sin rencores ni

> amenazas. La luna altísima todo lo descubre. Ahí están, a pocos pasos de la Picada de los Alamos, las tumbas de los Guerrero. (p. 69)

Está aquí la idea de la noche como capaz de dar cabida a «muchos mundos». Es decir otros mundos ajenos a la lógica humana. La luna preside este despertar de mundos, y señala como antes había señalado el oro, las tumbas de los Guerrero. El narrador hace aquí una pequeña sinopsis histórica de la familia. Lo que la luna descubre es el pasado de los dueños de esa tierra, que Amorim, autor social, condena. Pero no sólo la luna los señala y los condena: «Las tumbas solitarias distan una legua del rancho de May Vieja. Del poblado se divisa la cruz de hierro del panteón, perdida en un cielo apestado de lechuzas». Se sugiere aquí que los Guerrero están bajo la mirada de May Vieja, que no olvida sus crímenes. Su control se ejerce sobre zonas desconocidas, mágicas, sus poderes pueden tener un carácter siniestro, como las lechuzas que vuelan sobre el panteón.

En la página 70 leemos: «Del panteón rumbean hacia el rancho». Estamos seguros ahora de que el viaje es real. Pero entonces, la frase «La noche es una galería de recuerdos. Mandan los antepasados desde sus fosas vigiladas por la cruz», nos da la pauta de que penetramos el mundo nocturno donde mandan los muertos, donde el hombre no tiene derecho a entrar si no es guiado por un iniciado. Es en este momento que aparece evocada la figura de Goyo Lanza padre, el jinete fantasma que pasa todas las noches, y con él se cuestiona la justicia de los Guerrero. Entonces volvemos bruscamente a la realidad y comprobamos que el viaje ha sido imaginario. Don Jerónimo y Goyo no se han movido de la estancia. Se internaron en el mundo nocturno de la magia y de la muerte, y salen bruscamente de él:

> Don Jerónimo aprieta la pepita de oro entre el índice y el pulgar, y siente el calor del metal entre los dedos. El mismo calor que le infunde su sangre. Ha recostado sus hombros al alto respaldar. Erguido, aplomado, separa la barba del pecho. Los brazos adoptan una posición natural. Las articulaciones se acomodan a la postura digna e invariable de toda la vida. La circunspecta actitud de su rango le hace recuperar su habitual señorío. Da espaldas a la naturaleza, desdeña el hechizo de la noche. (p. 71)

Don Jerónimo adopta nuevamente la actitud de dueño y señor, y «borra la huella de su viaje imaginario», nos dice el texto.

La idea clave del pasaje está en ese «caben anchos y repetidos mundos en su radiante claridad». Cabe en la noche, la posibilidad de un desdoblamiento de la persona en varios mundos paralelos. Los personajes, como vemos al final, se mueven en un espacio imaginario, mientras permanecen sentados en la estancia. Hay una superposición de espacios y tiempos. El viaje es hacia lo de May Vieja, pero lo es también hacia el mundo de las leyendas y hacia el mundo de los muertos: hacia el pasado de los Guerrero.

Idéntica relación entre la noche, la luna, la magia y el mundo de los muertos encontramos en el pasaje de *La carreta* que estudiamos. La luna primero «trepaba el cerro»; luego, «La luna estaba alta y pequeñita para los ojos del hombre». Y finalmente «Un rayo de luna chocaba sobre la vaina de plata y se partía en mil pedazos iluminando los huesos cenicientos». El poder de la luna sobre las aguas se manifiesta en ese querer «beber al arroyo de un sorbo» y en su posterior influjo sobre los huesos, que parecen cobrar vida propia y se escapan, «en la corriente perseguida por la luna». También en *La luna se hizo con agua*, la luna ejerce sus poderes sobre las aguas del río, dejando al descubierto el tesoro del sangrador.

La presencia de la luna iluminando la tumba, marca el hecho sobrenatural que está por suceder; el escarbar de Chiquiño en la tumba, la profanación. La luna es también la noche y preside el despertar del mundo de los espíritus. Tiene también un contenido de muerte y resurrección a una nueva vida. Este mismo contenido lo encontramos en el agua, que es fundamentalmente, fuente de vida, medio de purificación y centro regenerativo. Todo ello está presente en ese acto de limpiar los huesos de Leopoldina, purificarla y librarla del diablo: «Pudo soñar, antes de morir, en el rescate de Leopoldina, salvada de las uñas del diablo» (p. 148).

Otros elementos colaboran a crear una atmósfera fantástica. Todo el pasaje, (pp. 145-148), descrito en términos realistas, está lleno de detalles macabros. El horror se instala desde el comienzo, mezclado a la ternura; «las manos en garra», las uñas le resbalaban sobre la tapa mohosa del ataúd», «clavó las rodillas sobre la caja y un ruido de madera podrida que se parte y un olor a orin y a trapo quemado subió hasta sus narices», «el puñal de su enemigo se balanceaba sobre el esternón. Las manos resecas y achicharradas, sin fuerzas para sostener el arma», «El cráneo conservaba cabellos adheridos», son los detalles de la primera parte (p. 146).

Las repeticiones, al comienzo de los dos primeros párrafos, crean también un ritmo mágico, y señalan la presencia del viento:

> «El viento silbaba en sus orejas, con interminable son de flauta, cuando la luna llena trepaba el cerro, plateándolo (...)»
> «El viento silbaba en sus oidos.» (p. 146)

Hemos hablado ya del poder que la atmósfera puede ejercer sobre las acciones de los hombres, la tormenta en el caso de Chiquiño y el viento Norte en el caudillo de *La luna se hizo con agua*.

Otros elementos fantásticos son los huesos que se mueven solos, que tienen vida propia:

> Primero fué una costilla, que se le fué de las manos viboreando en el agua... Luego, los cinco dedos de una mano se le escaparon de las suyas misteriosamente y se los llevó la correntada. Después un pulido fémur y más tarde todos los huesos, uno tras otro, se los fué llevando el torbellino. El cráneo, tan blanco, tan pulido por sus diestras manos de ex presidiario, cayó en un remolino y se fué aguas abajo, chocando con las piedras musgosas del lecho.
> Las órbitas llenas de agua, claras pupilas que lo miraban... (pp. 147-148)

Finalmente, queríamos señalar cierto parecido de este pasaje con el cuento de Quiroga «El Hijo», donde el procedimiento es el mismo. A partir de un hecho real, la muerte, —el tiro que oye el padre en «El Hijo», —sigue una elaboración onírica que parece negar el hecho real, la muerte, para luego volver a la realidad del cuerpo caído en el alambrado. Pero el fantaseo ocurre en la imaginación del padre, en el caso del cuento de Quiroga, que teme y rechaza la idea de la muerte. Y en la imaginación de Chiquiño, antes de morir, en el caso de Amorim.

Amorim es capaz de llevar su juego con lo imaginario aún más lejos, hasta lograr un clima totalmente mágico. Ese clima es logrado con maestría en tres pasajes de *La luna se hizo con agua*. Se trata de la descripción de los suburbios de Tacuaras, del pueblo de San Pedro y su influjo sobre los protagonistas y de la estancia bajo la lluvia, sobre el final de la novela.

La descripción de los suburbios del pueblo de Tacuaras, precede al diálogo entre don Jerónimo y Silvia, su hija, que tiene lugar en las afueras del pueblo, junto al río. Esta descripción va más allá del mero realismo. Tiene un poder encantatorio, anticipo del pueblo mágico de San Pedro, donde los perfumes, los colores y las flores ejercen un poder sobre los protagonistas:

> Tomaban las primeras calles de los suburbios y desde las cabalgaduras curioseaban las casas pobres, los sitios baldíos, los pequeños jardines de amontonados tiestos y tinas enclenques, cargados de retamas y jazmines del país. Bajo el parral, la jaula con el loro o el movedizo zorzal canoro. Aspiraban la olorosa brisa que las casas humildes ofrecían generosamente a los peatones. Y les resultaban familiares los cercos cargados de santarrita; los muros carcomidos, trabajados por la hiedra; vagas divisas de ladrillo, erizadas de vidrio de colores (...) Silvia murmuraba un saludo y sus ojos negros y profundos no perdían detalle de los patios, de los zaguanes, de las gentes. (...) Marchaban al tranco por un sendero abierto en la calleja irregular. Ya se oía el primer alerta de los teros, de los pájaros del campo abierto. Silvia se aproximaba a los viejos paraísos y acariciando las flores se perfumaba las manos. Si tornaba la cabeza veía el pueblo sumergido en una oleada azul de jacarandáes. El rumor del caserío, con sus últimos perros ladradores, infundía en el ánimo de la pareja un sosegado anhelo de confidencias. (pp. 49-51)

Vemos el influjo casi mágico de flores, colores y perfumes y la aparición de elementos que se repetirán en la descripción del pueblo de San Pedro, como patios y zaguanes. En la conservación entre padre e hija, a lo largo del río, que será también recordada por Silvia al sentir el influjo del pueblo de San Pedro, aparece el amor casi incestuoso que existe entre ambos.

El segundo episodio es el de San Pedro. San Pedro merece una mención aparte. Se trata de un espacio mágico, que revive a medida que los protagonistas penetran en él y ejerce sobre ellos su fascinación.

> Al adentrarse por las calles bordeadas de jacarandáes de humilde flor violeta, *las pupilas de Silvia se llenaron de pesados ramazones somnolientos*. No veía otra cosa, no quería ver nada más que el color que la aliviaba. (...) *Leyó nombres en la gastada chapa de un médico* y en la flamante de un

abogado. Oía con *embeleso* el eco de sus propios pasos. Los frescos zaguanes entreabrían sus puertas, y en los hondos patios aparecían señores en piyama *como si se levantasen de dormir.* (...) Era suya, tan solo suya la armonía de San Pedro. Se sentía *subyugada* por el pueblo. El violeta de los jacarandáes, el rosado de las fachadas, el verde recién lavado de las hojas, los trinos de pájaros desconocidos.» (pp. 135-136) (...) «Recordó los paseos a caballo con su padre, las discusiones. *Ya en la orilla del río, de cristalina inmovilidad, una dulce y segura compenetración con la naturaleza le acercó al marido.* (...) En el patio del hotel, una vieja pajarera de hierro y un espléndido brocal de aljibe eran los *vestigios* de una casa señorial transformada en fonda. (...) Y se detuvo a contarle que se encontraba en un hotel encantador donde todo era muy curioso, casi *mágico.*» (p. 137) (...) «Ella, a medida que se sucedían las horas, *se mostraba dócil, en raro sometimiento. El alma del pueblo invadía el alma de los dos.* También Raúl *se abandonaba a una molicie sedante.*

En sus cabeza se habían fijado recuerdos recientes, cosas tranquilas, *objetos hermosos como serenas estampas.* Las palmeras del patio, el espléndido brocal, los azulejos, las losas. (p. 139)

He subrayado las palabras o expresiones significativas, que señalan el poder encantatorio del pueblo y la tendencia a la inmovilidad que engendra, como si pudiera fijar en un momento dado y en un espacio determinado, las vidas de los protagonistas. También señalo la «gastada chapa», como vestigio de un pueblo abandonado, que supo tener una vida anterior, algo similar a lo que Vax llama el motivo del jardin abandonado.

Este episodio ocupa un lugar central en la trama fantástica de la novela. En él se entrelaza el tema de la personalidad perdida, el del viaje —a Francia de don Jerónimo y a los origenes de la protagonista— y el del sueño, la ensoñación, que envuelve también la atmósfera de San Pedro. Este sueño y ese viaje parecen escapar a la comprensión de Silvia y don Jerónimo parece ser el único poseedor de ese secreto (pp. 137-138).

En el episodio de San Pedro convergen, como en una encrucijada, distintos tiempos y espacios en los que vivió don Jerónimo. Silvia apenas siente la influencia de la atmósfera mágica de San Pedro, recuerda los paseos a caballo con su padre y siente una necesidad imperiosa de comunicarse con él (p. 136). Victoria Velarde está presente de inmediato, bajo la forma del hotel:

> En el patio del hotel, una vieja pajarera de hierro y un espléndido brocal de aljibe eran los vestigios de una casa señorial transformada en fonda.

Recordemos la impresión de Silvia: «Victoria transmitía esa melancolía inefable de las viejas residencias (...)» (p. 98). Sabremos más tarde que don Jerónimo y Victoria estuvieron en ese mismo lugar. Silvia, sin embargo, quedará sin saberlo.

El viaje a París de don Jerónimo aparece materializado en las estampas que adornan las paredes de la pieza del hotel. En esa pieza donde por primera vez

Silvia y Raúl serán felices, se materializa también la aventura frustrada de don Jerónimo con la «muchacha de Calais», aventura que don Jerónimo narra a su esposa en la «callejuela estrecha» (cap. II).

En el momento de entrar a la alcoba reaparece el tema de la personalidad perdida:

> Se detuvieron en el patio, junto al brocal del aljibe. A Silvia le ardían las mejillas. Abrazados, entraron en el cuarto. Al encender la luz, ella recorrió los muros con una mirada de reconocimiento. No era la primera vez que tenía la rara sensación de hallarse en un lugar habitado anteriormente. Fijó la vista en dos estampones desvanecidos, colocados a derecha e izquierda del lecho. En uno, cierta calle europea con fiacres envueltos en la neblina. En el otro, el castillo de Fontainebleau con sus árboles centenarios y sus verjas negras.
>
> —¿Qué miras? —preguntó Raúl.
>
> —Estas láminas antiguas. Mira qué hermosas... Me fascinan. Se sentía transportada a la vida inconmovible de las láminas.
>
> Él la besó en la nuca para acercarla a la realidad. Y ella suspiró como recuperando una existencia perdida. (p. 141)

En esa alcoba se realizan por fin, los amores imposibles de don Jerónimo; pues están presentes, además de la muchacha de Calais, a través de la estampa, Victoria Velarde, a través de su propio hijo y también Silvia. Podemos preguntarnos cuál es esa personalidad perdida; si es una suma de personalidades femeninas yuxtapuestas en el tiempo y en el espacio. Podemos preguntarnos también, si se trata de tiempos reales o meramente imaginarios. Nos encontramos nuevamente frente a tiempos yuxtapuestos; también frente a un tiempo materializado en ese pueblo, en ese hotel y en esa pieza de hotel. La existencia sobrenatural, el espíritu visitante, vienen aliados a los objetos materiales que ejercen un poder mágico sobre Silvia. En la página 139 leemos «objetos hermosos como serenas estampas.» Aquí Silvia se siente transportada a «la vida inconmovible de las láminas.» Hay una tendencia a la inmovilidad, como si espacio y tiempo se hubieran cristalizado. Debemos relacionar estas ideas con las de la página 54, capítulo III: la atracción irresistible de los objetos, de los entes materiales, casas, zaguanes, estampas y finalmente, la llanura.

Una vez salidos de San Pedro, Silvia y Raúl vuelven a sentirse separados; y Silvia vuelve a sentir perdida su personalidad; lo que demuestra, una vez más, el poder mágico del pueblo de San Pedro. La aventura que allí les sobrevino puede resumirse en esta frase: «Quizás era esa noche la que esperan los amantes en el término de sus sueños» (p. 139). Sólo que este sueño no es de Silvia sino de don Jerónimo.

Idéntico procedimiento encontramos en el tercer pasaje señalado. Tiempo y naturaleza se reúnen en la parte número tres del capítulo IX. La descripción de la lluvia sumerge el paisaje en una atmósfera de sueño. Comienza el camino hacia lo maravilloso.

> La garúa nublaba el horizonte. El paisaje difuso —los ranchos, el monte— se veían como a través de un cristal empañado. El agua corría por los techos hasta desembocar en las cañerías. Después se deslizaba mansa sobre los azulejos del patio. En una tinaja de boca cascada formando una masa gris-verdosa, flotaban desperdicios de langostas y hojas de casuarinas tronchadas por el acridio.
>
> Los hilos de la garúa tejían el tedio de «Los Pingos», una malla finísima para los ojos de Silvia, absortos y melancólicos. La estancia era una isla en la marea vegetal que avanzaba desde los cuatro horizontes.
>
> Los caminos perdían su rumbo, escamoteados por el barro, desviados en los charcos.

La estancia aparece vista a través de una «malla finísima» como en un sueño y progresivamente aislada del mundo real. A continuación, el renacer de la naturaleza bajo la acción de la lluvia, nos da la idea del tiempo como un interminable devenir, como tiempo vivo. Silvia se pregunta si su padre habrá podido «incorporarse a la marcha incontenible del tiempo». Y es aquí donde se unen las ideas de tiempo esparcidas por la novela. Incorporarse al tiempo es convertir el tiempo nuestro en un eterno presente. Así, como en la naturaleza, la superposición y la repetición constante de los ciclos vitales, nos da también la imagen de una eterna presencia. Así los personajes, al final de la novela, quedan incorporados a la «marea vegetal», detenidos en un espacio y un tiempo fantásticos.

Curiosamente, las dos veces que se narra en la novela la idea de Goyo a lo de May Vieja, la utilización del tiempo resulta también en una superposición de llegadas en el tiempo y en el espacio que sugieren la idea de una acción eternamente a punto de realizarse, o de renovarse. Recordemos que también la imagen de la «callejuela estrecha», encierra una superposición de tiempos y espacios, donde lo vivido reiteradas veces, es una aventura amorosa de don Jerónimo. Lo mismo hemos dicho para los «anchos y repetidos mundos» del viaje imaginario a lo de May Vieja. El sin tiempo permite, finalmente, la unión de Silvia y su padre, deseo incestuoso que está presente en la novela. Lo irrealizable se realiza; el tiempo ya no es más irreversible; ya no hay edades ni tiempos que los separen.

El «punto terminal» hacia el cual se dirige Silvia, es la inmersión total de sí misma en la naturaleza, que aquí es sinónimo de mundo maravilloso, eterno presente, o sin tiempo. Recordemos aquí lo que ya dijimos con motivo del pueblo de San Pedro, acerca de la atracción irresistible de las cosas materiales, tema fantástico que en la novela sigue una progresión: casas (patios, zaguanes), estampas y finalmente la llanura, atrayendo a los personajes hasta incorporarlos totalmente.

Decíamos en nuestra introducción a este estudio, que Amorim, autor social comprometido, va más allá de la realidad, para expresar su deseo de verla transformada. Así, en su novela *El paisano Aguilar*, revela la condición de estancamiento y sin salida del campo uruguayo. El paisano Aguilar está atrapado, enfrentado a un campo intocado, sin apoyo ninguno por parte del gobierno que representa la ciudad. En este sentido es significativa la frase por la que termina la novela: «Porque aún no ha comenzado el diálogo entre el hombre y la llanura». Es decir, aún el campo permanece intocado, improductivo. Podemos ponerla en relación con la última frase de *La luna se hizo con agua:* «Por aquellas tierras, ahora, se pueden ver muchos arados.» Aquí el diálogo parece haberse establecido finalmente. Pero se trata de una novela fantástica.

En esta última novela, donde existen dos hilos temáticos, uno sociológico y otro fantástico, también se resuelve por una absorción del personaje femenino principal, Silvia, por o con el campo. Éste está representado por Goyo Lanza, personaje ambiguo, que es al mismo tiempo paisano y genio de la tierra. Pero no es la mera absorción de la llanura que embrutece, sino más bien un encuentro feliz entre el hombre, representado por Silvia, y la llanura, representada por Goyo Lanza. Aquel encuentro que permite aliar armoniosamente un deseo de justicia social, manifestado en la trama sociológica, y una especie de alma de nuestra tierra.

Debemos ahora retomar algunas preguntas que nos habíamos planteado en torno a los significados de *La carreta.* ¿Cuál es la necesidad moral que impulsa a los personajes hacia el Norte mítico? ¿Qué es la carreta que nunca llega al Brasil? Es el azar, es también la fortuna, que siempre gira y cambia. Es la vida y la muerte, siempre presentes como preocupaciones del autor, y el amor dado y perdido, encontrado y muerto. Amor cuya ausencia puede llevar a la locura o a la muerte. El «Lau flaco» será quizás, la necesidad de amor de los hombres, de los seres humanos, y la terrible soledad, el sin sentido de las vidas traídas y llevadas por el azar. El Norte, entonces, encarna esa aspiración a una vida sexual y afectiva plenas; así como en *El paisano Aguilar* representaba la libertad, la solución de los problemas.

Una vez desentrañado el significado profundo de la novela, no hemos, sin embargo, descubierto más que una de sus dimensiones. Hemos señalado a lo largo de este trabajo un rasgo importante de la escritura de Amorim. La tendencia a incluir en sus novelas episodios oníricos con características fantásticas, que se nutren en el inconsciente del autor, pero también en el inconsciente colectivo de los uruguayos y de la humanidad entera. Dicho de otro modo, podemos ver en Amorim un fondo de creencias y leyendas populares amalgamadas con el sentir propio del autor y cuyo misterio suscita en él un movimiento de simpatía y un desborde de lirismo. Estos episodios aparecen sueltos, aislados aparentemente, pero están presentes en todas sus novelas, irradiando una visión diferente de la realidad. Están marcados, también, por procedimientos literarios distintos, por una escritura diferente.

Esta visión solapada del mundo, que nos transmiten sus novelas aparentemente realistas, se entreteje como una urdimbre secreta, de una novela a otra. En ella el hombre, la naturaleza y sus misterios forman una unidad, regida por otras leyes diferentes a las racionales. Podemos concluir, entonces, que el realismo de Amorim, tiene una puerta abierta hacia lo maravilloso.

LA TEMÁTICA DE LA PROSTITUCIÓN ITINERANTE EN AMORIM Y SU INSERCIÓN EN LA FICCIÓN HISPANOAMERICANA

Fernando Ainsa

El tema de la prostitución aparece en varias novelas uruguayas y se inscribe sin dificultad en una constante temática de larga tradición en la narrativa latinoamericana a partir de obras como *Sombras sobre la tierra* (1933) de Francisco Espinola, publicada justo un año después de la primera edición de *La carreta,* o de *Juntacadáveres* (1964) de Juan Carlos Onetti.

Una tradición que tiene sus clásicos, desde *La Lucero (Juana Lucero)* (1902) de Augusto D'Halmar y *El roto* (1920) de Joaquín Edwards Bello en Chile hasta *Santa* (1903) de Federico Gamboa, pasando por tantas otras novelas de similar temática. Basta pensar en *Calandria* de Rafael Delgado, *Nacha Regules* (1918) de Manuel Gálvez, la trilogía de Mariano Azuela —*Los fracasados, La Malhora* y *La mala yerba*— o en los pasajes «prostibularios» de *Lanchas en la bahía* (1932) de Manuel Rojas, *La Paquera* (1955) de Mariano Latorre, *Prometeo* del ecuatoriano Humberto Salvador y *Corral abierto* del propio Enrique Amorim.

Sin embargo, el autor salteño aborda en *La carreta* un tema inédito en la narrativa americana: el de la prostitución itinerante, para el cual reivindica una originalidad integral. Al parecer, esas mujeres de «ojos licenciosos» [1] viajando en una carreta de pueblo en pueblo, de estancia en estancia por los campos del norte de Uruguay —ese «pobre lugar de la tierra, donde había una mujer por cada cinco hombres»— para «mitigar los dolores» de peones y «conformar a troperos», no habrían existido nunca.

Son fruto de la imaginación, sostuvo Amorim y lo han repetido los estudiosos, sociólogos e historiadores. Sin embargo, no es difícil imaginar lo contrario, por lo menos a partir de la creación latinoamericana consagrada al tema en autores como Alejo Carpentier, Gabriel García Márquez, Mario Vargas Llosa y José Donoso.

[1] En «Confesiones de un novelista» Amorim explica el origen de su proyecto novelesco: «Saltar del cuento a la novela era perder un filón inapreciable. No siempre el editor compra el original de una novela; en cambio la revista paga bien el cuento. Fue así que preparé el material para *La carreta*, en capítulos independientes, pero con el motivo central de una carreta conduciendo mujeres de ojos licenciosos.»

Verosimilitud histórica del amor itinerante

La verosimilitud histórica parece evidente en *Los pasos perdidos* de Alejo Carpentier, cuando el protagonista encuentra prostitutas nómadas en el corazón de la selva americana:

> Esas mujeres rojas corrían y trajinaban entre los hombres oscuros, llevando fardos y maletas, en una algarabía que acababa de atolondrarse con el espanto de los burros y el despertar de las gallinas dormidas en las vigas de los sobradillos. Supe entonces que mañana sería la fiesta del patrón del pueblo, y que aquellas mujeres eran prostitutas que viajaban así todo el año, de un lugar a otro, de ferias a procesiones, de minas a romerías, para aprovecharse de los días en que los hombres se mostraban espléndidos. Así seguían el itinerario de los campanarios fornicando por San Cristóbal o por Santa Lucía, los fieles Difuntos o los Santos Inocentes, a las orillas de los caminos, junto a las tapias de los cementerios, sobre las playas de los grandes ríos o en los cuartos estrechos, de palangana en tierra, que alquilaban en la trastienda de las tabernas. Lo que más me asombraba era el buen humor con que las recién llegadas eran acogidas por la gente de fundamento, sin que las mujeres honestas de la casa, la esposa, la joven hija del posadero, hicieran el menor gesto de menosprecio. Me parecía que se las miraba un poco como a los bobos, gitanos o locos graciosos, y las fámulas de cocina reían al verlas saltar, con sus vestidos de baile, por sobre los cochinos y los charcos, cargando sus hatos con ayuda de algunos mineros ya resueltos a gozarse de sus primicias [2].

Para hacer todavía más verosímiles sus prostitutas «itinerantes», Carpentier nos recuerda a: «Las ribaldas del Medioevo», que iban de Bremen a Hamburgo, de Amberes a Gante, en tiempo de feria, para sacar malos humores a «maestros y aprendices», condición medieval que aparece en América:

> Pero el ritmo de vida, los modos de navegación, el candil y la olla, el alargamiento de las horas, las funciones trascendentales del Caballo y el Perro, el modo de reverenciar a los Santos, son medievales —medievales como las prostitutas que viajan de parroquia a parroquia en días de feria... [3].

Unos años después, Gabriel García Márquez en *La increíble y triste historia de la Cándida Eréndira y de su abuela desalmada* (1972) retoma el tema. Primero en un camión y luego en un burro con el cual recorren el «desierto», en el oficio itinerante de Eréndira aparece una desmesura casi surrealista que no puede salvar siquiera el amor inocente y puro de Ulises.

Más irónico y divertido, pero no menos significativo, Mario Vargas Llosa explota el mismo argumento en *Pantaleón y las visitadoras* (1973), aunque la anécdota de esta novela no sea más que la trasposición al Perú de un hecho real acaecido durante la primera guerra mundial, cuando en las campañas del norte de África los italianos organizaron prostíbulos itinerantes en grandes tiendas de campaña para sus tropas estacionadas en el desierto.

El caso de José Donoso es aún más interesante, por la similitud temática con

---

[2] A. Carpentier, *Los pasos perdidos,* Barcelona, Seix Barral, 1971, p. 103.

[3] *Ibidem,* p. 176.

Amorim. Donoso, autor de la novela paradigmática del prostíbulo rural latinoamericano —*El lugar sin límites* (1966)— se refiere en el cuento «Dinamarquero» a la prostitución itinerante en el sur de Chile con palabras que muy bien podrían haber sido escritas por el autor de *La carreta:*

> —Ahí vienen... —exclamó por fin, con el rostro iluminado.
> —¿Quienes? —pregunté.
> Señaló un punto en el horizonte. Poco a poco, al acercarse, resultó ser un automóvil. Insistí en mi pregunta, pero no quiso satisfacerla hasta que el vehículo hizo alto frente al Puesto y bajaron cinco mujeres.
> (...).
> Al oir voces de mujeres, todos los ovejeros que estaban en el Puesto salieron a recibirlas. Ellas no se inmutaron al ver los treinta o cuarenta hombres hediondos de vino, sin afeitar, dispuestos a apoderarse de sus cuerpos instantáneamente. De las que venían, cuatro eran la mercancía corriente en este tipo de negocio. Sin embargo, la quinta era una morena grande y todavía fresca, de rostro amplio y caderas movibles y abultadas. Nos pareció el colmo de lo deseable [4].

Se trata del mismo principio de *La carreta.* Caravanas de prostitutas viajan por las estancias, alojándose en los puestos independientes, lejos de los pueblos. Mujeres en general viejas y feas, resultan maravillosas para los hombres que no han «tenido hembra por años». Se quedan por dos o tres días, en que pasan «ocupadas» las veinticuatro horas del día:

> El Dinamarquero las instaló en los cuartuchos, encerrándose inmediatamente con la morena, mientras los ovejeros «ocupaban» a las demás. Estas se pasaban veinte minutos o media hora con un hombre, y después entraba otro de los que aguardaban [5].

La noticia cunde en la comarca y llegan otros ovejeros al Puesto: «Había cincuenta, cien ovejeros en el Puesto, riñendo por entrar primero». Hacen cola, se enbriagan y riñen por ellas, en situaciones muy similares a las narradas en *La carreta.* Es de preguntarse, entonces, si lo que fue «pura imaginación» en el norte del Uruguay, lo ha sido también en el sur magallánico de Chile.

Un mal «necesario» y su origen económico

Pese al carácter de «pura invención» que Amorim reivindica para sus «quitanderas», es interesante observar que —gracias al realismo en que se inscribe su narrativa— podrían ser el reflejo de un fenómeno social que hubiera existido en la realidad.

El origen del burdel en una carreta parece verosímil. No se ha concebido como una empresa deliberada, sino que es el resultado de la crisis de un circo ambulante y del hecho que las vendedoras de «quitandas» han «agotado sus manjares». La

---

4 J. Donoso, «Dinamarquero», *Cuentos*, Barcelona, Seix-Barral, 1971, p. 127.

5 *Ibidem*, p. 127.

prostitución, «mal necesario», por no decir inevitable en esa tierra sin mujeres, aparece condicionado por necesidades económicas.

Del mismo modo, el nomadismo de las prostitutas de *La carreta* surge directamente de la condición itinerante del circo en el cual se ha gestado el negocio y de la condición viajera de las «chinas pasteleras» y «vendedoras de quitanda» que recorren ferias y fiestas populares con sus mercaderías.

Por otra parte, la aparición de «la carreta» en los pueblos y campos constituye un acontecimiento, no sólo por la condición de «misioneras del amor» de que son portadoras, sino por la atracción que provoca el exotismo de las «quitanderas», es decir por su condición de mujeres «extranjeras»:

> Entre las chinas pasteleras se contaban algunas que no eran del lugar. Esta particularidad daba un aire picante a la reunión. Dos de las vendedoras de quitanda eran brasileras. Bien contorneadas, llamaban la atención con sus trenzas aceitadas, su arreglo de fiesta, su buen humor de forasteras. Una se llamaba Rosita, y Leopoldina la otra. Vestían telas de vivos colores. Una vieja de voz nasal, regañona y tramposa, misia Rita, se encargaba de cobrar el precio de la quitanda [6].

Todos los componentes de la estratificación prostibularia están dados desde el principio de la novela. El negocio surge naturalmente con las dos amazonas del circo —las «Hermanas Felipe», Clorinda y Leonina— algunas pasteleras como Rosita y «cierta criolla llamada Secundina, mujer cincuentona, rozagante y hábil, la cual terciaba aquí y allá distribuyendo la tarea y que hacía en el circo el papel de «capataza» y, al parecer, no tenía compromiso alguno con los hombres de la comparsa» [7].

En ese *orden* es necesario el hombre, porque, como dice Don Pedro:

> —¡Tantas mujeres juntas no pueden hacer nada bueno!

Un mal que fomentan hombres que son proxenetas aún sin saberlo, por la simple cobardía de favorecer la alcahuetería:

> Desde que el circo había entrado en decadencia, la muchacha se interesaba menos por su director. Don Pedro, a su vez, buscaba la coyuntura para zafarse. Quería deshacerse de ella y la dejaba libre por las noches, exigiéndole tan sólo el cumplimiento de su trabajo de amazona. A fin de que se fuese acomodando con algunos de los visitantes, ricos al parecer, el director tácitamente consentía su libertad. Y no perdía el tiempo la muchacha [8].

El prostíbulo de *La carreta* se completa, entonces, con la figura del «protector» asociado con la «capataza» (la Mandamás) en la explotación de las «pupilas»: el

---

6 *La carreta*, p. 17.

7 *Ibid.*, pp. 9-10.

8 *Ibid.*, p. 20.

lacónico Matacabayo, triángulo de explotados, intermediarios y explotadores que se integra sin dificultad en el esquema tradicional de la prostitución.

Profesionalismo y alegría

Sin embargo, estamos lejos en esta novela de la denuncia social y moral de las novelas de tema prostibulario en las que abundó el naturalismo americano. En efecto, el autor de *La carreta* no denuncia ni pontifica, sino que pinta simplemente una realidad de cruda «miseria sexual». Su realismo —tal como ya lo adelantara Azuela en su trilogía— deja de lado los adjetivos calificativos.

Incluso, en el origen «picaresco» de su empresa hay una cierta alegría: aún trabajando, las mujeres lo pasan bien. Así lo sospecha el director del circo, Don Pedro, cuando descubre las «actividades suplementarias» de sus amazonas.

Pasada la medianoche, se suspende la música y los movimientos se vuelven sigilosos: «la carpa parece esconder algún secreto» (...).

Silencioso por demás sospechoso.

> Don Pedro vio salir de la carpa a una de las «Hermanas Felipe», a Leonina, llamada a veces «la leona». Aguzó la mirada, interesado por aquel trajín sin sentido, buscando a Clorinda.
>
> (...)
>
> —Ayí hay gato encerrado!— aseguró Don Pedro, mirando la carpa de las vendedoras de quitanda —Me parece que esas intrusas han inventau la manera de pasarlo mejor— [9].

En la espontaneidad del origen del burdel ambulante —porque «los negocios van mal»— hay lugar para la diversión, lo que se proclama abiertamente: «Ansina da gusto de ver a la mozada divertirse!» Esta ambigua mezcla de «profesionalismo» y «placer» reaparece en otras páginas:

> Y ya era una que se marchaba abrazada de un paisano, ya era otra que discretamente se metía en las carpas. En la confusión provocada por la oscuridad, saltaban las risas nerviosas de las mujeres y rebotaban las palabrotas de los hombres. Los ayes de las mujeres se apagaban bajo las pesadas lonas. Alguna salía y entraba indecisa; otra se defendía de los requiebros. Cedían todas, al fin [10].

Ha sido justamente esta alegría de que son portadoras las prostitutas la que sorprende y seduce a Matacabayo, al punto de que abandona a su mujer para organizar el negocio y vivir entre las «quitanderas.»

---

[9] *Ibid.*, p. 19. Pese a todo, Don Pedro se sorprende: «La Secundina se limitó a llamar a la pastelera Rosita, que estaba en la carpa. De la oscuridad salió la muchacha con los cabellos en desorden, el corpiño entreabierto y en enaguas: Al ver a don Pedro, se volvió al interior y no demoró en salir arreglada, seguida de un tropero alto, de pañuelo negro.» (p. 20).

[10] *Ibid.*, p. 29.

En la culata del último vehículo iban cuatro mujeres con las piernas al aire. Lo saludaron con los pañuelos, cuando estuvieron a cierta distancia. Parecían muy contentas.

Aquella alegría inusitada le chocó a Matacabayo [11].

Una contradictoria alegría, por no decir inocencia, que también sublima Francisco Espinola en la novela *Sombras sobre la tierra* a través del amor del «señorito» Juan Carlos con la «pupila», la Nena [12].

Años después, cuando Nelly e Irene —protagonistas de la novela *Juntacadáveres* de Juan Carlos Onetti— se pasean las tardes de los días lunes por las calles de Santa María, la alegría se convierte en provocación al orden establecido del mundo de los «normales», donde desconciertan con sus ropas y sus voces «cantarinas»:

> Hacían algunas compras, sin llevarse casi nunca lo que habían venido a buscar, sin discutir los precios, sin reparar en la grosería de los vendedores no en sus caras; separadas, como ciegas, de la irritación que despertaban sus vestidos de verano largos hasta el tobillo, del odio que removían sus voces mesuradas, un poco expresivas, cantarinas [13].

Lo que arrastran Nelly «la rubia» e Irene, «la gorda», es el miedo, esa sensación de «no tener derecho a pisar aquellas veredas». Sin embargo, cada lunes trepan las calles bajo el sol y avanzan hacia:

> La semanal humillación porque ésta contenía el gozo de sentirse vivas e importantes, el don, desconocido, hasta entonces, de provocar, sin palabras, sin miradas, una condenación colectiva; se hundía en ella —lentas, apenas sonrientes, apenas amables y cobardes las sonrisas de labios pegados— porque no habrían podido sufrir el sentido de un lunes de tarde en la casa, porque, a pesar de todo, eran demasiado jóvenes para ignorar el destierro y la injusticia [14].

Orden alternativo y autoridad represiva

Pero el *orden* prostibulario que se propone como una alternativa a la sociedad está constreñido por la autoridad, representada en *La carreta* por el Comisario Don Nicomedes. Un comisario que es cómplice a cambio de favores, pero que se ve obligado a reaccionar en nombre de la «justicia» representativa de una vaga moral colectiva que acepta la presencia del prostíbulo itinerante en los límites de un tiempo y un espacio arbitrariamente establecidos:

—¡Van a tener que pensar en marcharse, amigaso! —le dijo— Esto no puede seguir así. Unos días está bien, pero...

Don Pedro le habla del circo.

---

[11] *Ibid.*, p. 8.

[12] F. Ainsa, *Tiempo reconquistado: siete ensayos sobre literatura uruguaya*, Montevideo, Ed. Géminis, 1977. Hemos analizado en detalle la obra de Espínola: «El prostíbulo como templo» (pp. 89-109).

[13] J. C. Onetti, *Juntacadáveres*, Montevideo, Ed. Alfa, 1964, p. 82.

[14] *Ibid.*, p. 83.

—No se enoje, mi amigaso, y no se haga el desentendido... Yo le hablo del cojinche ese que están armando... ¡Eso no puedo tolerarlo por mucho tiempo, canejo! —retrucó don Nicomedes con voz ronca.

—¿Qué cojinche es ése?... Yo no se nada —aseguró don Pedro.

—¡Avise, si me quiere hacer pasar gato por liebre!— lo encaró don Nicomedes, levantando su mano hasta la reja de la comisaría, como para sostener su pesado cuerpo. Y prosiguió enérgico—: Le hablo de ese negocio que han formau las carperas en combinación con su gente. Cuando se les acaban las fritangas y la rapadura empiezan a vender lo que no puede permitirse... Entre la vieja Secundina y el Matacabayo ése, han armau un negocio muy productivo... Las hermanas que jinetean, ya lo habrá visto usté, también se han enrolau... ¿Acaso usté no lo sabe? ¡Déjeme de cuentos, amigaso...! Yo se lo permito por unos días, porque me gusta la alegría, pero más de una semana, imposible. ¡La justicia no lo puede tolerar, amigaso...! (...)

Yo sé que las chinas pasteleras, la Leopoldina, Rosita y la vieja esa que las ayuda, son las que han inventau la cosa. Usté no tiene la culpa. ¡La indiada anda alzada...! [15]

Si el mundo de la carreta es de por si marginal —transhumancia, nomadismo y prostitución— el ejercicio de la autoridad lo empuja todavía más al borde de los caminos y de la vida misma. En el origen de la carreta itinerante, desmantelado el circo, hay una expulsión que marca el principio de la novela.

Años después, al final de la obra, hay otra. El gesto autoritario se repite: «Cuando el comisario les dió orden terminante de levantar campamento» —pues «aquello no podía seguir así».

Entonces, la carreta se desmantela. «Desde aquel momento la carreta empezó a hundirse en la tierra». La carreta «echa raíces» y se «convierte en rancho».

Un lugar para la ternura y el amor

Sin embargo, en la dispersión de las prostitutas no todo es negativo, porque a lo largo de la novela, entre el dinero y el ejercicio del «oficio», ha habido lugar para la ternura y el amor.

Aún en episodios como el del artilugio picaresco para estafar a las «quitanderas» que idea Don Pedro, pagándoles en la oscuridad con falsos billetes hechos con papel secante, que resaltan la condición crematística del oficio se lo atenúa con un gesto de cariño, un beso o una risa espontánea.

Y ello, aunque el sistema prostibulario indique que:

¡Y... es la capataza, mi superior, la que guarda la plata! Sentadita en el suelo, la muy desgraciada, no pierde el paso a la Leopoldina, la Rosita y

15 *La carreta*, pp. 22-23.

l'autra paisanita de la quitanda. La vieja es la que manda más, la que capitanea a las carperas [16].

Un dinero que guía la venta de la «pureza» de Florita. Como en la obra de García Márquez en que la abuela de Eréndira, vende la «pureza» de su nieta de catorce años al tendero del pueblo, un viudo que «pagaba a buen precio la virginidad», la Mandamás de *La carreta* (Cap. XII) ofrece la Florita con sus trece años a Don Caseros, quién busca que «le agencien un cachito sano». Al discutir el precio, le insisten que la Flora: «Es un cachito sin tocar» y que «Naides le ha bajau el ala a la botija».

Sin embargo, finalmente, Florita entregará su virginidad al amor auténtico de Luciano con los «ayes de gozo» que le brotan de la garganta.

Otros episodios de *La carreta* anuncian que la ternura o el amor son posibles en el duro mundo del campo: los gestos del «tropero enlutado» que no puede olvidar a la finada, pese a las caricias que le dispensa Clorinda, la iniciación de Chiquiño por Leopoldina (p. 46) y la fuga de ambos, huyendo de las iras de Matacabayo, a través de un mundo que es suyo, porque «la china es suya» (p. 53), el amor desesperado del indio Ita «jineteando a la muerta» Pancha, Maneco y Tomasa (Cap. VII), la historia de Correntino, «marica» por no aceptar el sexo sin amor y doblemente «marica» por llorar el amor de la «quitandera» Petronila.

En estos episodios que van jalonando la obra, más allá del sobrio estilo de Amorim, se descubre el pudor contenido y la tensión de un mundo donde en la desesperación de una cópula se intenta asir al *otro*, para dejar de estar solos, esfuerzo que no siempre es inútil.

Desmantelada la carreta, en la cabalgata de Marcelino Chaves y Rosita al final de la novela, hacia un futuro donde: «Después veremos lo que si hace, ¿Entendés? Ya veremos» —una cosa resulta cierta: «Aquella vida le pertenecía». Una vida que le pertenece a partir de la *pareja* que ha formado, lo que no es poco mientras se sigue «el camino interminable bajo el claro signo de un cielo altísimo y azul» [17], después de haber sufrido tantas miserias.

---

16 *Ibid.*, p. 33.

17 *Ibid.*, p. 166.

ESTUDIO LINGÜÍSTICO DE *LA CARRETA*

Huguette Pottier Navarro

El estudio lingüístico de la composición, de las ocurrencias lexicales, las formas estilísticas y los procedimientos utilizados por Enrique Amorim en *La carreta,* permite destacar los regionalismos y los particularismos de una lengua cuya autenticidad Huguette Pottier Navarro considera indiscutible.

Un distingo surge claramente entre los diálogos y el discurso narrativo propiamente dicho, entre lo que es descriptivo y nominativo y lo que es el léxico, aspectos que aparecen respectivamente subrayados en el estudio sobre «la lengua» de Amorim y en el *Léxico* que aparece al final del volumen.

Pero al mismo tiempo, de este estudio surge la fuerza del realismo lingüístico que siempre se le atribuyó a Amorim, reflejo de una época y una preocupación que sintetizara Jorge Luis Borges en su juicio sobre la escritura del autor de *La carreta:* «De los novelistas cuyo tema es el campo, ninguno tan verídico y tan intenso como Enrique Amorim. Es el único que habla de los gauchos con naturalidad, sin prejuicio censorio o apologético. Siempre he juzgado que *El paisano Aguilar* es la mejor de nuestras novelas gauchescas; entiendo que con *El caballo y su sombra,* Amorim corona y supera su obra anterior». El Coordinador.

ABREVIATURAS

a) *Textos.*

C	— La carreta (Amorim)
CU	— Cuentos del Uruguay (Silva Valdés)
DS	— Don Segundo Sombra (R. Güiraldes)
GF	— El Gaucho Florido (C. Reyles)
1629, Indias	— Compendio y descripción de las Indias Occidentales (A. Vázquez de Espinosa).

b) *Revistas.*

AILC	— Anales del Instituto de Lingüística (Cuyo, Argentina)
BAE	— Boletín de la Real Academia Española (Madrid)
BF Chile	— Boletín de Filología (Santiago de Chile)
BFM	— Boletín de Filología (Montevideo)
BICC	— Boletín del Instituto Caro y Cuervo (Bogotá)
Fil.	— Filología (Buenos Aires)
Hisp.	— Hispania (Washington)

LEA	— Lingüística española actual (Madrid)
NRFH	— Nueva Revista de Filología Hispánica (México)
RDTP	— Revista de Dialectología y tradiciones populares (Madrid)
RFE	— Revista de filología Española (Madrid)
RFH	— Revista de filología Hispánica (Buenos Aires)
Rom. Ph.	— Romance Philology (Berkeley)
Hom. a Krüger	— Homenaje a Fritz Krüger, I (Mendoza, Argentina)

INTRODUCCIÓN AL ESTUDIO LINGÜÍSTICO

1. Interés del estudio lingüístico en la edición de una obra literaria

1. 1. El estudio lingüístico de una obra tiene interés en la medida en que hace resaltar el habla específica, peculiar de una área lingüística, aquí el Río de la Plata. Por eso «argentinismos y uruguayismos» (sin diferenciar) se aplicarán al conjunto de rasgos lingüísticos (fonéticos, morfológicos, sintácticos, léxicos, semánticos) característicos del área del Río de la Plata que cubre parte de Argentina y Uruguay. Mejor sería llamarlos «rioplatensismos».

El presente estudio puede valer como introducción a otras ediciones críticas de textos ríoplatenses si se consideran los regionalismos del habla de dicha área. Ahora bien, si se trata de obras que pertenecen a otras zonas (andinas, mexicanas, del Caribe, etc.), no se puede prescindir de otro estudio lingüístico.

1. 2. Muchos lingüístas se han empeñado en delimitar, según criterios específicos, las zonas dialectales de Hispanoamérica. Así en 1921, Pedro Henríquez Ureña estableció cinco zonas, mientras que José Pedro Rona, en 1964, distinguió veintitres [1]. Si cada zona dialectal posee rasgos típicos, no cabe duda de que dentro de una misma zona aparecen diferencias más o menos importantes según la voluntad, la originalidad, el estilo y la clase de obra de cada autor. El léxico merece una particular atención muy reveladora del ambiente.

1. 3. Si se consideran las múltiples variantes de *La carreta* entre la primera edición (1932) y la sexta (1952), se nota que varias de ellas se relacionan con fenómenos lingüísticos presentados en detalle en el estudio especialmente dedicado a ellos. Para esta breve introducción nos limitaremos a algunos ejemplos significativos.

2. Las variantes: razones de las correcciones

2. 1. Uno de los objetivos de Amorim fue privilegiar los regionalismos (argentinismos, uruguayismos) de la lengua hablada insistiendo de esta forma en la procedencia social y local de sus protagonistas, a nivel del léxico, especialmente en la lengua de la narración.

---

1 «Presente y futuro de la lengua española», publicación de las *Actas* de la Asamblea de filología del I Congreso de Instituciones hispánicas, a cargo de Ofines (Madrid, ediciones Cultura hispánica, 1964).

Otro fue respetar —sobre todo en la parte narrativa— la norma académica. Estas razones van a manifestarse a través de la *grafía*, de la *sintaxis* (loísmo, leísmo, etc.) y del *léxico*.

Un tercer objetivo viene directamente relacionado con el *estilo*, con la preocupación de Amorim de pulirlo, simplificando la expresión para alcanzar una expresión más sobria. Como ya queda dicho, este aspecto merecería un estudio particular que no cabe aquí.

2. 2. *La grafía y la fonética*

Ya en la $1^{ra.}$ edición Amorim trató de adaptar la grafía a la fonética de la pronunciación rural o popular del área ríoplatense. En la $6^{ta.}$ edición quiso insistir en los vulgarismos, visibles únicamente en los diálogos.

a) La vocal inacentuada *e* se cierra en *i:*
leción ($1^{ra.}$ ed.): *lición* ($6^{ta.}$ ed.)
respetarla: rispetarla

b) Paso de la labiodental *f-* (ante /w/) a la velar *j-:*
¡Fuera, bicho!: ¡Juera, bicho!

c) Elisión de vocal o fusión de dos vocales en contacto indicada gráficamente con apóstrofo ('):
pa ayudar: p'ayudar
(nótese ya la reducción popular común en todo el mundo hispánico de *para: pa*)
Te va a ver y va a mandarte: te v'a ver...

d) Aspiración de la *-s* final indicada con apóstrofo:
nos vamo a peliar: nos vamo' a peliar
sin embargo, *nomá* aparece sin modificación mientras que *nada má* de la $1^{ra.}$ ed. pasa a *nada más* sin razón aparente.

e) Reducción o igualación de los dos fonemas distintos /l̬/ y /y/ a un fonema único /y/ llamada *yeísmo* (y bastante generalizada en español):
calladito: cayadito
Nótese que en muchas zonas del Río de la Plata, el fonema único /y/ pasa a la sonora /ž/ o sea que el yeísmo pasa al *žeísmo* (rehilamiento). Es evidente que Amorim no pudo encontrar —ni él ni los otros escritores hispánicos— una grafía española adecuada para transcribir el žeísmo (/ž/ suena más o menos como el *je* del francés) y tuvo que conformarse con marcar el popularismo con *y*. Mencionaremos la solución gráfica que utilizó Jorge Icaza para indicar la pronunciación específica en algunas zonas andinas del Ecuador que corresponde a la reducción /l̬/y /y/ a otro fonema único sordo /š/ (fr. *che*) llamada *šeísmo:* usó la grafía *sh*. Por ejemplo, *llevar: shevar*. Pero claro no resulta tan fácil solucionar gráficamente el caso de la sonora /ž/ en español.

f) La intención de indicar el *seseo* aparece claramente con el empleo de la grafía *s* en la obra y la modificación entre la $1^{ra.}$ y la $6^{ta.}$ ed. como en *Kalizo: Kaliso*. Se nota cierta inestabilidad que no concuerda con el deseo de subrayar la pronunciación popular en las representación gráfica como en *Haiga pas: Haiga paz*.

g) En los ejemplos siguientes, no se justifica tampoco la modificación ortográfica —a no ser que sea la voluntad de restablecer la grafía normal como más explícita— ya que no implica ningún cambio en la pronunciación:

ai que ser fuerte: hay que...
Mijitas!: M'hijitas!
mijita: m'hijita.

La forma familiar contracta *mijita* se considera como totalmente lexicalizada en América.

En «y, *ai* lo tiene»: «y, *ahí* lo tiene», el desplazamiento del acento tónico que se suponía en la 1ra. ed., ya no se manifiesta en la 6ta.

h) El deseo de conformarse con la norma académica ortográfica se ve por ejemplo en las correcciones siguientes:

la jira: gira
tragín: trajín
boscage: boscaje
crugiendo: crujiendo.

2. 3. *Sintaxis*

2. 3. 1. Pronombres *lo/le*

De la 1ra. a la 6ta., Amorim hizo muchas correcciones a nivel del empleo de los pronombres *le, lo, la* y *les, los, las.*

a) caso del *acusativo singular*

— como sustituto de persona en masculino, utilizó en la 1ra. ed. «le» considerado en la actualidad tan correcto como «lo» (*Esbozo de la Real Academia Española,* 3.105 c).

En la 6ta. cambió ese «le» en «lo» conformándose con la tendencia general hispanoamericana, y eso lo mismo en los diálogos que en la narración. Algunos de los muchos ejemplos:

le saludaron: *lo* saludaron
le enteró de un plan: *lo* enteró...
le llamaban El Guitarra: *lo* llamaban...
golpeándo*le:* golpeándo*lo* [al linyera]

— como sustituto de cosa o animal en masculino pasó del «le» (*leísmo*) a la norma «lo». Ejemplos:

le observaban: *lo* observaban: [se trata del gato negro]
los cuatro caballos que *le* arrastraban: *lo...* [se trata del carromato]

— como sustituto de persona en femenino, pasó del leísmo a la norma «la»:
volvería a preocupar*le*: a preocupar*la*

b) caso del *acusativo plural*

— como acusativo de persona en masculino pasó de «les» a la norma «los»:
les miraban pasar: *los* miraban... [a padre e hijo]
les habían seguido: *los...*
les avivaba, poniéndo*les* charlatanes y nerviosos: *los* avivaba, poniéndo*los...*
les tenía tan presentes: *los* tenía... [a los hombres]

— como sustituto de cosa o animal en masculino, pasó del leísmo a la norma «los»:

azuzo*les* D. Pedro: *los* azuzó [a los perros] (con desplazamiento del pronombre).

al ver*les* caídos sobre su espalda: al ver*los* [son: los cabellos].

El ejemplo siguiente es particular porque el autor suprimió toda la cláusula en la 6ta.:

... como los camarotes —si así puede llamárse*les* a los cuartuchos de a bordo— están separados por...

— como sustituto de persona en femenino pasó de leísmo a la norma «las»:

les ayuda: *las* ayuda [a las chinas pasteleras]

(nótese que el ejemplo aparece en un diálogo).

2. 3. 2. El giro *es...que* es un galicismo muy común en el español de América (Ch. Kany, p. 297). Amorim lo empleó en su 1ra. ed. en el ejemplo:

...*eran* las espuelas de Matacabayo *que* marcaban los pasos avivando la marcha.

Ya en la 5ta. ed. modificó en:

«...*eran* ......*las que* marcaban» para conformarse con la regla general sintáctica. Pero no se contentó con tal corrección ya que en la 6ta. cambió totalmente la construcción:

...mientras las espuelas de Matacabayo marcaban los pasos...

lo que se puede interpretar como una voluntad de simplificar la expresión.

2. 3. 3. El caso de la locución *luego de.*

Es interesante notar la sustitución casi general de *luego de* (de la 1ra.) por *después de* sin que se pueda ver claramente la motivación.

2. 4. *El léxico*

Las correcciones *léxicas* parecen obedecer a dos tendencias opuestas: el deseo de utilizar la palabra específica, característica del área del Río de la Plata, lo que llamaremos el afán de *regionalismo,* y al revés, el deseo de emplear la palabra «menos marcada», menos relacionada con la zona dialectal, o sea la palabra *corriente* del español «estándar». En otras ocasiones, se expresa una gran preocupación *estilística* del autor.

2. 4. 1. *Afán de regionalismo.*

Compárese en el *pueblucho* de Tacuaras: en el *rancherío* de T.

y también los *pueblos:* los *rancheríos,* ejemplos en los que rancherío es un americanismo.

Citaremos, además:

apacentar las bestias en *prados* ajenos: apacentar las bestias en *potros* ajenos

las espuelas en *la tierra dura:* en *el yuyal*

dar fuego a un *pitillo:...* a un «*charuto*»

[olor] a *pasto* quebrado: a *yuyo* quebrado

una vaquillona *para meterle la marca del fuego:* una vaquillona en *la yerra.*

A propósito del paisano, el adjetivo *conversador* desaparece, sustituido o por *cuentero de ley* o por *con su labia.*

Es interesante notar también:

las piedras de la *ribera:* ...de la *costa.* Cuando se trata de un río, *costa* es un marinerismo a la vez uruguayo y argentino que le es muy familiar al autor. Sin embargo, modifica al revés así:

se aproxima a *las costas:* a *la ribera.* Se trata de un río también, pero se justifica porque en el párrafo siguiente insiste en el aspecto particular del lugar ya mencionado y dice: en la frondosa *ribera.*

Cuando pasa de «corría el *mate»* a «corría el *amargo»* parece ser por voluntad de insistir en el elemento más popular dentro del regionalismo.

2. 4. 2. *Deseo de adoptar la palabra más general, «menos marcada».*

Así en:

el paso de los *carreros:* ...los *conductores*

a los *callejones:* a los *caminos.*

comenzó a desenvolver un ovillo de gruesa *piola: ...cuerda*

Rosita *enancada:* R. *sobre la grupa*

se observa una pérdida de regionalismo. Sin embargo se puede explicar si se considera que el autor no quiso repetir la misma palabra a distancia reducida. Por ejemplo, se nota que ya aparecen *el callejón, piola* e *ir en ancas* a poca distancia en el texto. Sería corrección estilística pues. Pero ¿por qué sustituir a los *barrancos y zangoloteos* del camino, *los altibajos* del camino?

Lo que también puede sorprender dada la voluntad de Amorim de privilegiar la expresión popular en los diálogos es hallar un giro popular sustituido por otro «estándar» como

¡*qué más da* de dónde sea!: ¿*qué importa* de dónde sea?

2. 4. 3. *Preocupación estilítica en el léxico.*

Es lo que explica la modificación *un apodo: un mote* porque aparece ya *apodo* en la línea anterior y tal cambio explica por otra parte la corrección *el mote: el sambenito* como «reacción en cadena».

Citaremos además

fijó sus ojos en *el farol: ...la lumbre,* para suprimir la repetición de *farol* empleado en el párrafo anterior.

LA LENGUA

I. Fonética

Cuando el autor habla por su propia cuenta, no apunta pronunciación irregular sino la que es natural a todos los españoles cultos. Al contrario, cuando quiere que intervengan unos hombres del campo, unos gauchos por ejemplo, subraya en seguida el modo propio de pronunciar de tales personajes. Por eso su obra presenta cantidad de popularismos adecuados que contribuyen a darle un aspecto de realismo, verdadero costumbrismo gauchesco.

Estudiaremos rápidamente los rasgos típicos de la fonética ríoplatense contenida en la novela de Amorim.

1. *Vocalismo*

A) *Vacilación en las vocales inacentuadas*

Entre las vocales inacentuadas, la gente campesina cierra la *e* en *i,* en sílaba inicial: *e* > *i.*

asigún	*lición*
disagradecidos	*rivolución*
disgraciada	*siguro*
dispués	

y al contrario, cambia la *i* protónica en *e* en algunos casos: i > *e*

comesario	*nenguno*
en el prefijo *in-:*	*sacreficio*
enútil	*enjusticia*

B) *Vocales en hiato*

Hay una reducción silábica, de dos a una.

a) Formación de diptongos decrecientes

-ádo>-áo>-áu

acetau	*lau*
armau	*marcau*
enrolau	*pasau*
inventau	*tirau*

NB (i) -áo puede proceder de -aó, por desplazamiento del acento hacia la vocal más abierta:

ahora > / áora / > *aura*
aurita

(ii) lo mismo pasa con -áe:

traer > / tráer / > *trair*
trai
cai

b) Formación de diptongos crecientes

-eá > -iá

boliar	*peliando*
chicotiando	*pior*
enamoretiada	*tantiar*
miar	*voltiada*

y en el grupo sintáctico:

¿qui hay con eso - C 59
con qui ara - C 115
lo que si hace - C 166

-oá > -uá

tuavía	*entuavía*

NB (i) -oí -uí

todito > toíto > *tuito*

(ii) -eí -aí (quizás por la presencia de la r- inicial)

reir > *rair* - C 24
y hasta *ráir* - C 43

C) *Simplificación de diptongo*

cuestión > custión - C 32

D) *Elisión de vocales*

En grupo sintáctico se pierde la *a* en contacto con otra *a:*

en el caso de la expresión *ir a*

¿qué venís'hacer? - C 12
no vaya'ser - C 95
vas'hacer - C 131
va'pegar - C 150

en el caso del artículo o pronombre *la*

ya no l'abandono - C 131

y a veces hasta en contacto con *e*

pa l'estación - C 162

2. *Consonantismo*

A) *Cambios condicionados*

1. Pérdida de la consonante.

a) dentro de la palabra, la *-d-* desaparece.

aónde	*mentao*
desalmao	*pué ser*
finao	*se pué saber*

Algunas veces, después de la pérdida de la *-d-*, el grupo *-ao* se cierra en *-au* (cf. vocalismo: B, a)

atrasau	*lau*
cuidau	*marcau*
finau	*poblau*
inventau	*reforzaus*

En fonética sintáctica se nota el mismo fenómeno:

loco'e porquería - C 101
un cachito'e vela - C 115
milagro'e Dios - C 31
la casa'e mi marido, cerca'e la pulpería - C 83

b) en final de palabra-

-d > cero

descansá	*tené*
pedíle	*vení*
pescá	*verdá*

-s > cero (cf. más lejos otro tratamiento de la *-s*)-
entonce - C 31
todo se lo debemo a ustedes - C 20
venimo como las moscas al dulce - C 21
¿vamo hasta las casas - C 44
aquí estamo pa lo que quiera mandar - C 60
nomá - C 31

Nótese que muchos ejemplos aducidos corresponden a la terminación verbal *-mos*.

2. Asimilación, en posición inicial, de la *b-* bilabial a la *g-* labiovelar bajo la influencia de la *w* velar que sigue.

güeno
güelta
güey
güelve

o reforzamiento del diptongo inicial de palabra, o sílaba:

alcagüeterías
se güele el tufo
güeso

3. Aspiración, notada gráficamente por *j*

a) en posición inicial.

fw-

juerza	*junción*
¡juera bicho!	*juerte*
se jue	*p'ajuera*

h-

juir	*juyó*
¡joi Dió!	

b) en posición final.

La *-s,* como acabamos de verlo (l, b) puede desaparecer por completo en final de palabras; también puede sustituírse a una aspiración:

lo'jindios - C 61

4. Simplificación: *ks* (x) > *s*
esagerau

5. Reducción de grupos

a) *para / pa* o *p'-*
pa mí
pa'nde
¿pa qué?
pa conseguir
podían quedarse pa siempre
p'ayudar
p'ande irá
vaya p'ayá
p'ajuera
sí, pero no p'hacer de esto lo que están haciendo - C 23

b) *para el / pal* (o *p'al*)-

p'al sur	*p'al otro lau*
p'al insolente	*p'al otro mundo*

c) *me, mi* + vocal > *m'*

m'hijita	*m'enredau - (me he)*
si ahí m'criau - (me he)	

d) *Está > ta; estás > tas...*

¡ta que sos guisa	*ta que sos interesada*
ta bien	*¡ta, con las mujeres!*

e) reducción de grupos consonánticos (vulgarismos):

-mb- > -m-
tamién

-ct- > -t-
produtivo *dotora*

-pt- > -t-
aceto

-gn- > -n-
resinación

-cc- > -c-
lición

B) *Cambios en el sistema fonológico*

1. *Yeísmo*

En el español de la península existen normalmente dos fonemas distintos:

la /l̮/ de calló
y la /y/ de cayó

Pero sucede que en Hispanoamérica y sobre todo en el Río de la Plata se confunden estos dos fonemas en uno único, la *y*. De modo que no hacen diferencia entre las dos formas ya citadas. Es de notar que en este área lingüística al lado del yeísmo aparece también el fenómeno del žeísmo, o evolución de /y/ en /ž/. Aunque no se realiza gráficamente en el texto de Amorim podemos intuir que en la mayoría de los casos la pronunciación indicada con *y* correspondería al fonema /ž/ más que al /y/.

Tenemos abundantes referencias en las obras de Amorim cuando se trata del habla popular.

ayá	dar «*resueyo*» - C 153
ayí	(pero *resuello,* C 139)
cayadito	*yamar*
cayate	*yamá*
centeya	*yegás*
enyegau	*yegó*
estreya	*yevar*
Matacabayo	*yevó*
paletiya	

2. *Seseo*

Se trata de la no distinción entre la /θ/ de *caza* y la /s/ de *casa*. Es decir que los dos fonemas se confunden en el único, /s/

amigaso	*sonso*
gauchasa	*sonseras*
petiso	

3. *Acentuación*

En el habla popular ríoplatense se notan con frecuencia cambios de acento. Ya hemos aludido a tal fenómeno en la parte del vocalismo bajo la etiqueta de «vocales en hiato».

También pueden aparecer en ciertos imperativos con pronombre dativo enclítico; el acento se desplaza hacia la final

¡dejenmé solo! (C 61)
¡oigalé! (C 115)

lo que se considera como vulgarismo quizás enfático.

En cuanto a las formas verbales relacionadas con el *voseo* sería erróneo colocarlas en este párrafo porque en realidad no se trata de un cambio de acento sino de un fenómeno más complejo de tipo morfosintáctico (véase capítulo «morfología verbal»), ya que la desinencia, verbal es de segunda persona de plural y no de segunda de singular: *te acordás, levantás.*

4. *El español de los extranjeros*

El realismo que se desprende de «La carreta» lo expresa en gran parte E. Amorim a través del lenguaje que emplean los diferentes protagonistas de la novela (gauchos, troperos, baquianos, peones, mensuales, quitanderas, chinas, etc...) y se empeña en particular en reproducir el modo de hablar de extranjeros que no dominan el idioma español. Dos casos bastante distintos se presentan: el de un negro brasileño y el de un turco.

1. El *negro brasileño* no habla español y lo que parece «una jerga pintoresca» (C 48) no es más que portugués de Brasil escrito de vez en cuando con grafía castellanizada, por ejemplo:

en por *em*
facer por *fazer*

El negro está preparando una riña con apuestas entre dos gatos, trata de interesar al público y dice: «istá furioso» (C 49) —«isto e pra meus bichinhos... A segunda volta eu desafío a todos os gatos de "La Lechuza"» (C 50) — «¿A queim aposta, o sinhor!» ... ¡Ah no, sinhor! ¡Dinheiro!» (C 50) —¡Eu vo facer una experiencia!» (C 51).

2. El caso del *turco* es distinto. No se puede olvidar que en el Río de la Plata se llamaba «turco» a los emigrantes procedentes del Oriente Medio es decir sirios, libaneses, palestinos, etc... que habían vivido bajo la dominación turca pero que hablaban árabe más que turco. Pues el esfuerzo para hablar español era mayor para ellos que para los vecinos brasileños. El autor insiste en especial sobre los defectos de pronunciación del vendedor ambulante «turco» (que parece ser más bien judío por llamarse Abraham José) y sobre las dificultades que tiene para construir una oración. Quiere casarse con Brandina, una de las quitanderas de la carreta mandada por la vieja misia Rita: «Si me querés, muchacha, turco darte

todo... trabajo, dinero, roba, alhaja, comida, todo... Turco ser bueno, agachar el lomo para Brandina» (C 159) —«Tuyo, todo tuyo, si querés al bobre turquito. No yeva blata, borque los otros matan al turco ba sacarle dinero. Todo, todo está en ciudad, gardado. Bero turco Abraham José jura, jura que todo será bara Brandina...» (C 159) —«Brandina, brasilerita, ¿los güeyes están todos» (C 162). Sonoriza la *p*- en *b*-, usa yeísmo, y deja los verbos en infinitivo.

II. Morfología

1. *Morfología nominal*

A) *Género*

Entre los campesinos, existen unos femeninos irregulares:

- *cuala,* fem. de *cual:*
  [una changa] *¿cuála?* - C 141
- *gurisa,* fem. de *gurí:*
  «allí lo iba a esperar la "*gurisa*"» - C 109
- *diabla,* fem. de *diablo:*
  «pero son *diablas* estas paicas» - C 33

B) *Número*

Popularmente, las palabras terminadas por una vocal acentuada hacen el plural en *-ses:*

gurí - gurises
sarandí - sarandíes; pero *sarandises* en otras obras del autor.

C) *Sufijos*

Los gauchos usan con prodigalidad sufijos de todas clases que imprimen a su discurso un carácter particular.

1. *Diminutivos y afectivos*

El más frecuente de todos es *-ito* que aun se encuentra en adverbios y locuciones:

almita	*llamitas*
apenitas	*naricita*
arbolitos	*paisanito*
blandito	*pobrecita*
boquita	*pelaíto*
brasilerita	*pesito*
cabito	*quietecito*
calladita	*recientito*
cuerito	*trajecito*
changuita	*turquito*
entradita	*velita*
hijitas	*viejito*

igualito | *viudita*
invernadita | *vocecita*
livianito | *yegüita*
lucecitas

La forma del diminutivo no corresponde siempre a la norma de España y se observa cierta fluctuación. Así se dice *viejito* al lado de *quietecito* etc...

Otro sufijo diminutivo es *-illo* menos usado:

chiquillos | *carretilla*
ponchillo | *Felipiyo*

El sufijo *-ón* indica también a veces una idea de pequeñez (cf. fr. *cruche* - *cruchon*):

Callejón | *cañadón*

También aparece

chiquirritín | *Piquirrín*

2. *Aumentativos y despectivos*

Se emplea mucho el sufijo *-ón*.

- derivación nominal:
costurón | *zanjón*
carretón | *señorón*
facón | *mestizones*
vaquillona | *planchón*

- derivación adjetival:
cobardón | *hipocritón*
dulzón | *inocentona*
madurona | *sesentona*

El sufijo *-arrón* que es una combinación de *-arro* y *-ón* se encuentra también:

mancarrón

Otro sufijo, despectivo, es *-ote.*

chinota | *palabrotas*
manotas | *seriote*

Los otros sufijos son menos abundantes:

- *ucho* - *carucha*
- *uzo* - *gentuza*
- *azo* - *amigazo*
lindazo
machazo
caborteraza
gauchaza

- la serie *-anco, -ancho, -ango, -enco, -ongo, -ingo, -ungo* cuyas formas se añaden generalmente a palabras indígenas (cf. Tiscornia):

fritanga *porongo*

3. *Colectivos*

-*aje*, a veces peyorativo:

gauchaje *paisanaje*

Son corrientes los sufijos -*ar* y sobre todo -*al*:

barrial
cardal
pajal, pajonal
pastizal
yuyal

Otro colectivo es -*ería*

boletería
caserío
chinerío
pulpería
rancherío
toldería

El sufijo -*ero* indica lugar:

chiquero
potrero
reñidero

El sufijo -*ada*, muy frecuentemente, indica colección, acción, golpe, según la base de derivación.

aguada
boquiada
boyada
braceada, brazada
caballada
cachetada
canallada
correntada
chorrada
disparada
indiada
invernada
mozada
ondonada
paisanada
patriada
pavada
payada
peonada
pisada
pitada
porretada
risotada
voltiada

4. *Sufijos que marcan un oficio o una afición*

-*ero*

almacenero
aparcero
boletero
milagrera
pantanero
puestero

bolichero
carpera
cuentero
curandero
estafetero
estanciero
pulpero
puntero
quitandera
rastrera
rastrojero
tropero

-dor
alambrador
payador

2. *Morfología verbal*

A) *Formas irregulares*

1. Con diptongación analógica:

«*muenta* una yegüita picasa» - C 82
«la vieja González es gaucha y los *compriende*» - C 84

(Es de observar que entre los sustantivos se encuentran también tales tipos de diptongación analógica —«y si no querés soltar la *prienda* tan pronto, pagás más»— C 115).

2. Regionalismos peninsulares

El verbo *ir* se encuentra bajo la forma muy popular *dir-* —«tenemos que *dir* primero»— C 44, «yo voy a *dir* con vos» C 90; «yo la vide *dir*»— C 116; «me voy a *dir*» - C 162.

El verbo *entrar* tiene la forma *dentrar* (cf. *dentro*) —«cuando el hombre *dentró* por la ventana»— C 101.

3. Verbo *haber*

«*haiga* paz, compañeros» - C 117
- verbo *ver:*
vide (pret.) C 116 (= *vi*)
vido (pret.) C 32, 116 (= *vio*)
- verbo *ir:*
«No le *vi'*a proporcionar una porquería» - C 108 (voy a).
«Yo no le *vi'*a dar gato por liebre» - C 108

B) *Prefijos verbales*

en-

Es formación popular *enyegau, en yegó,* de *enllegar.*

C) *Consecuencias morfológicas del* voseo *en las formas verbales*

Se sabe que en España el tratamiento familiar singular se realiza con el empleo del pronombre sujeto *tú* seguido de verbos con desinencias en segunda persona singular. Ahora bien en el Río de la Plata no se usa comúnmente el *tú* sino el *vos* como tratamiento familiar singular. Dado su origen, las desinencias verbales que lo acompañan venían en segunda de plural: ahora en esta área lingüística las desinencias aparecen alteradas en varios tiempos. No se trata de simple desplazamiento de acento tónico (como dicen algunos) sino más bien de terminaciones reducidas de segunda de plural. Por ejemplo:

1. *En presente de indicativo,* en vez de tener las formas regulares de plural para acompañar el *vos*

aparecen	*-áis*	*-éis*	*-ís*
	-ás	*-és*	*-ís*

y claro, no se nota nunca una forma diptongada en estos casos.

En presente de subjuntivo pasa lo mismo:

en vez de	*-éis*	*-áis*	*-áis*
aparecen	*-és*	*-ás*	*-ás*

Caso particular: sois > *sos*

te acordás	*pensás*
bajás	*te perdés*
vos comprás	*te ponés*
me contás	*podás*
descuidés	*podés*
entendés	*querés*
estás	*tenés*
me hablás	*sabés*
levantás	*yegás*

2. *En imperativo*

en vez de	*-ad*	*-ed*	*-id*
tenemos	*-á*	*-é*	*-í*

y con pronombres enclíticos:

en vez de	*-aos*	*-eos*	*-íos*
tenemos	*-ate*	*-ete*	*-ite*

acostate	*dormí*
andá	*hablá*
aprontate	*hacé*
bajate	*pedile*

callate	*pescá*
cayate	*quedate*
cerrá	*salí*
decí	*sosegate*
dejá	*tené*
dejame	*tocá*
dejate	*tomá*
descansá	*vení*

3. Otras consecuencias del *voseo* se manifiestan en el uso del pronombre dativo y reflexivo *te* así como en el uso del posesivo *tu*. Son alteraciones sintácticas (véase más abajo).

3. *Arcaísmos*

ande
por *a donde*
ansina
por *así*
asigún
por *según*
naide
por *nadie*

III. Sintaxis

1. *Las partes de la oración*

A) *Posesivos*

1. En caso de vocativo aparece el adjetivo posesivo antepuesto *mi* en vez de la forma postpuesta *mío, mía:*

«no se enoje, *mi* amigaso» - C 23
«*m'*hijitas, si quieren andar bien con la justicia...» - C 28
«vaya rezando un padrenuestro, *m'*hija!» - C 61

2. Una anomalía en la construcción sintáctica que viene relacionada con el *voseo* es el empleo del adjetivo posesivo *tu* en vez de *vuestro:*

«Andá con *tus* quitanderas!» C - 53
«No descuidés *tu* trabajo» - C 8

B) *Pronombres*

1. Otra alteración sintáctica relacionada también con el *voseo* se manifiesta en el empleo del dativo y reflexivo *te* en lugar de *os:*

«a vos mismo *te* los juego» - C 51
«*te* ponés la ropa fina» - C 162
«vos podrías quedar*te* en el Paso del Cementerio» - C 127
«Si segu*ís* así, *te* lo va a secar!» - C 21
«Vení, acosta*te,* y me cont*ás* de dónde *sos*» - C 35

Nótese que el pronombre sujeto, en caso de *voseo,* es *vos* y el pronombre usado con preposición también: *a vos, para vos,* etc...

2. El pronombre sujeto plural utilizado en caso de tratamiento directo es *ustedes* construido con desinencia verbal de tercera de plural. Es interesante destacar que como no se conoce en América el «vosotros», la única forma es *ustedes* para cubrir a la vez el tratamiento familiar y el deferente.

3. Pronombre acusativo de persona masculino singular: *lo,* en vez de *le.* Es el loísmo.

«*lo* llaman "el cuentero"» - C 100
«*lo* quería [a Alfaro] hasta dispués de muerta» - C 142

4. *Se los* en lugar de *se lo*

Según Ch. Kany (p. 141) se nota con frecuencia en el habla popular y lo explica de este modo: «Puesto que la conciencia del número es importante y en la conversación rápida con frecuencia se omiten las frases prepositivas, el habla popular de numerosas regiones de Hispanoamérica trata insistentemente de indicar la pluralidad del complemento indirecto *se* añadiendo una *s* al complemento directo que sigue inmediatamente, *lo* o *la,* convirtiendo a éstos en *los* o *las* aun cuando dicho complemento se halle en singular. La *s* pluralizadora se añade a *lo* o a *la* incluso en el caso de que el plural pertenezca al otro pronombre, pues *los* y *las* son formas completamente familiares y una forma *ses* sería inconcebible».

Para comprobar su teoría cita una serie de ejemplos de autores americanos y entre ellos sale uno de Amorim y sacado de *La carreta* (ed. de 1937):

«yo *se los* permito»

Es de notar que en la edición de 1952 se lee

«yo *se lo* permito» - C 23.

5. Giro pronominal: *lo de*

Kany (p. 164) dice: «En la Región del Río de la Plata se ha conservado vigorosamente *lo de,* usándolo coloquialmente todas las clases como expresión general por *casa de*».

En *La carreta* tenemos varios ejemplos:

«en *lo'e* don Cándido me espera mi marido» - C 90
«nos agarrará la noche en *lo de* Perico» - C 166
«almorzaremos en *lo del* tuerto Cabrera» - C 166

C) *Verbos*

1. Uso de perífrasis verbales de tipo *ir + gerundio*

«En el español normal se usan muy rara vez las formas progresivas de ciertos verbos (tales como *ser, ir, venir*), cosa empero, que no ocurría en la lengua antigua, en la cual hallamos *id yendo, iremos yendo, vámonos yendo,* etc., expresiones en que se encontraban juntas una forma concreta y el gerundio del mismo verbo para poner de relieve el elemento progresivo, antiguo uso que ha sobrevivido en partes de Hispanoamérica, y no sólo en el habla popular y rústica, sino también en boca de los más cultos». (Kany, p. 282). Citemos en Amorim:

«bueno, *vayan yendo*» - C 139

2. *Uso de «había sido»*

En vez de usar el «imperfecto simple» *era,* el paisano prefiere la perífrasis *había sido*» dice Tiscornia, y eso sobre todo en Argentina. Se verifica también en Uruguay, Bolivia, Perú y Ecuador. Explica Kany:

«Es interesante el uso popular del pluscuamperfecto *había sido,* más un sustantivo, pronombre o adjetivo generalmente, con sentido de presente o imperfecto de indicativo para expresar sorpresa o admiración».

En Amorim:

«¡Sabe que es muy gracioso, amigaso, muy gracioso! ¡La pucha que *había sido* vivo usté!... ¡Ja, ja, ja, que *había sido* bicho!» - C 24.

D) *Preposiciones*

a) a en vez de *por* delante de los infinitivos.
Cita Kany (p. 400) un ejemplo sacado de Amorim:

«Matacabayo quedó apoyado a un poste del alambrado, acomodando sobre los hombros los arreos *a* reparar» - C, p. 14, ed. 1937.

En la versión de 1952 se lee:

«... los arreos *que debía* reparar» - C 7

b) el dequeísmo
Cita Kany (p. 411):

«por ello dedujo *de que* se trataba de gente pobre y forastera» - C, p. 12, ed. 1937.

mientras que en la edición de 1952 se lee:

«por ello dedujo *que* se trataba...» - C 6.

E) *Adverbios*

1. *Recién*

Es de uso corriente con verbos, en América. Estudia Kany (p. 379) este empleo particular:

«Al parecer, la lengua antigua empleó ocasionalmente la palabra original *reciente* con el significado de *hace poco tiempo.* Al paso que semejante uso ha caído en olvido en España, en ciertas regiones de Hispanoamérica se ha desarrollado grandemente, y la forma breve *recién* (rústico *ricién*) ha adquirido nuevos signficados: (1) «ahora mismo», «hace poco tiempo», etc... A veces se emplea *recién* en forma redundante... (2) «sólo», «sólo entonces», «no antes»... (3) «apenas», «tan pronto... como», etc...

Más lejos añade:

> «El significado nº 2 parece ser el más corriente de todos. En este sentido, con frecuencia implica un especial estado de ánimo, una idea de sorpresa, sobre todo si el verbo está en presente o en futuro».

Aquí van los ejemplos sacados de la obra de Amorim clasificados según las definiciones de Kany:

1º. «quince o veinte piedras *recién* llegan a afectar su estómago» - C 99
«*reciencito* se jué la vieja» - C 111

2º. «*recién* entonces, cuando...» - C 119
«*reciencito* metí las manos en el cajón de la finadita y...» - C 144

2. *Nomás*

Es otra expresión adverbial de gran difusión en Hispanoamérica. Se escribe en dos palabras, *no más,* o en una sola, *nomás.* Kany (p. 368-370) considera varios sentidos de la expresión:

1º. *solamente,* como en España - donde, no obstante, se prefiere *nada más.*

2º. A veces se añade *no más,* a manera de sufijo reforzativo, a adjetivos y adverbios y a otras partes de la oración usadas adverbialmente («*ahí no más*»)

3º. A manera de sufijo enfático se añade *no más* a las formas verbales, sobre todo a las imperativas. Sirve para poner de relieve el verbo, dejando inconcluso el pensamiento del hablante, debiéndose completar frecuentemente de acuerdo con su entonación («*diga no más*»)

4º. *No más* colocado entre *al* y un infinitivo, con el significado de *apenas, tan pronto como* («al no más llegar, lo vi»)

Según estos sentidos, clasificamos nuestros ejemplos de este modo:

1º. «y, pué ser, *nomás!*» - C 82
«apenitas vió dos lindos paisanitos rubios como este linyera... de entradita *nomá*» C 31

2º. «Al ñudo *no más,* es que el que los capitanea a todos ésos» - C 33

3º. «Dejá *nomás,* que yo lo arreglo» - C 27
«Bueno, andá *nomás* a cebar mate» - C 110

Según D. Gazdaru *(op. cit.),* la expresión proviene del latín *non magis* que era un comparativo. Al principio fue en español un comparativo también - «*no más que (de)...*». A propósito de la forma diminutiva *nomasito,* dice Gazdaru que «el sufijo diminutivo *-ito* es una prueba evidente de la pérdida total del sentido etimológico en la conciencia de los hablantes hispanoamericanos».

F) *Conjunciones*

1. *donde*

«estanzuelas o pulperías *donde* frecuentaba» - C 150

Aquí *donde* tiene el valor de *que*. Quizá el sentido mismo del verbo atraiga tal construcción o sea paralelismo con otro tipo de frase, por ej. -«pulperías *donde* solía estar»

2. *desde que*

Además del valor temporal, *desde que* puede tener otro, causal, es decir «ya que», «puesto que». Lo registra el ejemplo siguiente:

«el hombre no tuvo reparo en ello, *desde que,* sin la colaboración del comisario, le sería imposible vengarse» - C 24

3. *ni que*

«Pucha, *ni que* estuvieses enamoretiada de don Cipriano!» - C 66

La frase no se termina y hay que adivinar el final: «aunque estuviese enamoretiada...» «no es razón suficiente para mirarle de este modo».

2. *Sintaxis afectiva*

a) *¿No?*

«Cuando, al término de una frase u oración, el idioma peninsular consagrado prefiere *¿no es verdad?*, *¿verdad?* o *¿no es cierto?* se emplea la partícula negativa *¿no?* (a veces *¿que no?*). Este *¿no?* es común asimismo en Andalucía». (Kany, p. 459).

En Amorim:

«Gracioso el mozo... *¿no?*» - C 102
«Conque pedís plata a las estreyas, Clorinda *¿no?*» - C 22

b) *¿sabe?* o *¿sabés?*

Se emplea muchísimo en la región del Río de la Plata, al final de frase, como muletilla, para ver si el oyente sigue la conversación o si se da cuenta de su importancia:

«El lau flaco, *¿sabe?*» - C 99
«Mañana, almorzaremos en lo del tuerto Cabrera... *¿sabés?*» - C 166
«Me han pedido, *¿sabe?*... que marche un poco separau» - C 121

c) *Che*

Sirve para llamar la atención del oyente o expresar una reacción del hablante.

Para la historia de la palabra, cf. Lapesa p. 592 y Corominas, s. v. *ce* (origen valenciano probable).

«*Che,* Cándido, loco sucio» - C 99
«¡*Che,* que me duele!» - C 37
«Andá, *che*» - C 161

d) *Pucha*

Exclamación familiar (esp. *puta*)

«¡*Pucha,* ni que estuvieses enamoretiada de don Cipriano!» - C 66
«¡*La Pucha* que había sido vivo usté!» - C 24
«¡qué *pucha*!» - C 144

IV. La Lengua y las Clases Sociales

Fórmulas de Tratamiento

A) *Uso del «vos»*

El empleo de *vos* es un dejo del uso corriente en el castellano de los siglos antiguos hasta el siglo XVI, uso heredado del latín. El origen mismo explica consecutivamente el aspecto morfosintáctico y semántico.

Para dirigir la palabra, el latín clásico sólo tenía dos formas: una singular, otra plural, sin distinción entre tratamiento familiar o cortés. De modo que el nominativo singular *tu* iba con desinencia verbal en 2da de singular, y el nominativo *vos* con desinencia en 2da de plural.

El castellano conservó tal empleo únicamente relacionado con el número de interlocutores.

En el siglo XII, al lado del empleo de *vos* como referencia a un grupo plural apareció otro empleo de *vos* como referencia a una persona única (singular, entonces) con valor específico de deferencia, de cortesía. Nació pues la ambigüedad de *vos*, a la vez singular y plural, pero con una construcción verbal únicamente en 2da de plural. Más tarde, se consideró como poco deferente el tratamiento singular *vos* en España y se fue abandonando mientras se creaba (s. XVI) la forma analítica de cortesía *vuestra merced* (con variantes: *voacé, vuesarced,* etc...) antecedente del moderno *usted* cuya construcción implicaba una desinencia verbal de 3ra de singular.

Entonces a fines del siglo XV, cuando los españoles introdujeron el castellano en las tierras del Nuevo Mundo, usaban el *tú* y el *vos* como tratamiento singular. Pero mientras se perdió el *vos* en la Península, se conservó en algunas partes de América. Se considera generalmente el empleo del *vos* como un arcaísmo, pero por otra parte es interesante observar cómo se ha elaborado un sistema original a partir de dos sistemas distintos que coexistían en España. La consecuencia de tal compenetración se manifiesta en el campo morfológico y sintáctico.

Lo que se llama *voseo* corresponde al empleo de *vos* singular y familiar con desinencias alteradas de 2da de plural.

Cabe añadir que el tratamiento plural en Hispanoamérica tiene una forma única, sea familiar sea respetuosa, *ustedes,* con verbo en 3ra de plural. Se desconoce por completo la forma peninsular *vosotros* con 2da de plural como tratamiento familiar plural.

B) *Uso del «tú»*

Casi no se tutea en la región ríoplatense. Según F. Weber, en ciertas escuelas de Buenos Aires, escuelas primarias y normales, se enseña el uso del tuteo. Pero no suena «criollo» y generalmente dos jóvenes se tratan de «vos»

En «El caballo y su sombra», Amorim presta a una de sus heroinas, Adelita, unas tendencias completamente opuestas a las de la gente del país, «pueblera» o no. Adelita precisamente tutea a las personas y exagera el autor cuando declara que —«también trataba de *tú* a los utensilios de la mesa». Luego insiste diciendo —«ella no hablaba como el resto de la familia. El *tú* sonaba en sus labios con una clara armonía. Jamás la oyó decir *vos* o *che.* Su conversación florecía en inusitadas palabras, de familia de antiguo cuño. Marcelo se burló cariñosamente de la manera de hablar de su cuñada, pero dejando entrever un ligero orgullo de hallar en 'El Palenque' una jerga dulzona, sin afectación, de pura cepa hispana».

C) *Uso del «usted»*

Mientras el *vos* es íntimo y familiar, *usted* es forma de cortesía, de modo que puede indicar distanciamiento o ira de parte de quien lo usa:

> «Cuando su padre la trataba de 'usted' ya sabía ella que había que obedecer de inmediato, 'sin palabrita'.» C 12

D) *Empleo de «misia»*

Es la fórmula de deferencia que se usa seguida del nombre de pila cuando uno se dirige a una señora mayor y de alto rango social.

> «*misia* Rita» es «la Mandamás» la vieja que con autoridad manda a todas las jóvenes rameras de la carreta.
>
> «*misia* Pancha», «una setentona correntina» que se llamaba en «su mocedad La Ñata» y «ahora *misia* Pancha».

Según Kany, proviene *misia* de *mi señora (mi seora / mi sea / mi sia).* Se encuentran las dos formas *misia* y *misiá* «al tratar o referirse con respeto a las mujeres de nivel social un poco más alto, generalmente casadas o viudas».

F. Weber explica - «*Misia,* tras haber sido la fómula obligada para damas de alta condición social, ha desaparecido ya de la lengua corriente».

E) *Empleo de «don»*

En *La carreta* aparece «don» seguido del nombre de pila masculino como es natural en España, pero viene también seguido del apellido, lo que es insólito. Por ej.

«don Chaves» - C 158

forma que alterna con

«don Marcelino» - C 158

porque el personaje se llama Marcelino Chaves. Hasta con mote puede usarse «don», por ejemplo:

«don Mata» (Matacabayo) - C 120, 131.

El femenino «doña» no aparece en la novela. Tampoco «don» empleado a secas y tan común en el Río de la Plata cuando se dirige uno a una persona desconocida como para marcarle respeto (igual con «maestro», etc...).

F) *Empleo de «tata»*

Es forma cariñosa para designar el papá

«¡Es *tata*, siguro que es *tata!*» - C 55

«La Secundina grita mucho, *tata*» - C 12

Desde 1900 ha caído en desuso (F. Weber).

G) *Empleo de «viejo»*

Hoy en día, se usa corrientemente *viejo* cuando el hijo habla de su padre, y *vieja* cuando de su madre, y también entre marido y mujer.

Son fórmulas familiares, pero no se puede decir que son vulgares o irrespetuosas.

«*Viejito* caprichoso!» - C 37

«Tengo miedo, *viejo*» - C 58

«Cayate, *vieja*» - C 58

«Descansá *vieja*» - C 79

«Tu *viejo* me pidió que no te enrolase hasta no saber cómo andan las cosas» - C 127

«¿Y el *viejo* Mata?» - C 61

Conclusión

Es interesante destacar que la lengua utilizada en *La carreta* presenta distintos aspectos según quien habla. Aparecen claramente dos niveles de lengua.

Cuando se manifiestan los personajes de la novela a través de diálogos, domina en todos los campos lingüísticos la lengua popular, rural, típicamente rioplatense, con las características morfológicas, sintácticas y fonéticas (con la grafía intencional correspondiente) antes estudiadas.

Al contrario, cuando se expresa el narrador, sigue la norma académica, excepto por lo que se refiere a semántica, y en particular al léxico, como muestra de cierto costumbrismo relacionado íntimamente con el ambiente.

Bibliografía utilizada

I. Textos aprovechados

GÜIRALDES, Ricardo. *Don Segundo Sombra.* 9ª. ed., Losada, Buenos Aires 1949.

REYLES, Carlos. *El Gaucho Florido.* Austral, Buenos Aires 1939.

SILVA VALDES, Fernán. *Cuentos del Uruguay.* Austral, Buenos Aires 1945.

SARMIENTO, Domingo Faustino. *Facundo.* Colección Universal, Madrid 1932.

VÁZQUEZ DE ESPINOSA, Antonio. *Compendio y descripción de las Indias Occidentales.* Transcrito del manuscrito original por Charles Upson Clark Smithsonian Miscellaneous Collections, volume 108. Washington 1948. XII-801 p., (de 1629).

II. Estudios sobre los americanismos

A. *Léxicos*

BUESA OLIVER, Tomás. *Indoamericanismos léxicos en español.* Madrid, 1965.

CAHUZAC, Philippe. *Etude onomasiologique du vocabulaire du cheval en Amérique Latine.* Thèse de Doctorat d'état soutenue à Paris-Sorbonne, 1983 (4 vol.)

FRIEDERICI, Georg. *Amerikanistisches Wörterbuch.* Hamburg, 1947.

FRIEDERICI, Georg. *Hilfswörterbuch für den Amerikanisten. Lehnwörter aus Indianersprachen und Erklärugen altertümlicher Ausdrücke.* Studien über Amerika und Spanien, Halle, 1926.

MALARET, Augusto. *Diccionario de americanismos.* Buenos Aires, 1946, 3ra. ed., 835 p.

MALARET, Augusto. Diccionario de americanismos. Novísimo suplemento. *Boletín de Filología,* Montevideo, IV (1945), Nos. 28-30, p. 136-159.

MALARET, Augusto. Antología de americanismos. *Boletín Caro y Cuervo,* V (1949), p. 214-226.

MALARET, Augusto. Los americanismos en el lenguaje literario. *Boletín de Filología,* Chile, VII (1952-53), p. 1-113.

MALARET, Augusto. *Lexicón de fauna y flora.* Madrid, 1970, 570 p.

MORINIGO, Marcos A. *Diccionario manual de Americanismos,* Buenos Aires, Muchnik, 1966, 738 p.

NEVES, A. N. *Diccionario de Americanismos.* Buenos Aires, Sopena, 1973, 591 p.

SANTAMARÍA, F. J. *Diccionario general de americanismos.* México 1942, 3 vol., XVI-658, 558 y 675 p.

SPERATTI PIÑERO, Emma Susana. Los americanismos en «Tirano Banderas». *Filología,* Buenos Aires, II-3 (1950), p. 225-291.

TENORIO D'ALBUQUERQUE, A. Americanismos. *Boletín de Filología,* Montevideo, V (1946), p. 41-51.

TENORIO D'ALBUQUERQUE, A. Diccionario de americanismos. *Boletín de Filología,* Montevideo, V (1946), p. 52-57.

B. *Estudios varios*

ALFARO, Ricardo J. El anglicismo en el español contemporáneo. *Boletín del Instituto Caro y Cuervo,* IV (1948), p. 102-128.

ALONSO, Amado. *Castellano, español, idioma nacional. Historia espiritual de tres nombres.* Buenos Aires 1938, 198 pág.

CAHUZAC, Philippe. «La división del español de América en zonas dialectales. Solución etnolingüística o semántico-dialectal». *LEA,* II, 2, Madrid, 1980, p. 385-441.

CANFIELD, Delos Lincoln. *La pronunciación del español en América,* Bogotá, Instituto Caro y Cuervo, 1962, 108 p.

COROMINAS, Juan. *Diccionario crítico etimológico de la lengua castellana.* Editorial Francke, Berna 1954.

COROMINAS, Juan. Indianorománica. Occidentalismos americanos. *Revista de Filología Hispánica,* VI (1944), p. 139-175 y 209-248.

COROMINAS, Juan. Indianorománica. Estudios de lexicología hispanoamericana. *Revista de Filología Hispánica,* VI (1944), p. 1-35.

ENTWISTLE, William J. *The Spanish Language.* London 1936. (Capítulo VII: *The Extension of Spanish to Spanish America,* p. 229-277).

FLÓREZ, Luis. *Lengua española.* Bogotá 1953. (Capítulo: *Algunos rasgos del español de América,* p. 107-131).

GAZDARU, D. Español «no más» y rumano «numai» en su desarrollo paralelo. *Filología,* Buenos Aires, I (1949), p. 23-42.

GUTEMBERG BOHORQUEZ, Jesús. *Concepto de «americanismo» en la historia del español,* Bogotá, Instituto Caro y Cuervo, 1984, 169 p.

KANY, Ch. *Semántica hispanoamericana,* Madrid, Aguilar, 1963, 298 p.

KANY, Charles E. *Sintaxis hispanoamericana.* Madrid, Gredos, 1969, 550 p.

LAPESA, Rafael. *Historia de la lengua española.* Madrid, Gredos, 1980, 682 p.

LERNER, Isaías. *Arcaísmos léxicos del español de América,* Madrid, Insula, 1974, 274 p.

LOPE BLANCH, Juan. *El español de América.* Madrid, Alcalá, 1968, 150 p.

MALER, Bertil. Elargissement de l'usage de «como» comparatif dans l'espagnol de l'Amérique du Sud. *Moderna Sprak,* Stockholm, XLVII-4 (1953) p. 242-248.

MALKIEL, Yakov. Historia lingüística de «peón». *Boletín del Instituto Caro y Cuervo,* VII (1951), p. 201-244.

MONTES GIRALDO, José Joaquín. *Dialectología general e hispanoamericana,* Bogotá, Instituto Caro y Cuervo, 1982, 162 p.

MORINIGO, Marcos A. La formación léxica regional hispano-americana. *Nueva Revista de Filología Hispánica,* VII (1953), p. 234-241.

NAVARRO TOMÁS, Tomás. *Cuestionario lingüístico hispanoamericano.* Buenos Aires 1945.

RODRÍGUEZ-CASTELLANO, Juan. Ligeras observaciones sobre la lengua de Cervantes en América. *Hispania,* Washington, I (1948), p. 19-29.

ROSENBLAT, Ángel. *La lengua y la cultura de Hispanoamérica.* Jena und Leipzig 1933.

ROSENBLAT, Ángel. Vacilaciones y cambios de género motivados por el artículo. *Boletín del Instituto Caro y Cuervo,* V (1949), p. 21-32.

SALA, Marius, et alii. *El español de América,* tomo I-1, Bogotá, 1982, 623 p.; tomo I-2, Bogotá, 1982, 497 p.

SELVA, Juan B. Sufijos americanos. *Boletín del Instituto Caro y Cuervo,* V (1949), p. 192-213.

ZAPPACOSTA DE WILLMOTT. Problemas del hispanoamericano. *Anales del Instituto de Lingüística,* Cuyo, Argentina, IV (1950), p. 127-139.

III. Argentinismos y uruguayismos

A. *Léxicos*

ABAD SANTILLÁN, D. *Diccionario de Argentinismos,* Buenos Aires, 1977.

ALBERTI, Eugenia B. de, et alii. *Diccionario documentado de voces uruguayas en Amorim, Espinola, Mas de Ayala, Porta.* Montevideo, 1971, 206 p.

BECCO, Horacio Jorge. *Don Segundo Sombra y su vocabulario.* Buenos Aires, Ollantay, 1952, 162 p.

BERRO GARCÍA, Adolfo. Prontuario de voces del lenguaje campesino uruguayo. *Boletín de Filología,* Montevideo, I, p. 163-197 (fasc. 1936), p. 395-416 (fasc. 1937).

BOTTIGNOLI, Justo. Diccionario guaraní-castellano. *Boletín de Filología,* Montevideo, III, n. 15 (1940), III, n. 16-17 (1941), IV, n. 20-21 (1943), IV, n. 22-24 (1943).

GARZÓN, Tobías. *Diccionario argentino.* Barcelona 1910, XV-519 pág.

GRANADA, Daniel. *Vocabulario rioplatense razonado.* Montevideo, 1890, 410 p.

GUARNIERI, Juan Carlos. *Diccionario del lenguaje campesino rioplatense.* Montevideo, Florensa y Lafón, 1968, 144 p.

INCHAUSPE, Pedro. *Voces y costumbres del campo argentino.* Buenos Aires. S. Rueda. 1942.

INCHAUSPE, Pedro. *Más voces y costumbres del campo argentino.* Santa Fe, Colmegua, 1953, 300 p.

MIERES, Celia, et alii. *Diccionario uruguayo documentado.* Montevideo, 1966, 135 p.

PACHECO, A. *Diccionario gaucho, refranes, modismos y vocablos criollos rioplatenses, sureños y pampas.* Montevideo, 1972, 219 p.

PALOMBO, G. Vocabulario ganadero argentino: dominio de ganado, *Filología,* Buenos Aires, 17-18, 1976-1977 (1981), p. 395-406.

POTTIER, Huguette. *Argentinismos y uruguayismos en la obra de Enrique Amorim.* Montevideo, Agón, 1958, 222 p.

SAUBIDET, Tito. *Vocabulario y refranero criollo.* Buenos Aires 1948.

SELVA, Juan B. Argentinismos de origen indígena, *Boletín de la Academia Argentina de Letras,* XX, 1951, nº 75, p. 37-95.

SEGOVIA, Lisandro. *Diccionario de argentinismos, neologismos y barbarismos.* Buenos Aires, 1911, 1100 pág.

SILVA VALDÉS, Fernán. Vocabulario de uruguayismos. *Boletín de Filología,* Montevideo, III (1941), p. 276-281.

SOLA, Vicente. *Diccionario de regionalismos de Salta (República Argentina).* Buenos Aires 1947.

SPALDING, Walter. Arcaísmos da linguagem popular gaúcha. *Boletín de Filología,* Montevideo, V (1947), p. 204-225.

VIDAL DE BATTINI, Berta Elena. El léxico de los «yerbateros». *Nueva Revista de Filología Hispánica,* VII (1953), p. 190-208.

VIDAL DE BATTINI, B. E. El léxico de los buscadores de oro de La Carolina, San Luis. *Homenaje a Fritz Krüger,* Mendoza 1952, I, p. 303-334.

VIDAL DE BATTINI, B. E. Voces marinas en el habla rural de San Luis. *Filología,* Buenos Aires, I (1949), p. 105-150.

B. *Estudios varios*

AHEDO, Pilar. Nombres de la llovizna. *Revista de dialectología y tradiciones populares,* VIII (1952), p. 367-368.

BARRENECHEA, A. M. y BRUZZI COSTAS, Narciso. Bibliografía lingüística argentina (1939-1947). In *Os estudos de linguística románica na Europa e na América desde 1939 a 1948*. Coimbra 1951, I, p. 147-174.

BERRO GARCÍA, A. Uruguayismos en el habla común. *Estudios dedicados a R. Oroz,* Santiago, 1967, p. 53-80.

BOGGS, R. S. Sobre el «che» ríoplatense. *Boletín de Filología,* Montevideo, IV (1943), p. 80-81.

CANALS FRAU, Salvador. Sobre el origen de la voz «bagual». *Anales del Instituto de Lingüística,* Cuyo, Argentina, I (1941), p. 71-77.

CASTRO, Américo. *La peculiaridad lingüística rioplatense,* Madrid, Taurus, 1960, 150 p.

COROMINAS, Juan. Rasgos semánticos nacionales. *Anales del Instituto de Lingüística,* Cuyo, Argentina, I (1941), p. 1-29.

DEVOTO, Daniel. Sobre paremiología musical porteña. *Filología* III (1951), p. 6-83.

DONNI DE MIRANDE, N. E. La variedad del español en la Argentina. *Actas del II Simposio internacional de lengua española,* Las Palmas, 1984, p. 425-457.

DORNHEIM, A. Algunos aspectos arcaicos de la cultura popular cuyana. *Anales del Instituto de Lingüística,* Cuyo, Argentina, V (1952), p. 303-336.

DORNHEIM, A. La alfarería criolla en los algarrobos (Provincia de Córdoba). *Homenaje a Fritz Krüger,* Mendoza 1952, I, p. 335-364.

ELIZAINCIN, A. (Editor). *Estudios sobre el español del Uruguay,* Montevideo, 1981, 141 p.

FONTANELLA DE WERNBERG, M. B. Un cambio lingüístico en marcha; Las palatales del español bonaerense, *Orbis,* Louvain, 27, 1978 (1980) p. 215-247.

FONTANELLA DE WERNBERG, M. B. La oposición *cantes/cantés* en el español de Buenos Aires, *Thesaurus,* Bogotá, 34, 1979, p. 72-83.

GÓMEZ HAEDO, J. C. Origen del «che» ríoplatense. *Boletín de Filología,* Montevideo, III (1940-42), p. 319-326.

GREGORIO DE MAC, María Isabel de. *El voseo en la literatura argentina,* Santa Fe, 1967.

GUARNIERI, Juan Carlos. *El habla del boliche,* Montevideo, Florensa y Lafón, 1967, 212 p.

GUITARTE, G. L. El ensordecimiento del žeímo porteño, Madrid, *RFE,* XXXIX, 1955, p. 216-282

GUITARTE, G. L. Notas para la historia del yeísmo, *Sprache und Geschichte,* München, *Festsschrift für Harri Meier,* 1971.

LAFERRIERE, Enriqueta. El Lenguaje gauchesco. *Boletín de Filología,* Montevideo, I (1936), p. 155-158.

LÓPEZ, Brenda V. de. *Lenguaje fronterizo en obras de autores uruguayos.* Montevideo, 1967, 124 p.

MALMBERG, Bertil. *Etudes sur la phonétique de l'espagnol parlé en Argentine,* Lund, 1950, 290 p.

MARTÍNEZ VIGIL, Carlos. *Arcaísmos españoles usados en América.* Montevideo 1939.

MARTÍNEZ VIGIL, Carlos. El pretendido idioma argentino. *Boletín de Filología,* Montevideo, III (1941), p. 237-241.

MORINIGO, Marcos A. *Hispanismos en el Guaraní.* Buenos Aires, 1931.

OROZ, Rodolfo. La carreta chilena sureña. *Homenaje a Fritz Krüger,* Mendoza 1952, I, p. 365-398.

PADRÓN, Alfredo. Los arcaísmos españoles (Comentarios a la obra de C. Martínez Vigil). *Boletín de Filología,* Montevideo, III (1940), p. 152-167.

RAGUCCI, Rodolfo M. El habla de mi tierra (Glosa de C. Martínez Vigil.). *Boletín de Filología,* Montevideo, III (1941) p. 242-245.

TISCORNIA, E. F. *La lengua de «Martín Fierro».* Buenos Aires 1930, XV-316 pág.

TORO, Miguel de. *L'évolution de la langue espagnole en Argentina.* Paris, 1932 (?)

TOVAR, E. D. Una chácara sobre «gringo». *Boletín de Filología,* Montevideo, IV (1944), p. 70-72.

VIDAL DE BATTINI, B. E. *El habla rural de San Luis. I. Fonética, morfología, sintaxis.* Buenos Aires 1949, XX-449 pág.

VIDAL DE BATTINI, B. E. *El español de la Argentina,* Buenos Aires, 1966.

WASHINGTON BERMUDEZ, S. Lenguaje del Río de la Plata. Fraseología del verbo «agarrar». *Boletín de Filología,* Montevideo, IV (1943), p. 72-79, V (1946), p. 58-64.

WEBER DE KURLAT, Frida. Fórmulas de tratamiento en la lengua de Buenos Aires. *Revista de Filología Hispánica,* III (1941), p. 105-139.

WEBER DE KURLAT, F. Fórmulas de cortesía en la lengua de Buenos Aires, *Filología,* Buenos Aires, 12, 1966-1967, p. 137-192.

TERMINOLOGÍA.

LAS QUITANDERAS: UNA POLÉMICA ETIMOLÓGICA

Apenas publicado en 1923, el relato «Las quitanderas» desencadenó una polémica alrededor de la etimología de la palabra con la cual Amorim designaba a esas «vagabundas amorosas de los callejones patrios». Un lector del cuento, se dirigió a Martiniano Leguizamón, estudioso del folklore rioplatense, preguntándole si existía el término «quitandera». Como respuesta, en un artículo publicado el 25 de noviembre de 1923 en el diario La Nación *de Buenos Aires, Leguizamón propuso una doble vertiente etimológica del vocablo —araucana y brasileña— pero negó, en lo esencial, la existencia de la acepción de «quitandera» como mujer de costumbres ligeras.*

El propio Amorim replicó de inmediato remitiéndose a la etimología brasileña que habría tenido en cuenta, pero reivindicó la pura invención de esas «mujeres de ojos deshonestos». En 1924 reunió ambos textos en un folleto de reedición del cuento, rápidamente agotado.

La polémica no terminó ahí. El joven y entusiasta Amorim pidió al reconocido lingüista Daniel Granada su opinión sobre el punto. Granada ratificó la fuente brasileña y —por primera vez— aventuró un posible origen africano de la palabra «quitanda».

Años después, en la reedición de La carreta, *de 1933, Amorim no sólo reune estos tres textos, sino que añade un cuarto de su propia cosecha, donde insiste en el carácter puramente imaginario de sus personajes. «A mí sólo me cabe la certeza de que las «quitanderas» han existido en mi imaginación, por el hecho de haberles dado vida en páginas novelescas», afirma. Al mismo tiempo reivindica con orgullo el hecho de que, inspirado en su creación literaria, el artista Pedro Figari había pintado una serie de cuadros de «quitanderas», expuestos en París. Gracias a ellos y al cuento homónimo de Amorim, el escritor Adolphe Falgairolle habría encontrado tema para su* nouvelle *de mismo título:* La quitandera *lo que provocaría otra polémica con acusaciones de plagio, a la que nos hemos referido en el capítulo «Destinos».*

La discusión sobre la etimología de la palabra podría haber quedado cerrada con estos cuatro textos que reproducimos a continuación. Sin embargo, los azares de un encuentro en el escenario internacional de la UNESCO en París, nos depararon una inesperada sorpresa. En una conversación con el escritor de Angola, Domingos Van-Dúnem, autor de varios libros de relatos (Una historia singular *(1975),* Milonga *(1985) y obras de teatro, surgió por casualidad la palabra «quitandera». Al parecer, el término es común en Angola y figura en numerosos textos poéticos de lengua portuguesa. Dado el interés del giro etimológico que tomaba sorpresivamente la palabra «quitandera», solicitamos a Van-Dúnem una contribución sobre el tema, texto que también publicamos a continuación y que, a nuestro juicio, cierra ajustadamente la polémica sobre el término que está en el origen de* La carreta. *(El Coordinador).*

DEL FOLKLORE ARGENTINO: LAS QUITANDERAS [1]

Martiniano Leguizamón

Una breve y atenta esquela que me dirigió días pasados, desde La Plata, un joven escritor, contiene la consulta siguiente: Acabada la lectura de un libro de cuentos del interior, dice, me ha quedado una duda sobre la voz «quitanderas» que el autor da como de origen americano y califica así: «a la vagabunda amorosa de los callejones patrios».

Desgraciadamente la carta no señala con precisión, ni la obra ni el paraje en donde el autor ha ubicado su relato, lo que hubiera simplificado la búsqueda por la lengua de los aborígenes que poblaron esa región y dejaron quizás sobre el suelo la palabra que nos ocupa.

Sin embargo no sonaba por primera vez a mi oído, en alguna parte, no se dónde, ni cuándo, creía haberla visto escrita, aunque ignoraba su significación. Interesado por averiguarla, consulté el diccionario de la Real Academia y no la encontré registrada como americanismo regional. Tampoco figura en los glosarios de voces rioplatenses, ni en los vocabularios indígenas del guaraní, quechua o araucano.

Pero el vago recuerdo de haberla visto escrita, persistía y aguzó mi curiosidad, pensando que su averiguación tiene algún interés filológico, por tratarse de una voz y una designación nueva, incorporada a una obra de costumbres nacionales con tendencias folklóricas, para calificar a ciertas mujeres impúdicas, acerca de las cuales nuestro argot arrabalero ha creado las denominaciones gráficas y pintorescas, «mina» y «giranta», que pintan de golpe la condición vergonzante de las que practican ese oficio callejero.

Estas cuestiones de dialecto argentino, han tomado puesto entre los estudiosos, y empieza a apasionar a más de uno; excuso decir que soy devoto antiguo, que sin caracterizar tipos regionales y maneras propias de expresión, es innegable su existencia. Y es igualmente cierto, que nuestra forma verbal llamó la atención a distinguidos filólogos, como Gastón Máspero y Menéndez y Pelayo, según lo hice notar en mi estudio sobre el trovero guachesco Hilario Ascasubi.

Todo vocablo nuevo que pretende tomar carta de ciudadanía, como procedente de nuestras hablas regionales, merece, pues, que se examine cuidadosamente, buscando su origen, para comprobar si en realidad pertenece a alguna región del territorio, a fin de no incurrir en la credulidad de ciertos colectores de argentinismos que anotaron como términos originarios del país, voces de procedencia hispana traídas por los conquistadores.

Cierta vez, durante una representación de Calandria, Jacinto Benavente me aseguró que ciertos modismos del lenguaje rústico de mis gauchos de Montiel, que yo creía genuinamente criollos, eran un trasunto apenas adulterado con la pronunciación, de voces y giros usuales por los campesinos de España.

---

[1] *La Nación,* Buenos Aires, 25 de noviembre de 1923.

De manera que el elemento indígena en la formación de la palabra, es lo que debemos averiguar en primer término para considerarla auténtica de la tierra. Tal es lo que me propongo verificar respecto de esta voz «quitanderas».

No encontré, desde luego, ningún término semejante por su fonética ni significación entre las lenguas aborígenes, guaraní, quechua y araucana, que mayor copia de voces, aportaron al idioma argentino.

Empero, en el idioma de los araucanos, que dejó poblada la Pampa de nombres extraños, creí encontrar elementos para formular una inducción conjetural.

En el lenguaje popular de Chile, «quita» —en araucano «quita» o «putra»— es el cachimbo o pipa de fumar, especialmente en los indios, talladas en piedra o hechas de greda o madera, de donde podría venir tal vez la denominación «quitandera», las mujeres fumadoras en «quita» o cachimbo, las pitadoras, según nuestro modismo corriente.

El uso del tabaco y la práctica de fumarlo en pipa, es una costumbre prehistórica. Desde el desembarco de Colón, y a lo largo de la tierra firme, la encontraron los conquistadores. Los descubrimientos arqueológicos posteriores de diversos tipos de ese utensilio doméstico, comprueban su invención anterior a la conquista española y su dispersión geográfica.

Entre los aborígenes araucanos, la práctica de fumar en pipa tiene forma de ceremonias rituales. En las curaciones de los enfermos, en los parlamentos para la guerra, el sacrificio de los prisioneros, las invocaciones a los antepasados, a los espíritus protectores y en ciertas expansiones libidinosas, cuando hombres y mujeres rodaban excitados por la embriaguez de la nicotina; en todos los actos en que intervenía la magia y la superstición de sus hechiceros, el tabaco y la pipa desempeñan un papel importantísimo.

Pero si bien la costumbre de fumar en pipa persistió entre los aborígenes en época posterior a la conquista, el nombre indígena —«quitha» o «quitra»— fué reemplazándose por la denominación popular de cachimbo, según se comprueba en los diccionarios de chilenismos de Zorobabel Rodríguez Lenz.

Cachimba y cachimbo fueron voces traídas al Río de la Plata por los negros africanos o venidos de las Antillas, al decir de algunos americanistas, pero siempre indicando su patria africana, y su etimología del bunda —tribu negra de Angola— casimba y casimbo, pozo o hueco de poca profundidad.

Con su habitual ligereza de información en las cosas de Indias, el diccionario de la Academia, define ambas voces como si fueran la misma cosa; pipa y fumar en pipa. No es así. Con el nombre cachimba, se designaba por los escritores de la época colonial, y en la literatura rioplatina moderna, una pequeña vertiente de agua; y cachimbo es el pito en que fumaban los negros viejos, esclavos africanos o sus descendientes. Tal vez las negras fumaron también en pipa; pero de mis lecturas no resulta comprobada esa costumbre. Ni Azara ni Wilde la mencionan.

Lo que fumaban las negras y chinas eran toscanos, cigarros de hoja, fabricados por ellas mismas, pues antes del establecimiento de las cigarrerías, eran las mujeres las que fabricaban los cigarros y cigarrillos con tabaco del Paraguay, Corrientes y Tucumán.

Así las ví en Entre Ríos y las veo cruzar aún a través de mis recuerdos de infancia, con el rebozo negro terciado, el cigarro o cachimbo de hoja en la boca y la tipa de cuero o el canasto de mimbre en la cabeza con la factura —pasteles, empanadas, roscas, tortas,— que iban a vender en los sitios de diversión popular, donde se corrían carreras y se jugaba a la taba. Las llamaban pasteleras y tal vez vivanderas por los puristas, que tal es la designación castiza.

Como se ve, la pipa indígena o el cachimbo de los negros africanos, había tomado una nueva acepción, pues se denominó cachimbo al cigarro de hoja fabricado en el país, que consumían las gentes humildes que vivían de su trabajo, y que no eran vagabundas amorosas.

Revisando los libros recientemente aparecidos, encontré en un volumen de cuentos titulado «Amorim», una descripción campesina de Corrientes, cabalmente nominado «Las quitanderas», en cuyo epígrafe se lee: «Quitanderas» en América a la vagabunda amorosa de los callejones patrios». Del crudo relato naturalista, resulta que las así calificadas, son unas mujeres que van a través de los campos ejerciendo su comercio nocturno, bajo el toldo de una carreta...

Nunca oí referir a nadie tan extraña costumbre. Pienso que es una mera fantasía del escritor, y me parece que más bien se refiere a ciertas muchachas alegres que, en el Paraguay y quizás en Corrientes, llaman «quiguáberá» —peineta dorada— por la costumbre de tocarse la negra cabellera para los bailes populares, con una gran peineta reluciente; pero, que no es la concubina o meretriz, la «cuñá candahé», «mujer de ojos deshonestos», como dice con delicado eufemismo el P. Ruiz de Montoya.

Sospechando que en el oficio de las negras y chinas pasteleras debía encontrarse la denominación despectiva empleada erróneamente, busqué la palabra en la lengua del Brasil, por su fonología; y en el «Diccionario des vocábulos brazileiros», de Beaurepaire-Rohan, encontré: «quitanda», mercado de frutas, hortalizas, aves, pescados y otros productos similares. «Quitandeiro», dicen del bunda «quitander», el que ejerce el oficio de comprar y vender géneros alimenticios, y «quitandeira», regateadora, mujer que usa términos groseros y se ocupa de la reventa.

En igual sentido se expresan Amadeu Amaral en «O dialecto caipira», de San Pablo; «quitanda» es el puesto de venta y «quitandero» el que vende. Es también voz corriente en Portugal, con una ligera modificación ortográfica, pero con idéntico significado. Allá dicen «quintalada», a lo que en Brasil denominan «quitanda», el puesto de venta. Así parece confirmarlo un «Auto de feira», de Gil Vicente:

> Viendo dessa marmelada,
> Elas vezes graos torrados.
> Ysto nao revela nada;
> E en todos los mercados
> Entra a minha quintalada

Se trata, como se vé, de un vocablo del folklore brasileño, pero no del nuestro. Y aunque es bien posible que del Brasil pasará al Uruguay, sin embargo, no lo registra en su «Vocabulario rioplatense» Granada, ni el «Diccionario de Argentinismos» de Segovia. Siendo de extrañar que a ese prolijo escritor correntino se le escapara, lo que prueba que en Corrientes no se emplea dicha denominación.

Pero de cualquier modo, en su país originario «quitandera», no califica a la vagabunda amorosa, sino a la mujer de humilde condición, que vive honestamente de su trabajo, vale decir, a la vivandera, voz clásica que tiene su etimología en la latina «vivere»; vivir, pasar y mantener la vida.

ALREDEDOR DEL VOCABLO «QUITANDERAS» [2]

Enrique M. Amorim

Sr. D. Martiniano Leguizamón. —En el número de *La Nación de los Domingos* correspondiente a la fecha del 25 del corriente mes, responde usted a una consulta que le hiciera un lector de mi relato «Las quitanderas», de mi libro «Amorim», recientemente aparecido.

Para usted, y para todas aquellas personas que orientan el estudio del folklore rioplatense —creo más prudente clasificarlo de rioplatense, no argentino solamente,— voy a aclarar algunos puntos alrededor del vocablo que motivó su enjundioso artículo de respuesta.

En primer término, ubicó, usted, erróneamente, la acción de mi cuento en la Provincia argentina de Corrientes.

Si bien en el relato es personaje central un nativo de esa región, el asunto tiene por teatro el Norte uruguayo, cercanías de la frontera de Brasil, y río por medio, la tierra argentina. Este dato sirve para orientar al curioso lector a quien ha honrado usted contestando. No es, Sr. Leguizamón «mera fantasía de cuentista» el calificativo que doy a esas ambulantes de la campaña. La fantasía no está en el título precisamente...

Cuando eché mano al vocablo «quitanderas», recurrí a Segovia; busqué en Granada y hurgué en los diccionarios de la lengua brasileña, esperando hallar la seguridad que amparase el título de mi relato. Y fue en el Diccionario Enciclopédico —esta vez bendito— donde hallé un camino —de encrucijada resultó, por cierto— en mi búsqueda afanosa: «La moza quitante», dice el diccionario recogiendo un párrafo de «La pícara Justina».

Ahora bien: comprendo que esto no nos sirve de mucho, pues sería el caso de formar el vocablo «quitadora», y no «quitandera», para estar en buena relación con la gramática castellana. Sin embargo, no estaría mal que achacásemos al capricho —encubridor de faltas— la formación del calificativo.

Creo con usted que el verdadero origen de la palabra se halla en el folklore brasileño. Y, colocando en su debido lugar la acción de mi relato —vale decir, en el

---

2 *La Nación*, domingo 1º de diciembre de 1923.

Uruguay, y no en Corrientes,— se explica con sobrada claridad la nominación de «quitanderas» que daban las gentes del Norte uruguayo (las de hoy hablan un idioma que no es ni español ni portugués, sino una mezcla curiosísima de ambos idiomas) a esa clase especial de «mujeres de ojos deshonestos».

Su confusión de haber oído alguna vez la palabra de marras pone en salvo mi veracidad, y no coloca mi calificativo bajo la protección imprecisa de una caprichosa fantasía de escritor.

Oí, en boca de pobladores del Norte uruguayo, la voz «quitanderas», y, gracias a un anciano, supe de sus vidas nómadas. Si la fantasía del escritor la trama tejió, la existencia de las vagabundas no es producto exclusivo de la imaginación. Y que sirvan estos datos para señalar la influencia que ejerce sobre la vida campesina del Uruguayo la población de Río Grande del Sur, con las lógicas transformaciones inevitables que sufren los vocablos del folklore brasileño al traspasar la frontera.

Si bien Granada no lo registra en su «Vocabulario», ni Segovia entre sus argentinismos, Amoral, en «O dialecto Caipira», sí lo registra. Esas vendedoras que él nos presenta no lo eran solamente de «rapadura» y «ticholo». En sus tiendas se encubrían actos perseguidos y condenados, que hacían la gloria de los noctámbulos. Y, no sería raro que, perseguidos en épocas pasadas, hiciesen más tarde su vagabundaje de vivanderas deshonestas.

Quiero con estos datos contribuir modestamente en la investigación que abrió la curiosidad del lector de La Plata.

De usted atento y seguro servidor.

OPINIÓN Y JUICIO DEL AUTOR DEL «VOCABULARIO RIOPLATENSE»

Daniel Granada

Sr. Enrique Amorim. Buenos Aires.—... Muy honrado con ello, transmitiré a Vd. ante todo, la grata impresión que me ha producido un obsequio tan acomodado a mis antiguas aficiones. Escasas son, por demás, las relaciones literarias entre los países hispano-americanos y su antigua metrópoli. Así sucede que autores aquí enteramente desconocidos ilustran las letras de América con trabajos en que campean las galas de la lengua castellana, como lo hacen ver las breves páginas de «Las quitanderas», modelo acabado en el género descriptivo, tan difícil en su aparente facilidad. Con gran precisión y sobriedad de estilo pone usted delante de los ojos del lector, una escena viviente, en que parece estarse viendo moverse calladamente los personajes entre las sombras de la noche. «Es un crudo relato naturalista», según se expresa el señor Leguizamón, pero sin asomo de desenfado ni otra mirada que la de ofrecer una exactísima pintura de costumbres camperas. Naturalmente, no podían faltar en ella los términos y frases vulgares del criollaje. Su uso es muy legítimo y necesario a la perfección de todo cuadro de costumbres populares, como la preconiza el ilustre autor de «Montaráz» y de «Recuerdos de la tierra». Esos términos y frases suelen ennoblecerse, incorporándose al lenguaje ciudadano. En tal caso, se hallan los de «quitanda» y «quitandera», muy usuados y conocidos al Norte del Uruguay, como no dudo que lo serán en Corrientes y Entre Ríos, en Misiones y en el Paraguay. Que Segovia con ser correntino no registre en su «Diccionario de argentinismos» la voz «quitandera» ni lo de «quitanda», como tampoco Garzón en su «Diccionario de argentino», no arguye por si sólo que ignore su existencia. Puede ser que no las registrasen por omisión involuntaria, como me ha sucedido a mí en el «Vocabulario rioplatense». En cambio, las tengo registradas en un trabajo inédito que intitulo «Vocabulario paranaense», para cuya impresión no sé si encontraré editor en la península. Pero el sentido recto de «quitandera» es el de mujer que tiene a cargo una «quitanda», se da el nombre de «quitanda» a un puesto atendido por mujeres, en el que se venden cosas de merienda (pasteles, alfajores, naranjas, bananas, etc.), en las reuniones y fiestas campestres. Esas mujeres, que por lo regular son chinas, y por lo mismo fáciles, no por eso han de reputarse todas deshonestas. El sentido en que usted aplica la voz «quitanderas», no es el significado originario y propio que le corresponde, sino una acepción derivada de la condición más común en las mujeres que se dedican a ese tráfico. El episodio que usted magistralmente relata, aunque obra de su invención, está enteramente ajustado a la realidad, así en su composición como en el lenguaje; es posible y verosímil en el conjunto y en todas sus partes, concurriendo, por tanto, al conocimiento íntimo de la vida nacional y de su historia. Trabajos de esa índole se hallan en el mismo caso que la novela picaresca de la décimo-séptima centuria en España; forma literaria que no tiene competidora por su mérito intrínseco en ninguna otra Nación. Su excelencia no es debida únicamente al superior ingenio de sus autores, sino precisamente a que tenían delante de los ojos la fuente originaria de sus operaciones: inventadas, pero verosímiles.

Soy del mismo dictamen que el señor Leguizamón y usted sobre la etimología de la voz «quitanda» y por derivación portuguesa el vocablo «quitandera», expresiones que del Brasil pasaron a las zonas limítrofes del habla española, uno de tantos rastros de la época gloriosa en que la gente lusitana descubría y sujetaba a su dominio las cosas occidentales del Africa. Hállase la voz «quitanda» (en el sentido de mercado o puesto de venta de comestibles) en los diccionarios de lenguas indígenas de la Senegambia.

Volviendo al episodio de «Las quitanderas», ¡qué contraste ofrece el fallo de la multitud sobre las acciones humanas! ¡Objeto de mofa y ludibrio, por no amar nada, acaba el correntino por ser escarnecido y muerto a palos por amar con ternura infantil!

Doy a usted las más expresivas gracias por el obsequio, ofreciéndome de usted affmo, amigo y atento servidor. q. b. s. m.—*Daniel Granada*— Carranza 5, Madrid.

A PROPÓSITO DE LAS QUITANDERAS

Enrique Amorim

En torno al vocablo «quitanderas» —calificativo que dí a una singular especie de mujeres campesinas— se tejió, allá por el año de 1923, una serie de comentarios interesantes bajo diversos aspectos. Los especialistas en folklore rioplatense, solicitados por la curiosidad de los devotos del género, abrieron juicios sobre la propiedad de ese vocablo y, por supuesto, sobre la veracidad de lo relatado y la calidad del cuento. De esas controversias, de aquellos juicios, particularmente me honró el extenso y enjundioso de D. Martiniano Leguizamón, del cual quiero dar cuenta ahora, al tentar una edición nueva y completa, de mi «novela de quitanderas y vagabundos», que publicara, en ediciones populares, la editorial «Claridad» de Buenos Aires.

A fin de que el lector tenga una idea del desarrollo de la discusión en torno del extraño calificativo, sin comentarios, transcribiré las publicaciones que se han hecho al respecto en América y el extranjero. Claro está, que dándole a las investigaciones tan sólo la importancia de quienes, en forma erudita, se han expedido sobre la particular denominación.

Desde luego, justo es señalarlo, la luz no se hace sobre el punto discutido y a mí solo me cabe la certeza de que las «quitanderas» han existido en mi imaginación, por el hecho cabal de haberles dado vida en páginas novelescas. Y, puede ser que, aisladamente, los personajes de mi ficción cerraron el paso a los caminantes en uno de los anchos caminos por donde se desarrolla la acción de mi novela.

* * *

El aspecto quizás más curioso de todo este embrollo de datos y de afirmaciones, más o menos fundadas, reside en la publicación de una novela de «quitanderas», obra del escritor francés Adolfo de Falgairolle, quien en la serie de «*Les Oeuvres Libres*», dió a estampa una historia con mis personajes, intitulándola «La quitandera». En la novela del escritor francés, la carreta arranca del extremo Sur de la calle Rivadavia, en un amanecer pintorescamente descripto por el autor. Y la partida se efectúa ante la presencia luminosa de un inmenso aviso de Ford, hundiéndose el vehículo en la pampa, con la seguridad de que es capaz una pesada carreta y un escritor europeo improvisando novela americana.

El lector se preguntará, cómo conoció el citado novelista la obra, o la existencia de ese raro espécimen de mujeres. Y, fácil es responder a ello, si se tiene en cuenta que M. de Falgairolle, conoce profundamente nuestro idioma y, por lo visto nuestra literatura.

Un año después de aparecido mi libro el gran pintor Don Pedro Figari, expuso en un salón de París una serie de cuadros de «quitanderas». Gaucho o quitanderas, para el escritor francés, le parecieron bienes comunes y entes fácilmente utilizables. Mientras aquí se discutía la veracidad del relato, en Francia aparecían las quitanderas como materia novelesca. Denunciado por mí, el infundio, como plagio inocente de M. de Falgairolle, en el diario «*L'Intransigeant*», se dió eco asímismo a mi reclamo, en «*Les Nouvelles Littéraires*», y «*Candide*» marginó el hecho. En la serie de artículos y consideraciones críticas que transcribo, incluyo esos entrefiletes de la prensa de París.

Don Martiniano Leguizamón, niega la existencia de esas «mujeres de ojos deshonestos», —eufemismo gracioso— Silva Valdés, no recuerda haber oído hablar de ellas. En cambio Figari, asegura su existencia al recojerlas en numerosas telas y les da, sin duda, perpetuidad singular.

* * *

Creo que con «La carreta» he enfocado desde un ángulo, la vida sexual de los pobladores del norte uruguayo, región fronteriza con el Brasil. En aquella inmediaciones, la mujer por raro designio, hace sentir su ausencia y esta señalada particularidad, es la que determinó sin duda en mi, la visión amarga y dolorosa de las quitanderas.

Como «La Maison Tellier» de Maupassant, como «El pozo de la lascivia» de Alejandro Kuprin, en esta novela se insiste en un determinado aspecto. Se insiste con premeditación, y al afirmar esto, respondo a ciertas objeciones que le ha hecho la crítica. Vidas obscurecidas, dolorosas existencias, en las páginas de «La carreta», no he querido más que remarcar el padecer de seres para los cuales la vida sexual, es una constante tribulación. Clima áspero y fuerte, paisaje rudo, cerrilladas y ranchos, han determinado el alma de las gentes que pasan por estas páginas.

* * *

A título de curiosidad y aprovechando esta nueva edición, agrego los comentarios que suscitaron las quitanderas, desde su arribo a la escena literaria, hasta su ubicación definitiva en «La carreta» y en el color particularmente evocativo del pintor Don Pedro Figari.

Ahora, ya descriptas sus vidas, ya fijadas sus fisonomías, las «quitanderas» han existido y de su verdad queda en esta novela, en donde el paisaje de una parte de América, quiere ceñirles sus contornos a fin de dar realidad mayor a sus existencias.

Buenos Aires, Julio de 1933

RAÍCES SOCIO-LINGÜÍSTICAS DEL TÉRMINO KITANDEIRA

Domingos Van-Dúnem

Lejos estábamos de imaginar que el escritor Fernando Ainsa, al alcanzar con su curiosidad intelectual un escrito extendido sobre nuestra mesa de trabajo, nos invitaría a participar en un debate sobre el significado y el origen de las «Quitanderas» —entre nosotros, en Africa, «Kitandeiras», plural de «Kitandeira».

La forma fluida del historial de la polémica que en países latinoamericanos se arrastra desde 1923, pasando por Francia, de tal modo nos entusiasmó que, ante las vueltas de la discusión, no dudamos en terciar en ella con este pequeño aporte.

Según lo que sabemos, el debate lo inició un joven escritor que, al terminar la lectura de *Amorim*, serie de cuentos del interior uruguayo, de Enrique Amorim, planteó a Martiniano Leguizamón, conocido crítico argentino, sus dudas sobre el sustantivo «quitandera», que el autor «da como de origen americano, clasificándola como *la vagabunda de los callejones patrios*». El subrayado es nuestro.

Desde tan larga fecha, trascurridas ya más de seis décadas, intelectuales ilustres, reputados científicos y artistas consagrados asumen posiciones en la animada contienda, atribuyendo unos y otros, obviamente, diversos significados y los más diversos orígenes al vocablo.

Después del comienzo, hubo quien lanzó la idea de que «quitandera» venía de «quita», palabra hoy empleada en el habla chilena para identificar la pipa de los indios que los viejos esclavos de Angola dejaran en América, según se nos ha explicado.

La asociación de la pipa, que los negreros empleaban como moneda, con la palabra «quita», constituyó una pista seria para relacionarla con el sustantivo Kitandeira, por la posición histórica del tabaco en los mercados africanos donde la hoja prácticamente también funcionó como moneda.

Antes de la incursión por los diccionarios y enciclopedias, fundamental en un trabajo de investigación, preferimos detenernos sobre la hipótesis del joven consultante de Leguizamón, insertándola en el inventario posible, aunque no deje de desagradarnos el degradante peso sociológico de esa hipótesis. Es cierto que en Angola, sobre todo en Luanda, su capital, la Kitandeira asumió responsabilidades en la vida social, concretados en la parte que le cupo en la educación de sus hijos, en la contribución asistencial que siempre desarrolló en las actividades en las que tomó parte, como muy bien señaló Ana de Souza Santos, en un excelente informe al que todavía se podría agregar los esfuerzos y sacrificios para arrancar a los hijos de las amarguras del colonialismo, situación que el poeta —estadista Agostinho Neto tan elocuentemente sintetizó en la «Sagrada Esperanza», su obra de proyección universal:

> «Ella vende en la quitanda a media noche
> por que el hijo
> en la calle
> cien mil reis necesita
> para pagar su impuesto»

También podemos afirmar que es sabido que la Kitandeira se implicó en los caminos tortuosos de la prostitución, flagelo que Africa ignoraba antes de la colonización y su carga dramática. A partir de la dominación, la mujer que comerciaba, alcanzada por las vicisitudes de la vida, se sometió por sí misma a la venta del sexo, para hacerse un capital y lucrar con él.

Insistimos en incluir la prostitución en el cuadro de las lesiones del colonialismo porque estamos seguros de que ese gran mal no habría existido en medios donde la poligamia era absolutamente libre y estatutariamente aceptada. No nos mueve, pues, ningún sentimiento de odio o de venganza.

Contra esto, no faltará quien recuerde que en tiempos idos se practicaba la poliandría. Aunque sea una inversión de la poligamia, puede también incluirse en la prostitución, porque también descansa en la venta del sexo, y en este caso sobre el dominio femenino. Se sabe que la poliandría saciaba a altas personalidades del mundo aristocrático que *utilizaban* esclavos y gente humilde en el intento de eludir principios y preconceptos de orden social que limitaban sus libertades.

Para mejor situarnos en una discusión posible, aclaremos que no desconocemos la palabra «kitáta», hoy presentada como sinónimo de prostituta, lo que implícitamente presupone la existencia remota del acto que distingue las relaciones sexuales irregulares y degradantes.

En medio de todo, debemos detenernos en el hecho de que el insigne Cordeiro de Matta, iniciador de la literatura angolana, no nos ofrece en su «Ensaio de Dicionário Kimbundu-portugues» el significado de kitáta, al que el novelista y ensayista A. de Assis Junior, en su diccionario, considera sinónimo de meretriz, pese a no registrar ningún dato etimológico.

Sabemos perfectamente que el vocablo kitáta se convirtió definitivamente en sinónimo de prostituta, aunque ambas palabras tengan un origen diferente por su ausencia. Kitáta, era la doncella, víctima de una enfermedad mental que, psíquicamente descontrolada, inconsciente, alimentaba los apetitos de adolescentes que todavía no tenían las condiciones materiales para abrazar el estado conyugal.

Recordemos en un paréntesis que el sexo femenino, otra vez utilizado como mercadería, sirvió para fines sociales, respondiendo a obligaciones mágico-religiosas. Como objeto de rendimiento, si se nos permite la calificación, llegó a ser glorificado por las madres, que saludaban el nacimiento de una hija con la seguridad de ganar una «kinda-kià-uenji», una fuente de entradas. Hasta se recomendaba a una criatura desnuda: «¡cúbrete el negocio!» (tapa lá o negocio)...

La mubadi [3], mujer negociante a la que el cambio socio-económico dio el nombre de kitandeira, recurrió forzosamente a los amores ilícitos entregándose, sobre todo, al *nganhala,* el señor casado, persona de bienes, a quien la ruptura con la cultura tradicional impuso la monogamia y el repudio (falso) de la poligamia que instituía el derecho de cada hombre de poseer tres mujeres: *manh'iá-kota* [4], la primera esposa, que asumía una posición de ascendencia entre las demás, la

[3] Kitandeira: vendedora ambulante.

[4] Madre Grande (la esposa siempre recibe de su conyuge el tratamiento de madre).

manh'iá-ndenge, [5] léase «ndengue», porque en kimbundu la *g* tiene valor de *gue* y nunca de *j* - y, la tercera, la *samba-iá-njila* [6], obligatoriamente doncella de atractivos físicos y dotes especiales elegida por sus rivales como elemento de relaciones públicas, que facilite el progreso del tri-marido y proporcione a la prole los beneficios de la nueva civilización.

Hubo, pues, un virado de amores ilícitos que pesó en la presencia del colono en el seno de la familia africana, permitiéndole aprovecharse como ocupante de tierras y explotador de bienes ajenos. Por indigno, el proceso levantó la oposición de los defensores de la moral y de la elevación de los pueblos y hay un vasto repertorio de canciones que reprueban satíricamente situaciones no extrañas al poeta-colono, Tomaz Vieira da Cruz, que en un cuarto de siglo de Angola supo fundir los sueños y el sentido del licencioso inmigrante a la grandeza humanística de la poesía.

El poeta en una hermosa composición a la que dió el expresivo título de «Caña dulce», cuenta la historia de:

> «Aquella morena, aquella, venía de Nâno (*)
> y se quedó en la ciudad para permutar
> caña de azúcar mucho menos dulce
> que la luz triste de su triste mirar.»
> Su pregón decía:
> «¿Quién es que me compra; quién compra
> caña buena de
> (.........)
> Y nadie venía a comprar!»

Así andaba la pobre kitandeira, vendiendo y *vendiéndose* hasta que:

> «Cierto día, un señor blanco,
> que era un gran mercader,
> quiso a la quitandeira
> permutar
> su amor.»

Este «blanco tirano» le toma todo y no le da nada.

Partiendo por caminos «de variados trillos», se fue la pobre kitandeira insistiendo en su triste canto para adormecer a sus hijos: «Quién quiere comprar; quien me quiere comprar/ caña dulce de amargura». Tristemente: «Bien se ofrece la desventura/ pero nadie la quiere comprar».

El poeta Agostinho Neto, con la amargura de sus responsabilidades de hijo del pueblo y amante de la libertad, vivió el dolor y supo anotar que

> «A quitandeira
> que vende fruta
> vende-se *»

---

[5] Madre pequeña (segunda esposa escogida por o con el consentimiento de la primera).

[6] Guía del camino; elegida (tercera esposa, figura de representación con atribuciones de agente de relaciones públicas).

con pregones de lamentos

«Minha senhora
laranja, laranjinha boa!

en explosiones de rabia y en la denuncia altiva, llena de esperanzas

«Compra laranjas doces
compra-me também o amargo
desta tortura
da vida sem vida.
Compra-me a infancia de espírito
este botaò de rosa
que naò abriu
princípio impelido ainda para un início».*

(* La quitandera/ que vende fruta/ se vende». «Señora mía,/ naranja, naranjita buena»/ «Compra naranjas dulces/ cómprame también lo amargo/ de esta tortura/ de vida sin vida./ Cómprame la infancia de espíritu/ este pimpollo de rosa/ que no abrió/ principio impedido hasta de comienzo».)

También es cierto que la trayectoria histórica de la kitandeira en el pasaje de la economía de subsistencia a la economía de mercado que acuñó la moneda, forjó el valor, creó el capital e instituyó el lucro, forzó a rebajarse a la prostitución para enfrentar los problemas, muy complejos, de una situación de cambio. Este juicio, sin embargo, no permitiría aceptar la palabra «kitandeira» como sinónimo de prostituta.

En otras ocasiones hemos analizado las circunstancias en que la kitandeira recurrió a la venta, diríamos quizás más acertadamente, la cesión del sexo y somos testigos de su esfuerzo para librarse de esa llaga social, al fín y al cabo de raíces acentuadamente económicas.

De ahí que, en el exhaustivo abordaje que evidentemente se impone, sea necesaria la profundización etimológica de la palabra prostituta que traería la verdad sobre las situaciones que obligaron a la kitandeira a disponer de su sexo, obteniendo el «zuno-dià-uenji», el capital para el lanzamiento del negocio, lo que llevaría a entender que no se trata de la afectación general de una clase. Por lo demás, innumerables kitandeiras que tuvieron un principio de vida infeliz, supieron conquistar y recorrer el camino de la rehabilitación, entregándose al trabajo honesto y dedicado que las inscribió —un ejemplo apenas— en los catastros prediales luandenses que, hasta mediados de este siglo, colmaron casi exclusivamente el registro de bienes inmuebles. La historia reveló el esfuerzo y la abnegación de la kitandeira que saltó del barro, sabiendo crear condiciones que contribuyeran a la elevación social y cultural de varias generaciones.

Creemos haber analizado la duda del joven consultante de Martiniano Leguizamón y nos parece pertinente ahora la siguiente pregunta:

¿Es o no sinónimo de prostituta el sustantivo kitandeira?

La respuesta que podría interesar a cuantos se afanan sobre el *Amorim*, para ser efectivamente esclarecedora debería definirse en el campo de la semantología, para evitar las generalizaciones; la situación en que kitandeira toma el significado de prostituta resultaría inequívoca si no se cae en el preconcepto de golpear a la clase trabajadora.

Esto dicho, podemos pasar a la segunda fase de esta modesta contribución, buscando el origen del término kitandeira, lo que nos hará recurrir en primer lugar a diccionarios y enciclopedias.

«Quitandeira: Bras. Regateadora. Mujer sin educación (...)» en Dicionário Prático Ilustrado.

Según el conocidísimo Morais, tomo 9, página 116: «Mujer que vende en un puesto o hace bollos».

La *Enciclopedia Luso-Brasileira,* tomo XXIV, comparte la misma opinión, apoyándose en las voces idóneas de José Alencar, Machado de Assis, Aquilino Ribeiro, Aloizio Azevedo, monstruos de la lengua portuguesa y sabios de la lilteratura universal.

Otros diccionarios y enciclopedias, sobre todo de lengua española, que por economía de tiempo y espacio no vamos a registrar, comparten las mismas opiniones y confirman la connotación de regateadora, etc., clasificación que se encuadraría perfectamente en nuestro abordaje inicial, siendo por ello extemporánea su inclusión aquí.

Esta vuelta por los diccionarios y enciclopedias no inválida la atención que concederemos a Ana de Sousa Santos, autora de una valiosa monografía sobre «kitandeira», que yace en las páginas del «Boletim do Instituto de Investigação Científica de Angola», despreciado órgano de los tiempos coloniales que todavía no ha encontrado la debida atención de los estudiosos; Kitandeira: «Nombre que deriva de quitanda, corrupción y asimilación portuguesa del término, hoy perfectamente integrado en el vocabulario nativo como sinónimo de *abadi* sing. *mubadi,* vocablo con el que son conocidos las vendedoras que efectúan el comercio sedentario o ambulante».

Aceptamos, sin reservas, el veredicto de que kitandeira deriva de kitanda por la eliminación de la *a* y el añadido del sufijo *eira,* y, según Ana de Sousa Santos, con la que estamos de acuerdo, que es palabra aportuguesada.

En este punto, es lógico que busquemos la raíz de kitanda, para saber cómo habría surgido el vocablo kitandeira. Intentemos este redescubrimiento, aunque es probable que en los umbrales del tiempo ya se haya encontrado la respuesta que nos preocupa.

Para atenernos, con un mínimo de seguridad, a los propósitos que ahora nos orientan, tomemos como directiva la reconstrucción geo-económica, beneficiándonos con la lucidez de las dos bisabuelas que todavía encontramos. En una convivencia que tiene más de un siglo y medio de edad, disfrutamos de elementos de una realidad que escapó al embudo de las técnicas obstinadas en uniformizar la historia de continentes con características socio-biológicas diametralmente opuestas.

Revisemos, pues, el cuadro de nuestras reminiscencias. En tiempos pasados, los abuelos de nuestros abuelos, en determinada etapa de la vida se alimentaron, sobre todo, de productos recogidos de la tierra y eran tan autosuficientes que nadie necesitaba recurrir agresivamente a la producción de otro. Razones de defensa, sobre todo contra los animales feroces, fortalecieron la unión de parientes de sangre en los *kisoko* [7], volviéndose miembros de una familia única; a todos los acercó una mesa común donde la calidad de los manjares terminó por formar especialistas y crear clases. Y se dio el caso de que la abuela fulana se concentró en la producción de tal género, la madre zutana se enseñoreó en el *kisoko*, perengano se apropió de otros, pasando todos a detentar casi la exclusividad de ciertas producciones, cosa que derrotó el sistema de trueque y obligó al salto mercantil de la demanda y la oferta.

Las contingencias del tiempo terminaron con la esperanza de la euforia que el nuevo modo de vida prometía, pese a la elevada desigualdad de oportunidades.

El descenso del sol, el correr de los vientos, la caída de las lluvias, y otras dádivas y castigos de la naturaleza, según los lamentos populares, impidieron el desarrollo racional de las tierras, intensificando el juego de la oferta y la demanda que marcó la historia económica.

Habría comenzado así el sistema que extendió las actividades de la *mutadiki,* la vendedora sedentaria, a la categoría profesional de vendedora ambulante que asumió el título de *mubadi.* La *mubadi,* que dominó durante siglos y mandó en el mundo de los negocios, vio reducida su capacidad física por su condición de mujer, que le impedía trasladar el negocio a los centros de consumo. En su ayuda vino el hombre con su esfuerzo, optando más tarde por el abastecimiento directo en una acción de intermediario [8].

Las transacciones ocurrían en lugares centrales, generalmente a la sombra acogedora de árboles, en el suelo protegido de *Itânda* usadas como banco, como mostrador y hasta como medida, sobre todo para regir la venta del tabaco en cuerda.

Contrariamente a la afirmación de Ana de Sousa Santos de que *kitanda* viene del verbo kutandela (exponer), derivado del sustantivo utanda, la palabra tiene su origen en itânda, como ya se documentó.

Itânda (cerrado, con acento circunflejo) es el plural de *kitânda:* estrado de cuerda entrelazada que servía esencialmente de colchón.

De modo curioso, pues, los lugares de ventas, mercados que los negreros fueron transformando en ferias, tomaron el nombre de kitanda, con pérdida del acento en la «a» de «ta» que, sin embargo, mantuvo la pronunciación abierta, diferenciándose del sustantivo *kitânda* (estrado) cuya «a» es cerrada.

Esta conclusión mereció la conformidad del kimbundista angolano, J. Baltasar Diogo, tanto como la del diplomático zairense, profesor Ngbasu Akwesi y de Augustin Gatera, responsable de los Programas de Lenguas Africanas de la UNESCO, los últimos que nos ayudaron a localizar la palabra dentro de la cultura bantú.

---

7 Alianza entre personas o familias que se consideran como parientes.

8 Del verbo Kutadika: extender.

En Luanda, la kitanda tuvo durante años el nombre de *soki:* antes, en el interior, especialmente en el norte del país, se designaba como *pumbo,* lo que Ana de Sousa Santos también registra basada en los «Anais Marítimos e Coloniais». En el *soki,* mercado cubierto, explotado por el municipio luandense, la *mubadi* encumbró a su hija a Besa-Ngana, señora aristocrática, progenitora de un mestizaje biológico y cultural, soporte de una llamada burguesía que comenzó a ser destruida en el primer cuarto de este siglo con la explosiva presencia europea. También en el *soki* el *ngamba* [9] recibió el mote de *mona-ngamba* [10] con el que lo sometieron las esposas del colonialismo, abiertas luego por las victorias de las guerras de liberación.

En este breve trabajo, nos guiamos por los oídos y por las bocas de generaciones sucesivas, por la vivencia de una historia experimentada, todavía invulnerable, que es urgente reescribir.

Rechazamos frontalmente los modelos de investigación que desvirtuan las lecciones de pensadores de la envergadura de Cheik Anta Diop y otros que supieron refutar a los Morgan, a los condes de Gobineau y a tantos empeñados en utilizar la ciencia para minimizar los valores culturales de nuestros pueblos.

Por eso, ponemos nuestra atención en la alerta que significa la «Historia General de Africa», ese monumento con el que la UNESCO ha de proyectar hacia el futuro, el saber y la dignidad del africano.

Y porque «la historia de Africa (...) es la historia de una toma de conciencia», como enseña el maestro Ki Zerbo, vamos a terminar, conscientes de informar que el sustantivo kitandeira, como sinónimo de prostituta no generaliza el comportamiento de una clase honrada y trabajadora que se distinguió por el coraje en la conquista de su dignidad.

Queda como tema de discusión, ya que la historia no admite verdades irrefutables, que kitandeira, sustantivo proveniente de *itânda,* viene en los hechos de kitanda: lugar de negocios creado por el *ngamba,* el productor que inspiró al negrero la feria donde él mismo sería objeto de transacción.

París, agosto 1987

BIBLIOGRAFÍA

ASSIS JÚNIOR, A. de, *Dicionário Kimbundu-Português,* sin pie de imprenta. *O Segredo da Morta,* Luanda, A Lusitana, 1935.

FERREIRA, Eugênio, *Feiras e Presídios,* União dos Escritores Angolanos, 1985.

MATTA, J. D. CORDEIRO da, *Ensaio de Dicionário Kimbundu-Português,* Lisboa, Editora António María Pereira, 1889.

NETO, Agostinho, *Sagrada Esperança,* Luanda, União dos Escritores Angolanos, 1985.

SANTOS, Ana de SOUSA, «Kitandas e Kitandeiras de Luanda», *in Boletim do Instituto de Investigação Científica de Angola,* 4(2): 1/112, Luanda, 1967.

VAN-DÚNEM, Domingos, varios artículos publicados en la revista *Noite e Dia,* Luanda, 1972.

[9] Cargador.

[10] Hijo de Cargador/

V. DOSSIER

PRE-TEXTOS. LOS CUENTOS PREVIOS A LA NOVELA

DOCUMENTOS SOBRE LOS DESTINOS DE *LA CARRETA*

El hombre y su destino

Reacciones de la crítica

Declaraciones periodísticas de Amorim

LÉXICO

Huguette Pottier Navarro

LOS CUENTOS PREVIOS A LA NOVELA

LAS QUITANDERAS

[Fo. 1] [UNO] *Correntino* era un paria sobre quien pesaba el apodo de *Marica*. Paria de un pobre lugar de la tierra, donde había una mujer por cada cinco hombres. // Chúcaro —así lo calificaban la [s] ([mujeres]) (*gente*) del lugar— rehuía al trato y a la conversación, como si huyese de un contagio. No le vieron jamás a solas con una mujer, ni menos aún rumbear para los ranchos en la alta noche... Correntino, no les había visto ni las uñas a las ([mujeres]) (*chinas*) del pago. Cada una de aquéllas tenía dueño o pertenecía a dos o tres hombres a la vez... Los sábados se las turnaban, siempre que no estuviese alguno borracho y alterase el orden, antojándosele ir al maizal, cuando otro estaba con alguna de las ([chinas]) (*muchachas*). De noche se oían los silbidos convencionales, de algún inquieto que esperaba turno. // Como todo se hacía a ojos cerrados, en las noches oscuras, a Pancha o Juana, —o a cualquiera otra del lugar,— se le presentaba difícil distinguir bien al sujeto. A lo sumo podían individualizarlos por el mostacho o por la manera de reir... Otras veces, sabían quién las amaba, por alguna prenda personal abandonada entre el maizal quebrado. // El único zonzo que no procuraba conseguir concubina, era Correntino. Cuando en la pulpería se hablaba de aventuras de chinas y de asaltos de ranchos, Correntino, ruborizado, enmudecía. // [Fo. 2] En los bailes conversaba con las viejas. Se ofrecía para cebar mate y así pasaba las noches enteras, hasta el amanecer, indiferente a todas. Lo más que hacía, era sonreir cuando alguna pareja volvía a la «sala» después de un buen rato de ausencia... En los cabellos de las chinas las semillas de sorgo o las babas del diablo, hablaban a las claras del idilio gozado... // Cuando le veían ensimismado, las viejas interrogaban: // *—¿No te gustan las paicas, Corriente?* // *—¿Pa qué, si todas andan ayuntadas?...* // Entonces, algún viejo dañino sonreía con la comadre, agregando: // *—Es medio marica el pobre, ¿sabe?* // Correntino estaba acostumbrado a aquella clase de bromas. Apenas si se atrevía a cambiar de lugar, para evitar que siguiesen molestándole. // *—Dicen que muenta una yegüita picasa redomona...* —maliciosamente remataba la broma un mal pensado. // *—Y pue ser no ma* — respondía la vieja— *¡conozco cristianos más chanchos tuavia!* // Correntino tenía tal fama de *marica*, que a doce leguas a la redonda, no había quien ignorase la historia del muchacho. En los días de carreras, Correntino era el motivo de las conversaciones sucias e intencionadas. // Una tarde, al entrar el sol, cruzó por el callejón, rumbo al *Paso de las Perdices*, un carretón techado con chapas de cinc. Una yunta de bueyes lo arrastraba. Al anochecer concluían sus dueños de instalarse en el paso. Levantaron un campamento en forma. // Al día siguiente, los merodeadores y la policía concurrieron a averiguar quienes eran y qué era lo que se les ofrecía por aquellos lugares. Los estancieros temían que fuese una junta de gitanos ladrones. El comisario, desde arriba de su caballo, hizo el interrogatorio. Cuando vió [Fo. 3] asomada a la ventanilla de la carreta, la sonriente y linda cara de una china de cabellos trenzados, se apeó, y, al cabo de unos minutos, chupaba de la bombilla «*como un ternero mamón*». // En la carreta viajaban cuatro mujeres, una criatura como de trece años y una vieja correntina, conversadora y amable, con algo de bruja en la cara y de hechicera en sus ([movimientos]) (*maneras*). // La criatura, a quien llamaban «guri» uñía los bueyes y dirigía la marcha. Era un adolescente tuerto, y picado de viruelas, haraposo y miserable. Las mujeres, casi todas ellas ya maduras, cuando no avejentadas, hacían de hijas de la vieja. Esta, una setentona correntina, de baja estatura, ágil y cumplida. // En su mocedad se llamaba ([Clorinda]) ([*Secundina*]) (*La Ñata*), ahora misia ([Rita]) (*Pancha*) o la González... // *—¿Andan solas?* —preguntó el comisario, con los ojos puestos en la más joven. // *—Voy pa la casa e mi marido, cerca e la pulpería de don Cándido. Si me da permiso vamo a dar descanso a los güeyes...* // Al poco rato el comisario hablaba a solas con la más joven y bonita, mientras la celestina y las otras mujeres, espiaban los movimientos por una rendija de la carpa que instalaban. // Muy pronto la ([celestina]) (*vieja*) supo conquistar al comisario, mediante la entrega gratuita de la muchacha. El comisario toleraba así la estada de las quitanderas. // Poco a poco fue atrayendo gente para el fogón mientras el pulpero se indignaba en vano, alegando preceptos morales. Bastó que la ([celestina]) (*Mandamás*) concurriese el primer domingo a unas carreras que se organizaron en la pulpería, para que todos se congregasen en el flamante campamento. // [Fo. 4] *—Vengan pa mí carpa dispué de la carrera... Hay de todo en la carreta, menos ladrones como en el boliche. La vieja González es gaucha y los compriende...* // Ese mismo día la vieja consiguió una concurrencia inmejorable. Todos aquellos que habían ganado en las apuestas, estaban a la noche en su campamento. Allí pasaron alrededor del fogón, sin hacer escándalo, comentando y bebiendo sin exceso. El comisario, había hecho fogón aparte y mantenía el orden con su presencia. De cuando en cuando, alguno se apartaba, subía a la carreta y se dejaba estar allí dentro con alguna de las chinas... Después, era otra la pareja, sucediéndose sin contratiempos, salvo una pequeña discusión sobre el precio, que provocó uno de los concurrentes desconformes. Con su tacto admirable la ([celestina]) (*Mandamás*) conformó al descontento. // *—Pero amigaso, si la Flora le ha aguantado mucho rato* —argumentaba la ([González]) (*vieja*). *—Dele un pesito más y van a ser compañeros...* // Aquella casi promesa ablandó al tacaño. // Al clarear el día, el comisario subió a la carreta con la menor. La ([bruja]) (*Mandamás*) dormitaba, apoyando la cabeza en la llanta de una de las ruedas de la carreta. Un cojinillo le servía de almoada. En la carpa, las otras mujeres, intentaban descansar. Gurí repuntaba los bueyes para conducirlos a la aguada... // El sol limpio, contemplaba el cuadro sucio de los fogones del campamento. El caballo del comisario, ensillado y sin freno, se alejaba pastando. // xxx // ([DOS]) Eran las cuatro de la tarde, cuando pasó el comisario con Correntino en dirección a la aguada. La ([Celestina]) (*Mandamás*), con [Fo. 5] una de las ambulantes, lavaba unas ropas en la orilla del río. Cuando vieron venir al comisario con un desconocido, la ([Celestina]) (*González*) se puso de pie y forzó una gran reverencia. Guiñando el ojo, le preguntó cómo había pasado la noche y quién era el *muchacho lindo* que le acompañaba. Como Correntino continuase el camino, introduciéndose en el monte, el comisario pudo decirle que se trataba de un *marica.* // *—Llévelo a la carpa, comisario, yo sé desembrujar maricas... ¡Habré lidiau con cristianos maricas en la vida perra!* —dijo la vieja.— *Reepúntelo pal campamento esta noche y verá si no le quito las mañas, comesario. Mi dijunto hombre era ansina.* // A la noche cayó el comisario con Correntino. Ya había gente encerrada en la carreta. Un *tape* que venía, como un loco furioso todas las noches, proporcionando pingües entradas. // El representante de la justicia hizo fogón retirado del grupo mayor. La china más bonita, —que era una cosa del comisario, *escriturada pa él*— como decían los peones del pago, cuanto le vió apearse, corrió a su lado. // *—Linda china, ¿verdá Correntino?*— le sopló al oído el asistente del comisario. // Correntino, indeciso y cobarde, no se atrevió a hablar, cohibido y amedrentado. Con la cabeza descubierta lucía su lacio cabello renegrido. Los ojos le brillaban. En cuclillas, sus fornidos hombros y su espalda eran estatuarios. // La vieja celestina, que le miraba largamente como si quisiera recordar algo vago, le preguntó con un dejo de cariño en la voz amiga: // *—¿De ande es el hombre? Se pué saber...* // *—De Curuzú-Cuatiá.* // *—¿Conoce las Sanches de* *la picada?* // [Fo. 6] *—¿Los de la picada del Diablo? Siguro, si ahi m'criau... En el puesto de los Sanches...* // La vieja no dijo una palabra más. Ya era suficiente... *Marica* y de Curuzú-Cuatiá... Y se dijo para sí: // *—Igualito al finao, igualito...* // Las parejas seguían haciéndose regularmente y subiendo y bajando de la carreta con idéntica regularidad. Como la casa-vehículo distaba un trecho del fogón, en el pastizal seco y espeso, bien pronto se hizo un caminito recto. La luz del fogón alcanzaba a alumbrar la mitad del tránsito. // De cuando en cuando, una risotada recibía a la pareja que tornaba al fogón... La vieja, el comisario, la querida de éste y Correntino, seguían con solapados ojos el movimiento. // A tres metros del fogón del comisario, Gurí, tirado en el pasto, con las piernas caídas en una zanja, tenía los ojos brillantes y fijos en el grupo mayor. Ansioso, parecía asomar la cabeza y esconder el cuerpo. El mentón, apoyado en el borde de la zanja. El tórax y la punta de los pies, eran los puntos de apoyo del puente de carne que arqueaba su cuerpo. Y debajo de aquel arco doloroso, las manos... // Así estaba durante las noches de fiesta del campamento, hasta que, rendido, rodaba al fondo de la zanja, para quedarse dormido como un tronco, boca arriba, con las manos en cruz sobre el pecho hasta el primer albor... // La celestina pasaba de una mano para la otra, piedritas blancas... Cada una de las que aparecían en su mano siniestra, representaba una cierta cantidad de dinero, que, como administradora, debía reclamar a sus pupilas. Así no perdía la cuenta y ninguna de las ambulantes podían salir con más dinero del que les correspondía. Por distraída que aparentase estar, la González no descuidaba el negocio. [Fo. 7] Por cada pareja, tenía una piedrita blanca en su mano izquierda. // De pronto, la celestina llamó a una de las mujeres que estaba sin compañero. // *—Petronila, vení pa acá, acercate canejo, parecés chúcara...* // Petronila, comprendiendo el llamado, se echó cerca de Correntino. // *—¿Por qué no se acerca al fogón grande?—* preguntóle la mujer. // *—Y... pa no desprecear a la señora—* contestó indicando a la celestina con un movimiento de cabeza. // La mujer echó para atrás sus cabellos, voluptuosamente, guiñando un ojo a Correntino. // Su empolvado pescuezo y la garganta deforme comenzaban el desnudo. Dejó correr su mano habilísima hasta muy cerca de las piernas del hombre y comenzó a arañar de las ropas, como si jugase con él. Al cabo de unos minutos, Correntino arrastró su cuerpo sobre el pasto alejándose un poco. Sonriente y temeroso, mirando la boca de Petronila, ardía en deseos. // La vieja saboreaba la conquista, como si aquello representase mucho dinero. El comisario se hacía el ciego, acariciando el mate mientras chupaba. // Cuando la mujer pudo acercar sus labios a los de Correntino, fué para no despegarlos más. Se abrazaron de pronto. Revolcáronse en el pasto, hasta que uno del grupo mayor, —que abrochándose el chaleco regresaba de la carreta— rió como un bárbaro, exclamando: // *—¡Correntino revolcándose! ¡Si parecen brujerías! ¡Había sido picante la Petronila!* // *—¡Pa mí que le han dau algún yuyo en el mate!—* agregó otro. // [Fo. 8] Correntino, mareado, no veía nada. La mujer al sentir la risotada, largó su presa y se puso de pie. Miró el cielo tontamente. Las estrellas iban poco a poco borrándose. Se oía a lo lejos arrear animales. Amanecía. El campamento quedó desierto. Cuando todos se fueron para el caserío, Correntino subió a la carreta, esperando allí a Petronila, que hablaba casi en secreto con la vieja. // *—Le levantás la camisa... Debe tener en el lomo unas cicatrices machasas!* // Petronila cuando subió, halló a Correntino arrodillado en el piso de la carreta. La aguardaba. Gateó hasta él, dejando entreabierta la cortina de cuero, intencionalmente. // La luz de la alborada, entraba por las rendijas de la carreta. En las paredes, un espejo en marco de grosera madera con una cinta colorada; un cuerito de venado y otro de zorro, servían de tapujo para ocultar unas tablas roídas por el tiempo; el piso, cubierto en un extremo por un colchón de lana revuelta y apelotonada; del techo pendía una lámpara de kerosene que jamás la ponían en uso. Enredados en un montón de crin, dos peines desdentados terminaban la decoración. // Cuando Petronila trepó a la carreta, la inquietud de Correntino se manifestó en una pregunta: // *—¿Se jué el comesario, m'hija?* //

—Se jué pa las casas, no güelve hasta la noche. // *—Y la indiada, ¿se jué?* // *—No queda ni un ánima; acostate, acostate...* // Petronila, de un tirón se desprendió los broches del corpiño. Con los senos al aire, flácidos y estrujados, se puso a peinar sus cabellos, en los cuales las canas eran cosas dolorosas... Correntino la miraba con respeto, inmóvil. Petronila se tiró largamente en el colchón. // Las maderas del piso crujieron. Por la entreabierta ventanilla de cuero, entraba el fresco de la mañana. // [Fo. 9] *—Primero cerrá bien, Petronila, ¿querés?* // La mujer, ante la desconfianza de Correntino, irguiéndose, juntó el cuero al marco de la ventana. La celestina que estaba abajo de la carreta acechando, seguía los movimientos de la pareja. Cuando se hizo silencio, escurrió su menguado cuerpo seco entre los arreos y enseres, para colocarse estratégicamente. Cuando creyó que la pareja estaba entregada al sueño vivo y brutal, asomó su cabeza encanecida, por la cortina de cuero, largando sus ojos sucios y turbios dentro del carretón. La luz que se colaba, ayudó a la vieja en su afán de identificación. Al principio, la escena le resultó confusa, más tarde fué dominando el lugar... Encima de Petronila, rendida, Correntino parecía un monstruo aferrado al piso. La mujer le levantaba la camisa y acariciaba con las manos, las amplias espaldas. // La vieja vió las dos cicatrices, anchas y profundas, huellas de dos troncos de ñandubay, caídos sobre aquellas espaldas, cuando Correntino aun era un niño. Escondiendo la cabeza, la González murmuró: // *—Es m'hijo... ¡marica como el padre!* // Y, llevando a la boca unas hojas verdes y polvorientas que arrancó del pasto, se alejó rumiando unas palabras. // xxx ([TRES]) // Desde entonces, Correntino fué de los más asiduos y afortunados concurrentes a la carreta. Petronila tenía orden de no cobrarle. La vieja quitandera se vanagloriaba de haber desembrujado un marica. Correntino, desde entonces resultó un hombre en toda la extensión de la palabra. En el «*Paso de las perdices*», él y el comisario, eran los únicos que se turnaban para pernoctar en la carreta. // Correntino fué poco a poco oyendo con gusto los cuentos de aventuras, y terciando en más de una conversación. Le [Fo. 10] respetaban, como se suele respetar a los aventajados y preferidos... // Pero llegó el hastío del comisario, junto con la protesta de los vecinos serios que no podían tolerar por más tiempo a las quitanderas. Una noche, el comisario dejó de concurrir al campamento. Al otro día, el asistente llegó con la orden de desalojo. El comisario les ordenaba que esa misma noche preparasen la marcha y pasaran el paso. // Aunque el asistente hizo la siesta con una de las ambulantes, a la noche comenzó la marcha. Correntino y Petronila se vieron por última vez. // *—Yo voy a dir con vos pal otro lau, Petronila.* // *—No se puede Correntino, e lo e don Cándido me espera mi marido...* // *—Y quedate aquí, hacemo un rancho y vivimo junto...* // *—No se puede; mi marido es muy celoso, y te mataría...* // Correntino no se animó a insistir. La carreta iba cáyendo al paso. La noche era de luna. Guri, desde su caballo, tocaba los bueyes con la picana, silbando un estilo viejo y triste. La celestina, con un envoltorio en las manos, escuchaba el diálogo con honda tristeza. Las otras ambulantes, tiradas en el piso de la carreta, tomaban mate. Correntino, desde su caballo estiró la mano para despedirse. La vieja no se animaba a decirle nada. // *—Cuando podás dir por lo de don Cándido, nos veremo* —dijo Petronila al darle la mano. // Los ojos de la vieja estaban llenos de lágrimas. Porque eran lágrimas de ojos secos y viejos, no era necesario el pañuelo para secarlas; las enjugaba el viento. En cuclillas, en el borde del piso del carretón, iba la vieja despidiéndose del lugar. La noche era serena y tranquila, para aquellas almas resignadas y mansas. // *—Hasta la vista Felipiyo* —exclamó la vieja al darle la mano. // [Fo. 11] Correntino oyó su nombre, pero le pareció aquéllo una alucinación, un sueño. No podía ser verdad que lo llamasen por su nombre, era imposible. Nadie le llamaba así desde hacía muchos años. Su oído, había perdido la costumbre de escuchar esa palabra que pertenecía a su infancia. ([Así que no la oyó]) // El paso lerdo y cachaciento de los bueyes, daba la impresión de las almas gastadas y de los sexos maltratados. // La carreta repechaba la otra orilla. El agua en el paso seguía corriendo. La noche y la selva recogían el

ruído de la carreta, rechinante en sus ruedas resecas. El carretón lentamente seguía por el camino. Las ruedas lloraban. El canto del muchacho, era un canto triste y hondo de media noche. Las quitanderas contaban con una jornada más en sus vidas errantes. Habían pasado por el *pago* del «*Paso de las perdices*», como pasarían, si pudiesen y el hambre lo exigiera, por todos los *pagos* de la tierra. Conformando a los hombres y sacándoles sus ahorros; mitigando dolores, aplacando la sed de los campos sin mujeres. Ahora, en la alta noche, el trajín y el tedio de la sensualidad las harían dormir. // Correntino de regreso enderezó su caballo hacia la pulpería. No podía más de sed. Tenía la boca seca y los ojos mojados. // Bebió para refrescar el pecho y secar las lágrimas. Después, borracho, se puso a llorar como un niño sobre el mostrador. De allí le echaron y siguió llorando junto a la tranquera. // Durante una semana no le vieron hacer otra cosa más que llorar como un idiota. Borracho o fresco, lloraba siempre. // Y, era tan de *marica* eso de llorar «*por una hembra*», que a los diez días de la desaparición de las ([ambulantes]) (*quitanderas*) Correntino perdió la fama de hombre, para volver a conquistar el apodo de *marica*. // Hasta que un día, unos forajidos, de rabia y de asco al verle tan llorón, para quitarle las mañas, perversos e indignados, le dieron una paliza brutal en medio del campo desierto. Y, a consecuencia de la zurra, una madrugada le hallaron ([muerto]) (*moribundo*) en el «*Paso de las perdices*». // El viejo carretón de las quitanderas, ([todavía recorre]) (*siguió andando por*) los campos secos de caricias, prodigando amor y enseñando a amar.

EL LADO FLACO

[Fo. 1] Cándido, el loco del *Paso de las Piedras,* suele salir al encuentro de los forasteros. Descamisado, sucio y *en patas,* responde, invariablemente, a todo aquel que le dirige la palabra: // *—El lau flaco, ¿sabe? el lau flaco...* // Muy pocos son los que procuran explicarse las razones que hacen hablar de aquella manera absurda e incoherente a Cándido, el loco descamisado, que traga piedras redondas por una copa de *caninha brasileira...* // Cuando le conocí, mi acompañante le gritó desde el caballo: // *—Che, Cándido, loco sucio, ¿qué andás haciendo?* // El loco, que caminaba agachado rodeando el rancho del boliche, respondió: // *—El lau flaco, ¿sabe?* // La oportuna pregunta de mi acompañante, me llamó la atención. Y, más aún, la respuesta, [Fo. 2] que se me antojó por demás significativa. Pregunta y respuesta abrieron los ojos de mi curiosidad. Mi acompañante, cuando inquirí datos sobre la extraña contestación, que me había sugerido un sin fin de cosas absurdas, me enteró que eran esas las únicas palabras que articulaba desde hacía mucho tiempo. // —¡Pero ese tipo que busca algo y que dice andar tras del lado flaco, es un caso curiosísimo! —me apresuré a contestar, manifestándole mi interés repentino por descubrir alguna luz en el tenebroso y obscuro espíritu del loco. // *—¡Bah!... ¡A ustedes, los de la ciudad, les llama la atención cualquier cosa!* // Cándido seguía buscando. Me acerqué y repetí la pregunta formulada: // —¿Qué perdiste, Cándido?... // *—¡El lau flaco!, ¿sabe?* // Bueno, me dije: preguntémosle otra cosa. // —¿Tienes hambre, Cándido? // *—¡El lau flaco, el lau flaco!... ¿sabe?* // Como yo le mirara de arriba abajo, él puso en mí sus vagos y nublados ojos de loco, que más bien miraban para adentro. // Mi compañero de jira campesina, desde la puerta del boliche, me llamó: //*—¡Vení; está el macaneador de las otras noches!...* // Se trataba de un curioso vagabundo, muy conocido y apreciado, que, al igual de los hombres de la ciudad que se dedican a espetar chistes y a narrar anécdotas, hacía las delicias de cuantos concurrían al boliche. // Le llamaban *El Cuentero.* Era un tipo apuesto, fuerte, bien formado. Usaba lacia melena y tenía una voz firme y de timbre sonoro. // Al momento de entrar el *cuentero* en el rancho se formaba una rueda de curiosos que festejaban las gracias del habilísimo sujeto. Narraba anécdotas, contaba historias, hablaba de aventuras picarescas, y, entre sorbo y sorbo, entretenía a los parroquianos, sin que decayese un solo momento la atención de los circunstantes. // Como jamás cometía la indiscreción de hablar en primera persona —y atribuirse asi alguno de los chismes,— comprendí que se trataba de un mañoso y vivaracho vagabundo, vividor de sobrados recursos. // Aquel auditorio admitía y festejaba los cuentos, porque no significaban ningún orgullo para el que los decía. Ellos, indudablemente, no podían tolerar una manifiesta superioridad de parte del *cuentero.* // Era tal el dominio suyo sobre el auditorio, que fácilmente manejaba los ocultos resortes de la risa y la sorpresa, del espanto y de la duda en aquéllos espíritus sencillos y fáciles. // Sabía siempre a qué altura del cuento arrancaría una carcajada general y cuándo haría abrir la boca babosa a sus oyentes. // Pocas veces he visto un dominador más interesante. Pero en aquella oportunidad, cuando llegó la noche y comenzó a garuar, entró, casi al mismo tiempo que Cándido, un forastero que arribaba al boliche por posada. Acabábamos de oir las palabras de Cándido. // —*¡El lau flaco!... ¿sabe?...* // Era el recién llegado, un tropero, de fina figura, moreno; nariz correctamente perfilada; ojos pequeños y recios; ademanes nerviosos, pero sin desperdicios, como si a cada movimiento de sus manos tirase certeras puñaladas a un enemigo invisible. // Su figura esbelta se destacaba en el grupo. A la hora de la comida, ya en el fogón, el *cuentero* continuó con sus historias, como si estuviese pagado expresamente para entretenernos. Consiguió dominarnos a todos con sus chispeantes narraciones. // —*¡Salí, loco de porquería!* —gritó uno de los oyentes, dándole un recio empellón a Cándido. // Este se limitó a contestar: // —*El lau flaco... el lau flaco... ¿sabe?* // —*¡Que flaco ni ocho cuartos!* —gritó nuevamente el hombre, inquieto. —*¡Salí de aquí!...* // La voz ronca, pero firme, del *cuentero,* comenzaba la historia *de un caso de reírse:* // —*Cuando el hombre entró por la ventana...* // Yo, desde hacía unos minutos observaba al forastero. No había sonreído ni una sola vez. Conservaban la misma rigidez los músculos de su rostro moreno y recio. Su actitud era una nota discordante y desentonada en el ambiente. // Cuando el *cuentero* terminó su pintoresco relato, uno de los oyentes, muerto de risa, salió afuera. Junto con él, a mojarse con la lluvia torrencial, una bandada de carcajadas salió al campo, como pájaros en libertad... // Pero el forastero permanecía mudo, serio, de pie y apoyando el codo en el pasador de madera de la ventana cerrada. // Levanté los ojos y crucé con él una mirada de reprobación. Y el hombre, como respondiéndome, dijo entre dientes: // —*Gracioso el mozo... ¿no?* // Todos clavamos las miradas en él. Nadie dijo una sola palabra, por unos instantes. Por fin uno del grupo pidió al *cuentero* que repitiese la historia picaresca *del chancho colorado...* // Se trataba de un gracioso cuento, muy conocido en el paraje, al cual el *cuentero* daba cierto aire novedoso, enriqueciendo la narración con adecuados ademanes de gran efecto cómico. // El *cuentero,* inocente y sin percatarse de la intencionada palabra del intruso, terminó el relato con una nota feliz y oportuna, que provocó ruidosa hilaridad. // La lluvia arreciaba en los campos. Era una noche tempestuosa, de esas que hacen pensar en la suerte de las aves del monte, ya que ellas son lo menos sufrido que tiene el campo. Tempestad o tormenta que acostumbra a traer hasta *las casas* esos pájaros negros que suelen desaparecer, o morir, al día siguiente, cuando el sol comienza a secar los campos inundados. La impresión de sorpresa negra y extraña que esos pájaros dejan en el ánimo, no se olvida jamás. // El forastero tenía las negras apariencias de un pájaro de tempestad. Al terminar una de las historias, el tropero preguntó con sorna: // —*Y, ¿quién era comisario en ese tiempo?...* // Una ráfaga helada cruzó por arriba de las cabezas nuestras. El aguafiestas se quedó inmóvil. El *cuentero* levantó su cabeza con humildad de vencido y alzó los ojos hasta la recia faz del que así se expresaba. No se atrevía a responder. Sin duda alguna, se le había presentado, por primera vez, el enemigo inevitable e ignorado del *cuentero*. Yo pensé en el lado flaco, de que nos hablaba el loco... // El *cuentero* continuó su relato, no obstante. Pero el éxito de sus anteriores narraciones no volvía a repetirse. Las palabras suyas habían perdido su poder sugerente. Su voz no llegaba ya hasta los que le escuchábamos. En aquel momento nos parecieron ridículas sus gracias, ridículo su gesto y estúpida y ridícula su intención de entretenernos. La seriedad de aquel hombre nos aplastaba, y, por momentos, nos [Fo. 3] daban ganas de reírnos de las serias ocurrencias del extraño. Había derrotado, con su fría y hostil actitud al infeliz *cuentero*. Yo mismo sentí repentina animadversión por el hombre de los cuentos. Y me pareció tonto y sin gracia todo lo que había escuchado momentos antes con deleite. Me dije: // —No hay duda; el campo embrutece... —Y seguí con el hilo de mi reflexión: —El forastero es el enemigo que deben aguardar siempre los hombres que entretienen. Los muñecos se rompen. A los hombres les salta el enemigo. // De un zarpazo invisible, buscándole el lado flaco, aquel hombre había arrancado el don singular de nuestro bufón campesino. // // El *cuentero* determinó su viaje aquella misma noche. La lluvia seguía cayendo terrencialmente. El infeliz salió sin que lo advirtiésemos. Y, cuando el sueño nos envolvía el cuerpo, a esas horas, intentaba cruzar el *Paso de las Piedras...* // El río corre allí encajonado, y a las dos o tres horas de lluvia torrencial es tan recia su correntada que el tronco más pesado, para llegar al fondo, necesariamente debe correr a flor de agua un buen trecho, como si fuese un trozo de corcho. // En la otra orilla, el caserío que circunda el cuartel de infantería allí apostado, había recibido siempre con buenos ojos la visita del hombre de los cuentos. Y oficialidad y tropa solían propinar con prodigalidad al *cuentero*. El hombre sabía esto muy bien, cuando tuvo fuerzas para intentar el cruce por aquel paso con el río campo afuera. // Descorazonado, sin valor para abofetear al forastero, se largó bajo la lluvia en el torrente. Un agua negra, salpicada de relámpagos, marchaba con árboles y animales. Más que una arteria de la tierra, parecía un río de la noche. Las luces del cuartel apenas se distinguían. A la luz de los relámpagos parecía blanco el caserío vecino. El *cuentero* sólo pensaba en el halago de la gente que le quería y en alejarse del enemigo que la tormenta le había traído. // Y se alejó... Al día siguiente, Cándido, con los ojos fuera de las órbitas, sin camisa, con los brazos en alto, llegó corriendo del *Paso*. Ronco de tanto gritar, apenas se adivinaba lo que decía: // —*¡El lau flaco, el lau flaco!...* // Con ambas manos señalaba un pasaje del monte, a pocas cuadras del *Paso*. // Para comprender lo que quería anunciarnos, tuvimos que seguirle. // En la punta de un tronco de ñandubay partido por la impetuosidad de las aguas, se hallaba ensartado el cuerpo del *cuentero*. // Sus ropas, rasgadas, ofrecían al sol su carne fofa y amoratada. // El río ya había vuelto a su cauce normal. // Allá, a lo lejos, en la cuchilla, marchaba el forastero al galope de su caballo. Su ponchillo blanco se agitaba con aletazos de pájaro que huye...

EL ([LADO FLACO]) (*PÁJARO NEGRO*)

([*A Leopoldo Amorím*])

[Fo. 1] Cándido, el loco del «Paso de las Piedras», suele salir muy amenudo al encuentro de los forasteros. Descamisado, sucio, y «en patas», responde, invariablemente, a todo aquel que le dirija la palabra: // —El lau flaco, ¿sabe? el lau flaco. // Muy pocos son los que procuran explicarse las razones que hacen hablar en forma tan absurda e incoherente a

Cándido, el loco descamisado, que traga piedras redondas por una copa de «caninha brasileira»... Se agacha, elige las piedras más lisas, se las echa a la boca una tras otra, hace unas muecas horribles, pestañea y su garganta deja pasar ([una tras]) ([de a]) (*una por*) una ([...]) las piedras redondas... Sonríe después, comprendiendo que ha hecho [Fo. 2] una gracia y reclama la (*prometida*) copa de caña. ([prometida]) Mientras la bebe —por lo general de un ([golpe]) (*sorbo*) —se golpea con la otra mano la boca del estómago. Quince o veinte piedras redondas, recién llegan a afectar su estómago y es cuando él cree que ha hecho una cosa seria... // El día que le conocí, mi acompañante le gritó desde el caballo: // —Che, Cándido, loco sucio, ¿está abierta la tranquera para ir a la balsa? // El loco, que caminaba agachado, mirando el suelo ([como si]) (*al parecer*) busca ([ra]) (*ndo*) piedras redondas para su colección, respondió: // —El lau flaco ¿sabe?... // La ([oportuna]) pregunta de mi acompañante había sido respondida de tan absurda manera que me sorprendió. // [Fo. 3] ([Pregunta y respuesta]) (*Se*) abrieron los ojos de mi curiosidad. Mi acompañante, cuando inquirí datos sobre la extraña contestación ([que me había sugerido un sin fín de cosas absurdas y]) me enteró: ([que eran]) (*E*)sas ([las]) (*son las*) únicas palabras que ([articulaba]) (*dice*) desde hace mucho tiempo. // —¡Pero ese tipo que busca algo y que dice andar tras del lado flaco, es un caso curiosísimo!— me apresuré a contestar ([manifestándole mi interés repentino por descubrir alguna luz en el tenebroso y obscuro espíritu del loco]) // *—¡Bah!... ¡A ustedes, los de la ciudad, les llama la atención cualquier cosa!* // Cándido ([seguía]) *(parecía)* busca(*r*) ([ndo]) (*algo*). Me acerqué ([y 1.]) a pregunta(*rle:*) ([formulada]) // —¿Qué perdiste, Cándido?... // *—¡El lau flaco!, ¿sabe?* // Bueno, me dije; preguntémosle otra cosa. // —¿Tienes hambre, Cándido? // *—¡El lau flaco, el lau flaco!... ¿sabe?* // Como yo le mirara de arriba abajo, él puso en mí sus vagos y nublados ojos de loco, que más bien miraban para adentro. // Mi compañero de jira campesina, desde la puerta del boliche, me llamó: // *—¡Vení; está el macaneador de las otras noches!...* // Se trataba de un curioso vagabundo, muy conocido y apreciado, que, al igual de los hombres de la ciudad que se dedican a espetar chistes y a narrar anécdotas, hacía las delicias de cuantos concurrían al boliche. // Le llamaban *El Cuentero*. Era un tipo apuesto, fuerte, bien formado. Usaba lacia melena y tenía una voz firme y de timbre sonoro. // Al momento de entrar el *cuentero* en el rancho se formaba una rueda de curiosos que festejaban las gracias del habilísimo sujeto. Narraba anécdotas, contaba historias, hablaba de aventuras picarescas, y, entre sorbo y sorbo, entretenía a los parroquianos, sin que decayese un solo momento la atención de los circunstantes. // Como jamás cometía la indiscreción de hablar en primera persona —y atribuirse así alguno de los chismes,— comprendí que se trataba de un mañoso y vivaracho vagabundo, vividor de sobrados recursos. // Aquel auditorio admitía y festejaba los cuentos, porque no significaban ningún orgullo para el que los decía. Ellos, indudablemente, no podían tolerar una manifiesta superioridad de parte del *cuentero*. // [Fo. 4] Era tal el dominio suyo sobre el auditorio, que ([fácilmente]) (*con facilidad*) manejaba los ocultos resortes de la risa y la sorpresa, del espanto y de la duda en aquellos espíritus sencillos y fáciles. // Sabía siempre a qué altura del cuento arrancaría una carcajada general y cuándo haría abrir la boca babosa a sus oyentes. // Pocas veces he visto un dominador más interesante. Pero en aquella oportunidad, cuando llegó la noche y comenzó a garuar, entró, casi al mismo tiempo que Cándido, un forastero que arribaba al boliche por posada. Acabábamos de oir las palabras de Cándido: // *—¡El lau flaco!... ¿sabe?...* // Era el recién llegado, un tropero, de fina figura, moreno; nariz correctamente perfilada; ojos pequeños y recios; ademanes nerviosos, pero sin desperdicios, como si a cada movimiento de sus manos tirase certeras puñaladas a un enemigo invisible. // Su figura esbelta se destacaba en el grupo. A la hora de la comida, ya en el fogón, el cuentero continuó con sus historias, como si estuviese pagado expresamente para entretenernos. Consiguió dominarnos a todos con sus chispeantes narraciones. // *—¡Salí, loco* ([d]) *e porquería!*— gritó uno de los oyentes, dándole un recio empellón a Cándido. // Este se limitó a contestar: // *—El lau flaco... el lau flaco... ¿sabe?* // *—¡Qué flaco ni ocho cuartos!* —gritó nuevamente el hombre, inquieto.— ¡Salí de aquí!... // La voz ronca, pero firme, del cuentero, comenzaba la historia de un caso de reirse: //*—Cuando el hombre entró por la ventana...* // Yo, desde ([hacía]) unos minutos (*antes*) observaba al forastero. No había sonreído ni una sola vez. Conservaban la misma rigidez los músculos de su rostro moreno y recio. Su actitud era una nota ([discordante y]) desentonada en el ambiente. // Cuando el *cuentero* terminó su ([pintoresco]) relato, uno de los oyentes, muerto de risa, salió afuera. Junto con él, (*me pareció que salía*) a mojarse con la lluvia torrencial, una bandada de carcajadas. ([salió al campo]) como pájaros en libertad... // Pero el forastero permanecía mudo, serio, de pie y apoyando el codo en el pasador de madera de la ventana cerrada. // Levanté los ojos y crucé con él una mirada de reprobación. Y el hombre, como respondiéndome, dijo entre dientes: // *—Gracioso el mozo... ¿no? (¡qué me dice!...)* // Todos clavamos las miradas en él. Nadie dijo una sola palabra, por unos instantes, ([Por fin]) (*hasta que*) uno del grupo pidió al *cuentero* ([que repitiese]) (*repetición de*) la historia picaresca del *chancho colorado...* // Se trataba de un gracioso cuento, muy conocido en el paraje, al cual el cuentero daba cierto aire novedoso, enriqueciendo la narración con adecuados ademanes de gran efecto cómico. // [Fo. 5] El *cuentero,* inocente y sin percatarse de la intencionada palabra del intruso, terminó el relato con una nota feliz y oportuna, que provocó ruidosa hilaridad. // La lluvia arreciaba en los campos. Era una noche tempestuosa, de esas que hacen pensar en la suerte de las aves del monte, ya que ellas son lo menos sufrido que tiene el campo. Tempestad o tormenta que acostumbra a traer hasta *las casas* esos pájaros negros que suelen desaparecer, o morir, al día siguiente, cuando el sol comienza a secar los campos inundados. La impresión de sorpresa negra y extraña que esos pájaros dejan en el ánimo, no se olvida jamás. // El forastero tenía las negras apariencias de un pájaro de tempestad. Al terminar una de las historias, el tropero preguntó con sorna: // *—Y, ¿quién era comisario en ese tiempo?...* // Una ráfaga helada cruzó por arriba de ([las]) (*nuestras*) cabezas ([nuestras]). El aguafiestas se quedó inmóvil. El *cuentero* levantó su cabeza con humildad de vencido y alzó los ojos hasta la recia faz del que así se expresaba. No se atrevía a responder. Sin duda alguna, se le había presentado, por primera vez, el enemigo inevitable e ignorado del *cuentero.* Yo pensé en el lado flaco, de que nos hablaba el loco (*y en los pájaros negros de la tormenta*). // El *cuentero* continuó su relato, no obstante. Pero el éxito de sus anteriores narraciones no volvía a repetirse. Las palabras suyas habían perdido su poder sugerente. Su voz no llegaba ya hasta los que le escuchábamos. En aquel momento nos parecieron ridículas sus gracias, ridículo su gesto y estúpida ([y ridícula]) su intención de entretenernos. La seriedad de aquel hombre nos aplastaba, y, por momentos, nos daban ganas de reírnos de las serias ocurrencias del extraño. *(El,)* [h]abía derrotado, con su fría y hostil actitud al infeliz *cuentero.* Yo mismo sentí repentina animadversión por el hombre de los cuentos. Y me pareció tonto y sin gracia todo lo que había escuchado momentos antes con deleite. Me dije: //—No hay duda; el campo embrutece... —Y seguí con el hilo de mi reflexión: —El forastero es el enemigo que deben aguardar siempre los hombres que entretienen. Los muñecos se rompen. A los hombres les salta el enemigo. // De un zarpazo invisible, buscándole el lado flaco, aquel hombre había arrancado el don singular de nuestro bufón campesino. // [Fo. 6] El *cuentero* determinó su viaje aquella misma noche. La lluvia seguía cayendo torrencialmente. El infeliz salió sin que lo advirtiésemos. Y, cuando el sueño nos envolvía el cuerpo, a esas horas, intentaba cruzar el *Paso de las Piedras...* // El río corre allí encajonado, y a las dos o tres horas de lluvia torrencial es tan recia su correntada que el tronco más pesado, para llegar al fondo, necesariamente debe correr a flor de agua un buen trecho, como si fuese un trozo de corcho. (*La balsa no funciona entonces y hay que esperar la bajante del río*). // En la otra orilla, el caserío que circunda el cuartel de infantería allí apostado, había recibido siempre con buenos ojos la visita del hombre de los cuentos. Y oficialidad y tropa solían propinar con prodigalidad al *cuentero.* El hombre sabía esto muy bien, cuando tuvo fuerzas para intentar el cruce (*a nado*) por aquel paso con el río campo afuera. // Descorazonado, ([sin valor para abofetear al forastero]) se largó bajo la lluvia en el torrente. Un agua negra, salpicada de relámpagos, marchaba con árboles y animales. Más que una arteria de la tierra, parecía un río de la noche. Las luces del cuartel apenas se distinguían. A la luz de los relámpagos parecía blanco el caserío vecino. El *cuentero* sólo pensaba en el halago de la gente que le quería y en alejarse del enemigo que la tormenta le había traído. // Y se alejó... Al día siguiente, Cándido, con los ojos fuera de las órbitas, sin camisa, con los brazos en alto, llegó corriendo del *Paso.* Ronco de tanto gritar, apenas se adivinaba lo que decía: // *—¡El lau flaco, el lau flaco!...* ([*Allí*]) (*Ayí, ayí!...*) Con ambas manos señalaba un pasaje del monte, a pocas cuadras del *Paso.* // Para comprender lo que quería anunciarnos, tuvimos que seguirle. // En la punta de un tronco de ñandubay partido por la impetuosidad de las aguas, se hallaba ensartado el cuerpo del *cuentero.* // Sus ropas, rasgadas, ofrecían al sol su carne fofa y amoratada. // El río ya había vuelto a su cauce normal. // Allá, a lo lejos, en la cuchilla, marchaba el forastero al galope de su caballo. Su ponchillo ([blanco]) (*negro*), se agitaba con aletazos de pájaro que huye...

EL PÁJARO NEGRO

A Leopoldo Amorim

[Fo. 1] Cándido, el loco del «Paso de las Piedras», suele salir muy a menudo al encuentro de los forasteros. Descamisado, sucio y «en patas», responde, invariablemente, a todo aquel que le dirige la palabra: // —El lau flaco, ¿sabe? el lau flaco. // Muy pocos son los que procuran explicarse las razones que hacen hablar en forma tan absurda e incoherente a Cándido, el loco descamisado, que traga piedras redondas por una copa de «caninha brasileira»... Se agacha, elige las piedras más lisas, se las echa a la boca una tras otra, hace unas muecas horribles, pestañea, y su garganta deja pasar una por una, las piedras redondas... Sonríe después, comprendiendo que ha hecho una gracia y reclama la prometida copa de caña. Mientras la bebe —por lo general de un sorbo— se golpea con la otra mano la boca del estómago. Quince o veinte piedras redondas, recién llegan a afectar su estómago y es cuando él cree que ha hecho una cosa seria... // El día que le conocí, mi acompañante le gritó desde el caballo: // —Ché, Cándido, loco sucio, ¿está abierta la tranquera para ir a la balsa? // El loco, que caminaba agachado, mirando el suelo al parecer buscando piedras redondas para su colección, respondió: —El lau flaco ¿sabe?... // [Fo. 2] La pregunta de mi acompañante había sido respondida de tan absurda manera que me sorprendió. // Se abrieron los ojos de mi curiosidad. Mi acompañante, cuando inquirí datos sobre la extraña contestación, me enteró: // —Esas son las únicas palabras que dice desde hace mucho tiempo. // —¡Pero ese tipo que busca algo y que dice andar tras del lado flaco, es un caso curiosísimo! —me apresuré a contestar. // —¡Bah!... ¡A ustedes, los de la ciudad, les llama la atención cualquier cosa! // Cándido parecía buscar algo. Me acerqué a preguntarle: // —¿Qué perdiste, Cándido?... // —¡El lau flaco!, ¿sabe? // Bueno, me dije; preguntémosle otra cosa. // —¿Tienes hambre, Cándido? // —¡El lau flaco, el lau flaco!... ¿sabe? // Como yo le mirara de arriba abajo, él puso en mí sus vagos y nublados ojos de loco, que más bien miraban para adentro. // Mi compañero de jira campesina, desde la puerta del boliche, me llamó: // —¿Vení; está el macaneador de las otras noches!... // Se trataba de un curioso vagabundo, muy conocido y apreciado, que, al igual de los hombres de la ciudad que se dedican a espetar chistes y narrar anécdotas, hacía las delicias de cuantos concurrían al boliche. // Le llamaban *El Cuentero*. Era un tipo apuesto, fuerte, bien formado. Usaba lacia melena y tenía una voz firme y de timbre sonoro. // Al momento de entrar el *cuentero* en el rancho se formaba una rueda de curiosos que festejaban las gracias del habilísimo sujeto. Narraba anécdotas, contaba historias, hablaba de aventuras picarescas, y, entre sorbo y sorbo, entretenía a los parroquianos, sin que decayese un solo momento la atención de los circunstantes. // Como jamás cometía la indiscreción de hablar en primera [Fo. 3] persona —y atribuirse así alguno de los chismes,— comprendí que se trataba de un mañoso y vivaracho vagabundo, vividor de sobrados recursos. // Aquel auditorio admitía y festejaba los cuentos, porque no significaban ningún orgullo para el que los decía. Ellos, indudablemente, no podían tolerar una manifiesta superioridad de parte del *cuentero.* // Era tal el dominio suyo sobre el auditorio, que con facilidad manejaba los ocultos resortes de la risa y la sorpresa, del espanto y de la duda en aquellos espíritus sencillos y fáciles. // Sabía siempre a qué altura del cuento arrancaría una carcajada general y cuándo haría abrir la boca babosa a sus oyentes. // Pocas veces he visto un dominador más interesante. Pero en aquella oportunidad, cuando llegó la noche y comenzó a garuar, entró, casi al mismo tiempo que Cándido, un forastero que arribaba al boliche en busca de posada. Acabábamos de oir las palabras de Cándido: // —¡El lau flaco!... ¿sabe?... // Era el recién llegado, un tropero, de fina figura, moreno; nariz correctamente perfilada; ojos pequeños y recios; ademanes nerviosos, pero sin desperdicios, como si a cada movimiento de sus manos, tirase certeras puñaladas a un enemigo invisible. // Su figura esbelta se destacaba en el grupo. A la hora de la comida, ya en el fogón, el *cuentero* continuó con sus historias, como si estuviese pagado expresamente para entretenernos. Consiguió dominarnos a todos con sus chispeantes narraciones. // —¡Salí, loco e porquería!— gritó uno de los oyentes, dándole un recio empellón a Cándido. // Este se limitó a contestar: // —El lau flaco... el lau flaco... ¿sabe? // —¡Qué flaco ni ocho cuartos!— gritó nuevamente el hombre, inquieto.— ¡Salí de aquí!... // La voz ronca, pero firme, del *cuentero,* comenzaba la historia *de un caso de reirse:* // [Fo. 4] —Cuando el hombre entró por la ventana... // Yo, desde unos minutos antes, observaba al forastero. No había sonreído ni una sola vez. Conservaban la misma rigidez, los músculos de su rostro moreno y recio. Su actitud era una nota desentonada en el ambiente. // Cuando el *cuentero* terminó su relato, uno de los oyentes, muerto de risa, salió afuera. Junto con él me pareció que salía a mojarse con la lluvia torrencial, una bandada de carcajadas, como pájaros en libertad... // Pero el forastero permanecía mudo, serio, de pie y apoyando el codo en el pasado de madera de la ventana cerrada. // Levanté los ojos y crucé con él una mirada de reprobación. Y el hombre, como respondiéndome, dijo entre dientes: // —Gracioso el mozo... ¿no? ¡Qué me dice!... // Todos clavamos las miradas en él. Nadie dijo una sola palabra, por unos instantes, hasta que uno del grupo pidió al *cuentero* repetición de la historia picaresca *del chancho colorado... //* Se trataba de un gracioso cuento, muy conocido en el paraje, al cual el *cuentero* daba cierto aire novedoso, enriqueciendo la narración con adecuados ademanes de gran efecto cómico. // El *cuentero,* inocente y sin percatarse de la intencionada palabra del intruso, terminó el relato con una nota feliz y oportuna, que provocó ruidosa hilaridad. // La lluvia arreciaba en los campos. Era una noche tempestuosa, de esas que hacen pensar en la suerte de las aves del monte, ya que ellas son lo menos sufrido que tiene el campo. Tempestad o tormenta que acostumbra a traer hasta *las casas* esos pájaros negros que suelen desaparecer, o morir, al día siguiente, cuando el sol comienza a secar los campos inundados. La impresión de sorpresa negra y extraña que esos pájaros dejan en el ánimo, no se olvida jamás. // El forastero tenía las negras apariencias de un pájaro de tempestad. Al terminar una de las historias, el tropero preguntó con sorna: // —Y, ¿quién era comisario en ese tiempo?... // Una ráfaga helada cruzó por arriba de nuestras cabezas. [Fo. 5] // El aguafiestas se quedó inmóvil. El *cuentero* levantó su cabeza con humildad de vencido y alzó los ojos hasta la recia faz del que así se expresaba. No se atrevía a responder. Sin duda alguna, se le había presentado, por primera vez, el enemigo inevitable e ignorado del *cuentero.* Yo pensé en el lado flaco de que nos hablaba el loco y en los pájaros negros de la tormenta. // El *cuentero* continuó su relato, no obstante. Pero el éxito de sus anteriores narraciones no volvía a repetirse. Las palabras suyas habían perdido su poder sugerente. Su voz no llegaba ya hasta los que le escuchábamos. En aquel momento nos parecieron ridículas sus gracias, ridículo su gesto y estúpida su intención de entretenernos. La seriedad de aquel hombre nos aplastaba, y, por momento, nos daban ganas de reirnos de las serias ocurrencias del extraño. El había derrotado, con su fría y hostil actitud, al infeliz *cuentero.* Yo mismo sentí repentina animadversión por el hombre de los cuentos. Y me pareció tonto y sin gracia todo lo que había escuchado momentos antes con deleite. Me dije: // —No hay duda; el campo embrutece... —Y seguí con el hilo de mi reflexión:— El forastero es el enemigo que deben aguardar siempre los hombres que entretienen. Los muñecos se rompen. A los hombres les salta el enemigo. // De un zarpazo invisible, buscándole el lado flaco, aquel hombre había arrancado el don singular de nuestro bufón campesino. // xxx // El *cuentero* determinó su viaje aquella misma noche. La lluvia seguía cayendo torrencialmente. El infeliz salió sin que lo advirtiésemos. Y, cuando el sueño nos envolvía el cuerpo, a esas horas, intentaba cruzar el *Paso de las Piedras...* // El río corre allí encajonado, y a las dos o tres horas de lluvia torrencial es tan recia su correntada que el tronco más pesado, para llegar al fondo, necesariamente debe correr a flor de agua un buen trecho, como si fuese un trozo de corcho. // [Fo. 6] La balsa no funciona entonces y hay que esperar la bajante del río. // En la otra orilla, el caserío que circunda el cuartel de infantería allí apostado, había recibido siempre con buenos ojos la visita del hombre de los cuentos. Y oficialidad y tropa, solían propinar con prodigalidad al *cuentero.* El hombre sabía esto muy bien, cuando tuvo fuerzas para intentar el cruce a nado por aquel paso con el río campo afuera. // Descorazonado, se largó bajo la lluvia en el torrente. Un agua negra, salpicada de relámpagos, marchaba con árboles y animales. Más que una arteria de la tierra, parecía un río de la noche. Las luces del cuartel apenas se distinguían. A la luz de los relámpagos parecía blanco el caserío vecino. El *cuentero* sólo pensaba en el halago de la gente que le quería y en alejarse del enemigo que la tormenta le había traído. // Y se alejó... Al día siguiente, Cándido, con los ojos fuera de las órbitas, sin camisa, con los brazos en alto, llegó corriendo del *Paso.* Ronco de tanto gritar, apenas se adivinaba lo que decía: // —¡El lau flaco, el lau flaco!... ¡Ayí, ayí!... // Con ambas manos señalaba un pasaje del monte, a pocas cuadras del *Paso.* // Para comprender lo que quería anunciarnos, tuvimos que seguirle. // En la punta de un tronco de ñandubay partido por la impetuosidad de las aguas, se hallaba ensartado el cuerpo del *cuentero.* // Sus ropas, rasgadas, ofrecían al sol su carne fofa y amoratada. // El río ya había vuelto a su cauce normal. // Allá, a lo lejos, en la cuchilla, marchaba el forastero al galope de su caballo. Su ponchillo negro, se agitaba con aletazos de pájaro que huye...

CARRETA SOLITARIA

Desde el primer día, marchaba rezagada. Al pasar por el rancherío de Saucedo, un viejo que sabía mucho de yugos y picanas comentó que no era porque sus bueyes barcinos fuesen pachorrientos. La carreta marchaba como avergonzada de formar parte de la tropa. Los bueyes iban con los ojos cerrados como los toros al embestir. Llevaban seis días de marcha hacia el oeste, con el sol de frente. Sol de invierno que en los atardeceres pasaba un hilván dorado por cada carreta, con excepción de la última, cerrada con cueros negros. Las otras tres, en conserva, ayudándose los carreros mutuamente con gritos roncos y clavos de silbidos tan agudos como los que lucían las picanas. La huella se estiraba pareja para las tres carretas y al caer la noche se hacía un ovillo en la falda de algún vallecito. Casi a un tiempo se libraban los yugos y la boyada seguía por el cañadón husmeando la aguada, mientras se calentaba el agua de los primeros mates. // Y recién entonces, cuando los fogones de las carretas punteras aleteaban entre las ruedas, Matacaballos, el capataz de la tropa, detenía los barcinos y acampaba a la vista como un caudillo de la soledad. // —¡Tanto cuidau, tanto partes!... —dijo uno de los carreros, el correntino Eduardo, un poco mosqueado por el misterio—. ¡Y a lo mejor lleva cuatro chuzas locas! // —Pa mí lleva pólvora— opinó el petiso Manolo, un tape de alpargatas bigotudas que viajaba impaciente por incorporarse a las tropas revolucionarias y calzar botas de potro que, según mentas, repartían para la futura patriada. // —¡Pimienta, qué pólvora ni qué niño muerto!— volvió a cargar Eduardo—. ¡Pimienta y gracias! // —Vaya a saber... Pero algo que no debemos ver, si que lleva... —reflexionó el tape Manolo. // Los otros dos compañeros callaban discretamente. // Matacaballos no siempre se acercaba al fogón de los punteros. Y cuando dejaba su carreta, paraba rodeo a fin de que se hallasen presentes los cuatro hombres que le respondían. Venía a pie, abriéndose paso en la tiniebla con el pucho encendido y sin perros, porque los dejaba atados en la carreta. // En las primeras jornadas, el campamento aparte no fué motivo de intrigas. Matacaballos tenía derecho a desayuntar los bueyes donde le diese la real gana. // —¿No se acerca, don Mata?— habíale preguntado el hombre más entrado en años de los que traía bajo sus órdenes. Era Jerónimo, un fornido guerrillero con vago acento español. // Fué en la tibia pulpería mientras llenaban sus maletas de fariña y fideos. Matacaballos no halló malicia en la pregunta, por eso dió gustosas explicaciones: // —Me han pedido, ¿sabe?... que marche un poco separau. Cosas de estos tiempos de rivoluciones... // Y así terminó la cosa. Matacaballos contestaba con modestia, como excusándose de permanecer al margen de la tropa. Pero no era por modestia. Lo hacía por temor de que un muchacho de veinte años, el rubio Felipe, mozo silencioso y melancólico, le diese por sospechar. Tenía razones muy serias para procurar que Felipe no se enterase de su preciada carga... // El fogón de la carreta misteriosa pocas veces veíase cubierto por sombras humanas. Con Matacaballos iba Farías, un viejo de carácter despótico, en el que confiaba tanto como en sus perros. Dos figuras, dos sombras que en la noche rondaban la llama aunque para el correntino viajaba alguien más en la carreta. Pero nadie se atrevía a hacerle preguntas a Matacaballos. Este no perdía de vista al rubio sospechoso que, a través de sus cabellos lacios, caídos sobre la cara al inclinarse a avivar el fuego, seguía todos los movimientos del distante fogón. Hablaba poco, miraba mucho. Sus ojos nuevos, atrapaban las sombras que cubrían a intervalos la luz del fogón de Matacaballos. // —Este rubio me va a arruinar el trabajo —se dijo el carrero—. No despega los ojos del fogón. // Durante la marcha, Felipe mal podía ocuparse de la carreta solitaria. Al desatar las coyundas, en cambio, observaba curioso. Una noche creyó ver alrededor del fuego las faldas de una mujer. // —¡Si serás exagerau! —protestó Manolo—. ¡Eso si que es ver visiones! // —¿El viejo Farías anda de culero? —preguntó el interesado. // —De ande, si no usa lazo desde hace años— aclaró el correntino. // —Yo vi unas polleras. Miren que no me equivoco. Las piernas de un cristiano dejan pasar la luz —insistió Felipe. Y se preguntó para sí quién podía ser esa mujer, en caso de que no anduviese mal rumbeado. // Los restantes se burlaron de las alucinaciones de Felipe. // —Cosas de muchacho— sentenció Jerónimo. // —Ya vas a encontrar mujeres en la frontera... Andá preparándote —terminó con varonil seguridad. // A Manolo le empezó a arder la imaginación. Era joven, olía a aventura. Corrió la caña paraguaya una noche lluviosa como para tropear cuentos e historias. Aprovechando la ausencia de Matacaballos, Manolo volvió con el tema de la carreta solitaria: // —Lleva como mil carabinas, y pólvora para hacer saltar el puente de Tacuabé— dijo semblanteando a Felipe. Buscaba provocarlo y, quizá, mofarse. // —¿Quién te lo dijo? —preguntó el correntino. // —Lo soñé— contestó Manolo muy suelto de cuerpo, sin perder el efecto que producían las palabras en el rostro semioculto del muchacho. // —¡Andá a sanar! —cerró el diálogo Eduardo mientras observaba a Felipe, que en ese momento quería descubrir a través de la garúa la llama que parpadeaba a la distancia. // Y a la madrugada, cuando Felipe fué a recoger los bueyes (tal era su obligación), trató de arrimarlos a la carreta. No bien lo intentó, Matacaballos se adelantó. Una mirada de lejos —mirada de perro alerta, de caballo asustado, de hombre receloso— bastó para detenerlo. La carreta, vigilada por el viejo Farías, era un nudo en el camino, un puño apretado, como la zurda de Matacaballos, famosa por la fuerza, reposando sobre el mostrador del boliche. // Jerónimo, el petiso Manolo y el correntino Eduardo, fueron testigos de la picardía. De manera que al ayudarle a uñir los bueyes, Manolo le dijo en tono de consejo: // —Andá tranquilo. Es mejor no saber qué es lo que lleva... // —Mirá, por el ruido de los ejes, esa carreta no va cargada— apuntó Felipe. // —Y es eso lo que me tiene con sangre en el ojo. // —¿Y qué lleva, entonces? —volvió Manolo, picado de curiosidad. // —Algo muy livianito... No sé, pero muy livianito... // La intriga de Felipe prendió en el ánimo de Manolo. ¿Y si llevase mujeres, como sospechaba el rubio, y Matacaballos, egoísta, no les decía nada? Día tras día, Felipe seguía escudriñando el horizonte, cuando la carreta casi se perdía de vista. La cabeza del muchacho giraba para atrás, como la de las lechuzas. Y aquel interés hizo carne en los tres hombres restantes. // Esa noche, en la rueda del fogón, Jerónimo, mirando hacia la carreta distante, dijo fastidiado: // —¡Qué se habrá creído Mata! ¿Que vamos a denunciarle la carga?... // —Andará medio celoso— opinó el correntino apretando la bombilla entre los dientes. // —Lleva una mujer— afirmó Felipe con rabia, pensando en voz alta y rápidamente arrepentido de haber ido tan lejos. // La reacción en el ánimo de Jerónimo se hizo violenta. // —¡No pensás más que en esas pamplinas, canejo! —volvió sobre Felipe como reprimiéndolo—. Hay que dejar esas cosas a un lado cuando se va a pelear... ¡He dicho que lleva pólvora, y basta!... (Se hizo un silencio). Y lo que me da rabia es que desconfíe de hombres como yo. // Las palabras del guerrillero parecían avivar la llama. El no quería pensar en mujeres. El correntino también quería manifestar su disconformidad, pero no era por la misma razón. Le gustaba hablar de mujeres. // —¡Y claro, pues! Como si no fuésemos de confianza— dijo sin mucha convicción. // El petiso Manolo no pensaba en supuestas cargas de explosivos, ni le interesaba en ese momento otra cosa que la vecindad de una mujer, pero cargó contra Matacaballos: // —Queda mal cortarse así... Me parece... ¿no? // —Por eso se corta, pues, pa que no se la descubran —se animó a insistir Felipe. //Jerónimo pensaba demostrar que era más afrentoso para él que le ocultasen la carga de pólvora, y le molestaba sobremanera la sospecha de Felipe. // —Usted se calla, mi amigo, cuando opina la gente grande, ¿entiende? —dijo en voz baja y pendenciera, clavando la mirada en Felipe. // —Eso de callarme... estamos por verlo. Yo digo lo que me parece. Y allí hay una mujer... Sí, señor, una mujer, y yo sé quién es y no me callo... Y si me de la gana... // Hizo un ademán de levantarse con toda la violencia de sus veinte años, dirigiendo su mano al arma que le calentaba los riñones. // Manolo le agarró la vaina. La hoja del cuchillo corrió un tanto. Eduardo le tenía apresado el brazo derecho. // —Había sido resuelto el mozo —dijo Jerónimo levantándose—. Así me gusta, pero no es para tanto. Si dice que lleva una mujer, usté sabrá... // Y se alejó indeciso hasta su carreta, poniendo fin al altercado. // La convicción de Felipe llenó de fantasmas la noche áspera de los carreros revolucionarios. Iban tendiendo sus cueros para tirarse a dormir, cuando oyeron pasos. La perrada, que había reconocido al caminante, hacía un círculo amistoso a su alrededor. Era Matacaballos. Se acercaba a pedir tabaco, a pesar de que nunca le escaseaba. Treta suya para hacerles una intempestiva visita y ordenarles, informarse y marcar su autoridad. // Resobando una chala, sin demora, dió la orden que parecía una rogativa: // —Mañana me dejan ir adelante, ¿eh? Tengo que campear unos fogones, que son las señales convenidas con nuestro hombre. // «Nuestro hombre» era la primera mención del jefe revolucionario para el que portaban la carga de las tres carretas y la supuesta pólvora, o armas, de la carreta solitaria. // —Como le parezca —contestó Jerónimo secamente. // Matacaballos olfateó el altercado. La velada de sus secuaces carecía de la alegría habitual. Buscó los tres rostros. Sólo el de Felipe no pudo explorar, oculto tras la mata de pelo. Y se alejó otra vez contando los pasos. // No había despuntado el alba cuando pasó adelantándose la carreta solitaria. Iba remolona, desperezándose. Todavía con luz el farol que bamboleaba entre los ejes. Para Felipe no pasó inadvertido un detalle: en la jaula donde llevaban gallinas, tan sólo alardeaba un gallo bataraz. // —Ahí va gato encerrau —dijo Manolo con ganas de saber lo que pensaba Felipe—. ¿No te parece? // —¿Gato?... Sí, gato de los finos, de esos que comen gallinas... carnecita tierna —contestó Felipe lamiéndose los labios. // No era momento para pensar en mujeres. La escarcha unía los pastos. La imaginación debía estar aletargada. Sin embargo, Felipe alardeaba vigilia... Manolo pensó que podía viajar allí algún jefe señorón de la ciudad, un fugitivo. Y metió espuelas a su fantasía revolucionaria. // —Debe ser maula el hombre pa ir así encerrau, sea quién sea —opinó ajustándose el poncho arrollado en el pescuezo—. Pa mí que vos sabés quién va escondido allí... // Felipe le contestó afirmativamente. // —¡Como sea cierto! —terminó acercándose en secreto—. ¡Dios no lo permita, pero como sea cierto! ¡Van a saber quién es Felipe Rivero! // Manolo sujetó su caballo. Se disponía a montar y el pingo debía estar de lomo duro. Caracoleaba. // Felipe no pudo contener más su confidencia. Recostados a un buey manso que les daba calor mientras el sol luchaba por romper la escarcha, Felipe le contó que tenía una novia en el pueblo a la que no había podido ver antes de su partida porque la madre quería entregársela a un revolucionario rico que le había prometido hacerla su mujer cuando ganase la partida. // El relato de Felipe resultó inverosímil para Manolo. Incrédulo, no le dió ninguna importancia. Montó su caballo como comentario. Pero a la noche, calculando que era una de las últimas que le quedaban, pensó a su vez en una mujer, en la suya. Pensó en su suerte si perdía la causa revolucionaria. Se lo dijo a Jerónimo y se lo contó al correntino Eduardo y los cuatro hombres no hallaron el sueño y el reposo como otras noches pensando en el destino de sus mujeres. // Se diría que Matacaballos había participado en la vigilia porque esa última noche, mientras tajeaba un costillar con el humo del fogón que se interponía entre él y Felipe, dijo secamente con los ojos llenos de crepitantes brasas: // —Vos, Felipe, podías quedarte en el Paso del Cementerio. Tu viejo me pidió que no te enrolases hasta no saber cómo andan las cosas. // —Eso dice él —contestó Felipe—. Yo quiero pasar pal otro lau... // —Conmigo, no... De manera que ya sabés... Si no te quedás en la Picada, cortate solo... Con mi tropa no pasás, se lo prometí a tu padre. // Se hizo una pausa llena de crujidos de leña verde y gotas de salmuera en los tizones. // —Ta bien —dijo Felipe limpiando su cuchillo en la bota de potro. Pero no habló con los cabellos caídos sobre la cara. La hermosa melena que tanto gustaba a las mujeres, jugó otro papel. El muchacho se pasó la mano por la frente, despejó su rostro y con la cara corajudamente expuesta a cualquier mirada que quisiese ver más de lo corriente, repitió desafiante: // —¡Ta bien, entendido!... // Y todos tuvieron la sensación de que iba a enrolarse en las filas gubernistas. // Matacaballos supo aguantar el reto. Se puso de pie y dió las buenas noches. Montó a caballo. En la noche sombría, ya en vecindad de policías y fuerzas armadas, sintió a sus espaldas la ira de Felipe. Hasta su campamento lo seguían las desafiantes miradas. // Felipe aguantó un día más de marcha. Hasta la Picada del Cementerio. No le arrancaron una sola palabra. Se le veía fumar hasta quemarse los labios. Los bueyes sangraban sus golpes de picana. No perdía de vista a la carreta solitaria, distanciada a veces más de media legua. // Quedó en la Picada del Cementerio. No se despidió de nadie. Las carretas siguieron su marcha hacia el oeste. Matacaballos aseguró que a pocas leguas hallarían los primeros indicios. // Y así fué. Tres rastros perfectamente claros indicaban que el caudillo dominaba el pago. Cenizas, huesos calcinados y troncos en cruz, tal como habían convenido. Matacaballos dejó ir su carreta adelante, con el viejo Farías, y se mostró amable, enterando a sus hombres de las huellas que iban descubriendo. Los fogones tenían leños en cruz y en todos los casos eran tres, como lo esperaba Matacaballos. Al parecer, las cosas marchaban bien. // Una noche quemó con sus ayudantes una damajuana de caña. El viejo Farías permanecía alerta en la carreta solitaria. Jerónimo ante la vecindad de las tropas revolucionarias olvidó el agravio de Matacaballos. Culpó al rubio Felipe que los tenía en jaque con la obsesión de las mujeres. // Por fín, los residuos de los fogones eran recientes. Matacaballos anunció la víspera del encuentro. Vieron frescas huellas de carretas —sin duda del parque revolucionario— y el rastro salpicado de las caballerías. // El rubio Felipe no se había dejado ver en la Picada. No bien rumbearon las carretas, cortó camino por las cuchillas y en unos cardales primero, y más tarde entre los marcos divisorios, tuvo fugaces encuentros con paisanos rebeldes de uno y otro bando, huídos de los rancheríos dispuestos a vivir a monte, a campo abierto. El gaucho perdido y el chúcaro que se esconde; el que no quiere pelear por ninguna causa y es capaz de hacerse matar por un sobrepuesto o cojinillo; el rebelde porque sí, el montaraz atento a la aventura. Por ellos supo que serán derrotados los revolucionarios, y que la treta consistía en dejarlos entrar en el país para exterminarlos apenas estuviesen en tierra común a ambos bandos. Por el último rebelde que descubrió en una abra mirando el río, uno que lo creyó del gobierno y le apuntó con su revólver, supo más que por los restantes. El caudillo revolucionario, días antes había cruzado la frontera y creíase seguro en su tierra. Esperaba víveres, pólvora y caballadas y marchaba al encuentro de la tropa de carretas. // Felipe sabía con toda certeza dónde se hallaban Matacaballos y los suyos. Los había seguido a la distancia con la misma ansiedad creyendo ver en la carreta solitaria, asomada tristemente a la huella, a una mujer que bien podía ser su novia. A lo lejos, allá por las cuchillas, azuladas al atardecer y entre los arreboles crepusculares, la carreta de Matacaballos aparecía magnificada. Alta presencia en la desolada inmensidad. // Luego, la noche se la escamoteaba, hasta que las primeras luces volvían a ofrecérsela trepando las sierras. // Y una tarde anubarrada, gris en el cielo y verde húmedo por los valles, se dibujó en el horizonte la caballería gubernista, batallón disciplinado empenachando los cerros. Felipe no tuvo dudas. La caballada pareja, la línea de hombres recortada en el cielo, marchando en fila indicaba a las claras que eran tropas del gobierno. Seguían lentamente al encuentro de la noche que manaba de los cerros. Y echó pie a tierra bajo unos espinillos ardientes de intemperie. Ató su caballo y aguardó su suerte. // xxx // Aquella noche, Matacaballos, guarecido en la Picada Negra, también esperaba. Tres fogones con sendos troncos en cruz marcaban el límite de su aventura. Allí debía esperar al jefe. Vendría a hacerse cargo de la carga. La carreta solitaria, detenida en la vecindad del paso, se reflejaba en el agua mansa de un sangrador. Las otras tres, a cinco cuadras al borde de la senda, juntas, como dispuestas a defenderse. Matacaballos había hecho fuego en uno de los fogones apagados. Los tres hombres a la expectativa, ante la inminencia de incorporarse a las filas rebeldes respondían a las breves órdenes de Matacaballos. // —Cuestión de horas— dijo él—. Estos fogones son señales de su paso. No estará a más de una legua. ¡Del otro lau!... // Y sus secuaces escarbaban las sombras que se interponían entre ellos y la frontera. Unas horas más y se confundirían entre el valiente paisanaje y beberían a sus anchas y tendrían mujeres y ropa y lanzas. // La carreta solitaria reflejábase en el agua. Subían hasta ella los cantos de los grillos y el sigiloso perfume de las flores nocturnas. De vez en cuando la silueta volcada en el manso arroyo se quebraba en mil pedazos y las ondas alargaban su techo y su picana y su pértigo ansioso. Un pez acababa de rayar el aire con un coletazo y la superficie festejaba la hazaña. El silencio salía del monte como un ser en libertad. // Pero a la media noche la tierra de pronto despertó. Ya el viejo Farías había oído el tropel que venía por la cuenca del arroyo. Levantó la vista hacia las carretas esperando el aviso. Y de allá salió un grito de alerta. La voz de Matacaballos que anunciaba la llegada del caudillo. Farías tenía orden de no moverse y la cumplía. // El tropel aumentó. Debían arrear caballadas. Serían seguramente los revolucionarios que, después de haber traspasado la línea fronteriza, corrían al encuentro de las nuevas tropas... Pero... // Matacaballos, de pie, iluminado por los últimos tizones, permanecía inmóvil. Tenía sobre el rostro tres miradas como hierros al rojo. Tres hombres, a los que no era fácil engañar. Tomó la palabra el guerrillero Jerónimo: // —¿Por qué vienen al galope?... Mata, ¿qué pasa? // Se puso de pie violentamente. // Un silencio de miedo juntó a los cuatro hombres. Resultaba inexplicable la carrera que retumbaba por los campos. No venían al encuentro, no; venían huyendo. Ellos lo sabían, pero no querían creerlo. // —¿Qué hacemos?— preguntó Matacaballos sin más explicaciones. No las necesitaban. Eran innecesarias. // Manolo, el correntino Eduardo, Jerónimo... Sus cuatro pingos sacudían las colas, las orejas alertas al rumor que crecía como un río salido de madre. Uno de los caballos relinchó. // Matacaballos montó el primero. Galopó hasta la carreta solitaria. Farías, con el reuma subido a las caderas, parado a la orilla del arroyo, contaba el tiempo para que llegasen los fugitivos. // —¡Vamos, viejo!... Montá que se nos vienen encima —le gritó Matacaballos. // Farías miró la carreta. // —No, don Mata; yo no la abandono... // —¿Y qué vas a hacer?... // —Nada, quedarme... Vaya, que ya están allí... por las zanjas... // El galope retumbaba en los montes. Matacaballos torció las riendas y siguió a los tres nuevos fugitivos. La noche le golpeaba en las espaldas. // —¡Cobarde!— dijo el viejo Farías y arrastró sus alpargatas miserables. // Los fugitivos cayeron al paso ahogando su precipitado rumor en el agua tranquila. Sonaron los lonjazos. Una rodada, un grito, y los vasos de los caballoa arañando las piedras, y las coscojas rodando, y el tintineo de los estribos y el choque de las inútiles carabinas. // Algunos divisaron las carretas, pero siguieron de largo, perdiendo las bajeras. El pánico daba saltos en el agua en tres caballos que se ahogaban. Los jinetes, de a pie, trepando despavoridos las barrancas. Uno de ellos habló a Farías: // —¿De quién son? —preguntó el paisano guerrillero en desgracia, refiriéndose a las carretas. // —Creo que de Matacaballos —contestó Farías. // —¡Ah, ah!... Llegaron tarde... El jefe cayó ayer. Lo mataron a traición... Nos vienen siguiendo... ¿No se esconde? // —¿Pa qué?... // Un nuevo rumor de caballerías terminó con el fugaz encuentro. El desconocido buscó el monte, internándose en el pajonal. // Farías se acercó a la carreta. Apoyó su mano en el duro lapacho del pértigo como si tratase de despertar a un aparcero. Una voz salió de la carreta. // —¿Qué pasa?... ¿Dónde se han ido? ¿Qué pasa, Dios mío?... // Caminó apoyándose en el pértigo. Por entre los cueros que cerraban la carreta, el rostro de una mujer aclaraba la oscuridad. // —Parece que lo mataron... —dijo fríamente el viejo. // Ya se oía el tropel en la picada. El agua a borbollones y el choque de los sables, imponiéndose en la noche. //—¡Ahí están!... —habló Farías y se recostó a una rueda como esperando ser ultimado, prendido a la llanta. // El piquete guerrero siguió la persecución. Se destacaron tres soldados hacia la carreta solitaria. Dieron la voz de alto al descubrir a Farías. // Un sargento bajó del caballo.

// —¿Para dónde van? // —¿Yo?... Pa el sur —respondió Farías. // —Las otras carretas, ¿son tuyas?... // —No... Acamparon hace un rato... Yo no los conozco. // —¿Qué llevás adentro? // —Nada, ando vacío... Voy a cargar lana. // —¿De quién? // —De la pulpería de Floro. // Los milicos inspeccionaron la carreta. // —Una mujer, sargento —dijo uno. // —Sí, m'hija... —aclaró rapidamente Farías. // La muchacha tembló a la luz del fósforo que iluminaba por igual su rostro y la torva cara del soldado. //—Una gurisa... —continuó el milico. No podía ver a una mujer en el asombrado rostro de la adolescente porque venía encendido de pelea, pisándole los talones a los fugitivos. Si no, tal vez... // Y dejó caer el pesado cuero negro que cerraba la carreta. // —Vamos a revisar las otras —ordenó el sargento. // Ruido de sables, de cartucheras y carabinas. Piafar de frenos. Botas en los yuyos crecidos. // El viejo Farías acarició la llanta de hierro. Acarició los rayos de la rueda, separó el barro adherido y suspiró hondo como no lo había hecho nunca. Y se fué desplomando, cayendo blandamente, hasta quedar sentado de espaldas a la rueda, olfateado por los perros que lo desconocían, que le tenían lástima. // Lejos, un tropel de caballerías y disparos de carabina cuyos ecos recorrían la cuenca del arroyo. // La novia del caudillo asesinado no se atrevía a asomarse. Temía tanto a la oscuridad de la carreta como a la noche que hacía sonora y espantable la caballería de los fugitivos. Podía sentirse libre, libre para siempre. // Hasta que no escuchó el canto de los pájaros del alba, tan sólo cuando la «viudita» descubrió la luz, volvió a oir y valorizar las últimas palabras de la noche, las salvadoras: «*Sí, m'hija*»... Y la del soldado: «*Es una gurisa*» // ¡Cuántos días sin oir palabras amables! ¡Qué bien sonaban en el amanecer, entre el canto de los pájaros reunidos en el monte! // Hay quien dice que el rubio Felipe dió con ella. Otros, en cambio, que no. La carreta solitaria habrá seguido tirada por sus fieles bueyes barcinos. // Hacia el norte, hacia el sur. Hacia los cuatro puntos cardinales.

LOS EXPLOTADORES DE PANTANOS

A mi padre

[Fo. 1] I // Un lunes por la mañana, el camino trajo a Francisco Moro al Paso de Itapebí. Venía a pie y en mangas de camisa. Gastaba sufridas bombachas de brin obscuro, calzando alpargatas nuevas y medias encarnadas. Malcubría su menuda cabeza rapada un sombrero pueblero, polvoriento y sin forma razonable. //A cuatro pasos no se le conocía. Había cambiado mucho en la cárcel. Estaba canoso, flaco y parecía aún más bajo que lo que en realidad era. Pero los ojos, eso sí, sus ojos celestes y vivaces no habían cambiado. Eran los mismos ojos pequeñitos y avizores de baquiano experimentado. Su nariz pequeña, con delgadas aletas, parecía estar olfateando siempre, como la de los perros. Cruzó por el callejón a paso largo y lerdo, camino de la estación de San Antonio. Iba a reclamar su caballo a un bolichero amigo suyo y a pedir permiso para instalarse en los terrenos anegadizos que los ingleses del ferrocarril dan a los miserables. // En realidad, no son ellos los que disponen. Dispone el almacenero más fuerte. Les da el terreno para que hagan su rancho y gasten en su despacho los pocos reales que pueden pescar por las inmediaciones. // [Fo. 2] Los habitantes del rancherío le vieron pasar y le reconocieron por su paso largo y lerdo. Cruzó los pantanos que abren sus grietas y bocas fangosas unas cuadras antes de la caída del Paso y observó el rancherío como a quien no le interesa mayormente el asunto... Pero le interesaba; ¡vaya si le interesaba!... //Miró bien y descubrió una tapera con cuatro postes clavados de punta. Ya conseguiría, a su debido tiempo, la paja, o trataría de amasar el barro para levantar las paredes de su rancho. // En la estación le reconocieron al punto, porque le esperaban. Algunos se hicieron los bobos, pues suele ser comprometedor andar con ex presidiarios. // ¿Si se hubiese evadido? No; de eso estaba segura la gente. El viejo bolichero, don Eustaquio, ya lo había dicho la noche del sábado: // —El estafetero ha leído la noticia en el diario... Lo soltaron a Chiquiño... // Chico o Chiquiño no era otro que Francisco. Así lo apodaban cuando en las cuchillas servía de baquiano; cuando conocía los endiablados caminos como la palma de la mano; con sus picadas, sus pasos hondos, sus pantanos y sus osamentas. Estas le servían como puntos de referencia. Y no erraba jamás, cuando sentenciaba que el nauseabundo olor que salía del monte era de tal o cual animal vagabundo. Los conocía a todos: bueyes inservibles, por rengos o viejos; caballos «aquerenciados» en el callejón, flacos y sarnosos; vacas machorras, «overas de garrapatas», que en los callejones pasaban años y años, paseando sus hambres, hasta caer en algún pantano para no levantarse jamás. Cualquier accidente, por insignificante, tenía su lugarcito en el prolijo mapa que había trazado en su cabeza. // Pero al salir de la cárcel, con «la cola entre las piernas», como los perros perseguidos de las estancias, no tenía nada que hacer en aquel asunto. No existía ya su oficio. Cualquier chofer de mala muerte conocía ahora los caminos y resueltamente se largaban sin preguntar en las picadas, las cuales se abrían cada vez más, para dar paso a los callejones. // [Fo. 3] El camino no era otra cosa que la civilización que extendía su mano. Era el pico y la pala del gringo, que venía a destruir —construyendo— el campo de su sabiduría. Como la campaña no tenía ya pasos secretos, el baquiano era un ser innecesario. // Chiquiño pidió permiso en la estación, y con su caballo, que desató de la jardinera del bolichero, —«pues éste así le sacaba el jugo»,— se fué derecho al rancherío que se extiende a lo largo del camino sembrado de pantanos. // En una tarde se acomodó. Cortó paja en el pajonal del monte cercano e hizo una pared firme, y las otras tres, así no más, como le salían. No necesitaba más seguridad. // El lugar no podía ser más estratégico. Encima del más terrible de los pantanos. Además, él contaba con su caballo, que se lo habían devuelto «bien comido y tirador». // ¿El vecindario? Un viejo ciego que salía a pedir limosna al paso de los automóviles; diez o doce tranquilos trabajadores de la cuadrilla del ferrocarril; una «porrctada de botijas» que parecían vivir sin padres ni mayores; y, por último, dos sujetos, perseguidos siempre por los comisarios, que, con sus mujeres, hacían el oficio de pantaneros sin darse cuenta. // Eran éstos viejos camaradas de Chiquiño. Pero, como andaban ahora ayuntados, no era prudente acercarse. Ya se verían en la pulpería. //Chiquiño, llegada la primera noche, no salió de su rancho improvisado. Observó con atención los movimientos del vecindario, en cuáles ranchos se encendía fuego grande, en cuáles se hacía música y si la gente rateaba leña por la noche, o recorría, de parranda, los solitarios campos vecinos. //Al día siguiente consiguió en el boliche unas latas de kerosén vacías, las abrió, y fué cubriendo el techo cuidadosamente para protegerse de la lluvia. // El invierno se colaba en los campos, hecho una llovizna persistente, que taladraba la carne. // Su rancho tenía a las espaldas, o sea al Oeste, las vías del tren. Al Este el callejón con sus pantanos, que separa a los [Fo. 4] miserables de la invernada de novillos de don Pedro Ramírez, hombre cuidadoso de vida feudal, que era capaz de mandar a la cárcel al que intentase cruzar el alambrado de siete hilos que defendía su campo. // Por allí los desvíos eran imposibles. Los viajeros no podían salvar de ninguna manera los pantanos. Había que arriesgarse siempre y era de festejar el viaje que, al pasar por el sembrado de pantanos, bajase de cuatro el número de «peludos» sacados a la cincha. // Chiquiño explotaría bien el asunto. Tenía caballo, era «petizo» pero forzudo y se haría «de rogar como una mujer»... // Los otros dos desocupados, que sacaban «peludos» sin darse cuenta que de eso vivían, se descubrieron a sí mismo, cuando Chiquiño un día de lluvia ofreció sus servicios al primer empantanado. // —Sí, — había sentenciado, — aquí pasa, pero más adelante la cosa se pone brava... // Los del automóvil, temerosos, quisieron asegurarse la ayuda de Chiquiño. // —Oiga —le insinuó el dueño del vehículo. —¿Quiere acompañarnos hasta el paso?... // —Y... bueno, pero yo tengo que hacer... —Titubeó, hipocritón, Chiquiño. //—Sí, hombre, si nos desempantana y nos saca del «peludo» tendrá unos reales... —se apresuró a afirmar el hombre. // —Bueno, vayan yendo, yo los sigo de cerca... // El automovil partió. En él —un viejo Ford desconchado— con el dueño del vehículo y el chauffeur, iba un médico, a asistir a una mujer que se estaba muriendo de carbunclo. // La lluvia caía lentamente, «enjabonando» el camino, resbaladizo y brillante. Los pantanos tenían sus ojos ciegos llenos de agua barrosa. El automóvil se detuvo nuevamente. Había que ponerles cadenas a las ruedas motrices para evitar que patinasen. Terminada la breve tarea, apenas comenzaron a marchar nuevamente, la capota y los cortinados se cubrieron de barro. El ford marchaba envuelto en una lluvia de [Fo. 5] pelotitas de barro que caían y quedaban adheridas a la capota y los guardabarros, como si fuesen nidos de avispas. La marcha era lenta, dificultosa y molesta. // Chiquiño les miraba con una sonrisa de cínico en los labios. Ya caerían en alguno de los pantanos. Cuando el automóvil andaba de costado, resbalando sobre la tierra como si su conductor jugase con él, Chiquiño bajaba la cabeza para ocultar su cara sonriente de goce solapado. // La garúa continuaba, persistente y fría, obscureciendo el paisaje. // Una voz interrogó desde el vehículo: // —¿Por aquí? —y el hombre señaló hacia la derecha— ¿o es mejor por el lado de los ranchos?... —gritó más fuerte. —Por la derecha hay mucha huella... y han cavao el pozo. Agarre por este otro lau... // Y señaló el peor pedazo, sobre los ranchos, donde no había trillo que sirviera de guía y donde los pantanos parecían ciénagas. La lluvia caía implacablemente. El chofer hizo retroceder el automovil algunos metros para tomar fuerzas y «atropellar de golpe»... Corrió el vehículo un buen trecho. Las ruedas delanteras cayeron en el pantano para surgir de pronto, haciendo cabecear la capota y sonar los elásticos. Pero las ruedas traseras no salieron del pozo. Hundidas en el pantano hasta más arriba de la taza y con el eje metido en el fango, giraban velozmente levantando agua y barro. Parecían dar vueltas en el aire. // —¡Caramba, estamos enterrados! —exclamó el hombre que tenía la compañera moribunda.— Y prosiguió impaciente. // —Esto nos va a detener una hora aquí... ¡Que venga ese hombre a sacarnos! // Chiquiño, montado en su bestia «hecho una sopa», aguardaba la orden, bajo la lluvia invernal. // El motor del Ford seguía rugiendo, con las ruedas encajadas en el barro blando y el eje oculto en el pantano. Los tres hombres balanceaban sus cuerpos y lanzaban el grito característico de los que están habituados a tratar con animales de tiro. // [Fo. 6] —¡Upaaa! ¡Upaaa! ¡Ahora! ¡Ahora, fuerte! Fuerte! Upaaa! // Pero era inútil el esfuerzo. No había forma de salir de aquel atolladero. Avanzaban unos centímetros y volvían a caer en el fondo del pantano. Las ruedas giraban en vano, levantando agua y barro, y ahondando cada vez más la cueva. Era imposible salir sin ayuda. ¡Bien lo sabía Chiquiño, que allí los había precipitado! // Desde los ranchos, respondiendo al ruido del motor, salieron ojos curiosos. Los chicos chapaleando barro, corrieron hasta el alambrado, saltando las charcas y dando victoriosos gritos destemplados. En cada puerta había un par de cabezas asomadas, que temían mojarse. Aprovechaban el espectáculo del «peludo» tomando mate plácidamente en las puertas de sus ranchos. // Anochecía. Arreció la lluvia cuando el ciego salió de su cueva, llevado de la mano por el lazarillo, un adolescente idiota y tuerto, que solamente servía para llevar al ciego hasta el callejón y volverse luego a la puerta del rancho, a rascarse las orejas y el cuero cabelludo. // Los dos hombres que inconscientemente hacían el oficio de pantaneros se acercaron al alambrado, con hosco y rencoroso mirar... // Chiquiño ya había atado un maneador al eje del automóvil y horquetado en su caballo esperaba la orden de tirar. // Hubo que hacer una cueva en el barro, para poner en marcha el motor, pues la manija estaba hundida en el fango. // Se apearon del Ford el patrón y el médico, para alivianarlo. Se acomodó el chofer como para una hazaña y dió el grito: // —¡Ahora! // Chiquiño encajó las espuelas en los ijares de su bruto. Este clavó las patas en el barro y, resbalando, consiguió por fin afirmarse y tirar. Dió tan brusco tirón, que el hocico del caballo tocó la tierra. El motor rugía y las ruedas motrices giraban sin poder afirmarse. De pronto el automóvil dió un salto y salió del pozo con todas sus fuerzas, dejando a un lado a Chiquiño y su cabalgadura. El chofer, entonces, disminuyó la fuerza y el vehículo se clavó en el barro. // [Fo. 7] —¿Quiere que siga tirando? —se ofreció Chiquiño. // —No, mejor es desatar —nervioso opinó el hombre que tenía su compañera enferma.— Vamos más ligero— prosiguió —solos... // Mientras Chiquiño desataba el maneador, el médico y el patrón subieron al Ford. Estaban empapados. La lluvia seguía cayendo copiosamente. Los «gurises», haraposos y descamisados, olvidaban el frío y la lluvia, subidos a los postes del enclenque alambrado. El cielo obscuro precipitaba a la tarde y hacía más cercana la noche. El monte, a pocos pasos, trazaba una línea verde-obscuro, de Este a Oeste. Mas parecía un nubarrón que un monte. Lejos, sobre el campo verde y empastado, los novillos manchaban el difuso paisaje neblinoso. El sembrado de pantanos, paralelo a las vías del tren, se hundía en el paso de Itapebí, para transformarse en la otra orilla en un camino de piedra. Tal como si el agua del arroyo hubiese lavado el barro del camino en el paso de agua limpia que ofrece el monte. // Chiquiño, cuando el hombre que tenía su compañera en brazos de la muerte puso dos papeles de un peso y unas monedas en su mano tendida, se dijo para sí: // —Esta chacra de barro va a producir mucho más que la de los gringos... // Los ruidos del motor del automóvil se perdieron en el Paso. // Chiquiño, bajo el aguacero, regresó a su rancho, en donde el agua era un huésped inesperado... // II // Llovió todo el día siguiente. Pasaron dos pesadas carretas de bueyes y un sulky. Un automóvil llegó hasta el primer pantano y no se atrevió a cruzarlo. Dió vuelta camino del pueblo. // Chiquiño, con su puñal y una vara de tala entre las manos, pasó la mañana y parte de la tarde entretenido en labrar un bastón. Sus manos habíanse adiestrado en el pulimento de [Fo. 8] maderas y en pacientes y minuciosos trabajos de orlas y adornos sobre los mates panzudos. Fué todo el fruto de su aprendizaje de la cárcel y la mejor manera de matar el tiempo. Caía en sus manos una rama y, al cabo de unas horas, se transformaba en un bastón o en un mango de rebenque. En los «mates porongos» solía dibujar, a punto de cuchillo, banderas, escudos y perfiles de héroes nacionales. // A la entrada del sol dejó de llover. Caminó hasta la pulpería donde estaban los dos pantaneros bebiendo. Se acercó a ellos y les dió las buenas noches. Apenas le contestaron, entre dientes, malhumorados sin duda. // —¿Qué hay? —preguntó Chiquiño.— ¿Que les pasa? // —Nada, aquí estamos... —dijo uno de ellos alzando solapadamente la cabeza... // Cruzáronse miradas de odio, imposibles, de disimular. // El pulpero bromeó: // Andan quejándose porque ayer les sacaste una changa, Chiquiño... // —¿Cuála?... ¡Que no sean sonsos —respondió el ex presidiario— y que apriendan si quieren ganarme el tirón!... // Nadie osó contestarle. Chiquiño continuó: // —Si los que pasan me piden que los saque del peludo, yo no me vi'a negar, siguro!... // Escupió varias veces, se acomodó el sombrero otras tantas y se alzó las bombachas, siempre con los ojos pequeñitos e insultantes sobre los dos hombres... // —¡Si no tienen cabayo, qué van a sacar peludos! Con las uñas no si'hace nada! // Los pantaneros enmudecieron. No tenían valor de discutir con Chiquiño. Recordaban la noche del crimen que tanto había dado antes que hablar y enmudecer ahora a la gente del campo. Había dejado a su enemigo tendido en el pasto con un tajo barbijo, de oreja a oreja. Todo por «una pavada», por la china Leopoldina, que ahora estaba «pudriéndose bajo tierra», nada menos que con el puñal del muerto entre las manos, como ella lo pidiese al morir. // Chiquiño volvió a su cueva. Nada sabía del capricho de su [Fo. 9] china al morir; pero, una noche, Rita la bruja se «lo sopló al oído»: // —La «faca del finau, la enterraron con la Leopoldina... La finadita así lo pidió... // Chiquiño le dió un empujón, haciendo rodar a la bruja por el suelo.— ¡Callate, perra, callate! —gritó fuera de sí. // Pero Rita, desde el suelo, con repugnancia masticó la sentencia. // —Los gusanos saben si miento... // Encono y asco reflejaba el rostro de Chiquiño, enfurecido con la bruja... Entró en la pulpería y bebió, para que el alcohol hiciese brotar las secas palabras que tenía en la boca. // —¿Aónde diablo hicieron la cueva pa'los restos de la Leopoldina? —interrogó alcoholizado. // Supo entonces, por boca de don Eustaquio, que a dos cuadras largas del monte, en el campo de D. Pedro Ramírez, había una cruz. D. Pedro quería mucho a «la finadita». El fué quién se opuso a que le enterrasen en el cementerio de todos... Caprichos de D. Pedro que, —¡vaya uno a saber la razón!— tenía debilidad por la linda Leopoldina, a quien en vida protegió, conjuntamente con la madre... // Llegó la noche, húmeda y tranquila. Sólo, en su mísera vivienda, recordó el día gris que había pasado en la cárcel. Un día triste y largo que duró tres años... // Las palabras de la bruja Rita habían caído como las piedras arrojadas en las charcas tranquilas. Desde el fondo, un malestar, como barro que sube a la superficie, ensuciaba y entenebrecía su vida. // Pensaba que, si durante su encarcelamiento, la Leopoldina había muerto y la habían enterrado con el puñal de su enemigo mortal, era porque el diablo andaría metido en el asunto. ¡Y él debía arrancar a su china de las uñas del diablo! // Estiró el brazo y tomó una rama de tala, redonda y derecha, como un bastón. Encendió fuego, calentó el agua, preparó el mate y se puso a forjar su obra de arte. Quitó la corteza primero, luego disminuyó los nudos, y la punta del puñal comenzó a trazar, sobre la madera, el dibujo de una víbora, co-[Fo. 10]mo si estuviese enroscada al bastón. La cabeza del ofidio venía a servir de mango. En el cuerpo de la víbora hizo crucecitas, como si intentase pintarle manchas. Encima de la cabeza entrelazó habilmente dos iniciales: E y L. // Envenenado por su obra, díjose para sí las palabras sentenciosas y definitivas de Rita: Los gusanos saben... // La duda escarbaba una cueva muy honda en su interior. Seguía trabajando en su dibujo con enfermiza fruición. De pronto, un ruido de pasos y de cosa arrastrada le despertó de su tarea. Aplastó con el pie las cuatro brasas que ardían aún y se quedó inmovil, con la mirada fija en la obscuridad, como si sus ojos oyesen... Se agachó después para recoger de la tierra los ruídos perdidos. En el callejón había gente empeñada en extraño trabajo. El sordo ruído de una pala y un pico guiaron sus pasos. Repentinamente apareció, a cuatro metros de los dos hombres que trabajaban, como si la obscuridad lo hubiese parido. El pico producía el ruído gutural que hacen las piedras cuando se chocan en el agua agitada. Uno de los hombres hundía la herramienta y la agitaba violentamente en el agua fangosa de un pantano. Eran trabajadores nocturnos. Trataban de ahondar el ojo ciego de la tierra para precipitar allí la diligencia, que cruzaría al amanecer en dirección a la cuchilla, donde no llega la línea de hierro de los ingleses. // Los trabajadores nocturnos dejaron caer sus brazos. Chiquiño habló: // —Habrá pa los tres mañana... // Uno de los pantaneros articuló un «sí» medroso, que se lo trajo la obscuridad. // —No nos vamos a peliar —insistió el ex presidiario— será pa los tres, ¡qué pucha! // —¡Siguro! —se animó a decir uno de los trabajadores sorprendidos. // Chiquiño se llenó de coraje y dijo: // —Bueno. Yo les pido que no digan nada, pero reciencito metí las manos en el cajón de la finadita y... // [Fo. 11] —¿Tra'i el cuchiyo? —se apresuró a preguntar uno de los pantaneros. // —No, disgraciao, no! Mienten ustedes guachos! ¡Mal hablaus!... // Un largo silencio envolvió a los tres hombres. Chiquiño, ahora, quería saber más que nunca la verdad. // —El diablo anda metido en esto. Y, así diciendo, apretó los codos contra el cuerpo, como para ahogar su grito de protesta. // Se dirigió hacia el alambrado, rompiendo las sombras con su figura ágil. Caminaría hasta la cueva donde habían metido los restos de «la Leopoldina». Al agacharse para meter la cabeza entre el cuarto y quinto alambre, un silbido, como de instrumentos liviano, arrojado al aire con todas sus fuerzas, cruzó la obscuridad. Cimbrearon los alambres al chocar en ellos el instrumento. En la nuca de Chiquiño hubo una conmoción imprevista. El golpe le dejó tendido en el suelo, boca abajo, en el barro. // Desde la obscuridad, uno de los traidores pantaneros había arrojado hacia el bulto el pesado mango de una herramienta.

Un hilo de sangre ponía sobre el barro, la visión de una víbora roja como surgiendo de la cabeza herida... // III // El viento silbaba en sus orejas, con interminable son de flauta, cuando la luna llena trepaba el cerro, plateándolo. Estaba encima de la tumba, forcejeando para arrancar la cruz. Se arrodilló y tiró para arriba con todas sus fuerzas. La cruz, al desprenderse de la tierra, abrió un boquete. Allí metió, afanosamente, las crispadas manos en garra. Primero arrancó un terrón con gramilla, con pasto seco, del que se halla fatalmente encima de las tumbas abandonadas. Después la tierra mojada se le metió en las uñas y entre los dedos. Con el cuchillo cortaba la tierra, como si fuese grasa negra para hacer velas. Poco a poco se fué agrandando la cueva. No podía seguir ahondando la excavación, pues sus uñas habían res-[Fo. 12]balado ya varias veces sobre la tapa húmeda y mohosa del cajón. // El viento silbaba en sus oídos. El rectángulo abierto en la tierra se iba agrandando. Halló el borde de la caja y con el cuchillo la rodeó hasta volver al punto inicial. Había que sacar más tierra para poder levantar la tapa. // Clavó las rodillas sobre la caja y un ruído de madera podrida que se parte y un olor a orín y a trapo quemado subió hasta sus dilatadas narices. Metió los dedos en una pequeña rajadura, y, puestos en gancho, tiró para arriba. Entre sus dedos deshizo una tela podrida que venía adherida a la madera. // La luna estaba alta y era pequeñita para los ojos del hombre. Pequeñita como un grano de arroz, pero alumbraba como un sol, al que le hubiesen quitado todo el oro de sus rayos para cambiárselos por plata. // La luna le incitó a la contemplación de la caja, abierta al fin, con los restos de la «finadita». El puñal de su enemigo se balanceaba en equilibrio de muerte sobre el esternón. Las manos, resecas y achicharradas, habían perdido las últimas fuerzas que da la vida para sostener el arma. Un rayo de luna chocaba sobre la vaína de plata y se partía en mil pedazos iluminando los huesos grisáceos. El esqueleto todavía estaba sucio. Sucio de carne seca y parduzca; de tendones y de pelos y de trapos polvorientos. La muerte no podía ser muy limpia por aquellos parajes. Chiquiño, que sabía limpiar y pulir ramas y dibujar banderas y escudos en los mates... ¡Uf! El cráneo conservaba cabellos adheridos. Había lugares grises como manchas de sarna, que podían estar blancos a la luz de la luna, si pudiese tranquilamente pulir el cráneo. // Un envoltorio de huesos se hace fácilmente. Se aprieta contra el pecho, se lleva con cuidado andando despacio. El camino, iluminado por la luna, evita los tropiezos. Al fin y al cabo, ¿qué son en el campo dos cuadras? El arroyo corre que da gusto verlo, como si la luna lo persiguiese y se lo quisiera beber de un sorbo. Parece que arrastrase un montón de grillos, [Fo. 13] ahogándose en sus cantares. El monte ataja el viento, y es fácil hallar un rincón cómodo para trabajar con la punta del cuchillo en los huesos hasta sacarle la suciedad de las babas del diablo. Van a quedar blancos... // Y al borde del arroyo llega con el envoltorio. El agua salta, de alegría o de miedo, entre las rocas. Descansan los restos en la orilla y comienza: el elegante fémur, después las arqueadas costillas, una por una; más tarde las complicadas vértebras. Hay que repasar bien el esqueleto... Lo que da más trabajo es el cráneo. Para sacarle los escasos residuos de los ojos, metidos en las órbitas, hay que utilizar un cortaplumas de hoja puntiaguda. Después el cabello, —¡oh, el cabello! —que fatalmente cae sobre los demás restos ya limpios. Bueno, hay que tener en cuenta que el lavado terminará la obra, que no quedará una partícula de carne mortal. // Y uno a uno los lava con gran cuidado. Luego los mira triunfante con ojos más codiciosos que los de la luna. Pero... pero, ¿por qué se le van los huesos de las manos? ¿Por qué se le escapan como tiesos pescados para irse en la corriente como el agua perseguida por la luna? Primero, fué una costilla, se le fué de las manos viboreando en el agua... Luego, los cinco dedos de una mano, se le escaparon de las suyas misteriosamente y se los llevó la correntada... Después un pulido fémur, y más tarde todos los huesos, uno tras otro, se los fué llevando el torbellino sonoro de las aguas... El cráneo tan blanco, tan pulido por sus diestras manos de ex presidiario, cayó en un remolino y se fué aguas abajo, chocando con las piedras musgosas del lecho. Las órbitas llenas de agua, con ojos claros, le miraban... // ¿Huirían de la luna aquellos pedacitos de luna tan pulíditos y tan limpios? ¡Vaya uno a saberlo! ¡Dá lástima, después de tan paciente trabajo! Los huesos quedarán por ahí, perdidos en un remanso del arroyo, y alguien al verlos podrá creer que la luna ha caído del cielo y se ha hecho pedazos sobre las duras piedras de la ribera! // [Fo. 14] IV // La diligencia, al amanecer, se anunció con el vuelo gritón de los teros y el cencerro de la «yegua madrina» que venía a la cabeza de la tropilla de «la muda». Los pantaneros, alerta desde sus ranchos, acecharon el percance. La diligencia cayó en el pantano traicionero y se quedó clavada en él como si fuese una casa de piedra en medio del camino. Iba cargada hasta el tope. ¡Buen trabajo les costó sacarla del pozo! Pero «la tarea» fué bien remunerada por el mayoral, generoso y precavido. // A las 7 estaban otra vez en marcha. El sol brillaba ya, rompiendo la escarcha y dorando el campo y el monte. // La diligencia se perdió en el Paso. El cencerro de la «yegua madrina» fué poco a poco apagando su sonar triste de viajero eterno y lamentable. // A las doce, todavía estaba Chiquiño boca abajo en el barrial, con una herida abierta en la nuca, que el sol iba secando. El barro no le permitía abrir los ojos ni mover los labios... // No se sabe si más tarde pudo abrir sus pequeñitos y avizores ojos celestes. Quizás los haya cerrado para siempre. Solamente así se explica el extraño sueño de los huesecitos blancos, llevados por las aguas del arroyo... Quizá no los haya abierto nunca jamás... Vaya uno a saber lo que sucede en el rancherío de los explotadores de pantanos...

LAS QUITANDERAS

(segundo episodio)

[Fo. 1] ([I]) // Cuando el comisario (*les*) dio ([les]) la orden terminante de levantar campamento, —pues «aquello no podía seguir así»— apareció por el ([ancho]) callejón, el viejo tropero don Marcelino Chaves. Como de costumbre, traía un pañuelo negro, atado alrededor de la cara. // Si lo hizo intencionalmente, arribando en aquella oportunidad, se trataba de un pícaro de siete suelas. Todo el mundo estaba enterado de que Chaves hacía una tropa por los lejanos campos de la «Rinconada» y «La Bolsa». Una de esas «tropas cortitas» las que solía hacer Chaves para venderlas a los carniceros de la ciudad. ([Tropas]) De veinte, cuarenta, a lo sumo setenta reses, que eran vendidas, la mayoría de las ocasiones, antes de llegar al mercado de los carniceros. // Siempre solitario, Chaves pagaba, cuando pedía posada, un verdadero tributo de dinero y de dolor por su pañuelo negro. Nadie sabía a ciencia cierta qué cosa ocultaba aquel trapo siniestro. ¿Una llaga?... ¿Una cuchillada? ¿Un grano malo o contagioso? Esto último, era lo más aceptable para la gente, como explicación. Y, así, nadie arriesgaba el pellejo, ofreciendo una prenda personal para hacer más có-[Fo. 2]moda la posada del forastero. En algunos puntos —estanzuelas u pulperías donde frecuentaba— hasta había una almohada que, cuando alguno se disponía a usarla, era sorprendido por un grito de esta naturaleza: // —¡Deje eso, compañero, no sea bárbaro, que ahí duerme en ocasiones un apestau!... Se le va a pegar alguna porquería!... // En ciertas oportunidades, hasta le habían «bichado», para ver si dormido se dejaba ver el mal. Pero fué vana toda tentativa. Chaves dormíase y se despertaba, con el pañuelo negro pegado a la cara. // Su antipatía por la gente del comisario, y, por éste en particular, era muy conocida. El jamás trataba relaciones con los comisarios. Si ellos entraban en la pulpería, Chaves era el primero en toser, escupir a un lado y en mandarse mudar. ¡Ah, pero faltarles el respeto, jamás! Y, eso era lo que más irritaba a los policías, cómo Chaves se mantenía impecable dentro de la ley, cómo era de cumplidor y cómo sus asuntos andaban siempre claros. // Si tenía alguna cuenta pendiente con la justicia, sólo Chaves la sabía, nadie más. Era lo único sospechable ante aquel huir premeditado de los «milicos». // Le tendieron dos o tres celadas, pero no cayó en ninguna de ellas. Su prudencia era tan grande, que nadie pudo jamás decir algo malo del viejo tropero don Marcelino Chaves. // Cuando cayó al campamento de las quitanderas, ninguno de los que le conocían, sabía de su antigua amistad con aquellas. Ignoraban, por supuesto, de que Chaves había tenido mucho que ver con «misia Rita», la dueña del carretón. Nada se sabía de sus peregrinaciones por el Brasil, con ella, ni de las largas noches de verano pasadas a la luz del fogón de la vieja, en sus tiempos mejores. Ignoraban también una historia larga, de persecuciones sin cuento, en las cuales Chaves tomara parte activisíma, defendiendo a aquella mujer. // Apenas supo el tropero, de boca de una de las quitanderas, que el comisario había dado orden de levantar campa-[Fo. 3]mento, quiso ponerse en seguida al habla con «misia Rita», la cual se hallaba en un cercano manantial, lavando ropa. // Cuando la vió venir, se le acercó sin saludarla siquiera. // —¿Es en serio Rita, que Nacho Generoso, las quiere juir? —preguntó Chaves con la indignación en el rostro enrojecido. // —Ansina, viejo; ansina mesmo... y, mañana rumbiamo pal descampao de «Las Tunas»... // Chaves se mordió los labios, pero contuvo sus deseos de blasfemar ante las vagabundas. No dijo una palabra, y se puso a contemplar los dibujos que la llama iba haciendo en la seca corteza de un tronco robusto. El no podía ponerse frente al comisario, y, menos aún, en un asunto tan delicado. // Por ser la última noche, hubo gran animación en el campamento. Vinieron muchos hombres desde varias estancias, a bailar, o con el pretexto de comprar rapadura y chala, especialidad ésta, de la vieja ([celestina]) (*Mandamás*), quien se pasaba las horas enteras con un cuchillito, cortando y suavizando la chala para hacer masitos de venta fácil. // Chaves no desarrugó el ceño en toda la noche. La pasó en claro, pensativo. Estaba indignadísimo con el comisario Nacho Generoso, pues él sabía muy bien cuántos kilos de tabaco le había costado a misia Rita, la tolerancia del funcionario... Cuando el comisario se había dado cuenta de que «no podía sacarles más», les dió la orden de emprender la marcha, alegando: // —Los vecinos se han quejao, y hay que proceder... // A la madrugada, la carreta partió rumbo al norte. Iban en ella, tres chinas y misia Rita, la ([patrona]) (*Mandamás*). La más joven de las quitanderas «tocaba» los bueyes, pues el guri —que antes las acompañara— se les había sublevado y marchado a trabajar con los carreros. // Rompían las ruedas pesadas y rechinantes de la carreta, la escarcha apretada entre los pastos. Una huella profunda, abría el paso lento de la carreta. Con su negro pañuelo, el tropero seguía la marcha a corta distancia. Ganas le venían, a ratos, de torcer las riendas de su caballo y llegar a la puer-[Fo. 4]ta de la comisaría, con un agrio insulto en los labios. Pero ¿para qué? Ya sabía él, el epílogo que tendría su arrojo, si «sacaba la cara» por la ([vieja Rita]) (*Mandamás.*) // El sol aparecía en el horizonte, como la punta de un inmenso dedo pulgar con la uña ensangrentada. Los barrancos y zangaloteos del camino, inclinaban a uno y otro lado la vieja carreta. Parecía una choza, andando con dificultad por el callejón interminable. // Chaves, al tranco de su caballo barroso, miraba con lástima la carreta de las infelices vagabundas. Observando el bulto, en la claridad naciente de la aurora, imaginaba cómo iban dentro del carretón las mujeres: Petronila, Rosita y la vieja, tomando mate o semidormidas; y, adelante, horquetada en su «bayo grandote», la robusta Brandina— de mote la «brasilerita»— más fuerte que un muchacho, rubia, quemada por el sol, bien formada, aunque en su vientre ya había florecido tres veces la vida. Sus diez y nueve años, desafiaban el frío de la madrugada, con la misma naturalidad que lo hacía al ganarse la vida, haciendo frente a la sedienta indiada de los campos. // Chaves la miraba con respeto. El sabía lo que era capaz de hacer un hombre alcoholizado por una «brasilerita» así, tan llena de vida. Por defender a una mujer de esa edad, —que bien conocía la Rita, pues ella no olvidaba sus diez y nueve años— él escondía un mal recuerdo, bajo de aquel pañuelo, que no se despegaba jamás de su cara... // Dos días de penosa marcha, apenas interrumpida para dar «resueyo» a los animales y acampaban en el pastoreo de «Las Tunas». // ([II]) xxx // Antes de llegar al «Paso Hondo», el callejón se ensancha para formar el campo de pastoreo llamado de «Las Tunas», donde los carreros descansan, los bolicheros ambulantes tienden sus reducidas carpas y donde se confunden, carreros, tro-[Fo. 5]peros, vendedores de galleta y quitanderas, formando un pintoresco núcleo, como una junta de gitanos o pueblo en formación. // Allí dan descanso a sus cabalgaduras, todos los viajeros para preparar el pasaje del ([Río]) (*Paso*) Hondo, peligroso en mala y hasta en buena época del año. Se apostan las tropas, hace su «parada» la diligencia y recobran fuerzas hombres y bestias. // Junto a una pequeña carpa, donde un viejo zapatero, sordomudo —con su mujer— trabajaba en el oficio, se instalaron las quitanderas. // Aquel paraje tiene las conveniencias y características de las zonas neutrales. Allí puede acampar cualquiera. Hay leña para todos en el monte cercano, agua fresca y espacio para muchos viajeros fatigados. // Chaves había elegido el sitio. Cercano a una gran planta de tuna, que se levantaba muy erguida. // La carreta, apenas separados los bueyes, tomó las apariencias de una choza. Las ruedas no se veían, pues cubiertas con lonas en su totalidad, de uno y otro lado, bajo de la carreta habíase formado una habitación más. Parecía un extraño rancho de dos pisos. Arriba, la celda donde las quitanderas remendaban su ropa o tomaban mate canturreando. Abajo, guarecida ([«misia Rita»]) (*la Mandamás*), conversando con Chaves, «prendidos» ambos del mate amargo. La «brasilerita» corría de un lado a otro, tratando de arriar los bueyes hasta la aguada. ¡Bastante trabajo le daban aquellos bueyes viejos y «mañeros como el diablo»!... // Se oían los gritos de la «brasilerita»: // —¡Bichoco!... ¡Indio!... ¡Colorao!... Y, de cuando en cuando, corregir los malos pasos del perrito foxterrier: // —¡Cuatrojos!... ¡Juera!... ¡Cuatrojos!... ¡Ya! ¡Cuatrojos!... Solamente los animales ponían atención a los gritos de Brandina. // Llegó la noche y no faltaron las visitas. Todos venían por chala, pero en el fondo, ya sabía «la Rita» cual era el ardiente deseo que movía sus pasos. // [Fo. 6] En el profundo silencio de la noche, empezaron a oirse lejanos silbidos y gritos vagos. A los primeros ruídos, Chaves sentenció: // —Alguna tropa que va pa el Brasil... // Y, así fué. Al cabo de media hora, era un ruído inconfundible de pezuñas, balidos, gritos de la gente y silbidos que poblaban la noche. // Una lucecita roja, —de cigarro encendido,— al frente de la tropa, localizaba al jinete que servía de guía. Y, con él, la tropilla de «la muda» que venía bufando, ansiosa de llegar a la aguada. // Al cabo de una hora ya se veían las llamas viboreantes del fogón de los troperos y las sombras proyectadas en la noche, por los hombres que preparaban el asado andando alrededor del fuego. // La carreta de las quitanderas se vió rodeada de novillos. Chaves necesitó agitar su ponchillo blanco, para espantar las bestias curiosas, que se acercaban paso a paso, olfateando la tierra. Se oyó decir a «la brasilerita»: //—No vaya a ser que arreen los bueyes con la tropa. // Chaves se levantó sin decir una palabra y caminó hasta el fogón de los troperos. // Volvió con ellos, y a media noche, la vieja guitarra que llevaban consigo las quitanderas, fué pulsada a pocos metros de la carreta, en el fogón ofrecido a los recién llegados. // Petronila, Rosita y Brandina, la «brasilerita», después de arreglarse, «para recebir a los forasteros», bajaron de la carreta. Sentadas o en cuclillas, cerca del fuego, escuchaban los acordes de la guitarra, confundidos con los balidos de la tropa cayendo a la aguada. // Y, aquella noche, las quitanderas se dedicaron a conformar a los troperos... // ([III]) xxx // La «brasilerita», enterada del arribo de Abraham José, se guardó muy bien de divulgar su descubrimiento. Primero, [Fo. 7] porque tenía sus dudas de lo que había visto, y después por conveniencia. // Una de las tantas veces que se alejó del fogón —para vaciar la yerba de una «vieja cebadura», más o menos a la una de la madrugada, al agacharse, sintió un olor inconfundible a jabón de turco. Quedose inmóvil, con la bombilla en la mano derecha y el mate en la izquierda... Aunque era zurda, aquella tarea solía hacerla con la derecha... // Clavó la vista en la obscuridad y sus ojos pardos alcanzaron a divisar al turco Abraham José. Era él, sin duda alguna, el que estaba tirado en el pasto, con su cajón abierto, desde hacía más de una hora, observando los movimientos de la gente. // Después de reconocerle, dominando su sorpresa, Brandina agitó con más brío la bombilla en el mate. El turco se echó a reir con su boca grande, de dientes blancos y labios jugosos. Su cabello ensortijado y sucio, formaba un casco en la cabeza. // A la «brasilerita» no le pareció prudente darse por enterada. Las proposiciones que Abraham José le hiciera en otro tiempo, la amedrentaban. Se hizo la que no le había visto. Volvió al fogón donde los troperos, misia Rita, Chaves y sus compañeras, contaban por turno, historias de «aparecidos». // Preparó una nueva cebadura y escuchó con relativa atención los cuentos de los forasteros. // Al oír hablar de «aparecidos», la «brasilerita» pensó que bien podía ser la escena del turco, uno de esos casos relatados. Y, sin ser notada, volvió dudando una y otra vez la cabeza, hacia el lugar donde había descubierto al turco. // ¿Sería una aparición? Del turco no tenían noticias desde mucho tiempo atrás, desde la última pasada por el «Paso de las Perdices». Lo recordaba muy bien, viéndolo en aquella ocasión pensativo, malhumorado, amenazante en todo momento. Era él, seguramente. No podía engañarle su olfato. Si con los ojos se equivocaba, las narices no podían mentirle. Era el olor particular a jabón, al agua perfumada que exhalaba toda la persona del turco José. // Volvió hacia el lugar del descubrimiento y pudo compro-[Fo. 8]bar su acerto. Era sin duda, el turco Abraham José. Esta vez el hombre la había chistado con su chistido de lechuza, igualito al de la última vez, oído cuando la llamara en el «Paso de las Perdices». Volvió a recordar las proposiciones, la insistencia del turco para que se fuese con él, enseñándole una libretita en donde, según Abraham, constaban sus ahorros en buena moneda corriente. Ah! pero ella no quería saber nada con aquel sujeto tan raro, que la dañaba poniéndole las manoplas en los hombros y mirándola fijamente. Y, así pensando, cerró sus oídos a la charla de los troperos y a la música lamentable de la guitarra. // Le propusieron algo y ella se negó. No quería contestarles, voluntariosa como de costumbre. // —Es muy caprichosa —dijo ([«misia Rita»]) (*la Mandamás*) justificando su negativa— cuando anda con los pájaros en la cabeza, se emperra, como buena macaca! // Nadie tomó en cuenta aquellas palabras y siguieron haciendo rabiar a la «brasilerita». Ella solamente veía los ojos del turco en acecho, con la boca abierta, como si su risa fuese un hueso atracado en la garganta. // Cuando el campamento entró en descanso, la «brasilerita» pretextando que los bueyes «podían juirse», se puso alerta; y así esperó la salida del sol, conversando con el turco, que la había llamado repetidas veces con su chistido de lechuza. // xxx // Al día siguiente, el turco se incluyó al campamento de las quitanderas. El y Chaves, conversando mientras las muchachas y «misia Rita», preparaban la chala, y discutían los precios de las baratijas del vendedor ambulante. // —Es un turco carero y tacaño —decía una de las mujeres. Y, otra más pícara e intencionada, agregaba: // —Si fuese bueno nos daría a cada una un frasquito de agua de olor... // El turco, sordo a las palabras, no sacaba los ojos de encima de Brandina. Y, cuando se cansaba de proyectar días [Fo. 9] mejores con la «brasilerita», contemplándola, posaba su vista en la vieja, apreciando el obstáculo y haciendo sus cálculos... ([«Misia Rita»]) Era la (*Mandamás*) que respondía que no, con su presencia... // El viejo Chaves se ofrecía a cada rato: // —¿Querés que te arrime leña? ¿Traigo el agua? Mandame nomás... // Y era Brandina la que respondía por todas: // —No se moleste don Marcelino... no faltaba más, pa eso es visita... largue ese palo, deje eso don Chaves... // Cuando el hombre hablaba con ([«la Rita»]) (*la Mandamás*), lo hacía de una manera tan cariñosa que parecía falsear la nota. // Hasta hacía proyectos de itinerarios, señalaba caminos para recorrer y recordaba campos de pastoreo donde ellas podrían estar tranquilas. // Sin duda alguna, lugar más cómodo que

«Las Tunas» no hallarían. Vecinos tolerantes, los cuales hasta habían permitido, en cierta época, la instalación de un bolichero apiadados de su desgracia y desamparo. El hombre habíase quedado sin caballo. // En el callejón de «Las Tunas» podían estar tranquilas mucho tiempo; solo que allí, como «el paso» era tan peligroso, en invierno la gente trataba de evitarlo tomando otro camino. // Al anochecer del tercer día, Chaves anunció su partida con el alba. Debía completar una tropita en dos estancias distantes cinco y siete leguas del «Paso Hondo». // Cuando el turco lo supo, le brillaron los ojos de alegría. Quedaba entonces sólo, con las quitanderas y, en esa forma, podría terminar con el asunto que tenía entre manos. // Se acercó varias veces a la «brasilerita» en demanda de valor. Con sus manoplas puestas en los hombros, l[e] dijo delirante: // —Si me querés, muchacha, turco darte todo... Trabajo, dinero, roba, alhaja, comida, todo... turco ser bueno agachar el lomo bara Brandina... // [Fo. 10] —No, no quiero nada, dejame; si no quiero con vos, yo no dejo a la vieja... // El turco clavándole la mirada volvió a reir siniestramente. // La pobre «brasilerita» miróle con respeto, casi aplastada por aquellos ojos: // —Vos podés reirte, con el cajón yeno de ropa. ¡Ah! ¡Ah! // —Tuyo, todo tuyo, si querés al bobre turquito. No yeva blata, borque los otros matan al turco ba sacarle dinero. Todo, todo está en cuidad, gardado. Bero turco Abraham José jura, jura así —hizo un gesto extraño en el aire— que trará, trará todo ba Brandina... // Ella lo dejó con las últimas palabras. Y aquella tarde, como en ninguna otra oportunidad el turco lo pasó encima de la ([vieja]) (*Mandamás*), sin perderle los pasos. Comió a su lado esa noche. La miraba como si calculase observándola... Ella era el obstáculo, el eslabón de la cadena de hierro que tenía que romper... // Chaves dió las buenas noches, haciendo la cama a pocos pasos de la estaca donde tenía atada la soga de su caballo. // A la madrugada partía. Los teros anunciaron su llegada al «Paso Hondo». El turco se dejó estar, aguardando la terrible noticia. No podía fallarle. Ya se lo había dicho un compatriota de la ciudad: // —Con un poco de *eso* en la comida, amanece muerta... // Esperaba. La noticia llegó a sus oídos hecha un clamor: // —¡Turco, turquito, Abraham! —gritaban las tres mujeres— ¡la vieja está fría, dura! ¡Vení pronto, turquito! // Las tres quitanderas llorando, rodeaban a «la Rita», muerta, transformada en un cadáver rígido, seco, puro trapo y hueso. // Brandina miró su caballo pastar a pocas cuadras, pero comprendió que era tarde para alcanzar a don Marcelino Chaves. El sol ya transpasaba de lado a lado la carreta. No había más remedio que dejar todo en manos del turco... // Y así sucedió // [Fo. 11] IV // El comisario, el sargento, Duvimioso, dos milicos, el turco, las tres quitanderas y el zapatero sordo-mudo, con su mujer, formaban el cortejo. // Cargaron el cadáver en el carrito de pértigo del zapatero. Este, montado en una bestezuela roñosa y flaca, conducía el cajón. Lentamente fueron cayendo al «paso», en cuyas piedras sueltas, el carrito daba tumbos y hacía un ruído molesto para todos. // Las mujeres lloraban desconsoladamente. El comisario, al lado del turco, llevando de la rienda su caballo, conversaba en voz baja: // —¡Y bueno, era tan vieja la pobre!— decía con resignación como para que le oyesen las mujeres y bajasen el tono de sus lamentos. // Duvimioso, el sargento opinó que «la Rita» chupaba mucho y debía tener la riñonada a la miseria»... Uno de los «milicos» le dijo al otro, rascándose el talón: // —Y esas, ¿pa'onde han de rumbiar? // —Seguirán en la carreta, siguro... —repuso el otro. // El cementerio está ubicado a unas tres cuadras del «paso». Llegaron; y sin más trámites, la metieron en una fosa vieja que hallaron abierta. Sin duda había sido hecha para alguno que no murió, como se esperaba... // Brandina cayó varias veces sobre el cajón. El que con más bríos echaba tierra sobre la muerta era el zapatero, como si fuese un antiguo sepulturero ([indiferente]). // El turco parecía muy impresionado. Al terminar la tarea, el comisario, poniéndole una de las manos en el hombro díjole, —un poco ordenando como era su costumbre, y otro poco haciendo mofa del asunto: // —Bueno turquito, aura tenés que cargar con esas disgraciadas... // Y, despidiéndose, partió seguido de los «milicos» y el sargento. // [Fo. 12]. Al poco tiempo de andar, dió vuelta la cabeza y contempló el cuadro: El turco iba «de apié», con una de las quitanderas. Las otras dos, con la mujer del zapatero, ocupaban el lugar del cajón. El zapatero conducía al tranco la carretilla. Con un ademán desenvuelto, el comisario ordenó al sargento, con resolución: // —Andá, che, pasate la noche acompañando a esas infelices... Yo pue ser que caiga a media noche... // El sargento no deseaba otra cosa. Dió vuelta en sentido contrario y galopó hacia la carretilla... // ([V]) xxx // Mientras se tostaban en las brasas del fogón, dos gruesos choclos que el zapatero le regalara la noche del velorio, Abraham José planeaba su trabajo de aquel día. // La «brasilerita», en enaguas, ensillaba su bayo. Rosita y Petronilla, dormían aun, pues la noche habíanla pasado entre lamentos y atenciones con el comisario. // El turco comprendió que cualquier demora de su parte le sería perjudicial. Y, con el pretexto de arreglar sus baratijas, abrió el cajón y desparramó la mercadería entre las ruedas de la carreta. Entraba así, con sus artículos, al dominio del campamento. Ordenaba, disponía y repetíase para sí las palabras del comisario: // —¡Aura, turquito, tenés que cargar con estas disgraciadas!... // Cuando la «brasilerita» volvió del monte cercano, donde había ido en busca de unas hojas de yerba contra el dolor de cabeza —las cuales traía ya pegadas a las sienes— el turco l[e] preguntó: // —Brandina, brasilerita, los güeyes están todos, todos? // —Siguro, ahí andan —y señaló con el brazo estirado— en la zanja está el «Bichoco»... el «Indio», debe andar por los pajonales, y el «Colorau»... —¿no lo'ves ahí, atrás de la carpa el zapatero?... // [Fo. 13] Abraham José se tranquilizó. La «brasilerita» no ponía fea cara, de modo que su negocio marcharía a pedir de boca... // Cuando las otras muchachas bajaron de la carreta el turco les ofreció un mate. Brandina, al ver a Petronilla, la miró de arriba a abajo. Esta, habíase puesto sus mejores prendas. La «brasilerita» le reprochó: // —Aura te ponés la ropa fina pa andar en el lideo... ¿No? // —Es que —tartamudeó Petronilla— me voy a dir pa la estación... // —¿A qué, cristiana? —volvió a insistir la «brasilerita». // —Y pa quedarme ayí con Duvimioso... // La resolución de Petronilla fue respetada. A medio día, el sargento llegó en un sulky destartalado que había conseguido en la estación. El hombre prefirió no entrar en explicaciones. Era demasiado seria su propuesta y sabía que «en cuestiones de amor no hay que andar con recobecos y pamplinas»... Dieron la mano al turco, a Brandina y Rosita, y con un ¡Buena suerte!, subieron al sulky. // El alejamiento de Petronilla, coincidió con la partida del zapatero. Abraham José contemplaba el desarrollo favorable, para él, de los acontecimientos. Solapadamente iba haciendo sus cálculos... Aquella repentina soledad le favorecía. // Al caer la tarde, un silencio profundo entristecía el campamento. No pasaba nadie por el camino. Eran ellos los únicos seres que habitaban el campo de pastoreo de «Las Tunas». Rosita, remendaba una camisa ([rosada]) (*celeste*). Brandina, que vigilaba el fuego recién encendido, arrimando una astilla preguntóle en voz muy baja: // —¿Podés ver la costura, Rosa? ¡Cha que tenés buen ojo!... // La mujer dejó la camisa en la falda y se puso a mirar el fuego fijamente. El turco acercó la «pavita» a las llamas. La noche los sorprendió tomando mate, silenciosos. // A penas probaron el asado. Cuando Rosita subió a la carreta, Abraham José y Brandina, bajo del vehículo, comenzaron a doblar los géneros y a ordenar las baratijas. Aquel gesto de la «brasilerita» acabó por convencer al turco de que triunfaba. // [Fo. 14] A los tres días, un tropero se llevó los bueyes. El turco hizo negocio por su cuenta. Su paso por el descampado de «Las Tunas» no pudo ser más oportuno. Desde aquel momento, la vieja carreta comenzó a hundirse en la tierra... // ([VI]) xxx // Ya lo presentía don Marcelino Chaves... Cuando se cruzó con su compañero de faena, que arriaba al «Bichoco», al «Colorao» y al «Indio» junto con otros bueyes «pampas» —el viejo tropero se dió cuenta que en el descampado de «Las Tunas», las cosas habían tomado un rumbo insospechado al partir. // Atravesó el «Paso Hondo» con el agua a la cincha, rozando con las suelas de sus botas, perezosamente alzadas, la superficie cristalina. // Enderezó hacia la carreta comprendiendo de antemano y murmurando entre dientes: // —Pícaro turco, me ha reventau! // La carreta, a simple vista, le pareció más chata. La concurrencia hasta el campamento había sido, sin duda alguna, muy numerosa, a juzgar por el caminito sinuoso que a ella conducía. Su caballo andaba en él sin necesidad de gobernarle. // Como lo presentía, el vehículo había echado raíces. Las ruedas, tiradas a un lado, solo conservaban los restos de uno que otro rayo. Las llantas estiradas, habían sido transformadas por el turco en recios tirantes. El pértigo, clavado en el suelo, de punta, hacía de palenque. Toda la carreta habíase convertido en rancho o en algo por el estilo. // Se asomó a una portezuela. Dentro de la carreta vió un pequeño mostrador y tras él al turco Abraham José. // Desconfiado el extranjero, alzó los ojos, mirando al recién llegado por entre la espesura de sus cejas. La «brasilerita» tomó la defensa, invitando a Chaves a bajar de su caballo. Tras unas palabras incoherentes, Brandina terminó: // —Si... este... Y Petronila, ¿sabe? se jué con Duvimioso, el [Fo. 15] sargento... Al otro día del entierro se jué... —Brandina frotaba un frasquito de agua de olor con su delantal mugriento. // —¡Canejo, podían haber esperau! ¡Qué tamién! // Rosita, que acataba a Marcelino Chaves como ninguna, asintió con un gesto de cabeza. // Chaves tuvo un impulso violento de echarse sobre el turco, pero se contuvo. Ya no había nada que hacerle, ¡la carreta habíase detenido para siempre! // Escupiendo y rezongando el viejo se alejó un tanto de la puerta, seguido de Rosita. Ella había comprendido las intenciones del tropero. // Sin muchas palabras de preparación, después de un: *Ché, Rosita!* Chaves le propuso: // —¿Querés venir conmigo, pal Brasil? Te yevo... // —Güeno —respondió la interpelada, sumisamente. // —Aprontate, andá, hacé un atau de ropa y vamo... // El viejo tropero, aguardaba recostado al palenque. Mientras tanto afirmó el recado, se acomodó las bombachas y el poncho, y después se puso a sacarle punta a un «palito» con su facón... Cuando apareció Rosita, preparada para marchar, envainó el arma, llevándose el «palito» —escarbadiente— a la boca. // Partieron. La última mirada de Chaves, más fué de asco que de odio: // —¡Quedarse empantanaos ahí! ¡Turco pícaro! — dijo entre dientes. // Rosita, enancada, iba acomodándose la pollera verde. No necesitaba agarrarse al hombre, pues era muy baquiana para ir en ancas... // Siguieron buen trecho al trote, por el ancho callejón, siempre hacia el norte. Las lechuzas revoloteaban sobre sus cabezas. El paso de los caminantes, era festejado por los teros. Ni la mujer ni el viejo, dieron vuelta la cara para mirar los restos del carretón. Tenían bastante con las leguas que distaban desde las patas del caballo hasta el horizonte. Mordiendo con sus pocos y gastados dientes, el «palito» que llevaba en la boca, el viejo tropero iba diciéndole: // [Fo. 16] —Nos agarrará la noche en lo de Perico, más o menos... // Y Rosita le respondía: // —Sí... // —Mañana almorzaremos en lo del tuerto Cabrera... ¿sabes? // —Sí... —repetía la mujer. // —Pasau mañana, ya andaremos por lo de Lara... // —Sí... // —Ayí tengo un cabayo, el tubiano ¿te acordás? pa vos... Andaremos mejor. // —Si... // Y Rosita ya dormitaba con los cabellos caídos sobre la cara. // —Después veremos lo que se hace. ¿Entendés? Ya veremos... // —Sí... // Aquella vida le pertenecía ([pero ignoraba Chaves que podía ser de cualquiera, del primer caminante que se le cruzara.]) // El tropero, enérgico, siguió determinando. La mujer balbuceaba sus *sí*, que parecían caérseles de los labios, como una entrecortada baba de buey... Sí, sí, sí... goteaban las respuestas. // La bestia andaba al tranco entre las piedras. El chocar del rebenque en las botas del tropero, mareaba el paso del caballo. Bajo un violento vuelo de teros y un chistido continuo de lechuza, el viejo Marcelino Chaves, con su pañuelo negro y Rosita con los cabellos en desorden, siguieron por el camino interminable, bajo el silencio de un cielo altísimo y azul. La luz del ocaso, doraba las ancas del caballo y las espaldas encorvadas de la mujer...

DOCUMENTOS SOBRE LOS DESTINOS DE *LA CARRETA*

EL HOMBRE Y SU DESTINO

REACCIONES DE LA CRÍTICA

DECLARACIONES PERIODÍSTICAS DE AMORIM

EL HOMBRE Y SU DESTINO

UNA EXISTENCIA DE VANGUARDIA

Carlos Martínez Moreno

El escritor que podría haber sostenido un cabal parangón de importancia con Espínola, en la generación del Centenario, es Enrique Amorim (1900-1960), que en nada se le parece. Pero su fácil exuberante y desprolija facundia creadora, impidió a su talento versátil, dinámico, polivalente, cuajar en una sola y ceñida obra maestra, aunque se haya derramado en varias que casi lo fueron.

Amorim es, en vida, ambición y obra, un ejemplar único en su generación. Nació en Salto, vivió largamente en Buenos Aires y Europa, viajó, exprimió los placeres del mundo, inquirió con curiosidad en todo lo que era accesible y en lo que no lo era; su apetito de mundo y sensaciones fue notable; su generosidad sentimental, cruzada de arrequives bravíos, también lo fue.

No fue verdaderamente poeta, a pesar de un par de libros precoces *(Veinte años* y *Un sobre con versos);* pero, como arma de agresión o como instrumento de prédica en favor de sus convicciones políticas que lo allegaron al comunismo, escribió denodadamente versos hasta en sus últimos tiempos.

Fue, en cambio, un novelista nato, más aún que cuentista y a pesar de cuentos felices (como aquel que publicó en *Sur,* sobre el marino del Graf Spee); un novelista nato que era un gozador de la vida y del presente, un gustador, un epicúreo o un hedonista, un hombre lleno de expansiva cordialidad y de contagiosa simpatía. Por impetuosidades de su carácter, incurrió en juicios apresurados (como aquella nota crítica, bajo el seudónimo de Lázaro Riet, llamada a aumentar la mal comprensión de Macedonio Fernández); por la apariencia de esas impetuosidades recogió alguna diatriba inmerecida y por lo menos una penosa difamación literaria (el seudocuento *Rapsodia del alegre malhechor,* incluido en *La ciudad junto al río inmóvil,* donde Amorim se llama Carlos Oro y Mallea lo presenta como el repentinista inconsecuente, frívolo e irresponsable que no era, o por lo menos en que Amorim no se quedaba).

Hay libros de Amorim en que, apenas estorbaba en algún momento por disculpables retóricas de medio literario y de época, aparece el verdadero campo del norte uruguayo: *La carreta* es el ejemplo más famoso y *La desembocadura* —libro que la impaciencia o la poca salud del último Amorim llevaron a apretujar y apresurar después de una apertura magnífica y prometedora— su mejor cercanía a la auténtica obra maestra que estuvo muchas veces cerca de producir. *El paisano Aguilar, Corral abierto* y *El caballo y su sombra* aseguran su gallarda posteridad, en medio a otros títulos que una más celosa autocrítica tendría que haber evitado *(El asesino desvelado, Todo puede suceder* y sobre todo la póstuma y breve *Eva Burgos).*

En acotación y hasta en contrapunto con su obra, la vida de Enrique Amorim fue —entre todas las de sus contemporáneos— la que tuvo más sabor a vanguardia, la que discurrió por los escenarios más estrindentes, la que abrevó en amistades y conocimientos con una sed más arriesgada y afortunada. Su curriculum entre contemporáneos famosos, entre celebridades europeas, entre celebridades americanas (a partir de la relación del Amorim adolescente con el maduro y reverenciado Horacio Quiroga o de su amistad fraternal con los coetáneos Fernández Moreno y Ricardo Latcham), entre gente, circunstancias, vida, mundo, lo hacen ese ejemplar único de que hablábamos. Es cierto que ese ejemplar único sólo parcialmente pertenece a nuestro medio, a nuestro país y algo más, por la filiación y la radicación de sus mejores libros, a nuestra literatura. Pero como punto de referencia sobre los perfiles de una época, es insustituible por su denuedo, por su espontánea abundancia, por su prestancia ultra. Hubo quienes escribieron más en vanguardia que Enrique Amorim (Ferreiro, por ejemplo). Pero nadie vivió más en vanguardia que él.

UN DESTINO CHILENO Y AMERICANO

Ricardo Latcham

Cuando arribó a Santiago Enrique Amorim, en 1930, ya era conocido por su libro *Tangarupá,* y mantenía amistad con Joaquín Edwards Bello, quien me mostró un ejemplar, hoy inencontrable, de *Las quitanderas.* Debe existir en un rincón de su museo cinematográfico de Salto una curiosa cinta, que vi después, algo borrosa, en que aparecen los principales escritores chilenos de la época, después de un ágape fraterno ofrecido al simpático visitante.

Amorim nos contagió su dinamismo, su curiosidad vital, su fraterno sentido de las relaciones literarias. Coincidió su primer paso por Chile con el de Waldo Frank, que nos aconsejó organizar grupos de estudio y acción, destinados a remover el pesado ambiente de las dictaduras que imperaban en Hispanoamérica. Eran los días tremendos y grises de Leguía, de Juan Vicente Gómez, de Ubico, de Sánchez Cerro, de Siles y otros déspotas y espadones. El grupo *Índice,* en que yo militaba, acogió a Amorim y allí empezó una amistad que no iba a terminar sino con la muerte del ilustre salteño. Mariano Picón Salas, Mariano Latorre, Eugenio González, Domingo Melfi, Manuel Rojas, González Vera, eran algunos de los que constituyeron un movimiento interesante que tuvo, como órgano de publicidad, una de las mejores revistas chilenas de este siglo. Algo cambiaba en el ambiente y se diseñaban nuevos valores y corrientes de pensamiento junto con la crisis financiera que sacudió a Wall Street y derrumbó a los regímenes fuertes, simbolizados en Chile por el General Ibáñez, expulsado del poder, en 1931, por una rebelión estudiantil y popular. En *Indice* se publicó una página muy valiosa sobre Amorim diseñada por el periodista Fernando Ortúzar Vial, que también actuaba en el conjunto.

Enrique Amorim tenía entonces y nunca lo perdió, un atuendo cuidadoso y algo de ese atildamiento ríoplatense que se descubre a primera vista. Llegaba recomendado por Eduardo Mallea y otros miembros de la revista *Sur,* que después dejó su contacto con los chilenos y se perdió en otros rumbos. La generación de 1930 si tuvo algún aporte valedero fue la de su mayor vinculación a los problemas continentales y una especie de férvido descubrimiento de América, a través de una forma distinta de avalorar el pasado y el presente de nuestra historia, junto con un desvelo constante por su destino.

Amorim no se había incorporado todavía a las preocupaciones sociales que lo absorbieron en sus últimos años, pero por encima de su apariencia de señorito cosmopolita y cercado de leyendas galantes se nutría con la substancia terrígena que le daba contenido a sus primeros cuentos y novelas. Siempre volvía a lo rural y a su entrañable refugio salteño, luego de largas estadías en Europa y de rutilantes atropelladas por las calles, restaurantes y cabarets de Lisboa, Amsterdam, París y Niza. El sentido crítico, que se le desarrolló notablemente con el tiempo, lo apartó de la frivolidad y del exotismo de la primera postguerra mundial, tan bien simbolizado por Cocteau, Morand y el hoy enterrado Pierre Girard, cuya versión bonaerense y sofisticada se encuentra en los *Cuentos para una inglesa desesperada* de Eduardo Mallea.

Hay una constante en la obra de Amorim que no puede analizarse en tan breve inventario de su facundia creadora: la continua idea de constituirse en un escritor profesional, en un obstinado sacerdote de su oficio, en un virtuoso de las letras. Tanto el Uruguay como Chile y otros países hispanoamericanos están empedrados de vocaciones frustradas, de autores que prometían y que hicieron un solo libro, de genios potenciales, de literatos que conversan en los cafés y no trabajan. Siempre me ha parecido un milagro el caso de Enrique Amorim, a quien le alcanzó el tiempo para todo, sin darse tregua ni en los instantes en que luchaba con la asfixia cardíaca y sentía, con dramática lucidez, el desmonetizamiento lento de su salud. Aparte del enorme volumen de su producción impresa (novela, cuento, poesía, teatro) queda el formidable *corpus* de su epistolario. Escribía a los amigos lejanos de Moscú y París, a sus admiradores de Hispanoamérica, a las señoritas yanquis que le solicitaban datos para alguna monografía, a los compañeros de Buenos Aires y de Santiago, al militante candoroso que perseguía un consejo y también un autógrafo, al auditorio escolar, a los editores y traductores, a medio mundo. No sé si alguien pretenderá en el futuro recoger las cartas de Enrique, pero de hacerse resultará tarea ciclópea. En sus mensajes nerviosos y pintorescos se vertía lo mejor de su personalidad: su descontento crónico, su espíritu crítico, su lucidez intelectual, su cólera por las injusticias del mundo, su enorme camaradería y su inagotable y solidario estímulo.

En 1939 se celebró en Montevideo el bullado *Congreso de las Democracias Americanas,* donde se revolvió el aceite y el vinagre, en explosiva aleación. Vine como observador y padecí confusiones y pequeñas molestias. Petit Muñoz que es un notorio distraído me encontró pinta germánica, creyendo que era González von Mareés, el líder de los fascistas chilenos transformados de la noche a la mañana en aliados del Frente Popular. En cambio, la policía me puso algunas dificultades que pronto se allanaron por considerar que llegaba como representante del comunismo de mi patria. Enrique me habló por teléfono desde Salto, invitándome a *Las Nubes* junto con mi mujer. Mi respuesta resultó evasiva, pero Amorim pronto adivinó la causa de mi reticencia: andaba muy exiguo de bolsa. Al día siguiente recibí en mi hotel dos pasajes por Pluna, de ida y vuelta, pagados por el generoso compañero. De esos casos podría referir muchos, pero lo importante es otra cosa. En Salto pude convivir con el ya consagrado autor de *La carreta* y *El paisano Aguilar,* que consolidaron su reputación en el campo del relato ríoplatense. Siempre Enrique se movía entre Salto y Buenos Aires. Algunos de sus cuentos y novelas tienen por escenario a la capital argentina, lo que ha inducido a determinados críticos de la otra banda a anexárselo, como lo han hecho además con Onetti. Pero la preocupación permanente del novelista consistía en sumergirse en su tierra, en sentir la pulsación telúrica, la energía nutricia de la campiña y del paisano, cuya incorporación al desarrollo agrícola del Uruguay se advierte en *El paisano Aguilar* y *El caballo y su sombra,* como factor social de valía que subraya la permanencia del latifundio. Una transformación profunda se había operado en el hombre de letras, que más tarde se incorporó a un partido de izquierda y se convirtió en un militante del comunismo.

Pasaron unos años y Amorim volvió a Chile, no con el ardor del neófito, pero con idéntica simpatía y vivacidad intelectual. En una inolvidable mañana se juntó con Mariano Latorre y conmigo. Almorzamos los tres en un reputado figón español donde se reunían escritores y artistas. La discusión fue escandalosa, porque tanto Latorre como Enrique gritaron y subrayaron sus argumentos con golpes y voces terribles que tuvieron su punto culminante cuando se dio vuelta una aceitera y manchó de modo horrible la mesa. El ágape concluyó tan tranquilo como fue su comienzo. Amorim tomó contacto con grupos izquierdistas, con líderes sindicales, con obreros del salitre, con extrañas camaradas, con gentes de todo pelo y condición. Su curiosidad insaciable lo condujo al desierto del cobre y del salitre, a la pampa de Antofagasta, descrita por mí en un lejano y olvidado libro, que según Enrique le sirvió de guía en sus incursiones por las llamadas tierras rojas.

Como aquí no pretendo hacer una exégesis literaria de Amorim, sino evocar su extraordinaria personalidad, añadiré una anécdota ilustrativa de su imaginativo temperamento. Acababa de realizar un viaje salpicado de aventuras por Colombia y le conté a Enrique un caso que me ocurrió en Popayán, la tierra de Guillermo Valencia, donde también residía entonces Baldomero Sanín Cano. Existían allí unas extrañas mujeres llamadas «*Las ñapangas*», que eran como un residuo del feudalismo agrario de la región montañosa de Calibío. Alguien me obsequió una de esas mestizas de indio y de blanco, teniendo que apechugar con la sorprendente donación, que la bravía hembra tomó en serio. Amorim se interesó bastante con el enredo y lo trasladó, sin ningún empacho, a un cuento que se desarrolla en la provincia de Antofagasta y que, si no me equivoco, aparece en volumen titulado *Después del temporal*.

Se toca ahora un aspecto de su producción que merece un juicio sumario. Amorim se apartó del realismo pedestre de muchos criollistas y, por eso, el significado de su obra es distinto al de diversos nativistas que se limitaron a la reproducción fotográfica del paisaje y a la inserción del habla regional sin ninguna labor selectiva. En sus novelas y cuentos emerge, a menudo, el elemento fantástico y la invención pura de los argumentos y enredos. De manera tan libre e imaginativa se descubre la urdimbre desconcertante y pintoresca que hace de *La carreta* el libro más popular y difundido de Amorim, cuya traducción al inglés y al alemán son muy anteriores a las realizadas en Rusia y las democracias populares.

No creo que la conversión de Enrique al comunismo influyera en el éxito de sus novelas y cuentos. La razón es la siguiente: cuando ese hecho se produjo, su reputación se hallaba cimentada con los tres libros de mayor calibre que tiene: *La carreta*, *El paisano Aguilar* y *El Caballo y su sombra*. Lo que sobrevino luego consiste en su incorporación a nuevos públicos y a idiomas que van acogiendo a los escritores sociales con creciente interés impulsado por razones políticas, pero que favorece a los hombres de letras.

Amorim llegó al comunismo, pero mantuvo su antiguo contacto con los narradores que consideró sus maestros. Entre ellos existen dos que lo acompañaron hasta el final, aparte de su admiración a Horacio Quiroga, amigo y compañero desde su juventud. Fueron Sherwood Anderson, maestro del relato breve, y Jules Renard, estilista incisivo y autor de un *Journal* inolvidable.

Cuando pasé unos días con Enrique, en noviembre de 1959, estaba revisando su biblioteca y, al trazar el inventario de los libros preferidos, apartaba muchos que lo acompañaron desde su iniciación literaria. Es conveniente destacar que cuando arribó a la celebridad no adquirió nunca esa egolatría que acompaña a otros creadores y los aisla en su ensimismamiento. Por el contrario, amaba descubrir nuevos valores y ayudar a literatos y artistas que se asomaban recién al escenario de la publicidad. Ejemplos de su apoyo y comprensión abundan en el Uruguay, Argentina y otros sitios. Su inquietud lo conducía, además, a sostener relaciones epistolares con gentes lejanas y a informarse de las novedades y corrientes intelectuales que surgían en Europa y Norteamérica. Era contagioso su entusiasmo y, a veces, me abrumaba con sus razonamientos tan extraordinarios que captaban el lado ridículo de las cosas y se saturaban con su explosivo humor.

En la época de iniciación política escribió cuatro libros desiguales que combinan lo doctrinario con la facilidad para construir argumentos de gran dinamismo, pero que solían dejar vacíos y lagunas. Son *La luna se hizo con agua* (1944), *Nueve lunas sobre Neuquén* (1946), *Feria de Farsantes* (1952) y *La victoria no viene sola* (1952). En *Feria de Farsantes* existe algo novedoso: la mezcla de un asunto policial con una finalidad política destinada a combatir el fascismo. Los inconvenientes de tal procedimiento se superan y la ficción predomina haciendo recordar la técnica de *El Asesino Desvelado,* otra muestra de su versatilidad imaginativa que saltaba de la ciudad al campo, de lo psicológico a lo meramente descriptivo, del cuento poemático *(Los Pájaros y los Hombres)* a lo social y entrañado en la problemática contemporánea que surge del campo uruguayo y el latifundio.

Volvió a afirmársele la mano en *Corral abierto* (1956), *Los Motaraces* (1957) y *La desembocadura* (1958), de menos consistencia, pero traspasado de la búsqueda del tiempo perdido con finas pinceladas poéticas. Si se hiciera una antología de Enrique habría que explotar estos libros últimos donde se encuentran algunas de sus mejores descripciones y una utilización del mundo supersticioso de la campiña que confiere singular relieve a su novela *Los Motaraces.*

Cierta vez incité a Amorim para que escribiera un volumen de memorias. Habría sido un extraordinario y ameno testimonio de una vida que, a pesar de su aparente dispersión, tuvo su centro en el arte descriptivo y narrativo que se vertió en más de cuarenta producciones. Si desde el punto de vista novelístico se le ha comparado con Eduardo Acevedo Díaz y Carlos Reyles, cuando se le estudie como cuentista sería oportuno recordar a Javier de Viana, de cuya línea fabulista desciende. No conozco la opinión de las nuevas promociones sobre Javier de Viana, pero estimo que pocos han penetrado más a cabalidad en el mundo de los últimos gauchos y de los paisanos que lo suceden después. La fecundidad de Amorim sólo tiene paralelo con la de Javier de Viana, algo descuidado e improvisador aunque certero en algún rasgo psicológico y en el atisbo de vidas.

No tengo autoridad para hacer diagnósticos definitivos sobre el futuro de la novelística ríoplatense, pero puedo afirmar que el sitio que le corresponde a Amorim, lo mismo que el ocupado por Javier de Viana, pertenece a ambas orillas, a pesar de su hondo arraigo en la tierra y, sobre todo, en su vertiente salteña. Ha desaparecido un creador de primera clase y su jerarquía es indiscutible. Por eso mismo su tránsito arrastra también mucho que estaba vinculado a dos tierras hermanas. Su muerte nos deja más solos e interrumpe un diálogo de tres decenios que jamás se cortó, a pesar de las distancias.

LA LITERATURA COMO RAZÓN DE VIDA

Alfredo Gravina

La impresión que abrigo sobre la obra de Enrique Amorim, no descansa exclusivamente en sus valores literarios y artísticos. Largos años de amistad y camaradería me permitieron conocer la identidad existente entre Amorim hombre y Amorim escritor. Era dueño de una atractivo don de gentes exento de alardes y efusividad; poseía una singular aptitud para descubrir y recoger lo esencial de la vida, así como una gran capacidad imaginativa. Teniendo por fondo un vasto conocimiento del medio rural, estaba siempre alerta ante el detalle significativo, la frase o la anécdota que expresara con mayor economía de lenguaje y mayor eficacia artística tal o cual pasaje del libro que concebía o se hallaba ya escribiendo. No quiero decir que Amorim viviera en razón de la literatura, sino que la literatura era una poderosa razón de su existencia.

La primer lectura que realicé de «La carreta», a más del deslumbramiento que sentí, me brindó una enseñanza temprana que no puedo soslayar, y perdónenseme esta referencia personal y las que habrán de venir. De niño yo había presenciado más de una vez las fiestas que se celebraban en ocasión de las carreras de caballos en el campo. El pago entero se reunía flanqueando la pista. Toldos, precarias tiendas de campaña, cualquier reparo en lance de lluvia oficiaban de puestos de venta donde se expendía caña y vino y las «chinas» freían tortas y pasteles para el paisanaje. Estas carreras solían durar dos o tres días. Eran un espectáculo feérico para mis ojos y oídos asombrados. Se removía el monótono devenir de los días con la ida a la escuela, los deberes y los reiterados pobres juegos que habían. Años más tarde, cuando me iniciaba en el difícil arte de contar yo sufría el ascendiente de autores para los que el drama o el destino de los personajes eran individuales; las demás criaturas tan sólo servían de marco. Recuerdo que no salía de allí, ayuno de otras perspectivas. No tenía en mente aquellas fabulosas carreras en el campo ni soñaba que pudieran ser un tema. Pues bien; un día memorable alguien me alcanza «La carreta». ¡Y que sorpresa! ¡Resulta que todo un mundo abigarrado, colorido, el drama de todo un grupo humano entra fluidamente en la creación literaria! Será entonces que habré de recordar las carreras en mis pagos de Tacuarembó y establecer un cierto parentesco entre ellas y el microcosmos de «La carreta». Y, por añadidura, maliciar si alguna «china» de las que despachaba durante el día tras el improvisado mostrador no tenía por las noches algún «negocito» de mostrador adentro. De este modo quedé ligado a la narrativa de Amorim. A su narrativa, digo, no al escritor, ese ser remoto, de otra esfera, de otro mundo, en aquella ya lejana época.

«El paisano Aguilar» constituyó otra revelación más para mí. Yo no sólo había vivido un período infantil en el campo. Luego lo había frecuentado, había observado a mi alrededor tipos humanos, hábitos, intereses opuestos, etc. y me topaba con un personaje sin antecedentes en nuestra narrativa a quien tampoco me había sido dado registrar en la vida real. (Unos tíos habían vuelto al campo para labrarse una fortuna y retornar a la ciudad, y por lo mismo nunca adquirieron el estatuto de hombres camperos). Pancho Aguilar es la excepción. He aquí al citadino que marcha al campo a encargarse de la estancia hereditaria. Trabaja rudamente, según los requerimientos de la explotación ganadera en pequeña escala, se refuerza por convertirse en un hombre campero, en mérito a las faenas, los gustos, la comida, las costumbres. Y al cabo de algunos años lo consigue: el citadino ha sido sometido por el paisano. Esto es lo medular del personaje, más allá de las fuerzas tentaculares que frustran su empresa. Nada tiene que ver Pancho Aguilar con el tinglado de los doctores enriquecidos que compran una estancia y al visitarla lucen bombachas y botas de caño alto.

Debo confesar que la aventura de Pancho Aguilar, a mí, como a muchos otros jóvenes lectores con los que cambiábamos ideas, no sólo nos conmovió: chirriaron los esquemas por los que nos guiábamos respecto de la vida en el campo. No se derrumbaban, claro, pero ¿de dónde había sacado Amorim ese personaje que contradecía a los estatuídos por la narrativa anterior? ¿De dónde semejante conflicto? La novela nos ponía delante contradicciones inusuales, recónditas, muy otras que aquellas que saltan a la vista en los ambientes rurales: pobreza y riqueza, mando y obediencia, machismo incurable. Nos obliga a pensar.

Hay más, sin embargo, sobre esta novela. Por aquel entonces muchos jóvenes leíamos «Don Segundo Sombra» de Güiraldes, que estaba de moda. Pese a nuestro conocimiento de la vida en la campaña —precario desde luego— la novela del argentino nos cautivaba. Pues bien; junto con lecturas de otra índole tuvo que venir el viejo Farías, de «El paisano Aguilar», con su sencillez, su humanidad, su real consustanciación con el patrón, el pago, la tierra, para servir de contracara al Don Segundo Sombra, que aún trota en su pingo por los caminos del mundo vendiendo la imagen de una beatífica y dorada relación entre patrón y peón.

Para no pocos narradores que en aquella época abordaban los temas rurales, el mundo era estático, inamovible y estaba regido por una inmutable fatalidad. Los personajes nacían predestinados. Debido a su influencia corríamos el peligro de caer en la filosofía que el criollo expresa con la siguiente frase: «El que nació pa medio no llega a rial». Y escribir de conformidad con ella, novatos como éramos. Enrique Amorim contribuyó en forma palmaria a alejarnos del peligro. A lo dicho y sugerido antes en ese sentido resulta oportuno añadir unas líneas sobre la novela «El caballo y su sombra». ¿Cómo no sentirnos hondamente tocados por ese espejo artístico de la contradicción entre el latifundio y la colonia de labradores? Porque una cosa es el latifundio en cifras: tantas hectáreas, tantos rancheríos, tal déficit en materia de escuelas, centros de salud, etc.; y muy otra su encarnación en seres humanos, relaciones sociales, conductas personales. Ahí es donde se torna visible y dramático. ¿Cómo no hacer conciencia de que la colonia agrícola representa el progreso y el latifundio el retraso? Amorim enfrenta ahí dos concepciones contrapuestas de la vida y el mundo. ¿Se podía, acaso, optar por el latifundio? A un lado la magistral pintura de la vida en la colonia y en la estancia, el conflicto acaba por personificarse en Nicolás Azara, fuerte hacendado, y el colono de origen itálico Rossi. Vale la pena sintetizar el episodio final a los efectos de apreciar la alegoría que lo informa. Azara hace arar parte de su tierra lindera con un sector del camino donde las lluvias los empantanan e impiden el paso de coches a motor. En tanto que la tierra arada también empantana, Azara desalentará a aquellos viajeros que en esas emergencias le derriban el alambrado y cruzan por dentro de su campo. Ignorante de tal artificio, Rossi, que por la noche lleva a un hijo gravemente enfermo rumbo a la ciudad, como ha llovido echa abajo el alambrado y se interna en el campo ajeno. A poco, se atasca. Todos sus esfuerzos por zafarse son impotentes. Y se le muere el niño. Dejándolo en brazos de la madre, al amanecer Rossi se dirige a pie hacia el casco de la estancia. El duelo a campo abierto termina con la muerte de Azara.

El episodio conlleva, evidentemente, una proyección simbólica: preanuncia el triunfo de lo nuevo sobre lo caduco. A gente de mi generación, que había luchado contra la dictadura de Gabriel Terra y a favor de la República cuando la guerra de España, y buscaba —conscientemente o no— un apoyo en la literatura, lo encontró en «El caballo y su sombra». No debemos olvidar que el escritor en cierne o novato, está en buena medida condicionado por sus lecturas. Si era pecado ignorar a los buenos escritores uruguayos, en el caso de Amorim lo era doblemente. Y no lo era sólo por su prosa, sencilla y rica a la vez, plena de sugestión, hasta contagiosa, diría, sino también, y mucho, por los ámbitos que abarcaba, por su magisterio intelectual, su aporte a la inteligencia de los procesos sociales.

Pero me voy quedando atrás en cuanto al lenguaje. Amorim es el primer narrador, que yo sepa, que limpia el lenguaje de las deformaciones gauchescas en que habían incurrido otros escritores: abuso de apócopes, contracciones, voces específicas, etc. Nos aleccionó en cuanto a que lo fundamental no estriba en reproducir en el papel el habla del campo, de un modo naturalista, sino en emplear los giros, los vocablos incanjeables.

Por lo demás, lo expresado respecto de «El caballo y su sombra» en el sentido de causa, desde el ángulo literario, de una toma de conciencia sobre los antagonismos locales —y continentales por sus semejanzas— es extensible, con sus variantes, al conjunto de la obra amoriniana. Incluídas sus narraciones de tema urbano y su producción poética.

No es aventurado afirmar que la enfermedad que durante siete años estuvo amenazándolo con la muerte —y finalmente se la produjo— haya excitado en Enrique la necesidad de poner al día sus compromisos de ser social y escritor. No podía ser menos. Quienes nos preciábamos de contarnos entre sus camaradas y amigos, estábamos pendientes de la evolución de su dolencia, de los distintos recursos de la ciencia médica. Confiábamos o queríamos confiar en ellos. Claro que no sólo por los lazos fraternales sino también por sus proyectos literarios en ejecución o programados que el salteño tenía sin falta. Era de verlo en «Las nubes», su bella casa en las inmediaciones de su ciudad natal, siempre animoso, escribiendo novelas, artículos, cartas, lanzando iniciativas culturales; y recibiendo amigos, que era otra de sus aficiones. ¿Quién de los tertulianos aún vivos no recuerda emocionado aquellas gratas reuniones? ¿Quién no recuerda su espíritu crítico, que sabía elogiar como censurar, en un estilo personalísimo? (Por lo que a mí toca, a modo de anticipo de algo mayor, dejo aquí este testimonio.)

Las varias obras de Amorim editadas en esta etapa final son actos de heroísmo creador a juicio de quienes gozábamos el privilegio de visitarlo de vez en cuando en «Las nubes». ¡Qué vocación para sobreponerse, día a día, a una dolencia que le daba escasas treguas! ¡Qué responsabilidad ética y social para no aflojar el pulso cuando su cuerda narrativa le imponía una tensión por encima de sus fuerzas! Para explicar hechos de esta naturaleza solemos recurrir a la palabra *milagro*. Ante ella Enrique hubiese lanzado una discreta y burlona carcajada. ¿Dejar de lado los sueños redentores del Costita de «Corral abierto»? ¿Dejar en seco a los mensús de «Los motaraces» cuando se aprestan a atravesar a nado el anchuroso y bravío Paraná? Eso nunca mientras pudiese respirar.

Creo que muy pocos amigos logramos saber que muchas de las páginas de sus últimos libros fueron escritas en la cama cuando su salud le reclamaba el mayor reposo. Desde la cama escribía también su correspondencia, que era nutrida, artículos periodísticos, etc. En fin, es quimérico pretender en pocas líneas pergeñar un esbozo de la personalidad de Enrique Amorim. No soy sólo yo quien, al visitar «Las nubes» lustros después de la desaparición de Enrique, siente la sensación de que lo verá aparecer en cualquier instante de uno y otro sitio de la casa. Lo cierto es de que de alguna manera la sigue habitando junto con Blanes, Figari, Mª· Carmen Portela, Portinari, Armando González y otros artistas.

No sería razonable adjudicar a Enrique Amorim la totalidad del influjo que experimentó la tendencia social en la literatura uruguaya y rioplatense. Del mismo modo sería erróneo aseverar que es enteramente suyo el ejemplo de una escritura pulcra y moderna. Pero es innegable que en ambos renglones su influencia fue y sigue siendo orientadora, inserta en el corazón de un país que busca ahincadamente, no ya reencontrarse con lo mejor de su pasado, que sí necesita, pero principalmente encontrarse con su futuro.

Hace unos pocos años el malogrado ensayista argentino Héctor P. Agosti —que fuera entrañable amigo de Amorim— daba cuenta de la preterición editorial en que un escritor de su talla había caído. Ni Agosti pudo ni nosotros los vivos podemos olvidar el extenso lapso de oscurecimiento cultural que nos tocó sufrir en ambos países. Por el carácter de su obra literaria y por su gallarda postura cívica Amorim tenía que pagar un alto precio: el silenciamiento.

Sin embargo, ese daño es transitorio. Hoy podemos anunciar con profunda alegría que muy pronto las nuevas generaciones, impedidas de conocerlo, tendrán en sus manos los libros de Enrique Amorim.

AMORIM COMO ESCRITOR COMUNISTA

El crítico Ruben Cotelo reconstruye en una nota incluida en el Nº. 27 de Capítulo Oriental, dedicado a Amorim el clima que vivieron los escritores comunistas uruguayos de 1937 a 1955. «Con excepción de Amorim y Jesualdo los escritores comunistas han vivido en una suerte de ghetto intelectual. En parte porque han sido rechazados por sus ideas políticas, pero mucho más porque ellos mismos buscaron refugio dentro del Partido Comunista, que los proveyó de compañerismo, solidaridad y amparo en un medio hostil o indiferente. En este sentido, el partido funcionó como un equivalente de los grupos que dominaron la liliputiense vida literaria de los años 40 y 50, siempre estuvieron en minoría, nunca lograron influir con fuerza en el conjunto de la sociedad ni, ya sea por sectarismo puritano o por carencias de una gran figura rectora al estilo de Pablo Neruda, pudieron conquistar una audiencia respetuosa dentro de la misma comunidad intelectual»... «Aparte, pues, las personalidades de Amorim y Jesualdo, y también las más venerables y disciplinadas de Pedro Ceruti Crosa y Francisco Pintos, ensayista filosófico y autor de una novela olvidada el primero e historiador el segundo, han sido dos los narradores uruguayos al que se plegaron con mayor obediencia a los postulados del realismo socialista, hasta convertirse en esos «ingenieros del alma» que Stalin solicitaba. La consigna del realismo socialista, tardíamente recogida aquí por los militantes, fue lanzada en el Congreso de Escritores Soviéticos de 1934, en el que se exigió del narrador «una representación veraz, históricamente concreta, de la realidad en su desarrollo revolucionario. Además debe contribuir a la transformación ideológica y a la educación de los trabajadores según el espíritu del socialismo».

REACCIONES DE LA CRÍTICA

Desde la publicación de «Las quitanderas» en el volumen de cuentos Amorim *en 1923, y en las sucesivas ediciones de la novela* La carreta, *en que se basa, los juicios críticos sobre el tema de «Las quitanderas» se multiplicaron.*

Incluímos a continuación una selección de fragmentos de esos textos, centrados en estas obras y escritos por contemporáneos de Enrique Amorim.

Otros juicios críticos son citados en forma parcial en los estudios del equipo que ha trabajado en esta edición crítica, especialmente en el capítulo «Propuesta para una estructura temática de La carreta*: Los concepto-vínculo» de K. E. A. Mose.*

Para una visión más completa de la reacción crítica, ver la Bibliografía de Walter Rela, al final del volumen.

Textos reproducidos a continuación:

I. Roberto J. Payro, *La Nación*, Buenos Aires, 1924.
II. Juan Carlos Welker, «Nuevos Narradores», Conferencias Literarias, Comisión Nacional del Centenario, Montevideo, 1930.
III. Fernán Silva Valdés, «La carreta/Enrique Amorim», *Nosotros,* nº 283, Buenos Aires, 1933.
IV. Ricardo A. Latcham, «Enrique Amorim», prólogo a la 4ª edición de *La carreta*, Buenos Aires, Claridad, 1942.
V. Alicia Ortiz, «Las novelas de Enrique Amorim», conferencia pronunciada en el Teatro del Pueblo de Salto, el 6 de septiembre de 1947, incluida en actas bajo el mismo título, Compañía Editora y Distribuidora del Plata, 1949.
VI. Emir Rodríguez Monegal, «El mundo uruguayo de Enrique Amorim», *Narradores de esta América*, Montevideo, Alfa, 1961, pp. 102-103.

I

Los creadores de vida, en la novela, en el cuento, o en el drama, si merecen el título de tales, o son verdaderos Proteos, poseedores del inestable don de cambiar como se les antoje de espíritu y de forma, de alma y de cuerpo, hasta de sexo, para decirlo todo, o tienen el poder de dividirse en dos personalidades —una agente y paciente, la otra espectadora y observadora— y examinar hasta el más recóndito recoveco de su propio cuerpo y de su propia alma. Estos últimos son generalmente los poetas, que se dan enteros al lector, realizando la fábula del pelicano, como Alfred de Musset, o los novelistas autobiográficos, que apenas disfrazan su vida con un barniz más o menos espeso de ficción, como el Goethe de Werther. Los Proteos son Shakespeare, Balzac, para no citar si no cumbres. Unos y otros, van alma adentro; los dioses inferiores se quedan en la periferia, no llegan al espíritu, donde reside la vida, no crean sino muñecos, movidos mecánicamente, que si alguna vez perduran, será sólo por lo ingenioso del mecanismo y lo simpático de su movimiento. Por eso, ante el menor indicio de que se está en presencia de un creador de vida, aunque sólo sea en ciernes, se experimenta la satisfacción en lo moral, que se siente en lo físico respirando el aire vivificado por un poco más de ozono.

¿Es Amorim entonces un creador de vida? Creemos francamente que sí, que es un creador de vida y de belleza, y que no tardará en darnos una prueba todavía más convincente que la muy valiosa encerrada en este libro. Y lo creemos, porque se nos presenta bajo los dos aspectos, pero más en el de descubridor de lo que tiene dentro, que de Proteo transformable en seres múltiples, distintos y vivientes. Sin embargo, su evocación realista suele ser poderosa y alcanza todo su efecto en *Las quitanderas*, pedazo de vida primitiva y ardiente, cuya eficacia se ha olvidado de señalar y exaltar, para no ocuparse sino de una discusión de analogía gramatical, trivial y ociosa, dado el mérito del conjunto. Con osadía, pero sin tropezar, Amorim nos ha llevado a ver al hombre grosero, rústico, en quien no se ha encendido todavía la lucecilla del idealismo sentimental, pero en quien arde naturalmente el fuego de los sentidos, frente al inefable misterio del amor. Son páginas rudas, sin adorno, sin rubores, pero también sin viciosa complacencia.

ROBERTO J. PAYRÓ

II

En 1925 publica en Buenos Aires la novela «Tangarupá», seguida de tres cuentos: «El pájaro negro», «Los explotadores de pantanos» y «Las quitanderas», capítulo de la novela del mismo nombre que pronto verá la luz. Este último cuento dió lugar a un curioso suceso literario. A. de Falgairolle, el conocido escritor francés traductor de numerosas obras escritas en lengua castellana, tuvo ocasión de que Pedro Figari le prestase el libro «Tangarupá» de Enrique Amorim. Al poco tiempo publicaba en el Tomo 56 de «L'Oeuvre Libre» una novela titulada «La quitandera». Registró título. Amorim lo acusó en «L'Intransigeant», en «Comedia», en «Candide». El escritor Falgairolle contestó en «Chicago Daily Tribune», en «New York Herald». Pero había caído en la trampa, pues el sentido que daba Amorim a la palabra «quitanderas» era inédito; quitanderas no significa prostitutas ambulantes. El leyó el capítulo, vió, además, la exposición que hizo Figari, única exclusivamente de quitanderas, inspirado en la narración de Amorim, y creyó que éstas eran una casi institución nacional, como «les gauchos». Creo que es el primer caso de un escritor sudamericano plagiado por un francés. Pero cabe suponer esto. ¿Cayó Falgairolle en la trampa, o sólo buscó producir un escándalo lucrativo? ¡Lo cierto es que la pintoresca novela del francés alcanzó un éxito de librería realmente fabuloso! Otro de los cuentos incluídos en este volumen, el titulado «Los explotadores de pantanos», es admirable y fuerte. Uno de los mejores. Este cuento es de una intensidad subjetiva tal, que por momentos, trasporta el cerebro a la misma región irreal donde otras veces ha sido llevado por las alucinaciones de un febriciente cuento de Andreieff. Hay en él, para explicar el parangón, la misma realización subjetiva de un relato basado en elementos puramente objetivos y explicables. Es la misma impresión de trasposición de realidades a imágenes del sueño, que se siente al leer la obra inquietante del gran ruso. Es todo eso que hace de un episodio real, no su crónica exacta, sino su reflejo y que se extrae de lo puramente episódico, lo puramente anímico.

JUAN CARLOS WELKER

III

Cuando uno levanta una piedra que ha estado un tiempo más o menos largo, en contacto con la tierra, deja al descubierto una cantidad de insectos de varias clases, que se mueven, sorprendidos por la luz del Sol, en medio de la mancha oscura de la tierra húmeda que marca el sitio en que yacía la piedra. Es lo que ha hecho Enrique Amorim: ha levantado la losa piedra que ocultaba un terreno, un ambiente miserable y tenebroso, en que no daba el Sol, aunque lo diera materialmente. El campo y las vidas que nos presenta el escritor compatriota, son, en nuestra literatura, inéditos. Pero ello no quiere decir que «ese sea el campo uruguayo». Sobre este particular se tontea mucho, se hacen afirmaciones aéreas. Cualquier maturrango de la crítica literaria o plástica, se afirma en los estribos echándose para atrás, diciendo: éste es el verdadero campo; esto es lo gaucho; esto es lo criollo o lo nativo.

El campo —para la obra de arte— tiene múltiples aspectos, mas ellos, en su desconocimiento de lo criollo, o en su criollismo exitista, le ven a uno solo, y ya se creen poseedores de sus secretos.

Si este libro obtiene el éxito que merece, Amorim verá con asombro cuántos tontos le van a afirmar que han visto la carreta que él pinta, casi diría, que él —máxima condición— ha creado. La carreta de Amorim no constituye un episodio común de la epopeya campesina; no era nada común ni habrán visto muchos un prostíbulo rodante, sino por excepción. Ello no le quita mérito: se lo da más bien. Copiar, trasladar episodios vulgares es menos importante —siempre dentro de la obra de arte— que crear. Aunque este tipo de carreta haya existido —caso de excepción— no puede negarse que Amorim lo ha creado; y al decir crear, no me refiero a la invención pura, sino al hecho de comunicarle vida patente al ser, o al objeto ser que presentamos, haciendo de él un arquetipo.

El artista necesita el documento ambiente, de un modo distinto al historiador. Y sobre todo, no es necesario ser un capítulo de él, como muchos creen. No es necesario, y a veces ello estorba, impide ver lo fundamental por perderse en detalles, detalles superfluos que suelen borrar la distancia. En el escritor, tiempo y distancia, respecto al documento, son como rachas de invierno: arrasan con el follaje efímero, dejando el tronco desnudo y recio.

Si Amorim se hubiera quedado en su Salto y en su estancia, habría llegado a ser un buen estanciero, mas quién sabe si un buen escritor. Acabo de leer no sé en donde: «el paisajista no debe formar parte del paisaje». Para saber cómo somos, se lo preguntamos a Waldo Frank, a Keyserling, a Ortega y Gasset (conste que no mento a Paul Morand). José Hernández, guerrero, comprador de ganado, periodista, taquígrafo y ministro de hacienda en Corrientes, escribió su «Martín Fierro» en el ocio de una fonda porteña. Bartolomé Hidalgo, el de los «diálogos» y los «cielos» era montevideano. Estanislao del Campo, no era del campo sino de la ciudad. Antonio Lussich, el de «Los tres gauchos orientales», que le dió el «vamos» al «Martín Fierro», un magnate; Elías Regules, médico y rector de la Universidad; «El Viejo Pancho», un español que jamás perdió el dejo castizo; Acevedo Díaz, cronológicamente, nuestro primer novelista de alcurnia, político; Javier de Viana un bohemio ciudadano; Carlos Reyles, viajero del Mundo, le da a España la novela más apasionante del toreo, etc., etc., y en estos etcéteras entramos muchos.

La capacidad de compenetración con el ambiente del campo, del gaucho desaparecido, es un fenómeno complejo, proveniente de factores que cierran un círculo dentro del cual está vivo el héroe nacional: el gaucho. El que siente en sí trabajar esos factores, lo asimila. Es la atracción varonil que nos tironea desde ayer. El tema es lindo para galoparlo. Se es gaucho por admiración: Hernández; o por desprecio: Sarmiento. El caso primero es arquetípico, el segundo, excepcional. De ahí el apasionamiento ciego de los criollos, quieren quedar viviendo en lo antiguo, en la leyenda. Casi todos los escritores criollos, renegaron y reniegan del progreso. En poesía yo soy el primero que sintiendo y amando la leyenda, le canto al porvenir y a las «chinas» rubias que nos traen un nuevo paisaje.

Esa asimilación del gaucho, es un episodio subjetivo, que hay que nutrirlo de realidad.

Logrado, aunque sea por una vez, el contacto con el real ambiente, germinado el espíritu, podemos alejarnos de la fuente documentaria y escribir nuestra obra desde Montevideo o desde París.

De ahí que, aun partiendo de un punto, haya tantos aspectos del campo como escritores lo tratan. Si no fuera así, el asunto se habría agotado ya. Si así no fuera no habría obra de arte.

Es lógico pues que Amorim lo vea a su modo. El trae un aspecto inédito en nuestra literatura. Muchos hemos visto el campo en la claridad, en lo poético, desde el pasado o yendo hacia el futuro; todo ello cernido por lo subjetivo, aunque esté devuelto en luz. Amorim —como he dicho— lo da en la sombra, en lo vagabundo-real hasta mellar los ojos, aunque sea caso de excepción el episodio central del vehículo que tenía rumbo fijo sólo cuando se detenía. El ha levantado la piedra; ahí están, moviéndose, en la mancha oscura y húmeda, —como bichos inmundos— los seres dejados de la mano de Dios.

Y ya está dicho lo que quería decir. Lo demás es lo común; la verdadera crítica de la obra que la hagan los críticos, que lo digan otros. Mas no se crea que le saco el cuerpo al asunto. En cuatro palabras: «La carreta» es una novela iniciadora de otro aspecto del realismo campestre. A este libro puntero se le puede jugar plata en el tiro literario, siempre que el tiro sea largo. Parejero que irá lejos. Cuando sea olvidado quedará en las historias de las letras como una flecha señalando un camino.

Ahora, como detalle, señalo el episodio que creo más alto, página maestra, el sueño de «Chiquiño», la pesadilla antes de morir. Novela sin técnica —como la vida— cuyo personaje central es la propia carreta canalla y miserable con su carga humana de lo mismo. Nunca árbol alguno tuvo destino más bajo que el que dió madera para esa carreta que concluye en boliche. Y cosa singular: la vemos quedarse en su último «peludo», hasta con tristeza.

FERNÁN SILVA VALDÉS

IV

Cuando se dice prólogo, etimológicamente se expresa algo distinto a lo que, en el fondo, deseamos sugerir. Yo diría el «prolongo» y las cosas quedarían más claras y de acuerdo con las que evoca Amorim, con su estilizada silueta de gaucho ciudadano, asimilado por Buenos Aires, hoy capital de América, asomada a lo que nunca debió perder de vista: las rutas continentales, señaladas por los precursores criollos de la novela: Concolorcorvo, el del «Lazarillo de Ciegos Caminantes»; Juan Rodríguez Freile, el del «Carnero», sabrosa y picaresca evocación bogotana, y Fernández de Lizardi, el de «El Periquillo Sarniento». El primero, cuando se asomó al mundo de los gauderios o gauchos, ya abrió el horizonte por cuyas picadas y fogones brotarían en este tiempo la carreta de las quitanderas, el galope del paisano Aguilar y el caballo y su sombra.

La novela de América, que todavía está en permanente elaboración, ha dado reales sorpresas a los que siguen aferrados a las técnicas rutinarias, a los modelos clásicos, a los moldes gastados del europeísmo. Nos conduce por un picante incentivo de hallazgo, de suave intermedio entre lo telúrico, que plasma a un hombre arquetípico, y las fusiones constantes de un mestizaje de aluvión.

En su andamiaje complicado se confunden las reminiscencias de lo que debemos al Viejo Mundo: la aureola de Maupassant, el diseño de Chejov, el parentesco de Gorki, la intrusión elegante de Girard. Pero, a través de todo va logrando el aire de familia, la simpatía personal, el sesgo de insoborno que entrega, a menudo, Amorim, hijo del Salto, sobrino honorífico del Plata y ciudadano de América, que es como decir «doctor honoris causa» de las lenguas, los modismos y grafías de Babel.

Amorim llegó a Chile hace años, cuando se prodigaban las grandes visitas de cortesía del turismo literario de Europa y de América: Keyserling, Waldo Frank, Ortega y Gasset, Philip Guedalla. Pero él arribó sin prejuicios y se incorporó a un grupo que elaboraba un nuevo sentido del destino patrio y buscaba lo que dará una calidad de permanencia en el concierto continental. Desde el primer momento fué el compañero y el amigo, que ya conocíamos por «Tangarupá» y sus cuentos de varia lección, que matizaban las sensaciones y exhibían un realismo sensorial construído en la tentadora ladera de lo picaresco.

Enrique Amorim, heredero de los portugueses, que son raza de novelistas, no pierde el tiempo y no se atropella en el torbellino del Plata, en la tolvanera de las grandes emociones y de los contrastes mortales. Es una imagen de la época, con la profusión ardiente de los temas, de los impulsos, de los ensueños, de los dislocados saltos en la sombra.

El criollo americano, acomodado al nirvana de un mundo que no se ha fijado en la retina de lo definitivo, sestea y elabora enormes proyectos. Es aún este el continente de las inmensas novelas por hacerse, de las poderosas fábricas por levantarse, de los argumentos tremebundos que encallan en el limbo de las quimeras artísticas. Como expresa Macedonio Fernández, seguimos siendo los espectadores de una vasta dimensión que puede ser la pampa, la cordillera, la selva, el bosque, el padre río, el mar dulce, la manigua, el laberinto de las razas y de las patriadas.

No es Amorim de los muelles observadores, de los encastillados en la siesta, de los que se asombran y nada relatan de lo mucho que tienen a su alcance.

Por el contrario, él se ha zafado del orgullo de la obra maestra y ha dado en distintas versiones, una más grande de «La carreta», que estimuló el presente prólogo o «prolongo». Así hemos visto surgir desde «Las quitanderas», un como extracto de lo que varias ediciones han construído con aditamentos, alcances, dudas, polémicas, mechadas erudiciones y epílogos que acaban por no serlo.

Hay en este apasionante recinto novelesco algo que se asemeja a la elaboración colectiva de los juglares de la Edad Media, que enriquecían sus cantares con las glosas de los romeros y las supersticiones y consejas de los buenos caminos de Dios. ¿No es, también, Amorim un trovero del campo uruguayo, un nuevo Gaucho trova, como el que inmortalizó Acevedo Díaz en las páginas de «Soledad»? Pocos, como él, se han metido mejor en los rincones de su patria, en los fogones donde surgen tipos inolvidables al estilo del ciego y viejo gaucho don Ramiro que se yergue en «El Caballo y su sombra». Amorim conoce eximiamente esos ocultos remansos de la oriental estirpe, restos de los antiguos montoneros, de los que emigraron con Artigas o se levantaron con los incontables caudillos de las revoluciones del siglo diez y nueve. Ahí vive la pureza de la tradición, allegada al fogón, vivaque de las emociones, rescoldo de los heroísmos, trasmundo de los criollos auténticos. Hay como un allegadizo aprendizaje que sólo puede rumiar el que es un poco o un mucho maestro de gauchería.

El gaucho es huidizo y ladino. Se va diluyendo en zonas de poco turismo, en comarcas lejanas que confinan con el Brasil y cuyos problemas complican el latifundio y la industrialización del campo. Han pasado más de cien años desde los días en que el ojo de almendra de

Concolorcorvo vió a los «gauderios» de «mala camisa y peor vestido» o en que Bartolomé Hidalgo estilizó los «cielitos» brotados del alma sombría de los rapsodas de la pampa.

La originalidad de Amorim es no conformarse con la realidad, triste punto de apoyo para un costumbrismo estéril. Sus «quitanderas», que inquietaron a Waldo Frank y avivaron la morbosidad folklórica de los doctos, son tan reales como Matacabayo, Pedro Alfaro, Chiquiño, el Cuentero o Cándido, el loco del Paso de las Piedras, tangibles creaciones de carne y hueso, de acriollado vigor.

«La carreta» es el comienzo de una carrera novelística de gran solvencia. Con ella se exhibe un problema que vemos adensarse en «El paisano Aguilar» y tomar un actual rumbo en «El Caballo y su sombra». Antes en «Tangarupá» se perfilaba el escritor en dramáticos episodios, en vivas imágenes del campo uruguayo.

La idea de un prostíbulo ambulante, que rumbea por los caseríos, en las afueras de los pueblos, al lado de las grandes haciendas, es de lo más original que conocemos en el relato americano. Con razón ha sido tema para la preocupación de los que no conciben más que el realismo que se trueca en aburridas narraciones de pan llevar. «Las quitanderas», primero, en el episodio de Correntino, paria de un lugar donde moraban cinco hombres por cada hembra, y «La carreta», después, en la concisión dramática de sus avatares, forman un ángulo viviente de la novela del Uruguay. Sin el instinto avizor de Amorim eso no habría salido del regionalismo de tantos cuentos y novelas que se pudren en los depósitos de las morgues literarias.

«La carreta» derrama un óleo vivo y humanizado, con un ahincado lirismo que da a las «quitanderas» un fulgurante brillo intelectual, con la celestina conductora, las «chinas» trashumantes y los buscones de amor, surgidos del agro mísero.

Valeroso desgarro el de Amorim al plantearse en medio del deseo flotante y de las pasioncillas rurales de los comisarios, de los ricachos y de los elementales caciques de la campiña. Plasticidad de las imágenes, que hacen un símbolo de la carreta ambulante del amor: «Tan lento era su paso, que cambiaban antes las formas de las nubes que de sitio su techo curvo, su lomo pardo. Se diría que la iban arrancando, poco a poco, a tirones de la tierra. Se diría que estaba aferrada a ella, se diría que era una piedra grande tirada por una yunta de bueyes...»

O bien la sinceridad fundamental de los símiles: «Aquel hombre era un poco árbol y otro poco bestia de labranza. Era una presencia sugerente...»

O, en contraste, el dolorido responso de la carreta transformada en inmóvil y sedentario «boliche», que abre las fauces en la campiña: «Como lo presentía, el vehículo había echado raíces. Las ruedas, tiradas a un lado, sólo conservaban los restos de uno que otro rayo. Las llantas, estiradas, habían sido transformadas por el turco en recios tirantes. El pértigo, clavado en el suelo, de punta, hacía de palenque. Toda la carreta habíase convertido en rancho o algo por el estilo... »

Los exégetas de calzón corto, los moralistas que se esconden en la crítica disociadora y pueril, pueden escandalizarse con el sensualismo pictórico de Amorim.

No es de los escritores recomendables para los premios escolares, con las moralinas dulzonas o los ejemplos desvitalizados. En sus novelas hay como un anticipo de esta sana preocupación por el sexo y sus problemas, que exhiben los novelistas yanquis modernos, al estilo de Sherwood Anderson, de Erskine Caldwell, de Faulkner, de Steinbeck, de Wright. Es desagradable lanzar los precedentes, pero hallamos una intuición certera de Amorim al haber descubierto su camino en días que parecen lejanos y sólo son de ayer, porque la edición primera de «La carreta» es de 1932.

La riqueza sensorial del novelista se complace en el regodeo de las pinturas con estampados perfiles de criollas inolvidables: la Mandamás, la Leopoldina, la Florita, la Rosita, la Petronila, la china Tomasa, la Clorinda, de «La carreta»; la Malvina y la Juliana, querida del criollo Pancho en «El paisano Aguilar»; y la próvida Bica en «El Caballo y su sombra». Como arrancando de estos tipos femeninos de América, de tan primordiales hembras en que se funde lo indio y lo negro con lo español, Amorim en una especie de evasión gozosa se sumerge en otras atmósferas pasionales. Y brotan sus cuentos «Del 1 al 6», «Historias de Amor» y la «Presentación de Buenos Aires». Pasan ahora, en un galope tentador, Nina, Beleña, la deshumanizada; Miss Violet March, Glubia, Flora, Clara María, Eugenia, Bibí, baronesa de Morizont, y María Damiá, la compañera de los suicidas.

Hay un contrapunto en el tierno tumulto de tantos labios, de tantas curvas, de tantas esferas palpitantes. De las mujeres elementales, amasadas con el barro cósmico de América, nos hemos trasladado a las elegantes y turbadoras hembras «bibelot», a las artificiosas amigas de los «dancings», de los «cabarets», de las alcobas como nidos. Aquí Amorim ha tirado las bombachas y se ha empaquetado debajo del atuendo ciudadano, que a veces le hace incurrir en el amaneramiento.

El mundo novelesco de Amorim está partido verticalmente en porciones que rara vez se mezclan: la del hijo de Salto, arrullado por las ondas maravillosas del río Uruguay, que desemboca en el mar dulce, y la del sobrino de Buenos Aires, que habita en los departamentos de Suipacha o de Juncal.

Con todos los contrastes del escritor que se cambia de paisaje como de tenida, hay en Amorim una permanente adhesión a su terruño. Lo ha demostrado su reciente y revelador libro «El Caballo y su sombra», donde lo erótico vuelve a inspirarle un argumento de brava estirpe simbólica. Hay como dos asuntos gravitando en la atmósfera de la narración. Uno es el problema nuevo del latifundio, que arrincona a los pequeños propietarios y los ahoga en urgencias económicas. El otro es la vigorosa presencia de un potro garañón, que con sus derrames mantiene a los campesinos y trastorna la vida de una hacienda. Como quien dice una forma social del erotismo, una elemental fuerza genésica actuando sobre los oscuros paisanos, los arremansados gauchos y las codiciadas hembras, como esa tersa y frutal Bica, que se destaca en las escenas de la estancia.

Amorim es un gran criollo, un criollazo, como diría uno de esos viejos guitarristas que él gusta oir en las noches estrelladas, de cara al fogón, en las pausas camperas de su actual existencia. Lo he visto en unos días inolvidables en que la amistad me hizo seguirlo a Salto, en plena campiña uruguaya. Ahí evoqué a la legítima carreta, que levanta su toldo obscuro junto a la casa de puro estilo moderno, de diseño a lo Le Corbusier. Ahí me asomé al criollo «quilombo» donde destrenzaba su ocio el paisano Aguilar. Ahí me sumergí en el encanto del río macho, con sus camalotes, sus grandes playas arenosas y las ramas patricias de los sarandíes. Ahí capté un poco del encanto vegetal, a la orilla de los naranjales, cerca de una faena de matanza, con su olor tremendo a sangre derramada, mientras los negritos recogían los desperdicios.

He cumplido, hasta aquí, con la tarea de «prolongar» la nueva y definitiva edición de «La carreta». Ya sé que esta palabra no tiene sentido para Amorim, cuyas pausas sólo indican gravidez de inquietudes, aliento para seguir sembrando obras, novelas, cuentos, guiones cinematográficos y fecundas tramas de sueños. Estoy ante un gran escritor de América, que supera los prólogos y es un digno compañero de Espínola, de Dotti, de Dossetti, de Morosoli, de Zavala Muniz, de tantos más que prestigian a la rica literatura uruguaya.

Un compañero de muchos años lo prohija en esta nueva aventura de las «quitanderas», en el que no puede ser el viaje postrero de esa carreta fantasma que vi anclada entre la balsámica paz de los naranjos de Salto.

RICARDO A. LATCHAM

V

Con la aparición de *La carreta*, entra Amorim por la puerta grande en la historia de la literatura ríoplatense. Son harto conocidas las circunstancias que le dieron origen. Aquel cuento, *Las quitanderas*, incluído en las páginas de uno de sus primeros libros, *Tangarupá*, tenía señalado un destino de mayor resonancia y de mayor extensión. La originalidad de su tema, el interés despertado por ese tipo de mujer, existente o no, y por la hazaña de esa carreta o prostíbulo rodante, que es el personaje central, dieron aliento al autor que, con adiciones y retoques sucesivos, fué desatando la cinta de su trayectoria a través de la campiña uruguaya y entre los oscuros instintos de sus hombres. *La carreta* se había elevado a la jerarquía de novela. En realidad, la constituyen unos cuantos relatos hilvanados en torno de su itinerario incierto. En el transcurso de su viaje hacia el placer barato, entre las pasiones rudimentarias de los hombres de un campo sin mujeres, la carreta, en efecto, va conociendo nuevos rostros y, sin inclinarse sobre ningún destino, los incorpora en el episodio, al ritmo de la marcha. Es lo que da al libro su carácter de relato múltiple.

¿Han existido las quitanderas? ¿Ha recorrido la carreta efectivamente los campos uruguayos? Son temas agotados por las polémicas. Pero discutirlo es trivial. Basta con que podamos ubicarla en su escenario, pues su realismo la hace convincente, rueda con aplomo por la huella de las antiguas carretas en un campo sin agricultura y sus hombre y sus mujeres han poblado tal vez con otros nombres la desolada llanura. Allí se mueven con pleno dominio, palpitantes de vida y de expresión en su ferocidad, su corrupción o su embrutecimiento. Pero la calidad infrahumana de sus almas no provoca una reacción de repudio; las protege la gracia picaresca del relato o esa simpatía humana con que el autor llama a nuestra compasión dándole a la miseria su verdadero nombre. ¿Qué otra cosa más que la incuria social, el atraso de su medio y el salvaje abandono en que viven han podido dar tipos como Matacabayo y Chiquiño, los dos personajes centrales del relato, las figuras del indio Ita y de Correntino, o de Florita, que representa la juventud y el pasado de todas las mujeres de la carreta, así como la vieja misia Pancha, la Mandamás, muestra el rostro de su porvenir? ¿En qué novela picaresca desentonaría el comisario Nicomedes con sus tretas bastante transparentes? Primero la indulgencia que presupone el soborno; luego, con el cansancio —la muchacha más linda de la carreta ha sido suya—, despiertan sus escrúpulos. ¿Y ese pintoresco negro brasileño con sus jocosas carreras de gatos? Chaves, en cambio, es una figura velada que encierra un misterio. Gaucho solitario y guapo, lleva el estigma de su viudez inhibidora y el rostro marcado por causa de una mujer. ¿Qué código del honor ha aprendido este curioso personaje que tiene relaciones tan turbias con la gente de la carreta? Es que la profesión no le parece reprochable. Las vidas de esas mujeres trajinadas en la huella le inspiran respeto, porque saben de violencias y de peligros. Y son mujeres: Chaves sólo conoce hacia ellas la relación de la defensa. La vida a campo abierto, allí donde no es posible el concepto sedentario de la familia, fragua esa elasticidad moral, haciendo del hombre y de la mujer individuos sueltos, que luchan disociados, entre encuentros fortuitos.

Matacabayo no es de esos hombres que envejecen tranquilos, sentados a la puerta del rancho, mirando el horizonte con la vista perdida entre mate y mate. Ha sido un gaucho fuerte y ahora, enfermo, no puede resignarse a la inacción. Quiere a sus hijos, pero no sabe de sujeciones y de responsabilidades, y los abandonará sin vacilar para seguir al acaso, huella adelante. Manejará la carreta y la criolla Secundina, la Mandamás, compartirá con él el fruto de esa viviente mercancía. Hasta que, después de años de envilecimiento, caerá atravesado por una bala, mientras cumple el encargo de llevar desde el pueblo —¡siempre la carreta!— a la novia de un jefe revolucionario.

Chiquiño tiene su sangre, pero joven y ardiente. Ya lo saben en los boliches donde se conocen sus dotes de baqueano. Por eso, al engañarlo, Leopoldina, aquella muchacha que raptó de la carreta para llevársela a campo abierto, le ha lanzado un desafío. ¿Para qué se ha hecho, en efecto, el puñal de un bravo sino para el pecho de un traidor? Pero Chiquiño no toma tan livianas venganzas. ¿Acaso dejó de alimentar a sus cerdos durante varios días por simple capricho de hombre malhumorado? Tiene otras intenciones. El traidor Alfaro no probará la paz de una tumba sino el oprobio de un chiquero. Y como todo se paga, los gauchos también saben saldar sus deudas. Chiquiño no fué tocado, como su padre, por una bala certera; conoció el puñal en la nuca al borde de una alambrada de púas. Pero los dos murieron en su ley, cara a la noche en medio de la pampa. «Barro y flores de espinillo para los dos pobres canallas», dice el epitafio del autor.

La muerte en esa pampa salvaje que hoy, transformada, tiene sabor de leyenda, toma otros rostros: por ejemplo, la profanación del cuerpo rígido por el indio Ita en la escena alucinante de la despedida. También Bruno Traven, en sus cuentos de la selva, recoge una escena parecida y la transmite con la sugestión con que Amorim ha sabido imprimirle a la suya su intensidad.

Pero el relato del escritor uruguayo tiene otro sentido, pone el acento sobre la reacción del criollo que es espectador involuntario. De su espanto, de su fuga despavorida, surge así la esencia de su alma rudimentaria, pero sana y normal. Su brutalidad sólo tiene la medida de su fuerza, desatada e impune; es capaz de matar y sabe hacerlo, pero sus instintos se sublevan ante lo morboso que en el indio prolonga el hilo de un pasado racial ajeno al suyo.

También trabaja la muerte en la atmósfera de la superstición criolla. ¿Por qué muere el «cuentero», pues, la misma noche en que es vencido su sortilegio? El «cuentero» es el artista del boliche. Se nos muestra una noche de tormenta narrando, ante espectadores pendientes de sus palabras, sus cuentos picarescos. Siempre domina al auditorio. Pero esa noche se apoya en el mostrador otro personaje conocido: el «aguafiestas», el criollo provocador, que interrumpe la jocosidad del momento con sus frases desapacibles. ¿Por qué se agita como nunca ese loco inofensivo, Cándido, el de la eterna letanía del «lau flaco»? La niebla que cubre su comprensión de las cosas aguza sus presentimientos. Y el ambiente, antes grato, de la velada, se carga de presagios, conjurándose contra la inspiración del «cuentero», que se aleja en medio de la tormenta. Y mientras al alba el loco del «lau flaco» descubre su cadáver arrastrado por la crecida del río, el forastero «aguafiestas» galopa a lo lejos, su ponchito negro al viento «con aletazos de pájaro que huye». Lo fatídico ya se presentía y es como si el forastero emponchado de negro, cuya burla helada ahuyentó la alegría de la noche, al romper el encanto del «cuentero» hubiera hecho caer sobre él algún maleficio.

Algunas escenas del libro tocan zonas de intensidad —y ellas evocan los trazos vigorosos de José Eustasio Rivera, Rómulo Gallegos, Jorge Icaza: figuras representativas de la novela realista sudamericana—, pero ninguna tan minuciosa y labrada en el detalle macabro, como la del delirio de Chiquiño, que logra, en su belleza sombría, su designio de sugestión. Junto a la alambrada, en el barro, bañado por la luna, yace moribundo, interrumpida su decisión de abrir el féretro de la Leopoldina. Su sueño prolonga la acción frustrada. En él se ve a sí mismo levantando la tapa, encontrando el cuchillo que buscaba entre las manos descarnadas de la muerta y luego, mientras lava en el arroyo sus huesos blancos, la angustia de la pesadilla cobra su expresión más alta viendo la imposibilidad de asirlos y juntarlos entre el agua que corre y los dispersa.

Otros episodios se desarrollan bajo el doble signo que preside la realización de este libro: picardía y miseria. ¿En qué renglón colocaríamos la treta de que se vale don Pedro, el dueño del circo ambulante, para vengarse de las quitanderas? La noche oscura con prohibición policial de encender luces favorece el engaño, y estas mujeres cumplen su trabajo degradante recibiendo, como pago, trocitos de papel. ¿Y qué decir del encuentro grotesco entre don Caseros y Florita? Va a consumarse una infame transación: la venta de una niña de trece años a un viejo. La escena toma, sin embargo, un cariz inesperadamente cómico ante la perplejidad del hombre y la inocente despreocupación de la niña. Nada ocurre, pese a la jactancia con que es necesario disimular el fracaso ante la socarrona Mandamás. Pero no todo ha terminado. ¿Es posible, en efecto, que esa criatura abandonada en un medio brutal —sexo y violencia— pueda reanudar después su vida de infancia? La huella de su pie ya está marcada en el piso de la carreta. Y eso, aunque don Caseros haya salido defraudado, la transforma a los ojos de todos y de sí misma dándole condición de mujer. No será don Caseros el hombre de Florita, sino el joven y pendenciero Luciano, que esa noche la tomará «entre una pila de cajones vacíos y de latas de grasa, a espaldas de la pulpería». ¿Qué otro destino podía ser el suyo? ¿Volver a la carreta? Así, a tono con la moral de su medio, por lo menos Florita conocerá primero el amor.

Superstición y miseria, violencia y embrutecido envilecimiento, todo ese cuadro mefítico del sexo está iluminado, sin embargo, por la gracia con que el escritor, al brindarle ese sabor pintoresco, diluye la crudeza y la espiritualiza, adornando lo descarnado con vivos colores y elevándolo por encima de su directo significado. Lo que no ocurre con la escena de Tomasa y Maneco que, aparte de no referirse a ningún episodio de la carreta, aunque ilustra un aspecto bien corriente en la vida sexual de la estancia, es una descripción minuciosa, cargada de sensualidad. En otras, en cambio, de la crudeza misma del relato, de su brutal y dolorosa violencia —entre el barro que se desprende en terrones de las caderas voluminosas de la quitandera, mientras se dirige a la carreta, soñolienta y trastabillando después de su aventura en el río—, extrae el arte su mensaje de humanidad.

La carreta no es una novela. Porque no tiene un conflicto individual o colectivo como tema central desarrollado. Pero nada obliga a encasillarla con un rótulo en los límites precisos de una preceptiva. Basta con que haya cumplido su propósito de belleza y con que se la distinga por el tono personal de su originalidad en el plano de una realización de jerarquía.

ALICIA ORTIZ

VI

Si Amorim sólo hubiera mostrado y denunciado, si Amorim sólo hubiera levantado velos, descorrido cortinas sobre nuestra realidad del campo y la ciudad, su obra (aunque valiosa como documento) sólo sería obra de testigo. Serviría a los fines de la historia, no a los de la literatura. Pero Amorim ha sabido trasmutar en las mejores de estas diez novelas (aunque no en todas) esa materia documental en arte. Ha conseguido salvar en buena parte de ellas el abismo que separa el testimonio social o político de la creación narrativa plena. Eso resulta evidente si se examinan dos episodios de un par de novelas importantes, escritas con un intervalo de casi veinticinco años. Me refiero a las *quitanderas* de *La carreta* y a la rebelión de los apestados de *Corral abierto.*

En 1923, Amorim publicó un cuento titulado *Las quitanderas;* ese relato fue la semilla de *La carreta,* novela publicada unos nueve años después. Tanto el cuento como la novela presentan a unas mujeres de la vida, chinas que se dedican a su comercio en la vasta extensión de los campos uruguayos y que tienen como centro de actividad una carreta. Amorim las llama *quitanderas* y las muestra llegando a sitios poblados, instalando su carreta en las afueras y ofreciendo a los hombres, visiblemente, tabaco, caña y hasta dulces, aunque comerciando, no menos visiblemente, con sus cuerpos.

La palabra *quitandera* la toma Amorim del portugués, en que la voz indica vendedora de dulces, pero él le agrega un contenido nuevo: el de prostituta. Y aquí viene precisamente la demostración de cómo trabaja el novelista sobre la materia prima de la realidad. Todos los conocedores de nuestro campo, el de antes como el de ahora, están de acuerdo en afirmar que no existieron esas carretas sino en la imaginación del novelista, que no han existido *quitanderas* en el sentido en que él usa la palabra. Autoridades como Martiniano Leguizamón, Daniel Granada o Fernán Silva Valdés, certifican la inexistencia de estos prostíbulos rodantes. Sin embargo, es tan fuerte la invención de Amorim, tan convincente su descripción, tan creíble la situación humana que ella postula, que esas *quitanderas* de su imaginación han acabado por interpolarse en la realidad.

O por lo menos en la realidad del arte ajeno. Así, Pedro Figari pinta algún cuadro, o mejor dicho varios, en que aparecen las *quitanderas* al pie de su carreta, esperando confiadas y alegres a sus clientes, envueltas en una mágica nube de rosas y verdes, amarillos y violetas, con algún rojo de oscura sangre en primer plano. Esos cuadros, y el relato de Amorim, se imponen de tal modo en la imaginación ajena que un francés (demasiado rápido y perezoso para documentarse) publica en París un cuento de *quitanderas* en que a los aportes tropicales de su fantasía agrega rasgos que toma sin permiso de ambos creadores uruguayos. Oscar Wilde hubiera encontrado en este episodio una confirmación de su famoso dicho: la realidad imita al arte.

Pero no evoco ahora esta anécdota para suscitar apenas un comentario irónico sobre los caminos laberínticos del arte y de los hombres. Lo traigo para probar hasta qué punto este narrador, superficialmente realista, este observador minucioso de una realidad concreta, es un creador, un inventor, un artífice que convierte la fantasía en su materia prima. Porque, ¿qué significa esta carreta ambulante y qué significan esas mujeres que ofrecen su cuerpo por algún dinero? En la novela de Amorim son el símbolo de todos los sueños de plena unión sexual, frustrados por la vida solitaria de nuestros campos. Sueños que sólo encuentran liberación en las conocidas fórmulas del casual concubinato o el bestial acoplamiento. Todo lo que es instinto sexual disponible en la vida del campo aparece centrado en esa carreta de sueños, casi tan fabulosa como la que echó a andar sobre las solitarias extensiones de Suecia, Selma Lagerloff, y como ésta, símbolo de algo que la realidad no ofrece en su sustancia material y visible, pero sí propone como objeto moral.

Por eso el autor ha podido escribir, con visible acierto, al comentar este episodio: «*Creo que con "La carreta" he enfocado desde un ángulo nuevo la vida sexual de los pobladores del norte uruguayo, región fronteriza con el Brasil. En aquellas inmediaciones, la mujer, por raro designio, hace sentir su ausencia y esta señalada particularidad, es la que determinó sin duda, en mí, la visión amarga y dolorosa de las quitanderas.*» En los adjetivos que aparecen en esta última frase —amarga y dolorosa— está ya en germen el narrador social.

EMIR RODRÍGUEZ MONEGAL

DECLARACIONES PERIODÍSTICAS DE AMORIM

Pese a su intensa producción como creador y a la actividad periodística desarrollada a lo largo de su vida, no abundan las entrevistas y declaraciones de Amorim sobre el oficio de escritor y su propia escritura.

Entre los textos amablemente proporcionados por Doña Esther Haedo de Amorim, hemos seleccionado las respuestas que diera a una encuesta a escritores uruguayos dirigida por Ángel Rama en el semanario Marcha *de Montevideo, el 8 de abril de 1960; un texto «Cómo, por qué y para qué escribo», especialmente preparado para* Gaceta de Cultura, *y dos fragmentos representativos de sus preocupaciones: «Situación del escritor rioplatense» y «El escritor y su literatura», este último referido a su maestro y amigo Horacio Quiroga.*

ENCUESTA A ESCRITORES URUGUAYOS

Responde Enrique Amorim

—¿Qué obra y qué autores han contribuido más a su formación intelectual? ¿Se considera inscripto en una tradición nacional o más vinculado a movimientos extranjeros?

—*La formación intelectual no está supeditada a una obra ni a ciertos autores, sino, más bien, a los ambientes en que se desarrolló esa formación. Para mí fueron piedras de toque —pedernales, diríamos— Iván Brunin, Maupassant, Chejov. Sin «La maison Tellier» yo no me habría atrevido a «inventar» «LA CARRETA». En la época en que el escritor resuelve continuar escribiendo, recurre a los maestros luego de haber frecuentado, sin pensarlo, a los clásicos. Leí a Sherwood Anderson para penetrarlo. Estoy incripto en la tradición nacional y los movimientos estéticos extranjeros no son más que eso... «movimientos», cambios, modas, paparrucha al fin.*

—¿Hay en su vida algún suceso que haya tenido honda influencia sobre su creación intelectual?

—*Sí, a los quince años tuve un maestro (don Pedro Thévenet) que nos exigía diariamente una copia de cualquier texto, diario, revista, libro. Yo empecé a escribir las diez líneas exigidas sacándolas de mi caletre. Eso me hizo escritor. El maestro calibraba el gusto del alumno, leía en su caligrafía, escudriñaba en las diez líneas. Al fin del año, supe que yo tenía capacidad de inventiva. Ya es algo en países sin imaginación. Aquí se copia y poco se inventa, casi nada.*

—¿Ha podido cumplir con sus propósitos artísticos o algo ha impedido su plena realización? ¿Cuál de las obras que ha escrito le interesa más?

—No tuve muchas dificultades. Mi primera casa editora en serio fue Claridad de Buenos Aires. Vendieron muchos TANGARUPÁ, las obras que más quiero son aquéllas que Juan Pueblo compró primero a cincuenta centavos en ediciones más que baratas; y después las que empezaron a recorrer mundo.

—¿Cuál es su régimen de trabajo? ¿Tiene obra inédita? ¿Ha tenido dificultades para publicar? ¿En qué obra trabaja y cuáles son sus proyectos?

—Siempre he trabajo de ocho a mediodía. No he sido noctámbulo. Me gusta el atardecer para la amistad y el diálogo. Está en prensa LOS PÁJAROS Y LOS HOMBRES Y TEMAS DE AMOR en Buenos Aires. Y escribo EL LADERO, novela bastante uruguaya. Y en abril publicaré MI PATRIA en tiraje limitado y lamentable.

—¿Qué opina usted de la repercusión que ha tenido su obra, en el país y fuera de él? ¿Cuál es el mejor crítico que ha tenido?

—Alguna carta de Juan Sin Nombre me halaga. El librero que me dice: «Sus libros se venden» me hace mucho bien. Jamás pregunto cuántos ejemplares porque me duele tener que enterarlos de que en Praga o Moscú, la cifra alcanza a veinte o cuarenta mil de EL CABALLO Y SU SOMBRA Y CORRAL ABIERTO. (Claro... son «lectores cretinos» pero sumamente útiles a la humanidad).

—¿Qué papel entiende usted que ha desempeñado la promoción intelectual a la que usted pertenece en el desarrollo cultural del país?

—Ningún papel. Porque el papel impreso no interesó nunca a los que dirigieron la cultura de mi país. Lo que les interesaba era el papel escrito del diario tradicionalista. Los caudillos admiraban al que tenía el facón junto al cinto. El que los sucedió —el notorio cretino, blanco o colorado— escribía para defender a la burguesía (Continúan aceptando esa condición). Pero la vida sigue siendo dura.

—¿Qué función desempeña el intelectual en nuestra sociedad y cuáles son las actividades que según usted les corresponde?

—En nuestra sociedad el intelectual no cuenta para nada. Siempre que la adulonería y el acomodo no lo tienten. Ya debiera haberse escrito sobre «El Ventajero». Pero está muy cara la vida para escribir con serenidad de «las funciones del intelectual» que debe masticar pan duro y escaso.

—¿Qué medidas concretas estima necesarias para mantener viva la comunicación escritor-público?

—Terminar con la discriminación antipática y repugnante. Hay diarios que sólo hablan del escritor si el pobrecito se corre a la sección sociales *y se somete a la insensibilidad indisimulada de las clases dirigentes. El periódico se ocupa del escritor también cuando se le supone instigador de un crimen de «un hombre que sabe demasiado»... o si se lo descubre cocainómano. Antes no cuenta. Habrá que cometer algún lindo delito con sutil certeza y huir al extranjero. A algunos se los premia con cuantiosas ediciones. El escritor-público no es posible en una sociedad gobernada por* Gentes *que no son* Pueblo.

—¿Qué piensa de la literatura actual del país, narrativa, poesía y crítica?

—Hay algunas «notables plumas» como diría uno de esos notables bobos finiseculares que organizaron la patota literaria. Yo creo que hay creadores de mucho valor sin aparente destino. Esto es gravísimo y muy penoso.

—¿Qué corrientes artísticas o qué autores entiende usted que apuntan hacia el porvenir inmediato de las letras?

—Lo único corriente es el realismo en cualquiera de sus formas. Lo demás es letanía, cansancio, lágrimas, baba fría, desesperación (pero no mucha) y unas ganas tremendas de llorar, como en la letra del tango.

Cómo, Por Qué y Para Qué Escribo

Contesta Enrique Amorim

«GACETA DE CULTURA» me invita a escribir unas páginas explicando cómo, para qué y por qué escribo mis novelas. No creo que interese a mucha gente CÓMO las escribo. Quizás los que empiezan a escribir, tengan alguna curiosidad sobre el particular. A éstos les diría que hay infinidad de métodos, casi todos ellos singulares, propios del temperamento del que hace novelas. CÓMO se las trabaja, entra casi en el secreto de la elaboración. Un secreto que el escritor estima exclusivo a veces e ignora que ya lo aplicó un genio o lo invalidó un mediocre. CÓMO se escriben, a mi modo de ver, es menos importante que PARA QUÉ y POR QUÉ. Fulano o Zutano, escribió tal o cual novela. El tiempo que se invirtió en realizarlas suele ser menor que el que se invirtió en imaginarlas, en trabajarlas IN MENTE, en padecerlas. Porque una novela se padece durante un lapso que puede correr entre diez o veinte años... o toda una vida. Y termina por ser la única novela que uno no ha podido dar con la forma de escribirla. Padecer un tema es la mejor manera de tener apremio por comunicar a los demás mortales, aquellas ideas, aquellos pensamientos que nos desvelan como creadores. CÓMO, en qué condiciones morales o físicas se escribió la novela, no debe contar para el lector. Puede hacer en ellas hasta una disculpa. «La escribí en plena guerra», argumentará un novelista que conoció la perversidad nazi de un campo de concentración. Y no será mejor su libro o lo exigiremos más por esa circunstancia. O «escribí» esta novela en el exilio, o padeciendo hambre», etc., etc. Son contingencias ajenas a la obra de arte, vale decir, a los resultados de su libro, a las proyecciones que tuvo o va a tener entre los lectores.

PARA QUÉ y POR QUÉ escribí algunas de mis novelas, ya que de mi se trata, me hace placentera la respuesta. Antes de sentarme a escribir, me hago muchas preguntas. Entre otras, la de poder responderme de que no voy a escribir un libro que no me represente. Si desdeñaba la novela de campo, pletórica de paisajes, parlanchina y mentirosa en sus diálogos, superficial y barata, ingeniosa, pero nunca profunda; si renegaba a los escritores que hacían novelas con gauchos charlatanes cuando me constaba que el paisanaje es más bien avaro de palabras, ensimismado, serio: justo era que si negaba esa literatura, intentase dos novelas, una corta y otra de mayor envergadura, que presentasen el campo tal cual es. Esa idea central resultó el eje de mis dos libros iniciales en el género: TANGARUPÁ Y LA CARRETA. El dolor campesino era materia desdeñable. Hasta ese momento, sólo había lluvias, frío, escarcha, temporales, y sufridos pacientes gauchos que los soportaban. Soportar y padecer es una bella cualidad para muchos. Prefiero yo el asomo de una queja, luego vendrá la rebeldía. El gaucho debía ser —para esos cultores— valiente, y tener las puntas de la réplica y del facón, dispuestas para conformar al novelista y... al patrón. Y estas preocupaciones fueron tomando cuerpo en Amorim novelista. Un crítico argentino, Ramón Doll, estaba esperando la oportunidad de decirlo. Y lo expresó cuando, para contrarrestar la avalancha de gauchos de tablado, ya en los umbrales del radio-teatro, yo publiqué mi novela titulada EL PAISANO AGUILAR. Acababa de tener una publicidad desmesurada DON SEGUNDO SOMBRA. El gaucho más hermoso de la literatura contemporánea, visto por un estanciero, con el ánimo dispuesto a ser benévolo con «el pobre viejo» que quería enseñar a un niño —su escudero— las maravillas de la vida a la intemperie. Descripciones felices, aciertos de lenguaje, arreos cautivantes, memorias de alguien al que le había ido muy bien en la vida. No sólo le había ido bien, no quería de ninguna manera que a nadie le fuese mejor. El conformismo artístico, apetecía al lector. Fue creación literaria feliz. El gran tiraje, porque no quedó un solo espacio de la prensa burguesa que no celebrara el relato de Güiraldes. Siempre ha tenido viento a favor. Cuando disminuye el interés, aparece el apologista de aquella época, que vuelve a ponderar las calidades. Es menos corriente encontrar nuevos críticos entusiastas. Gustó mucho el libro. No molestaba a nadie. Sigue no molestando.

Escribí EL PAISANO AGUILAR porque tenía necesidad de hacerlo. Conocía de cerca una víctima de ese campo inhóspito, semi-bárbaro, no tanto como para poder escriturarse sin sacrificio algunos miles de hectáreas ni tan adelantado como para roturar el campo y ser precursor del surco. MI PAISANO, pudo ser un gaucho. Un gaucho pobre, incapaz de hacer, precisamente, una gauchada... Mi personaje me trabajó mucho para que me resolviera a darle forma. Haciendo un poco de «literatura», podía decir que golpeó muchas veces a mi puerta antes de que le diese una respuesta afirmativa. Me costó crearlo. No podía decir que se trataba de un fracasado, porque no creo que el fracaso individual se explique por aconteceres personales, sino por factores en los que intervienen muchos hombres además del protagonista. Escribí dicha novela PARA QUE los amantes de los relatos de campo, supieran que en la llanura deshumanizada se puede naufragar como en el mar. PARA QUE se enteraran de que los personajes alejados del heroismo, pueden tener fuerza dramática, vigencia en las letras, perdurabilidad. El paisano Aguilar, sigue al trote, sin apremios, atravesando su tiempo. Doll, le dió a esta creación, la categoría que yo necesitaba en ese momento. El paisano se incorporó a la literatura para que yo pudiese, en las últimas líneas de la novela darle este apretón de manos al lector: «PORQUE AÚN NO HA COMENZADO EL DIÁLOGO ENTRE EL HOMBRE Y LA LLANURA». Pienso en los críticos que no aprobarán esta manera de hablar, esta línea un poco presuntuosa, de literatura barata. Sí, lo sé. Pero yo ya tenía en la cabeza otra novela en la que iba a desarrollar el comienzo de ese diálogo. Esa novela se escribió y se titula EL CABALLO Y SU SOMBRA. Borges prefiere, lo dejó escrito, EL PAISANO AGUILAR. En el prólogo a la versión alemana de LA CARRETA (DIE CARRETA, Holle, editor, Berlín), ya Borges habla de mi alejamiento de los mitos. El del gaucho, y otros.

Escribí EL CABALLO Y SU SOMBRA para que se me entendiera. Y por que me ayuda a justificarme como novelista. De la atmósfera bárbara y, por cierto, mucho más fantástica de lo que se supone, de LA CARRETA, pasó a la lamentable condición de EL PAISANO AGUILAR, denunciando su desdicha. Para no quedarme inactivo en el punto de análisis que realizo en la segunda novela, escribo EL CABALLO Y SU SOMBRA. Me aproximo al tiempo presente, a los momentos en que despierta en el país un afán colonizador, un trabajo vertical de la tierra. Me hago presente entonces. Y la novela alcanza una aceptación muy singular en Estados Unidos (THE HORSE AND HIS SHADOW, S'Cribner. Nueva York) primero, para traducirse después al checo y no pasar nada inadvertida en el vasto público de Checoeslovaquia.

Ninguna novela la he escrito sin un plan perfectamente delineado. Me entretuve, escribiendo dos novelas policiales, porque la intriga me parece fundamental en la novela. Y uno y otro trabajo en ese género, son muestras de mi aserto. Creo que la arquitectura de la novela es fundamental.

El novelista debe demostrar una necesidad superior contrastando con el mero placer de vertirse en sus libros. No aseguro, desde luego que así se escriban mejores novelas. Pero me cuesta comprender que existan placeres desinteresados, platónicos. Los habrá siempre, desde luego. No han de perdurar en el corazón de las futuras generaciones. Como novelista he ambicionado la representación del tiempo que me ha tocado vivir o del que he sido el próximo testigo. En NUEVE LUNAS SOBRE NEUQUEN y LA VICTORIA NO VIENE SOLA, justifican mi lucha y la de los que creo más capaces para estructurar el rumbo que vendrá. Recientemente asistí al Segundo Congreso de Escritores Soviéticos. Si pudiese demostrar que no fuí en vano a escuchar a los maestros de la narrativa socialista, sería una manera honrada de retribuir el honor de una invitación inesperada. Escuché cuanto se expuso en el Congreso. El método del realismo socialista, bien puedo aplicarlo a puro instinto creador. Mas la lección de la novelística soviética resultó un tónico imponderable. No se nos puede exigir que veamos la vida como ellos la ven. Nosotros, la vislumbraríamos. El escritor soviético trabaja después de una revolución. Los nuestros, antes de esa revolución. Reclamarnos idéntica actitud, es falsear los hechos. He recogido enseñanzas. Creo que algunas líneas establecidas en el método del realismo socialista, pueden ser aplicadas en la narración americana. Ellos pueden ser más optimistas que nosotros. Buscando una demostración a mi asistencia atenta en el Congreso, escribo en estos momentos una novela corta: LOS MONTARACES. No creo que sea mejor que mis anteriores, pero está compuesta con una carga de situaciones que le dan un equilibrio mayor que las anteriores. En LOS MONTARACES, espero responder a un epígrafe que acompaña la novela: LAS SUPERSTICIONES, HAN ENTENEBRECIDO EL SUELO DE AMÉRICA. La reacción, se apoyó en ellas para manosear la ignorancia del pueblo. No hay una sola de las supersticiones que no responda a una idea de privilegio y hasta de casta. Un patrón puede fomentar la creencia de que en cierto lugar del campo, haya «aparecidos» o que está «asombrado». Manejará siempre el miedo en su favor. Por allí, es posible que no pasen ni los audaces contrabandistas. El dueño y señor, dejará correr la leyenda. No obstante, él andará por esos parajes y no encontrará obstáculos. Su privilegio, lo hace distinto, lo hace superior, encarna el dominio. Mi última novela intenta profundizar en ese medio. Un héroe positivo como es Cecilio Morales, en mi novela, no le habría dado su justa dimensión si no hubiese escuchado a los colegas soviéticos explicar el método del realismo socialista. No solo explicarlo, también castigar severamente a aquellos que no profundizan en los conflictos de la vida cotidiana, soslayando la realidad.

Sé PARA QUÉ y POR QUÉ escribo mis novelas. CÓMO las logro, es otra historia, tal vez más entretenida. Los padecimientos suelen interesar a los lectores. Trabajar penosamente sobre un texto, durante días y días. Transformarlo, reducirlo, tachar o sustituir, es tarea bastante conocida. Es el tormento del escritor. Nunca estoy conforme con lo que escribo. Pero sí con los móviles que me impulsaron a hacerlo. Ya sea el amor al pueblo, como la pasión más secreta e íntima, o el odio a las injusticias. Pero todas esas fuerzas, coincidieron en un punto: la preocupación de PARA QUÉ me ponía a escribir y POR QUÉ no dejaba de hacerlo.

Alguna vez tendré tiempo de dar otras explicaciones. Todavía estoy por escribir para el pueblo. Ese honor, no se lo puede permitir cualquiera.

SITUACIÓN DEL ESCRITOR RIOPLATENSE

El escritor rioplatense casi siempre desafortunado en su contacto con el público soluciona su problema económico, cuando así lo requieren las circunstancias, inclinándose a la burocracia o a alguna otra forma de trabajo seguro y medianamente remunerado. Se convierte, por esa razón, en un ser pequeño, sedentario, sin abnegaciones y sumamente prudente. Las vidas heroicas son escasas en nuestro medio, lo cual determina una falta de arrojo para concebir libros valientes, capaces de representar una actitud libre frente al medio hostil, ingrato o simplemente frío.

El espíritu crítico, muchas veces, aparece como velado por excusas infinitas. Los que toman la tarea de juzgar la realidad argentina se sienten maniatados por subalternas insinuaciones. Su colocación en tal o cual cómoda posición les impide el conocimiento cabal, doloroso de su tierra. Raro es el escritor empeñado en tal labor de análisis, que haya padecido su suelo natal. Pampa literaria que se ha hecho lugar común, cuando no mención aislada de otros puntos cardinales apenas entrevistos. Para no extendernos en consideraciones de esta índole, digamos que se nace se escribe y se muere sin pasar de un oficio a otro de un trabajo a una penuria, de una situación a otra. Cualquier escritor norteamericano —los europeos también— ha hecho el ejercicio de la vida padeciendo los climas más opuestos de su tierra, las atmósferas más encontradas. Y muy a menudo renunciando exprofeso a situaciones estables o cómodas. En cambio, nosotros como no encontramos por ningún lado al público o lector que nos permita vivir de nuestra pluma, tenemos que solucionar el problema económico de una forma que, a la larga, suele gravitar sobre lo que escribimos, ya sea poesía, novela o ensayo. El público no quiere apoyar la labor del escritor pero reclama, en cambio más vitalidad en las concepciones de sus escritores.

De la vida y obra del mayor cuentista de América. Artículo de Enrique Amorim recopilado en EL QUIROGA QUE YO CONOCÍ.
Edición Arca. Montevideo. 1983.

EL ESCRITOR Y SU LITERATURA

Sus CUENTOS DE AMOR, DE LOCURA Y DE MUERTE lo comprometen tanto como el trágico fin de un amigo al que él mata o el suicidio de la madre de sus hijos. Este es, sin duda el primer período de Quiroga escritor, lapso que poco nos sirve para América Latina. Ni como camino ni como posición estética, ni como factura literaria. Es LITERATURA DE LITERATURA, es decir algo así como los abstractos de hoy día, de remanida lección cuando en Europa caduca la experiencia y se entierra el ejercicio angustioso con funerales de primera clase. La literatura de Horacio Quiroga en esa época no era auténtica. Se inicia, en cambio con UN PEÓN. ANACONDA. EL REGRESO DE ANACONDA. CUENTOS DE LA SELVA. EL HIJO. Ejemplos que no han sido superados. En estos momentos, en que la monería latinoamericana imita al europeo descentrado, es bueno señalar de una vez por todas el verdadero camino. No sé hacerlo, no me da la gana, no puedo hacerlo cabalmente. Pero ahí están los críticos en boga para analizar el hecho. América reclama ordenada claridad, en páginas de moralistas y filósofos, y no exaltación de literatura de ex toxicómanos, alcohólicos, sub alcohólicos, literatura hormonal o de pesadilla y de sueño, que se explica por el estreñimiento o el metabolismo irregular. En todas nuestras artes necesitamos autenticidad y no «pastiches». Quiroga fue sincero y auténtico en los cinco hijos que señalo. Vuelve a ensayar ya desvanecidamente, la primera etapa en MÁS ALLÁ y no son logros memorables los suyos. La «crítica» prefiere lo turbio. El pueblo prefiere lo diáfano. La crítica es sabihonda. El lector común es patriota... América necesita no imitar a Europa, porque no estamos para artículos de segunda mano, para manufactura contrabandeada. Se prefiere lo nacional y auténtico. La segunda etapa de Quiroga marca el rumbo. No la primera ni, menos aún, la tercera que es de desesperación, asco y de silencio para la rebeldía, porque no había donde estampar una verdad. Que se busque al Quiroga sano y no al torturado por miserias económicas, que no supo atacar ni definir sus causas para la juventud que leía. Ese es el verdadero Quiroga, autoritario pero débil, que debemos defender los que le conocimos, tan alegre y bromista y tan intencionado estratega para golpear al burgués con barbas y actitudes excéntricas y amores difíciles, comunes a los artistas que llenan su mundo de presuntas fatalidades cuando no son otra cosa que enfrentamientos caprichosos con la realidad o excentricidades. El artista que elude la lucha tiene que fabricarse fantasmas. Es más cómodo, pero asquerosamente «literario».

De las barbas de Horacio Quiroga.
Artículo de Enrique Amorim recopilado en EL QUIROGA QUE YO CONOCÍ.
Edición Arca. Montevideo. 1983.

LÉXICO

Establecido por *Huguette Pottier Navarro*

ABRA. «Por el último rebelde que descubrió en un *abra* mirando el río» (C 129).- Campo reducido.
Bibl.- «Conseguí sacarlo (un toro) a un *abra*» (DS. 123). El lugar abierto, de vegetación herbácea y arbustiva, es un *campo*. Cuando este lugar abierto es relativamente reducido y queda limitado entre dos extensiones de bosque, es un *abra*. La voz marina *abra*, con aplicación a tierra firme y en el sentido de "lugar abierto entre dos montañas y también entre dos obstáculos como dos peñas, dos grupos de árboles", es general en la Argentina y de uso antiguo.» (Battini, NRFH, VII 1953, p. 199).
ABROJO. «No había nada tan eficaz como tirarle *abrojos* o rosetas en el poncho» (C 114).
Bibl.- «Planta erizada de púas. El jugo fresco de toda la planta se ha usado contra las escrófulas, lamparones, empeines, úlceras y cáncer. Las semillas y raíces se han empleado en enfermedades de la vejiga y disentería. La yerba sirve para teñir de color amarillo» (Saubidet).
AGUADA. «Gurí repunteaba los bueyes para conducirlos a la *aguada*» (C 84).- «La boyada seguía por el cañadón husmeando la *aguada*» (C 119).- Bebedero natural o artificial.
Bibl.- «Nos dieron permiso para echar la tropa en un potrerito pastoso provisto de *aguadas*» (DS 52).- «Aparecieron las *aguadas* o tajamares donde, por la división, quedaba el campo sin ellas» (GF 27).- «Balsa artificial. Abrevadero donde va a beber el ganado» (Malaret, *Dicc.*).- «Lugar donde va a beber el ganado. Aguas naturales o artificiales de un campo, más o menos permanentes, potables para los ganados. Depresión natural del terreno. (Saubidet).
AL ÑUDO. (C 33). *Bibl.*- «Inútilmente, sin motivo, en vano, *al cuete*». (Saubidet).- «Le gusta enojarme *al ñudo*». (GF 59).
ALAMBRADO. «El *alambrado* de siete hilos que defendía su campo» (C 138). (C 14, 139).- Cerco de alambre.
Bibl.- «A la vez, por medio de cercos de piedra —no se conocían aun los *alambrados* —cerraba la propiedad y la dividía en grandes potreros» (GF 27).- (GF 12).- «En aquel camino que corría entre sus *alambrados* como un arroyo entre sus barrancas» (DS 46).- «Cerco de alambre que se sujeta en postes enclavados de trecho en trecho. En los espacios que quedan se colocan varillas, generalmente separadas por una distancia de un metro, además de un varillón en la mitad de ese trecho, con objeto de dar consistencia al cerco, y evitar que los animales lo crucen» (Saubidet).
ALAMBRADOR. «Conversaba con uno de los *alambradores* de la estancia» (C 67).
Bibl.- «El que alambra» (Saubidet).
ALAZÁN. (C 94)
Bibl.- «Pelaje de caballo de matiz rubio, formado por la mezcla de pelos amarillos y colorados». (Saudibet).

ALPARGATAS. «Un tape de *alpargatas* bigotudas...» (C 120).- Calzado rústico usado en la Am. latina y labrado en ella desde hace largo tiempo. (cf. ej. sig.)
Bibl.- «Labranse en ella (ciudad de Santiago del Estero) y los pueblos de su comarca y distrito cantidad de lienso de Algodón, pavellones sobre camas, chumbes, sombreros, *alpargatas,* cordellates y otras cosas.» (1629, *Indias,* Nº. 1772).- «Hazen del (el Maguey) licor... hazen hilo para hacer mantas..., hilo para coser de las puntas de las ojas agudas, *alpargatas.*» (Ib. Nº. 393).
AMARGO. «El mate *amargo»* (C 154), «corría el *amargo»* (C 15). Mate puro sin azúcar. Se opone al *mate dulce,* con azúcar.
Bibl.- «Mate cebado sin azúcar, cimarrón». (Saubidet).
AMIGASO. «¡Déjeme de cuentos, *amigaso!...* » (C 24).
Bibl.- Aumentativo familiar de amigo; tratamiento cortés y muy frecuente». (Malaret, *Dicc.).*- Variante: *amigazo.*
ANDARIVEL. «Un trillo polvoriento: el *andarivel»* (C 48).- Aquí, caminito, sendero, trillo (s. v.).
Bibl.- Tiene también otro sentido: «Hilo estirado que separa los caminos por donde corren los caballos en las carreras de campo. Está sostenido sobre frágiles estacas de más o menos setenta centímetros de alto. En las carreras por *andarivel* las canchas tienen generalmente dos huellas de cincuenta a sesenta centímetros y se hallan separadas más o menos dos metros la una de la otra» (Saubidet).
APARCERO. «... como si tratase de despertar a un *aparcero.»* (C 132).
Bibl.- «En Argentina, parroquiano de una carnicería o de una tienda o puesto, en los mercados de abasto. // En varias partes de América lo usa la gente del pueblo todavía en el sentido del amigote, compañero íntimo de vida, tornándose por lo común en mala parte. Es vulgar.» (Santamaría).- «Compañero, amigo, más que amigo. Socio.» (Saubidet).- «Se ha preferido a compañero, camarada, en el lenguaje vulgar del Río de la Plata, Bolivia, Chile, México» (Malaret) y seguramente en otras partes de América (Corominas, RFH, VI).
APLASTAR. «Su instinto le dijo que la mujer lo admiraba con una pasividad de hembra *aplastada.»* (C 11).
Bibl.- «Cansar, acobardar a un animal. cf. aplastarse: persona o caballo que pierde las fuerzas.» (Saubidet).
APRONTAR. «*Aprontate,* andá» (C 165).- Apresurarse, darse prisa. El verbo se forma sobre «pronto».
AQUERENCIADO. «Caballos *aquerenciados* en el callejón, flacos y sarnosos» (C 136). Que ha tomado querencia a un lugar.
Bibl.- «*Aquerenciarse* (de querencia: cariño). Urug. Encariñarse». (Malaret, *Dicc.*).
ARENA. «Los perros entraron en la *arena,* como mastines amaestrados...» (C 26).- Designa el redondel (C 25) del circo, la plaza.
ARISQUEAR. «Los gurises le *arisquean»* (C 32). Espantar.
Bibl.- «En Puerto Rico, amedrentar.- En Tabasco, hacer o poner arisco a un animal, y en sentido fig., con relación a persona, espantarla, asustarla, hacerla crear recelo, ponerla sobre aviso.- En Puerto Rico, huirse, escaparse.» (Santamaría, s.v.: *ariscar*).
ARREAR. (C 33).
Bibl.- «Conducir una tropa, mover el ganado de un punto a otro». (Saubidet).- (DS 44).
ARRIBAR. (C 150).
Bibl.- «*Arribar* "llegar"... Es poco usado entre la gente del pueblo. Para la lengua común es "llegar por mar", "llegar por barco". (Corominas)» (Battini, *Fil* . I, p. 145).- Es de origen náutico.

ARRIBO. «El *arribo* de un carretón» (C 73). Sustantivo correspondiente al verbo "arribar". Es la llegada.
ASADO. «Apenas probaron el *asado*» (C 163). Carne asada, manjar tradicional de todos los ríoplatenses y sobre todo los gauchos.
Bibl.- «Asado al asador». Arg. y Urug. Cierta preparación de la carne asada, muy familiar. El «hecho al asador» vale decir: ensartado en asador al rescoldo de las brasas. // *Asado con carne*. Arg. y Urug. Otra preparación, hecha especialmente de carne de vacuno. Se hace al calor de las brasas, conservando el cuero, que es el que recibe el calor. // *Asado de campo*. Arg. El *churrasco* común echado sobre las brasas y muchas veces sin sal. Es comida de troperos, sobre todo.» (Malaret, *Dicc.*). «Carne propia para ser asada, preferentemente el costillar, matambre, cuarto y paleta.» (Saubidet).- «Revolcando en la fariña la carne (el *churrasco*) antes de llevársela a la boca.» (GF 17).
ATOLLADERO. «Aquel *atolladero* de deudas, envidias y rencores viejos» (C 8).- Es sinónimo de *atascadero*, es decir: sitio donde se atascan los carruajes, las caballerías, o, en sentido figurado, estorbo, obstáculo.

B

BABA DEL DIABLO. «En los cabellos de las chinas las semillas de sorgo o las *babas de diablo* hablaban a las claras del idilio gozado» (C 82).- «... hasta quitarle los parásitos de las *babas del diablo*» (C 147).
Bibl.- «Yerba del diablo: "(Plumbago scandens). En Argentina, melaíllo, cierta planta (Santamaría).- «*Baba*» nombre vulgar que en algunas localidades de Méjico se da al gyrocarpus americanus, planta hernandiácea conocida también por *volador*, y *cuitla-coche; talatate, gallito, palo de zopilote* y *caballitos*, en diversos países» (Santamaría).- «*Baba del buey:* En Méjico, nombre vulgar de una planta comelinácea, propia de las regiones elevadas (commelina dianthifolia)» (Santamaría).- De identificación exacta difícil.
BAGRE. «El número de *bagres* pescados...» (C 75).
Bibl.- «Pez de color pardo, sin escamas, de cabeza ancha y aplastada, con bigotes. Abunda mucho en nuestros ríos» (Saubidet).- «Junto a mí, tomé mi sarta de *bagrecitos* «duros pa'morir», que aún coleaban en la desesperación de su asfixia lenta...» (DS 18).- «... El Río de Acambaro, que es también de los Marqueses en el qual se pescan hermosos, y sabrosos *vagres* (de a vara de largos, y mas) y otras muchas differencias de pescados» (1629, *Indias,* N. 491).
BAJANTE. «Hay que esperar la *bajante*» (C 104).- La bajada de las aguas después de una crecida.
BAJAR EL ALA. «¡Naides le ha *bajau el ala* a la botija!». (C 108).- Vencer a una mujer, seducirla.
BAJERA. «Algunos divisaron las carretas, pero siguieron de largo, perdiendo las *bajeras*. (C 131).
Bibl.- «Pequeña manta de lana o algodón que se pone sobre el lomo de las caballerías y sirve de sudadero». (Santamaría).- «Todas las prendas del apero colocadas debajo de los bastos.» (Saubidet).
BAJO. «Un potrero que tenía un *bajo*» - C 31.
Bibl.- Bajo depresión, poco profunda, y casi siempre extensa, del terreno llano y ondulado... Me parece que en nuestro *bajo* hay algo más que la simple denominación de un terreno deprimido, opuesto a otro de mayor altura. Es muy usado en el litoral con aplicación a la

pampa, y frecuente en la literatura gauchesca; el de la ciudad de Buenos Aires, el *Bajo de Belgrano* se refiere a la bajada del Río de la Plata». (Battini, Fil., I 1949, p. 118).

BALSA. «En una chalana, hace tiempo, y en la balsa, pero no es lo mismo». (C 76). Aquí se trata de la embarcación hecha con tablas y maderos, muy llana, que sirve para pasar de una ribera a otra en un río cuando no hay puente. En Hispanoamérica designa también la *balsa*, un pozo o un jagüel, es decir: una excavación en que se conservan las aguas de lluvia, por ejemplo.

Bibl.- «Este Río [Río de Santa] por ser tan caudaloso, y rápido, no tiene puente, y se pasa con *valsas de calabasas* metidas en redes, que sirven de varcas, las quales van guiando los indios a nado, y sobre las dichas *valsas de calabasas* los pasageros, y las mercaderias, que llevan.» (1629, *Indias,* No. 1218).- «Se hazen en ella [governacion de Antioquia] grandes *balsas* de 40 a 50 cañas, que llaman *Guaduas,* atándolas unas con otras sobre las quales hazen un aparador, que llaman *barbacoa,* donde ponen la ropa, o mercaderias, para que vayan enjitas.» (1629, *Indias,* No. 1008).

BAQUIANO. «Se habló... de las hazañas de aquel mozo cuando servía de *baquiano*; cuando conocía los endiablados caminos como la palma de la mano; con sus picadas, sus pasos hondos y sus osamentas.» (C 136). (C 165).

Bibl.- «Viejos conquistadores e veteranos en las Indias, prácticos de la tierra» (Friederici, 1926, p. 87).- «Proviene del arahuaco» (Lapesa, *Hist. de la lengua esp.*).- «Después del *rastreador* viene el *baqueano*, personaje eminente y que tiene en sus manos la suerte de los particulares y de las provincias. El *baqueano* es un gaucho grave y reservado, que conoce a palmo veinte mil leguas cuadradas de llanuras, bosques y montañas. Es el topografo más completo, es el único mapa que lleva un general para dirigir los movimientos de su campaña.» (*Facundo*, 45).

BARCINO. «Gatos *barcinos*» (C 48).- «Bueyes *barcinos*». (C 119).

Bibl.- «Pelaje de vacuno, perro, gato, etc... color rojizo con manchas transversales negras o negruzcas.» (Saubidet).

BARRANCA. «Cayó en una *barranca* pedregosa, sin oponer resistencia» (C 79, 132) - «Se alejaron un tanto, atrás del *barranco*» - C 80.

Bibl.- Para la preferencia de *barranca* sobre *barranco*, cf. H. y R. KAHANE, *The Augmentative Feminine in the Romance Languages*. RPh., II, 1948-49, p. 151.

BARRIAL. «Estaba Chiquiño boca abajo en el *barrial*» (C. 148).- Lugar pantanoso lleno de barro.

Bibl.- *Méx.* - «Tierra gredosa o arcillosa» (Malaret, Dicc.).

BATARAZ. «Un gallo *bataraz*» (C 125).

Bibl.- *Batarás:* «(Del guaraní *mbatará*). Arg. y Urug.- Dícese del gallo cuyas plumas son plomizas con rayitas blancas. Variantes: *batará; bataraz*». (Malaret, *Dicc.*) «El bataraz sentía su defecto del pico». (DS 87).

BAYO. (C 57, 153).

Bibl.- «Pelaje de caballo de color blanco amarillo naranjado». (Saubidet).

BERREAR. «Lloronas de profesión, por encargo, ahora *berreaban* sinceras» (C 60).

Bibl.- «Llorar fuerte y molesto de los niños, chillar. Se dice también de la persona que canta mal, en forma altisonante y desafinada» (Saudibet).

BICHAR. «En ciertas oportunidades hasta lo habían "*bichado*" pues quiza de dormido se dejara ver el mal» (C 150).- Se emplea *bichar* o *bichear* o *vichar*, en el sentido de espiar.

Bibl. «Mirar, espiar. En el sur dicen «*vichear*». (Solá).

BICHOCO. «Sobre el lomo de un bayo *bichoco*». (C 57)-(C 154).

Bibl.- «Dícese de la cabalgadura vieja y estropeada.» (Solá).- «Viejo y casi inútil. Se dice del

animal que padece de *bichoquera*. En Chile se aplica de preferencia a los mulares. (Del portugués *bichoca,* que es furúnculo o bultos que se le asemejan.» (Malaret, *Dicc.*). (CU 54).
BOLETERÍA. «En la *boletería* del circo, en cambio, se preparaba una trifulca.» (C 18).
Bibl.- «*Boletería* taquilla; *boleto* billete». (J. Rodríguez-Castellano, Hisp., XXXI, p. 28).
BOLETERO. «... El *boletero,* quien representaba la inquietud encerrado en la taquilla.» (C 9).- El hombre que vende billetes, boletos de entrada en la taquilla o boletería.
BOLICHE. (C 3, 4, 47, 64).- Tienda pequeña en medio de la pampa.
Bibl.- «*Boliche* "tenducho", "casa de negocio muy poco surtida y sin importancia... quizá provenga de la voz marinera *boliche* "todo el pescado menudo que se saca del mar echando la red cerca de la orilla" (Covarrubias) Dicc. de Autoridades.- Dicc. marítimo) (Battini, Fil. I, 140).- «Almacén poco surtido, especialmente el de la campaña» (Solá).- «Pequeño despacho de comestibles y bebidas, menos importante que la pulpería» (Saubidet).
BOLICHERO. (C 36, 117, 153).- El que despacha en el boliche (s.v.)
BOMBACHA. «Sube la *bombacha* caída». (C 48).- «Las *bombachas»* (C 65, 135, 165).- Pantalones gauchescos muy anchos en la parte inferior de las piernas. Tienen aspecto turco.
Bibl.- «Las amplias bombachas a la orientala.» (CU 53).
BOMBILLA. «Chiquiño lo [el mate] saboreaba hasta hacer ruido con la *bombilla.»* (C 44).- (C 22, 83, 123).
Bibl.- «*Bombilla* «tubo delgado de metal, generalmente de plata, de unos veinte centímetros de largo y uno de diámetro, y que por la parte que se introduce en el mate termina en una almendra o bombita agujereada para que pase la infusión y no la yerba. «Con este significado figura en el *Dicc. Acad.* 3$^{ra.}$ acep. Es diminutivo de *bomba,* general en la Argentina y en los países consumidores de yerba. Los españoles, que aprendieron en los primeros tiempos de la conquista a tomar la bebida de la tierra, crearon el utensilio y su nombre. En la Arg. donde su sufijo *-illo, -illa* ha perdido vigencia formativa, no se siente *bombilla* como diminutivo.» (Battini, NRFH, VII, p. 195).
BOQUIADA. «Yegás justo en las *boquiadas* de "la Pancha"...» (C 59). El último aliento.
Bibl.- «*boquiar* estar expirando. (Solá).
BOTIJA. «Naides le ha bajau el ala a la *botija»*. (C 108).- (C 137).- La que tiene barriga, la hembra.
Bibl.- «Vulgarismo común por vientre, barriga» (Santamaría).
BOYADA. «La boyada seguía por el cañadón...» (C 119).
Bibl.- «Cantidad de bueyes aptos para tirar carretas» (Saubidet).
BOYAR. «Yo no podré dormir boyando en el río» (C 76).- Flotar.
Bibl.- «*Boyar:* "flotar" » (Battini, Fil. I, 148).
BREAK. «Un "*break*" llegó hata el primer pantano y no se atrevió a cruzarlo.» (C 140).
Bibl.- «Esta palabra es usada en toda la cuenca del Plata, en la Argentina, el Uruguay y el estado brasileño del Río Grande del Sur... Coche de 4 ruedas, tirado por caballos, para el transporte de pasajeros... el coche tiene el pescante o asiento delantero donde va el conductor o cochero, y detrás dos asientos longitudinales colocados uno frente al otro. La entrada al coche se halla en la parte posterior, mediante un estribo de dos o tres escalones. Antes de la introducción del automóvil, era muy usado para excursiones y viajes. Las estancias uruguayas poseían generalmente estos vehículos. (Berro García, BFM, I, p. 398).- «*Breque* (del ingl. *break:* coche de cuatro ruedas). Coche grande de cuatro ruedas.» (Malaret, *Dicc.*).
BROCHE. «Petronila de un tirón se desprendió los *broches* del corpiño». (C 89).- «Termina el relato con un *broche* feliz que provoca ruidosa hilaridad». (C 102).- Prendedor (es galicismo en este sentido). Lo que termina, remata y adorna a la vez, tanto en sentido propio como en figurado.

Bibl.- «Atache, corchete para afianzar papeles. El anglicismo *clip* se usa entre la clase culta especialmente en las oficinas.» (Malaret, *Dicc.*).

C

CABALLADA. «Allí pastoreaba la *caballada* de la comisaría» (C 10) (C 129).
Bibl.- «Conjunto de caballos, como yeguada, torada, etc.» (Saubidet).
CABORTERO. «La mandamás... es medio *caborteraza*» (C 114).
Bibl.- «Urug. Difícil, imposible. // Arisco, de difícil doma.» (Malaret, *Dicc.*).
CACHACIENTO. «El paso resignado y *cachaciento* de los bueyes...» (C 91).-(C 64, 107).
Bibl.- «Cachazudo» (Morínigo).
CACHAR. «Nadie buscó su cuerpo. Tal vez alguno lo vió y, después de *carcharlo,* se sacó el sombrero y siguió su camino.» (C 134).- Existe *carchar,* variante de *cachar.*
Bibl.- «*Carchar,* luego de una batalla, despojar al muerto o herido de prendas de valor o ropas.» (Silva Valdés, BFM, III, p. 277).- De ahí *cachafaz,* «Persona pícara y sin vergüenza» (Saubidet).
CACHETADA. «Era capaz de darte una *cachetada* si te pasabas con alguna de las chinas.» (C 115).
Bibl.- «*Cachetazo, Cachetada,* bofetada». (Malaret, *Dicc.*).
CACHO. «D. Caseros le insinuó a la Mandamás de las quitanderas que "le agenciase un *cachito* sano."» (C 107).- (C 108, 115). Algo o alguien.
Bibl.- «*Cacho,* pedacito de alguna cosa. Es menester no confundir esta voz hispana con la portuguesa. *Cacho* quiere decir en el idioma lusitano, racimo de flores o frutos.» (Berro García, BFM, I, p. 299).
CAGASO. «¡Quedan pocos barbudos tan reforzaus pal *cagaso*! (C 117).
Bibl.- «*Cagaso:* miedo, terror». (Solá).
CALLEJÓN. «Al este, el *callejón* con sus pantanos, que separaba a los miserables de la invernada de novillos de don Pedro» (C 138) (C 55, 150). Camino estrecho entre alambrados.
Bibl.- «Calle en el campo angosta, cercada de alambrados. Lugar estrecho y largo a modo de calle» (Saubidet). (DS 46, cf. s.v. TRANQUERA).
CAMALOTE. «Una leve ola que sacudió los *camalotes*» (C 12), (C 71).- Planta acuática.
Bibl.- «En Argentina es el Andropogon insularis» (Santamaría). «Nombre genérico de todas las ninfáceas y pontederiáceas de los ríos del Paraguay, Argentina y Uruguay. Comprende las especies siguientes: *Pontederia azurea, Pondederia nymphoeifolia , Nymphaea nelumbo y Pontederia crassipes.*- De origen mexicano». (Morínigo, *Hispanismos*).- «*Panicum paniza.* Gramínea de la región. No es pues, la planta homónima del Litoral y del Sur de la República» (Solá).— (GF 18; cf. *resaca*).
CAMPEAR. «Tengo que campear unos fogones que son las señales convenidas con nuestro hombre. «Nuestro hombre» era la primera mención del jefe revolucionario...» (C 125).- Buscar, localizar.
Bibl.- «Buscar un campo abierto, animales o personas.» (Saubidet). «En su significado campesino primitivo, *campear* era recorrer un campo, en las tareas o actividades ganaderas, para observar el estado de los animales, ver si se habían extraviado o faltaban algunos, etc. Y se aplicó luego, por generalización, a toda búsqueda de personas o cosas en el campo. Finalmente... El acto de buscar o esperar en cualquier parte a una persona para poder conversar

con ella, reprocharle su proceder o avisarle algo que le interesa.» (Berro García, BFM, I, p. 401).
CANCHA. «La *cancha* de carreras» (C 48).- «Por la noche se detienen a pescar, en "las *canchas*" apropiadas» (C 72).- Lugar más o menos extenso al descubierto, especializado en carreras, juego de taba, bailes; en un río es un remanso.
Bibl.- «*Cancha* es voz quechua que significa "lugar cercado». «En la elaboración de la yerba se ha llamado *cancha* —y aún se llama en lugares alejados de la selva— al sitio donde se hacía la primera molienda a mano» (Battini, NRFH, 206).- «*Cancha,* voz quichua incorporada al español general. Se usa aquí con el sentido de "local o sitio desembarazado y a veces cercado en donde se depositan los minerales extraídos de una mina"... Se trata de una acepción nueva de la voz *cancha,* usada en minería, aunque tenga similitud con algunas americanas dadas por el Dicc. de la Acad. (3a-4a)» (Battini, *Hom. Krüger,* 328).- «(Voc. quichua —recinto cercado). Vocablo americano de reciente introducción que se aplica a sitios cercados que sirven para deportes». E mais usual no Brasil, com o sentido acima, o termo campo, no Río Grande do Sul, porem *cancha* é de emprego mais frequente» (Alburquerque, BFM, V, 46).- «Patio o corral en las casas de campo» (Solá).- «Lugar abierto y llano para carreras de caballos (ambas huellas), lo mismo que para el juego de taba, pelota, bochas, etc... Para estos últimos la *cancha* puede ser cerrada» (Saubidet).- «*Cancha* de taba» (DS 48), (CU 68).- Hay que notar que a principios del siglo XVII la palabra *cancha* no tenía el mismo sentido que hoy en día -«Las *canchas* que son como mesones que sirven de almasenes llenas de votijas de vino, donde se venden cada año más de millón y medio de sólo este género» (1629, Indias, n. 1665).
¡CANEJO! (C 12, 23, 31).
Bibl.- «Interj. familiar ¡caramba!» (Garzón).- «La discrección del gaucho en el hablar, nos la prueban los eufemismos que él adoptó, es decir, las formas usadas en reemplazo del término áspero o procaz. «Barajo», «canejo»y «caracho» —ésta acaso la más aproximada a la forma literal— lo demuestran acabadamente.» (Inchauspe).
CANINHA. «Abundaban: rapadura, ticholo, tabaco y «*caninha*». (C 15).- Una de las palabras brasileñas para designar la caña o aguardiente. El *Peq. Dic. Bras.* registra ciento veinte y nueve voces diferentes para designar esta bebida tan popular tanto en el Brasil como en el Río de la Plata.
Bibl.- «Dimin. de *caña*».- (*Peq. Dic. Bras.* s.v.)
CAÑA. «El vaso de *caña* servido hasta los topes» (C 47)-(C 128). Aguardiente sacado de la caña de azúcar.
Bibl.- «En Colombia y Argentina, el aguardiente de caña». (Santamaría).- «Terminaban borrachos por las tantas cañas y ginebras.» (CU 20).- Una *caña* 'e durazno'.» (DS 49).
CAÑADÓN, CAÑADA. Cf. paisaje, agua. s.v.
CAÑADÓN, CAÑADA. «La boyada seguía por el *cañadón»* (C 119) *Cañada* (C 64).- Arroyuelo que corre entre dos riberas altas, escarpadas y estrechas.
Bibl.- «Es menor aún que la *cañada*; pero generalmente de más profundo cauce o de paredes más altas. *Cañada:* arroyuelo muy poco caudaloso, generalmente seco en la época en que las lluvias escasean, aunque puede tener grueso caudal y fuerte correntada en el período lluvioso» (Berro García, BFM, I, 174).- «Hondonada llena de agua, de bordes altos y más profundos que la *cañada;* sin desagüe o desagüe difícil» (Saubidet).- «Las casas estaban cerca y atrás de un potrerito alfalfado, había un *cañadón* bordeado de sauces» (DS 97).
CARDAL. «El callejón encrespado de *cardales»* (C 57).- «Cortó camino por las cuchillas y en unos *cardales* primero» (C 128).- Lugar extenso cubierto con cardos.
Bibl.- ...Término general de uso abundante en América. «los *cardales»* (GF 95).
CARPA. «...Por una rendija de la *carpa* que instalaban» (C 84).- «Las *carpas* atraían público

y numerosa clientela» (C 15).- «La *carpa* de unas quitanderas» (C 95).- Tienda de campaña de cuero generalmente.
Bibl.- «(Del quichua *carppa,* toldo, enramada, choza que sirve de habitación a los indios). En Sur América, toldo en general, tendal, enramada, tenderete de feria, tienda de campaña, barraca o construcción ligera para ventas y diversiones. En Méjico, tienda de circo» (Santamaría).- «Local donde se realizan bailes públicos, especialmente en carnaval... Del q. *karpa* —tienda de campaña» (Solá). «Una *carpa* improvisada con las lonas de las parvas» (DS 67).
CARPERA. «Había en sus ojos un algo misterioso que atrajo a su lado a una de las *carperas.*» (C 95).- (C 18, 23, 61). Las chinas *carperas.* (C 53). La que vive en *carpa* o toldo, es decir tienda de campaña. En la obra de Amorim designa la ramera. (cf. s.v. QUITANDERAS: s.v. PAICA).
CARRETA. (C 88, 119, 160, 164) y el título mismo del libro C.
Bibl.- «Las *carretas* de la época colonial eran, igual que las que describe Cl. Gay, a mediados del siglo pasado, "muy pesadas toscamente construidas, cubiertas con un toldo de paja o de totora, y cerradas por detrás con un cuero de buey... Cada carreta necesita siete pares de bueyes, a saber, tres pares para el viaje, otro animal de relevo que seguía siempre atado detrás de la carreta, y los demás se quedaban en el potrero para emplearlos en los viajes siguientes.» (R. Oroz. *Hom. a Krüger,* I, p. 368).- «Carro muy grande, tirado por bueyes, que antes se usaba mucho en nuestros campos, para transportar de un lado a otro los productos del país; no sólo llevaba objetos de comercio sino que conducía personas y hasta familias enteras. Hoy se le halla aún en distintas partes del territorio, pero menos cada día; va en camino de desaparecer. Sin embargo, en el Uruguay todavía se encuentra en cantidad apreciable, sobre todo en la frontera con el Brasil. Entre el Salto y Rivera he encontrado muchas grandes carretas tiradas hasta por cinco yuntas de bueyes. La carreta camina sobre dos grandes ruedas sin llantas, que llegan a medir hasta tres metros de diámetro. Estas suelen ser de lapacho con grampas de hierro y muchas veces van envueltas en lonjas de cuero para reforzarlas; el eje es frecuentemente de naranjo. La carreta tiene techo, salvo la llamada *castillo,* que no lo lleva fijo. Las paredes son de tablas o *quinchadas* de paja totora, simbol o junco, con pasantes de caña tucurú. El techo se hace también de junco u otra paja, cubriéndolo de cueros de potro o de vacunos cosidos, con tientos.» (Saubidet).- Sigue la reproducción de una carreta presentada en el libro de Saubidet.
CASAL. «Siguiéndole los pasos a Matacabayo, pasó Secundina, quien jamás le perdía la pisada al gigantón... era cosa ideada por aquel *casal.*» (C 20).- «Viudo, con un *casal «a la cola».*- (C 3).
Bibl.- «En el Río de la Plata, pareja de macho y hembra». (Santamaría; Malaret).
LAS CASAS. «¿Se habría querido referir a alguna de esas historias que corren por los galpones, sobre la gente de "*las casas*"?» (C 31, 44).- Designa la vivienda del estanciero y su familia, es decir del patrón, del hombre poderoso y rico. ¿Por qué un plural? Quizá porque la vivienda se compone de varios edificios. De todos modos, ya sabemos que la estancia comprende numerosas casas de importancia variable (galpones, planteles, tambos...).
Bibl.- «Cerquita de *las casas*» (CU 53), (CU 115). «En el campo, cuando se refiere a la vivienda, casi nunca se usa el singular.- Me voy para «las casas» —dicen, aún cuando se trata de una casa completamente aislada de otra vecindad». (Inchauspe).
CATRE. (C 63).
Bibl.- «Camas de *viento* o de *tijera:* tienen las patas cruzadas y tendido de lona (en lugares del Tolima son *catres*)» (Colomb.) (Flórez, BICC, V, p. 152).- «Cama chica y plegadiza de lona y madera o cuero y madera, para una persona». (Saubidet).
CAXASSA. «Una copa de *caxassa* brasileira». (C 99).- Caña. Ortografía particular aquí. En portugués se escribe cachaça.

Bibl.- «*Cachaça:* Aguardiente feita com o mel, ou borras do melaco». (*Peq. Dic. Bras.* s.v.).
CEBADURA. «...para volcar la yerba de "una vieja *cebadura*".-» (C 156).
Bibl.- «Cantidad de yerba que se pone en mate para servirlo y que se renueva a medida que se gasta o lava». (Saubidet).
CEBAR. «Se ofrecía para *cebar* mate». (C 82)- (C 65, 110).
Bibl.- «Preparar el mate para ser tomado». (Saubidet). «Traite un mate y cébale a Don Segundo.- Puse una pava al fuego, activé las brasas y llené el poronguito en la yerbera».- (DS 30, 31).
CEIBO. «Un banco de *ceibo»* (C 21), (C 58).- Arbol cuya madera sirve sobre todo para hacer bancos rústicos.
Bibl.- «*Ceibo:* seibo: papilionácea. Difiere mucho del *Bombax ceiba.* (Erythrina cistagalli).- *Ceiba* (v. ind. ant.) Arbol colosal cuyas semillas están envueltas en gran cantidad de una especie de algodón. Aplícase este nombre indistintamente a no menos de cuarenta especies de la familia de las bombáceas (Bombax ceiba)». (Malaret, BICC, II).- «Arbol típico que da bellísimas flores rojas como labios de mujer» (F. Silva Valdés, BFM, III, p. 277).- «El árbol gigante entre los demás, que es la *seyba,* la qual es muy derecha, gruessa, alta, frondosa, y acopada, todas las lunas se caen las hojas y salen otras nuevas, son tales, del hueco del árbol hazen piraguas, que llevan 600 botijas de vino 50. y 60. hombres, y sustento que comer, y beber quando navegan por la mar» (1629, *Indias,* N. 986).- «*Ceyba,* que los indios llaman cuñuriyuruma» (Ib. N. 1714).- «Se sentó en un banquito de ceibo» (GF 33).- «Pequeños bancos de madera de *ceibo»* (CU 84).
CENTELLA. «¿A que no ves una *centeya?»* (C 21).- «Pescá una *centeya* y pedile que te dé alguna cosa» (C 21).- Estrella fugaz; (cuando el autor deja hablar a los paisanos emplea «*centeya»* y al contrario cuando el mismo hace una descripción del cielo, dice «estrella fugaz» (C 21)
CERRILLADA. «El campo... con sus montes, sus *cerrilladas,* sus arroyos y sus cuchillas» (C 55).- «Pero de la carreta se veía la estancia como un accidente del terreno, como una vertiente, como una *cerrillada»* (C 69).- Conjunto de lomas, cerros.
Bibl.- «Cordillera de cerros pequeños (Malaret, Dicc.) «en Sur América, cadena de cerros de poca elevación» (Santamaría).
CIMARRÓN. «Un mastín *cimarrón»* (C 57)
Bibl.- «Epíteto que sirve para distinguir el animal salvaje del doméstico en general y las plantas silvestres de las de cultivo.» (Alburquerque, BFM, V, p. 46). -«*Cimarrón* "esquivo", "montaraz", "animal doméstico que huye a los campos y se hace indómito..." Parece muy posible que *cimarrón,* nombre que la gente del mar daba al marinero que rehuía el trabajo, pasara a designar al indio y al negro esclavo que huían al monte para liberarse de la carga que les imponía el conquistador, y que por extensión se diera también a los animales alzados y a las plantas silvestres.» (Battini, *Fil.,* I, p. 143).- «Inumerable cantidad de ganado silvestre que llaman *simarrón...»* (1629, *Indias,* No. 1438). -«Se transformaba de cosa *cimarrona* en obra civilizada y civilizadora.» (GF 28).
CINCHA. «Los tiros rotos y las *cinchas,* y cuartas». (C 6).- (C 138, 164). -Correa (cf. *recado).*
CINTO. «Forrado cinto en la cintura». (C 15).- «El *cinto* con revólver». (C 29).- «El *cinto* en el respaldo de la cama de hierro». (C 65).- «Los *cintos* gordos de patacones» (C 47).- Cinturón en que el gaucho sule guardar su dinero.
Bibl.- «Con los *cintos* vacíos». (GF 13).- «Pesos en el cinto» (CU 85).
COJINCHE. «Yo le hablo del *cojinche* que están armando» (C 23).- Trampa, porquería. (Quizá de "coger" con el sentido de sorprender).
COJINILLO. (C 39, 129).
Bibl.- «*Cojinillos* o pelegos (palabras sinónimas): prenda del recado de montar que consiste en

una pequeña manta de lana, generalmente de piel de oveja, que se coloca sobre lomillo a los bastos, para comodidad del jinete. El paisano coloca dos o tres cojinillos, cuyos colores más comunes son el blanco, el negro o el castaño, y hace así más o menos blando o muelle el lugar donde se sienta. Por esto, el vocablo se usa en plural.» (Berro García, BFM, I, p. 171).

COLA DE ZORRO. «... Entre matas de miomío y *cola-de-zorro»* (C 57).

Bibl.- «Especie de pasto fino que recuerda la cola del zorro. Los mates de esta hierba calman los dolores de los riñones lo mismo que los hechos con barba de choclo.» (Saubidet).

COLUDO. (C 50). -Gato con cola; Se opone a rabón.

Bibl.- «Animal de cola larga». (Saubidet).

COMEDIDO. «Unos chicos *comedidos* trajeron al momento dos ejemplares negros que maullaban...» (C 49).- Entremetido, ayudante.

Bibl.- «Solícito por servir y ser útil a uno» (Garzón).

CORRENTADA. «Se los llevó la *correntada»* (C 147).- Corriente violenta de un arroyo en momento de crecida.

Bibl.- «Corriente impetuosa de un río, de un arroyo, o del mar» (Garzón).- «Una *correntada* bárbara» (GF 16).

CORRENTINO. «Correntino» (C 81) (o también Corriente. (C 82)).- «Una vieja *correntina.»* (C 83).

Bibl.- «Natural de la ciudad de Corrientes o de la provincia del mismo nombre, en la República Argentina.» (Garzón).

COYUNDA. «Al desatar las *coyundas*, en cambio, observaba». (C 121).

Bibl.- «Soga, correa, látigo.» (Malaret, *Dicc.*).

CRIOLLO. «Una italiana obesa y cierta *criolla* llamada Secundina». (C 9).- Empleado como adjetivo: «Gurí, desde su caballo, tocaba los bueyes con la picana, silbando un estilo *criollo»* (C 91).

Bibl.- «Nacional, vernáculo, propio y peculiar de nuestro país, y por extensión, de cualquier otro de Hispano América.- Dícese del hijo de padres europeos, nacido en cualquier otra parte del mundo. // Dícese de americanos descendientes de europeos.» (Garzón).- «Nativo del país, tanto la persona como el animal. Lo que es propio de esta tierra.» (Saubidet).- «A nuestro gaucho, y a todo el que descienda del entronque indo-español, sólo por extensión puede llamársele «criollo», pues su verdadera denominación racial es la de «mestizo». (Inchauspe).

CRISTIANO. «Es malo yegar a un lugar en el momento de morir algún *cristiano»* (C 59). (C 62, 65, 82, 122, 162). Los seres humanos, opuestos a los animales. No hay indicación religiosa aquí.

CUADRA. (C 105, 130).- Medida de longitud del país.

Bibl.- «La dicción *cuadra* tiene su origen en la época de la colonización española. La *cuadra* era la manzana de terreno destinada a la edificación en los pueblos, trazados todos como dameros y con sus calles tiradas a cordel. El área limitada por cuatro cuadras iguales, era la *cuadra,* o sea la figura geométrica denominado *(sic)* cuadrado... (La *cuadra* vale 85 M, 90).» (Berro García, BFM, I, p. 186).

CUARTA. (C 6, 139).

Bibl.- «Soga o cadena para ayudar a los vehículos empantanados o muy cargados.» (Saubidet).

CUCHILLA. «Estancias rencorosas que antaño fueron oasis de verdura en la *cuchilla* áspera o en la desierta planicie» (C 55, 64, 128).- Colina, sierra poco elevada.

Bibl.- Término general de uso abundante en América.- «Cima de una sierra o cordillera que a cierta distancia parece un corte afilado como el de una *cuchilla»* (Garzón).

CUENTERO. «Se trata de un curioso holgazán conocido y apreciado por las quitanderas, mezcla de vagabundo y payador. Lo llaman «el *cuentero»*. (C 100).- «... un paisano *cuentero* de ley.» (C 31).- «... se suspendió la música para escuchar las historias de un *cuentero* recién llegado.» (C 19).- Tipo de gaucho que sabe numerosos cuentos o historias del país y que los relata con arte.- Se llama también *cuentista.* - cf. DS 77. y s. v. *payador.*

CUEREAR. (C 55, 60).

Bibl.- «Sacar el cuero a los animales». (Saubidet).- «...hiriéndolo de la garganta a la barriga, por donde tendrían que abrirlo cuando lo *cuerearan*».- (CU 81).

CULATA. «En la culata del último vehículo...» (C 7).

Bibl.- «Toda la parte posterior de la carreta». (Oroz, *Hom. a Krüger,* I, p. 383).

CULERO. «¿El viejo Farías anda de *culero* ?» (C 121).

Bibl.- «*Culero,* arriero de ganado». (Flórez, BICC, V, p. 136).- El que «va a la retaguardia» y que se opone al guía «que va delante».- (Flórez, BICC, V, p. 148).

CURANDERO. «Tenía pensado dirigirse al rancho del *curandero* Ita, un indio ayuntado a una china milagrera y «dotora en yuyos» (C 56).

Bibl.- «El curandero o médico —que también este nombre se le daba en el campo al que se dedicaba a curar— usaba una verdadera farmacopea vegetal y animal. Casi ningún «yuyo» le era inútil; a todos los utilizaba, ya en bebedizos o infusiones, ya en emplastos.» (Inchauspe).

CUZCO. «Pero el can —un *cuzco* decidido— no soltó las faldas de la mujer.» (C 26).- Perro.

Bibl.- «Perro vulgar, pequeño y ladrador. Perro faldero». (Saubidet).- «En la Argentina es "perro", en especial el pequeño y muy ladrador, y también perro en general. Se emplea asímismo en el Uruguay (Malaret, *supl.*), en Bolivia (Bayo) y en Colombia (Tascón, Uribe)... En España sólo conozco una correspondencia perfecta con *cusco* "perro pequeño" en la provincia de León, según Puyol (R. Hi., XV, p. 4)... Sabido es que todo ello procede del grito para llamar al perro, *cuz cuz,* anticuado según el *Diccionario de Autoridades.*» (Corominas, RFH, VI).- «Una carcajada finita y estridente como ladrido de *cuzco.*» (CU 60).

CH

CHACRA. «Esta *chacra* de barro va a producir mucho más que la de los gringos» (C 140). —Cortijo y las tierras cercanas.

Bibl.- «La *chacra,* y aún la *chacarita,* esto es la granja o cortijo destinado a la labranza y anexos, también los tiene para colocar, vigilar y guardar en ellos los caballos, bueyes, vacas lecheras, cabras, etc... que constituyen los semovientes de la propiedad o finca rústica» (Berro García, BFM, I, 183).- «Una labranza, campiña cultivada unas tierras y caserías, también nombre que dan en el Perú a la hacienda del campo» (Friederici, 1926, p. 23).- «Finca rural destinada a la labranza» (Saubidet).- «La quinta (yegua) fué trigo de otra *chacra*» (DS 32).- «Estos (los puestos) fueron dotados de... potreritos especiales de aislamiento y una *chacra*» (GF 137).- En el siglo XVII ya, la *chacra* designaba un terreno más o menos extenso en que se cultivaban todas clases de productos, legumbres, frutas, cereales, etc...- «Ay un arrabal con muchas *chacras* jardines» (1629, Indias, n. 1926).- «Tiene muchas viñas o chacras que assi las llaman» (*Id.* n. 1354) - «Tiene una ribera muy buena, y alegra de muchas guertas, o *chacras,* de perales, durasmos...» (*Id.* n. 1390) - «Por las riberas tienen los vezinos de Guayaquil muchas arboledas, o *chacras* de árboles de cacao cargados de masorcas de cacao» (*Id.* n. 117) - «El valle es muy ancho donde ay muchas *chacras,* o haziendas de españoles y de indios.- Cogese cantidad de trigo, mais y otras semillas, en el se crían los mejores y maiores mates, o calabaças que ay en todas las indias» (*id.* n. 1344).- La palabra proviene del quichua según Lapesa (*Hist. Leng. esp.)* y Malaret *(Dicc.)* - Existe también la forma *chacara,* sinónima de *chacra,* que parece ser la más antigua de las dos, ya que el habitante se llama chacarero y no «chacrero» y el diminutivo de *chacra* es chacarita. De todos modos el vocablo *chacra* se usa desde muy antiguo, registrándolo ya el ms. de principios del siglo XVII antes citado.

CHALA. «Cigarrillo de chala».- (C 15)-(C 7, 152).- Hoja del maíz que sirve para envolver el tabaco y formar el cigarrillo.

Bibl.- «Del quich. *challa* o *chagllia:* hoja seca del maíz.». La hoja verde o seca que envuelve la mazorca de maíz.» (Malaret, *Dicc.*).- «Hoja que envuelve la mazorca de maíz o cualquier cereal. // Cigarro envuelto con la anterior.» (Solá). «Fumaba tabaco negro en naco y papel de *chala.*» (GF9).- «Hecha la hebra sacó una *chala:* la pasó por la lengua, humedeciéndola, a fin de que el tabaco se agarrara.» (CU 17).

CHAMBERGO. «Un *chambergo* de paja». (C 48).- (C 4).- Sombrero del gaucho.

Bibl.- «Sombrero de paisano; generalmente de fieltro.» (Saubidet). «Llevaba poncho de vicuña, espuelas de plata y grande *chambergo.*» (GF 17).

CHANCHO. (C 82, 94, 97).

Bibl.- «Alteración de Sancho, antiguo sobrenombre del cerdo. Cerdo.» (Malaret, BICC, IV).

CHANGA. «Con aquellas *changas,* pudo seguir adelante...» (C 55). (C 111, 141, 158).

Bibl.- «Encargo, recado. // Trabajo de poca monta. Con esta sig. corre la voz en América meridional». (Solá).- «De *chanca,* postverbal de *chancar,* con cambio *c* > *g,* proceden nuestras voces *changa* "negocio ínfimo", "servicio que presta el mozo de cuerda" y *changador* "mozo de cuerda". Es muy probable que estas voces hayan nacido en el trabajo de los yerbales.» (Battini, NRFH, VII, p. 207).- «Habíamos *changado* en unos trabajos de aparte». (DS 66).

CHAPALEAR. «*Chapaleando* barro, pudieron colocar la cuarta...» (C 139).

Bibl.- «Chapotear; andar entre el barro y el agua». (Saubidet).

CHAPALEO. «Un *chapaleo* de barro venía de su derecha.» (C 13).-

Bibl.- «Acción y efecto de chapalear.» (Solá).

CHARUTO. «Iba a encender un fósforo para dar fuego a un "*charuto*"» (C 38).- Palabra portuguesa.

Bibl.- «En Brasil y Bolivia, cigarro o puro, hechos con chala u hoja de maíz.» (Santamaría).

CHASQUE. «Lo vió la gente galopar bajo la lluvia, portador de un *chasque*». (C 64).

Bibl.- «El que conduce a caballo una comunicación o lleva un encargo urgente. // Correo a caballo.» (Garzón).- «El general recibía un "*chasque*" uniformado con alguna comunicación militar del gobierno». (CU 54).-(GF 16).

CHICOTEAR. (C 31).- Temblar como si recibiera latigazos o chicotazos.

Bibl.- «*Chicote* "látigo"; sinónimo de *rebenque; chicote del carro, chicote con cabo'e plata, chicote de mujer...* Tiene también extensión en el verbo chicotear.» (Battini, Fil. I, p.137).- «Pegar, castigar, dar golpes o lazasos con un chicote o lonja.» (Saubidet).- «Se me clavó el matungo y chicoteó con el anca en el suelo». (GF 33).

CHINA. «Casilda, era una *chinota* desdentada y flaca.» (C 5).- «Las *chinas* pasteleras».- «Entró en el rancho y halló a su *china* dormida boca abajo». (C 10).- (C 47, 55, 142, 143).

Bibl.- «La mujer, la amada del gaucho». (F. Silva Valdés, BFM, III, p. 278).- «Una mujer india hecha, entonces: niña, muchacha, mujer del pueblo bajo, plebeya.» (Friederici, 1926, p. 27).- «Se dice así, y es término despectivo, de la mujer de piel morena. // Sirvienta criolla. Es voz quichua: *china* —mujer de servicio, doméstica. Con esta acepción corre la voz en toda América meridional y central.» (Solá).- «*Chino:* Nombre vulgar del indio». El chino es el descendiente de blanco y mestiza y de mulato y negra o vice-versa. De estas tres mezclas, la primera es la que abunda en el Río de la Plata. Queda limitado tal vocablo en Arg. a las mujeres. // Urug. Se expresa asímismo con la dicción *china* a la mujer de tez morena o morocha hasta el punto que suele calificarse o llamársele así familiarmente cuando tiene esa característica. // Am. Merid. (V. quich, hembra). Amante, concubina. Es la esposa o amante criolla de clase humilde. La acep. general es moza, mozuela. Calificativo afectuoso.» (Malaret, *Dicc.*). - «Proviene del quichua». (Lapesa, *op. cit.)*. «... entre las *chinas* y mulatas». (GF 26). «En la puerta de las negras, pardas o *chinas* de sus rodeos, clavaba Ramiro un clavo.» (GF 56).- «[Mangacha] era acentuadamente morocha, tirando a *china*». (GF 59).- «San Pedrino, el que no es mulato es *chino*». (refrán).- (DS 21).- «Ella es mi novia, y vos mi *china*». (GF 126).

CHINERÍO. «El *chinerío* ... trabajaba sigiloso en las sombras, y ya era una que se marchaba abrazada de un paisano, ya era otra que discretamente se metía en las carpas». (C 29).- Conjunto de *chinas*. (cf. s.v.)

Bibl.- «Urug. Conjunto de *chinos* (gente del pueblo bajo)». (Malaret, *Dicc.)*.- «Conjunto o muchedumbre de *chinas*.» (Saubidet).

CHIQUERO. «Gruñían ásperamente en el *chiquero* diez cerdos negros» (C 93).- Pocilga, a veces corral para ciertos animales.

Bibl.- «Barriendo los *chiqueros* de las ovejas con una gran hoja de palma» (DS 29).- «Corral especial para cerdos, terneros, etc... (Saubidet).- «Interjección que se repite varias veces para que los cerdos o las aves vayan al *chiquero*» (Morínigo, Hispanismos, p. 184).

CHISTAR. «Cuando la mujer le *chistó*». (C 38). (C 58, 157).

Bibl.- «En Perú, y Argentina, llamar a uno haciéndole ¡chist!.- En Argentina, chillar («una lechuza pasó *chistando*»)» (Santamaría).

CHISTIDO. «Un *chistido* como de lechuza». (C 29). (C 157).

Bibl.- «Especie de silbido, sonido sordo que se produce por el aire que se exhala a través de los dientes casi unidos. Se emplea para detener o aquietar al caballo, pedir silencio, etc...» (Malaret, *Dicc.*)

CHOCLO. «Clavó la lezna en un marlo de *choclo*». (C 7).- (C 49, 114).

Bibl.- «Así llaman en el Perú las espigas o mazorcas verdes del maíz, maíz tierno.» (Friederici, 1926, p. 28).- «Mazorca de maíz, verde, tierno. Vocablo conocido de Colombia al Sur. Del q.: *chocllo, chokkllo o chukllu.*» (Solá).- «Proviene del quichua». (Lapesa).

CHORRADA. «El río corre allí encajonado, y a las dos o tres horas de lluvia, es tan violenta la *chorrada* que un objeto pesado, para llegar al fondo, necesariamente debe correr a flor de agua un buen trecho, como si fuese un trozo de corcho» (C 104).- Sinónimo de *correntada,* aún más fuerte, con torbellinos.

CHUCARO. (C 21, 67, 87, 128).

Bibl.- «Del quich. *chucru:* duro). Arisco, bravío, aplicado al ganado. // Esquivo, huraño, dicho de personas.» (Malaret, *Dicc.*)

CHUMBAR. «*¡Chúmbale!*... ¡Toca!...» (C 26).

Bibl.- «Azuzar a los perros. Por extensión cuando se anima a los muchachos a que peleen. // Secar, quedar enjuto. // Emborrachar.» (Solá).

D

DAMAJUANA. «Una damajuana de caña». (C 128).- Botella enorme que se llama más popularmente "*madajuana*".

Bibl.- «Tiene figura de botella y capacidad de diez litros. Casi siempre está defendida por una red de mimbre que la ciñe. En Argentina, Chile y Uruguay». (Morínigo, Hisp. No. 161, p. 128).

E

EMPACAR. «No quería contestarles, *empacada* como de costumbre.» (C 157).
Bibl.- «*Empacado:* el animal que por maña se rehusa a caminar. Encaprichado. También se dice de una persona cuando se encapricha. *Empacar* plata: guardar dinero; economizar.» (Saubidet).
EMPONCHADO. «Entró *emponchado*». (C 114).- Envuelto en el poncho, puesto el poncho.
Bibl.- «*Emponcharse.* Ponerse una persona el poncho». (Malaret, BF Chile, VII, p. 41).- «El que para que no le conozcan se cubre el rostro con el poncho: (fig. la persona astuta o hipócrita que oculta su verdadera intención o su manera de pensar.» (Berro García, BFM, I, p. 182).
EMPUTECIDA. «Pero hacía falta una lición ansina, para estas *emputecidas* del otro lau!...» (C 34).- Es adjetivo empleado como sustantivo (las mujeres emputecidas).- Rameras.
ENCIERRO. «El cerco de piedra que limitaba el *encierro* oponíase a las bestias ansiosas de espacio» (C 93).- Es sinónimo de *potrero* o *corral.*
ENROLAR. «Tu viejo me pidió que no te *enrolase* hasta no saber cómo andan las cosas.» (C 127).- Alistar en las tropas revolucionarias.
Bibl.- «alistar a uno haciéndole sentar plaza en la militancia.» (Garzón).
ENTECADO. «Cinco mestizos, achicharrados por el sol, *entecados,* enfermizos.» (C 72).
Bibl.- «*Entecado,* pron. *entecao;* v. *enteque:* enfermizo; convaleciente». (Solá).
ESCARCEADOR. «Montaba pingo *escarceador*». (C 44).- El caballo brioso que hace muchos escarceos.
Bibl.- «*Escarceo:* movimiento que hace el caballo subiendo y bajando mucho el cuello y la cabeza, con más o menos frecuencia. Picotear. Muchas veces este movimiento va acompañado con un resoplar. El yeguarizo que *escarcea* demuestra voluntad para el trabajo. Hay caballos que *escarcean* para arriba y otros para abajo.» (Saubidet).
ESCUPITAJO. «El sobrante de yerba o el *escupitajo* verdoso». (C 5).- El residuo del mate, la yerba que ya no se puede usar.
ESPINILLO. «Barro y frescas flores de *espinillo*». (C 149), (C 134).- Árbol.
Bibl.- «Argentina y Uruguay: *Ñandubay,* árbol // Cuba, P. Rico y Venezuela: otro nombre del *palo de rayo* (Parkinsonia)» (Malaret, BICC, VI).- «Algunos cuervos se posaron en los talas y *espinillos* cercanos» (GF 17).
ESTANCIA. «El solitario patrón era más autoridad en el ámbito de la *estancia* y en el espacio que limitaban los cerros... Dueño y señor, eje del latifundio, punto céntrico de la circunferencia que trazaban sus miradas dominantes» - (C 3, 17, 28, 35, 69).- Es una inmensa explotación ganadera. Se opone generalmente a la *chacra.*
Bibl.- »*Surgió una especie de diminuto Estado con su capital - La estancia,* sus departamentos, los potreros —un gobierno central— el patrón, los mayordomos, los capataces, y las jefaturas —los puestos. Esta republiqueta por su naturaleza orgánica y viva, establecía un orden, un principio de cultura» (GF 28), (GF 7).- «Establecimiento de campo, hacienda o finca rural, destinado a la ganadería y ordinariamente a la cría del ganado vacuno. La población o poblaciones pertenecientes a dicho establecimiento» (Saubidet).- «Una *estancia* o establecimiento ganaderil» (Berro García, BFM, I, 183).
ESTANCIERO. «Los *estancieros* temían que fuese una tribu de gitanos» (C 82), (C 3). El dueño de la estancia, el patrón. Es el hombre rico, el que domina y manda a sus peones y a todos los habitantes del pago.

ESTANZUELA. «Boliches, pulperías y *estanzuelas*» (C 3, 150).- La palabra parece ser un diminutivo de *estancia,* en cuanto a la forma, pero no al sentido. Según los ejemplos citados, se refiere la palabra a *pulpería* o al casi sinónimo *boliche.* Sin embargo, con el ejemplo siguiente sacado del GF, tendrá el sentido de *estancia* muy reducida.
Bibl.- «Necesitó transformar los puestos en *estanzuelas* y los puesteros y los peones en habilitados» (GF 137).
ESTILO. « ...silbando un *estilo* criollo» (C 91).
Bibl.- «Urg. (Chile). Música y danza típicas». (Malaret, BF Chile, VII, p. 45).- «Me puse a silbar un estilo:

Yo me voy, yo me despido,
Yo ya me alejo de vos,
Quedá mi rancho con dios.» (DS 131).

F

FACA. «La "faca" del finau Alfaro...» (C 142).- El puñal, según el empleo del autor unas líneas antes. Es voz brasileña de la que los ríoplatenses han sacado *facón.*
FACÓN. «El del largo *facón*» (C 39). Cuchillo, puñal del gaucho.
Bibl.- «Arma cortante; puñal más largo que el común. Con la clásica ese entre la hoja y el cabo». (Silva Valdés. BFM, III, p. 278).- «Cuchillo grande; el arma del gaucho. No es el cuchillo corvo o faca de los españoles.» (Malaret, *Dicc.*). «Cuchillo grande, recto y puntiagudo, con guardia. Puede tener dos filos y es usado por el gaucho como arma de pelea.» (Saubidet).- *Pelar el facón:* «Sacar, desenvainar el facón; verse en el caso de echar mano de él para defenderse o atacar.» (Saubidet).
FALLUTO. «Porque sé calar a los indios *fayutos* como vos». (C 117). Adjetivo formado a partir del verbo *fallar.*
Bibl.- »*Cobarde, fatulo*». (Malaret, *Dicc.*).- «De falsa y fingida apariencia.» (Garzón).
FÉMINA. «A su vera sólo se ven *féminas*». (C 122).- Mujeres.
FLOR. «De las tres hay una de mi *flor*» (C 73).
Bibl.- «De lo mejor» (Saubidet).- «Lo mejor de su género» (Malaret, *Dicc.*).- «Una disparada *'e mi flor*». (GF 11).
FOGÓN. (C 15, 73, 83).
Bibl.- «Fuego de leña u otro combustible (*leña de vaca u oveja,* ramas, etc.) que en el campo y particularmente en las paradas durante los viajes, se hace en el suelo. Lugar donde se hace fuego en las cocinas de ranchos y estancias. Alrededor del *fogón* en la cocina de la estancia tiene lugar la reunión de la peonada en las horas de las comidas... En la gran rueda de los paisanos formada alrededor del *fogón* cada grupo cebaba su mate y la caldera siempre colgada de uno de los ganchos que pendía de los eslabones, volvía al centro cada vez que la dejaba un cebador.» (Saubidet).- «El *fogón* clásico, el fogón gaucho, el fogón de las patriadas y las cocinas cimarronas, consolador de achaques y penurias, animador de tantas almas sombrías, amigo fiel del paisano como el caballo y la daga...» (GF 12, 13).- (GF 16).- (DS 30).- (*Facundo* 12).
FOGUEADO. «El fogueado guerrillero». (C 131).
Bibl.- «En Méjico y Antillas, persona experimentada, ducha en alguna disciplina. Dícese

también del animal doméstico, caballo, perro, adiestrados. // Vulgarmente en Colombia, fatigado, febricitante». (Santamaría).
FRITANGA. «Vendedoras de *fritanga* y confituras». (C 15, 23).
Bibl.- «En *fritanga,* voz que parece formada en América, pues faltaba en la Acad. hasta 1925, y en casi todos los léxicos escritos en España, a pesar de ser muy corriente en la Argentina, Chile, Perú y Honduras, llegándose hasta Cuba, donde dicen también *fricanga* o *frucanga* (Santamaría), resalta evidentemente la presencia y la significación del suf. *-anga.* El *frito* nos da la *fritada* o *fritura;* pero cuando estas no se andan muy bien sólo nos resulta *fritanga,* frito ligero, que no haría, por cierto, las delicias de un gourmet. Usase en Santander. (Pereda-*Peñas Arriba*).-» (J. Selva, BICC, V, p. 197).
FUSTA. «Hizo sonar la *fusta* en sus botas.» (C 111).
Bibl.- «Látigo fino, flexible y liviano que en el campo sólo se usa, a veces, para castigar el caballo en las carreras cuadreras.» (Saubidet).

G

GALPÓN. «Atravesaba el patio de naranjos y se iba a los *galpones».* (C 66) - «A don Cipriano se lo había devorado el *galpón,* sin que volviese la cara hacia el rancho del servicio» (C 68).- Es lugar cubierto que sirve de vivienda a los peones de la estancia («rancho de servicio») o de cobertizo a los animales o a las cosechas.
Bibl.- «Cobertizo grande, tinglado, con paredes o sin ellas, para preservar de la intemperie frutos u otras cosas» (Malaret, *Dicc.*).- «Cobertizo, extenso, techado y con paredes, para almacenar máquinas, cueros, aperos, vehículos, etc... » (Saubidet).- En Uruguay y Chile, «barracón de trabajo; ... el *barn* de los americanos. (Se usa también en Venezuela, aunque sin duda mucho menos que en la Argentina, Uruguay, Chile y Brasil «cobertizo grande, barraca, construcción de cinc») «(Rosenblat, *Venezonalismos,* p. 22).- «Casa, o sala grande; aposento, portal cubierto» (Friederici, 1926, p. 40).- «Dos *galpones,* o salas tan grandes que cada una tiene una carrera de cavallo con muchas puertas, que devía de ser, donde los indios principales y señores llegados de los Reies se aposentaban; al presente sirven de corrales para ganado» (1629, *Indias,* n. 1361).- «Avia un hermoso *galpón* para las fiestas de los indios en días lluviosos donde los españoles se alojaron» (*Id.*, n. 1503). -«Avia junto a cada fuerte un *galpón* grande de treinta o quarenta pasos cubierto de paja que es lo mismo que una casa grande» (*Id.*, n. 1963).- (GF 26).- «Recordé que mi recado estaba en el *galpón* de los padrillos» (DS 41).- La palabra *galpón* procedería del «nahuatle *calpulli,* in Nicaragua *galpón»* según Entwistle (*op. cit.*). Existe el vocablo a principios del siglo XVII.
GALLETA. «Vendedoras de galleta» (C 154). V. *porongo.*
GARANTIR. «Se la *garanto!»* (C 108).
Bibl.- «Arg. y Ch. «Garantizar, asegurar, proteger, es el portugués *garantir* que los argentinos usan como verbo español en la lengua hablada y escrita.- De ahí el usual «yo le *garanto».* (Speratti Piñero, Fil., II, p. 265).
GARRAPATA. «Vacas machorras, overas de *garrapatas,* que en los callejones pasaban años y años». (C 136). Parásito.
Bibl.- «Arácnido acarideo. Parásito externo transmisor de la tristeza en los vacunos». (Saubidet).
GARÚA. «Arreció la *garúa»* (C 76), (C 74).- Lluvia menuda, llovizna.

Bibl.- «*Garúa* "llovizna"... El *Diccionario marítimo* de Lorenzo, Murga y Ferreiro la registra con el sentido de "neblina muy húmeda que deja caer gotitas muy finas de agua, pero que no llega a correr en el suelo como la de la lluvia." Está demostrado que *garúa* es voz marina, generalizada en casi toda América con el significado de "llovizna"» (Battini, Fil., I, 121).- «Lluvia menuda, y cuasi *(sic)* imperceptible, a manera de niebla, pero no incómoda como ésta, en las regiones secas del Perú» (Friederici, 1926, p. 41).- «Casi unánimamente se había mirado como indigenismo y resulta ser puramente romance» (Corominas, RFH, VI).- Según Pilar Haedo (*Nombres de la llovizna,* RDTP, VIII, 367-8) sólo se encuentra *garúa,* bajo la forma *garuh'ó* en las Islas Canarias, pero no en la península.- «En algunas partes cae un rosio muy menudo que en aquel Reyno llaman *garúa*» (1629, *Indias,* n. 1380). De uso antiguo pues.

GARUAR. «Comienza a *garuar*» (C 101).- Caer garúa.

Bibl.- «*Garuar* "lloviznar"» (Battini, Fil, I, 147).

GAUCHAJE. «La gente del circo terciaba con las carperas, entrando en relación el *gauchaje,* dispuesto a gastar sus reales.» (C 17).

Bibl.- «Arg. Urug. Chile. «Conjunto de gauchos; tiene valor despectivo, aunque no siempre.» (Speratti Piñero, Fil, II, p. 266).- «Río de la Plata. Conjunto de gauchos. // La plebe.» (Malaret, *Dicc.*). «Muchedumbre de gauchos» (Saubidet).

GAUCHO. «Cualquier *gaucho* de mala muerte conocía las huellas» (C 136).- Palabra general que designa al que vive en la pampa y es excelente jinete. Existen diferentes tipos de gauchos: el *baquiano* (cf. s.v.), el *domador* (cf. s.v.), el *esquilador* (cf. s.v.), el *rastreador* (cf. *Facundo,* 42), el *resero* (cf. DS51), el *tropero* (cf. s.v.), y en las horas de descanso unos se hacen *cuenteros* (cf. s.v.) y *payadores* (cf. s.v.).

Bibl.- «Campesino ríoplatense, tipo étnico, diestro en el dominio del caballo y por excelencia, en el trabajo de ganadería.» (Saubidet).- «El habitante de las pampas del Río de la Plata, tanto en la Argentina como en el Uruguay y en el Río Grande do Sul, esencialmente mestizo de indio y castellano, se ocupa en ganadería o lleva vida vagabunda en su caballo: tomar hábitos de gaucho.» (Friederici, 1926, p. 41).- «*Gaucha.* Arg. Mujer varonil.» (Malaret, *Dicc.*).- «Proviene del araucano.» (Lapesa, *op. cit.*). «Vive a caballo; trata, compra y vende a caballo; bebe, come, duerme y sueña a caballo.» (*Facundo* 56).

GIRA O JIRA. (C 18).

Bibl.- «Tránsito, recorrida o viaje por varios puntos de un mismo pueblo o lugar, o por varios lugares, países o comarcas, sea con un fin administrativo, de orden público o de gobierno, sea político, científico, artístico, etc... o por diversión y entretenimiento.» (Garzón).

GOLILLA. (C 65).

Bibl.- «Pañolón doblado alrededor del cuello, que usan los paisanos, anudándolo delante y dejando caer sobre la espalda un trozo triangular. «Chalina» no es el término apropiado para denominar la golilla.» (Malaret, *Dicc.*).- «Los fornidos cogotes de los hombres lucían *golillas* blancas, rojas, azules.» (GF 46).- (GF 25).- (CU 38).

GRAMILLA. «Arrancó un terrón con *gramilla*» (C 145).

Bibl.- «Argentina y Uruguay. Gramínea de buen pasto. (Paspalum distichum)» (Malaret, BICC, VI).- No hay que olvidar que en la región del Río de la Plata no se emplea el vocablo *yerba* en el sentido de planta verde y menuda que cubre los prados y las praderas, sino en el de *yerba mate* empleada para hacer la bebida nacional llamada usualmente *mate.*

GRANO MALO. (C 58). -Enfermedad.

Bibl.- «Carbunclo, tumor virulento y gangrenoso, cuyo bacilo es, según el Dr. Carlos Berg, *El Bacillis anthracis Cohn,* de la familia vegetal de las Esquizófitas.» (Garzón).

GRINGO. «Le repugnaban los criollos y hablaba mal de los "*gringos*". Preocupábanle los humores del italiano» (C 11), «mi *gringa*» (C 19).- El extranjero establecido en el Río de la Plata.
Bibl.- «*Gringo,* dícese en general del extranjero, y en particular del italiano, por el inmigrante que acude en mayor número al Río de la Plata.» (Berro García, BFM, I, p. 166).- «*Gringo*, despectiva designación del extranjero que no habla castellano, probable variante de «griego», debida a la influencia de *-ingo*». (Selva, BICC, V, p. 208).- «Es curiosísimo que la voz "*gringo*" tenga aplicaciones asaz distintas. Para un madrileño, "*gringo*" es el irlandés, queremos decir el antiguo celta blondo y rubicundo, con muchos ejemplares de talla desmesurada. En México, los países centroamericanos y Chile, «*gringos*» son los hijos de los Estados Unidos de América. Para un fluminense, «*gringos*» somos los hispanoamericanos de cepa peninsular. Para argentinos, paraguayos y orientales del Uruguay, «*gringos*» son los hijos de Italia. Para los peruanos, los hombres de color muy blanco, rubios, de ojos verdes o azules y que no son de habla española o portuguesa, son «*gringos*», se trate de canadienses, de norteamericanos, de australianos, de escandinavos, de británicos, de suizos, etc...» Añade el autor que, según el Doctor Caviglia, se usaba ya en toponimia la palabra «*gringo*» desde 1785: «*Paso del Gringo*».- (E. Tovar y R. *Una chácara sobre «gringo»*, BFM, IV, p. 70).- «El ahorro les parecía cosa de «*gringos*» roñosos.» (GF 14).- «En el campo se distinguía al extranjero con las denominaciones de *gringo,* «*nación*» y «estranjis». (Inchauspe).
GUACHO. «*Guacha* mal enseñada» (C 107), (C 116, 144). Huérfano.
Bibl.- «Animal tierno, ternero, potrillo y especialmente cordero, que ha perdido la madre y se ha criado en las casas, con mimos, tomando leche a toda hora. «(Saubidet).- «(Del quich, *huachu:* ilegítimo, o del aimará *huajcha o huagcha o huagcho:* pobre, huérfano; o del éuskera *natchu:* niño, o *watcha:* quejarse). Chile, Perú y Río de la Plata. Huérfanos, sin padres, tanto personas como animales, extensivo a cosas para indicar que están solas, sin compañeras.» (Malaret, *Dicc.*).- «Pensaba en mis catorce años de chico abandonado, de «*guacho*» como seguramente dirían por ahí.» (DS 11).
GUASCA. «Trabajo de *guasca*».- (C 7, 8).
Bibl.- «*Huasca* (gwáhka): «El látigo que se usa, a veces, en lugar de la *picana*». (Oroz, *La carreta chilena,* p. 385).- «Lonja o tira de cuero. // El látigo.» (Solá).- «Fumaba hasta desplomarse como muerto en el catre de *guasca* peluda». (GF 9).
GURÍ. «Y a Chiquito, el "*gurí*", no le perdía pisada» (C 5), «*gurisa*» (C 109). Niño, muchacho.
Bibl.- «Muchachito chico» (Saubidet).- «Arg. y Urug. Muchacho indio o mestizo. (Por la geografía del vocablo (Arg. y Urug. y Río Grande del Sur (Brasil)), parece testimoniarse el linaje guaraní que se le asigna al vocablo, pero no lo anotan los vocabularios guaraníes, ni se le conoce por las personas que hablan el idioma en el Paraguay. Puede proceder del tupi.- Moraes anota *gurí* para el masculino y *guría* para el femenino; también trae *gurizote*, por mozo, y *gurizinho,* diminutivo de *gurí*). En Arg. y Urug. dan *guries* y *gurises* para el plural, y *gurisa* para el femenino. // Por ext. hijos de corta edad de una familia // También el campesino usa el vocablo *gurisa* como calificativo afectuoso para dirigirse a la mujer querida». (Malaret, *Dicc.*).- «El *gurí* de ocho o nueve años» (CU 53).

H

HAMACA. «Las dueñas sacaban sus sillones de *hamaca* a la vereda». (C 17).
Bibl.- «Red por lo general de malla suelta y larga, aunque también se hace de lienzo o tela; sus extremos recogidos en un haz de hilos, forman los brazos, y éstos a su vez terminan en un lazo o gasa, por donde se cuelga a manera de columpio, para mecerse. Es el dormitorio peculiar de los países cálidos. Se hace de hilo de fibras, algunas veces finísimas: cabruja, pita o henequín». (Santamaría).- «Del caribe *amaca:* pita» (Malaret, *Dicc*).- «Y si el novio viene con las condiciones que ella le propone, se acuesta en una *jamaca,* que es su cama.» (1629, *Indias,* No. 185).- «Le cuelgan una *xamaca* en lo mas alto de la casa». (*id.* No. 187).

I

INDIADA. (C 24, 88).
Bibl.- «Muchedumbre de indios». (Malaret, *Dicc*).- «Reunión o multitud de indios». (Garzón).
INVERNADA. «El callejón con sus pantanos, que separaba a los miserables de la *invernada* de novillos» (C 138, 31).- Es pradera destinada al engorde del ganado. Se llama también *invernadero.*
Bibl.- «Campo de buenos pastos, especial para el engorde del ganado mayor. Epoca del engorde del ganado, que empieza generalmente en invierno» (Saubidet).

J

JARANA. «La francachela y la *jarana*» (C 95).
Bibl.- «Diversión bulliciosa y alegre entre personas de confianza y de buen humor, donde no faltan las bromas y los chistes, y muchas veces, los chascarrillos y cuentos al caso. // Reunión familiar con música y baile, o canto» (Garzón).
JARDINERA. «Volantas, sulkies y *jardineras,* próximos a una enramada, de techo raído por los vientos». (C 48). (C 137).
Bibl.- «Carro ligero de dos ruedas en que los vendedores ambulantes llevan sus mercancías» (Morínigo).
JEJÉN. «Los *jejenes* estaban rabiosos y había nubes de mosquitos en el aire.» (C 74).- Mosquito pequeñísimo.
Bibl.- Insecto pequeño, menor que el mosquito, cuya picadura es muy irritante (Oecacta furens; simulia philippi)». (Malaret, BICC, VII).- «Ay *gegenes,* y rodadores que se pegan a la carne, y dan picadas que abrazan para defenderse de tan terrible y importuna plaga tienen hechas las puertas de las casas de caña tan subtilmente puestas y entretegidas que por ellas entra luz, y ellos con ser tan pequeños no pueden entrar». (1629, *Indias,* N. 1386).

K

KEROSENE. (C 35, 88, 138).
Bibl.- «El petróleo refinado que se emplea para el alumbrado. Voz americana de uso muy frecuente y cuyo origen no hemos podido averiguar. Llámase también en España, a más de *petróleo, aceite mineral,* este último sin uso en la Argentina.» (Garzón).- «*Kerosene o querosin,* voz de origen inglés.» (Alfaro, BICC, IV, p. 114).

L

LAPACHO. «Apoyó su mano en el duro *lapacho* del pértigo». (C 132).- Arbol.
Bibl.- «Arg., Bol., Parag., y Urug. Arbol bignoniáceo notable por su utilidad y belleza; su madera es fuerte e incorruptible; hay cuatro variedades: gris, negro, rojo y amarillo, según el olor de sus flores (Tubezuza; Tabornia, Tecoma)» (Malaret, BICC, VII).- «*Tabebnia Avellanedaea:* Arbol de la familia de las bignoniáceas; crece en la falda de los cerros. Fué dedicada por Lorentz al presidente Avellaneda. Su preciosa flor tiene forma acampanada, color rosado con amarillo en centro» (Solá).
LARGAR. «La mujer... *largó* su presa» (C 88).- (C 31, 44). Soltar.
Bibl.- «Irse a alguna parte, retirarse.»(Saubidet).- «... y pregunté a Goyo dónde debía *largarlo.* En aquel potrerito donde está la cebada». (DS 27).
LAZO. (C 8, 121).
Bibl.- «Cuerda de correas, de cuero crudo de novillo, trenzadas o retorcidas, de diez a veinte metros de largo. En uno de sus extremos tiene una lazada corrediza. Sirve para enlazar y sujetar animales; como toros, caballos etc... No parece que el objeto fuera importado por los españoles, pero fué usado por ellos desde fines del s. XVI. ¿De quiénes aprendieron el uso? Algunos americanistas dicen que de los indios charrúas, otros que de los puelches. Ercilla, en la segunda mitad del siglo XVI menciona el lazo como arma de guerra de los araucanos». (Morínigo, *Hispanismos,* Nº. 433, p. 216).
LINYERA. «Hasta el *linyera* va a mojar» (C 30), (C 32). Vagabundo.
Bibl.- «Arg. Atorrante». (Malaret, *Dicc.*).
LO DE. (C 90, 166),- Cf. Sintaxis. *Partes de la oración,* B.5.
LONJA. «Sonaron los *lonjazos*». (C 131), (C 3).- Correa de cuero.
Bibl.- «En general, tira de cuero. // Extremidad del látigo, con que se hiere al animal.» (Malaret; *Dicc.*).
LUNAREJO. (C 56).
Bibl.- «Aplícase al animal que tiene lunares en el pelo»-(Malaret, *Dicc.*).

M

MACACO. «Se emperra como buena *macaca*». [Se trata de una brasileña]. (C 157).- Término despectivo para designar al nativo del Brasil.
Bibl.- «Persona que anda con rodeos y vueltas para hacer o decir algo. Caballo con mañas.»

(Saubidet). - «Nome comum a todos os símios». (*Peq. Dic. Bras.*).- «Despect. Sobrenombre que se le da al natural del Brasil». (Malaret, *Dicc.*).

MACHORRA. «Vacas machorras». (C 136).

Bibl.- «Hembra estéril». (Saubidet).

MADRÁS. «... el *madrás* de la bata...» (C 111).- Tejido, tela de algodón rayado que viene de Madrás (India).

MALPARIDO. «Canalla, *malparido*». (C 78).- Insulto. *Malparir* es abortar.

MALVÓN. «Malvones variados, en latas de aceite, alegraban otros frentes». (C 17).- Planta, geranio.

Bibl.- «Arg. y Urug. Planta de hojas olorosas (Abutilon Specialis). En mex. es la bella planta nombrada también geranio». (Malaret, BICC, VII). - «Geranio» (Saubidet).- «Macetas de claveles y *malvones*» (GF 15).

MANCARRÓN. «Pastaba un mancarrón» (C 22). (C 3).

Bibl.- «Caballo usado, viejo, que vale poco». (Saubidet).- «Al mancarrón viejo le gusta el pasto verde.» (CU 20).

MANDAMÁS. «... Es la capataza... la vieja es la que manda más, la que capitanea a las carperas». (C 33), (34, 107).

MANEADOR. «Desataba el maneador». (C 140). C 139).

Bibl.- «Larga lonja de cuero desvirado o sobado, que usaba el gaucho para manear el potro durante el amansamiento. Luego se usó con más frecuencia para «atar a soga» al caballo durante la noche.» (Silva Valdés, BFM, III, p. 279).- «Soga de cuero crudo cuyo largo llega hasta doce metros, teniendo de tres a seis centímetros de ancho. Lleva una presilla en una extremidad. El paisano lo usa particularmente para atar su caballo y dejarlo pacer con comodidad en medio del campo.» (Saubidet).

MANGA. «*Mangas* de langosta» (C 60).- Designa aquí una nube del insecto saltador llamado "langosta" (acrídido). Pero la palabra *manga* se aplica también a un corral o un callejón. De donde deriva *manguera,* corral de menos importancia.

Bibl.- «Gran cantidad, nube de langostas.- Suele verse *mangas* tan grandes y densas que al pasar delante del sol obscurecen la claridad del día» (Saubidet).- «*Manga* o potrero» (Flórez, BICC, VII, 70).- «Vía entre estacadas para el tránsito de los ganados. // Partida de gente o de animales» (Malaret, *Dicc.*).- «Cerco que se construye para aquerenciar al ganado. // Colectivo de persona» (Solá).

MARLO. (C 7, 49, 50).- Parte bien apretada de la mazorca del maíz que una vez encendida se consume despacio y puede hacer de yesquero, de encendedor, de brasa.

Bibl.- «Zuro, carozo, espiga, corazón o raspa de la mazorca del maíz después de desgranado.» (Saubidet).

MATE. «El comisario se hacía el ciego, acariciando el mate mientras chupaba». (C 87).- En los *mates* solía dibujar, a punta de cuchillo, banderas, escudos y perfiles de héroes nacionales» (C 141). Es a la vez la bebida de la pampa y el recipiente en que se toma.

Bibl.- («V. quich.: plato o taza de calabaza) Am. Merid. Arbol de tres a ocho metros de altura, especie de acebo, llamado más generalmente *yerba mate,* con las que se prepara la conocida bebida de su nombre. *(Ilex).* (En el Perú no se conoce la bebida ni existe la especie vegetal *Celastrus verticillatus.* // Colom. y Cuba. Otro nombre el *totumo o crescentia cujete.* (En Cuba, además, se citan las especies *Canavalia Cubensis; obtusifolia; Fagara tetiosa; abrus precatorius; villaresia congonha*). (Malaret, BICC, VIII).- «Seguramente los españoles llamaron *yerba* a la bebida, en un principio, pero cuando se impuso la costumbre de tomarla en la típica calabacita (llamada *mate*), se cambió este nombre por el de *mate,* que se propagó a la región de América consumidora de la yerba.» (Battini, NRFH, VII, p. 193).- «*Mate* calabaza pequeña destinada a preparar la bebida de la yerba, que se toma con la *bombilla*, bebida de la yerba que se prepara con agua caliente.» (Battini, *id.* p. 194).- «"*Mate lavao*" expres. fam. Se dice del mate que, cebado varias veces, no levanta ya en la superficie del agua que recibe de la pava o calderilla, la espuma que indica ser aún sustancioso, con agradable sabor a la yerbamate.- "El *mate lavao*" es como el café chirle o el vino aguachento, tiene poco gusto de yerba, pues ésta, a fuerza de ser usada en reiteradas cebaduras, ya no da más jugo.» (Berro García, BFM, I, p. 165).- «Se crian los mejores y maiores *mates,* o calabacas que ay en todas las indias.» (1629, Indias, No. 1344).- «Tomaba *mate* de leche.» (GF 67).

MATEAR. (C 18, 45).- Existen varias expresiones sinónimas: tomar mate, yerbear, verdear.

Bibl.- «Tomar mate». (Saubidet).

MATUNGO. «Su *matungo* sotreta». (C 31).

Bibl.- «Matalón, rocín». (Malaret, *Dicc.).* -«En el Perú es caballo flaco y malo». (Selva, BICC, V, p. 212).

MENSUAL. «Troperos, *mensuales* y caminantes acamparon en el pueblo.» (C 17).

Bibl.- «Peón de estancia que trabaja por mes». (Saubidet).- «Peón, obrero a quien se paga por mes. Variantes: *mensú: mensuelero.*» (Malaret, *Dicc.*).- «Dícese del peón o empleado que trabaja por mensualidad.» (Solá).

MENTADO. «Tan "*mentau*" era, que aparecía en las pesadillas del paisanaje». (C 57). «El *mentao*» (C 4).

Bibl.- «Renombrado, famoso, muy conocido». (Saubidet).- «Ese criollo *mentau*». (GF 34).

MENTAS. «Según *mentas*» (C 120)

Bibl.- «Cuando en un pago ocurría un suceso importante, o tenido por tal —un crimen, la existencia de un gran payador o de un parejero invencible, una «yerra» u otro acontecimiento— la gente se encargaba de hacer correr la noticia en sus conversaciones y los viajeros la llevaban a los pagos vecinos. Esas referencias verbales sobre cualquier asunto, eran las «*mentas*» o sea «lo que se dice». Las mentas hacían o deshacían famas.» (Inchauspe).

MILAGRERA. «Era experta en yuyos y *milagrera*» (C 58). (C 56, 60).

Bibl.- «La curandera, médica o manosanta». (Solá).

MILICO. «Los *milicos* inspeccionaron la carreta» (C 133).

Bibl.- «Agente de policía de campaña». (Saubidet).

MIO-MÍO, MIOMÍO. «Matas de *miomío*» (C 57, 113).

Bibl.- «Río de la Plata. Solanácea venenosa (Baccharis cordifolia). Variante: mío». (Malaret, BICC, VIII).- «La gente nueva le dice *romerillo* a lo que los antiguos gauchos daban el nombre de *mío-mío*» (Morínigo, NRFH, p. 241).- «(v. *nío*). Baccharis coridifolia de la familia de las compuestas. // Eupatorium virginatum según Kozel. Yuyo venenoso, sobre todo para el ganado vacuno y yeguarizo, debido a la bacarina, alcaloide muy activo. La planta pertenece a las asteráceas. Llámanlo también *nionío, romerillo,* y en algunas regiones, *tola blanca del valle*» (Solá).

MONTE. «El truco y el *monte*» (C 16). Cf. s. v. *truco.*

MOTUDO. «Alegraba su cabeza de negro *motudo* un chambergo de paja.» (C 48).

Bibl.- «En Chile y Argentina, aplícase al individuo de pelo crespo y al negro de pasas, y a la cabeza y pelo de ambos.» (Santamaría).

MUDA. «La tropilla de "*la muda*"». (C 148).

Bibl.- «Conjunto de caballos de refresco para que los correos y diligencias cambien de tiro.» (Saubidet).

N

NOVEDOSO. «Le da cierto aire *novedoso*». (C 102).
Bibl.- «Nuevo, con algún detalle interesante». (Malaret, BICC, V).

Ñ

ÑANDUBAY. (C 89, 105).- Árbol.
Bibl.- «El conocido árbol de madera dura» (Berro García, BFM, I, p. 196).- «Nombre ríoplatense del Algarrobo blanco (Prosopis algarrobilla)» (Bertoni, BFM, IV, p. 33).- «Arbol de las provincias del norte, de tronco rugoso y cuya madera, de gran dureza, es un excelente combustible. Se emplea en cercos y alambrados por ser incorruptible. Su tronco es suficientemente grueso para poder dar tablas, pero sobre todo proporciona palos de regular altura; éstos son de una ventaja incalculable para hacer corrales de ***palo a pique*** para el ganado o palizadas circulares en que se encierra cuando es preciso. Su madera tiene la ventaja de endurecerse aún más a medida que pasa el tiempo durante el cual están enterradas las extremidades de los palos que forman los corrales» (Saubidet).- «Los romeros desnudos mostraban las musculaturas resaltantes y lucientes como los postes esquineros de *ñandubay* donde se rascan las reses» (GF 19).- «Poste de *ñandubay*» (CU 60).

P

PACHORRIENTO. «No era porque sus bueyes barcinos fuesen *pachorrientos*». (C 119).
Bibl.- «Pachorrudo». (Santamaría).
PACHORRO. «Con sus bueyes *pachorros*». (C 57). Flemático.
Bibl.- «En Puerto Rico, vulgarmente pachorrudo». (Santamaría).
PAGO. «Y se perdió internándose en los pagos» (C 64).- «Habían pasado por el "*pago*" del Paso de las Perdices, como pasarían, si el hambre lo exigía, por todos los "*pagos*" de la tierra» (C 92).- Designa el país, y la patria chica (cf. latín p a g u s).
Bibl.- «Lugar que se ama porque se ha nacido o porque se vive en él» (Silva Valdés, p. 279).- «Región o distrito en el campo donde ha nacido, se ha criado o hace mucho tiempo que vive el paisano» (Garzón).- «El cantor anda de *pago* en *pago,* de tapera en galpón, cantando sus héroes de la pampa perseguidos por la justicia» (Facundo, 51).
PAICA. «Pero son diablas estas *paicas*». (C 33).- (C 21, 82).- Ramera.
Bibl.- «Arg. y Urug. En lunfardo, ramera» (Malaret, *Dicc.*).- «Horqueta, gancho que forma un gajo; cosa partida, confluencia de dos caminos o dos ríos. Usual en Argentina y Bolivia. Variante: *palca*» (Santamaría).
PAISANADA. (C 32).- Sinónimo de *paisanaje* (cf. s.v.).
Bibl.- «*Paisanaje*. Usado más en Sur América». (Santamaría).
PAISANAJE. «Creyeron que en esa forma podrían desvalijar tranquilamente al paisanaje.» (C 29).- (C 15, 57, 130).- Conjunto de paisanos o campesinos.
PAISANO. (C 28, 114).- Campesino.

Bibl.- «Persona del campo o que ha seguido los usos y costumbres de la vida de la campaña.» (Saubidet).

PAJONAL, PAJAL. «Cortó paja en el *pajonal* del monte cercano» (C 132, 137).- Lugar cubierto de paja.

Bibl.- «El último pueblo de la dicha provincia de Atacama, se llama Tocompsi, de donde se va una jornada al *pajonal*, en el qual ay un xaguei» (1629 Indias, n. 1755). *Pajal* - «Espacio de campo poblado de totoras, paja cortadera, paja brava etc. Maraña de pajas muy bravas y corrientes que antiguamente servía de guarida a los tigres y de amparo a los gauchos matreros» (Saubidet) - (GF 7, 27).- «Y más bien viviría como puma, alzado en los *pajales*» (DS 36).

PALENQUE. «Era domingo, en los *palenques*, cruzados de cabestros» (C 47).- Cerco pequeño de alambre donde se atan los caballos. También topónimo.

Bibl.- «Estacada para atar animales. Poste fuertemente clavado en tierra donde se sujeta el potro para palanquearlo y ensillarlo». Cita «José Hernández: «el modo de construir un buen *palenque* fuerte, cómodo y con sombra, es hacerlo redondo o cuadrado, plantando adentro un ombú o sauces que pronto ofrecen un excelente abrigo contra los rayos del sol» (Saubidet).- «Ató el pingo al *palenque*» (CU 16).- «Atado al *palenque* de amansar baguales» (CU 58).

PALETILLA CAÍDA. «La *paletiya cáida*» (C 58). Una enfermedad que proviene de la atrofia de la paletilla u omoplato y que impide el desarrollo igual de los dos brazos.

Bibl.- «Le estiró los brasos y le hiso ver que tenía uno más largo que otro. La *paletilla caída*». (GF 83).- (Para curarlo la milagrera:) «forsejeó hasta igualarle los brasos y dispués le puso un parche poroso en el pecho. Y Santas pascuas. El hombre empesó a engordar lindo y parejo.» (GF 83).

PAMPA. «Junto con otros bueyes "*pampas*"..» (C 163).

Bibl.- «Pelo de vacuno o yeguarizo que trae blanco no sólo en la superficie anterior de la cara, sino también sobre una o las dos laterales; algunas veces el blanco alcanza hasta los ojos, y en tal caso uno de ellos o los dos suelen ser *zarcos.* Si no toma uno de los ojos es *carablanca, malacara,* etc...» (Saubidet).

PANTANERO. «Hacían el oficio de *pantaneros* sin darse cuenta».- (C 137), (C 140, 141).- Los que sirven de guía a los coches o a los peatones que no conocen el país, para cruzar los pantanos.

PARAÍSO. (C 5).- Arbol.

Bibl.- «Arbol ornamental de florcitas (sic) arracimadas, color violeta. Es uno de los pocos árboles que la langosta no ataca. Llega a tener hasta doce metros de alto. Todas las partes de la planta son amargas, purgantes fuertes que obran contra las lombrices, y que tomadas en dosis mayores producen vahídos, etc... y hasta la muerte». (Saubidet).- «Bajo la sombra ya oscura de un patio de *paraísos*» (DS 33).

PARAR RODEO. (C 115, 120).

Bibl.- «*Rodear* es agrupar o reunir al ganado en un lugar determinado del campo o estancia, o como dice preferentemente el criollo: *parar rodeo,* es decir, ir echando entre varios jinetes el ganado hacia una dirección establecida para reunirlos, donde se detienen o paran los animales. Los jinetes, partiendo de distintos rumbos, van rodeando poco a poco al ganado y obligan a concentrarse en el paraje que se desea. Allí se apartan los que han de venderse, marcarse o reconocerse.» (Berro García, BFM, I, p. 191).- «*Parar rodeo:* agrupar el ganado para compra, venta o cualquier otro motivo». (Saubidet). «Era la clásica "*parada de rodeo*" preliminar a la yerra»". (CU 61).-(GF 23, 27).

PARQUE. «Vieron frescas huellas de carretas —sin duda del *parque* revolucionario.» (C 128).

Bibl.- «Municiones de guerra; pertrechos. // fig. instrumentos o materiales para cualquiera operación.» (Santamaría).

PASO. «El *Paso* de Mataperros» bordeado por un boscaje seco, pleno de resaca» (C 54, 130).- Vado.

Bibl.- «Se vió venir un jinete como para vadear el *Paso.* Estaba tan playo, que sólo tenía un hilo de agua inquieta en el fondo del cauce» (CU 106).

PASTIZAL. «En el pastizal seco» (C 86).- Pradera de yerba abundante.

Bibl.- «Terreno de pasto muy crecido; también los pastos que lo cubren» (Saubidet).

PATACÓN. «... En los cintos gordos *patacones*». (C 47).

Bibl.- «Antigua moneda de plata de noventa y seis centésimos, del peso fuerte antiguo. *Patacón boliviano:* moneda grande, de plata, que se usaba mucho para adornar los cintos y rastras usadas por los gauchos.» (Saubidet).- «Monta cada puesto al año 45 *pattacones* I real». (1629, *Indias,* Nº. 1309).- «Pa'darle tiempo al patrón que se hisiera humo con las onsas y los *patacones*». (GF 34).

PATRIADA. «Las últimas *patriadas* revolucionarias». (C 101).- (C 120, 127).

Bibl.- «El movimiento armado que se hacía contra los gobiernos usurpadores y en defensa de la libertad y de la felicidad de la patria.» (Berro García, BFM, I, p. 181).- «Levantarse en armas, en son de guerra, en la creencia de que se hace el sacrificio porque la patria lo necesita.» (Silva Valdés, BFM, III, p. 279).

PATRÓN. (C 65, 67) - Estanciero.

Bibl.- «Hombre que los peones, capataces y mayordomo de una estancia dan al dueño de la misma.» (Saubidet).

PAVA. «Acercó la *pavita* a las llamas» (C 163). Caldera.

Bibl.- «Caldera, vasija de hierro donde se calienta el agua para tomar mate o para otros fines. Durante los viajes, el gaucho la llevaba colgada del *cinchón* de su caballo o del de la yegua madrina, como así también del *carguero.*» (Saubidet).

PAVADA. «Todo por una *pavada*» (C 142).

Bibl.- «Tontería, bobada, zoncera». (Saubidet).

PAYADA. (C 32).

Bibl.- «Canto de competencia, con acompañamientos de guitarra. Canto de contrapunto en que los contrincantes se plantean las cuestiones más diversas a manera de problema que deben resolverse con repentina inspiración. El más grande de los payadores criollos y legendarios fué Santos Vega.» (Saubidet).

PAYADOR. «Ranchos cantados, más tarde, por los poetas y *payadores.*» (C 100).

Bibl.- «Del quich. *paclla:* campesino pobre, o de *paya:* dos). Tipo popular de los países del Río de la Plata; trovador o improvisador repentista que, acompañándose de la guitarra, justa con otro como él, en frases más o menos picantes e intencionadas.» (Malaret, *Dicc.*).- «El paisano que *paya.* Poeta improvisador campestre que tiene por escena las pulperías y ranchos. Trovador popular que canta acompañándose de la guitarra, improvisando en competencia o de contrapunto.» (Saubidet).

PEDREGULLO. «Cayó la carreta en el pedregullo de la costa» (C 56).- Conjunto de guijos menudos o cascajos.

Bibl.- «Pedrezuela, casquijo, piedras menudas y sueltas, quijas o grava» (Berro García, BFM, I, 173).- «*Pedreguyo,* cascajillo, ripio, (en gallego, "pedregullo")» (Malaret, *Dicc.*).- «Es el casquijo o multitud de piedras menudas del camino, o las empleadas para rellenar o lastrar. Solo lo registra Segovia pero se emplea muchísimo en toda la Argentina, desde el Litoral hasta Mendoza y vertiente oriental de los Andes. Pero no lo conocen los diccionarios de chilenismos ni los demás americanismos. Es razonable, pues, mirarlo como portuguesismo de procedencia brasileña, como hace Castro (*La peculiaridad...* p. 152). El port. pedregullo *pedrusco*" (Figueiredo) tiene en el Brasil la misma acepción que en la Argentina (Lima-

Barroso) y esta acepción se halla ya en el portugués Juan de Barros (siglo XVI, en Moraes...) y en gallego» (Corominas, RFH, VI,).

PELUDIAR. «"*peludiaron*" desde las nueve de la mañana hasta la entrada del sol». (C 6).

Bibl.- «Moverse con dificultad un vehículo, no poder arrancar del barro o ascender penosamente una cuesta o repecho»; y en sentido figurado «no acertar a explicar algo, responder con imprecisión o vaguedad, dudar, vacilar, titubear, estar indeciso o poseído de incertidumbre, hallarse en situación difícil.» (Berro García, BFM, I, p. 174).

«En el campo abundaban los armadillos; al igual que la mulita y el pilche, el peludo era codiciado por su carne y se lo cazaba en las noches de luna; los hombres se entregaban a estos menesteres, llevaban palas para cavar cuando los peludos se metían en sus cuevas. Eso era «peludear», pero el nombre se hizo extensivo al atascamiento de carretas, carros y otros vehículos, en razón de que también había que cavar con la pala, para sacarlos del barro, como al peludo de su cueva.» (Inchauspe).

PELUDO. «Si, hombre, si nos saca del "*peludo*" tendrá unos reales». (C 139).- (C 138, 142).- Trance desagradable durante el cual hay que peludear.

Bibl.- «Uno de los nombres del *armadillo,* animalito que lleva una armadura peluda».- (Morínigo, NRFH, VII, p. 238).- «El *peludo* tiene que andar lento y trata de escurrirse haciendo zigzags hasta esconderse en su cueva o madriguera» (Berro García, BFM, I, p. 175).

PEÓN. «Tres troperos y algunos *peones*» (C 22), (C 28, 70).- Criado, jornalero que trabaja en una estancia. Existen diferentes tipos: *casero* (cf. s.v.), *mensual* (cf. s.v.) etc...

Bibl.- «Bracero que trabaja o sirve, a pie o a caballo, bajo la dirección del dueño o capataz de un establecimiento» (Saubidet). -«En la América española, incluyendo al Brasil meridional (donde una capa delgada de portugués colonial del siglo XVII cubre un sólido substrato de español americano bastante parecido al ríoplatense) *peón (*y *peão,* respectivamente) denotan al jornalero o empleado de una estancia o hacienda que guarde el campo o el monte, cuida del ganado, ayuda en la cosecha y hace cualquier faena que le imponga el capataz o el dueño... Cambiado radicalmente este fondo de vida, *peón,* para el hombre común, no tiene nada que ver con pie, en el plano sincrónico; los *peões* del Río Grande del Sur y los *peones* uruguayos y argentinos son guardas campestres casi siempre montados.» (Malkiel, BICC, VII, p. 222).

PEONADA. «La *peonada* de las estancias vecinas». (C 17).- (C 66, 70).- Conjunto de peones (cf. s.v.).

Bibl.- En toda Hispanoamérica (donde se desconoce en absoluto el uso de *peonaje,* recomendado por la Academia), es muy común *peonada* «conjunto de peones, cuadrilla de obreros», en el sentido del famoso *gang* norteamericano». (Malkiel, BICC, VII, p. 238).

PESO. «Puso dos papeles de un *peso* y unas monedas en su mano tendida». (C 140).

Bibl.- «Unidad monetaria de varios países de América; moneda por lo general de plata.» (Santamaría).

PETISO. «Tenía caballo, era "*petiso*", pero forzudo...» (C 138). Es un caballo de baja estatura. Designa también al hombre joven. (C 116, 122, 126).

Bibl.- «El caballo de poca alzada que se emplea habitualmente en las estancias y chacras para que lo monten los niños por el menor riesgo que ofrece su baja estatura por ser generalmente manso y sufrido. El petizo es también el medio de locomoción que se emplea por los mensajeros, muchachos o guríes en las estancias para los menesteres cotidianos o comunes que exigen ir en busca o procura de algo o de alguna persona, o bien para envío de recados o desempeño de pequeñas comisiones de carácter personal o familiar... La palabra es *petizo* y no *petiso,* con *Z* y no con *S* ...» (Berro García, BFM, I, p. 411). -(GF 21).- (DS 15).

PICADA. «Había aprendido de memoria los caminos, *picadas* y vericuetos» (C 3).- «Ya se oía el tropel en la *picada*» (C 132). (C 86, 127, 136).- Camino.

Bibl.- «Trocha o camino» (Malaret, *Dicc.*).- «Camino ancho, apto para el tránsito de vehículos, que se abre en la selva. Es término general en la Argentina» (Battini, NRFH, VII, 198).- «*Pique* y *picada* son, seguramente, términos de origen marinero, formados sobre picar con el sentido náutico de "cortar a golpe de hacha o de otro instrumento cortante" (*Dicc. Acad.* 21. A acep.) que es la manera como se abren los caminos en la selva» (Battini, NRFH, VII).- «Vayan arreando la tropa por la *picada*» (GF 16). (CU 56).

PICANA. «Gurí, desde su caballo, tocaba los bueyes con la *picana,* silbando un estilo criollo». (C 91).- (C 119, 128).

Bibl.- «La vara larga que en un extremo tiene una punta de hierro con que los carreteros pican a la yunta... Se llama también *garrocha*» (Oroz, *Hom. a Krüger,* I, p. 385).- «Florida, Mansilla y Zabana iban meneando *picana* en el sitio de más peligro, entre la tropa y los bueyes» (GF 20). (CU 33).

PICASO. «Muenta una yegüita *picasa*». (C 82).

Bibl.- «El *picazo* es de color oscuro con la frente y los pies blancos». (Berro García, BFM, I, p. 188).

PILCHA. «Las *pilchas* le andaban chicas.» [Se trata de un hombre, Matacabayo]. (C 4).- (C 44).- Prendas de vestir.

Bibl.- «Prenda de vestir, en modo especial prenda del apero de ensillar el caballo.» (Silva Valdés, BFM, III, p. 280).- «(Del arauc. *pulcha:* arruga). Prenda de uso entre la gente de campo como el recado de montar, el poncho, el chiripá, etc. El vocablo se hizo extensivo a toda prenda de uso personal, por lujosa que sea». (Malaret, *Dicc.).*

PINGO. (C 36, 126).

Bibl.- «*Pingo* o *flete*» (cf. s.v.) (Silva Valdés, BFM, III, p. 280).- «Caballo brioso, ligero y de buenas condiciones». (Saubidet).- Según Krüger (AILC, IV, p. 82-97) el sentido primitivo de pinga era "gota de lluvia". Después "cosa despreciable". En Hispanoamérica designa el *caballo*: *vivo* en Argentina, *malo* en Chile. El sentido antiguo es de *caballo malo,* despreciable; después de cualquier caballo, y por fin de *caballo vivo.* Estos últimos sentidos son "creaciones netamente americanas»".

PIOLA. «Colocadas las estacas una frente a otra, a una distancia de diez pasos largos, unió las dos primeras con la *piola.*» (C 50).- Soga, bramante.

Bibl.- «Hilo grueso más retorcido y fuerte que el de acarreto. Cuerda delgada y fuerte de cáñamo o esparto. *Dar piola* = dar ventaja, dar soga.» (Saubidet).- «Este equivalente sudamericano de "cordel" es un caso claro de falso indigenismo.» (Corominas, RFH, VI).

PISADA. «A Chiquito, "el gurí", no le perdía *pisada.*» (C 5). (C 20).

Bibl.- «*No perderle uno pisada a otro*» -fig. fam. No perderle de vista, seguirle los pasos; imitarle en todo. Es modo de decir chileno». (Santamaría).

PITADA. «Entre pitada y pitada» (C 7).

Bibl.- «Acción de pitar, en general, es decir "fumar".- En Perú, Chile y Arg., fumada».- (Santamaría).

POLLERA. (C 122, 165).- La falda de la mujer en el Río de la Plata.

Bibl.- «Prenda exterior del vestido de las mujeres, plegada por arriba y que baja desde la cintura hasta los pies.» (Garzón). «Palabra del siglo de oro, falda» (Lapesa).- «Este mozo era medio aficionado a las *polleras.*» (DS 77).

PONCHO. «Los *ponchillos* de verano aleteaban en la puerta del boliche.» (C 48) (C 106, 155, 165).- Prenda de vestir típicamente hispanoamericana. Los gauchos tienen generalmente un *poncho de invierno* y otro *de verano* más ligero que el primero.

Bibl.- «Prenda gaucha de vestir, consistente en una pieza rectangular de lana, vicuña, paño u otro tejido, con abertura al centro para pasar la cabeza, de modo que descanse sobre los hombros y caiga hasta más abajo de las rodillas. Hace de sobretodo, sirve de todo para su dueño, así en la paz como en la guerra; lo mismo es abrigo contra la intemperie, que cobija

en el sueño, o hace de escudo, arrollado al brazo, para parar los golpes del enemigo en los duelos a cuchillo.» (Saubidet).- «Buen *poncho,* que es cobija, abrigo u impermeable.» (DS 41).
PORONGO. « ...minuciosos trabajos de orlas y adornos sobre mates *porongos.*» (C 141).- Calabaza, sinónimo de *mate,* como recipiente.
Bibl.- «Con el significado de "calabaza pequeña y redonda para preparar mate" se usan las voces *poro* y *porongo,* ambas quechuas: *poro* viene de *puro* "la calabaza redonde cuya cáscara sirve para varios usos domésticos". (Middendorf, p. 674), y *porongo* de *puruncu* "vaso de barro con cuello largo y angosto" (*id.* p. 675)». (Battini, NRFH, VII, p. 194).- «*Galleta:* escudilla oblonga o en forma de galleta que se usa para tomar el *mate amargo.* Es distinta del *poro* o *porongo,* el cual es alargado como una pera, con cabillo, y se usa para tomar el *mate dulce.*» (Malaret, *Dicc.*).
PORRETADA. «Una *porretada* de botijas que parecían vivir sin padres ni mayores.» (C 137).- Conjunto.
Bibl.- «Multitud de personas y particularmente de cosas.» (Garzón).
POTRERO. «Debían apacentar en *potreros* ajenos» (C 10).- «Al fondo del *potrero,* un rancho» (C 57, 96).- Corral pastoso.
Bibl.- «El campo sembrado de pastos es *potrero*» (Flórez, BICC, V, 143).- «La dicción *potrero* es en nuestros campos la porción de un inmueble rural o estancia que, cercada con alambrado, sirve para encerrar en él al ganado de toda clase, sea para cría, para invernada o engorde, sea simplemente para pastar... Una estancia o establecimiento ganaderil puede tener, y tiene generalmente, muchos *potreros*» (Berro García, BFM, I, 182), - «"Ensenada" corral grande, que se construye aprovechando un seno o *rincón* de la costa («faja de terreno que se extiende al pie de las sierras, sobre la línea que une la masa rocosa a la planicie») de las sierras. En el medio rural se dice que la *ensenada* es un corral grande con pasto, casi un *potrero,* y en realidad presta la utilidad de un *potrero,* pues allí se encierran los animales que por cualquier motivo se necesitan cerca de la casa, por algún tiempo. En todo el noroeste argentino se llama *ensenada* a esta particular construcción serrana» (Battini, Fil., I, 109).- «¿Has visto cómo está el *potrero*? —Puro pasto verde» (GF 135).- «El *potrerito* de las lecheras y las tropillas era de cerco de piedra» (CF 37), (GF 27, 147), (CU 53), (GF 28, cf. ESTANCIA, s.v.).
PRUEBA. «Aquel circo de *pruebas* en la miseria» (C 8).
Bibl.- «Juego de manos que hace el prestidigitador». (Santamaría).
PRUEBISTA. «"Los *pruebistas*" de un circo.» (C 6). (C 36).- Prestidigitador, que hace pruebas.
Bibl.- «Volatinero» (Santamaría).
¡PUCHA! «¡*Pucha* que me voy a rair con esa treta!» (C 24). Taco muy corriente entre los gauchos. Usan: ¡*pucha*! o ¡*la pucha*! o ¡*pucha digo*!
Bibl.- «¡Caramba! ¡La pucha!: interj. gauchesca que equivale a las cuatro letras». (Saubidet).
PUCHO. «*Pucho* de chala».- (C 7). (C 6, 13, 118). Es la colilla del cigarro.
Bibl.- «Del quichua: *puchu.* Sobra o resto, muy poco o casi nada, que se desprecia. Punta que queda del cigarro que se ha fumado.» (Saubidet).
PUEBLERO. «Un sombrero *pueblero*» (C 135) - El habitante de un pueblo, cuando sustantivo. Que pertenece al pueblo, que se usa en el pueblo, cuando adjetivo.
Bibl.- «Se denomina así en el Uruguay a la persona de costumbres y modales propios de la ciudad y poco avezada a los usos campesinos o camperos» (Berro García, BFM, I, p. 178).- «Los paisanos llaman así al habitante de una ciudad o pueblo importante» (Saubidet).- «Aura mi prienda se lo (un pañuelo celeste) voy a poner como lo usan las *puebleras*» (GF 41).
PUESTERO. (C 35).- El habitante de un *puesto* (cf. s.v. *puesto).*
Bibl.- «Peón generalmente con familia, que tiene a su cargo el cuidado de cierta cantidad de campo en una estancia y que vive en su *puesto*» (Saubidet).- «Arg. y Urug. El que tiene

animales que cría y beneficia por su cuenta. // Peón encargado del rebaño en una estancia, o del cuidado de un campo.» (Malaret, *Dicc.*). «Las chinas reían mientras la *puestera* lo exhortaba a partir.» (GF 25).

PUESTO. «Si ahí m'criau. En el *puesto* de los Sanches» (C 86).- Campo, subdivisión de la estancia. Topónimo.

Bibl.- «Población, lugar donde se halla establecido el *puestero.* Se dice: el *puesto* de Los Paraísos, el *puesto* del arroyo, el *puesto* del 5» (Saubidet).- «Los *puestos* estratégicamente diseminados» (GF 55). (GF 28, 137, cf. s.v. ESTANCIA).

PULPERÍA. «Y se perdió internándose en los pagos donde no había pulperías» (C 64) (C 3, 52, 150). Despacho de bebidas donde se abastecen los paisanos en viandas de toda clase y hasta en tejidos (cf. *madrás, madapolán*).

Bibl.- «Tienda de comestibles» (Malaret, *Dicc.*).- «Tienda pequeña donde se venden víveres, como granos, conservas, licores, etc...» (Alburquerque, BFM, V, 49).- «La villa de Ica es toda de teja con buenos edificios, muchas tiendas de mercaderes, *pulperias* y tambos como lo tiene Pisco» (1629, *Indias,* n. 1357).- «La *pulpería.* Allí concurren cierto número de parroquianos de los alrededores; allí se dan y adquieren las noticias sobre los animales extraviados; trázanse en el suelo las marcas del ganado; sábese dónde caza el tigre, dónde se le han visto los rastros al león; allí se arman las carreras; se reconocen los mejores caballos; allí, en fin, está el cantor, allí se fraterniza por el circular de la copa y las prodigalidades de los que poseen» (*Facundo,* 56); - (GF 11).

PULPERO. (C 8, 83, 110) El amo de una *pulpería* (cf. s.v. *pulpería*).

PUNTERO. «Matacabayo no siempre se acercaba al fogón de los *punteros*». (C 120).

Bibl.- «En Arg., que va delante de los otros; guía.» (Santamaría).- «Persona o animal que va adelantándose a un grupo, que puntea.» (Saubidet).

Q

QUITANDA. «Las chinas pasteleras, vendedoras de "*quitanda*", agotaron sus manjares.» (C 17).- (C 18, 28, 52).

Bibl.- «(V. afro-brasileña). Urug. Especie de comercio ambulante, reducido a comidas camperas muy simples: pan, roscas, empanadas, dulces, etc. Las mujeres que ejercen este comercio se llaman *quitanderas.*» (Malaret, *Dicc.*).

QUITANDERA. «El primer carretón de las *quitanderas* siguió andando por los campos secos de caricias, prodigando amor y enseñando a amar.» (C 92).- (C 53, 64, 90).- Ramera. Ordinariamente, la que vende *quitanda* (cf. s.v.).

R

RALEAR. «Detrás de unas matas *raleadas* por la primera escarcha» (C 11).- Clareadas, poco abundantes (opuesto a «tupidas»).

Bibl.- «Enrarecer, rarefacer.- En Arg., separarse unos de otros, los que forman una multitud apretada» (Santamaría).

RANCHERÍO. «En el *ranchería* del puerto alardeaban algunas luces» (C 73), (C 3, 30, 135). Agrupación de ranchos.
Bibl.- «Conjunto de ranchos» (Saubidet).- «(El pueblo) constituía un *rancherío* de barro y paja» (CU 35); (GF 31).
RANCHO. «Les da el terreno para que hagan su *rancho* y gasten en su despacho los pocos reales que puedan pescar» (C 135), (C 6, 14, 41, 148).- Casa pequeña y miserable, casucha.
Bibl.- «Vivienda típica del campesino humilde» (Battini, Fil., I, 123).- «*Rancho* significa también en Puerto Rico y Tabasco "cobertizo" (Malaret, Santamaría); en el Perú, "vivienda de lujo en los balnearios" (Malaret); en México y Nuevo México "granja, hacienda de mediano tamaño" (Hills); de aquí pasó a los Estados Unidos en donde *ranch* se aplica a "cualquier propiedad rural, preferentemente la de mayor extensión" (nota de Henríquez Ureña a Hills)» (Battini, Fil., I, 127).- «En Sudamérica, *rancho* es "la vivienda típica del campesino mestizo"; paredes de quincha y barro (a veces de otros materiales), techo de varillas, paja y barro, levantado sobre horcones de piso de tierra (Argentina y zona del Río de la Plata); a la vivienda del indio se le dió y se le da el nombre de *toldo*» (Battini, Fil., I, 128).- «La palabra *rancho* es vocablo internacional de origen genovés-veneciano; en casi todas las lenguas conserva trazos de su grafía. Sin ser americana, tiene americanidad. En el Sur indicó la característica choza de barro y paja, y en el Norte (Estados Unidos) todo lo opuesto: una estancia o establecimiento ganadero» (Malaret, *Dicc.*).- «A poca distancia divisé los primeros *ranchos* miserablemente silenciosos y alumbrados por la endeble luz de las velas y lámparas de apestoso kerosene» (DS 17). (GF 7, 26), (CU 15).
RAPADURA. «Las fritangas y la *rapadura*». (C 23).- (C 15, 39, 152)- Especie de dulce hecho con azúcar de caña.
Bibl.- En Méjico y Centro América, panela, raspadura o chancaca, azúcar sin purificar; y también el residuo de la miel prieta que queda adherida, ya solidificada, en la pared interior de las pailas, en los ingenios. Dícese más comúnmente *raspadura*.- En Sur América, panela, con el sentido de dulce hecho con miel de caña y leche.» (Santamaría).- «*Rapadela* (Bras.): açúcar mascavo em forma de pequenos ladrilhos ou tijolos». (*Peq. Dic. Bras.* s.v.).
REBENQUE. «Ya estaba el *rebenque* de Piquirre en el aire» (C 117). (C 141, 166). Látigo del gaucho.
Bibl.- «Látigo corto cuyo cabo mide más de treinta centímetros y lleva en su extremidad la lonja que debe tener el mismo largo que el cabo. Consta de manija, cabo, paleta y lonja. El paisano lo lleva generalmente en dos dedos de la mano o colgado del cabo del cuchillo que usa en la cintura, nunca en la muñeca.» (Saubidet).- «*Rebenque* «látigo»; es nombre general y hay diversas clases: *rebenque del carro, rebenque del domador, rebenque común.*» (Battini, Fil., I, p. 137).
RECADO. (C 165).
Bibl.- «Apero. Antigua silla o montura sencilla, con cabezadas de madera y alas de suela». (Saubidet).- «Apero: recado de montar del gaucho. Comprende las piezas siguientes en orden de colocación sobre el lomo del caballo: I. sudadera o jerga que la reemplaza; 2. jerga o matra; 3. carona lisa; 4. lomillo o bastos. Para defensa de los bastos, entre éstos y la encimera suele ponerse un cuerito de cordero cuadrado de más o menos cincuenta centímetros de lado, con la lana hacia abajo; 5. cincha con su correspondiente encimera y correones, de la que penden las estriberas y estribos. Antiguamente se usaba colgar estos últimos del lomillo o de los bastos; 6. cojinillo; 7. sobrepuesto; 8. sobre-cincha, cinchón o pegual.- Freno, cabezadas, riendas, bozal o bozalejo, fiador, pretal, maneador, cabresto, rebenque, manea y lazo completan el apero». (Saubidet).- (GF 31).- (GF 39).- (DS 15).
REMOLÓN. «[La carreta solitaria] iba *remolona*, desperezándose.» (C 125).
Bibl.- «Dormido, flojo, pesado. Se dice de una persona y, también, del caballo.» (Saubidet).

REÑIDERO. «Como a los gallos antes de entrar en el *reñidero,* trató de enfurecerlos con el marlo (se trata de gatos que van a pelear)» (C 50).- Lugar donde se verifican riñas de animales, sobre todo de gallos, y aquí de gatos. El sitio está lindado por estacas unidas con piolas (cf. C 46).
Bibl.- «Tronco de cono invertido recubierto en su interior de arpillera, paño de billar etc... acolchado y estirado sobre un esqueleto de madera y con piso también acolchado o de alfombra» (Saubidet).
REPARTIJA. «De la *repartija* de las ganancias nadie salía contento» (C 18).
Bibl.- «Repartición. Voz gauchesca. (De voz norteña argentina con color santiagueño la apellida Tiscornia).» (Santamaría).
REPUNTAR. «Gurí *repunteaba* los bueyes para conducirlos a la aguada». (C 84). «*Repúntelo*» (C 85).
Bibl.- «Juntar los animales desparramados en el campo. *Punta de ganado.* // Acción que efectúa el padrillo de la manada con las yeguas para mantenerlas unidas. El padrillo anda *repuntando*». (Saubidet).
REPUNTE. «Las finanzas del circo habrían tenido un *repunte*» (C 18).- Sentido metafórico de *repuntar:* aumento de las ganancias. Cf.- «Volver a subir un río que estaba bajando. Llamamos *repuntar* en rioplatense a la vuelta de las aguas a su nivel ordinario» (Malaret, *Dicc.*).
Bibl.- «Alza de precios. Usase mucho en el ambiente de la Bolsa» (Malaret, *Dicc.*).
RESACA. «"El Paso de Mataperros", bordeado por un boscaje seco, pleno de *resaca*» (C 54).- «Había que ir apartando ramas secas, plagadas de *resaca*» (C 54).- Limo, cieno producido por la crecida de las aguas. En sentido figurado, gente de baja extracción.
Bibl.- «Limo y acarreos que dejan las aguas de los ríos y lagunas al descender... Se usa en todas las clases sociales y también en la literatura, con el sentido metafórico de "gente de inferioridad moral la más acabada de dentro de una sociedad» (Battini, Fil. I, 120).- «Residuo, especie de mantillo que queda depositado en la costa por efecto de la *resaca.* // Nombre que se da a la tierra fértil mezclada con residuos vegetales que las aguas dulces amontonan en las costas» (Malaret *Dicc.*).- «En Argentina y Chile, limos y acarreos que dejan las avenidas de las aguas al bajar» (Santamaría).- «En el borbollón de la correntada pasaban islotes de plantas acuáticas festoneados de *resaca*» (CU 47).- «Al doblar un recodo del río se tendió entre ellos, negro, desbordado y torrentoso, arrastrando ramas, troncos viejos e islotes de *resaca* y camalotes» (GF 18).
RETACÓN. «Un mulato *retacón,* hombre capaz de pasarse toda una noche mirando fijamente a una mujer que le gustase...» (C 29).- (C 79).
Bibl.- «Petiso, rechoncho, retaco». (Saubidet).- «Un tipo aindiado, *retacón,* recio de espaldas.» (GF 19).- «La mesita *retacona*». (GF 108).
RETOBADO. «Al ser castigada por su protector se había «*retobado...*» (C 109).
Bibl.- «Envuelto, forrado en algo que lo resguarda.- Por extensión la persona fácil al enojo o en actitud de agredir. También el que usa un amuleto o *payé* para la suerte, el cual lo ayuda o acompaña a vencer en peleas, lides de amor o mesas de juego, como si estuviera cubierto por algo que impide le entre la bala o el puñal.» (Silva Valdés, BFM, III, p. 280).
RODEO. (C 67)
Bibl.- Rodeo es el sitio donde el ganado se reune a sestear o a pasar la noche». (Flórez, BICC, V, p. 144).- «Lugar abierto donde el ganado se reúne. Conjunto, reunión de ganado yeguarizo, vacuno y lanar en el campo».- (Saubidet).
ROSETA. «No había nada tan eficaz como tirarle abrojos o *rosetas* en el poncho» (C 114).- Planta con púas (cf. *abrojo* s.v.)

Bibl.- «Maiz frito o pororó, que ha formado rosetas o rositas [no es el sentido aquí].- Abrojo de campo» (Saubidet).
RUEDA. «No produjo buen efecto aquella negativa de seguir la *rueda*» (C 21)-(C 29, 95, 123). Los peones o los gauchos suelen ponerse de noche alrededor del «fogón» tomando mate. El mate porongo con la bombilla pasa de mano a mano formando una verdadera *rueda* que no se debe interrumpir. Generalmente no se niega nadie.
Bibl.- «Los habituales de la cocina fueron entrando y formando *rueda*». (GF 33).
RULO. «*Rulos* cuidadosos, caídos, ocultando las orejas» (C 110).
Bibl.- «En Chile y Bolivia, rizo de pelo, bucle». (Santamaría).
RUMBEAR. *Rumbeó* en dirección al racho del indio» (C 57).- (C 77).- Procede de *rumbo*. "dirección, camino".
Bibl.- «*Rumbear*, orientarse, tomar el rumbo... Es general en la Argentina; su uso es particularmente frecuente sobre todo entre campesinos» (Battini, Fil., I, p. 115).- «Aun sin ellas [las estrellas] sabía rumbear» (GF 53).- (GF 13).

S

SACO. (C 39).- Chaqueta, americana del hombre.
Bibl.- «*Saco*- Chaqueta» (J. Rodríguez-Castellano, Hisp. XXXI, p. 28).- «Prenda de vestir, una de las tres piezas que con el chaleco y el pantalón, componen el traje común o terno; lo que el *Diccionario* define por chaqueta; (*Chaqueta* solamente se usa para designar un saco ajustado al talle, y por lo general, más corto que el común.» (Santamaría).
SANGRADOR. «Por la noche se detienen a pescar, en las "canchas" apropiadas o junto a "sangradores", donde es fácil sorprender "tarariras" grandes, en las ollas, cuidando sus huevos» (C 72).- «La carreta solitaria, detenida en la vecindad del paso, se reflejaba en el agua mansa de un *sangrador*» (C 130).- Será remanso de un río (cf. esp. *sangradura*).
SARANDÍ. «Las temblorosas ramas de los *sarandíes*» (C 71).- Planta acuática.
Bibl.- «Nombre guaraní de varias especies que crecen en las playas de los ríos pedregosos y correntosos. La más común es una Euforbiácea (Phyllanthus Sellowum)». (Bertoni, BFM, IV, p. 34).- «Arbusto rubiáceo de ramas largas y flexibles, propio de las orillas de los ríos y arroyos, y demás parajes bañados por las aguas. Abunda en el Río de la Plata, y hay dos variedades que reciben los nombres especiales de *sarandí blanco* y *sarandí colorado* (Cephalanthus sarandi; Phyllanthus sellovianus)» (Santamaría).
SEMBLANTEAR. «...dijo semblanteando a Carlitos» (C 122).
Bibl.- «Mirar a uno cara a cara». (Malaret, BF Chile, VII, p. 98).
SEÑUELO. «Una lucecita roja... localizada al jinete que servía de *señuelo*. (C 155).
Bibl.- «Dos bueyes con cencerro, empezaron a llamar la atención de las reses. Para eso estaban: eran los *señuelos*». (CU 62).
«Cuando había que trabajar con hacienda arisca, resultaba difícil el rodeo y el aparte, lo mismo que el hacerla entrar en un corral o cruzar un vado. Entonces, se usaban los «señuelos», animales mansos y especialmente enseñados, que se mezclaban con la hacienda chúcara y eran seguidos por ésta después de cierto tiempo. Así, con la ayuda de los «señuelos», se facilitaba mucho la dura tarea.» (Inchauspe).
SIMPATÍA. «Cuando la "brasilerita" volvió del monte cercano, donde había ido en busca de unas hojas para una "simpatía" —ya las traía pegadas a las sienes— el turco le preguntó...»

(C 162). Deseo, voto, y manera de conseguirlo con plantas adecuadas acompañadas de palabras misteriosas.

SOBEO. (C 6).

Bibl.-«El *sobeo* o *torzal* es un lazo corto que sirve de maneador vale decir, forma parte del apero de montar. Está formado por dos o más tiras de cuero retorcidas y bien sobadas que le dan extraordinaria resistencia y que utiliza el paisano para atar su pingo para dejarle pastar o para manearlo. Va generalmente sujeto al bozal o fiador. Cuando está hecho con tiras de cuero trenzadas es más largo y se llama habitualmente lazo.» (Berro García, BFM, I, p. 185).

SOBREPUESTO. (C 128).

Bibl.- «Pieza del recado que va sobre el cojinillo, sin cubrirlo por completo. Generalmente es de piel de carpincho, descarne de vaca y a veces de paño primorosamente bordado en colores por la china.» (Saubidet).

SONSERA O ZONCERA. (C 66).

Bibl.- «Tontería» (Santamaría).

SONSO O ZONZO. (C 53, 141).

Bibl.- «Tonto, imbécil. Aplícase principalmente a personas.» (Santamaría).

SULKY. (C 48, 140, 162).

Bibl.- «Cochecito muy liviano, de dos ruedas grandes, con capota o sin ella y de un solo asiento, para una o varias personas, tirado por un caballo» (Saubidet).- «Me sacó por el campo en "*Sulky*" para mirar las vacas y las yeguas» (DS 12).

T

TABA. «La veleidosa *taba* dando tumbos en el aire» (C 47). En el sentido propio de "hueso": «no le han de doler las *tabas* al dormir» (C 22).

Bibl.- «El juego de *taba*, llamado así por el hueso astrágalo de vaca o novillo empleado en él, consiste en arrojar este hueso dentro de los límites marcados para colocarlo, al caer en el suelo, con la parte cóncava hacia arriba, denominada *suerte*. La opuesta que hace perder la jugada, y que es saliente o convexa, se llama *culo*. Si la taba cae de costado, es juego nulo. La parte lateral que presenta una fosa o hendidura, se denomina *chuca*. De esta expresión procede el llamar *chuca*, en general, al acto de arrojar la taba. El *juego de taba* es muy popular y está generalizado en la campaña, aunque prohibido legalmente cuando se juega por dinero... En todas las pulperías o almacenes de las zonas rurales del Uruguay, el juego de taba es común, particularmente en los días feriados en que se reúne el paisanaje de los alrededores para pasar unas horas de expansión.- (Berro García, BFM, I, p. 406).

TABACO. «Cuerdas de tabaco en rama». (C 29)-(C 15).

Bibl.- «Originalmente se llamaba así una especie de cigarrillo o cigarro henchido con hierba de tabaco; entonces la planta misma». (Friederici, 1926, p. 89).- «El *naco* o *tabaco* en cordones». Se opone al caporal, "más suave y ya preparado en hebras". (Berro García, BFM, I, p. 402).- «El trato principal de esta tierra (isla de Trinidad) es *tabaco* que en todo tiempo tiene gran salida, y ya que son conocidos sus efectos y virtudes, describiré de la suerte que se beneficia. El *tabaco* se siembra de semilla en almasigo, como lechuguino, y después a su tiempo, que es por Noviembre y Deziembre, en esta isla lo trasplantan por liños, o carreras, como un habar, o viñas, y luego que va creciendo lo limpian y desyerban, hasta que está de altura de una vara, que esto crece en tiempo de cincuenta días, y luego lo capan, que es quitarle el pimpollo, o cogollo de arriba, para que crie las hojas, y le van quitando los hijos, o cogollos que echa junto a ellas, para que crezcan y engorden hasta que está maduro, que serán otros cincuenta días, y siempre lo andan limpiando y quitando los gusanos que de ordinario le hazen daño; y desta suerte se crían las hojas del tabaco de quatro, o cinco palmos y mas de largo, y de dos, o tres de ancho, conforme es la grosedad de la tierra: después que está maduro lo cogen y ensartan, y lo cuelgan dentro de una casa, para que en ella a la sombra se enjugue y seque, que serán ocho, o diez días, y luego le van quitando el palillo de enmedio, y le van torciendo en ramal o rollo, y ai hombres tan diestros al torno, que en un día tuercen trescientas libras de tabaco, y mas. Desta suerte se beneficia en esta tierra, aunque en otras lo benefician de otro modo.» (1629, *Indias,* No. 146).- «Doña Justa lió un cigarrillo de *tabaco* negro con anís.» (GF 62).- «¿*Tabaco* ?... Tenía un paquete de picadura y papel para armar.» (DS 41).

TALA. «Una vara de *tala»* (C 141).- «Una recta rama de *tala.»* (C 143).- Árbol.

Bibl.- «Árbol espinoso, de madera blanca y muy fuerte, frondoso y de gran desarrollo; llega de ocho a doce metros de alto... Sirve para postes, ejes de carretas, cabos de rebenques, horcones de ranchos, etc. Los frutitos son comestibles.» (Saubidet).- «En aquel lugar sólo había un rancherito abandonado y un *tala* grande». (GF 27).

TAPE. (C 85, 120).- Tipo de indio.

Bibl.- «Dícese del indio guaraní originario de las misiones establecidas por los jesuítas en las vertientes de los ríos Paraná y Uruguay.- Por extensión, en Argentina, indio y aún persona de tipo aindiado.» (Santamaría).

TAPERA. «Miró bien y descubrió una *tapera* con cuatro postes clavados de punta» (C 136).- Rancho abandonado.

Bibl.- «Del guaraní *ta* "pueblo" y *puera* "se fué" (?). Casa o rancho en ruinas y abandonado» (Saubidet).- «Del guaraní tapé "lugar" y "re" posposición que indica «cosa pasada», «que se ha ido». El vocabló sufrió el cambio de la vocal final y de acentuación en la pronunciación criolla. Casas en ruinas» (Malaret, *Dicc*).- «Ruinas de un predio". Está incorporado, há muito, ao vocabulário brasileiro. E originário do guaraní *tab-era* "aldeia extinta"» (Alburquerque, BFM, V, 44).

TARARIRA. «Por la noche se detienen a pescar, en «las canchas» apropiadas o junto a «sangradores», donde es fácil sorprender «*tarariras*» grandes, en las ollas, cuidando sus huevos». (C 72).

Bibl.- «Pez negrusco, muy rápido, que siempre está en continuo movimiento. Es muy sabroso.» (Saubidet).- «(Las pardas) desnudas tenían el color de las *tarariras*». (GF 66).

TERO. «La diligencia, al amanecer, se anunció con el vuelo gritón de los *teros* ...» (C 148) (C 55).

Bibl.- «Ave zancuda de menos de media vara de alto, con alas armadas de espolones... Habita en bandadas, cerca de arroyos o lagunas. Como el *Chajá,* con su grito estrindente, anuncia de lejos el peligro, la presencia de algo extraño... *Tero-tero, teru-tero* o *teru-teru* son expresiones que tratan de remedar su graznido» (Saubidet).- «Un grito apagado de *tero»* (GF 37).- (CU 33).

TERU-TERU. cf. s.v. TERO.

TICHOLO. «Abundan, rapaduras, *ticholo,* tabaco y "caninha".» (C 15).

Bibl.- «En el Río de la Plata, panecillo cuadrilongo de pasta de guayaba muy compacta, envuelto en la hoja del plátano en chala. Es producto del Brasil (voz der. del port. *tijolo,* que significa *"ladrillo"*». (Santamaría).- («La *guayaba* es la fruta del *Psidium pomiferum»* (Malaret).).

TOLDERÍA. «El asistente del comisario... había sido comisionado para vigilar las *tolderías*» (C 33), (C 15, 30).- Conjunto de toldos o de carpas (s. v.).
Bibl.- «Conjunto de toldos indios movedizo como el aduar árabe, por la propia condición de vida nómade de quienes viven en ellos» (Saubidet).- «Especie de carpa de cuero y palos en que antiguamente vivía el indio pampa» (Saubidet).
TOTORA. «Un rancho de *totora*» (C 48, 57).- Planta del tipo mimbre o junco.
Bibl.- «Ranquel. Yerba alta muy semejante a la espadaña, estoposa y consistente. A propósito para techos de ranchos y carretas, esteras, asientos, etc. Empleada con barro sirve para hacer paredes *quinchadas* y *embarradas*» (Saubidet).- «Especie de enea, frecuente en terrenos húmedos o pantanosos, cuya yerva dan a las bestias, y cuya raíz se llama Ccauri (en Aimará), y es comida de los Uros» (Friederici, I 26, p. 97).- «Enea, llamada en aquella tierra *totora*» (1629, *Indias,* N. 1620).
TRANCO. (C 96, 153, 166).
Bibl.- «Paso largo y firme del animal más extendido que el natural. Erróneamente se utiliza el término para significar uno u otro (Saubidet).- «El monótono jopa, jopa con que estimulaban los compañeros despiertos el *tranco* episcopal de las reses.» (GF 11).
TRANQUERA. «De allí lo echaron y siguió llorando junto a la *tranquera*» (C 92).- Puerta de un alambrado que da acceso a un campo.
Bibl.- «Puerta ancha, rústicamente hecha con travesaños de madera, que sirve de entrada en los establecimientos de campo» define Tiscornia en su vocabulario de Martín Fierro. Sirve también para dar entrada a un potrero o a cualquier lugar cercado, y consta de dos maderos verticales y paralelos hincados en tierra por manera de jambas, llamados también *tranqueras* (en Cuba *agujas*), y agujereados para que en ellos se apoyen otros horizontales. Quien haya andado algo por el campo argentino sabe muy bien qué es una *tranquera* y hasta qué punto es aquí característica del paisaje rústico... Antes de afirmar el origen gallegoportugués, debemos tener en cuenta que *talanquera,* que además de "valla que sirve de defensa" es según la Academia, "cancilla o puerta a manera de verja en las heredades", y figura ya en Covarrubias y en la *Pícara Justina,* se emplea en las Antillas como variante de *tranquera...*» (Corominas, RFH, VI, 209 y sig.).- «Puerta ancha hecha con travesaños de madera y hierros que sirve de entrada a los establecimientos de campo, potreros...» (Saubidet).- «Cruzamos la rinconada de un potrero para entrar por una *tranquera* al callejón» (DS 46).
TRASTE. (C 21).-Las nalgas.
Bibl.- «Forma usual por trasto, trevejo.- Fam. en Chile, trasero, asentaderas». (Santamaría).
TRILLO. «Se abría un *trillo* polvoriento: el andarivel» (C 48).- Caminito, sendero.
Bibl.- «En Centro América y Antillas, vereda, senda abierta entre la maleza» (Santamaría).- «Senda, vereda, atajo» (Malaret, BFChile, VII, 109).
TROPA. (C 150).
Bibl.- «Conjunto más o menos numeroso de ganado vacuno, que se transporta de un lado a otro» (Saudibet).
TROPEAR. (C 123).
Bibl.- «Conducir tropas de ganado». (Malaret, *Dicc.*).- «Andar de tropero, de resero, etc...» (Saubidet).
TROPERO. «El *tropero* era parsimonioso e iba eligiendo con calma».- (C 17).- El que conduce una tropa o tropilla de ganado.
Bibl.- «Conductor de tropas, de vacunos, carretas, etc. Al conductor de tropas de vacunos se le llama *resero.*» (Saubidet).
TROPILLA. «Venía a la cabeza de la *tropilla* de "la muda"» (C 148) (C 155).

Bibl.- «Conjunto de animales yeguarizos. Porción limitada de caballos mansos, acostumbrados a andar siempre juntos y obedecer a la dirección de una yegua tutelar llamada *madrina* que lleva colgado del pescuezo un cencerro para indicar su presencia a los *ahijados*» (Saubidet).- (GF 10).
TRUCO. «Don Nicomedes ignoraba el *truco* y el monte que se escondía bajo cierta carpa». (C 15).
Bibl.- «Artificio, ardid oculto por medio del cual se hace aparecer una cosa distinta de como es en realidad. Por extensión, la cosa misma presentada como real, por virtud del ardid o la artimaña.» (Santamaría).
TUMBAR. «Como se *tumba* una vaquillona en la yerra.» (C 68).
Bibl.- «Volcarse, cayendo de lado». (Saubidet).- «Un amistoso manotazo que casi lo *tumba.*». (GF 13).
TUSAR. (C 47).
Bibl.- «*Tusar,* sinónimo de *atusar,* vale decir "recortar o igualar el pelo con tijeras»". (Berro García, BFM, I, p. 190).- «Entre rotundas carcajadas *tusaban* y desvasaban los troperos sus pingos más gordos.» (GF 10).

U

UBICAR. «Matacabayo había ido adelante, para conseguir lugar donde *ubicar* el vehículo» (C 43). Localizar, situar.
Bibl.- «*Situar* o instalar en determinado espacio o lugar» (Santamaría).- «*Ubicado* —situado» (Rodríguez-Castellano, p. 28).

V

VAQUILLONA. (C 68).
Bibl.- «Vaca nueva de uno a tres años, que aún no ha parido». (Saubidet).- «La *vaquillona* o torito tomaba carrera» (CU 62).
VAREAR. (C 25).
Bibl.- «En los trabajos preliminares a la carrera, correr, tender el parejero en la distancia de tantas o cuantas varas para tenerlo liviano.- El *vareo* es uno de los aspectos de la compostura del caballo para la carrera.» (Silva Valdés, BFM, III, p. 281).
VENADO. «Y él sabía tanto de curtir cueros y cuerear en mil formas zorros, nutrias y venados...» (C 60).-(C 88).
Bibl.- «Gamo. Se dice que mata las víboras formando un círculo de baba a su alrededor. Las víboras no pueden transponerlo y mueren dentro de él... Antiguamente, en las tropillas gauchas casi todos los caballos llevaban sus maneas colgadas de una soguita de cuero de *venado* con pelo. Esto alejaba las víboras que antes abundaban mucho». (Saubidet).- *San Luis de Loyola* (en Arg., camino de Chile) se llama también la *Punta de los Venados* y dicen que «sus serranías y montes son infectados de tigres» (Battini, Fil. I, p. 112).- «Ay *venados* como

los nuestros, de que ay gran cantidad en todas las Indias, y otros pequeños, y bermejos, como cabras que crían finas piedras vezares.- (1629, *Indias,* Nº. 991).

VEREDA. «Al crepúsculo, las dueñas sacaban sus sillones de hamaca a la *vereda,* donde se columpiaban (C 17).- Acera; a veces sólo tiene el sentido castellano de sendero.

Bibl.- «*Vereda* o acera» (Rodríguez-Castellano, p. 18 y sig.).- «En Cuba y Sur América, la acera de las calles. Vulgarismo» (Santamaría).- «Con mi visión dentro, alcancé las primeras *veredas* sobre las cuales mis pasos pudieron apurarse» (DS 18).

VERIJAS. «Decí que estaba de *verijas* dobladas, pescando». (C 76).

Bibl.- «La ingle o región de las partes pudendas del animal. Se usa esta voz en plural. El Dicc. Acad. señala este vocablo como barbarismo usado en América en la acepción de *ijar* o *ijada* con que no se emplea en estos países... El gaucho o campesino uruguayo cuida que la cincha del apero de su caballo, particularmente si éste es un *pingo* o *flete,* no se corra a las *verijas,* para evitar que el animal se encabrite o desboque.» (Berro García, BFM, I, p. 172).

VIBOREANTE. «Un sendero *viboreante»* (C 57).- Que serpentea; procede de *víbora,* porque el animal abunda y sobre todo abundaba en toda la pampa. Cf. el hidrónimo *Viboritas.*

Bibl.- «*Viboriar:* viborear, serpentear. Hacer que el caballo se mueva con rapidez» (Saubidet).

VINTÉN. (C 18).

Bibl.- «(Del port. vintem: moneda imaginaria). Nombre de monedas de níquel de 1 y 2 céntimos de peso. Urug.» (Malaret, *Dicc.*).

VOLANTA. «Resbalaban los dos animales de la *volanta»* (C 139).- (C 48, 53, 138).

Bibl.- «Coche antiguo de cuatro ruedas grandes y capota fija que ya casi no se usa o se usa muy raramente. En su interior tiene dos asientos *vis-a-vis* para cuatro o seis personas y en el pescante, que está en alto, pueden ir hasta tres personas» (Saubidet).- «Coche, por lo general llamado *breque»* (Malaret, *Dicc.*).- (GF 23).

VOLTIADA. «Usté no cái en la *voltiada»*. (C 114).

Bibl.- «*Caer en la volteada:* ser tomada una persona que se ocultaba, a causa de una requisa general; caer preso.» (Malaret, *Dicc*).- «*Voltear:* derribar, hacer caer». (Saubidet).

Y

YEGUA MADRINA. «La *yegua madrina* que venía a la cabeza de la tropilla de "la muda"». (C 148).

Bibl.- «Yegua mansa, con cencerro, que sirve para reunir o guiar a las demás caballerías de la manada o tropilla.» (Garzón).

YERBA. (C 5, 44).- La planta que se pone dentro del recipiente llamado mate, y con la que se prepara la infusión.

Bibl.- «*La yerba mate* (Ilex Paraguariensis, Saint Hilaire) es originaria y típica de América; los cultivos ensayados en otras partes del mundo han fracasado. Ocupa una dilatada zona repartida entre la Argentina, el Paraguay y el Brasil. La yerba mate pertenece a la familia de las aquifoliáceas. Es un árbol de hermosa copa, hasta de ocho y diez metros de altura; es propio de climas húmedos y cálidos.- *Yerba* «la planta, el *Ilex Paraguariensis»*, el producto elaborado con las hojas desecadas, ligeramente tostadas y molidas de esta planta.» Se llama también: "*té de Paraguay*".- En los países de Europa, por confusión, se llama *mate* a la *yerba.*- En Argentina, Uruguay, Chile, Bolivia, Perú se llama *mate* a la bebida.- Preparada con la planta llamada en guaraní *caá.*» (Battini, NRFH, VII).- «En Maracayû se coge la *yerba santa* la qual se cría en aquellas grandes llanadas que ay entre el Río Paraguay, y Río de la Plata, en tierra húmeda, el arbol es del tamaño de un naranjo, la oja como de naranjo mas gruesa aguanosa, redonda, y sin punta. El arbol es muy débil... La *yerba* es muy fresca, y purgativa a la qual le llaman *Santa;* tomase en cantidad de agua caliente, con que hazen algunos vomitos y echan todas las flemas, y coleras, con este medicamento viven muchos años. Los naturales de aquella tierra la estiman en mucho como los indios del Piru la coca, y los tabaqueros el tabaco.» (1629, *Indias,* Nos. 1807, 1808).

YERRA. (C 68).

Bibl.- «Acto de marcar el ganado con un hierro candente; la temporada en que se hierran los animales, y fiesta que se celebra con este motivo.» (Malaret, *Dicc.*). (CU 61).

YESQUERO. «Encendió un pucho con su yesquero». (C 61).

Bibl.- «Recipiente que se usa para hacer fuego comúnmente de cola de peludo; tiene una tapa circular que contiene la *yesca:* «Sustancia o materia inflamable muy seca y esponjosa, procedente de un hongo del roble o de la encina y preparada de suerte que cualquier chispa de fuego prenda en ella.» (Saubidet). «Junto con el *yesquero* van la piedra y el eslabón que producen la chispa que la enciende.» (Saubidet).

YUYAL. (C 22, 39).- Lugar plantado de *yuyos.*

Bibl.- «En el Río de la Plata, terreno cubierto de *yuyos*» (Santamaría).

YUYO. «El campo exhalaba un olor fuerte, a *yuyo* quebrado y húmedo» (C 46).- «Un indio ayuntado a una china milagrera y "dotora en *yuyos*"» (C 56).- «De nada le sirvieron sus *yuyos*» (C 59). (C 34, 88). Planta cuyas hojas sirven a las curanderas y a las brujas para sus hechicerías. Se usa en particular para abortar.

Bibl.- «Mata silvestre que crece en los patios abandonados o en las tierras de labranza» (F. Silva Valdés, BFM, III, p. 281).- «Del quichua. *yuyu,* hierba tierna, maleza» (Saubidet).- «En demanda de sus *yuyos* medicinales [se trata de un curandero]» (CU 36).- (GF 27).- (CU 35).

Z

ZAFARSE. «Buscaba la coyuntura para *zafarse*». (C 20). «Zafados chiquillos» (C 15). Escaparse.

Bibl.- «*Zafar* "deslizarse una cosa que está adherida a otra"; "despegarse"... "Escaparse de otras compañías o escurrirse entre un grupo de personas"... "Dislocarse, dicho particularmente de las articulaciones". «(Battini, Fil., I, p. 146). Según «algo que se *zafa,* se escapa, se suelta. Atrevido, descarado, insolente, que falta al respeto con expresiones descaradas y obscenas». (Saubidet).

ZANJÓN. «Tirados en el *zanjón,* no se movieron» (C 55).- Zanja grande y profunda.

Bibl.- «En Chile y Argentina, despeñadero, barranca abrupta» (Santamaría).

ZONCERA. (C 66).

Bibl.- «Tontería» (Santamaría).

ZONZO. (C 53, 141).

Bibl.- «Tonto, imbécil. Aplícase principalmente a personas.» (Santamaría).

ZURUBÍ. «... El día que sacaron un *zurubí...*» (C 75).

Bibl.- «Nombre que dan en el Río de la Plata a una especie de bagre, sin escama, de piel cenicienta con manchas algo atigradas, y carne amarilla y gustosa.» (Santamaría).

VI. BIBLIOGRAFÍA

Establecida por *Walter Rela*
Actualizada por *Wilfredo Penco*

ABREVIATURAS:

B. A.-Buenos Aires; B. O.-Edit. Banda Oriental; c-cuentos; comp.-compilador; cont.-contiene; Mont.-Montevideo; n-novela; N.Y.-New York; p-poesía; pról.-prólogo; selec.-selección; t-teatro.

1. Obra de Creación (Libros)

Veinte años (p). B. A.: Mercatali, 1920.

Amorim (c). B. A.: Pegaso, 1923.

Cont.: Pesadilla, las novias de Astier, Las moscas, La appasionata, Un buen amigo, La contagiosa, Los perros, La criada, Una hoja de papel, La chaise-longue roja, La fatiga, La casa de departamentos, Las almas, Las quitanderas, Los ojos de mi hermana.

Las quitanderas (c). B. A.: Edic. especial. Latina, 1924.

Tangarupá (Un lugar de la tierra). (c). B. A.: Claridad, 1925; 2ª. edic., ibid 1926; 3ª. edic., París: Le livre Libre, 1929; Mont.: Arca, 1967. Cont.: En «El fondo», La Felipa, Una escena de amor, Panta y María, Sorpresas, La cura, El beso, El dolor campesino, Cristianamiento, Los contrabandistas, La bestia del solitario, La muerte, Las quitanderas (2º episodio, cap. XV de *La carreta*), El pájaro negro (cap. XI de *La carreta*), Los exploradores de pantanos (cap. XIV de *La carreta*).

La 3ª. edic. y la de Arca, no incluyen los tres últimos títulos.

Un sobre con versos (p). B. A.: 1925.

Horizontes y bocacalles (c). B. A.: El Inca, 1926; Mont.: Arca, 1968.

Cont.: Saucedo, Quemacampos, Un capataz, Don Blancas, La chueca, Florentino, Un peón, Soliloquio de un caballo, Episodio del amor juvenil, Hotel de ciudad, El caso del Teatro Imperial, Los tubos de la risa, El cuento de la Avenida Alvear, Malhumor y Heroísmo.

Tráfico (cuentos y notas). B. A.: Latina, 1927.

Cont.: Cuento de las revelaciones (o La ciudad asesinada), Tipos porteños, Elogio de la azotea, Elogio del zaguán, Encrucijadas porteñas, Florida, un sábado a las 12, Avisos luminosos, Vidrieras, Tranvías, Tranvías imposibles, Cines, Autos, El último accidente.

La trampa del pajonal (cuentos y novelas). B. A.: Rosso, 1928; Mont.: Río de la Plata, 1962.

Cont.: Diariamente, Farías y Miranda, avestruceros, Morir, Relato para 1999, La perforadora, La trampa del pajonal.

La carreta (Novela de quitanderas y vagabundos). B. A.: Claridad, 1932. «La obra literaria de Enrique Amorim», por Juan C. Welker. pp. 153-58 (Colecc. Claridad «Cuentistas de hoy»); 2ª edición., ibid., 1932; 3ª edición., B. A.: Triángulo, 1933. Comentarios de: Martiniano Leguizamón, Daniel Granada, Roberto J. Payro, Fernán Silva Valdés y otros; 4ª edic., B. A.: /Anaconda/ L. J. Rosso 1937; 5ª edic., B. A.: Claridad, 1942, Ilustraciones de Carybe. «Enrique Amorim» por Ricardo Latcham (Collecc. Claridad, 51), 6ª edic., B. A.: Losada, 1952 (Bibl. contemporánea, 237); ibid., 1953; ibid., 1969.

Mont.: Comisión de Iniciativa del Homenaje Nacional a Enrique Amorim, 1988. «Esbozo biográfico», extractos y textos de Oscar Kahn, «Respuesta a Enrique Amorim» (poema) por Rafael Alberti, «Perspectiva de un narrador» por Rómulo Cosse, «Enrique Amorim: Panorama Lexicográfico de La carreta» por Brenda V. de López. Comentarios críticos, Testimonios y Bibliografía.

Visitas al cielo (p). B. A.: Gleizer, 1929.

Del 1 al 6 (c). Mont.: Imp. Uruguaya, 1932.

Cont.: Uno: Plaza 7223, Dos: Los dichosos, Tres: Aquel hombre, Cuatro: El club de los descifradores de retratos, Cinco: Control, Seis: Estrenaron «El amor», comedia en 6 actos.

El paisano Aguilar (n). B. A.-Mont.: Sociedad Amigos del Libro Rioplatense XII, 1934; B. A.: Claridad, 1937; B. A.: Siglo Veinte, 1946; B. A.: Losada, 1958 (Bibl. contemporánea 57).

Cinco poemas uruguayos La Habana: Casa de las Américas, 1964 (Pról. José Rodríguez Feo); Mont.: Edit. Asociados, 1989 (Pról. Wilfredo Penco), Salto: 1935.

Presentación de Buenos Aires (c). B. A.: Triángulo, 1936.

Cont.: Presentación de Buenos Aires, María Damiá.

La plaza de las carretas (c). B. A.: D. Viau, 1937 (Pról. Lázaro Liacho); 2ª. edic. Mont.: Mundo Nuevo, 1967.

Cont.: De «Tiro largo», Dos tipos: I Un payador, II El retobado, Historias con pájaros: I Ratoneras, II Horneros, III Palomas, IV Calandrias, V Carpinteros, La Plaza de las Carretas.

La edad despareja (n). B. A.: Claridad, 1938.

Historias de amor (frag. de novela). Santiago de Chile: Ercilla, 1938.

Cont.: Miss Violet March, ¿Quién es María Damiá?, Donde se habla de Gluvia, Flora y Clara María en la vida de un novelista, Eugenia.

Dos poemas. Mont.: Vir Ediciones Populares, 1940.

El caballo y su sombra (n). B. A.: Club Amigos del Libro Americano, 1941; B. A.: Losada, 1944 (Bibl. contemporánea 120), reimp. B. A.: Losada, 1945; íbid. 1957.

Cuaderno Salteño (Guía poética ilustrada). Mont.: Imp. Uruguaya, 1942; Mont.: Imp. Adelante, 1949.

La luna se hizo con agua (n). B. A.: Claridad, 1944; 2ª. edic. ibid, 1951.

El asesino desvelado (novela policial). B. A.: 1945; 2ª. edic. B. A.: Emecé, 1946 (Col. El séptimo círculo 14).

Juan Carlos Castagnino. B. A.: Losada, 1945.

Nueve lunas sobre Neuquén (n). B. A.: Lautaro, 1946.

La segunda sangre, Pausa en la selva, Yo voy más lejos (t). B. A.: Con 1950.

Primero de mayo (p). Paysandú, 1949.

Feria de farsantes (n). B. A.: Futuro, 1952.

La victoria no viene sola. Mont.: Imp. Uruguaya, 1952.

Sonetos de amor en Octubre. B. A.: Botella al Mar, 1954; 2ª. edic. Madrid, 1955; Madrid: Col. Lazarillo, 1957.

Quiero, poemas. Mont.: Imp. Uruguaya, 1954.

Después del temporal (c). B. A.: Quetzal, 1953.

Cont.: Primera parte: Después del temporal, la explicación, Una palabra de más, Quinientos años a su lado, El lamentable bienhechor, Rapsodia y muerte; Segunda parte: Las ñapangas, La doradilla, Gaucho pobre, Los gorriones; Tercera parte: Pequeñas historias de Colinas, La feria, Un error lamentable, Veintiún días, Motivo de tristeza, Chimangos, La fotografía, La señorita Carmen, Historia muy vieja, Las tres solteronas, Sucedió en una estancia, La muerte inútil, Un hombre de negocios, ¿Qué hago?, Historia con postdata, Aurelio y Aurelia, En Colinas no pasa nada, Los teros.

Todo puede suceder (n). Mont.: Vir, 1955.

Corral abierto (n). B. A.: Losada, 1956.

Los montaraces (n). B. A.: Goyanarte, 1957; 2ª. edic., Mont.: Arca, 1973.

Sonetos del amor en verano. Sonetos del amor en invierno. Salto: Papel de poesía (46), 1957.

La desembocadura (n). B. A.: Losada, 1958; 2ª. edic., B. A./: Cedal, 1968; Mont.: Signos, 1990.

Don Juan 38 (t). Mont.: Imp. Lea, 1959.

Los pájaros y los hombres (c). Mont.: Ed. Galería Libertad, 1960.

Con.: Palomas, Ratoneras (Tacuaritas), Mixtos, Gorriones, Carpinteros, Calandrias, Horneros, Teros, Tordos, Los chingolos, El Mayoral, Vaquero de la cordillera.

Mi patria (poemas). Mont.: Papel de poesía, 1960.

Temas de amor (c). B. A.: Instituto del Libro Argentino, 1960.

Cont.: La testigo, Doble vida, Humo, La madre polaca, En el sótano, El precio de la virtud, Primera senectud, Suite, Tus manos te delatan Olivia.

Eva Burgos (n). Mont.: Alfa, 1960; 2ª edic., Mont.: Alfa, 1968.

Miel para la luna y otros relatos (c) / póstumos / . Paysandú (Uruguay), Edit. Cerno, 1969 (Col. Hervidero).

Cont.: La cita, La puerta oscura, El perro blanco, El cola chata, Los sueños, Desquite de la vigilia, Melomanía, «Graf Spee», Contrafuego, Un relato comprometedor, La partida celeste, Miel para la luna, Mirando jugar a un niño, ¿Quién soy?.

El ladero y varios cuentos. Recogidos y presentados por Claude Conffon. París: Centre de Recherches Hispaniques, 1970.

El Quiroga que yo conocí. Mont.: Arca, 1983.

1.2. *Antologías*

1.2.1. *Generales*

AGUILERA MALTA, Demetrio y Manuel MEJIA VARELA. *El cuento actual latinoamericano.* Selec., pról., notas de... México: De Andrea, 1973.

ANDERSON IMBERT, Enrique-Eugenio FLORIT. *Literatura Hispanoamericana.* Antología e introducción histórica. N. Y.: Holt, Rinehart and Winston Inc., 1960.

Antología de cuentistas rioplatenses. Pról. Julia Prilutzky Farnny de Zinny. B. A: Vértice, 1939.

CAILLET BOIS, Julio. *Antología de la poesía hispanoamericana.* Madrid: Aguilar, 1958.

GALANO, Francisco. *Los grandes poetas. Antología universal de la poesía.* 5ª. edic. Santiago de Chile, Zig-Zag, 1947.

GARGANIGO, John F. -Walter Rela. *Antología de la literatura gauchesca y criollista.* Mont.: Delta, 1967.

LATCHAM, Ricardo. *Antología del cuento hispanoamericano.* Santiago de Chile, Zig-Zag, 1958.

VERDEVOYE, Paul. *Antología de la Narrativa Hispanoamericana, 1940-1970.* Madrid: Gredos, 1979, 2 vols. Cont.: t. I.

1.2.2. *Nacionales*

CASAL, Julio J. *Exposición de la poesía uruguaya,* desde sus orígenes hasta 1940. Mont.: Claridad, 1940.

48 poetas salteños. Mont.: Edit. Charrúa, 1940.

DA ROSA, Julio y Juan Justino, comp. *Antología del cuento criollo del Uruguay.* Mont.: Edic. de la Plaza, 1979; 2ª. edic., 1980.

GARCÍA, Serafín J. *Panorama del cuento nativista.* Selec., pról., notas... Mont.: Claridad, 1943.

Panorama de la poesía gauchesca y nativista del Uruguay. Mont.: Claridad, 1941.

LASPLACES, Alberto, comp. *Antología del cuento uruguayo.* Mont.: C. García, 1943. 2 vols., Cont.: t. 1º.

RELA, Walter, comp. *20 cuentos uruguayos magistrales.* B. A.: Plus Ultra, 1980.

VISCA Arturo S., comp. *Antología del cuento uruguayo contemporáneo.* Mont. Universidad, 1962.

* *Antología del cuento uruguayo.* Mont.: B. O., 1968. 6 vols. Cont.: t. 3.

* *Nueva antología del cuento uruguayo.* Mont.: B. O., 1976.

1.2.3. *Individual*

Para decir la verdad. Antología poética (1920-1960). Selec., pról. Hugo Rodríguez Urruty. Mont.: Aquí Poesía, 1964.

Cont.: Nubes en alta mar, Bailarina rusa, El ombú, Al ciprés, El samú, Noche, Caminos, Mi patria, Mis pagos, Romance a Don Pedro Figari, Lisboa, Canto íntimo, Crepúsculo en el río, Primero de Mayo, Para decir la verdad, El último soneto.

Los mejores cuentos. Selec., pról. Ángel Rama. Mont.: Arca, 1967.

Cont.: Las quitanderas, «Quemacampos», La chueca, Un peón, La perforadora, De tiro largo, Las ñapangas, La doradilla, Gaucho pobre, Veintiún días, Piedra madre, Historia de una ceguera, Carreta solitaria, Tiempo pa pensar, Milonga me llaman.

1.3. Traducciones de «La carreta»

Die Carreta (Roman). Trad. Vivian Rodewald-Grebin. «Vorwort», Jorge Luis Borges. Berlín: Holle, s. f. /1937/.

Il Carretone Trad. Atilio Dabini. Milán: Ultra, 1945.

La roulotte Trad. par Francis de Miomandre. París: Gallimard, 1960.

2. Obra crítica sobre el autor

A. LIBROS

2.1. *Bibliografías*

2.1.1. *Generales*

FLORES, Ángel. *Bibliografía de escritores hispanoamericanos / A Bibliography of Spanish American Writers, 1609-1974.* N. Y.: Gordian Press, 1974. V. p. 187-188.

FOSTER, WILLIAN David. *The 20th Century Spanish American Novel: A Bibliographic Guide.* Metuchen, N. J.: The Scarecrow Press Inc., 1975. V. p. 27-28.

RELA, Walter. *Guía bibliográfica de la Literatura Hispanoamericana, desde el siglo XIX hasta 1970.* B. A.: Casa Pardo, 1971. V. f. Nos. 3192, 4725,

Spanish American Literatura. A Selected Bibliography / Literatura Hispanoamericana. Bibliografía selecta, 1970-1980. Michigan State University, Department of Romance and Classical Languages, 1982. V. f. Al 10, 11, C2 12, C3 326, D1 1, 80.

2.1.2. *Nacionales*

ENGLEKIRK, John E. y RAMOS, Margaret. *La narrativa uruguaya. Estudio crítico-bibliográfico.* Berkeley and Los Angeles: University of California Press, 1967. V. p. 107—112.

RELA, Walter. *Contribución a la bibliografía de la literatura uruguaya, 1835-1962.* Mont.: Universidad de la República, 1963. V. p. 13, 19, 23, 25, 27, 30, 43, 48, 49-54, 57-60, 62, 63, 67-69.

Repertorio bibliográfico del teatro uruguayo, 1816—1964. Mont.: Síntesis, 1965. V. p. 7, 8.

Fuentes para el estudio de la literatura uruguaya, 1835-1969. Mont.: B. O., 1969, V. f. Nos. 43, 79, 149, 152, 172, 204, 253, 316, 492, 549, 551, 577, 605, 612, 638, 650, 713, 718, 721, 731, 732, 735, 753, 882, 898, 913.

2.1.3. *Individual*

RODRÍGUEZ URRUTY, Hugo. *Para la bibliografía de Enrique Amorim.* Mont.: Agón, 1958.

2.2. *Ensayo y Crítica*

2.2.1. *Generales*

AGOSTI, Héctor. *Defensa del realismo.* Mont.: Pueblos Unidos, 1945. V. «Enrique Amorim y la realidad campesina».

AUBRUN, Charles. *Histoire des Lettres Hispano-Américaines.* París: Colin, 1950.

ALEGRÍA, Fernando. *Breve historia de la novela hispanoamericana.* México; de Andrea, 1965.

BARBAGELATA, Hugo D. *La novela y el cuento en Hispanoamérica,* Mont.: 1947.

CORVALAN, Octavio, *Modernismo y vanguardia.* N. Y.: Las Américas, 1967. V. «Amorim y lo sórdido», p. 203-207.

FERREIRA, Joao Francisco. *Capítulos de Literatura Hispano-Americana.* Porto Alegre, Facultad de Filosofía da URGS, 1959. V. p. 418.
FREITAS, Newton. *Ensayos americanos.* Crítica literaria. B. A.: Schapire, 1942. V. «El caballero y la sombra», p. 203-10.
GARGANIGO, John F. *El perfil del gaucho en algunas novelas de Argentina y Uruguay.* Mont.: Síntesis, 1966.
V. «Enrique Amorim y Eduardo Acevedo (h)», p. 83-99.
Historia de la Literatura Argentina. Dirigida por Rafael A. Arrieta. B. A.: Peuser, 1960. 6 vols.
V. t. 40. p. 369 ss., t. 6º. 233.
LATCHAM, Ricardo A. *Carnet crítico.* Mont.: Alfa, 1962.
V. «Evocación de Enrique Amorim», p. 135-50, 159-66.
RODRÍGUEZ MONEGAL, Emir. *Narradores de esta América.* Mont.: Alfa, 1969.
V. «El mundo uruguayo de Enrique Amorim», p. 140-65.
SÁNCHEZ, Luis A. *Proceso y contenido de la novela hispanoamericana.* 3ª. edic. Madrid: Gredos, 1976.
V. p. 260-61, 309-10, 418, 424, 467, 492-93, 541.
SAZ, Agustín del. *Literatura Iberoamericana. Barcelona:Juventud, 1978.*
V. p. 138-39.
ZUM FELDE, Alberto. *Índice crítico de la Literatura Hispanoamericana. La narrativa.* T. II. México: Guarania, 1959.
V. cap. IV.

2.2.2. *Nacionales*

BENEDETTI, Mario. *Literatura uruguaya, siglo XX.* 2ª. edic. ampl. Mont.: Alfa, 1969.
V. «Una novela herida de muerte» / Eva Burgos/ p. 77-82.
BOLLO, Sarah. *Literatura uruguaya, 1807-1975.* Mont.: Universidad, 1976.
V: cap. VII.
CAILLAVA, Domingo. *La literatura gauchesca en el Uruguay.* Mont.: C. García 1921.
V. p. 142-43.
VISCA, Arturo S. *Aspectos de la narrativa criollista.* Mont.: B. N., 1972.

2.2.3. *Individual*

GARET, Leonardo. **La pasión creadora de Enrique Amorim.**. Mont.: Editores asociados, 1990.
LÓPEZ, Brenda V. de. *En torno a Enrique Amorim.* Mont.: 1970.
MIRANDA BURANELLI, Álvaro y NODAR FREIRE, Carlos (comp.). **Enrique Amorim. Enfoques críticos.** Mont.: Editores asociados, 1990.
MOSE, K. E. A. *Enrique Amorim: the passion of an Uruguayan.* N. Y.: Plaza Mayor, 1972.
ORTIZ, Alicia. *Las novelas de Enrique Amorim.* B. A.: Dist. del Plata, 1949.
POTTIER, H. *Argentinismos y uruguayismos en la obra de Enrique Amorim.* Mont.: Agón, 1958.

B. ARTÍCULOS EN REVISTAS Y PERIÓDICOS

ASTURIAS, Miguel Ángel. «Enrique Amorim». *Ficción,* B. A.: 28 (1960), pp. 54-55.

BALLESTEROS, Montiel. «La edad despareja» / E. A. /. *Atenea,* Concepción, Chile; 161 (1928), pp. 350-354.

BARRET, L. L. «El caballo y su sombra». *Revista Iberoamericana.* U. S. A.: VI, 12 (1943), pp. 504-507.

BORGES, Jorge Luis. «Mito y realidad del gaucho». *Marcha,* Mont.: 5 de agosto de 1955.

CANAL FEIJOO, Bernardo. «La luna se hizo con agua». *Sur,* B. A.: XIV, 124 (1945).

FAYARD, C. A. «El caballo y su sombra». *Verbum,* B. A.: I (1941), pp. 92-99.

GAHISTO, M. «Horizontes y bocacalles». *Revista Americana.* Bogotá: XIII (1927).

GIUSTI, Roberto F. «El novelista uruguayo Enrique Amorim», *Atenea,* Concepción, Chile: 396 (1962), pp. 34-47.

GONZÁLEZ, Juan B. «Una novela gauchesca» / El paisano Aguilar /. *Nosotros.* 2ª. época, B. A.: (1936), pp. 440-449.

HELWING, Scott. «Narrative Techniques in the Rural Novels Enrique Amorim». *Graduate Studies in Latin America.* University of Kansas, II (1973), pp. 83-91.

KOREMBLIT, Bernardo Ezequiel. «Etica y estética de Enrique Amorim». *Ficción.* B. A.: 28 (1960), pp. 55-57.

LABRADOR RUIZ, Enrique. «Amor de América» / Enrique Amorim / *El Nacional.* Caracas: 26 de setiembre de 1927.

LATCHAM, Ricardo. «Enrique Amorim». *Marcha.* Mont.: 12 de agosto de 1960.

MALLEA ABARCA, Enrique. «Una novela del campo uruguayo, *El caballo y su sombra».* *Nosotros.* 2ª. época, B. A.: 67 (1941), pp. 96-100.

MASTRONARDI, Carlos. «El caballo y su sombra». *Sur.* B. A.: XII, 88 (1942), pp. 66-68.

MIOMANDRE, Francis de. «Enrique Amorim». *Revista Argentina.* París; I, 10 (1935), pp. 38-40.

NAVARRO, R. «La edad despareja». *Nosotros.* 2ª. época, / B. A.: / XII (1940), pp. 295-297.

OBERHELMAN, Harley. «Enrique Amorim as Interpreter of Rural Uruguay». *Book Abroads,* XXXIV (Spring 1960). U. S. A., 115-118.

«Contemporary Uruguay as seen in Amorim's first cycle». *Hispania.* U. S. A.; 46 (1963), pp. 312—318.

PEREIRA RODRÍGUEZ, José. «Enrique Amorim». *Revista Nacional.* Mont.: V (1960) pp. 458-464.

RAMÍREZ DE ROSSIELLO, Mercedes. *Enrique Amorim. Capítulo Oriental* / La historia de la literatura uruguaya / Mont.: 27 (1968), pp. 417-432.

ROJAS A., Santiago. «Gaucho y paisano en Amorim: del mito a la realidad». *Explicación de Textos Literarios.* U. S. A.: 7 (1978-79), pp. 185-192.

«Los protagonistas de la victoria no viene sola». / «Recreación de un conflicto social». *Cuadernos Americanos.* México, D. F.: 229 (1980), pp. 85—92.

«Enrique Amorim y el grupo Boedo». *Revista Interamericana de Bibliografía / Inter-American Review of Bibliography.* O. E. A., Washington, D. C.: 31 (1981), pp. 378-384.

SILVA, Raúl. «Eva Burgos». *Anales de la Universidad de Chile.* Santiago: (1961), pp. 249-250.

SILVA VALDÉS, Fernán. «La carreta» / Enrique Amorim / *Nosotros.* B. A.: 284 (1933), pp. 98-100.

VERBITSKY, Bernardo. «Amorim, novelista y poeta». *La Nación.* B. A.: 18 de febrero de 1962, pp. 2.

WELTY, Eudora. «El caballo y su sombra». *New York Times Book Review.* N. Y.: August 15, 1943.

Esta segunda edición de
LA CARRETA,
de Enrique Amorim,
se terminó de imprimir
el día 27 de abril de 1996
en Marco Gráfico S. L.,
Pol. Ind. de Leganés,
M a d r i d .

ESQUEMA TIPO

I. INTRODUCCIÓN
- Liminar
- Introducción del Coordinador
- Nota filológica y estudio genético

II. EL TEXTO
- La Obra
- Variantes y notas
- Glosario. Índices onomástico y toponímico

III. CRONOLOGÍA

IV. HISTORIA DEL TEXTO
- Génesis y circunstancia (Producción de la obra)
- Destinos

V. LECTURAS DEL TEXTO
- Temáticas
- Intra-textuales
- Estructuras, formas y lenguajes

VI. DOSSIER DE LA OBRA
- Recepción crítica
- Manuscritos
- Correspondencias
- Documentos fotográficos e iconográficos

VII. BIBLIOGRAFÍA

VIII. ÍNDICES

1

Miguel Ángel Asturias
PARÍS: 1924-1933
PERIODISMO Y CREACIÓN LITERARIA
Amos Segala, coordinador

EQUIPO: Manuel José Arce *(Guatemala)*; Marie Françoise Bonnet *(Francia)*; Jean Cassou *(Francia)*; Marc Cheymol *(Francia)*; Claude Couffon *(Francia)*; Aline Janquart *(Francia)*; Gerald Martin *(Gran Bretaña)*; Paulette Patout *(Francia)*; Georges Pillement *(Francia)*; Amos Segala *(Italia)*; Arturo Taracena *(Guatemala)*; Paul Verdevoye *(Francia)*.
ILUSTRACIÓN DE CUBIERTA: Rudy Cotton, pintor guatemalteco

2

Ricardo Güiraldes
DON SEGUNDO SOMBRA
Paul Verdevoye, coordinador

EQUIPO: Alberto Blasi *(Argentina)*; Nilda Díaz *(Argentina-Francia)*; Noé Jitrick *(Argentina)*; Gwen Kirkpatrick *(Estados Unidos)*; Élida Lois *(Argentina)*; Francine Masiello *(Estados Unidos)*; Hugo Rodríguez-Alcalá *(Paraguay)*; Elena M. Rojas *(Argentina)*; Eduardo Romano *(Argentina)*; Ernesto Sábato *(Argentina)*; Beatriz Sarlo *(Argentina)*; Patricia Owen Steiner *(Estados Unidos)*; Paul Verdevoye *(Francia)*.
ILUSTRACIÓN DE CUBIERTA: Juan Carlos Langlois, pintor argentino

3

José Lezama Lima
PARADISO
Cintio Vitier, coordinador

EQUIPO: Ciro Biancni Ross *(Cuba)*; Raquel Carrió Mendía *(Cuba)*; Roberto Friol *(Cuba)*; Julio Ortega *(Perú)*; Benito Pelegrín *(Francia)*; Manuel Pereira *(Cuba)*; José Prats Sariol *(Cuba)*; Severo Sarduy *(Cuba)*; Justo C. Ulloa *(Cuba-Estados Unidos)*; Leonor Ulloa *(Cuba-Estados Unidos)*; Cintio Vitier *(Cuba)*; María Zambrano *(España)*.
ILUSTRACIÓN DE CUBIERTA: Mariano Rodríguez, pintor cubano

4

César Vallejo
OBRA POÉTICA
Américo Ferrari, coordinador

EQUIPO: Américo Ferrari *(Perú)*; Jean Franco *(Gran Bretaña)*; Rafael Gutiérrez Girardot *(Colombia)*; Giovanni Meo Zilio *(Italia)*; Julio Ortega *(Perú)*; José Miguel Oviedo *(Perú)*; Alain Sicard *(Francia)*; José Ángel Valente *(España)*.
ILUSTRACIÓN DE CUBIERTA: Alberto Guzmán, escultor y pintor peruano

5

Mariano Azuela
LOS DE ABAJO
Jorge Ruffinelli, coordinador

EQUIPO: Carlos Fuentes *(México)*; Luis Leal *(Estados Unidos)*; Mónica Mansour *(Argentina-México)*; Seymour Menton *(Estados Unidos)*; Stanley L. Robe *(Estados Unidos)*; Jorge Ruffinelli *(Uruguay-México)*.
ILUSTRACIÓN DE CUBIERTA: Juan Soriano, pintor mexicano

6

Mário de Andrade
MACUNAÍMA
Telê Porto Ancona Lopez, coordenadora

EQUIPO: Raúl Antelo *(Argentina)*; Alfredo Bosi *(Brasil)*; Haroldo de Campos *(Brasil)*; Ettore Finazzi-Agrò *(Italia)*; Maria Augusta Fonseca *(Brasil)*; Šárka Grauová *(República Checa)*; Telê Porto Ancona Lopez *(Brasil)*; Diléa Zanotto Manfio *(Brasil)*; Héctor Olea *(México)*; Darcilene de Sena Rezende *(Brasil)*; Darcy Ribeiro *(Brasil)*; Pierre Rivas *(França)*; Tatiana Maria Longo dos Santos *(Brasil)*; Silviano Santiago *(Brasil)*; Eneida Maria de Souza *(Brasil)*; Gilda de Mello e Souza *(Brasil)*.
ILUSTRAÇÃO DA CAPA: Vera Café, artista plástica brasileira

7

José Asunción Silva
OBRA COMPLETA
Héctor H. Orjuela, coordinador

EQUIPO: Germán Arciniegas *(Colombia)*; Eduardo Camacho Guizado *(Colombia)*; Ricardo Cano Gaviria *(Colombia)*; María Mercedes Carranza *(Colombia)*; Juan Gustavo Cobo Borda *(Colombia)*; Gabriel García Márquez *(Colombia)*; Bernardo Gicovate *(Colombia)*; Rafael Gutiérrez Girardot *(Colombia)*; Gustavo Mejía *(Colombia)*; Álvaro Mutis *(Colombia)*; Héctor H. Orjuela *(Colombia)*; Alfredo Roggiano *(Argentina)*; Mark I. Smith-Soto *(Estados Unidos)*.
ILUSTRACIÓN DE CUBIERTA: Luis Caballero, pintor colombiano

8

Jorge Icaza
EL CHULLA ROMERO Y FLORES
Ricardo Descalzi y Renaud Richard, coordinadores

EQUIPO: Ricardo Descalzi *(Ecuador)*; Gustavo Alfredo Jácome *(Ecuador)*; Antonio Lorente Medina *(España)*; Renaud Richard *(Francia)*; Theodore Alan Sackett *(Estados Unidos)*.
ILUSTRACIÓN DE CUBIERTA: Oswaldo Guayasamín, pintor ecuatoriano

9

Teresa de la Parra
LAS MEMORIAS DE MAMÁ BLANCA
Velia Bosch, coordinadora

EQUIPO: José Balza *(Venezuela)*; Velia Bosch *(Venezuela)*; Isabelle Marie Domenger de Jiménez (Francia); Iván Drenikoff *(Venezuela)*; Gladys García Riera *(Venezuela)*; Elizabeth Garrels *(Estados Unidos)*; José Carlos González Boixo *(España)*; Juan Liscano *(Venezuela)*; Sylvia Molloy *(Argentina)*; Nélida Norris *(Estados Unidos)*; Nelson Osorio *(Chile)*; Paulette Patout *(Francia)*; Doris Sommer *(Estados Unidos)*.
ILUSTRACIÓN DE CUBIERTA: Antonio Eduardo Monsanto, pintor venezolano

10

Enrique Amorim
LA CARRETA
Fernando Ainsa, coordinador

EQUIPO: Fernando Ainsa *(Uruguay)*; Kenrick E. A. Mose *(Trinidad y Tobago)*; Wilfredo Penco *(Uruguay)*; Huguette Pottier Navarro *(Francia)*; Mercedes Ramírez de Rossiello *(Uruguay)*; Walter Rela *(Uruguay)*; Ana María Rodríguez Villamil *(Uruguay)*
ILUSTRACIÓN DE CUBIERTA: Eugenio Darnet, pintor uruguayo

11

Alcides Arguedas
RAZA DE BRONCE
WUATA WUARA
Antonio Lorente Medina, coordinador

EQUIPO: Juan Albarracín Millán *(Bolivia)*; Carlos Castañón Barrientos *(Bolivia)*; Teodosio Fernández Rodríguez *(España)*; Antonio Lorente Medina *(España)*; Julio Rodríguez-Luis *(Cuba-Estados Unidos)*.
ILUSTRACIÓN DE CUBIERTA: Gil Imana, pintor boliviano

12

José Gorostiza

POESÍA Y POÉTICA

Edelmira Ramírez, coordinadora

EQUIPO: Alí Chumacero *(México)*; Samuel Gordon *(Israel-Uruguay)*; Mónica Mansour *(México)*; Humberto Martínez *(México)*; Elías Nandino *(México)*; Silvia Pappe *(Suiza)*; Edelmira Ramírez *(México)*; Guillermo Sheridan *(México)*; Anthony Stanton *(Estados Unidos)*.
ILUSTRACIÓN DE CUBIERTA: Francisco Toledo, pintor mexicano

13

Clarice Lispector

A PAIXÃO SEGUNDO G.H.

Benedito Nunes, coordenador

EQUIPE: Benjamín Abdala Júnior *(Brasil)*; Olga Borelli *(Brasil)*; Samira Youssef Campedelli *(Brasil)*; Antonio Candido (Brasil); Glória Maria Cordovani *(Brasil)*; Nádia Battella Gotlib *(Brasil)*; Valéria Franco Jacintho *(Brasil)*; João Cabral de Melo Neto *(Brasil)*; Benedito Nunes *(Brasil)*; Olga de Sá *(Brasil)*; Affonso Romano de Sant'Anna *(Brasil)*; Norma Tasca *(Brasil)*.
ILUSTRAÇÃO DA CAPA: Emmanuel Nassar, pintor brasileiro

14

José María Arguedas

EL ZORRO DE ARRIBA Y EL ZORRO DE ABAJO

Eve-Marie Fell, coordinadora

EQUIPO: Sybila Arredondo de Arguedas *(Chile-Perú)*; Rubén Bareiro Saguier *(Paraguay)*; Antonio Cornejo Polar *(Perú)*; Eve-Marie Fell *(Francia)*; Roland Forgues *(Francia)*; Edmundo Gómez Mango *(Uruguay-Francia)*; Martin Lienhard *(Suiza)*; José Luis Rouillón *(Perú)*; William Rowe *(Gran Bretaña)*.
ILUSTRACIÓN DE CUBIERTA: Gerardo Chávez, pintor peruano

15

José Revueltas

LOS DÍAS TERRENALES

Evodio Escalante, coordinador

EQUIPO: Philippe Cheron *(Francia)*; Evodio Escalante *(México)*; Théophile Koui *(Costa de Marfil)*; Edith Negrín *(México)*; Florence Olivier *(Francia)*; Marta Portal *(España)*; Andrea Revuleltas *(México)*; Leopoldo Zea *(México)*.
ILUSTRACIÓN DE CUBIERTA: Jazzamoart, pintor mexicano

16

Julio Cortázar

RAYUELA

Julio Ortega y Saúl Yurkiévich, coordinadores

EQUIPO: Jaime Alazraki *(Argentina)*; Gladis Anchieri *(Argentina)*; Ana María Barrenechea *(Argentina)*; Alicia Borinsky *(Argentina)*; Sara Castro-Klarén *(Estados Unidos)*; Haroldo de Campos *(Brasil)*; Milagros Ezquerro *(España)*; Graciela Montaldo *(Argentina)*; Julio Ortega *(Perú)*, Flor María Rodríguez-Arenas *(Colombia)*; Saúl Yurkiévich *(Argentina)*.
ILUSTRACIÓN DE CUBIERTA: Antonio Seguí, pintor argentino

17

Juan Rulfo

TODA LA OBRA

Claude Fell, coordinador

EQUIPO: José Carlos González Boixo *(España)*; José Pascual Buxó *(México)*; Evodio Escalante *(México)*; Milagros Ezquerro *(España)*; Claude Fell *(Francia)*; Samuel Gordon *(Israel-Uruguay)*; Yvette Jiménez de Báez *(Puerto Rico)*; Norma Klahn *(Estados Unidos)*; Sergio López Mena *(México)*; Mónica Mansour *(México)*; Gerald Martin *(Gran Bretaña)*; Walter Mignolo *(Argentina)*; Aurora Ocampo *(México)*; Florence Olivier *(Francia)*; José Emilio Pacheco *(México)*; Hugo Rodríguez-Alcalá *(Paraguay)*; Jorge Ruffinelli *(Uruguay)*.
ILUSTRACIÓN DE CUBIERTA: José Chávez Morado, pintor mexicano

18

Lúcio Cardoso

CRÔNICA DA CASA ASSASSINADA

Mario Carelli, coordenador

EQUIPE: Consuelo Albergaria *(Brasil)*; Teresa de Almeida *(Brasil)*; Guy Besançon *(França)*; Alfredo Bosi *(Brasil)*; Sonia Brayner *(Brasil)*; Mario Carelli *(Brasil-França)*; Octávio de Faria *(Brasil)*; Júlio Castañon Guimarães *(Brasil)*; José Geraldo Nogueira Moutinho *(Brasil)*; Eduardo Portella *(Brasil)*.

ILUSTRAÇÃO DA CAPA: do mesmo autor Lúcio Cardoso

19

Ezequiel Martínez Estrada

RADIOGRAFÍA DE LA PAMPA

Leo Pollmann, coordinador

EQUIPO: Rodolfo A. Borello *(Argentina)*; Dinko Cvitanovic *(Argentina)*; Peter G. Earle *(Estados Unidos)*; Roberto Fuertes Manjón *(España)*; Miguel Alberto Guérin *(Argentina)*; Leo Pollmann *(Alemania)*; Elena M. Rojas *(Argentina)*; León Sigal *(Argentina)*; David Viñas *(Argentina)*; Gregorio Weinberg *(Argentina)*; Liliana Irene Weinberg de Magis *(Argentina)*.

ILUSTRACIÓN DE CUBIERTA: Marcela Gómez, pintora y escultora argentina

20

Rómulo Gallegos

CANAIMA

Charles Minguet, coordinador

EQUIPO: John S. Brushwood *(Estados Unidos)*; Pilar Almoina de Carrera *(Venezuela)*; Rafael Castillo Zapata *(Venezuela)*; José Balza *(Venezuela)*; Gustavo Luis Carrera *(Venezuela)*; François Delprat *(Francia)*; Pedro Díaz Seijas *(Venezuela)*; Roberto González Echevarría *(Cuba)*; Gustavo Guerrero *(Venezuela)*; Juan Liscano *(Venezuela)*; Charles Minguet *(Francia)*; Françoise Perus *(Francia)*; Janine Potelet (Francia); Maya Schärer *(Suiza)*; Efraín Subero *(Venezuela)*.

ILUSTRACIÓN DE CUBIERTA: Alejandro Obregón, pintor colombiano

21

Miguel Ángel Asturias

HOMBRES DE MAÍZ

Gerald Martin, coordinador

EQUIPO: Arturo Arias *(Guatemala)*; Gordon Brotherston *(Gran Bretaña)*; Luis Cardoza y Aragón *(Guatemala)*; Ariel Dorfman *(Chile)*; Dante Liano *(Guatemala)*; Martin Lienhard *(Suiza)*; Gerald Martin *(Gran Bretaña)*; Giovanni Meo Zilio *(Italia)*; Dorita Nouhaud *(Francia)*; René Prieto *(Estados Unidos)*.

ILUSTRACIÓN DE CUBIERTA: Rudy Cotton, pintor guatemalteco

22

Agustin Yáñez

AL FILO DEL AGUA

Arturo Azuela, coordinador

EQUIPO: Arturo Azuela *(México)*; Adolfo Caicedo Palacios *(México)*; Ignacio Díaz Ruiz *(México)*; Antonio Gómez Robledo *(México)*; Sun Hee Byun *(Corea)*; Pura López Colomé *(México)*; José Luis Martínez *(México)*; Carlos Monsiváis *(México)*; Françoise Perus *(Francia)*.

ILUSTRACIÓN DE CUBIERTA: Águeda Lozano, pintora mexicana

23

Ricardo Palma

TRADICIONES PERUANAS

Julio Ortega y Flor María Rodríguez-Arenas, coordinadores

EQUIPO: Alfredo Bryce-Echenique *(Perú)*; Merlin D. Compton *(Estados Unidos)*; Aníbal González *(Puerto Rico)*; Julio Ortega *(Perú)*; Flor María

Rodríguez-Arenas *(Colombia)*; Roy L. Tanner *(Estados Unidos)*; Fernando Unzueta *(Bolivia)*.
ILUSTRACIÓN DE CUBIERTA: Joaquín Roca Rey, pintor peruano

24

Miguel Ángel Asturias

EL ÁRBOL DE LA CRUZ

Aline Janquart y Amos Segala, coordinadores

EQUIPO: Cristian Boix *(Francia)*; Claude Imberty *(Francia)*; Aline Janquart *(Francia)*; Amos Segala *(Italia)*; Alain Sicard *(Francia)*, Daniel Sicard *(Francia)*.
ILUSTRACIÓN DE CUBIERTA: Rudy Cotton, pintor guatemalteco

25

Macedonio Fernández

MUSEO DE LA NOVELA DE LA ETERNA

Ana María Camblong y Adolfo de Obieta, coordinadores

EQUIPO: Maria Teresa Alcoba *(Argentina)*; Alicia Borinski *(Argentina)*; Ana María Camblong *(Argentina)*; Jo Anne Engelbert *(Estados Unidos)*; Waltraut Flammersfeld *(Alemania)*; Mario Goloboff *(Argentina)*; Adolfo de Obieta *(Argentina)*; Ricardo Piglia *(Argentina)*; Nélida Salvador *(Argentina)*.
ILUSTRACIÓN DE CUBIERTA: Fernando Cánovas, pintor argentino

26

Horacio Quiroga

TODOS LOS CUENTOS

Napoleón Baccino Ponce de León y Jorge Lafforgue, coordinadores

EQUIPO: Napoleón Baccino Ponce de León *(Uruguay)*; Martha L. Canfield *(Uruguay)*; Abelardo Castillo *(Argentina)*; Milagros Ezquerro *(España)*; Guillermo García *(Argentina)*; Jorge Lafforgue *(Argentina)*; Carlos Dámaso Martínez *(Argentina)*; Dario Puccini *(Italia)*; Jorge B. Rivera *(Argentina)*; Eduardo Romano *(Argentina)*; Beatriz Sarlo *(Argentina)*.
ILUSTRACIÓN DE CUBIERTA: José Gamarra, pintor uruguayo

27

Domingo Faustino Sarmiento

VIAJES

Javier Fernández, coordinador

EQUIPO: Rubén Benítez *(Argentina)*; Vanni Blengino *(Italia)*; Javier Femández *(Argentina)*; Olga Fernández Latour de Botas *(Argentina)*; William H. Katra *(Estados Unidos)*; Marcello Montserrat *(Argentina)*; Jaime Pellicer *(Argentina)*; Dardo Pérez Guilhou *(Argentina)*; Leo Pollman *(A1emania)*; Elena M. Rojas *(Argentina)*; Juan José Saer *(Argentina)*; Paul Verdevoye *(Francia)*; Félix Weinberg *(Argentina)*.
ILUSTRACIÓN DE CUBIERTA: Eduardo Lozano, pintor argentino

28

Fernando Pessoa

MENSAGEM

POEMAS ESOTÉRICOS

José Augusto Seabra, coordenador

EQUIPE: Onésimo Teotónio Almeida *(Portugal)*; José Édil de Lima Alves *(Brasil)*; José Blanco *(Portugal)*; Y. K. Centeno *(Portugal)*; Dalila Pereira da Costa *(Portugal)*; Maria Aliete Galhoz *(Portugal)*; Teresa Rita Lopes *(Portugal)*; Eduardo Lourenço *(Portugal)*; Maria Helena da Rocha Pereira *(Portugal)*; José Caro Proença *(Portugal)*; António Quadros *(Portugal)*; Américo da Costa Ramalho *(Portugal)*; Clara Rocha *(Portugal)*; Adrien Roig *(França)*; José Augusto Seabra *(Portugal)*; Luís Filipe B. Teixieira *(Portugal)*.
ILUSTRAÇÃO DA CAPA: António Costa Pinheiro, pintor português

PRÓXIMOS TÍTULOS

LEOPOLDO MARECHAL
Adán Buenosayres
Coordinador: Jorge Lafforgue

CARLOS PELLICER
Poesía
Coordinador: Samuel Gordon

RAFAEL ARÉVALO MARTÍNEZ
El hombre que parecía un caballo
Coordinador: Dante Liano

PEDRO HENRÍQUEZ UREÑA
Ensayos
Coordinadores: José Luis Abellán y Ana María Barrenechea

JULIO HERRERA Y REISSIG
Obra poética
Coordinadora: Ángeles Estévez Rodríguez

HAROLDO CONTI
Sudeste - Ligados
Coordinador: Eduardo Romano

ROBERTO ARLT
Los siete locos - Los lanzallamas
Coordinador: Mario Goloboff

JOÃO GUIMARÃES ROSA
Grande Sertão: Veredas
Coordenadora: Walnice Nogueira Galvão

MANUEL BANDEIRA
Libertinagem - Estrela da Manhã
Coordenadora: Giulia Lanciani

JOSE HERNÁNDEZ
Martín Fierro
Coordinadores: Élida Lois y Ángel Núñez

OSWALD DE ANDRADE
Poesia, ficção, textos críticos
Coordenador: Jorge Schwartz

LIMA BARRETO
Triste fim de Policarpo Quaresma
Coordenador: Antônio Houaiss

ROSARIO CASTELLANOS
Balún-Canán
Coordinadores: Samuel Gordon y Elena Poniatowska

RUBÉN DARIO
Azul - Prosas profanas - Cantos de vida y esperanza
Coordinador: Benard Sesé

OLIVERIO GIRONDO
Obras completas
Coordinador: Raúl Antelo

JOSE CARLOS MARIÁTEGUI
Ensayos
(1923-1930)
Coordinador: Antonio Melis

ALFONSO REYES
Textos sobre México
Coordinadores: Adolfo Castañón y Carlos Enríquez Verdura

JOSÉ EUSTASIO RIVERA
Obra completa
Coordinadores: Hernán Lozano y Françoise Perus

FLORENCIO SÁNCHEZ
Teatro completo
Coordinador: Jorge Ruffinelli

JOSÉ VASCONCELOS
Ulises Criollo
Coordinador: Claude Fell

Lexico argentino - español - francés / Lexique argentin - espagnol - français

Paul Verdevoye, coordinador científico
Héctor Fernando Colla, coordinador técnico

EQUIPO: Françoise Aubès *(Francia)*; Esperanza F. de Barril *(Argentina)*; José Castro Escudero *(España)*; Héctor Fernando Colla *(Argentina)*; François Delprat *(Francia)*; Nilda Díaz *(Argentina)*; Yvonne Dony *(Bélgica)*; Lola F. de Fraga *(Argentina)*; Danièle Maurice *(Francia)*; Elena Mélega *(Argentina)*; Alfred Melon *(Francia)*; Raymond Mockel *(Francia)*; Teresa Daputa Mozejko *(Argentina)*; Ida Reutemann *(Argentina)*; Jean-Paul Vidal *(Francia)*; Laura Zanada *(Argentina)*; Paul Verdevoye *(Francia)*.

Historia de la literatura hispanoamericana

Tomo I: *Literaturas precolombinas;* Tomo II: *Literatura de la colonia;* Tomo III: *Literatura de la independencia;* Tomo IV: *Literatura modernista;* Tomo V: *Literatura del siglo XX.*

Giuseppe Bellini, coordinador

COLABORADORES: Ramón Luis Acevedo *(Puerto Rico)*; José Alcina Franch *(España)*; José Juan Arrom *(Cuba)*; Juan Bautista Avalle Arce *(España)*; Rubén Bareiro Saguier *(Paraguay)*; Horacio Jorge Becco *(Argentina)*; Giuseppe Bellini *(Italia)*; John Brushwood *(Estados Unidos)*; Emilio Carilla *(Argentina)*; Fernando Colla *(Argentina)*; Eugenio Chang-Rodriguez *(Perú)*; Franck Dausters *(Estados Unidos)*; Alfredo Jiménez Núñez *(España)*; Miguel León-Portilla *(México)*; Dante Liano *(Guatemala)*; Gerald Martin *(Gran Bretaña)*; Alma-Novella Marani *(Argentina)*; Franco Meregalli *(Italia)*; Luis Monguió *(Perú)*; Erminio G. Neglia *(Canadá)*; Beatriz Pastor de Bod *(Estados Unidos)*; Georgina Sabat de Rivers *(Estados Unidos)*; Luis Sainz de Medrano Arce *(España)*; Jorge Schwartz *(Brasil-Argentina)*; Amos Segala *(Italia)*; Carlos Solórzano *(Guatemala)*; Leopoldo Zea *(México)*.